约翰·托兰自传
我眼中动荡的20世纪

CAPTURED BY HISTORY:
ONE MAN'S VISION OF OUR TUMULTUOUS CENTURY

〔美〕约翰·托兰○著
郭强 张顺生○译

CAPTURED BY HISTORY: ONE MAN'S VISION OF OUR TUMULTUOUS
CENTURY by JOHN TOLAND
Copyright: © 1997 by John Toland
This edition arranged with BRANDT & HOCHMAN LITERARY AGENTS, INC.
through BIG APPLE AGENCY, INC., LABUAN, MALAYSIA.
Simplified Chinese edition copyright:
2020 ZHEJIANG LITERATURE AND ART PUBLISHING HOUSE
All rights reserved.
著作权合同登记图字：11-2015-212 号

图书在版编目(CIP)数据

约翰·托兰自传：我眼中动荡的 20 世纪 /（美）约翰·托兰著；郭强，张顺生译. —杭州：浙江文艺出版社，2020.6
ISBN 978-7-5339-5749-0

Ⅰ.①约… Ⅱ.①约… ②郭… ③张… Ⅲ.①传记文学—美国—现代 Ⅳ.①I712.55

中国版本图书馆 CIP 数据核字(2020)第 070871 号

责任编辑　周海鸣
责任印制　张丽敏
封面设计　柏拉图创意机构

约翰·托兰自传：我眼中动荡的 20 世纪

〔美〕约翰·托兰 著
郭　强　张顺生 译

出版	浙江文艺出版社
地址	杭州市体育场路 347 号　310006
网址	www.zjwycbs.cn
经销	浙江省新华书店集团有限公司
制版	杭州天一图文制作有限公司
印刷	浙江新华数码印务有限公司
开本	710 毫米×1000 毫米　1/16
字数	392 千字
印张	25.5
插页	1
版次	2020 年 6 月第 1 版
印次	2020 年 6 月第 1 次印刷
书号	ISBN 978-7-5339-5749-0
定价	95.00 元

版权所有　违者必究

(如有印、装质量问题,请寄承印单位调换)

谨以此书献给我的妻子寿子
——约翰·托兰

作者自序

　　四十二岁之前,在世人眼里,我一直是个失败者。不过,我自己并不苟同,因为我从每一次失败中都最大限度地吸取了教训。妻子寿子有一次对我说,别人口中的失败其实只是通往成功的石阶而已。如今,我已经八十四岁了。回首往事,我发现之前发生的事或多或少都为后面的事做了铺垫。正如莎士比亚所说:"上帝已经决定了我们的宿命,我们只能略加改变。"

　　我成为一名历史学家并非偶然,也非刻意,而是命运的安排。有时候我觉得发生在我生活中的那些事其实和我关系不大,因为每到关键时刻总有人会为我打开大门——探索之门。我没有接受过专门的史学训练,更没有相关的学历文凭,只能靠作品说话。我成年以后有二十五年时间一心一意想成为一名编剧。我还从事过一堆名目不同却差别不大的行当。20世纪30年代,我沿铁路扒过各种各样的火车,过着一种流浪生活(不过我这个流浪汉的手提箱上贴着毕业于威廉姆斯学院的标记)。我发现,我很会挣钱,但从来没有做过商人。对我而言,钱一直是一种手段(让我读完大学,让我有空闲创作剧本,能养家糊口),钱从来不是目的。

　　就外观而言,我没有堂堂的外表,个头不高,也不结实。我是个观察者而非参与者。我从未参与过街头斗殴,也从未参加过任何战争。我没有威胁,也许这就是为什么人们从一开始就愿意跟我聊天。如果你的言行举止表现出对别人无所求时——既不要他们的钱财、好处,也不要他们的权力、影响力,愿意帮助你的人就出奇地多。我一直都是个倾听者,爱听别人娓娓讲述自己的生活。正是这一点,而非其他,决定了我的命运。我见过成千上万的人,我采访他们,听他们讲自己的故事——因为他们以某种方式感觉到我愿意而且真心实意地乐于见到他们。我所见的人干过哪些可怕的勾当并不让我忧心,我不是被派去审判他们的,我只是去倾听他们描述自己在20世纪那段跌宕的历史里所扮演的角色。

我很小的时候就学会如何放下对别人的先入之见。法国作家安德烈·纪德的请求"不要那么快就理解我",是我接近别人的方式。我是从波特·艾默生·布朗——我的一位导师——那里学会这一点的。布朗是一名才华横溢的编剧,因失去爱妻而沉醉于酒精。我父亲把他带回家戒酒,此后他在我家一住便是数年,给我的人生带来巨大影响。我八岁时,他曾带我去他的大宅看工作室,还给我看了他的缩微剧场。他能随意挪动缩微剧场舞台上的人物。他告诉我:"我俯视剧中人物,让他们做自己该做的。这是我从希腊人那儿学到的。我虽是剧情的主宰,但剧中人物并不受制于我。我坐下来,让他们说他们该说的话。"是布朗教会我怎样隐去自己的存在,将自己的想法和判断从故事中剔除。

我将这一原则运用到写历史当中。我知道我得去会会那些在历史事件中发挥了作用的人(不管他们起的作用有多大),我不能只从历史档案里了解他们。我若不见一百来个认识希特勒的,见过他不同侧面,尤其是可怕一面的知情人,我就不能去写阿道夫·希特勒。写希特勒的传记时,我所结识的了解希特勒的人恐怕比任何历史学家知道的都多。他们都愿意跟我聊天,原因很简单:我愿意洗耳恭听。

当然,我会拿一个人对某一事件的看法和另一个旁观者的看法做对比。比方说,我跟奥托·斯科尔兹内和阿尔伯特·斯佩尔聊了几个小时,斯佩尔会问我:"斯科尔兹内对这事儿有什么说法?"斯科尔兹内也会问我:"斯佩尔对这个故事怎么看?"委婉地说,他们并不喜欢彼此。两人都知道我会验证他们所说的话,也知道我正在找每个我能找到的人了解情况,其中有些人可能还会驳斥甚至攻击他们所描述的版本,但他们不以为意。我向每个我采访过的人保证,我所有的书,只要书里写到了和他们有关的内容,尤其是引用了他们的原话,在付印之前,我都会让他们先行过目,只要他们对我写的内容有异议，我就会删除该部分。但仅此而已，除此之外，我再无其他承诺。

如有确凿证据证明我得到的是对某事的不实陈述或恶意扭曲，我就摒弃不用。那些陈述者刻意编造的维护自己、抬高自己的，或与事实不符合的故事，一经验证为虚假或非完全真实，我会立刻弃之如敝履。我得向阿尔伯特·斯佩尔脱帽致敬，他可是捏造情节的高手，擅长幻想和混淆是非。他糊弄过我好几次。斯科尔兹内却从不对我撒谎。这就是历史学家不得不面对的陷阱，你对故事既期待，又警惕，还得接受现实。如果想在历史研究中有所突破，你就要冒犯错的风险。你发现自己被误导的时候，及时修正是非常重要的。我自己曾发过誓，如果我犯了显而易见的错误，扭曲了采访对象的话，我必会改正。

另一方面，我也写自己的所见所闻。我所采访的人不见得会喜欢看到他们的话呈现在打印稿上的样子，但至少他们有机会修改。我告诉他们可以删除任何跟我讲过的内容，但我不会轻易放弃好故事。大多数历史学家对我的做法不敢苟同，他们批评我"缺乏批判性""来者不拒"。像安布罗斯·比尔斯一样，我试着按照事物本来的面目，而非我们希望的样子来看待它们。我希望读者看了这本书后能知道，我并非天真，也不是在不动声色地追名逐利。

我写过十四本历史专著，采访过数千人，这部回忆录聚焦了其中一部分人。不论人品好坏，这些人之所以能让我牢记在心，是因为他们都是20世纪历史事件最有说服力的见证者。为了在本书中把他们展现得有血有肉，我重复了我以前在书中写过的有关他们的故事，且略增了一些内容。一些读者可能并不熟悉我书中提及的历史事件和人物，因此我希望这些概略复述能勾勒出一些有趣的历史剪影，吸引读者一路读下去。

除了我认识的那些军人、罪犯、英雄和无赖，我把大萧条时期在我扒火车和搭便车穿越美国的四个漫长夏天里见到的各色人物也写进了书里。当然，在扒火车途中，我不得不在各色牢房里度过一些有趣的时光。有人会说，谁让你坐车不买票，这就是逃票的代价。其实我想说的重点是，找出那些在塑造历史过程中扮演主角或扮演配角的人，并劝他们讲出自己的故事，于我而言是怎样的一场冒险。

这些人都是我的证人。我愿意和任何人聊，而且会保留事件的所有说法，即使不同说法相互矛盾。读者和历史对此自会有评判，我就不评判了。

　　总之，我把历史当作一出戏，它有自己的叙事结构和剧情，倘若不如此，历史就不是完全人性化的。有人说，上帝之所以创造人类是因为上帝喜欢有趣的故事。我们人类讲故事，上帝只管客观地听，就像某些历史学家希望的那样。

　　我这一生犯过很多愚蠢的错误，因此，我不觉得自己有资格评判他人。当我采访到那些在我关注的历史阶段中发挥过一定作用的人时，我想知道他们是什么样的人，他们做了什么，他们是怎么想的。我并不想从道德的高度去评判他们的所作所为。

　　我因对他人的所作所为和想法、信念不做道德评判而饱受批评。我认为我的工作是去了解作为个体的人，进而去了解他们为何做那些事，为何会有那些想法和信念。

　　从某种意义上说，这本书是对约翰·托兰的一次深入访谈。蒙田说过，直到他把所知道的东西都写下来之后，才会明白自己都知道些什么。我把这部回忆录视作一种尝试的一部分。通过这种尝试，我试图理解究竟是什么力量让自己要讲述被无情的历史记录的那些人的故事。此时，编剧已经让位于历史学家，无论对于历史事件的这些见证者的性格抑或命运，我都无法进行"戏剧性"的构建。我所能做的，就是观看他们如何扮演自己的角色。通过叙述，我从历史剧本中了解到每个"演员"的言行，我如同俯视剧场、观看剧情展开的上帝一样，在这些剧本上演之前尽力根据他们的口述完成这些早已写就的剧本。

图 1 海伦·"科利"·斯诺,约翰·托兰的母亲,1909年嫁给拉尔夫·托兰。为了嫁给相貌英俊的拉尔夫·托兰,海伦放弃了比利·派蒂,尽管比利的爸爸在爱荷华州拥有五家银行。

图 2 拉尔夫·托兰,约翰·托兰的父亲,样子温文尔雅。照片拍于1909年,即他即将迎娶海伦时。拉尔夫自学成才,充满人格魅力,有着典型的爱尔兰人脾气,和美妙的男中音的好嗓子。

图 3 约翰·托兰,照片拍摄于1915年,当时他三岁。照片中,小托兰露齿微笑,很淘气,这展示了他调皮捣蛋的一面。

图4 莱尔·"贝尔"·钱德勒·斯诺,约翰·托兰的外婆,托兰小时候称她为"丹米"(Dammy)。威拉德·斯诺追求莱尔时,因注意力不集中,一脚踩空,落入一个捕熊的陷阱,后来他又跌入一堆木屑里,险些窒息。

图5 小托兰的外公威拉德·斯诺,小托兰喊他为"姥爷"。他的父亲是一个富有的伐木工,但斯诺却不喜欢为了生计而毁掉树木,所以他放弃了父亲的木材生意,做了一名保险调查员。

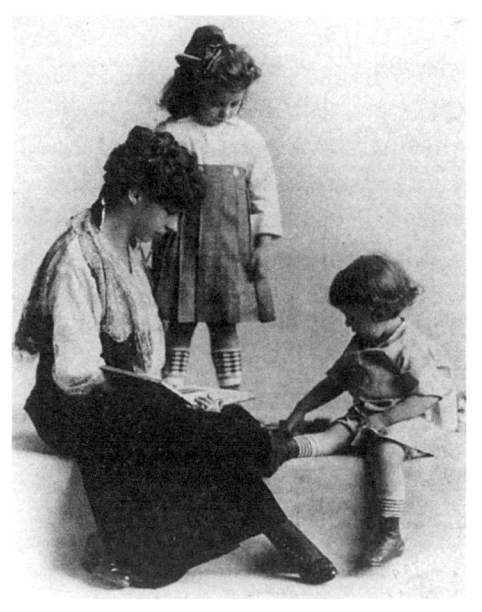

图6 1916年,也就是托兰一家从美国威斯康星州拉克罗斯市搬到南达科他州沃特敦市的那年,所拍的家庭照(妈妈海伦,六岁的弗吉尼亚,四岁的约翰)。拍完没一会儿,拉尔夫·托兰就把小约翰带到了理发店,让理发师把十分兴奋的小约翰的头发剪成了方特勒罗伊小爵爷的样式。

图7 摄于1918年,约翰·托兰在拉克罗斯玩"战争"游戏时的照片。约翰·托兰六岁时,母亲给爱国的他做了两身军装,一套是陆军军装,一套是海军军装。他幻想着自己有朝一日能杀掉德皇威廉二世。

图8 摄于1918年,弗吉尼亚·托兰八岁时的照片。别看她手里拿着个娃娃,在托兰的记忆中,她可是个坚强又独立的女孩子,她会揍那些欺负弟弟的人。

图9 1918年,姥爷、弗吉尼亚、海伦和身着"海军制服"的托兰一起在拉克罗斯市拍的照片。不久后,托兰一家就搬到康涅狄格州诺瓦克附近的一家农场。在那儿的女校里,托兰是唯一的男生。

图10　休伊特·"靓子(putch)"·托兰是托兰最喜欢的叔叔。"靓子"是休伊特小时候他妈妈给他起的昵称,她妈妈把漂亮男孩(pretty boy)读成了靓子(putchy boy)。

图11　1932年拍摄于火岛的托兰一家(海伦、拉尔夫、弗吉尼亚和约翰)的照片。那时的夏日,又苦又甜。约翰和一个叫"洋妞"的女孩子约会,梦想着继续在威廉姆斯学院的剧本创作生涯。

图12 约翰·托兰,大约摄于1935年。当时,托兰和流浪汉一起扒货运火车。

图13 1943年6月,约翰·托兰中尉和桃乐茜·皮斯莱克在佛罗里达州圣彼德斯堡市大喜之日的合影。新婚后不久,约翰·托兰就被分配到了密西西比州比洛克西市的基斯勒·费尔德美国空军基地。

图 14　这是弗吉尼亚在 20 世纪 50 年代中期拍的照片。1959 年,她不幸身亡。

图 15　20 世纪 50 年代初桃乐茜和他们的女儿戴安娜、玛西娅的合照。此时,约翰·托兰是桃乐茜舞蹈工作室的经理。1948 年,约翰的同僚被军队以丑陋的理由开除,约翰因此退役。

图 16　1960 年 3 月 11 日，约翰·托兰和松村寿子在大婚之日的合照。约翰·托兰在为写《不是耻辱：从珍珠港事件到中途岛之战的 180 天》(*But Not in Shame: The Six Months After Pearl Habor*)于日本做相关调研时，遇见了寿子。两人相见时，托兰刚解雇了自己的翻译。当时，寿子是麦格劳—希尔世界新闻社的记者。寿子很快便成为约翰·托兰的翻译、助理研究员和一生的挚爱。

图 17　摄于 1973 年左右，这是托兰夫妇的女儿多美子和她的祖父母松村夫妇的合照。那时松村夫妇正在美国康涅狄格州丹伯里看望小多美子。托兰第一次见松村先生，请求松村先生允许他和寿子结婚时，就很有远见地给未来的岳父一盒美式高尔夫球。他这一举动让松村先生喜笑颜开，松村先生是日本第一家高尔夫球俱乐部的创始人之一。

图18 20世纪70年代末,玛西娅、戴安娜和戴安娜女儿加比的合照。托兰有三个孙子和孙女:戴安娜的孩子加比和埃里克,以及玛西娅的女儿海蒂。

图19 这是1988年托兰、寿子和他们的女儿多美子在康奈尔大学的合照。

目录
CONTENTS

第一部分　成长的烦恼

一、人生之初　　003
　　来到世上　　003
　　童年　　016
　　嚯，东进！　　021

二、少年　　030
　　长大　　030
　　创作剧本才是正事　　036
　　埃克塞特集市：严厉而又温柔的母亲　　043
　　威廉姆斯学院：建造空中楼阁　　053

三、一个傻瓜　　071
　　在路上　　071
　　向左转　　087
　　莫名的自信　　093

四、与军队的战争　　101
　　《心情舒畅》　　101
　　乘坐空军过山车　　105
　　重返岗位　　117
　　人生从四十二岁开始　　121

第二部分　活的历史

一、新的冒险　　131

I

突出部之役　　　　　　　　　　　131
　　通往东方之桥　　　　　　　　　　147
　　努力，努力，再努力　　　　　　　167
　　大盗迪林杰横行的时代　　　　　　172
　　《最后一百天》　　　　　　　　　182
　　开始探究之旅　　　　　　　　　　189
　　"铁幕"背后　　　　　　　　　　203
　　纳粹分子的末日　　　　　　　　　221
二、《日本帝国衰亡史》　　　　　　　　230
　　解放自我　　　　　　　　　　　　230
　　最后几场战斗　　　　　　　　　　241
　　和平之路　　　　　　　　　　　　264
　　尾声：游戏结束　　　　　　　　　279

第三部分　《希特勒传》

一、探索　　　　　　　　　　　　　　289
　　前往德国　　　　　　　　　　　　289
　　啤酒馆暴动　　　　　　　　　　　305
　　家庭圈子　　　　　　　　　　　　311
　　"最终解决方案"　　　　　　　　324
　　创作过程　　　　　　　　　　　　338
二、从事实到小说　　　　　　　　　　343
　　《无人区》　　　　　　　　　　　343
　　丑闻："珍珠港事件"的前因后果　346
　　《战争之神》与《占领》　　　　　359
三、殊死之战　　　　　　　　　　　　373
　　沃尔顿·沃克将军　　　　　　　　373
　　一场胜负未决的战斗　　　　　　　378
　　旅程结尾　　　　　　　　　　　　385

第一部分　成长的烦恼

一、人生之初
1912 — 1923

二、少年
1924 — 1936

三、一个傻瓜
1936 — 1942

四、与军队的战争
1943 — 1957

一、人生之初
1912—1923

来到世上

　　我听过许多遍有关我出生的故事,以至于后来只要一说到这个话题,我就有一种仿佛当年自己亲历过现场的感觉。那是1912年6月29日——一个炎热的星期六,几周之前,泰坦尼克号沉没了,当时我父母都生活在我父亲的船屋里。下午,我母亲海伦·钱德勒·斯诺感觉自己快要生了,就请我父亲拉尔夫把船屋驶回码头。密西西比河在威斯康星州拉克罗斯的那一段河水时常泛滥,在此段航行的船屋很难操控。不过,我父亲——一名爱尔兰后裔——是干力气活的好手。他身高六英尺,是我们当地有名的运动健将。船屋一靠码头,他就急忙上岸,回到位于葡萄藤大街的那幢红砖房,我的外祖母贝尔·斯诺(其实她的名字是莱尔·斯诺)和安妮·思林太太(一名基督教科学派的护士)正在家里焦急等待。

　　晚餐时思林太太告诉我母亲不要吃得太饱。之后,她就和外祖母到楼上去做接生的准备,我母亲则走到后院对拉尔夫说:"亲爱的,孩子今晚就要降生了。"天依然很热。

　　"那当然。"父亲说道。

　　那天晚上住在街对面的麦克唐纳夫妇过来邀请我父母参加他们家的派对。我母亲说:"谢谢,唐!派对一定很棒,但今晚我们也要举办自己的派对。"

我母亲上楼帮着一起准备衣物和毛巾,外祖母(家里人都管外祖母叫"黛米")责备她不该管这些事,让她躺到床上去。晚上十点,我出生了。我父亲紧挨着外祖母站在床尾。他们看到我脸色铁青,原来我的脖子上缠着脐带。外祖母从未见过有人像安妮·思林这般手脚麻利,只见她飞快地把脐带从我脖子上拿开、剪断,然后一只手抓住我的双脚把我倒提起来,另一只手用力拍打我的屁股。外祖母忍不住叫道:"噢!思林太太,别用力太猛!"但这名护士继续用力拍,直到我响亮地哭出声来,这才把我递给外祖母。外祖母生过四个女儿,望着眼前的男婴,她一时手足无措起来,问:"我该拿他怎么办?"我父亲建议道:"也许您该用这块毛巾把他包起来。"一切安顿好之后,我父亲走下楼梯,在钢琴上轻柔地弹起了肖邦的乐曲,他哥哥雷在旁边用小提琴伴奏。

我父母一致同意照我那大名鼎鼎的叔祖父约翰·托兰的名字给我取名约翰。我的叔祖父是联邦军队的骑兵上校。我的中间名是威拉德,取自我外公的名字——威拉德·斯诺。我的祖父弗兰克·约瑟夫·托兰在我出生前两年就去世了,但是他的遗孀玛格丽特·雷仍然在世。她是个相貌美丽、富有天分的歌唱家,当时被安顿在拉克罗斯的一家精神病院里。

我出生后第三天,一个矮壮的护士把玛格丽特从精神病院带到了葡萄藤大街。当玛格丽特戴着一顶硕大的帽子,像歌剧明星登台演出般走进房间时,我母亲心中暗想:她看起来可真漂亮。玛格丽特看到婴儿后非常高兴,表达喜悦之情时显得一切正常。过了一会儿,陪护她的护士向她走过去,玛格丽特明白自己马上就要被带回精神病院了,便一把抱过我,取下大帽子上的长别针,对准我的喉咙,说:"拉尔夫,你们要是把我弄回那个地方,我就杀了这孩子。"

我父亲抓住她的手拼命摇晃,想让别针从她手上掉下来。但她很执着,牢牢地抓着别针,不肯撒手,而且拿着别针挥来舞去,十分危险。这时我母亲猛地一下把我抢了回去。最终,我父亲把他的母亲扑倒在地板上。玛格丽特不住地挣扎,两脚蹬来蹬去,两眼放光。我母亲此刻却不合时宜地想,玛格丽特以前从未像今天这么美!我父亲终于控制住了他的母亲,让她动弹不得。护士俯身拉她起来的时候,她用乞求的目光看着我母亲,拉着我母亲的裙角说:"海伦,你知道做母亲的感受,你求求这些男人,让我留下来吧!"她反复乞求,"你是知道的呀,求你帮帮我!海伦!求你了,海伦!"

我的直系祖辈中大多并非平庸之辈。我的曾祖父是肯塔基州人,后来迁居圣路易斯,他原本并不姓托兰,1848年和丽贝卡·托兰结婚之前他还一直是塞洛斯·C.费奇博士。婚后他立刻改随了妻子的姓氏,据说是为了"显得更专业",兴许也有掩盖丑闻之类的需要。我的名字是随他的一个儿子取的——联邦军队的骑兵上校约翰·托兰,从军之前约翰是一名牙医。1863年,托兰上校指挥了南北战争中的一次突袭。这次突袭是南北战争中最为勇猛的军事行动之一,这次攻势攻入南方联盟战线后方二十多英里。在这次突袭中,约翰·托兰上校几乎未损失一兵一卒。他后来带领自己的部队安全撤回,但回营前的最后一天却遭到藏在教堂钟楼里的敌人的伏击,中弹身亡。他死后被追认为将军,第二次世界大战时有一支驻扎在俄亥俄州的军队就是以他的名字命名的。

曾祖父还有一个儿子——弗兰克·约瑟夫·托兰,他就是我的祖父。他自称"全世界最伟大的书法专家",在中西部成功地开办了十来所商业学校。他爱上了活泼靓丽的十六岁女孩玛格丽特·雷——一个爱尔兰贵族后裔。他和姑娘在1879年"结了婚",比我现在保存的他们结婚证上的时间早了十四年。这意味着我的伯父和我父亲很可能都是非婚生子。我小时候经常听到他们愤怒地互相骂对方为"私生子",而这种对话在托兰家再寻常不过了。

我的伯父雷比我父亲大八岁,他写了篇长文,回忆小时候在俄亥俄州的一段往事。那时我祖父为了教人写字,带领全家辗转于一个个小镇之间,中途在旅馆歇脚。雷回忆道:"偶尔会有一两个混混来小课堂寻衅滋事。我老爸从来不找人帮忙,他走出去直接一记重拳就把为首的混混撂倒,闹剧几乎总能马上就收场。我从未听说也不曾记得他搞定一个寻常家伙会超过十五秒。他出手飞快,勇猛无比……尽管骨子里是名艺术家。"

那些年月,在关系亲密的小家庭里,父母的爱自然都倾注到第一个孩子雷一人身上。于是，后出生的我父亲拉尔夫和更小的弟弟"靓子"就很少得到父母的关爱。按照老旧的长子优先的爱尔兰规矩，无论分什么东西给三兄弟，雷得到的总是最多。

还在孩提时代，雷就无法忘记他父亲的爱尔兰暴脾气。"镇上有个人诋毁我年轻的母亲。"他写道，"显然，在那样的小镇里，没有一个长相清秀、衣着得体的女人不会遭人诋毁。不过，这次可把我老爸惹毛了，他带着枪，带着我妈，登门造访那个造谣的'绅士'，直到那个'绅士'写下声明，承认自己撒谎并赔礼道歉才算了结。"

我祖父弗兰克坚信著名爱尔兰作家约翰·托兰（1670—1722）是自己的曾祖父。《大不列颠百科全书》对这位约翰·托兰的描述是"一位有争议的自由思想家。他的理性主义哲学和政治书稿迫使教会史学家不得不认真考虑基督教正典的有关问题"。这位约翰·托兰1670年生于北爱尔兰，十几岁的时候改信英国国教，曾就读于格拉斯哥大学、爱丁堡大学和牛津大学。他的第一本书《基督教并不神秘》大大冒犯了当时的社会，他因此不得不逃离英格兰。他写了许多颇具争议的书和文章，其中就有反对压迫犹太人和黑人的讽刺文章。

弗兰克·托兰留下了一大堆关于那个著名的约翰·托兰的资料，其中有一份讲一个爱尔兰牧师年轻时在路上邂逅约翰·托兰，于是向自己的上级报告"那个家伙说话的声音就像魔鬼"。我也遭到过某些评论家类似的批评。我无法臆想这位托兰先生就是我的曾高祖父，但他那些离经叛道的想法明显对我产生了一些影响。

我没有见过祖父弗兰克，但我见过一张他一身牛仔装束、骑在马上的照片。他模仿自己的密友著名枪手道克·鲍威尔的装扮，唇上两撇大胡子，下巴上还蓄着一撮山羊胡子，后来这种胡子因水牛比利出了名。我父亲告诉我弗兰克经常打扮成这样去威斯康星商业大学，当时一定引起了轰动。我父亲两岁时，弗兰克给他戴了一顶牛仔帽并拍照留念。我快两岁时，我父亲也给我戴上一顶牛仔帽并拍照留念。

照片里，我父亲和他父亲一样精神焕发，我父亲头上的鬈发和我的一样，看起来很可爱。长大一些后我意识到我并不像父亲。我不擅长体育，身体协调能力也不太好。我就是个一般的孩子,棒球投不出旋转球,橄榄球也踢不出二十五码远。我上初中时已经知道自己是个非典型的托兰家人了。

我母亲那边的先祖里最值得一提的是我的曾外祖母克拉罗贝尔·钱德勒——一个精力充沛、无所畏惧的妇女,她对我产生了巨大的影响。我原本对她一无所知,直到我搭顺风车穿越了大半个国家,到伊利诺伊州的丹维尔去看望我母亲的姐姐珍妮特·路德维克。我在外祖母黛米的房间里看到了一幅克拉罗贝尔的油画肖像。黛米告诉我,她父亲去世后,克拉罗贝尔全凭自己的勇气,在南北战争爆发前,带着八个孩子离开了南方老家,举家迁到北方。她克服难以描述的困难,一手把孩子们抚养成人。

克拉罗贝尔(娘家姓格里格斯比)出生在中西部,嫁给了弗吉尼亚种植园主克雷伯恩·钱德勒。钱德勒少年时被抓去当过水手,是我祖上第一个去过中国的人。他结婚生子多年后,早年在远东地区的冒险经历使他开始在包括加利福尼亚在内的西海岸一带探险。他在西雅图置下了相当多的田产,但后来生了病,接着又被生意伙伴欺骗,回到弗吉尼亚种植园后不久就去世了。

油画上的克拉罗贝尔被画成了典型的南方美丽淑女。黛米告诉我,现实中的克拉罗贝尔,永远都是埋头苦干的密苏里姑娘格里格斯比。她非常细心,比如在照管种植园奴隶的时候。她有六个女儿,第三个女儿莱尔——也就是我的外祖母黛米——对她母亲的故事津津乐道:"克拉罗贝尔非常爱护奴隶们,某些时候她会亲自去检查奴隶们的住所。她就像个陀螺一样忙个不停。她把奴隶们的床铺拆开,检查衣服和食品。她会责备奴隶们:'这么做不对,你们应该好好养大孩子,他们得有像样的食物,得干干净净的。'""她赢过许多场赛马,是个了不起的女骑手。我经常看到她骑在马上参加比赛,横座马鞍也好,其他姿势也好,我从没见过比这更可爱的样子了。她的手套一定要戴得好好的,还要戴上这顶高帽子。但她去奴隶住所的时候会穿上裙裤,像男人一样骑在马上。"

克拉罗贝尔从密苏里带来了开拓精神。她丈夫过世的时候没留下几个钱,丈夫死后她决定带孩子们到北方去接受更好的教育。她把十几个奴隶以每人一块钱的价格卖给了答应好好对待他们的朋友,之后带着六个女儿、两个儿子，还有一群不愿离开的家仆去了威斯康星州。克拉罗贝尔对家仆说："如果我能付你们工钱，你们可以跟着我，因为你们已经不再是奴隶了，我已经解放了你们。如果你们分文不取，我是不会再让你们跟随我的。"于是克拉罗贝尔·钱德勒带着她的孩子们，还有十几个跟了钱德勒姓的奴隶，在1858年搬到了威斯康星州博斯科贝尔小镇的郊区。在那儿，她用好不容易从种植园赚来的一点钱买了一个农场，安排每个人在农场种地、收割。

克拉罗贝尔成了我理想中的人物，我梦想成为她那样的人。她有勇气，有见识，偶尔兴起，大部分时间生活规律而有节制。我上大学时每天会为第二天制订计划。放假回家后我还这样规划自己的每一个小时。这么干通常会把我父亲惹毛，但我相信克拉罗贝尔能理解我。

镇上很多邻居经常受到印第安人的骚扰，有一些人甚至还被杀了，克拉罗贝尔却能和印第安人相安无事。"永远别用敌人擅长的武器去跟敌人打仗。"她告诫自己的孩子们和黑人工人，"不管那些人有多坏，你都要用自己的办法打败他们。"克拉罗贝尔的办法是邀请印第安人到家里，她盛装打扮，用布朗尼点心和苹果酒招待印第安人。孩子们会躲在墙后面一处隐蔽的地方，从小洞里看到起居室发生的一切。莱尔的任务是管好他们那条明显不喜欢印第安人的小狗拉各斯。她会在它嘴里塞一条毛巾，防止它叫出声。

他们到博斯科贝尔两年后，内战爆发了。这让克拉罗贝尔大家庭里的每个成员都无比痛心，因为他们既热爱南方，也热爱北方。我的外祖母曾向我描述她的两个哥哥和自己母亲对话的情景。那天她母亲在起居室织毛线，两个哥哥跪在她面前，一个说："妈妈，我们得做个决定了。我们必须参战，而且还得做个可怕的选择。"

"那你们打算选哪方？"克拉罗贝尔问道。

"北方。"

莱尔永远忘不了她母亲轻抚着两个儿子的头时说的话："亲爱的孩子们，你们做的选择很正确。"

男孩子们一离开，莱尔就问母亲："妈妈，如果他们选择了南方军队，您会怎么回答？"

"乖女儿，我还是那句话。"

数年后,一个从波士顿来的爱尔兰裔小伙儿威拉德·斯诺听说有个美丽的姑娘在博斯科贝尔小镇教书,人们称这个姑娘为"博斯科贝尔镇美人"。威拉德的父亲早年做铜的生意赚了很多钱,后来听到些谣言,转而在威斯康星州经营木材生意。威拉德当时在他父亲的一个伐木场干活,离博斯科贝尔不远。他身材高大,但性情温和,在伐木场的每时每刻都让他感到厌恶。他曾跟我说:"我干这一行实在是受不了眼睁睁看着这些多年长成的漂亮大树被砍倒、卖掉。这是在摧毁我的生活,我不能在这行当里干下去了。"

威拉德来到博斯科贝尔,遇到了"博斯科贝尔镇美人",也就是我的外祖母。他们恋爱期间,威拉德有一次踩到给熊设的陷阱,还有一次掉进厚厚的锯末堆,险些被闷死。工人们把他从锯末堆里挖出来的时候他笑个不停。跟我讲到这个故事的时候,他还是哈哈大笑。我暗自思忖,哪个托兰家的人会自己笑自己?又有哪个托兰家的人(除了我)会这么笨手笨脚?这么看来,我对他比对父亲家的其他亲戚更感亲近还有什么值得奇怪的?

威拉德辞掉了伐木场的工作,在小镇上当起了保险调查员,然后和莱尔结了婚。他们迁居到南达科他州的苏福尔斯,生了四个女儿,依次是弗洛丝、珍妮特、格蕾丝和我母亲海伦。只有我母亲有子女,她 1910 年生了弗吉尼亚,两年后生下我。

克拉罗贝尔的弟弟梅尔文·格里格斯比十六岁就加入了联邦军队。入伍两年后他被俘并关押在安德森威尔。他在《烟熏的北方佬》(*The Smoked Yank*,1888 年出版,有一本现藏于国会图书馆)一书中形象地描述了那所俘虏营的恐怖情形。后来,他当上一支志愿军骑兵团的指挥官,骑兵团叫"格里格斯比的牛仔",又叫"剽悍骑手"。根据家族记载和当年的书信,梅尔文·格里格斯比邀请一个猎人朋友泰迪·罗斯福(原名西奥多·罗斯福,昵称泰迪)参加 1898 年美西战争中圣胡安山的冲锋。后来,泰迪·罗斯福凭着这次战斗的功勋,代表共和党赢得了 1900 年的美国总统选举①。

罗斯福竞选成功后专程到苏福尔斯感谢梅尔文。当时这在苏福尔斯市

---

① 编者注:1900 年当选美国总统的是共和党人威廉·麦金莱,西奥多·罗斯福为副总统。1901 年麦金莱遇刺身亡,罗斯福递补为总统。

是件大事。星期天,我外祖父威拉德·斯诺护送总统来到一座荷兰移民归正教会小教堂,教堂里挤满了人。当礼拜即将开始时,教堂的地板突然塌陷,包括总统在内的一半人都跌落到了地下室里。外祖父望着地下室里的总统,面带微笑问道:"总统先生,您愿意抓住一名优秀的民主党人的手吗?"罗斯福一下子抓住了威拉德的手,被拉了上来。

招待总统的正式宴会结束后,罗斯福问他能不能骑着梅尔文·格里格斯比的母马出去遛遛。半小时后罗斯福回来了,飞快地骑马冲进院子,然后猛拉缰绳,突然来了一个急停。格里格斯比很愤怒,我母亲至今忘不了他气得满面通红的样子。"下来!"他吼道,"你永远别想再骑我的马了!像你这样骑马的人应当挨鞭子!"

罗斯福总统恭顺地下了马。离开苏福尔斯前,总统提出要格里格斯比去阿拉斯加任司法部长一职。梅尔文带着儿子去北方赴任,但过了一周左右就独自回来了。"这件礼物太冷了!"他说。他没有征询华盛顿的意见就直接把司法部长的工作转给了自己的儿子。

梅尔文到临终前一直精力充沛。他八十多岁的时候还独自一个人去芝加哥,晚上被两个年轻人袭击。报纸报道说:"前南达科他州'剽悍骑手'骑兵团团长梅尔文·格里格斯比上校昨晚遭遇俩毛贼袭击。他用拐杖把毛贼打得落荒而逃。"

克拉罗贝尔的姐姐,由于某种原因一直被叫作马特,她给我们家族带来了不好的名声。她当年与出身显赫家庭的一个年长男子订婚,此人在圣路易斯为她盖了一幢气派的楼房。他们彼此相爱,但就在结婚前夕,男方的家庭坚持让他娶一个有钱人家的女儿。他结婚后,某日马特正在空荡荡的大房子里黯然神伤的时候,这个情郎突然出现,说:"你不能这样过一辈子,我们还是能一起生活的。"

多年之后,直到我母亲的姐姐弗洛丝曝出了这段家丑时,我母亲才跟我解释:"后来事情一件接着一件地发生,她的房子也变成了……"

"卖淫场所?"我猜测道。

"嗯,是的,确实成了那种地方。不过,"她语气轻快地继续说,"那还是圣路易斯最棒的房子!"她接着补充,斯诺家的人当然也受到了这件事的巨大打击,都拒绝再和马特有任何来往。

"好吧,那我们和她来往!"威拉德说。他坚持邀请马特到苏福尔斯来。

马特很高兴。"我们太喜欢她了!"我母亲回忆道,我母亲那个时候大约十四岁,"马特真是个可亲可爱的人!她看到我在画画,就对我妈妈说:'莱尔,海伦应该接受训练。'我妈妈说:'这儿没人能培训她,而且我们也没钱送她出去学。'马特回答:'我调查过了,万圣学院有位老师。她虽然没有东部那些老师教得好,但总比没有老师强。'我妈妈说:'我不知道我们能不能付得起学费。'马特说:'我可以付。'于是,她就每周给我寄钱让我学习。她在信中写道:'海伦将来会有出息的,我知道她会的。'但六个星期后钱没再寄来,我们也没有再接到过她的来信。那是最后一次收到她的信。"

威拉德收入微薄,从他那十足波士顿人的视角看来,斯诺一家的生活"贫穷但有尊严"。威拉德在自己的富裕朋友中备受敬重,苏福尔斯附近的弗兰德洛印第安人保留区能建成一座儿童游泳池就全靠他的影响力和勤劳操持。威拉德经常带着两个小女儿格蕾丝和海伦到保留区的游泳池,让她们和其他孩子们玩。其他白人孩子往池子里扔硬币,让印第安小孩潜入水底去捡。威拉德不让格蕾丝和海伦这么做:"这么干你也许觉得自己了不起,但这样做是不对的。别的孩子愿意扔硬币随他们的便,但别让我逮着你们两个扔硬币,印第安孩子并不低人一等。"

海伦跟我坦白,说她以前很妒忌那些印第安孩子:"我看见他们直接吊着我爸爸的大腿,爸爸不得不一路拖着他们走。他们很喜欢我爸爸,生怕失去我爸爸。"

尽管我母亲的名字是海伦,但因为她是家里最小的孩子,所以又被家人亲昵地称为柯莉。她是个好脾气的甜妹,人人都喜欢她。她刚过十二岁生日就有一个长相英俊的小伙儿比利·派蒂向她表白。比利的爸爸在爱荷华州拥有五家银行。他们是在爱荷华州的一个旅游景点奥科博吉湖边认识的。他们十五岁那年,比利教海伦在湖上驾驶他的"美少女"号帆船,船的名字是为海伦起的。这时拉尔夫·托兰跟着他父亲弗兰克·托兰从拉克罗斯来到苏福尔斯创办商业大学。弗兰克刚到小镇就给威拉德·斯诺留下了糟糕的印象。威拉德从一个朋友那听说镇上来了个体格像运动员的陌生人，穿着华丽的裘皮大衣，手戴钻戒，还别着个钻石大胸针。这个陌生人神气十足地走进大瀑布酒店的酒吧，用镶金的手杖猛敲吧台，说："这屋里随便哪个狗娘养的，我都能撂倒。"接着又补充道，"我请客，这屋里每个人喝的酒水都算在我头上！"第二天，威拉德又碰巧看见弗兰克·托兰倚在大瀑布酒店的前台上，那姿势在威拉德看来颇令人讨厌，于是他对妻子说："绅士是不会那么靠着的。"

几周后，拉尔夫新结识的朋友克利福德·派克带拉尔夫去参加一场豪华舞会——元老舞会。那天晚上他被介绍给了海伦·斯诺。他身材高大（海伦当时的男朋友比利·派蒂个头不高），尽管鼻梁塌了，但长相还算英俊，这让他看起来非常与众不同。我母亲后来才知道他那时刚在一所教会学校里打完一场架。他父亲不肯给他治疗被打断的鼻子，用他父亲的话说，那是"男子汉的标志"。

"我有点喜欢他。"我母亲回忆说，"他是个追求者，一个很棒的追求者。"那时碰巧法尔格的表妹米妮·博伊斯来斯诺家拜访，她对拉尔夫一见钟情。拉尔夫一周来斯诺家三到四次，每次都带鲜花和糖果，不仅给海伦，还给已经被他迷住的米妮和斯诺夫人。不久，他就赢得了所有女士的欢心。于是威拉德只好对他稍微客气一些，但仍然不信任他。

海伦知道拉尔夫住在租来的阴暗房子里，就问莱尔能不能邀请他来参加感恩节晚宴。她知道这么做不对，因为她已经邀请了比利·派蒂，但还是抑制不住想要这么做的欲望。

"哦，当然要请！"米妮欢呼道，莱尔同意了。

那时候海伦有内疚感，但莱尔没看出有什么不妥。总而言之，拉尔夫孤零零的，比利有个温馨的家庭，而且很有钱。另外，比利还是个心地善良的青年。海伦几乎能确定比利很快就会给她订婚戒指了。她知道这么做不对。她写信告诉比利，拉尔夫也会来，比利回信说他不来了。"从此一切都结束了。"我母亲回忆道，"我再也没有见到过他。他一想到在我心中还有一个比他还重要的人就感到心碎。我至今仍觉得内疚。"当我母亲对我说这些话的时候,她渴望的表情和声音出卖了她。如果和比利在一起,她的生活将会大不相同。

1909年,拉尔夫·托兰向海伦求婚,她答复说太快了。过了几个月,拉尔夫又向她求婚,得到了同样的答复。第三次求婚的时候她答应了,但拉尔夫忘不了自己被拒绝过两次——也许这就是他生命中一种被拒绝的模式。他父母的第一个孩子,拉尔夫·约瑟夫·托兰,出生后不久就夭折了。这让他父母更加把爱都倾注在第二个孩子雷的身上。接下来他们生了我父亲,拉尔夫·约瑟夫·托兰,为了纪念夭折的第一个孩子,他们给他取了相同的名字。拉尔夫告诉海伦:"我从未有过属于自己的名字。"他非常爱自己的母亲,但一年中只有过生日这一天他才能得到母亲全身心的爱,其余时候父母最宠爱的孩子永远都是他的哥哥雷。

拉尔夫在郊区学校读六年级的时候,一个女教师用铁戒尺用力打他的手,于是拉尔夫便辍学了。他讨厌自己的中间名约瑟夫,就把中间名去掉了。他的父母一向很少关注他,他们即使持续收到拉尔夫自己伪造的学习成绩单也毫不在意。从那时起,拉尔夫就开始自学。他离父母最近的一次是偷偷爬上他家马车的车顶跟了他们一程。他真正接触到家庭生活还是到了斯诺家以后。海伦答应了他的求婚后,除了威拉德·斯诺,所有人都很高兴。

威拉德能从拉尔夫身上看到一些他妻子和女儿们没看到的被拉尔夫魅力所掩盖的问题。拉尔夫不像他父亲那么招摇、夸夸其谈,而且在公开场合的行为举止非常绅士,但是很显然,与他超凡的音乐天赋一样,他还有一副与生俱来的爱尔兰脾气。我母亲一答应他的求婚,威拉德就按下心中的种种疑虑,全心全意接受他了。威拉德无论从哪方面说都算得上魁梧,但他走进屋子的时候并不是众人关注的焦点,拉尔夫才是。对我来说,姥爷(我总是这样称呼威拉德)并不可怕,他只会让人觉得安心。他从不和人争长短,连谈政治的时候都不会辩论,更没有树过一个敌人。

拉尔夫认为他的岳父是超级保守派,而自己则正相反。多年之后,我找到了姥爷的"旅行"日志,里面写满了他的社会主义言论和渴望世界变得没有歧视、人人平等的梦想。威拉德相信社会道德,年轻人无论何时在苏福尔斯闯了祸，只要他承诺以后"做正确的事"，威拉德都会施以援手，帮他摆脱麻烦。拉尔夫过去常常温和地对姥爷的"社会工作"表示不屑。我多年后搭顺风车到苏福尔斯时，有好几个人都来告诉我威拉德·斯诺改变了自己的人生。

我崇拜威拉德。他会给我写信，信的抬头上写"J. 威拉德·托兰"。如果我出版第一本书的时候他还在世的话，我就会称自己为 J. 威拉德·托兰。直到多年以后，我才意识到我和父亲之间的紧张关系其实源于我对姥爷的热爱和崇拜。在我和姐姐成长的过程中，我们一直被灌输托兰家的人比斯诺家的人更优越的观念，因为托兰家的人多姿多彩、趣味盎然，而斯诺家的人则衣着不整、索然无味。我父亲对我矮小的个头、纤若女子的手和不擅体育的身体感到羞耻，而且他毫不掩饰这一点。父亲常常责骂我走路呈轻微外八字，而姥爷则安慰我，说我的走法是"印第安纵列"式，这种姿势走山路非常实用。在父亲眼中，我尽是缺点，所以我觉得姥爷比父亲更为亲近。

我现在明白自己当年一定是因为无法取悦父亲才转而讨厌他。我也明白，父亲无法改变他对我的看法。在诺瓦克，他花了好多天教我和邻居的孩子们打棒球，我妒忌那些比我打得好的孩子。虽然他从来没有批评过我，但我渴望他能像夸赞那个运动天赋高的意大利孩子一样夸我一句："好球，孩子！"尽管父亲没什么钱，可每每他走进屋子，俨然就是最棒的男子汉。我崇敬他，但我知道自己不是他心目中理想的孩子。姥爷带着我和一大群孩子去吃冰激凌的时候，每个人都喜欢他，而我也不会妒忌别人，因为我知道他也喜欢我。

我意识到我和父亲之间的障碍归结于我的错误和他的错误，他的错误或许更大，因为我非常讨厌他。要是我没有一次又一次地缩回自己的保护壳里，也许还有可能变成他理想中的儿子，因为他本质上还是个温和、有爱心的人。其实，当时的我宁愿自己并不崇拜他，我愿意像爱姥爷一样爱他。我最后一次见到父亲，是我扒火车旅行的第四个夏天，我突然想通了这个道理，于是我们用两周的时间来理解对方、修复关系。等我意识到自己是个斯诺家的人，而不是托兰家的人时，已经太晚了。尽管我像崇拜英雄一样崇拜我父亲,我的性情却完全是姥爷和克拉罗贝尔的类型。

拉尔夫坚持要在举办婚礼之前把海伦带回拉克罗斯去见自己的家人。海伦还从未见过哪个女人像拉尔夫的母亲那样美:"她的眼睛熠熠生辉,有着最美的颜色——紫罗兰色!她周身散发着可爱的气息。瞧她的皮肤!"

从外观上看,托兰家位于国王大街1402号的宅邸和当地的其他房子都不一样,宅邸一旁的行车道建得富丽堂皇,房子的前脸也令人过目难忘。弗兰克·托兰开办的威斯康星商业大学出资建造了这座漂亮的宅邸。为了迎合居住者对戏剧的热爱,弗兰克祖父还在宅邸的内部改建了一个炫目的舞台。海伦从未见过这种纯美与浮夸的组合,满屋的红木和胡桃木嵌板价值不菲,但装修品味高雅,并不显得过于奢华。她相信在弗兰克·托兰那虚张声势的外表下,一定有个敏感体贴的灵魂。

海伦是第一个下楼吃饭的人,她正奇怪其他人到哪儿去了,众人突然出现,纷纷下楼,来到起居室。先下楼的是弗兰克,他身材不高,穿着无尾礼服,仪表堂堂,仿佛和玛格丽特一样出身贵族。跟着下来的是雷,他的名字取自一个真实性有待考证的祖先雷爵士。他体态轻盈,却真正高雅。他拿着一把小提琴,径直走到施坦威三角钢琴前面,像个舞蹈家一样跃上琴凳。接着又皇家范儿十足地迈步踏上钢琴踏板,开始演奏明显苦练了几个星期的华丽乐章。

然后,出来的是我父亲。楼梯刚下到一半,他就唱起歌来,雷为他伴奏。他是男中音,我母亲从未听过这般歌剧式的发声,感到有些刺耳。我父亲唱完后过了片刻,玛格丽特便像皇后一般款步下楼。她身着精美的绸缎长裙,外罩披肩,头戴一顶插了羽毛的华美帽子,她的华贵优雅令脚下的楼梯黯然失色。走到离楼梯转角平台还有五个台阶的地方,她站住了,缓缓检视下面的观众。拉尔夫此时走到钢琴前,欢快地敲击琴键,弹出了类似号角齐鸣的音乐。雷庄重地从钢琴上下来,站到拉尔夫旁边,用小提琴合奏。玛格丽特,这个被隆重推出的歌剧主角,开始唱起咏叹调来。我母亲被玛格丽特的声音迷住了,这比全世界所有的演出都要精彩。她想象了一下自己的亲人如果见到此情此景会作何感想,黛米肯定会喜欢,姥爷就不好说了。

玛格丽特一唱完咏叹调，拉尔夫便上前殷勤地搀扶她下楼，然后回到钢琴前又弹起了和弦，他母亲则优雅地向大家鞠躬。"她大概鞠了两次躬，说：'我鞠最后一个躬的时候紧身衣马上就要裂开了！'接着一阵大笑。"

海伦就是这样被带到这个有着可疑贵族血统的爱尔兰家庭的。

斯诺家的人最初是公理教派，后来因威拉德的母亲在北达科他州法戈市接受治疗而转变为基督教科学派。布斯家唱独唱的女孩子们邀请海伦到圣公会合唱团去唱歌。莱尔催促海伦赶紧接受邀请，因为这意味着她就可以参加专为年轻人举办的高雅派对了。她给海伦的唯一建议是"别唱得太大声，也别唱颤音"。

莱尔认为我母亲应该在圣公会大教堂结婚，但遭到圣公会教徒的拒绝。"我们是基督教科学派的，"莱尔抗议说，"在我们的教堂里，谁也不能举办合法的仪式。"结果她仍然被拒绝了。

这时候距婚礼只剩十天了，但海伦并不慌张。"那时我还不太了解情况，"她后来告诉我，"拉尔夫也不担心。如果我们什么都做不了，他就会带我到法院去结婚。"几天后，圣公会大教堂的首席神父给莱尔打了电话，说："斯诺太太，一个朋友对我说我有责任主持这场婚礼。"婚礼的仪式不能在教堂举行，但他很乐意去斯诺家主持婚礼仪式。

1909 年 10 月 2 日海伦婚礼这天，她姐姐珍妮特和建筑师丈夫乔治·路德维克从伊利诺伊回到苏福尔斯。弗洛丝和丈夫杰克·翰杰姆——据说他是个什么都能推销得出去的人——也从加利福尼亚长途跋涉赶了回来。天性乐观的威拉德表现得好像对拉尔夫全无成见。托兰家送给婚礼的唯一礼物就是我父亲，他父亲不屑于参加婚礼。"我就一个人。"拉尔夫跟一向崇拜他的弗洛丝坦白道。

"不要紧，"弗洛丝说，"你本来就没有多少朋友。"

童年

结婚的头三年，拉尔夫·托兰是个完美的父亲。我们住在拉克罗斯我出生的房子里。母亲告诉我当年父亲坚持让我和姐姐弗吉尼亚一起住在一间很大的儿童房里，姐姐睡小床的一边，我睡另一边。半夜里我饿醒的时候，拉尔夫就会把我抱到他和母亲的房间，让母亲给我喂奶。我一吃饱，他就把我送回房间，好让我母亲能休息得更好。

我还听说我自打能在地上爬起就不断闯祸。此时再回顾往事，我发现我人生的模式早在孩童时期便已设定。我是迷你版的马可·波罗，永远在探索新世界。快两岁时，在某个温暖春日，我冒着雨，一个人摇摇晃晃地走到了排水管那儿。很快，家人便发现我不见了，母亲带着照看我的女孩朵拉出门寻找。她们找到我的时候，我正弯腰站在排水管下面，好让水流到我的光屁股上。我抬头看着母亲，还开心地冲她笑。

那时我在楼上的门廊间睡午觉。有一天我翻过小床的栏杆，爬到了相连的屋顶房檐上。他们告诉我，我当时就坐在房檐边缘，嘴里咕咕哝哝地自言自语。我的叔叔休伊特（大家常常叫他"靓子"），当时也才十四岁，试图爬上屋檐来救我，但却一次又一次地滑下来。（之所以叔叔得了这个不寻常的名字，是因为他母亲总叫他"靓仔"，而他学着叫的时候总是口齿不清地说成"靓子"，于是他的本名休伊特反倒被人们给忘了。）我以为他在逗我玩，而且我也确实被他的"表演"逗乐了。接着我父亲出现了，在我即将摔下来之际一把抓住了我的脖子。"他有双了不起的手，"我母亲回忆道，"非常漂亮的手。拉尔夫力气很大，又很勇敢，他永远都知道自己该做什么。我从他手里接过你，一直抱了大约一个小时才把你放开。"

1915年夏天，我三岁，我们家在附近的湖边买下一所村屋。有一次"靓子"正在屋里换参加舞会的衣服，不经意间瞧见我朝湖边走去，一直走到湖里，然后消失不见了。他赶紧从窗户里爬出来，跳到门廊的屋顶，再跳下地，把我从水里捞出来。这时"靓子"一低头，发现自己竟然没穿裤子，气坏了，把我丢在一边，又冲回屋里，但这一幕已经全被住在他隔壁的女朋友看到了。

一个星期后，我因为参与干坏事，挨了人生第一顿揍。我姐姐弗吉尼亚比我大两岁，个子比我高得多，也比我力气大。她说服我帮她一起捉弄住在我们隔壁的一个脾气火暴、常常训斥我们的老太太。我们把老太太晾在绳子上的干净衣服全都塞到了她家的厕所里。

发现我们的恶作剧后,海伦把老太太的衣服都捞了出来,全部手洗干净。她一边洗,一边哭,每过几分钟就给我们的屁股来上几巴掌。我父亲出现时,以前从未体罚过我们的母亲马上跑过去让父亲揍我们。拉尔夫装模作样地给了弗吉尼亚几巴掌,把我拉到我家的厕所后面,对我说:"我抽自己膝盖的时候你就哭出声来。"我永远忘不了父亲假装惩罚我们的事,那时我太爱他了。

我的五岁生日是在1917年6月的南达科他州的沃特敦过的,我们1916年从拉克罗斯搬到了沃特敦。我父亲在那儿办了一所新的商业学校,从此结束了他在拉克罗斯经营威斯康星商业大学时和他父亲的常年争执。直到那时我母亲还坚持给我留长鬈发,把我打扮得像方特勒罗伊小爵爷一样。我开始讨厌被打扮成这模样,我父亲也不喜欢我这样。7月4日这天,他宣布要带自己的儿子在镇上好好逛逛。我们沿着镇上的木板步道走着,发现一家理发店还在营业。父亲带我走进这家理发店,给了我一个终生难忘的惊喜。理发剪的咔嚓声伴随着缕缕鬈发落地给我带来阵阵狂喜。我知道自己扮方特勒罗伊小爵爷的日子到头了,回家的路上我感觉自己的脑袋无比清爽,但我妈却哭得泪流满面。"我的宝贝没有了!"她哭着说。那珍贵的鬈发,我父亲连一缕都没保留。

那年晚些时候我们又搬回拉克罗斯。接着发生了一件事,差点导致我父亲的歌唱事业彻底终结。父亲和他哥哥雷把船屋停在码头后,在回家的路上遇到一个壮汉,此人是镇上的恶霸,冲他们骂了句什么。我父亲只当没听到,继续走。这恶霸就朝他走去,雷大叫了一声提醒父亲,结果我父亲刚转过身就被恶霸打倒在地。他起身跟这个恶霸还有恶霸的哥哥恶斗了一场。打完架后,我父亲走回家中,两眼淤青,鼻梁再次断了。

我母亲看到他的恐怖模样吓了一跳,问:"雷帮你了吗?"

"没有。"他回答,"他要是帮忙也许还碍我的事呢。"打坏了的鼻梁从此再也没有矫正过来,而且自此以后他就"托带"不离身了。

这一架成了我家的一个经典,我父亲也成了我心目中的大英雄。鲜血和痛苦在我的记忆中渐渐模糊。我知道他需要勒"托带",但对我来说那只不过是个字眼,直至有一天我看到它挂在父亲的床头上,活像一条丑陋的蛇,让人恶心又恐惧。

我赶忙跑回自己房间,在词典里查到"托带"这个词:"一种维持脱位状态的疝气装置。"由于讨论身体违背基督教科学派的教规,我又查了"疝气":"某个器官或组织周围的隆起或突出,如腹部区域。"我再查"腹部":"哺乳动物身上从胸到骨盆之间的部位。"我一直查下去,最后确定这一定是人体裆部的隐私部位!天哪!我可怜的父亲日复一日、年复一年地勒着这倒霉的东西!我想我当时哭了,不过不太确定。从知道这个真相的那一刻起,我觉得父亲很可怜,希望自己能做些什么,让他感到自豪。

我最喜爱的关于1917年的记忆,莫过于和拉克罗斯闻名遐迩的道克·鲍威尔的儿子们见面。道克·鲍威尔是这一带最有名的神枪手,绰号"白河狸"。他和卡拉米蒂·珍、比尔·柯迪等几个西部名人关系很好。道克是个医生的儿子,回到拉克罗斯后成了市长。他有两个儿子,波格(波利沃格)和泰德(泰德坡)。波格很崇拜拉尔夫,这多半是因为拉尔夫是镇上半职业棒球队里最好的选手。一个芝加哥小牛队的球探在看过一场拉尔夫让二十个对手出局的比赛后,给了拉尔夫一个试训机会,但拉尔夫拒绝了,他说自己打算做职业歌唱家。

波格几乎每天都要来我家,总是沙哑着嗓子跟拉尔夫打招呼,然后提议我们"玩打仗"。波格会坐在一张安乐椅里,让我从各个方向扑到他身上,直到把他搞得筋疲力尽为止。有一次,我们正这样打闹着,海伦的姐姐格蕾丝来了。她爱上了波格,不久他们就在苏福尔斯结了婚。拉尔夫充当伴郎,弗吉尼亚做花童,我则分到了一份尴尬的差事——负责送结婚戒指,戒指被套在一个很大的百合花花蕊上。很幸运,出席婚礼的宾客中没有弗洛伊德的弟子。

我从很小的时候就对电影着迷,在大屏幕上看到的一切对我而言仿佛都是真实发生的,能让我哭,也能让我笑。每周六下午,我和弗吉尼亚都会到威斯康星商业大学的影院看一个系列剧的特别放映。我坐在影院的时候,相信电影是我的另一种生活。也许后来我从事写作就是受这种想法的驱使,我在作品里能体验一种比自己的生活更有趣的生活。

很快,我就对系列剧失去了兴趣。别的电影院在放映格里菲斯导演的《党同伐异》(Intolerance)。我对这部从现代跨越到古巴比伦、分四个独立故事的影片如痴如醉,连着看了好几场,直到被警察找到。原来我母亲因为找不到我几乎急疯了,她给警察局打电话报了警。我主要是被电影里从古代到现代的跨越迷住了。神秘的过去在眼前重现,连同熙熙攘攘的人群和高大宏伟的建筑,而我,仿佛就生活在其中。

1917年年底的时候,我的注意力都集中在欧洲大战上。我缠着母亲,直到她给我缝制了海军和陆军的制服。我有一个陆军的头盔,是父亲从芝加哥给我买的,还有一套子弹壳和一些战场纪念品,都是1917年夏天在法国度假时碰到的一群步兵送我的。

"靓子"迫不及待想要参军,终于在他十八岁生日的那天被海军接收了。我父亲原本也想入伍。他后来告诉我母亲:"我身强体壮而且正值壮年,但政府不肯收我,说我已经结婚了,还有两个孩子。"他曾跑去跟雷说:"这是我们的责任。我要去打仗了,如果我发生了什么事,你要答应我一辈子照顾好海伦和孩子们。"

"这我不干。"雷回答道。他可从来不是在"责任"面前勇于担当的人。

于是,我父亲就留在了家里,差点命丧于1918年暴发的流感之中。在这场流感里死去的美国人比在战争中被德国人杀掉的还要多。盟军在夏秋两季节节胜利,整个美国为之欣喜。1918年11月7日,这天天气晴朗,阳光明媚,喜从天降。当广播宣告敌对状态就此终结后,纽约市上空回荡着各种警报声,工厂里和轮船上的汽笛声,汽车的喇叭声,以及教堂的钟声。

整个美国,无论大城小镇,还是乡野农庄,到处都在欢庆胜利。在拉克罗斯,这个拜1848年那一代移民所赐,连镇名都带着德国味儿的地方,德裔美国人的日子很不好过。德裔美国人需要比别人表现得更加爱国。我父亲那天晚上带着我和弗吉尼亚去镇上感受狂欢氛围。我们走到报馆,看见我所痛恨的一战主要策划者和闪电战计划的创始人、普鲁士国王、德意志帝国皇帝威廉二世的稻草人像被吊着。一名男子把稻草人点火烧了,我们全都欢呼起来。我想穿上我的陆军制服,可我父亲让我们都上床睡觉。尽管这次并非正式宣布的停战,当时的情形却令人难忘。真正的停战发生在四天之后,不过这对我来说已经没有什么意义了,因为我已经看到威廉二世这个"皇帝老儿"被点着,也知道一切已经结束了。

嚯,东进!

1919年初,我六岁,父亲迫不及待地想要离开拉克罗斯。他认为和雷一起经营的家族商业学校生意已经走进了死胡同,他渴望去东部继续自己的歌唱事业。"我要去训练一下发声。"他对海伦说,"让学校见鬼去吧,我才不在乎!"

我父母对《星期六晚邮报》上一篇关于康涅狄格州新卡纳附近一个颇有前途的区域的报道很着迷。报道称,一群中西部艺术家和音乐家在那片区域形成了一个艺术家聚居地。我父母谈论这地方和他们的梦想,一谈就是几个小时,他们管这地方叫"月亮谷"。几个月后我们的家具被装船运到新卡纳,我们也坐上了去纽约城的火车。

我为这个新世界做好了准备,拉克罗斯对托兰家的人来说太束缚手脚了。我叔叔"靓子"亦有同感,他央求拉尔夫带他一起走。"你们得带我走!"他说。"靓子"叔叔比拉尔夫个子高,块头大,但走路呈外八字,全无拉尔夫的运动天赋。海伦是他所知的唯一一位真正的母亲,他在海伦面前就像个驯顺的、笨头笨脑的、没娘的熊仔。因此海伦让拉尔夫带上"靓子"。"靓子"弹钢琴很有天赋,可以在父亲的独唱会上伴奏。

我们在新卡纳附近一幢公寓楼的几间逼仄房间里暂时安顿了下来。我父母出去找租得起的房子,结果铩羽而归。最后,他们在诺瓦克找到一个叫山姆·齐勒的房产中介。他得知我父亲是歌手,我们一家是基督教科学教派后,说:"我不会放你们走了,我要在诺瓦克帮你们找到安家的地方。"他知道那一带的科学教派教堂需要一个独唱歌手。由于我们手头不宽裕,他能为我们找到的唯一地方是在诺瓦克和韦斯特波特之间的一个农场。

不久之后,拉尔夫就开始每周数次往返于纽约和农场——到一个著名的意大利老师那里去进行歌唱训练,卖钢琴,举办演唱会,经营我们的农场。

我们搬进新房后不久,母亲就带着我和弗吉尼亚沿着一条路走到一个只有一间屋子的学校。那儿有一个老师,是个讨人喜欢的年轻女人,她一人教六个年级。我被分到一年级,弗吉尼亚被分到了三年级。但一周后老师很难过地宣布这间学校被关闭了,因为上学的人太少。于是,我们被转到了韦斯特波特的贝德福德小学。

这次转学的好处是可以乘公交车。学校本身很好,男生个个人高马大,女孩子人人清高。

我在农场里学着学校里不会教给我们的东西。隔着一条马路,在我家的房子对面住着的是演员哈里森·亨特,他在百老汇热门戏《蝙蝠》里面饰演蝙蝠。和亨特夫妇一起在这里过夏天的是他们的侄女凯洛琳,她只比我大一岁。她喜欢跟我和另外两个住在马路另一头的内尔·约克大宅的男孩一起玩。

内尔是我见过的最美的妇人。我们都非常崇拜她。据亨特先生说,她以前是齐格菲歌舞团的。我们都在约克家的游泳池附近玩。游泳池建在小山丘最下面,紧挨着我家的农场。游泳池里长满芦苇,我们把它当作划船比赛的赛场,用长棍子撑着自家做的小舟比赛。有一天我们发现内尔·约克正瞅着我们,都吓得呆住了,连逃跑都忘了。不料她却微笑着对我们说,欢迎我们使用她的游泳池。她还邀请我们到她家的大厨房。厨房里各种能想象到的器具一应俱全,其中还有一个物件是她用来储存易变质食品的。我以为那是个冰盒,内尔解释说那是电力驱动的。内尔招待我们吃点心、喝牛奶。我不住地打量着那物件——以前我从未见过电冰箱。

那天我回到家,宣布受到内尔热情招待的好消息时,我父亲忍不住笑了起来。那根本就不是内尔·约克的大宅。那大宅是纽约一个富人家的,他只过来度周末。不言而喻,内尔是这名富人的情妇。我们这些孩子能想到的只是,大概这名富人也喜欢内尔的点心和牛奶。妈妈态度温和地建议我以后不要再去大宅,父亲又笑了起来:"约翰太小了,还不会被腐蚀,而且听起来她还算不错。"我当时不懂他们在谈什么,多年以后,当我已经懂得他们谈话的意义后,留在我脑中的内尔依然是一个可爱善良的女子形象。

农场上的各种杂活中,我真正喜欢的是每天早上出去捡带着余温的鸡蛋和鸭蛋。鸡差不多都把蛋下在窝里,可富有想象力的鸭子却让我不得不搜遍谷仓,甚至爬上草垛才能找到它们的蛋,能在草垛上找到鸭蛋可是巨大的胜利。农场上最糟糕的活儿要数打扫鸡舍和在土豆地里锄杂草。不过奶牛黛西是个好伙伴,每个人都喜欢它。它极有耐心,就算我手忙脚乱地给它挤奶,它也十分配合。黛西能原谅我,我父亲却不能,他不明白我为什么如此笨手笨脚。

我热爱四季,尤喜冬天。我会在早餐之前起床,去捡拾鸡蛋、鸭蛋,然后在齐腰深的雪里蹚着走。好吧,或许雪只是没过脚背那么深,不过看上去厚罢了。

我主要的玩伴,确切地说算良师益友,是弗吉尼亚。住在乡村,如果没有她的陪伴,就会无比孤单,尤其是在那些大人都去参加我父亲演唱会的晚上。和她在一起的时候,我从未真正害怕独自待在屋子里,因为我知道她能对付任何蠢到敢于闯进我家的毛贼。而放学后的那几个无所事事的小时里,她总能设法做些逗我开心的事。有一个星期天,有个基督教科学派的富家子弟来和我们共进午餐。饭后我们三人去了内尔·约克的池塘,弗吉尼亚意气风发地展示自己用棍子撑船的技术,结果野心太大,一头栽进池塘,身上还穿着她做礼拜的裙子。我父亲听到池塘里扑通的水声,赶忙翻过石头墙冲过来,而此时弗吉尼亚正若无其事地从池塘里爬上来。她颇有风范地说:"我是故意落水的。"然后继续用长棍撑船。大部分女孩子遇到这种情况都会哭鼻子,我姐姐却不哭。

星期天,我们首先要在教堂的二楼上主日学校,父亲在楼下唱歌。之后,我们开着新买的福特 T 型车去吃星期天正餐。这顿饭总会有鸡肉,我喜欢鸡肉,但不喜欢鸡从鸡舍被弄到餐桌上的这个过程,这也是乡村生活让我反感的一点。

吃过饭后,我们通常会去观看音乐会或去银矿协会观看艺术展览。银矿协会是诺瓦克附近小社区里的美术家、雕刻家、编剧、作家、音乐家和作曲家的一个社团。我父亲在其中很受尊重,经常应邀为大家演唱。在家中,我不得不无休止地听音乐，但这并不让我感到烦恼，反而是看到父亲在大庭广众之下唱歌总让我紧张不安。我担心他会漏掉一个音符，或是在登台演出的时候裤子的拉链没拉好。

音乐成了我日常生活的一部分，因为父亲但凡能从卖钢琴或农场农活中抽出一小时来，他就会反反复复地练习比较难的歌曲段子。我当时并没有意识到，虽然我讨厌音乐，但已经能够适应这些了。我父亲反复排练的歌曲深深植根在我的记忆里。《弥赛亚》的若干段落在我脑海中永远挥之不去："为何这许多国家一起如此愤怒？为何人民徒劳空想白日做梦？"我尚年幼的时候这些词句对我毫无意义，但却在不经意间深深植入我的脑海中。就在此刻我还能听到这歌声。

有一天，我父母在诺瓦克银行，柜员冲着刚进门的两个男人点头致意并低声道："那就是有名的编剧波特·艾默生·布朗，他写了一部很火的音乐剧，正在百老汇上演，叫《大坏蛋》（The Bad Man）。"

我父亲很高兴能有一次结识编剧的机会。他走到第一个男人跟前，这人个子高，相貌英俊，衣着讲究。"很高兴见到您，布朗先生！"他万分诚恳地说道。

"我是布朗先生的司机。"站在这个男人身后的穿着工装的胖墩墩的矮个儿才是真正的布朗先生。布朗先生见到我父亲的第一眼就喜欢上了我父亲。

不久，布朗先生和太太就参加了我父亲在希尔赛德（诺瓦克一所时髦的女子学校，他们的女儿普鲁敦斯就在那儿上学）举办的首场演唱会。演唱会举办得非常成功，布朗很高兴，于是请所有人到他的豪宅里吃饭。吃完饭，他又请父亲唱歌。在这种情况下，我父亲一般会拒绝，但这次他不得已唱了几首俄罗斯歌曲。布朗对父亲和为他伴奏的"靓子"表示祝贺，接着问母亲是做什么工作的。

"我喜欢画画。"她答道。

"你呢，弗吉尼亚？"

"我喜欢跳舞。"

"你呢，约翰？"

像所有八岁男孩一样,我不知道该如何作答,最后,万分尴尬之中,我脱口而出:"我是他们的经纪人。"

波特·布朗被我逗乐了,他拉着我的胳膊说:"我想给你看看我是怎么写剧本的。"说着把我领进一个小房间,小房间里有一张桌子,旁边是一台打字机。在桌子上有个迷你的舞台,上面摆了六七个小人偶。布朗低头望着他的那些人偶说:"我只是看着他们,让他们做自己该做的事,然后我把他们说的话用打字机打出来。"我被迷住了。

那是我第一次被人严肃对待,我想没人能忘记这样的时刻。他立刻就成了我的榜样,当你印象深刻时,偶像崇拜就自然而然发生了。

我父母觉得弗吉尼亚应该接受更好的教育,于是"靓子"开车送海伦去诺瓦克的希尔赛德学校见校长——一位高贵而富有魅力的女士,布兰德琳格小姐。我母亲建议,让父亲每年为学校做两次免费的演唱会,以抵销弗吉尼亚的学费。布兰德琳格小姐同意了,她听说过我父亲,他那时候已经是基督教科学派教堂的独唱主力了。那天晚上在农场我也跟着乐呵,直到发现自己也被打包在这笔交易之中。我就要成为这所女子学校里唯一一个男生了。

我发现自己落入了男孩的地狱。与希尔赛德学校毗邻的是杰弗逊小学。中午我拿着自己的饭盒到两所学校之间的石墙那儿,看着隔壁校园的男孩子们尖叫着跑回家吃午饭。整个下午,只要一有机会我就悄悄来到墙边看男孩子们做课间游戏,根本没有意识到他们已经发现了我,也没想到一年半以后我就成了这些男孩子中的一员。

1921年夏天,我盼望的事情终于发生。那年我父母厌倦了经营农场,他们决定,如果能找到一个合适的首付不多的住所,我们就搬到诺瓦克。这时救星齐勒先生又来了,他帮助我们买到了位于林斯佩雷斯大街7号的一幢外观简朴讨喜的两层小楼。

几周后我们搬了家,我也在劳动节后的那个星期二被允许在杰弗逊小学读三年级。此时我总算体会到一个常年坐牢的人被释放时的感受。那是我生命中最光彩焕发的一天,我再也不会被淹没在一群叽叽喳喳的女孩当中了。

走进三年级教室时我的心怦怦直跳。费根小姐,一个漂亮的爱尔兰姑娘,在向全班同学介绍我时让我站着。我不知道手该往哪儿放,于是就紧握双拳,贴在腿侧。我能看到几个女孩瞟了我几眼,男孩子们则完全对我不感兴趣。

第一个课间,我刚走出教室,班里的男孩们就开始嘲笑:"娘娘腔!娘娘腔!"高年级的男孩子们也加入了,他们齐声喊:"他在希尔赛德上过学!他在希尔赛德上过学!图奈儿(Toenails,意为'脚指甲')在希尔赛德上过学!"

我被惊得目瞪口呆,搞不清"图奈儿"是什么意思。接着,几个男生过来拉扯我。我拔腿就跑,进了男厕所。我身后是一排小便池,面前拥着一大群比我大的男孩子,他们随时准备进攻我,我无路可逃了。

这时一个低沉却十分威严的声音传来:"谁也不准碰那个小男孩一下!"

说话的是一个大块头男生,名叫乔·图米,是个土耳其移民的儿子。他挽着我的胳膊把我带出了厕所。中午放学吃午餐时什么事也没发生,下午课间也没出任何状况。我发现突然间自己被接纳了,因为乔·图米为我说了话。在回家的路上,我问乔他们为什么叫我"脚指甲"。他说:"没什么。他们就是拿你的姓开玩笑,'图奈儿'与'托兰'相近。他们会玩腻的。"

我喜欢公立学校的每一天,很快就成了费根小姐最得意的学生。我在希尔赛德被迫学的那些东西让我在这儿比其他人技高一筹。我母亲是对的。我视费根小姐为偶像,也从乔·图米那里感受到了从未有过的友情。我和乔在诺瓦克河边的小房子里度过了许多放学后的下午。在那儿,我们跟一个年龄相仿的有色男孩(这是当时比较文雅的说法)一起玩,他名叫卡尔文。一个月后我叫乔和卡尔文来我家后院玩,我父亲在后院的苹果树上安了个秋千。有个邻居跟父亲告状,说我跟一个有色男孩玩。于是父亲把我叫了过去:"听说你在跟一个有色男孩玩?"

"是的,爸爸。他叫卡尔文。怎么了?"

"他会唱歌吗?"

我被问糊涂了。

"他会唱歌吗?"他又问,然后迸发了一连串的骂人话,给那些爱管闲事的种族主义邻居听。"去他娘的,你喜欢怎么跟他玩就怎么跟他玩吧。"他走开的时候低声咕哝道。多年以后,我才明白父亲话中的意思:评判人的标准是看他的言行,而不是看他的肤色。

1922年的那个夏天,卡尔文掉到诺瓦克河里溺水身亡了。这是我第一次尝到死亡的滋味。我记得那时又害怕又困惑。在基督教科学派的主日学校里,我们被告知没有死亡,可我却看到我的朋友躺在小小的棺材里,看起来一点也不像真正的卡尔文。我只晓得卡尔文走了,再也不会回来了。

第二年,我的老师多诺万小姐给我起了个雅号"长除法奇才",这让我在四年级变得小有名气。多诺万小姐总是在表扬,她不像以折磨男生而声名狼藉的六年级老师拉德夫人。多诺万小姐和费根小姐一样都是爱尔兰人,但她个头更大些,头发的颜色也更深。她看起来对什么都充满兴趣,而且总能看到事物积极的一面。不过,多诺万小姐也带给我一个必须直面的难题,为了帮山姆大叔打仗筹款,她要求我们大家都买战争邮票。我们都收到了贴着战争邮票的明信片,第一个把明信片写好的人就是英雄。

我一分钱也没有,看着其他人填写明信片的时候,我也下决心做点什么来帮助自己的国家。我从母亲衣橱里一个上面写着"家庭开支"的信封里偷拿了二十五块钱。我填好卡片交给多诺万小姐的时候,她非常高兴。她让大家为我鼓掌,我感觉棒极了,直到回家后发现母亲在抹眼泪。她说她弄丢了全部家用,我们没钱买食物了,我父亲会大发雷霆的!

别无他法,我只得坦白了。我母亲没有责骂我,相反,她戴上帽子,牵着我的手,带着邮票,去了杰弗逊小学。多诺万小姐还在,当她听到事情的原委后就退还了那二十五块钱。我羞愧难当,我不再是个英雄了。第二天我强迫自己去学校上学,我以为多诺万小姐会给我贴个小偷的标签。可是,她对我一如既往,仿佛什么事也没有发生过。

到了此时,我父亲已经完成了他在纽约的歌唱培训,也不再卖钢琴了,他开始尝试出售一套叫作《现代口才》(Modern Eloquence)的书,而且他的演唱会越办越多了,但他唯一的收入来源还是在教堂当独唱。我并不觉得这样有什么穷困的,家中的生活永远不乏趣味。

尽管弗吉尼亚经常给我惹些麻烦，有时候她也能帮我摆脱麻烦。比方说，有个男孩子下决心让我日子不好过，最后他揍了我一顿。当我打完架回到家，弗吉尼亚看到我衣衫不整、鼻血直流的模样，被气坏了。她抓住我的手，把我拖到那个男孩家，喊他出来。男孩出现时，弗吉尼亚就一跃而起，把他打倒在地。因为男生不能打女生，男孩只能尽力抵挡。最后弗吉尼亚住手了，说："如果你再打我弟弟一次，我就宰了你。"

弗吉尼亚是个熟练的小偷，她曾教我如何从位于西大道上的阿里·哈桑杂货铺里偷点小物品。为了得到一本我最喜欢的杂志《翅膀》(Wings)，她向我演示，如何用一本大笔记本盖在杂志上，拿笔记本的时候把下面的杂志一起带走。她夸口说她什么都能偷到。我打赌她偷不到棒球接球手的面罩，而她则把面罩藏在衬衫底下安全地拖着脚走出了商店。这件事发生在我承认偷了妈妈的家用去买爱国邮票，并发誓再也不偷东西以后。我认为有必要把接球手的面罩还回去。我用纸袋提着它，正准备把它放回原处的时候阿里走了过来。"我一直在到处找这个东西呢。"他说。我等着他喊出"小偷"，结果他只是说："谢谢，约翰！"然后走开了，而我还在琢磨他到底知不知道我们其他的小偷小摸。

1923 年，我四年级的那个夏天是一段非常特殊的时光，因为我姨父乔治，那个建筑师，送来了钱，把我和母亲带到伊利诺伊的丹维尔住了一星期。接着，我们又去了明尼阿波利斯，和我母亲的双亲在哈里特湖畔的别墅共度剩下的暑期时光。我觉得在哈里特湖畔的两个月是我童年里最激动人心的时光。我的外祖父威拉德，陪我度过了每一天。

一周之内，我就认识了哈里特湖上的所有男孩，因为姥爷会带着所有他看到的孩子一起去小商店买甜筒冰激凌吃，还经常护送我们一群小孩子到湖上找有趣的地方玩。我刚到的时候很怕水，因为不会游泳，还差点淹死在密西西比河里。姥爷教会我如何克服恐惧，把我变成一个相当不错的游泳健将，我甚至还赢了一场游泳比赛。实际上，这改变了我的生活。我终于做出能让父亲感到骄傲的事了！是姥爷让我收获了自信心，我父亲和我之间就无法建立这样的纽带。

我的外祖母黛米还不习惯和男孩子们相处，对男孩子们制造的刮擦和喜爱的冒险活动倍感头痛。她无法容忍我晚间到处游荡，窥视和观察别人的生活。她更不能理解为何有人，特别是她的外孙，会愿意在自己的口袋里装一只青蛙。

那年秋天，我父亲确实花了更多的时间和我相处。在周六和周日，我们与附近意大利社区的孩子们一起打橄榄球时，我父亲兼任两个球队的教练。唉，我是其中最差劲的队员，我的手又小又没有什么力气，我觉得父亲一定暗暗为我感到羞辱。

我们从农场搬到诺瓦克的林斯佩雷斯后，我就爱上了读书。我最初看的是《西风母亲》（Mother West Wind），然后看《维格利叔叔》（Uncle Wiggly）、《鲍勃西双胞胎》（The Bobbsey Twins）、《汤姆·斯威夫特》（Tom Swift）、《男孩联盟》（Boy Allies）系列。接着，我在拉尔夫的藏书中发现了宝藏。我最喜欢的两本书是《比尔·奈的美利坚合众国历史》（Bill Nye's History of the United States）和《反传统者布兰》（Brann, the Iconoclast）。《反传统者布兰》书中标着"幻想中的印第安少女"的一页描绘了一个美丽的印第安女子，而标着"现实的印第安姑娘"的一页上则展示了一个满脸皱纹的丑婆子。《布兰》的大部分内容我都没看明白，但我对"反传统者"一词很感兴趣，我发现这个词的含义是"对基于谬误或迷信的坚定信仰进行攻击者"。对！这就是我想成为的人——反传统者！

我还看了许多霍雷肖·阿尔杰的小说。我看得囫囵吞枣。阿尔杰小说中的男主人公总是很穷（像我），雄心勃勃（像我），在走向成功的路上困难重重（像我），最后还都成功了（如同我的将来）。我要靠我自己，克服一切障碍取得成功！当然，我也要变成一个反传统者！

二、少 年

1924 — 1936

长大

　　我渐渐长大，步入新生活。1922年我十岁的时候已经觉得自己长大了。我已经更成熟的一个标志便是诺瓦克林斯佩雷斯7号的浴缸。我和弗吉尼亚再也不会挤在那个小小的马口铁浴缸里一起洗澡了。

　　我们搬家后，父亲可以花更多时间陪我了。他扎了一只风筝，在摩根庄园教我如何放风筝。他为我买了一副拳击手套，试图教会我拳击这种彰显男子汉气概的技能。手套能遮挡住我的小手，打拳的时候也不会受伤，而我一如既往地笨手笨脚。他还会带我去市中心的诺瓦克时刻看大型拳击比赛。在那里，我们能听到比赛解说员从二楼窗口探出身子向楼下的观众报告一轮又一轮的赛事新闻。我总是支持杰克·登普西，因为他是爱尔兰人。德兰尼对战博兰巴赫的几场比赛中，我和父亲一起支持德兰尼。我永远忘不了1923年的世界职业棒球大赛，我心目中的英雄贝比·鲁斯和纽约洋基队在头两季比赛失利的情况下最终还是取得了胜利。我也胜了我父亲，他是纽约巨人队的铁杆粉丝。但那一年在登普西击败菲尔普的比赛中我们还是精诚团结的爱尔兰父子，即便在那个阿根廷人野蛮地将登普西打出赛场围栏之后亦是如此。我们的英雄潇洒地爬回赛场，击败了对手。

　　20世纪20年代，我们在邻居家的收音机里收听拳击比赛和世界职业棒球大赛,收音机这装置改变了我的世界。在"靓子"的帮助下,我成为镇上第一个组装晶体管收音机的少年,接着我又帮"靓子"组装了一台电子管收音机。收音机配了耳机,我花几个小时搜索纽约市之外的电台。我还记得自己在记录本上写下"今天搜到了匹兹堡的KDKA台"时的激动。我终于接触到了外面的广阔世界。

收音机也给父亲带来巨大的机遇。西奥多·罗斯福家族中的艾米莉·罗斯福(一个声音像青蛙的富婆)和父亲一起唱二重唱,她为父亲和纽约一家好像叫WEAF的电台安排了一次访谈,这家电台当时在招聘一个音乐编导。我父母带着我开着福特轿车去了纽约。半路上,我一如既往地下车呕吐。到城里后,我父母走进一幢大楼,我则留在车里,搜索金融城堡台。一小时后我父母再次出现了,两个人的表情都很严肃。进到车里以后,我父亲咒骂了一会儿,然后说:"我他娘的为什么这么大嘴巴!"我后来才知道,一开始电台的头儿对我父亲印象非常好,已经开始和他谈如何在广告中插入经典音乐片段的想法了,这时我父亲脱口而出:"您这是在胡说八道!您怎么能用贝多芬的音乐来卖肥皂?"

作为男孩子,我无法不痛恨父亲对待我外祖父的态度。姥爷来东部看望我们的时候,我父亲完全不掩饰他的鄙夷之色。他打趣姥爷有跟上到市长、下到冰激凌小贩交朋友的能力。第一个星期姥爷要去和很多人见面,这些人的数量比我们认识的所有人加起来还要多。我每天早上都陪他步行到镇上。姥爷只是展示出他平易近人的性格,却不知怎的惹恼了我父亲。我尽力和父亲解释,姥爷是真心对他的新朋友的喜怒哀乐感兴趣,他并不是我父亲口中的"饶舌的人",因为大部分时候他都在听别人说。如今回过头来看,姥爷身上的这种我所倾慕的特点,对我后来成功地为自己的书收集材料起到了决定性作用。我看到姥爷在两个星期里所了解到的诺瓦克和当地人的生活比我父亲一辈子所了解的都要多。姥爷教会我如何倾听。

1924年6月29日,我十二岁了。回想起来,这是我通往成年的不平坦之路上第二个重要日子,第一个重要日子是我剪头发那次。我长大了,从穿短裤的稚童变为穿长裤的少年。这天拍的照片让人稍感遗憾,我当时穿的裤子太长太宽大，脸上的微笑也不够自然，就像穿了父亲的裤子。或许在内心深处我还没有准备好接受这身装束。显然，我的自信也没能阻止弗吉尼亚不住地唱："小男孩以为自己是个小男子汉！"另外，同等重要的一件事是我得到允许买一把5.56毫米口径的来复枪，以此替换掉那把早已不适合我年龄的空气枪。为了赚钱应付类似的开销，我开始出售《文学文摘》(Literary Digest)杂志。我只有十几个老顾客，于是我决定卖掉"靓子"写的一首歌《让我们给小伙子们发津贴》。作为一名退伍老兵，当"靓子"得知自己以及其他在军队服过役的人将拿不到津贴后非常愤慨。一大批没有工作的退伍军人正在策划一次在华盛顿的示威游行。我设法卖掉了三本杂志，销售数量比其他人都多。即使我们在销售时打着将销售款的十分之一赠给军队的旗号，也压根儿不起作用。于是，我生出了向主妇们兜售园艺小铲子的主意。结果，小铲子也不好销售。当我总算攒够钱买枪时，我发誓再也不会挨家挨户上门推销了。

慢慢地，我的《文学文摘》顾客增加到了二十人。这时，我看到了《翅膀》(Wings)上的一则广告："孩子们！买一台放映机放电影赚大钱吧！"我觉得这是一个非常不错的主意，但我首先得赚够买放映机的钱。这时我想起海伦经常抱怨很难买到那种能把衣服洗得又白又鲜亮的靛青漂白粉。就算在皮格利·伟格利这种新开的店里，靛青漂白粉也常常售罄。于是，我写信给生产厂商，说我是个销售员，想从他们那儿批发五十袋靛青漂白粉。尽管收到我信的那个人从我的用词和笔迹中能猜到我是个孩子，他或她显然很欣赏我的这种精神，给我寄来了靛青漂白粉。我对方圆半英里以内的邻居和我家的一些特殊朋友软磨硬泡，用了一周时间就把这五十袋靛青漂白粉卖光了。几个星期后我攒够了钱，订购了一台放映机。

放映机的到货给我年轻的生命带来了一个高潮，未来就在这儿了。我在父亲的帮助下小心翼翼地拆开包装，在地下室里安装好机器，顺带用床单做了一个屏幕。发来的货中包括三盘西部片和两盘喜剧片的录像带。我一开始放映录像带的时候觉得自己就像哥伦布一般的英雄。屏幕上闪烁的影像很奇妙。我在附近电话亭里贴我的电影广告："电影放映：星期六，西部片和喜剧片！只要三分钱！托兰家地下室，林斯佩雷斯7号，下午两点。"

我的电影在一个雨天的下午首次放映,约莫二十个小孩挤满了我家的地下室。第一部西部片放得很成功。第二部放到中途屏幕突然闪了起来,然后中断了。我的心一下子沉了下去。这时我父亲出现了,他熟练地修好了放映机。这就是我为什么会默默地崇拜我父亲。他无所不能!

我和弗吉尼亚的关系仍旧很好。我忘不了她是如何打倒我的敌人,为我讨回公道的。但1923年秋天她做了一件让我觉得丢脸的事。她在希尔赛德学校打入了网球比赛的决赛,我们为了这个重要比赛都守在赛场。头一局比赛很振奋人心,但这局是弗吉尼亚的对手赢了。第二局一开场,弗吉尼亚就跌倒了,伤了腿。我父亲冲上去把她抱走了,她露出痛苦的表情。可我看到她的脸就知道她的痛苦是假装的。我知道她非要做那个每时每刻都最好、最聪明的人,但我还是无法理解她的行为。对我而言,第二名也足够让人高兴了。此刻,我发现了一个秘密,而我的父母尚不知晓这个秘密——弗吉尼亚并不坦诚。不过我把这个发现留给了自己,他们是不会明白的。

让我父亲的音乐事业走上顶点的契机是一场音乐会,一个由本地阔太太经营的人民合唱团说服了大都会歌剧公司举办一场以合唱为主的"浮士德音乐会"。由一个著名的男高音领唱,玛丽·桑德丽乌斯饰演玛格丽特,威尔弗莱德·佩莱蒂埃任指挥,我父亲饰演魔鬼梅菲斯托弗里。这是当地最盛大的一场音乐盛会,届时会在摄政大剧院上演。

我母亲去摄政大剧院看了两次彩排。第一次彩排的时候佩莱蒂埃惊讶地发现拉尔夫已经按照他最初的指示学会用意大利语来唱歌,而另外三个独唱演员正在用法语唱歌。

"不要慌。"我父亲沉稳地说,他只有在别人都平静的时候才会失去理智,"我今晚就学法语唱法。"尽管拉尔夫一门外语都不会,但他花几个小时用蜡筒唱片录下几首音乐,再用心听,最后对比自己的演唱和外国男中音的演唱之后,他就能用纯正的俄语、意大利语、法语或德语唱歌了。他是个完美主义者。

一周后在佩莱蒂埃安排的大都会试唱中我父亲发脾气了。另外几个歌手，想尽办法阻碍新天才的出现，在台下明显故意地弄出噪声来干扰他唱歌。然后高潮来了，据我母亲讲，当父亲的钢琴伴奏弹错了好多音符时，父亲气愤地邀请他"站出来"。钢琴师聪明地拒绝了。这是我父亲无法对付音乐界卑鄙手段的另一个例子。在伤心的回家路上，拉尔夫宣称他并没有太失望，因为他不喜欢歌剧。他说唯一把歌剧唱对了的人是伟大的俄罗斯男低音歌唱家夏里亚平。我多次听他们唱同一首歌，我父亲和男低音歌唱家夏里亚平的声音有些相似，但不如男低音夏里亚平那么深沉宏大。

我父亲听说男低音夏里亚平将在纽约举办音乐会后，动用了家资，买了音乐会的包厢座位。事后，母亲告诉我整场音乐会他都处于狂喜之中，但他只是安静地坐着。当节目结束，表演者返场加演时，我父亲站了起来，两手放进口中，打了个呼哨。这声呼哨让每个人都大吃一惊，包括男低音夏里亚平，他抬头对父亲怒目而视，在欧洲对人打呼哨是一种侮辱。但当我父亲用俄语喊出一个他最喜欢的歌曲名字时，男低音夏里亚平笑了，他挥了挥手，移步走到钢琴前，一边唱歌一边用左手有力地弹奏起来。我母亲说她从未听过这样的演唱，而我父亲则高兴得整个人都泛出异样的光彩。

虽然我们没什么钱，在城里却很受尊重。银矿社区的一个由大批魅力四射的艺术家组成的团体把我父亲视为同行。这些艺术家理解他天性中的放荡不羁和强烈情感。虽然他们的付出只是提供自助晚餐、奉献自己的表演和展示由衷的热情，但他们让父亲的艺术火花在十五年的贫困生活中一直熊熊燃烧。

有一年冬天，我们眼看就要没钱买煤过冬了。当局决定把西大道（波士顿邮路中的一段）铺的木地板拆掉重铺。这些木板因经年累月地铺在地上，木头里都浸了油，如今被撂在街边。看到一名男子正在往自己的小推车里码拆掉的木板，我便问他为什么这么干，他答道："当柴烧，孩子。"

我立刻跑回家，一把抓住推车就往外推。这天剩余的时间我都在一车一车地往家里运木板，把木板倒进我们家的空煤箱。接下来的一周，我都在西大道上来来回回地转悠，捡木板，直到家里的煤箱装满为止。尽管后来我母亲花了很大功夫清洗我们家被木板熏黑的蕾丝窗帘，我父母对我的此举还是感到非常欣慰。

1925年秋天，我和弗吉尼亚看了我们人生中第一场百老汇演出。这场《音乐盒滑稽剧》(Music Box Revue)由哥伦布和斯诺二人组主演。海伦的堂兄尼尔森·斯诺成为舞蹈演员时，他的家人万分错愕，如今他成名了，被家人引以为傲。我很喜欢看尼尔森在一个宏大的水下场景里和查理·哥伦布像扔篮球一样把一个女孩子抛来抛去的表演，而我最喜欢的剧目是罗伯特·本奇立的喜剧独白，那一幕里他假装自己在为一个俱乐部活动做报道。我从没有听到过这么逗趣的独白，此人不需任何道具就能让观众欢喜一整天。回诺瓦克时，我一路都很兴奋。对！有一天我也要写这样的东西！

那时我在中心初中念书，读书期间我开始写一篇长得没有结尾的搞笑刺激故事。如今我已意识到，我的八年级、九年级老师其实知道我在上课时写故事，他们用自己的缄默帮助了我。

"靓子"坚持要火速返回拉克罗斯。最近他的情事终于开花结果了，他下决心要结婚。不过他没钱买火车票。我父亲也身无分文，我母亲在象牙色卫生间饰品上画花卉挣来的钱也花光了。我成了家中唯一有钱的人。"靓子"知道我为了修我的自行车正在攒钱，那辆车在我沿着医院山路倒骑的时候摔坏了。我爱"靓子"，他像我的兄长一样，愿意为我做任何事。于是，我把钱给了他，让他买火车票。

"靓子"走后，母亲很不好意思地要我陪她去向一个属于我们教会的富有的工厂主借钱。拉尔夫最近正试图卖点别的东西，但都没成功，而海伦需要五十块钱买生活用品和日常杂货来维持生活，直到拉尔夫领到他在教堂唱歌的薪水。我们从中心初中开着福特车穿过街道到了一个小工厂。我正准备下车时，海伦说让我待在后座上。她说，她应该没问题，施瓦茨先生是个好人。

十五分钟的等待无比漫长。当母亲最终返回车里的时候，我看到她正忍着不让眼泪流出来。我想，这意味着，施瓦茨先生拒绝她了，她得多难过啊！她上了车，我下来摇手柄发动车。我父亲每次灵巧地摇一圈就能把车发动起来，我却要试上五六次才行。每次我都怕手柄会弹出来碰断我的胳膊,诺瓦克橄榄球队队长的胳膊就是这样折断的。摇到第七次的时候我终于成功了。我尽力安慰没借到钱的母亲,可她却递给我五十块钱。我意识到她是觉得丢脸才哭的。她哽咽着说:"他太善良了,太善良……"眼泪顺着她的脸颊流了下来。她整理好情绪,我们这才开车离开。

为什么拉尔夫让她去求人借钱?这是不对的!一点也不像男子汉!我什么都没说,但晚饭时我无法直视我父亲的脸。那天晚上,我没和他谈施瓦茨先生。后来,我母亲透露说从那天起我父亲在教会就一直躲着施瓦茨先生。他可能也觉得让我母亲受委屈是件丢人的事。我认为从那一刻起我的童年就结束了。我暗下决心,要凭借自己的能力去做些什么,无论如何我也不能让这样的事再次发生在母亲身上。

创作剧本才是正事

1927年,我在中心初中读到第二年的时候发生了一件对我的生活影响巨大的事,我们的编剧朋友波特·艾默生·布朗来与我们同住了。自打他挚爱的妻子过世后,他就开始大量酗酒,以致后来竟无法写作。当我父亲发现波特的境况非常糟糕之后,便不由分说地要求波特搬来与我们同住。在帮人戒酒方面,爱尔兰人无人能比。我父亲立下了规矩:波特必须保证不碰一滴酒,包括我父亲地窖里自酿的啤酒。"你要是胆敢碰一瓶酒,酒瓶就会在你脸上开花!"

波特崇拜我父亲,不管我父亲有什么要求他都会保证做到。于是,他每个星期天,甚至每个星期三的晚上都会去教堂。然后,他试着写作,而且保持整洁。一周的大部分时间他都在跟我讲他的经历:到墨西哥和中国做调查研究;为泰迪·罗斯福总统写演讲稿;他的作品《有个傻瓜》(*A Fool There Was*)在百老汇首演即大获成功,落幕时听到观众着了魔般地呼喊:"作者!作者!"他还教我如何从一摞纸牌底部发牌,"万一你打牌的时候碰到一帮骗子,这招就用得上了"。

我央求波特教我创作剧本。他答应了。此后这便成为我生活的目标。接下来的一年,他向我详细讲述戏剧创作的种种技巧。他的教学是从回忆七年前将我带到他楼上书房的那件事开始的:"还记得我当时如何俯瞰那个小舞台,告诉你得让那些人物做他们该做的事吗?你必须让你的戏剧鲜活生动,真实地反映生活。"他最有名的剧作《大坏蛋》(The Bad Man)之所以能大获成功,原因就在于这部戏剧是基于真实原型墨西哥革命者潘丘·维拉写的,而波特本人给维拉做过两年秘书。

听了这些我惊得目瞪口呆,因为我听说维拉是个恐怖的杀人犯。"所有的美国人,"布朗说,"都推断维拉是个恶棍。真相却是,维拉是墨西哥的一名爱国人士。正因为如此,我才写了这部戏剧,在让观众发笑的同时,也让他们知道那个所谓的坏人其实是个好人。"

我那时刚满十五岁,波特却像对待成年人一样教我一部优秀的戏剧应遵循哪些原则:叙事,剧情结构,人物塑造,能够概述剧情的必要场景。后来他告诉我该让我接受一些实用训练了,于是带我去摄政大剧院看一部下午场的电影。电影放到一半,他拉着我的袖子说:"我们走!"我蒙了。走出剧院后他说,我们先回家去续写电影的后半段,两天后再来剧院,看看这部电影的实际剧情是如何发展的。

我们一起这么干了五六次,每一次我们续写的故事都比电影实际的故事要精彩,然后他就向我解释为什么会这样。比如有一部电影,演到男主人公最后拔枪朝自己的妻子射击时,波特大叫:"荒谬!"把旁边几个成年人吓了一跳。"这把枪在剧中没有做过交代。对观众来说,枪出现得太突然了。应该在第一幕中对这把枪有个交代。不管剧中出现什么——一把枪也好,人物的瑕疵也好,美德也好,都应该在该剧的前面做好铺垫。"

这样的教育一直持续着,中间穿插着打牌、零碎的实用建议、小玩笑,和很好的陪伴。一天我们正在打牌,波特思考的时候开始无意识地用舌头转动自己的假牙。海伦此时正好走进屋,看到这一幕她惊呆了。波特赶紧把假牙归位,向海伦道歉。

时至今日,波特都是我心中的大英雄,即便他戴着假牙。我一心想要成为他那样的人,丝毫没考虑过实现这愿望需要具备哪些条件。

一个星期天的早上,我父亲正在穿他去教堂的正式服装,突然楼下传来嘭的一声闷响,接着又连着响了几声。"上帝呀!"拉尔夫叫道,"波特找到了鲜啤酒！"

我们冲到餐厅时，波特正站在地窖门口。他被啤酒喷得浑身湿透，散发出糟糕的味道。"该死的，波特，我告诉过你酒瓶子会爆炸的！"

波特羞愧地低下头。"我也发现了。"他想了半天，才蹦出这么一个恰如其分的回应。那时候，我父亲虽在气头上，但也被逗乐了，他说："你要是以为弄成这样就可以不去教堂，那你就错了！现在赶快上楼，让我们帮你弄干净！"

我父母和波特进了浴室，我和弗吉尼亚则在外面偷听。在被男女主人又洗又刷的痛苦屈辱的过程中，波特一声不吭。我母亲低声说着安慰的话，而我父亲则一会儿嚷出亵渎神明的话，一会儿又发出爆笑。最后，波特穿着我父亲的长秋裤出现了。秋裤长了一英尺，而且腰围太小，波特被勒得连呼吸都有点困难。他蹑进我父亲的房间，关上了门。我母亲则在她的房间里匆匆改一条我父亲的裤子。她用安全别针把我父亲的裤子改短，然后叫波特过来试穿。波特愁眉苦脸地站着，一副惨相。我宁愿自己替他，他仍然是我的英雄和恩人。

"他永远也扣不上这扣子。"我母亲说。但几秒钟后她就解决了这个问题，她将一块深色的宽布缝在了敞开的裤裆上。幸好波特没有穿着仅有的那件夹克衫去地下室。

尽管我们离教堂只有两个街区，母亲坚持让我们开着福特车去。我父亲一路笑着回了家，他对波特说："波特，下次你再去别人家做客，看在上帝的分上记得多带一条裤子。"

我母亲唯一的评论是："拉尔夫，我觉得你唱歌从没像今天唱得这么美过。"

"没有哪个男人能唱得'美'。"父亲反驳道，但他听了这话显然很高兴。

在中心初中时我曾因得了最高分赢得过 2.5 美元的金币，我发现高中的学业比中心初中更具挑战性。也许改变最大的是教师。我第一次同时有了两个男教师。那时我的阅读兴趣发生巨大变化。尽管我讨厌《织工马南》(Silas Marner) 的每一页，我们在英语课上被迫读的大部分书我还是很喜欢的,而且私下里我也在如饥似渴地阅读。我曾一度喜欢看关于巴黎艺术家和作家生活的浪漫故事。后来我在当地图书馆发现了一部叫《少年》(A Raw Youth)的书,作者是陀思妥耶夫斯基,这名字我既拼不出,也读不来。尽管这书的语言有些难懂,我还是很快就对这个描写一个敏感男孩的奇异而真实的故事着迷了,我会想象自己就是这个少年。

我记得自己曾经希望拉尔夫和我之间能发生一次类似书中那种父子之间冰释前嫌的情景,这段情景以父亲的第一人称叙述。我一遍又一遍地翻阅书中的那一段,读着阿尔卡迪在运河边上与父亲告别时他们最后的对话:

"当孩子亲吻自己的父亲时,您永远不能给我一个真正温暖的亲吻吗?"阿尔卡迪说,声音中带着一种奇怪的颤抖。我狂热地亲吻了他:"亲爱的孩子……希望你能永远像现在一样保持纯洁的心灵。"我以前从未亲吻过他,我也从未觉察到他希望我吻他。

我也从未亲吻过我父亲,这在我的家里是不可能发生的,亲吻是女人的专利。不过,俄国人和美国人不一样,这事对他们来说并无不可。我最渴望的是能消除我和父亲之间的隔阂,而我自己那种怀着爱又带着厌恶的奇特感觉也能消失。要是我们也能像阿尔卡迪和他父亲那样敞开心扉地谈一次就好了!

我还喜欢书中对圣彼得堡的描述,这些描述生动得让我觉得自己就生活在那儿。我认为书中最引人入胜的描写是关于主人公阿尔卡迪的一些念头。像我一样,他也发誓要做某些事,不做某些事。在贫乏的生活中,他总是被一种"念头"驱使着。"我的念头,"他向读者坦白道,"就是要像罗斯柴尔德一样富——不是一般的富,是要像罗斯柴尔德一样富。不管我看到什么东西,不管为什么,有什么目的,这些东西最终都能归我所有。首先我要简单地展示为什么我能理所当然地达成目标,这其实并不难,全部秘诀在于两个词:坚持与执着。"我在这两个关键词下面画了线。有了这两个词,我相信自己必然会成为一个伟大的编剧。

但是,首先我得挣点钱才能成为一名编剧。我需要在美国最好的中学和大学接受教育。尽管我在班上已经是最优秀的男生,我还是清楚自己不可能从诺瓦克高中直接考上大学。听我家的一个朋友说新罕布什尔州的菲利普·埃克塞特学院是最好的预科学院,我又下了一个决心:我要去那儿。不过我需要些钱。

弗吉尼亚从希尔赛德毕业后,我母亲就从亲戚路德维克夫妇那借了一笔钱,送她到纽约的阿尔贝蒂娜·拉什的舞蹈工作室学跳舞。她因舞跳得出色还被安排进了拉什专业舞蹈团。我们全家到哈特福德剧院观看她在《窈窕淑女》(*Lovely Lady*)中的表演。演出结束之后,她请了两位剧中的明星来我家做客,这两人是个著名的二人舞蹈组合。我高兴极了,她已实现了梦想,开始挣钱养家了。

下定决心要在来年夏天多挣些钱以后,我就成了建筑商查理·迈耶的杂工。查理·迈耶也是基督教科学派的成员。他当时正在威尔顿兴建一所语法学校。我忘不了第一天干活的苦恼。我的主要工作是帮忙抬木材。下午还没干完一半我的双手就鲜血淋漓了。我哭了起来,可只有我的搭档注意到了,于是他把自己的手套借给我用。第二天我的工作是搬一袋袋的水泥。我摇摇晃晃地搬了第一袋,感觉这袋水泥似乎有千斤重。那个借我手套的人把我拉到一边,说:"孩子,用肩膀扛。"我照着做,发现这样自己就可以撑上一上午了。

楼房开始建造的时候,我杂活儿干得还挺起劲。不久,水泥地基打好了,我就被分配了一份只有我才能干的工作,因为我是工地上个头最小的。我被送到下面的水泥地基上刷润滑油,防止水泥和木头粘在一起。这是一项艰难且气闷的工作,每隔半小时我就得被拉上来呼吸一下新鲜空气。

第一天我就遭到工友们的粗俗戏弄,可当这天结束时,我便已经成为他们中的一员。虽然他们常说下流话,我却很快就喜欢上了他们,而且尊重他们。我的家庭所结交的所有朋友几乎都是画家、音乐家、作家或成功商人,我从未和工人如此近距离地接触过。很快,我就发现和他们相处是非常自在的。他们虽粗鲁,但心地善良,在很多方面比我家的那些朋友都聪明,而且他们知道如何搭建校舍。

在诺瓦克高中我被分到高级班，1930年2月我从诺瓦克高中毕业。毕业后我唯一的想法就是上埃克塞特学院。而最终我被这个学院接收，要归功于校友克里夫·派克为我写的一封热情洋溢的推荐信，他是我母亲在苏福尔斯最好的朋友。那时我只攒了四百多块钱，可去埃克塞特学院读书至少需要一千块钱，而且前提是我能找到一间租金便宜的住所，并立即找到一份兼职。

学校给我寄了一本小笔记本大小的书，这本书被称为《E之书》（*The E Book*），是专门介绍埃克塞特学院的。我常常翻看这本书，到后来里面的内容几乎都能背出来了。书的开头是一个声明，说埃克塞特学院很民主，人们见面都会互相打招呼问好。书中还提到一年前该校的一场棒球赛，与之对阵的是劲敌安多瓦队。书中描写了其中最关键的一球：外野手没能接住连"真正的菜鸟（veriest tyro）"都能接住的飞球。这两个新鲜字眼深深刻入我的脑海，我决心以后写作时一定要用到它们。可直到现在我也没找到机会用这个词。

那时我父亲已经不再拿预科学校打趣我了，他向我母亲吐露了他准备赚很多钱送我去埃克塞特学院的伟大计划——他要建一个合唱俱乐部。带着一贯的自信，他开始实施计划，在报纸上登了许多广告，发了很多传单后（他很擅长做蜡纸油印的传单），他在高中的礼堂里召开了合唱俱乐部的第一次会议。我们都感受到了他的热情。我们终于要迈上那条名叫"容易"的飘忽大街！虽然此前的五十次我们都走错了路，我们的船只即将驶进港口，我们正在逐渐靠近月亮谷。我们对合唱团的人数估算各不相同。弗吉尼亚认为，大礼堂太小了，容不下那么多人；拉尔夫觉得礼堂大小适宜，正好容得下三百人；海伦，一贯保守，猜测合唱团能有一百二十五人；至于我，远不如其他人那么乐观，预计合唱团大概只有一百人。

结果只来了五个人，我感到心碎，离开了礼堂。这不是因为挣不到供我去埃克塞特学院读书的钱，而是担心父亲会被这巨大的失望打击。我在外面等着，觉得胃里难受，琢磨着该说些什么。后来父亲沿着楼梯走下来时他的旁边跟着那五个虔诚的追随者。他兴奋地说着话，魅力四射，容光焕发。

"你们五个,"他说,"将会成为有史以来最大最好的合唱团的核心成员!"可当我们四人在厨房里坐下喝咖啡、吃饼干时,他咧开嘴笑着说:"好了,我们今晚有一批'规模虽小但欣赏能力上佳的观众'了。"

那晚我前所未有地崇拜父亲,受到这样的打击一般人肯定一蹶不振了,我的父亲却周身闪耀着乐观、稍带傻气且充满勇气的光辉。那天晚上我躺在床上幻想着父亲未来在音乐会上大获成功的情景,深深为之陶醉。

不久父亲就找到了一份销售汽车的工作。我记得好像是卖别克汽车。一周以后我试着开一辆别克,开出去二十码后我的车一头撞上了电话亭的杆子。拉尔夫跑出屋子的时候,我以为他至少会揍我一顿,但让我吃惊的是他连声调都没提高。"我会跟他们说是一个客户弄的。"他说。我之前从未感觉到和他亲近过,这是我第一次因为自己将要离开家人而感到有些内疚。

9月到来之前,我还是要想法子弄到至少六百块钱。前一年股票市场大跌的影响已经显现了,我徒劳地想随便找个工作。弗吉尼亚帮了我的忙。非常想和她结婚的她的新男友,在诺瓦克轮胎和橡胶公司给我找了份活儿。他父亲在公司是高层管理人员。

夏天刚过一半的时候,我就已经攒了七百多块钱,而且还写了几篇短篇小说。在工厂里转悠的时候,我就在脑子里构思故事。一天早晨,我在底楼,以为自己走进了电梯,电梯却并不在那儿,警戒门被粗心地敞开着,我掉进了电梯井。虽然只是跌下去五英尺,我却吓了一跳。接着,我便听到电梯降下来的声音,抬头一看,电梯轿厢的底部正向我压下来。平常,我是个稍显迟钝的人,但这次我动作敏捷利落,纵身一跃,及时跳进了一处凹陷的地方。忘记关闭警戒门的人一脸惊恐地望着我。他脸色煞白,我却很平静。

我对这件事没有想得太多,直到后来有一次在我们"Hi-Y!"篮球队的教练开车接我回家的路上,我突然意识到发生了这么一件事,就吐了。我知道一般情况下我是不可能不假思索地跳到那个凹陷处的。我问教练这是怎么回事。"一定是因为肾上腺素。"他说。我听到了"肾上腺素"这个词,但不懂那是什么意思。"如果你停下来思考,"他补充道,"你就死定了。"

写到这一章的时候,我才第一次为自己已经这么多次死里逃生感到惊讶:第一次是从我祖母的别针下;一次是刚会走路的时候在电车轨道上;后来是爬上前廊屋檐；再后来是走进湖里；最后一次是我叔叔把我扔进密西西比河里，教我游泳，幸亏我姐姐救了我的命。后来的许多年里，我因为自己的莽撞多次陷入更为巨大的麻烦之中，但总是奇迹般地获救。我一直猜测这可能是因为爱尔兰人的运气，也可能是命运的另一种释义。

埃克塞特集市：严厉而又温柔的母亲

1930 年 9 月初一个晴朗的早晨，我带着从乔治姨夫那继承的箱子和一个老式维克多留声机喇叭，登上了去波士顿的火车。留声机已提前寄到了我的宿舍。最终抵达埃克塞特学院时，我看到了矗立在行政楼对面的令我神往已久的阿伯特礼堂——一座令人过目难忘的古老建筑，差不多就矗立在校园正中。

我的房间在顶楼，那时每次爬到顶楼我都累得筋疲力尽。房间很小，因为坡形屋顶，我每次要走到自己的铺位都得弯着腰。这是学校里最便宜的住房——每年只需付五十块钱。睡在靠窗铺位的男孩貌似比我年长不少，看起来他已把这儿当作自己家了。"你睡另一张床吧。"他一边说一边自我介绍，"比尔·巴恩斯。"他随即解释说这是他上的第二所预科学校，他之前上的是卢米斯学院。他已是高年级生，而我只是中上年级生。

比尔觉得我从家里带来的维克多大喇叭很搞笑，他猜测这喇叭是当年随着"五月花"号漂洋过海而来的。接着，他发现我只有经典音乐碟片。这些信息或许能解释，为什么他偶然提到：在卢米斯学院的时候，他的脑袋比谁的都硬，只要他愿意，随时都能用脑袋把我们的壁橱门撞个稀巴烂。

不过，当我在梳妆台上摆了一张穿着紧身舞蹈服的漂亮女孩照片的时候，他的举止突然变了。那是一张弗吉尼亚朋友的照片，拍得颇为专业，我姐姐还在上面写了字："全心全意爱你，辛西娅。"我从未见过这个女孩。比尔仔细看了照片，突然用敬佩的目光看着我，我知道自己已经被他接受了。

第二天我去财务主管的办公室缴纳第一学期的住宿费和学费。看到我拿出一卷卷的钞票，财务主管的眼珠都要瞪出来了。他有条不紊地数好我应缴的钱。多年后，他告诉我，他当时非常吃惊，尤其是在得知那些钱大部分是我在轮胎厂打工所赚的以后。

埃克塞特学院当时刚刚采纳了哈克尼斯计划（Harkness Plan），这计划意味着大部分教室里要摆一张椭圆形的桌子，环桌而坐的学生不能超过十二人。我慢慢喜欢上了这套体系，因为它能帮我们真正了解指导老师的意思，并能加强学生之间的相互了解。第一阶段结束时我的古代历史课程得了A，但其他课程的分数或者很低，或者不及格。我被叫到办公室，被告知：如果不大幅提高成绩我就会被学校开除。出于个人兴趣，我曾选了一门选修课，这时我提出不再修这门课了，我要求重新修法语。此举奏效了。下一阶段结束时我上了光荣榜，还获得了奖学金。

在埃克塞特，我周日没有去学校的小教堂做礼拜，而是去参加当地的基督教科学派在城里一个办公楼二楼举办的礼拜。参加活动的一半是当地人，一半来自埃克塞特学院。第一次礼拜过后我注意到有一个年纪很大的老妇人爱丽丝·苏利文，她看起来已基本上失明，每次都由几名学生护送着下楼。他们会把她送到离健身房不远的一个小房子的顶层公寓。我加入了这群学生，高兴地发现这个老太太非常开朗欢乐。她是一个内战老兵的遗孀，靠微薄的抚恤金生活，大家都叫她爱丽丝大妈。刚过一个月，我就变成了爱丽丝大妈的密友。她让我参观了她的小公寓，向我展示她在炉灶里烧柴做饭是多么在行。她从不抱怨。杂货店会给她送货。偶尔，她城里的亲戚会来看望她。我最喜欢的是她的独立精神。

感恩节期间，大部分学生都回家了，我却待在埃克塞特。那个星期天，教堂里只有我和另一个男孩。我花了大部分时间听爱丽丝大妈讲内战过后的那些艰难而又有趣的日子。她还活灵活现地讲述了令人怀念的19世纪90年代的事，让人仿佛身临其境。12月的头三个星期我每天都去看她。看到她因为点炉火而新留在手上的灼伤痕迹，我就知道她的视力变得更差了，可她还是一如既往地开心快乐。我向她倾诉了一些我的烦恼，她的同情安慰、她辛辣的北方人智慧和对上帝深入骨髓的信仰都给予了我巨大的帮助。为了给自己的小屋生火取暖，她黑夜里还要冒雪出去砍木头。她自顾尚不暇，却是怎么做到对我如此关心的？我对此惊讶不已。

圣诞节假期前夕，因为我要在纽约待上十天，于是便去爱丽丝大妈那儿道别。我听到她正在和一个来看望她的亲戚争论,那个亲戚非常担心她,希望她马上住到养老院去。她的亲戚离开后,我偶然发现政府每月给她发的二十一块钱抚恤金的支票还没到账。我和一个朋友凑了一些我们做服务生时收的小费,把这钱留给了她。

我的亲人们当时住在纽约的莫里希尔区。我计划搭便车去纽约,这让朋友们惊奇不已。他们警告我,这样永远也到不了纽约,结果我晚上十一点以前就已经在纽约城里了。我在行李箱上贴了埃克塞特学院的标签,我确定是这个帮了我的忙。

我知道家人如今住在公园大道东面31号街的一幢棕色石头房子里。我坐地铁到了31号街和公园大道后大吃一惊,我发现数百人躺在报纸上在街头露宿。这是我第一次看到大萧条的一幕。不过这对我并没产生什么影响,因为我家从来就没什么钱。现在全美国的人都正在经历一种我早已熟悉的生活。中年男人脸上显露的颓废让我意识到我们的国家真的是碰到麻烦了。我得留心不要踩到躺在地上睡觉的人,从剧院中出来返家的那些人一副小心翼翼、充满同情的样子也令我印象深刻。彼时纽约是个舒适、安全且友好的宜居之地。人们彼此友好,因为大萧条让我们变得不再那么自私,让我们发现了我们所共有的一些东西。我走到31号街,吃惊地发现公园大道突然变成了第四大道。当我回到家,来到棕色石头房子的一楼时,迎接我的是大家的亲吻和责备:为什么这么晚才到家?我解释道,我是搭便车回来的。母亲大吃一惊,父亲则生气了,只有弗吉尼亚笑着说希望自己是和我一道回来的。

假期中我和弗吉尼亚的感情变得更加深厚。她笑着称,我有"精灵般的幽默感",并坚持要到外面去寻找派对。我不知道她目的何在,但不久就弄明白了。我们向北走入一片高档社区,听到一个公寓房里传来欢宴声。弗吉尼亚在西边走廊按了几次门铃,然后带我参加了某个派对。她在那里很受欢迎,几分钟后就成了派对的灵魂人物,我则千方百计让自己不惹人注目。她迅速喝掉了第一杯酒,变得比之前更加逗趣了。我喝了一小口自己的酒,却差点呛到,这让我尴尬地成了焦点。喝了三杯之后弗吉尼亚仍然是派对的中心,但我注意到她说话开始含糊,而且变得尖酸刻薄起来。喝第四杯后她变得爱争论，派对主人告诉我："把你该死的姐姐从这儿弄出去！"

我只得使尽浑身力气把她扶回家。我们走到31号街的时候她开始大声地咒骂我。我摇晃着她，让她赶紧闭嘴，否则父亲知道后会大发雷霆。这么一说，她才安静下来。

几天后她又提议出去找派对，我拒绝了，直到她保证喝酒不超过两杯才答应下来。接下来的假期生活我们过得很愉快。一天晚上，她带我去了一家地下酒吧，这对我可是个新鲜体验。尽管那里烟酒的气味弄得我直恶心，我还是觉得很有意思。接着，她又带我去了附近一个音乐声放得不太刺耳的夜总会。几分钟之内，她便知道了每个人的名字，而且开始和不同的舞伴跳舞。我对跳舞很不在行，尽管弗吉尼亚曾花大力气教过我。一个上了点年纪的女士过来请我跳舞，我只好不太情愿地答应了。我的舞伴很耐心，她说话带着浓烈的口音，听起来十分有趣。我们跳得非常愉快，直到她用臀部蹭了一下我。令我惊恐不安的是，我竟然勃起了！要是这种样子走回桌边岂不是太过丢人现眼？不过，我还是做到了。这晚接下来的时间里，我就像铆钉铆在椅子上一样，纹丝不动。

我最大的乐趣是看百老汇最好的四场演出。弗吉尼亚带我去了一个地方，在百老汇和43号街附近的格雷药店楼下，那里常常会在演出开始前的几分钟出售打折票。我们在那儿买的二等楼座从来没有超过两块钱。

回埃克塞特的时候我又搭了顺风车，天黑之前就到了。我对姐姐的举动非常不解，我想不明白，为什么喝了一两杯酒的时候她风情万种，惹人喜爱，喝了第三杯后就像变了一个人，尖酸刻薄，脾气暴躁，一点就着。

第二天我发现爱丽丝大妈的公寓冷得像冰窖。木柴桶空了，胡乱凑合着做的饭撒得厨房地板上到处都是。她听到了我的声音，喊我进到起居室里。里面一片漆黑，她坐在小小的摇椅里，我几乎看不清她的脸。她很高兴我又来了，欢快地聊起天来。她说我看起来气色棒极了，但我知道她根本看不见，整个假期她都孤单一人。"灯灭着呢。"我不太友好地说。她承认自己已经失明了，但是如果她把这个告诉亲戚们，他们就会把她送到养老院。"那样我就再也见不着你们这些孩子了。"她说。我告诉她我和一个朋友会每天早晨轮流来帮她生火，帮她做饭。她像小姑娘一样笑了。"我有两个小情人了,"她说,"你们就是我的眼睛。"

2月的时候我父亲出其不意地来看我了,他满面春风、喜气洋洋。一进到我的房间,他就从口袋里掏出几卷钞票,扔在我床上。他现在正在销售一种叫作皮罗伊的添加剂,能延长油的使用寿命。这是拉克罗斯的一个老朋友发明的。我父亲承揽了整个新英格兰地区的销售。他现在能从一群推销员那儿收到提成。我从未见过父亲如此充满活力。

接下来的夏天我在父亲的办公室打工,办公室离第四大道只有一个街区远。他不仅是皮罗伊在新英格兰的销售经理,还组织了一个"艺术家联合会",这个组织由一百多名有才华却时常失业的音乐家组成。他做成了很多笔生意,这足以让他买下《音乐通讯》(Music Courier)的头版,在上面刊登一张他自己被许多知名的艺术家围绕的照片。另外,他还从楼里慕名找他写广告的人那里赚钱。每则广告收费五十块钱,半小时就能写好。他告诉我,他会跟客户说两天后才能交稿,否则客户会认为他赚钱太容易了。

1931年的夏天转瞬即过,我发现自己又要返校了,行李中还带着上百个印有埃克塞特标志的彩旗和横幅,我把它们卖给了刚到校的新生家长们。这天还没有结束我就将全部的彩旗和横幅卖掉了,收入可观。

我在埃克塞特的第二年获得了更多的酬劳。我说服新近从英国来的化学老师约翰·豪格雇我做了他的清洁助手。每天下午我都要花两个小时在那间大实验室里摆放仪器设施,擦拭每一只瓶子。第一天我的手背上溅了几滴盐酸溶液,多年以后疤痕才消失。这是我在那个实验室的第一次也是最后一次事故。豪格先生是个寡言少语的人,跟他在一起从来都很拘束。有一天晨会,他当着全体学生的面,谈起了自己在第一次世界大战期间当步兵的经历。一般晨会我会花些时间研究那些在战争中死去的爱沙尼亚人的烫金名字,一直看到最后死于同一天的两个人。但这一天,和屋子里其他人一样,我被豪格先生对这场恐怖战争的冷静叙述给吸引住了。他描述了怎样亲眼看着自己最好的朋友死去。好友的尸体坐在掩体边上,仿佛还活着,就这样过了一天又一天,直到再也没有人注意到他的好友。突然,豪格先生的眼泪夺眶而出。我们这些学生都吓坏了。我从未见过一个成年男子哭,更别提哭的人是豪格先生了!打那以后,我和豪格之间的隔阂消失了,我们变成了亲密的朋友。

也许是这次经历让我有兴趣重读《少年》这本书。我早先读的时候略过的情节现在变得栩栩如生，阿尔卡迪的堂吉诃德式的举动也说得通了。成年人和他们的孩子一样困惑，我开始能够理解最后一幕阿尔卡迪和已经成为僧侣的年迈的马卡尔见面时，他和父亲之间奇异的爱恨关系了。这帮助我去理解我父亲，而我也希望父亲能够理解我为什么会投身写作。

1932年春天，高年级学生最关心的是能否考上好大学，最好能考上三大名校之一，大部分同学都焦急地等待大学入学考试。我入选预科学校优等毕业生，这相当于斐陶斐荣誉学会会员，不用参加考试。我学业成功的秘诀在于哈克尼斯计划和高素质的教师。与一位智慧的老师和十一个聪明的同学围坐在一起迫使我不得不快速转动脑筋，且等到言之有物时方才开口。我们还学习了如何记笔记，我在高中时期可是从来不记笔记的。如果我高中毕业就考大学，可能要拼命挣扎才能通过考试，而如今我却有信心同哈佛最棒的学生一决高下。

毕业将近时，我收到了普林斯顿大学、哈佛大学和达特茅斯大学的全额奖学金录取通知书。接着我又吃惊地收到了路易斯·佩里校长请我去他家做客的邀请。我们在过去的两年里一句话都没说过，我不知道我做了什么能让他邀请我。"你为什么不报我们的学校，威廉姆斯学院？"他说道。我对威廉姆斯学院知之甚少，仅仅知道那是坐落在马萨诸塞州西北角几座小山间的一所迷你学院。佩里先生说，如果我去威廉姆斯学院，我不仅能拿到全额奖学金，还能保证有一份工作。"我听说你在我们学校可能比其他任何学生赚的钱都多。"他补充道。他一直望着我，仿佛在说："孩子，你的一切我都了如指掌。"我纳闷他怎么会知道我卖彩旗和其他东西的事情。"从很多方面来说，威廉姆斯学院都是一所富人上的学院，对一个有野心的小伙子来说，这里比哈佛或耶鲁有更多的赚钱机会。"我接受了他的说法。

我近期的前程现已确定，但我还有一个任务。接下来的一年就没有人去帮爱丽丝大妈生炉子，没有人去照顾她了。我弄到了所有基督教科学派的学生的姓名和地址，请求他们的父母为送爱丽丝大妈到新罕布什尔州康科德附近的基督教科学派之家捐赠钱款,以设立基金。我从自己的积蓄中拿出二百块钱,因此我建议那些学生的父母能捐出至少这个数额的钱。所有的人都捐了款,有些人非常慷慨,妥当地安排了将爱丽丝大妈和她可怜的家当送到基督教科学派之家的一切事宜。分别时,爱丽丝大妈许诺会每周给"我亲爱的男孩"写信,她也确实做到了。可最令我遗憾的是,这些虽字迹难辨却充满爱心的信后来遗失了。

在距我二十岁生日还有三天的时候我回到了家。一到家就听说我们将要去火岛过暑假,火岛是长岛海岸分出来的一个狭长小岛。我们在巴比伦搭乘"海洋女王"号渡轮,渡轮将会把我们送到火岛上最大的镇子海滩镇。随着渡轮的航行,我望见原本模糊的村庄慢慢有了清晰的轮廓和结构。首先映入眼帘的是一个外观张扬的大楼(游艇俱乐部),楼上的各色彩旗懒洋洋地飘动着;接着是一个稍显民主的建筑(社区中心),这座建筑旁边的码头上挤着一群准备游泳的人;然后是一排两层楼建筑(商业区);最后是一排排按军队标准排列得异常规整的小屋,这些小屋或被小棵松树遮蔽,或与在沙地里倔强生长的遒健的灌木丛相邻。

我站在渡轮上层的甲板上,扫视着那一条窄长的沙洲,极目远眺,沙洲向两端延伸着。我只能看清小岛临海的一面,一波又一波的海浪平稳地冲击着白色的沙滩,不屈不挠,单调无味。我试图将这一幕看作一场巨大的冲突:大海攻击这脆弱但勇敢的海岛,用它饥饿的海浪撕扯小岛,一寸一寸地吞噬海岛。时不时地,大海胜利地冲破阻碍,冲到了沉静的给人抚慰的海湾,最终也只不过是让人们重新为小岛建造一层防波堤罢了。这是个多么棒的戏剧主题!我将祥和平静的海湾看成背叛海水的叛徒、小岛的盟友,它平静地从大陆源源不断地带来力量,几乎从不会在愤怒中沸腾。而且并非只有大自然的力量之间才有争斗,这奇异小岛的居民之间也存在争斗。

以上是演员,现在我只需要情景了。可是我的梦幻世界突然被逼近海滩小村的"海洋女王"号发出的如同卖鱼妇女尖叫一样的汽笛声给击碎了。

"上帝保佑,希望他们那至少有个电影院。"弗吉尼亚说。

在度假村刚待了一个星期,我姐姐就成了海滩镇最受欢迎的姑娘。我则在探索了海边的每条步道后发现了一段海滩。在那里,我可以想游多远就游多远,再也没有救生员会在身后吹哨子了。我还不可救药地爱上了一个长着一双杏眼、高颧骨、看起来神似印第安人的姑娘。她的嘴饱满优美,她的绰号叫"洋妞(exotic)"。有一天,我终于鼓足勇气靠近她,对她说:"我已经知道你的名字了。你叫洋——"

"你想说洋妞吧。那是一个傻乎乎的大学男生给我起的外号,结果竟然传开了。他是大学生联谊会会员。"她扑哧一下笑出声来。

因为带"洋妞"出去约会需要钱,我设法搞到了一份卖油的工作,住在小屋里的人用这种油来点灯和做饭。每天早上我给一只又大又笨的下面带轮子的油箱装满油,然后就推着油箱挨家挨户推销。我的第一批客户中有一个是乔·劳瑞的姐妹,乔·劳瑞是个非常有名的歌舞杂耍演员。她发现我一直盯着她那个塞满了著名戏剧书籍的书柜,就邀请我随时到她那儿去看书。她还答应把我介绍给住在当地或过来玩的一些明星,像格特鲁德·劳伦斯、范尼·布莱斯和吉米·杜兰特。

每周总有几次,弗吉尼亚会坚持要我陪她在天黑之后出去闲逛,找派对。她有一种寻找这类活动的本能,不久她就知道最有效的办法是跟着里奇。里奇是当地的私酒贩子,他蹬着旱冰鞋给人送货。

第一次弗吉尼亚喝了两杯酒就打住了,但第二次出去的时候她引发了一场激烈的争吵,导致聚会不欢而散。她向我们承诺再也不喝酒了,可过了两天,我们度假屋的抽水马桶坏了,我在马桶的水箱里发现了半瓶杜松子酒。正是这酒瓶影响了水箱浮球阀的正常运行。接着我就听到弗吉尼亚和我母亲高声争吵起来。

"弗吉尼亚,你怎么想出这馊主意的?"我拿着酒瓶问。

"'弗吉尼亚'?你什么意思?"她吼道,踉踉跄跄地朝我走了一步。"这屋子里就没有别的人了吗?"她傲慢地直起身子,"你凭什么认为那是我干的?"

弗吉尼亚坚持说那个瓶子是由某个神秘组织放进抽水马桶水箱的,与她毫无干系。我感到既愤怒又无奈,便开始动身朝屋外走去,在用力关纱门的时候不小心夹到了她的手。她示意疼痛难忍,但我表示怀疑。首先,为何她的手会放在门框上?

尽管我无法验证她的痛楚,但她的表现很过分。她夸张地奔进卧室去处理伤口的时候,我很直白地说,我认为她在装。

后来我父亲在海滩上找到了我,他为了我怀疑弗吉尼亚假装受伤的事冲我大吼大叫:"像你这么大的时候我可是在养家呢,可没有这么好的时光去上学读书。"

我想:好时光?他知道些什么?!他只读到小学五年级。我说:"你别忘了,离开诺瓦克以后我就自食其力了。"

"自食其力?放屁!这度假屋的房租是你付的?这饭钱是你付的?"

我被激怒了,那年夏天我确实付了自己多半的饭钱:"我没求着要来这里。我自己挣钱读完了埃克塞特学院。"

"你是要我给你发枚奖章还是怎样?"

"我没花你一个子儿。"

"你有时候太不知天高地厚了。你就是屁股欠揍!"他将手举到身后,做出要打我的样子,但是我一点都不害怕。我父亲从未打过我,连屁股都没有揍过。他脾气上来了,经常砸砸家具,摔摔碗碟,还从未打过家里人。他生气地提高声调,说:"是的,我说了你就是屁股欠揍!"然后,猛地打了自己大腿一巴掌,痛得叫出声来:"我的上帝啊,我被太阳晒伤了!"

我脱掉自己的夹克衫,递给了父亲,说:"你比我更需要它。"

他欣慰地小心翼翼地穿上了,说:"我是这沙滩上最大的傻帽!"

我建议我们一起跑回去,然后给他晒伤的地方涂上橄榄油。我们慢跑离开海滩时我很高兴地看到父亲不像大多数孩子的父亲一样大腹便便。有一个爱尔兰父亲最大的好处就是最激烈的争吵也能很快结束,而且双方都不会记仇。我们一路笑着,自古就存在的父子之间的对立关系瞬间在相依相伴中消失得无影无踪。

夏天快结束的时候我对"洋妞"的感情发生了一些变化。她偶尔会去社区中心参加周六晚上的舞会,有时候还会让我吻她。她说我是她见过的男孩子中最有趣的一个,还说我不该爱上她,因为我长大后会更加有趣,而她一辈子都不可能像我现在这样有趣。

　　随着游艇俱乐部举办的劳动节舞会的到来，结局也到来了：一支来自巴比伦的十人乐队突然奏响了《说得对，先生，那就是我的宝贝》。当我拥着盛装的"洋妞"在拥挤不堪的舞场上四处走动时，我一直在惊讶自己为何会在短短的两个月之内就对游艇俱乐部的印象如此深刻。

　　一切都恍然若梦。如今我已有"所属"了。我变成晒得最黑的一个，救生员也都成了我的朋友，我拥入怀中与之共舞的女孩也是众人注目的焦点。不过此时我只有一个真心的愿望，那就是回家睡觉。在我的脑海里闪来闪去的都是到威廉姆斯学院读书的念头。这种小岛生活已经是不真实的过去了，我迫不及待地想要投入新的世界。

　　乐队开始演奏《布莱泽》，"洋妞"也开始用她跑调的嗓音唱出歌词。她问："还记得那晚我们一起抄下这首歌的歌词吗？"

　　是的，我记得，那是她第一次准许我亲吻她。接下来我们一起走回她的度假屋的时候她叫我"小可爱"，我则在想如何才能在不伤害她的感情的前提下离开。我们一到她的小屋，她就说："我要做些实际的事情了。咱们不会想把这条新裙子给毁了，对吧？"我坐在凹凸不平的沙发上等着，这等待仿佛没有尽头。我翻腾的脑海中各种情感起伏不定，恐惧、欲望、厌恶、好奇、沮丧、兴奋，五味杂陈，但最强烈的是欲望。

　　她在我肩头柔声低语："嗨，甜心！"她身上裹着她妈妈那件满是盐渍的沙滩浴袍。我不确定她浴袍里面穿了什么衣服，她正在用一张卫生纸擦脸上残留的最后一丝化妆的痕迹。

　　"这比克里内克斯面巾纸好用。"她用一种平淡的语调说，把用过的纸巾团成一团，扔到墙角。她这不讲究的小动作比以前她说过的任何话或做过的任何事都更让我觉得出格。"现在我一切准备就绪，宝贝。"她在我身旁坐下，两手环抱着我。我想说些什么。"别说话，甜心，咱们只要寻欢作乐。"她湿润的唇贴到我的唇上，我们动情地抱在了一起。接着，她抓住我的左手放到她浴袍内圆润的胸部。浴袍里面的她竟一丝不挂。

　　"现在，"她耳语道，把我拉到她身上，沙发发出咯吱的声响，"这儿可不是干这种事情的好地方。"她站起来，浴袍不经意地敞开了。"去卧室吧。"她拉住我一只手，拽着我挪动脚步。"别怕，宝贝，"她的话语中有母性的温柔，她把温暖的身体向我挤过来，"我一切都准备好了。"

我说，我觉得自己病了。

她焦急地望着我，说："你要先吃一片阿司匹林吗？"

"我觉得我最好回家去。"

她用冰凉的手摸了摸我的额头。我心头浮起一个奇怪的想法：她怎么会身体这么温暖，手却如此冰凉？

"咦，宝贝，你摸起来真的很烫！你肯定是发烧了！你回家吧，照顾好自己。从现在起你要为了我照顾好自己。"

我想感谢她的善解人意，但是又怕再多耽搁一会儿。这并非是我害怕做爱，我告诉自己，我只是害怕如果我这么做了，我就不得不因为要顾及双方的名誉而娶她，她对我爱得是如此之深。

"今晚过得很棒，宝贝。"她在我身后柔声喊道，"晚安，甜心！"

威廉姆斯学院：建造空中楼阁

1932年9月初，我登上前往马萨诸塞州威廉斯敦的火车。此时夏天才真正结束，新的季节来临了。我因踏上人生的一个崭新台阶而兴奋不已，这次我只带了一个手提箱和一台笨重的打字机——这是我父亲给我的意外惊喜。打字机是他在一场拍卖会上买的，只花了很少的钱。打字机保养得很好，有一个超长的回车键以供记账用。我被告知，因为在北亚当转车的缘故，我的箱子要晚一两天才能到。

我猜和我同一个车厢的那些人也是去威廉姆斯学院上学的。和埃克塞特学院的那些富家子弟一样，他们穿戴得都比我讲究，周身还散发出那种我不喜欢却偏又妒忌的自信和悠然自得。在北亚当站，我们换乘了另一趟列车，这趟列车不久就停在了一个很小的车站，年轻人都冲到门口抢先下车。因为带着手提箱和沉重的打字机，我最后一个下车。我跟在人群后面，经过一个运动场，来到校园边上。根据我的录取通知书，我的宿舍威廉姆斯学院附楼，是我进入校园后见到的第一个建筑。如果我错过了附楼，就会走到草垛纪念牌。这个纪念牌据说是为了纪念很久以前一小群在草垛下躲避雷雨的年轻人的，他们在躲雨的时候发誓要到亚洲去当传教士，终生侍奉上帝。

附楼看起来普普通通。我被带到二楼一个很大的房间，里面有个高个子年轻人正在打开行李。他叫弗莱德·安德森，是我的室友。他告诉我这宿舍以前是学院的医务室，我们住的这部分正好是以前的手术室。见弗莱德盯着我的打字机，我解释说我搞写作。他说，希望我打字的噪音不要太大。我们两人在去餐厅的途中经过了许多间宿舍，所有一年级新生加入兄弟会之前都要在这个餐厅吃饭。被兄弟会拒绝的学生会自动成为平民俱乐部会员。弗莱德和我都得到一份在餐厅当服务员的兼职。很快，我们便穿梭于纷乱嘈杂的人群中，去找自己管的餐桌了。在埃克塞特每个服务生要照管两张八人的餐桌；在这儿，我只需照管一张餐桌。不久我就知道原因了：大部分服务生都毫无经验，端盘子都笨手笨脚的。

大部分新生都得到五六个兄弟会的入会邀请。尽管我是埃克塞特毕业的，却只得到两个邀请。出于好奇，我匆匆参加了兄弟会的入会面试。我带来的钱只够付房租，剩余二十块钱要用于杂费开销，但我有信心很快就能找到兼职。

我发现平民俱乐部很对我的路。这个有趣的团体由一百二十五名"不受欢迎的人"组成——犹太人，极其聪明、说起话来没完没了的人，公立高中的毕业生，内向、一说话就脸红的人，以及各种放荡不羁、没有归属的人。我觉得这里无拘无束，宛如回到自己家。我主动请缨，负责管理餐厅角落的餐桌。不久，大伙儿对我赞叹不已，因为我能左手托着餐盘自如地在餐厅里穿行。我旁边的一个二年级服务生巴斯·纳文斯给我取了一个绰号——鬼手（shifty）。这绰号是一种褒扬，我对巴斯的回报则是教他怎样在托盘上堆放脏盘子，以便在用左手控制好托盘的同时，还能腾出右手来清除路上障碍、打开厨房门，而那些用两只手端盘子的人只能转身用屁股开道了。过了几周，大部分服务生就都能用一只手托盘子了。

我大学一年级时最喜欢两位老师，一位是教英文写作的斯坦利·杨，一位是教法语的米歇尔·瓦萨里耶罗。我每个周日下午都是在瓦萨里耶罗夫妇（以下简称瓦萨夫妇）家里和其他几个喜爱艺术的学生一起度过的。瓦萨夫妇要我朗读刚看完的一本独幕剧，还鼓励我看三幕剧。斯坦利·杨也对我诸多鼓励，他还告诉我，他正在写一部关于雪莱（或济慈？）的剧本，已经有一个百老汇的制片人在考虑要使用这个剧本了。不幸的是，他找不到帮他把最后一稿打出来的打字好手。我从一个小镇居民和一个一年级学生那里搞到一份威廉姆斯镇所有能打字的人员名单，面试了几个人，从中选出了一个最好的。这个打字员确实非常能干，于是我就做起了她的打字经纪人。杨跟那些在他的课上成绩不及格的学生建议，如果想要通过第一阶段的考试，可以找我辅导功课，然后又建议我向每人收费二十五块钱，如果考试没有通过则不收钱。结果所有人都通过了考试。

1932年秋，我第一次体验了政治的滋味。在此之前，我一直对总统竞选毫无兴趣。学校的学生团体刚刚搞了一次模拟选举，赫伯特·胡佛以高票获胜。此时，富兰克林·罗斯福州长正按既定计划经过我们的小镇。马萨诸塞州的民主党州长约瑟夫·B.艾里是威廉姆斯学院的校友，他极力鼓动罗斯福在敞篷车上向威廉姆斯学院的学生发表讲话。罗斯福的敞篷车在学校的小礼拜堂附近停下。禁不住一个同为服务生的爱尔兰同学的鼓动，我也跑出来围观"地球上最伟大的人"。我们两人从人群里挤过去，一直走到罗斯福专车旁边。我发现，当学生们冲着共和党人罗斯福无礼地发出嘘声，不让他讲话时，艾里州长面色铁青，十分恼火。罗斯福夫人和车上另外一个人也面露怒色。我也感到很气愤，因为我向来支持弱者。然而，罗斯福却友好地微笑着，仿佛在说："果不其然，这和我原先预料的一模一样。"

罗斯福把我深深地吸引住了，我跟着他的车一路向东下了山，我要看看他到了镇里小河边的工厂，见到一百多个工人后会有什么样的遭遇。汽车缓缓而行，罗斯福脱下他那顶不久之后就举世闻名的软呢帽，面露微笑。这微笑仿佛是他在亲自拥抱每一个人。我永远忘不了工人们脸上流露出的仰慕、兴奋之情和随后人群中爆发出的由衷的热烈掌声。我觉得，我的爱尔兰校友说得没错，此人确实与众不同！

4月下旬，多罗西·坎菲尔德·费舍尔——一位当时住在佛蒙特的非常有名的小说家来到威廉姆斯学院做讲座。我看过她写的两本小说，对她谈到的写作技巧格外感兴趣。她告诉我们她是如何对最后一稿做删节的：她会把形容词、副词和带有"which"的句子全部删掉。她说，就连托马斯·沃尔夫这样的好作家也会有用形容词和副词上瘾的情况。她建议刚开始写作的年轻人应致力于洗练的文风。

那天我无比兴奋，当晚就写了一封信给她，问我能否到阿灵顿拜见她，并谈谈我的发展前景。两天后她回信了："我将很高兴与你谈谈你的计划。"她还给我留了她的电话号码。我立刻就打了电话，问这个星期天能否去拜访，因为只有星期天我才能轻易地找人顶替我在餐厅的工作。她同意了，还告诉我有一趟公交车可以载我往返。不过，我还是像往常一样搭了顺风车。到达阿灵顿后，我就向北走，直到看见一个邮筒，上面写着"费舍尔"。我从这里爬上一座很陡的小山，终于来到一幢朴素的房子跟前。然后，就如我在大学日历上所写的，"我人生中最伟大的一天"开始了。

我们谈了很久，我表达了想当作家的愿望和决心，还讲了一些我已写的故事和剧本。她告诉我，她在上大学的时候是如何发誓要当作家的。像波特·艾默生·布朗一样，她平等待我。吃过午饭后我们继续聊天，一直聊到天色变暗。我穿羊皮外套时注意到她书桌上有一大摞书稿——她的新小说《安东尼·安德沃斯》(Anthony Adverse)的校对稿。我拿起稿子低声咕哝："谁会看呀？这书这么厚。"

她笑着说："这本书会很畅销的。"她和每月好书俱乐部的其他评委已经给这本书投过赞成票了，"这本书会卖得很好，因为它是'巨'著，而且很好看。"

接下来的几个星期她读了一些我写的短篇小说。她觉得第一篇小说"新颖有趣且令人愉快"，我选择了"与我自身经历接近的"人物、环境和情感，这一点很正确。另外，"给低音古提琴取名'雏菊'，给这个乐器在故事中的作用着色也很逗乐，写作的手法很灵巧"。

尽管我每天晚上要花至少两个小时写剧本，我的成绩仍然保持在A或B+的高水准，这归功于我在埃克塞特接受的训练。我最弱的科目是物理，我的同学弗雷德·H.斯托金对这门课却学得津津有味。

虽然物理课堂给我的灵感不多,但我去物理实验室的路上会经过一扇大门,门上刻着"攀登更高,行得更远,放眼苍穹,志摘星辰"。每次上课经过这扇门,我都深受鼓舞。

1933年6月,度过威廉姆斯学院的第一年后,我回纽约接了弗吉尼亚后就直奔火岛。我们住在另一条街上的度假屋。度假屋的名字"浪花飞溅"让我觉得腻歪。我买了一大盒新上市的洗衣皂,在度假屋的铭牌上抹了超级厚的几层肥皂。我还忙着彻底修改我前一个夏天写的剧本《魔幻岛》(*The Enchanted Island*)。我迅速改了第一稿,读起来仍然不怎么样。剧本写得太装腔作势,于是我把它塞到一摞手稿的最下面。以后我会再改一稿。我试图给火岛这片又窄又长的沙地注入生机,这座岛像催化剂一般,能以神奇的速度让人显露出本质。一个人一到这里就如同置于显微镜涂片的一滴酒精之中,被干净利索地摆放好,随时接受研究者的分析。

我父母的关系比前一个夏天糟糕得多。母亲讲话常常用词不当,这已众所周知了。以前父亲只是嘲笑她,而如今她每次把"道路拐弯处"说成"道路胳膊肘",或用"尖营"指称"精英"时,他总是一脸无奈。母亲再说"乡巴佬",或把"棒球联赛"叫作"双头球赛"时也不能引父亲发笑了。她打电话给朋友,在得知朋友也正好想给她打电话时,她会对朋友说"你真是个神经病"。我父亲觉得这无法原谅,他会既尴尬又恼火地嘀咕一阵。父亲最喜欢的汤匙不见时,她再宣称"一定是克里姆林宫的那帮家伙拿走的",他也不再咧嘴一笑了。

她用的这些词让我感觉亲切可爱,但如今却让父亲避之唯恐不及。我得知父亲一直有外遇后,对父亲大为恼火,因而对母亲比以往更孝顺。有一天,我母亲在废纸篓里发现了一封撕碎的信。这是一个住在拉克罗斯的女人写给父亲的情书。我发现母亲的时候,母亲正目瞪口呆地盯着信,潸然泪下。她费力地告诉我事情的原委。

我也不知道该怎么处理这样的危机,只好一手搂住母亲,问道:"我能看看信吗?"当我看到开头的几个字"我最心爱的甜馅饼"时忍不住笑出声来。奇怪的是,我母亲并不恼火,也没有阻拦我大声读出这封信剩下的内容。最后,我不得不停了下来。"我的天哪,这信写得太棒了!"我笑出了眼泪,然后我默默读完剩下的几行。"妈妈,这些话写得更好!'当我打开你那浓情蜜意、富有思想的信时,仿佛一切又回到了从前,我不经意之间滑到了餐桌下面。'"我自己也滑到了地上,兴奋地嚷道,"这台词要是出现在剧本里面该多棒啊!"

我的一惊一乍似乎并没有伤到母亲。她止住了眼泪,甚至笑了一下。那一刻是家中的一个转折点。我知道,由于某种原因,从此以后我再也不会去火岛度过夏天了。此时此刻,我感觉我跟母亲无比亲近,我甚至开始叫她的名字"海伦"了,而我从未叫过我父亲"拉尔夫"。

1933年秋,我回到威廉姆斯学院上二年级,斯坦利·杨此时已经离开学校,去百老汇演自己的戏剧了。不过我在英语教师中又找到一个同盟——大阿尔伯特·利克莱德(绰号"小鸟"),他在我们和戏剧之间建立了一条纽带,他令莎士比亚"死而复生"。"一百年前,我第一次去剧院的时候……"他把教室当成了舞台,"当然,你们没有必要走到威廉姆斯小镇以外去找一个罗密欧,但是你们得到镇子外面去找一个朱丽叶。"这时,他突然用自己的魔力嗓音变身成朱丽叶。我们大部分人都很高兴。但也有少数几个人对这种可笑表演嗤之以鼻。"我知道你们的感受,"利克莱德注意到了这点,"我比你们难受十倍。"

"小鸟"个头不高,但精力充沛,让我联想到一种鸟,一种不停飞翔的鸟。"小鸟"用俏皮话和机智的反应活跃着气氛。我连哄带骗地获得了参观"小鸟"那不太整洁的小房间的机会,告诉他我想当编剧的梦想。他问我有没有什么东西可以展示给他看?我把最近写的剧本递给他。看完剧本后他答应如果我分数足够高,他就在我三年级期间布置给我剧本写作的小班荣誉功课(这意味着我将是班级里唯一一个能做这个作业的人)。

这就带来了一个问题:瓦萨已经答应给我法国文学的荣誉功课了,学校会同意我同时做两份荣誉功课吗?我提出这个问题的时候,瓦萨给出的答复很简单:我只要做到二年级的成绩是全优就行了。

那时我又找到另外一份工作,这个工作在生物实验室,每天要花三个小时。我还接到很多打字的订单,于是我又雇了一名打字员。在平民俱乐部里,我成了服务头桌的两名永久服务生之一。

与此同时,我每天晚上还要在留声机里传出的穆索尔斯基、舒伯特、德彪西等人的音乐的帮助下花很多时间写剧本。尽管我已经开始读俄国文学以作消遣,我还是把大部分时间花在看易卜生和萧伯纳的戏剧上,我还在给我父亲写的几封信中谈到戏中的角色。我再次回家的时候,我家已经搬到了西143号街一个小房子中的一楼,隔壁就是环河路旁很大的一幢公寓楼。迎接我的是我父亲写的一个剧本手稿,这手稿多多少少有抄袭易卜生之嫌。我不忍心告诉他这剧本有多么糟糕。

我在家度过的假期第一周相对平和。一天晚上,在全家热烈争论关于富兰克林·罗斯福的事时,弗吉尼亚去了几趟卫生间,每次回来都变得更活泼了一点。她去了第四趟之后,我父亲起了疑心,也去了卫生间。不一会儿,他就带着从马桶水箱里找到的一瓶喝了一半的杜松子酒回来了,马桶水箱是弗吉尼亚藏东西的老地方。他冲着弗吉尼亚摇晃着酒瓶,弗吉尼亚傲慢地否认那是她的:"你胡说些什么!为什么每一次都怀疑我?"

"这个家里除了你还有谁会喝这个?"父亲摇晃着弗吉尼亚。她愤怒地挣脱了,开始大喊大叫并脱去衣服,直到最后赤裸地站着。"我要离开这个魔窟!"她尖叫着冲到了前门门口。一开始,我父亲惊呆了。过了一会儿,他回过神来,追了上去。

我把他拉了回来:"让她走,爸爸。她是想让你去拦她呢。"

弗吉尼亚飞奔出去的时候他吓坏了。

"她会回来的。"我补充道,"外面冷得要命。"

几秒钟之后她就回到房子里了,浑身发抖。我父母震惊得说不出话来,我却忍不住笑了。弗吉尼亚瞪着我,然后自己也笑了起来,之后她随手拿了几件衣服就消失了。

屋里沉默了很久,父亲终于开口:"不管怎样,现在这酒瓶子就摆在我们面前。"

母亲在哭泣,父亲则在生气,当弗吉尼亚冷静地再次现身时,我却像什么都没有发生过一样,问她:"要不要来点咖啡?"

"好——!"她用滑稽的英国口音谄媚地应了一声,"我以为你永远不会问我了!"

1934年6月,我结束了大学第三年的学习后再次回到家中,我发现西143号街的小房子里还是硝烟弥漫。一周后,我宣布要搭顺风车去加利福尼亚过暑假。我母亲坚持让我带上一沓已经盖过邮戳的明信片——"就是时不时让我们知道你人在哪儿"。我父亲则粗声粗气说出"都是他妈的傻瓜"云云。弗吉尼亚亲了亲我,用的力气之大让我觉得颇为尴尬。

提着贴满威廉姆斯学院和埃克塞特标签的破旧手提箱(从乔治姨父那儿继承的),带着缝在蓝色牛仔裤腰间的十块钱,我起程向西。

三天后我抵达拉克罗斯,躺在雷伯父家真正的床上睡觉。这是离别多年后我首次回到故乡,我还记得横跨密西西比河的大桥,和教堂旁边的那座我们玩打仗游戏的公寓楼。我花了两个小时参观威斯康星商业大学,并和雷伯父闲聊。雷伯父一路上兴致很高地听我讲这些年的经历,还许诺"等他不在了",要把挂在他书桌后面墙上的约翰·托兰上校的画像送给我。他还许诺要把上校所有的文件手稿都留给我,包括1836年7月13日至25日上校作为先遣军总指挥,带领第三十四骑兵团从西弗吉尼亚到弗吉尼亚维斯维尔的最后一场战斗的记录。

雷伯父说,约翰·托兰上校曾被一个占据钟楼上有利地形的牧师开枪打死,得知此事后,雷伯父从此再也不进任何教堂。

从拉克罗斯到苏福尔斯的旅程只用了一天半时间,我晚上睡在派克家。他们劝我在那逗留一周,但我急着向西赶路。第一次穿越西部让人备感兴奋,对我来说这些地方就像伊甸园一样新鲜。我看到了波格·鲍威尔曾经描述过的地方,在那儿的射击比赛中,他爸爸战胜了水牛比尔和其他西部荒野的知名人物。我参观了黄石公园,接着向海岸前进,被那一片广阔的天地和连绵的群山所震撼。之后我开始向南走,穿过俄勒冈和加利福尼亚的时候还没觉得失望,直到来到洛杉矶:在这里,文明代替了自然。我得到的奖励是又见到了我最喜欢的姨妈弗洛丝,我和她一直保持通信联系,她一直鼓励我坚持写作。

她向我讲述了在这个不欣赏异类的世界里她是如何奋斗、谋生的,而且她从不抱怨。她的丈夫杰克·翰杰姆曾经挣到过很多钱,但最后都折在类似在洛杉矶建造溜冰场之类的生意上了。他最后留给她的只有未付的账单,而她则靠着写聪慧的小诗为箭头湖打广告撑了下来。她还有几个能帮衬她的富人朋友。弗洛丝姨妈那种鲜明的离经叛道的精神拉近了我们之间的距离,我甚至觉得她比母亲还要亲近,我母亲也是离经叛道类型的。我觉得弗洛丝姨妈给我指引了通往自由之路。

和弗洛丝度过愉快的两周后,我搭上一对夫妇的顺风车去了密苏里州,等我回到纽约的时候我发现自己被搅进了父亲和弗吉尼亚的争吵之中,在我返回威廉姆斯学院之前这场愤怒的争吵持续了三天之久。

大学三年级伊始,我的两位荣誉教授瓦萨和"小鸟"都鼓励我从威廉姆斯学院毕业以后去上耶鲁的戏剧学院。当时这个学院由乔治·皮尔斯·贝克主管,他在哈佛大学那个闻名遐迩的工作室里带出了著名的编剧菲利普·巴瑞和西德尼·霍华德。由于戏剧学院不提供奖学金,我必须自己挣到足够的学费。于是,我和我的前舍友就一起竞聘新开张的威廉姆斯基督教协会书店经理的职位。开设这个书店是对镇上另外两家商业书店书籍售价过高的一种抗议。共有四人竞聘经理岗位,只有两人可以在下一年经营这个书店。

1935年春季学期结束时,我和吉姆获得了威廉姆斯基督教协会书店的经理职位,我还被选为平民俱乐部的服务生领班。为了纪念威廉姆斯学院的加菲尔德校长,这个俱乐部如今已经更名为加菲尔德俱乐部。继任加菲尔德校长的是凭借约翰·黑尔传记获得普利策新闻大奖的泰勒·丹尼特。如此一来,我不仅能享受吃饭免费的待遇,每周还能额外赚到十五块钱。我在耶鲁戏剧学院的前途有保障了。我回到纽约去报告好消息,之后又马上回到威廉姆斯镇。在那儿,豪尔教授将顺路把我载往明尼苏达大学双城校区,他要去明尼苏达大学过夏天。

西行之旅由豪尔夫人开车,一路顺利,直至我们开到密歇根三河郊区的时候,一辆农场卡车从岔路上摇摇晃晃地冲过来,迎头撞上了我们的汽车。三天后,汽车修好了,我们继续赶路,前往明尼阿波利斯和圣保罗,接着我开始搭其他的顺风车。

两天后,在堪萨斯城,我等了两个钟头也没搭上顺风车。附近有一列货运火车在停车加水。我听见几个坐在货车车厢顶上的男人大喊,示意让我加入他们。我犹豫了。这时火车头发出嘟嘟两声鸣笛,火车准备载着满车的货物继续上路了。我赶紧跑了过去。一个扒在车厢旁边梯子上的高个子青年伸出手来接过我的手提箱。我一松手,摔了一跤,耳边响起一片催促的喊声。我爬起来笨手笨脚地跃上了后面一节车厢的梯子。我觉得手臂扭伤了,但还能挺住。那个接我箱子的高个青年低下身子,抓住我的衬衫,把我拉到了车厢顶上。"你得学着点。"他咧嘴笑着说,然后伸出手对我表示欢迎,"首先,你往开动的列车上跳的时候不能站着不动,你要朝着火车头行驶的方向跑,懂了吗?"

我很吃惊地发现,尽管我的箱子上贴满了威廉姆斯学院和埃克塞特的标签,我还是立刻就被车顶上的所有人接受了。他们全都建议我把手提箱扔掉,换成一个包裹,即用一块帆布卷好我所有的家当,再把包裹背在肩上,这样两只手就能腾出来了。

火车到了下一站,我决定下去继续搭便车。傍晚时分,我终于搭上一个从堪萨斯来的年轻人的车。他叫赫尔斯,他打算到科罗拉多建立家园。他告诉我想要拥有一块属于自己的田产的梦想,我们一直谈到天黑。此时,我们都饿了,赫尔斯说如果我能买一条面包来的话,他就去杂货店买些冷切肉来。我付钱买面包的时候,注意到赫尔斯顺手往自己的裤袋里塞了些什么。原来是一罐狗粮,赫尔斯坚持说这东西热热就能吃了。他高高兴兴地吃了自己的一份狗粮三明治,而我却难以下咽。

接下来我和几个埃克塞特的朋友在科罗拉多大学波尔德分校住了一个星期。其中一个朋友叫多尔夫·库尔斯,他为人文静内向,后来我们才知道他竟是一名啤酒巨头的儿子。我接着搭顺风车,只花了两个小时就到了夏延城,可惜我的好运就到此为止了,之后我再也没能搭上便车。天黑了,我四下寻找过夜的地方,最后在一个火车站候车大厅的长椅上安顿了下来。不久,一名车站职员走过来告诉我,明早之前这里不会再有东去的列车了。我看得出来这里并不欢迎我。附近正在修一列货车。这场景就像一场噩梦:一节节撞坏了的车厢被高高地吊了起来;维修工提着灯在货车车厢顶上来回跑;来回穿越铁路的值班员手中的灯笼晃来晃去;司炉工打开炉门,填燃料时从炉口映射出一道道刺目的火光;断断续续的哨子声不停地传递着信号;火车司机们信心十足地把头从驾驶舱内探出来,望着火车头敏捷地前进和倒退。一个火车头掉头朝我冲过来,我顿时被笼罩在刺眼的灯光之下。火车头经过我身边时煤灰缓缓落下,撒了我一身。一名制动员纵身跳了下来,站到暗处,拉下了制动闸。

"你要去哪儿?"他友好地问道,"向东还是向西?"

"向西,先生。"

"那个人大约十五分钟后就要往西开了。"他指着一排车厢说,"走几百码到那儿去等着,直到听到'高球'(highball)。别让人看见,不然铁路警察会逮住你。"

"'高球'是什么意思?"

"就是火车很响亮的两声突突声。这说明列车司机已经就位,准备出发了。"

我虽然没完全弄明白他的话,但还是小心翼翼地走到了他所指的位置。我听到两声响亮的突突声,车头的灯光缓缓扫我。箱式车厢、平板车厢、罐子车厢从我面前隆隆驶过。我想找一个开着门的箱式车厢,但没有一扇门是敞开的。于是,我笨手笨脚地扒上一节运沙石的无盖车厢。这才是旅行!

接下来的两天我收获了若干惨痛教训。比如,火车在落基山脉间穿行的时候你不能坐在无盖车厢的尾部。当火车进隧道时,火热的煤灰会撒到敞着的车厢里。坐在罐子车厢或装载着机器的平板车厢中同样危险,都没有保护措施。解决的办法就是在无盖车厢里的沙石上挖一个洞来保护你的头部。

当我们最终抵达犹他州的奥格登时，十几个搭顺风车的人都从火车上跳了下来，一半人往左走，一半人向右走。我得知向左走的人准备扒"太平洋联盟"号火车去盐湖城，其他人打算扒西太平洋公司的火车。我随着要搭西太平洋公司火车的人群走，不久便发现自己已置身于"游民丛林"之中。我以前在反映"游民丛林"的电影上看到过流浪汉打斗的情景，此时却惊奇地发现他们之中并没有这样的冲突，一切都很平静。我明显不是这群游民中的一员，他们仍然接纳了我。很快就有人提醒我这儿有两名铁路警察在看着，不让任何游民靠近向西的货车。

第二天早上来了两名警察，他们以非法闯入禁地的罪名把我们全部都抓起来了。一名法官立即判处我们三天监禁。7月4日，我们被送到奥格登斗牛场，被分派了打扫场地和修理椅子的活。傍晚我们被送回监狱，他们发给我们一点粗劣的食物当作晚餐。在电影里，罪犯通常都要挨一顿揍，但我们在奥格登没有挨揍。我们的早餐是黏糊糊的燕麦粥、面包和苦咖啡。

对我来说，在这三天监禁中，最令人兴奋的是结识了一个个子高高、四肢瘦长的十八岁的小伙子。他管自己叫波卡特洛·基德。他已经在铁路上摸爬滚打了三年，道上每个弯道每个角落他都知道。听说我是大学生，他就叫我帮他纠正英语，说这样他以后就能找一份好工作了。作为回报，他教我铁路上的行话："护院公牛"(yard bull)指"铁路警察"；"棚户"(shack)指"警察、侦探"；"镇上小丑"(local clown)指"当地警察"；"阻拦拖曳"(stemming the drag)指"在大街上乞讨"；"甲板"(deck)指"货车的车厢顶"；"基督教穷鬼"(Jesus stiff)指"到基督教救世军吃免费饭的人"；"货场猪"(yard hog)指"货场里调度车厢的小型火车头"；"铁路猪"(road hog)指"拉整列车的大型火车头"；"双头车"(doubleheader)指"拖载重型列车的双车头火车"；"搭乘百叶窗"(riding the blinds)指"坐在旅客列车的运煤车厢后面第一节车厢的封闭过道里"；"搭乘杆子走"(riding the rods)，已弃而不用，指"扒在货车车厢底下搭顺风车"；"蹩脚的"(crummy)指"火车后面的守车"；"售票员"(conductor)指"货车列车长"（列车长的办公室就在"蹩脚的"）；"来回的童车"(hustle buggy)指"警车"；"出故障"(on the fritz)指"破产"；"苦涩"

(misery)指"咖啡"。现在铁路线上最流行的词语是指代"游民"的"卷铺盖"(bindle stiff)，它代替了已经过时的"流浪汉"(hobo)。

波奇还唱一些路上的歌。他最喜欢的歌是《天上的馅饼》(*Pie in the Sky*)，歌曲最后一节旋律悠扬：

> 不久之后，你就能吃好吃饱，
> 在天上那方荣耀之地，
> 工作、祈祷，靠干草过活。
> 你死了之后，就能得到天上的馅饼。

被释放后，我们发现"护院公牛"不知何故还在继续阻止人们扒上西太平洋公司的火车，但波奇坚持说他能把任何人弄上火车。他说，等"高球"一响，货车缓缓开动的时候，他就跳上火车，在车厢顶上往前跑，吸引两个铁路警察去追他，这时我们其他人就能安全地从后面爬上火车了。然后，波奇会跳下火车，引着铁路警察下来追他，最后他再爬上火车。

"但那时候车速会很快。"我说。

"这不是你要操心的事。"

一切照计划进行着。波奇在车厢顶上像蒂尔·奥伊伦斯皮格尔那样冲着铁路警察摸鼻子。我笨手笨脚地顺着梯子往车厢顶上爬时，两个农村小伙儿帮我提着行李箱。我看到波奇跳下火车，那时火车时速已达每小时三十英里，接着他又姿态优雅地一跃而上，抓住了火车的梯子。他爬到车厢顶上，站起身来，再次用大拇指摸了一下鼻子。

此时天气已热，我问波奇，列车在大沙漠中行进时，我们怎样在没有遮盖的环境下生存。"冷藏车厢没被封上。"波奇说。

"那又如何？谁愿意去挨冻？"

"往东走的时候，这些车厢里装的是水果，只有两端的车厢才会冷冻。往西走的时候，车厢就空着了，成了流浪汉的卧铺车厢。"

他在后面一节冷藏车厢上打开一扇车顶门，爬了进去。我也跟着爬了进去，发现这个车厢有三英尺宽，足够容纳两个人，这里既干燥又舒服。波奇拉下车门的保险杠,将一根绳子的一端系在杠子上,另一端系在里面的铁丝网上,说:"这能防止我们变成冻肉。列车员发现里面有人就不会把门锁上了。"

波奇告诉我,列车停在下一个分叉点检查货箱、检修机车时,我们可以下去找一些硬纸板和厚的包装纸,充作睡觉时的铺盖。下一站停车时,波奇去找纸板,我则在车站里找到了一个一加仑的罐子,我给罐子装满了水。

如波奇所言,我们的夜晚果然过得非常愉快。车厢外的沙漠寒冷刺骨,我们却温暖舒适,我以前从不知道看着月亮和星星从天窗划过竟是这般有趣。

白天我坐在车厢顶上饱览沙漠中的壮美风光,直到热得汗流浃背我才回到我的容身之所。波奇花了个把小时讲自己在铁路上的各种冒险经历,还唱了一些他在旅途中学会的歌,如不朽的火车司机凯西·琼斯的传奇故事。我特别喜欢最后的几句歌词:

> 凯西·琼斯,跨进驾驶室,
> 将命运攥在自己手中。
> 凯西·琼斯,跨进驾驶室,
> 告别父老,驶往他乡,追寻梦想。

波奇告诉我很多在商业区大街上乞讨的心得,还教我在寒冷夜晚用"加利福尼亚毛毯"(报纸)御寒。

在一个深夜,火车驶入了雷诺市,我们看到了雷诺市著名的标语:世界上最大的小城市。之后,列车继续向加利福尼亚行进,一路下坡,路途陡峭曲折,在月光下显得诡异又惊悚。第二天上午,我们抵达斯托克顿,这一站轨道纵横交错,换班的列车来来往往,还停了很多空车,看起来就像个迷宫。

波奇把我领到一个小窝棚处,这窝棚看起来就像是瞎眼的木匠搭的。棚子旁边有棵干枯细弱的树,树上挂着各色空的烟草袋和香烟盒,树底立着一块很大的牌子,上面写着醒目的三个大字:"烟草树"。波奇告诉我这棵树代表了很久以前一群流浪汉的梦想。

窝棚的门上潦草地写着几个字:"千里豆,十美分,保证。"

"保证什么?"我问。

"保证游民吃了豆子能走一千英里。"

我买了二十美分的豆子,迫不及待地吃下一大盘,我从未吃过这么美味的豆子。

"只要你饿了,就会想起这豆子。"波奇预言,"还有一种美味是新奥尔良的波仔三明治。"他从未去过新奥尔良,但每个在路上的人都在谈论波仔三明治,个头超大,里面夹满了肉,吃一个管保两天不用吃饭。

波奇要向北去波特兰和西雅图,于是他把我带到一个很长的一层建筑物里,这里面以前可能是放机器设备的。

"你在这儿会很安全,"他安慰我,"而且只要花两分钱。"屋里约莫有五十个人,有男有女,还有孩子,他们要么挤在角落里,要么围坐在一个长长的吧台前。吧台出售廉价食物,主要是刚刚过期的面包或冷肉。

后来我上了货车,我找到弗洛丝姨妈在洛杉矶的新住处时天已经黑了。弗洛丝姨妈听说我是扒货运火车来的吃了一惊,接着她就刨根问底,向我探问路上的细节。我跟她讲一路上遇到的危险的和快乐的事儿,她听得津津有味。我讲我在冷藏车厢的豪华享受,以及如何吃千里豆,怎样和友善的黑人结伴而行。她帮我把脏衣裤洗好烫平,就连牛仔裤的裤腿也给熨了,结果我穿的时候裤腿就显得格外肥大。

和弗洛丝姨妈一起生活的日子过得飞快。我们每天聊她神奇的人生,一直聊到深夜。她的生活也像我的一样充满惊奇。她打了六七份零工,从挨家挨户推销护肤品到照顾脾气暴躁的老太太。她的朋友有社会地位高的也有社会底层的,但她在哪儿都很受欢迎。她对加利福尼亚几乎所有流行的奇谈怪论都充满好奇:从让穷人一夜暴富的计划到充满宗教奇迹的故事。自然,她也坚信一切美好梦想皆能成真,特别是她对我将来会成为作家深信不疑。我也为自己能登上她的怪咖名单而备感荣幸。

两周后我再次扒上货运火车,照我来西部的路线原路返回东部。因为被警告过再在密西西比以东扒火车必定会被逮到,我到了密西西比后就开始搭顺风车。我再次回到硝烟弥漫的纽约西143号街时,不出所料,弗吉尼亚和父亲的争吵还在继续。

1935年秋,我与吉姆·伍德继续住同一个宿舍,我们一起度过大学的第三年。我在全力投入到加菲尔德俱乐部的餐厅工作和书店经营的同时,还写了三部戏剧。耶鲁戏剧学院通知我,只要得到新任编剧系主任沃尔特·普理查德·伊顿(他接替了乔治·皮尔斯·贝克的职务)的首肯,他们就会录取我。伊顿周末的住所在离我一小时车程的南方,一个教师的妻子答应开车送我去见伊顿。

我们的面谈很简短。伊顿曾是《纽约时报》(New York Times)的剧评人,他喜欢我寄给他的那几部戏。我很纳闷,他为什么不能直接写信给我?我当前最大的问题是要挣更多的钱缴学费和其他费用,而我的钱大部分是通过在学期末购买学生们用过的旧课本赚来的。书店先以原价三分之一的价格进货,次年再以原价三分之二的价格出售。前一年春天,我曾负责过收购旧课本的行动,我们收购的书有百分之九十五都在次年派上了用场。那些没能再次被选作某门课程教材的书只好由我们自己"吃下来"。大学三年级时,我曾成功说服一群在加菲尔德俱乐部吃饭的高才生搞到他们最喜欢的教授所选教材的信息,这些教授拒不向任何书店透露他们的教材用书。由于和这群学生关系良好,我相信自己还能得到他们的帮助,这样看来我似乎很容易就能挣够去耶鲁戏剧学院上学的钱了。

谁知接着打击就来了,我被叫到校长丹奈特的办公室。学校有一些老师坚持认为我已经赚了很多钱,所以不应该再给我发第三年的全额奖学金。丹奈特拿着一张纸,说:"这上面说你是加菲尔德俱乐部的服务生领班,而且你还在生物实验室兼职,和你的室友一起经营威廉姆斯基督教协会书店。这都是真的吗?"

"是真的,先生。我还经营打字业务。"我觉得自己没希望再拿奖学金了。更何况丹奈特曾公开声称,他愿意多招高中毕业生,少招收从埃克塞特或安多华之类的预科学校来的学生。

"我看到你在埃克塞特上过学。"他说。

我发飙了,说道:"是的!我住在阿尔伯特楼全校最便宜的宿舍里,一边在餐厅打工,一边在实验室兼职,拿了全额奖学金,以优等成绩毕业于埃克塞特。我还在工厂干活,这样我才缴上第一个学期的学费。"

校长并没有因为我的发飙而生气,他问:"托兰先生,你将来打算干什么?"

"我要去耶鲁戏剧学院深造,然后当编剧。"

丹奈特乐了,说:"所以你赚的每一分钱都有用!"他把那张纸揉成一团,扔进废纸篓,向我伸出一只手,说:"祝你好运!"

后来听说戏剧课要上三年,我这才意识到我需要赚更多的钱。一天晚上,我灵光一闪,想出个主意——我要邀请我最喜欢的电影演员宾尼·巴恩斯来参加我们的春季家庭派对。我给她写了一封信,说我想当编剧,需要钱去耶鲁戏剧学院上学。我会在家庭派对的餐饮和跳舞环节售票给一些兄弟会中的富家子弟。我保证她在派对上会玩得开心,并且我会亲自监督派对的每一个环节。派对最后的压轴活动是在附近礼堂举行的毕业舞会,舞会邀请了著名乐队进行表演,还有一个颁发巨型金色木制钥匙给"家庭派对小姐"的仪式。如果宾尼得不到"家庭派对小姐"的称号,我就给自己来一枪。

两个月过去了,我还是没有收到回音。距派对还有两周时好莱坞来了一封信,宾尼·巴恩斯说她很高兴能支持这项事业。可当我刚开始着手安排派对时间时又收到一封电报:宾尼刚得到一个重要角色,她得马上离开。

我和吉姆没有就此放弃,我们去了那场毕业舞会,那把三十磅重的四齿木制钥匙就在舞台上展示着。在吉姆的帮助下,舞厅的灯突然全部熄灭了。我在黑暗中抱起钥匙就从侧门奔了出去。我把钥匙寄给了宾尼,她回信对我表示诚挚的感谢。

这次失败的经历激发我想出另外一个计划。我搭顺风车去纽约巴诺书店见巴恩斯先生。他是威廉姆斯学院的校友。我告诉他几周之后我不得不"吃下"无数本课本。我递给他一张清单,并指出,几乎所有的书都是全新的,我问他愿意出多少钱?巴恩斯先生写下一个数字。这个数字比我想象的大得多。

学生们涌到我们的书店卖自己不用的书。我们书店的四个竞争对手买光了我的"间谍们"打听到的教材用书,没有充作教材的书都扔给了镇上另外两家书店。一周之内,我的竞争对手和加菲尔德俱乐部的"间谍"几乎没花什么钱就从其他书店又买回了那些不充作教材的书,然后向巴诺书店发了一大批货。

接着我从瓦克那里听到一个振奋人心的消息:一个富人刚捐款设立了一个为期两年的奖学金,资助写作专业的研究生,我被选为奖学金的第一个获得者。

我的名字也上了兄弟会的入选名单,但我拒绝了这个荣誉,因为我发现我要为会费和钥匙付五十块钱。为此,天文学教授威利斯·伊斯比斯特·米勒姆召见了我。由于我外表看似激进,他猜我可能是由于某些政治原因而拒绝入会的。我告诉他并非如此,我不入会是因为五十块钱的会费。教授这才松了一口气,说:"我们有一个基金就是专门为你这种年轻人设立的。"

毕业那天母亲专程赶来了,我把我的兄弟会钥匙交给她保管。接近中午的时候,瓦克给我打了一个电话,声音有些哽咽地告诉我,由于技术原因,我的两年奖学金要1937年才能发放,而那时我已经不符合条件了。我告诉他不用担心,我有足够的钱能支撑我读完耶鲁戏剧学院。在查平大厅举行的毕业典礼上,我被授予了"考夫曼英语奖",奖品是我最喜爱的两位编剧阿里斯托芬和萧伯纳的作品全集。

我正欲离开大厅时,一个陌生人走上前来,自我介绍说他是埃索石油公司的代表。"巴恩斯先生谈起过你。"他说。他主动给我提供了一份工作。如果我接受这份工作,我将马上被派往南太平洋,几年之后,我就能成为一名基层主管。

我向他表示感谢:"先生,我感到非常荣幸,但是我要去耶鲁戏剧学院继续深造,我想成为一名编剧。"

这位埃索石油公司的代表摇了摇头:"真是浪费人才啊!"

三、一个傻瓜
1936 — 1942

在路上

1936年夏天,我将大部分时间都花在在纽约城里兜售胜家牌缝纫机上。第一天我就卖掉了一台缝纫机,得到一台老式胜家脚踏缝纫机作为定金,这种脚踏缝纫机在没有通电的国家出售可以卖出很不错的价格。一天之内我就赚了五十块钱!可是接下来的两个月,我在纽约华盛顿高地走街串巷,去了几十个公寓楼,使尽浑身解数极力推销,也没有再卖出一台机器,赚不到一分钱。最后我放弃了,回到145号街的胜家销售办公室,交回了机器。

我花三十五块钱买了一辆旧的雪佛兰,自己学会了开车。我把打印机丢进车里,一面跟车磨合,一面起程前往纽黑文。第二天一早我就去了耶鲁戏剧学院,胸有成竹地觉得自己做了人生之中最好的一个决定。我被编在1939届,我上的编剧课上还有另外其他八名同学。入学第一周后我就陷入烦恼了。新的系主任沃尔特·普理查德·伊顿是个顶级剧评家,但他不是乔治·皮尔斯·贝克。贝克总是能鼓舞人心,而伊顿只会指出毛病和瑕疵。贝克鼓励原创,鼓励行动,伊顿则对形式喋喋不休。班上只有一名同学在写戏剧上有天资,这家伙名叫拉里·杜根,他没上过大学,却写了几个剧本,而且这些剧本在费城被制作成戏剧。我们两人在霍尔斯特德·韦尔斯的导演课上搭档，扮演医院里满怀期盼的父亲角色。拉里先来指导我演，我扮演的父亲角色还挺像一回事；接着我指导拉里，他已经远远不是像一回事那么简单了，他演得令人完全心服口服。拉里有一种戏剧的第六感。

我在新生食堂当服务生，以此获得免费用餐。很快，大家就明显看出了我是餐厅里唯一一名经验老到的服务生。其他服务生和我一样，也是研究生。我自愿去最远的桌子服务，而且一周之内就教会了我周围的服务生怎么在托盘上摆放杯盘，这样就能用一只手托着盘子。他们很快就掌握了要领。负责餐厅服务的是一名女士，她对我印象非常深刻，问我愿不愿意做她的助手，我答应了。很快，餐厅就变得井然有序。生活走上正轨后，我就可以腾出时间来做功课了。

1937年圣诞假期过后我回到耶鲁大学的时候，我又写了两部独幕喜剧，其中一部叫《不，不，尼禄！》(No, No, Nero)。之后我开始做这学年的期末课题——一部完整的戏剧。这些戏剧全都是戏剧写作课的练习，它们只存在于纸张之上。然而，年初开春时，我的一部戏却上演了。一个在得克萨斯戏剧写作班的女孩非常喜欢我写的《所罗门的最后一支歌》(The Last Song of Solomon)，她没有意识到这是一部仿写剧，就和自己在1938届读导演专业的男朋友坚持在纽黑文的一家电台演出了这部戏。他们对我"精彩的"诗句很着迷，我告诉他们这些诗句是《圣经》上的，他们却认为我过分谦虚了。我开始收听那个电台节目，不久后开始祈祷只有我一个人在听那个节目，因为这节目简直是个灾难。

6月初我离开了纽黑文，发誓除非我的戏登上了百老汇舒伯特剧院的舞台，否则我再也不来了，我要待在家里写作。现在回过头看，我觉得那是个正确的决定，因为伊顿已经没有什么可以教我的了。尽管我没能写出一部成功的戏剧，但我发现我在训练自己的戏剧写作能力上花的功夫对后来自己成为一个成功的历史学家起了重要作用。

现在看来，1938年左右算是我的过渡阶段。我执着地继续努力自学戏剧写作，但当我想到我有可能要从戏剧转向其他形式的写作时，我逐渐变得不安起来。我又回到西143号街的家中，此时我父亲已经搬到城区，和他的女友同居了。

我遵从了约翰逊博士的建议"苦干加巧干,无事不可办",不久后便开始写另一部戏,而且每周至少看三场免费的百老汇演出。首先,我到豪恩和哈达特的小店领免费的饭——取杯子、碟子,用热水泡自己带的茶包,然后收集餐桌上剩下的面包和面包卷。然后,我去我最喜欢的阿斯特旅馆洗一把脸(那里的卫生间没有收小费的服务员)。等剧院第一幕演出刚结束的时候,我就和其他人一起走进去,四处寻找空座位,在第二幕剧开演以后,凭想象勾勒出第一幕剧的内容。

我拒绝了父亲邀我到布鲁姆大街572号与他和他的情妇共进午餐的邀请。皮罗伊润滑油的销售渐渐萎靡,他如今在一家印刷公司工作。弗吉尼亚大部分时间和这两个人待在一起,而我只在周末去看望父亲。我会开车把父亲带到新泽西的奈山尼克站,然后再去拜访住在远方农场的亲戚。

1938年春天,利克莱德教授写信让我和马克·里德取得联系。里德是他以前的一个学生,住在达特茅斯学院,他的戏剧《是的,我亲爱的女儿》(*Yes, My Darling Daughter*)在百老汇演出后引起轰动。我应邀在纽约附近的一个小镇与他共进午餐,我吃惊地发现里德先生竟然住在那种提供膳食的宿舍。他向我提起了马昆德小说《威克福德岬》(*Wickford Point*)中的吉姆。他的轿车和我的一样老旧,但饭店服务生仍像对待一辆新款劳斯莱斯一样对待他的车。

在午餐期间,里德都在谈让他的事业走上巅峰是如何艰难。他已有几部剧本被百老汇制成戏剧,还有一本卖给了电影公司,但回到家中他依旧被看作失败者。因为不愿意向父亲借钱,他靠给浴室铺油毡谋生。他说,这个工作很完美,因为他在机械地干活的同时可以思考他的剧作。他发现自己在宿舍里没法写作,于是空闲的时候就开车到乡村找个荒僻的地方坐在车里写。

我受到里德的鼓舞,送给他两本我写的剧本,之后回家继续埋头写作。1938年夏天,我和朋友鲍勃·弗兰克回到新罕布什尔州。几年前我们曾一起在这儿徒步旅行过。鲍勃在耶鲁获得了英语硕士学位,空闲的时候我们一起写过几个独幕剧。我们住在小斯夸姆湖边罗克希·希斯的阁楼上,根据我在威廉姆斯学院写的宾尼·巴恩斯的故事,我们开始写一部喜剧,并将其命名为《兄弟会之中的争吵》(Fraternity Row)。鲍勃在大学里是兄弟会的成员,他写兄弟会部分,我写剩余部分。

那年的晚秋时节,我带着《兄弟会之中的争吵》去找喜剧大师乔治·阿尔伯特。三个月后这剧本被退了回来。不久阿尔伯特又出了一部爆红的作品《尽力而为》(Best Foot Forward),这部作品用了我剧本里一个大学生邀请电影明星参加周末派对的情节。有人建议我起诉他,但我想起了波特·艾默生·布朗的一句劝告:"诉讼是律师的事,不是作家该干的。搞诉讼只会浪费本该用来写作的时间和精力。"

那个夏天我待在新罕布什尔州的时候收到一封马克·里德的信:"你的态度是正确的:坚持看演出,直到积累足够的经验,得到了戏剧各种要素的欢乐组合,你就能一炮而红。一个令人振奋的因素是:在过去的三十年里优秀的剧本寥寥无几。"《是的,我亲爱的女儿》的制作人刚给他去了信,告诉他,自己看了二百部剧本,却没有一部剧本有好的创意。"约翰,找到一个富有创意的切入点,你就没问题了!"

初秋的时候,我母亲从统一爱迪生公司请了一周休假。她在公司的工作主要是催拖欠费用的用户尽早付账。那时她已经是闻名全楼的"软心肠小姐"(Miss Bleeding Heart)了。我又开车到了小斯夸姆湖,我和母亲成了罗克希旅馆仅有的客人。第一天晚上,我重读了哥德史密斯的《威克菲尔德牧师传》(The Vicar of Wakefield)。我对这部小说的众多可能性颇为着迷,决心把它改写成一部戏剧。几个月之内我便完成了戏剧《牧师》(The Viar),柯蒂斯·布朗推荐了一名经纪人给我——伊迪丝·哈格德,她因套在手指上的新奇的雪茄烟托而闻名。

我还给了马克·里德一份剧本,他那时正在佛罗里达的一个房车里过冬。他回信说:"你让我读你的剧本,必定是希望得到我的反馈。你如果想取得商业性的成功,这个改编不值得花那么多时间。你不是错误地还想搞老套的主题吧?

"为什么不着眼于1938年?那是个五光十色的、到处悸动着未被挖掘的喜剧和戏剧的世界。舞台需要你们年轻人展现活在今天新时代中的人们。为什么不立足当下，看看你能做些什么？不一定非得反映残酷的现实，但肯定不是老掉牙的宣传语。应该写点1938年的美国人都在干些什么！"

马克·里德希望我写的东西立刻在我的脑子里炸开了锅：大萧条期间数千万美国人失去农场和家园，被迫露宿街头的悲剧。我有了完美的故事场景——西雅图的贫民窟。我将其定名为《天上的馅饼》(Pie in the sky)。

尽管已决定听从马克的建议写《天上的馅饼》了，某日我半夜醒来，脑中却闪出一个笃定能成功的喜剧点子。第一幕里，核心角色——一个大革命英雄的后代，可爱但稍嫌软弱，陷入麻烦，伴随巴赫的《来吧，甜蜜的死亡》(Come, Sweet Death)插曲，他突然置身于大革命时期，发现自己就在美国革命战争中著名的祖先体内。接下来一幕里，他的祖先又穿越回20世纪，面对我们的主人公所面临的麻烦。

看完前两幕剧本，马克·里德给我打了电话，他说："我认为你已经抓到重点了。"第二天他又打来电话，说："对不住，约翰，第三幕写得不行。我也不知道你要怎样去补救这一幕。"我从来没有对马克的结论有过怀疑或否定，因为我一直认为他是正确的。我要再读一遍剧本，看看问题在哪儿。

1939年6月初，我在牛仔裤里缝了十块钱，打了个包袱，告别母亲，带上她的另一沓明信片，踏上搭便车的旅途。

我很担心我父亲。前一年的秋天他出人意料地宣布要回拉克罗斯。我注意到他有些缺乏活力，他却嘲笑了我的担忧。我提出开车送他到威斯康星州，他却说，与其坐我的破福特，他更愿意坐巴士。我很纳闷，为何这辈子只要我做出任何想要和他亲近的举动他就必然会拒绝？我回忆起有一次我带他去看菲利普·巴利的戏。在中场休息时，他嘲笑我对巴利的东西感兴趣。我们之间到底有什么问题？我认识到，这并不完全是我父亲一个人的错，因为我总是对他的拒绝反应强烈，而我们之间的争吵总是以长时间的冷战而告终。

有一次我来芝加哥，搭了一趟去拉克罗斯的货车，我父亲那时正住在"靓子"家河边的小房子里。不知何故我无法让自己在拉克罗斯下车去见父亲,于是我就去了蒙大拿。和往常一样,我跟路上的流民交朋友。我们都明白,大家的安全和福祉建立在合作和必要的得体行为之上。

当时,据历史学家们估计,美国大约有七八百万的男女老幼在路上奔波,他们试图寻找新生活,或只是设法活下去。他们的临时住所除了流浪汉营地(还有监狱)、卫生状况和价位各异的廉价旅馆外,还有各种各样的布道所,这些布道所大多是由救世军开办的。

我明白为什么路上的孩子们那么痛恨布道所。经营布道所的人拿出最糟糕的东西招待流民。他们并非不友善,只是冷漠。他们对待我们的方式就像我们是被管束的囚犯,直至我们离开城镇。

我和几个路上交的朋友一起搭上一趟南下的列车,在克拉马斯福尔斯市下了车,之后又折向北去西雅图。接下来的十天里我希望自己沉浸在各种声音和景象中。路上的每个流民丛林都不相同,但有一样是不变的:我无论到哪儿都没有发现敌意。在贫民区,尽管本地人和过路客之间有一种自然的冷淡,但大家都是那场被称为"大麻烦"的大萧条的受害者。

我从西雅图到了波特兰。靠近市镇的流民丛林格外与众不同,这是个五颜六色的群体:不仅有男女老幼、姑娘小伙,还有几个抱着啼哭婴儿的完整家庭;有戴着宽檐帽、系着花花绿绿围巾、脚蹬马刺靴的牛仔,有背着吉他的男孩;有中国人、菲律宾人,还有头上缠着布的印度人。

一个大约十二岁的男孩用胳膊肘顶了顶我,轻声说:"这些老鸟,总在吃天上的馅饼。"

第二天一早我们都扒上了一趟货运火车。几英里之后火车开进了一个山洞(火车被改道到一个侧轨上)并停了下来,以让一辆客车先行通过。有一个人喊道:"嘿,快看!高速路上有一辆面包店的卡车!车上的家伙正冲我们招手呢!"

一个身着白衣的男人举起两条面包。"他要送东西给我们!"一个孩子喊道,接着冲卡车尖叫起来。我和其他三十多个流民,包括灰头土脸的那一家人都循声望去。"看这儿,小个子!"卡车司机边喊边扔给我一条面包。

司机扔出面包卷、甜的圆面包、普通面包,还有几个馅饼:"我到处转悠。这些大多数都是刚刚过期一天的食品。管他呢,反正老板不会知道的。"

一列客车从远处开来，发出低吟声。"波普，我们最好回去。"我提醒那一家人，"我们等的车来了。"

客车继续低吟着，它那奇妙的橙红色车头在过弯道时出现了。这辆蒸汽客运列车飞驰而过的时候，停在洞里的货运列车发出咔嗒咔嗒的声音。

货运列车缓慢开动时，全体游民——老的少的、牛仔、印度人、菲律宾人、小伙子和姑娘，都坐在车厢顶上。白色卡车的司机冲我们挥手告别。几个游民也挥手回应，其余人则忙着享受这顿不可思议的早餐。

我继续向西走，享受着每时每刻在路上遇见的人和经历的冒险——扒货车，住廉价旅馆，睡草垛旁。在路上过一天就抵得上几个月的"体面"的生活。每一天都是打开戏剧帷幕后全新的一出戏。这是原生态的生活，我喜欢这种生活，我想写我所发现的这种生活。我觉得，这或许能成为一部伟大的小说。我发现，真实世界比任何故事都更加生动。

短暂拜访过我在洛杉矶的两个姨妈后，我又四处游荡了一阵子。有一次我搭上一个内布拉斯加小伙子的顺风车，这小伙想当歌手。他在自己家给我展示了歌喉，我对他的声音印象深刻，于是建议他去拉克罗斯找我父亲，让他听听我父亲的建议。

我随身带了一本俄国作家陀思妥耶夫斯基的《罪与罚》（*Crime and Punishment*）。看完的时候我决定把这本书留给我父亲。也许我应该给他一本《卡拉马佐夫兄弟》（*The Brother Karamazov*）！在大山羊一线（大北方）和芝加哥—伯灵顿—昆西铁路的漫长旅途中，我常常思考我和我父亲之间奇特的父子关系。到了夏天我才明白过来，我还爱着我父亲，但我希望我们能平等地交谈。

马克·里德向我坦白，他跟父亲之间的关系与我相似。他父亲是一名成功人士，认为他写戏剧是给家族丢脸。他把《是的，我亲爱的女儿》卖给电影公司后，拿到了一张十万块钱的支票（在当时，这几乎是天文数字）。他开着他的破车到了马萨诸塞州的艾尔姆斯福德，把支票交给他父亲。"那是我人生中最伟大的时刻。"他告诉我。

可我没有什么支票能给我父亲——只有一本破破烂烂的《罪与罚》。当他走到"靓子"家的前门时,我几乎无话可说。我们互相注视着对方。他已经缩到和我一般体形了,但他的声音还是充满活力,他的精神也像以前一样抖擞。他听我讲了一会儿我最近的冒险经历,就回到自己的房间读起了《罪与罚》。他没有下楼吃早餐,"靓子"的妻子担心起来,上楼找他。她从楼上下来的时候,摇着头说:"他看那本书入迷了,手指头就像被粘在书上一样。"

直到傍晚我父亲才现身。他对我说:"这是我看过的最扯蛋的书,我从来没看过这样的垃圾!"我立刻觉得我们两人又在同一频道上了。接着他开始夸张地分析书中的主要人物,指出一幕又一幕的故事结构上的失误。

刚开始我惊呆了,接着我觉得他讲得很精彩。我父亲的个头可能缩了水,可他仍然精力旺盛。我忍不住爆笑,几乎要拥抱他了——只不过因为我从未拥抱过他,此时竟不知要如何拥抱他。

我父亲被我的爆笑惊呆了,但很快便咧嘴笑了起来:"可我还是拿起书就放不下了。"

这又导致我的另一次爆发,我做了一个难以置信的举动:我从侧面捶了他一拳。我们两人都没有再说话,但我们知道,从那一刻起,我们终于平等地站在一起了。接下来的一个星期我们形影不离,吵个不停但又不失幽默。

我在拉克罗斯多待了一个星期,接着起程去新奥尔良。我父亲陪着我走到货车车站。我从两个路上的孩子那儿得知十分钟后会有一列客车开走,我向他们介绍我父亲。父亲和他们握手,并祝我们一路平安。火车缓缓起步,我们三个坐在车厢顶的人向父亲挥手,他潇洒地随手摸了一下头上的帽子。这动作让我想起了富兰克林·罗斯福。

第一天的旅途一路无事,两个孩子在途中下车,奔向自己的目的地。第二天一个年轻的黑人加入了我坐的无盖车厢。他跟我讲了很多有关新奥尔良的事,比如要避开哪些路线、著名的波仔三明治的神奇之处。

我们靠近下一个铁路交叉口——密西西比的杰克逊市时,一个"棚户"(警察)突然跳进了车厢。"白人不准和黑人一起坐车!"他一边喊一边用手牢牢抓住我。这时货车正在进站,但车速还是很快,我被他出人意料地推了出去。我面朝下栽倒在煤渣上,从一个很陡的路堤上滚了下去。我脑中嗡嗡作响,手脚都还好。我惊奇地发现自己右手还紧紧抓着我的包袱,只是脑袋感觉一跳一跳的痛,鼻血也流了出来。

"好吧,孩子。"一个声音说,"过来。"这是个当地警察,他押着我去了市里的监狱。一个警官带我到卫生间,动作轻柔地帮我把脸弄干净:"孩子,你正好撞上突击检查了。你只需在这儿待一晚。我们需要把街上打扫干净。"

监狱里两间大牢房关着大约二十名男子。我们都吃了一餐不错的牢饭,天黑以后被放了出来,每人被发了一把大扫帚,在主要道路上分区域打扫。我们在几个脾气不错的警察的监督下安静地干了一个晚上,中间他们还让我们休息了几次。一轮新月升起,给这奇异的场景洒上一层浪漫的月光,路旁的树木和灌木丛里散发出一股难以描述的甜香。不管怎样,这都是一个让人心旷神怡的夜晚。第二天一早,我们吃了一顿真正的早餐,喝了真正的咖啡,之后被送回车站。

不久后我们中的大部分人就向新奥尔良进发了。到新奥尔良郊区的时候天色还很暗,货车车速在南方和路易斯维尔—纳什维尔两条路线交界处慢了下来。我跳下车就向前跑。这次我没有跌倒。虽然我的鼻子隐隐作痛,但只要一想到将要看到的新奥尔良奇观我就兴奋不已。我右边南方路线的车站人潮涌动。一个叫麦克的流浪孩和我沿着向左弯曲的铁轨拐向路易斯维尔—纳什维尔车站,这时从沼泽地方向开来一列灯火通明的客车,车厢里传来男男女女或高或低的大笑声,其间还混杂着音乐声。"是一群克里奥尔人。"麦克说。相反的方向,从城市垃圾场旁的灌木丛中传来一串接近歇斯底里的女人的长笑,狗在哀嚎,一把吉他漫不经心地弹奏出轻柔的乐声。"又一拨流浪者。"麦克说。

我们走近灌木丛的时候,我听到一个半醉男人的说话声和一个婴儿的嘤嘤哭泣声。我们穿过灌木丛,看到十来束灯光星星点点地散在各处。月光照亮了快散架的窝棚,窝棚是用皱巴巴的铁皮、层层叠叠的盒子和粗麻布搭起来的。我心想,这真是个充满扭曲才智的奇异城市。

"这他妈真是世界上最好的丛林!"麦克说。

一个皮肤黝黑的妇女从第一个窝棚里钻了出来,脚边跟着一只老迈的狗。她瞪着我们,目光里充满敌意。接着一个男人也摇摇晃晃走到窝棚门口,醉醺醺地咒骂着什么,他是个白人。

"小子们,你们到底在看什么?"那个女人拖着长音问。

我们向丛林深处走去。一个黑人坐在第二个窝棚门前的台阶上,他用口琴如泣如诉地吹着一曲蓝调音乐,乐声悲哀得像是悬在半空的一朵浮云。附近生着一堆篝火,我闻到在火上的大锅里咕嘟咕嘟地煮着的炖菜味道。看着锅的是个老头,他和锅挨得很近,并用肩膀挡着这锅。

"能尝一口吗?"麦克问道。

"该死的流浪汉!"老头抱怨道,"该死的新来的流浪汉!我忙活了一天加工门铃,"他按了门铃,"就为了这口炖菜。走开!"麦克朝着锅走近了一步。老头又叫:"滚开,小子!滚开!"

我们在丛林中躺在硬纸板上睡了一夜。天气温暖,令人愉快。天刚亮我们就搭便车去了新奥尔良,大约一个小时后我们便站在杰克逊大街上了。我四下张望,看看有没有警察,然后朝一个准备进餐馆的男子走去。麦克拦住了我。"永远不要向行色匆匆的人乞讨。"他说,"急匆匆的人没空理会路上拦他的人。也别找准备进饭店的人,他关心的是自己的肚子,不是你的。"

我原计划在新奥尔良待上两三天,但我觉得我在城里已经待够了,于是一个人去了火车站。在那儿,我发现自己运气不错:运香蕉的快车整装待发,准备开往芝加哥。列车名叫"梅·韦斯特"号,它是世界上最快的货运列车,拖挂着十五节冷藏车厢,只在地域交界处加水时才停车。没有几个扒火车的坐过这趟车,因为你得待在车厢顶。火车缓缓离开车站的时候我成了唯一一个搭上这趟车的人。

火车飞快地开入伊利诺伊州。有人曾告诉我"梅·韦斯特"号列车会在香槟市停下,我打算在这一站跳下来,再搭顺风车去丹维尔,然后在路德维克家体面的床上睡一觉,洗个澡。我浑身已脏到极点了,超越了"肮脏"的全部含义,而且我这样已经很久了。

列车减速时,我试图解下捆在车上的铺盖,却遇到了困难。我双手一点力气都没有,我拼命地猛拉铺盖上打的结。火车又开始慢慢启动,我几乎打算放弃这宝贵的包袱了,这时结突然松开了。我小心地跳下火车,双腿就像是橡胶做的,一碰到煤灰我就摔倒了。人们打量我的目光就好像我是高尔基笔下的"曾经是人的生物"。中午之前我到了丹维尔市北罗根大道1603号,让我大吃一惊的是,外祖母正站在门口迎接我。"约翰!"她叫道,"真的有必要这样吗?!"接下来的一个小时我跟她们讲了我最近的经历,姨妈和黛米则像两只母鸡一样围着我叽叽咕咕地说个不停。我姐姐弗吉尼亚正在那儿避暑,她和乔治一样,对我扒火车的种种细节充满好奇。

我在那儿待了十天。尽管我从来都没能和黛米好好相处,但这次我说服她告诉了我很多关于曾祖父母和传奇的梅尔文·格里格斯比上校的事情。珍妮特姨妈甚至还送给我她珍藏的格里格斯比的签名书——《烟熏的北方佬》(*The Smoked Yank*),这本书我保留至今。

我离开丹维尔之前,弗吉尼亚和我借了路德维克的车,到丹维尔的乡村俱乐部跳了一次舞。在那儿,我遇到了一个非常迷人的红发姑娘伊莲娜。舞会结束时我成功地说服她同意我们送她回家。她约会的对象也同意了,于是他和弗吉尼亚坐前排,我和伊莲娜坐后排。不出所料,弗吉尼亚在半路一个僻静处停了下来,带着伊莲娜的约会对象散步到很远的地方去了。我则跟伊莲娜讲我在铁路上的各种冒险经历,她被故事迷住了,而我则无可救药地爱上了她。当我把她送到家门口正欲道别时,她突然吐了。即便如此,我依然爱她。由于我坚持要在密西西比河的东面继续搭货运列车旅行,她答应第二天早上开车送我到印第安纳波利斯的火车站。

我坐的那节货车车厢上只有三个扒火车的,他们形迹可疑,态度冷淡。在密西西比以西的那些扒火车的同车之谊已不复存在。

载着铁管的平底车厢很脏,傍晚抵达俄亥俄州的时候我又是一副灰头土脸的模样。我在车站准备找点水喝,一个中年男人问我想不想坐下歇一会儿,吃顿饭。于是我跟着他走了半英里路,到了他的家中。在路上,我得知他原先是瑞林哥哥马戏团的狮子驯兽员。我琢磨着他是不是在开玩笑,因为他看起来一点也不像干这行的。但到了他家,我看到了他拿椅子抵挡一只凶猛狮子的照片。

我想做的第一件事就是洗个澡。我洗澡的时候房子的主人尤金也一同待在浴室里,跟我打听铁路上的事,我竟然没有觉得奇怪。同样,这位驯兽师脱掉衬衫,向我展示他健壮的胸脯和后背上的可怕伤疤时,我也没有觉奇怪。

饱餐一顿后，我们又聊了很长时间。尤金说他的妻子出城了，他家只有一张床，问我介不介意和他睡在一张床上。因为不想冒犯主人，我就没说我宁愿睡地板。尤金刚说完他能把我弄得比搞任何女人还舒服，我们就躺倒了。噢，老天，真是开玩笑！尤金一直对我很好，他也没有挑逗过我，因此我不想冒犯他。再说，如果他真的动粗，我也不是他的对手。怎么才能在不伤害他的感情的前提下逃走呢？我突然灵机一动。

"尤金，"我压低声音很诚恳地说，"我很抱歉，不过我答应过母亲我永远不会干那种事。"

我说话的时候顿了一顿，希望自己听起来能让人信服。

结果尤金平静地说："约翰，我理解。"然后他背过身去。我也背过身，于是我们背对背一直睡到第二天早上。尤金做了一顿丰盛的早餐，还坚持让我带上两只夹肉三明治。在去车站的路上，我谈起了我的写作梦想。到了车站我向他挥手告别，但他坚持要等我上了火车才走。约莫过了一个小时，我说："车要开了。就到这儿吧，尤金，我过得非常开心。"

这趟车是美国最慢的货车，直到天黑才开到匹兹堡。我刚跳下火车就被一个小镇警察抓住了衣领，他将我带到一个治安官面前。治安官对着我念了一大堆非法闯入禁地、危及他人性命之类的垃圾条文。在一个文件上签过名之后我被送到阿勒盖尼郡监狱，关进一间住着一个壮汉的牢房，这壮汉正躺在牢房里唯一的床上睡觉。床是一块木板，一端架在敞着口的马桶上，一端架在凳子上。我在水泥地上蜷成一团，一直睡到早饭时间。早饭是一种难以名状的热乎乎的类似谷物粥的东西，以及一块硬面包卷和苦咖啡。

我从来没有进过这么大的监狱，牢房足有三层楼。我能看到走道对面的牢房里犯人过着奢侈的生活。他们的牢房干干净净，有收音机、书本、窗帘、墙上还挂着画。和我在同一牢房的人告诉我那些都是罪犯，得到的是头等待遇。我们这边的牢房关的都是地痞、酒鬼、暴露狂和流浪汉。一个狱卒让我和其他扒火车的、地痞排成一排，上了一辆汽车。汽车开了一个小时左右，到了乡下。

车子开进一扇装了很高铁丝网的大门，来到番茄地中间一幢很大的砖结构房子前面。这是布劳诺克斯囚犯工厂,接下来的十天我就要以这儿为家了。番茄地的另一边是石头垒的围墙,里面有个巨大的石头城堡。

"大学校,"一个扒火车的流浪汉解说道,"国家监狱。这是关押重刑犯的地方。大房子。"

我知道自己进入了一个新世界。一开始我们都经历了上缴剃须刀和手帕的仪式。他们想没收我的肥皂时我提出了抗议。一个警卫戏谑地看了我一眼,仿佛我是个疯子,他们让我留下了那块肥皂。另一个警卫,脸像圆圆的月亮,看起来像个长着成年人身体的婴儿,他把我和另外三个人带到一个像谷仓的大楼的二楼。我们穿过一间很大的休息室,里面有十来张伤痕累累的椅子,几张快要散架的牌桌,堆得像小山的一堆废旧杂志。休息室隔壁房间的墙壁有一块凹进去的地方,放着两张双层床。"你们走运了,"警卫声音洪亮地说,"这可是个真正私密的地方。"他用胳膊肘顶顶我,"你可以睡在靠窗的上铺。"

我听到主楼层传来刀叉碰杯盘的叮叮当当声,犯人应该已经开始吃饭了。我问道:"先生,我们什么时间吃饭?"

圆脸警卫十分吃惊:"明天早上。你们他妈的想什么呢?"他指着每个铺位上的毛巾说,"这些是你们的。你们要是愿意可以每天冲个澡。"他颇为骄傲地发完指示后,直接走了。

宽大的窗户上斑痕累累,我朝窗外望去,番茄地向外延伸至四分之一英里远,楼下有个棒球场,外场手的位置拦着绳子。昏暗的灯光中远处巨大的灰色城堡看起来就像中世纪的建筑。

很快,同室的人就闲逛到了休息室,发牢骚的发牢骚,说闲话的说闲话。我觉得筋疲力尽,爬到我的上铺闭上了眼睛。休息室的声音变大了,我睡觉的那块凹进去的地方变得非常吵。有谁在摇晃我的腿,我睁眼一看,是一个三十岁左右的男人,鼻子像我父亲一样歪向一边,他穿着一件白色夹克,正冲我咧嘴笑。他举起一个罐子,说:"小个子,这是消毒粉,你最好在自己的床铺上好好撒一撒。天知道前面睡过的人在床上留下了什么东西。他是个肮脏的杂种,你的床垫上肯定藏着不少夜里咬过他的'老鲨鱼'。"他头向一侧歪斜,又冲我咧嘴笑了一下。"我说的就是床上的臭虫。你看起来挺干净的。路上这种臭虫还多着呢。"他压低嗓音说,"这里的鸟人有一半都是老流浪汉。他们习惯待在这儿,这是他们的乡村俱乐部。他们的家人也愿意让他们待在这儿。小伙子,你就跟那些扒火车的待在一起。要是需要什么的话,就来跟我这个老瘦子说一声。"

我向他表示感谢,然后挤压那个橡胶罐子,对着草垫喷了些粉。

瘦子把草垫拿到地板上,小心地对着边角又喷了些粉。"小个子,你得往下面和里面喷。这里面不只有臭虫,还有虱子。来帮我一把。"我们一起把草垫扔到上铺。"现在来给你的毯子喷消毒粉。"他拉过那条破烂的军用毛毯,重复了喷粉的步骤。"你选的位置很好,别光在上面臭美了,那儿看上去景致不错。"他把手伸进白色夹克的衣兜,"你们这些新来的应该吃一顿晚餐。他们把你们带出去,让你们错过了一顿饭,好给郡里省钱。"他递给我一片白面包。

我谢过他,却有点怀疑这人是不是来整我的。

"明天就会给你们分配任务,分成三个组,一组是采摘组,采摘番茄;一组是清理组,清理番茄枝叶;一组是装罐组,加工罐头,即把番茄煮过后装罐。我是装罐工。每人都想当装罐工,这样你就能一直穿着白色外套了。"我问他关于外面棒球场的事。"这可是这一带的一件大事。我们有真正的棒球联赛,就像大联盟一样。三个组每组都有一个队长,我们就在晚饭前打球。这就是为什么我们这么晚的时候会在那儿吃饭。得胜的队可以去和布劳诺克斯钢人队打比赛。你要是看到那场面,可能以为这是世界联赛呢!"

休息室的人回到自己铺位上以后喧闹声逐渐小了下来。瘦子继续给我忠告:"扒火车的人要团结在一起。这里的老鸟大部分都是地痞、酒鬼或者麻烦制造者,大约只有三分之一的人是我们这些四处打工的。我们跟着庄稼走。千万不要相信任何一个地痞,他们喜欢寻衅滋事,尤其在浴室。"囚犯可以在晚上十点前淋浴。"所以你要等到九点以后,就剩你一个人的时候再洗。如果你真的很脏,必须要洗洗,你要找个伴一起去,然后背靠背贴在一起洗。记住,永远不要弯下腰捡肥皂,要蹲下捡!否则那些老流氓就会狠狠地操你!"

第二天一早我给母亲写了一封信:"我走了背运,在匹兹堡因为扒火车被逮捕了。要在监狱里待上十天。"我大约会在8月21或22日回家。"看在上帝的分上,不要为我担心,因为这是个很好很大的监狱,我在这里能像在家一样好好休息。"

早餐后瘦子把我介绍给比尔——主管装罐组的警卫。"知道吗,你应该回到大学里去。"比尔说话的口音和其他警卫一般无二,"我让你负责一个三人小组,瘦子会教你怎么做。"

工作很简单。先把番茄清洗干净,把腐烂的部分切掉,放进锅里煮。煮好后把番茄倒进罐子里封好。瘦子作为检查员,在几个小组中间走来走去。

十一点的时候装罐工作停下了,装罐工帮着发放午餐。我用勺子小心翼翼地给一个个伸过来的饭碗里盛满汤的时候觉得自己就像在家里一般自在。其他人吃好午饭后我们装罐工把两张餐桌清理干净,开始吃饭。这让我想起在大学的加菲尔德俱乐部当服务生的事了。

"很轻松。"一个工人一边吃一边沾沾自喜地说。当装罐工貌似很了不起!

那天下午装罐工要和清理工比赛棒球。危机来了:装罐工的球队经理前一天早晨被释放了,而赛季还有八天才结束。装罐工和采摘工的积分不相上下,比赛的每个环节都很重要。于是瘦子说服警卫比尔,让我当装罐工新的经理,瘦子说我在大学里是智多星。我也要参加比赛。他们问我想打什么位置,我说二垒。我觉得自己臂力不够,跑得又慢,跑二垒能把球队的损失降到最小。

那天和清理队的比赛我们以二十一比一大获全胜,我很幸运,只接了两个很容易的滚地球。当击球手的时候我打出了两记坏球。一周以后我感觉自己就像已经在布劳诺克斯待了一个月。棒球赛是每天的亮点,装罐队赢了采摘队一次,又输了一次。现在看来我作为棒球队员显然很糟糕,但作为一名球队经理还是英明的。

一周后装罐队和采摘队仍旧势均力敌。我接到母亲的回信,她告诉我不要担心,她已经给宾夕法尼亚州的州长写信了,她告诉州长,我是斐陶斐荣誉学会的成员,应该被释放。我知道这许多年来,母亲都用她新奇的方式成功地影响了其他人。我祈祷在最后的大决赛之前最好什么事情都不要发生。

时间仿佛比往常过得都要慢。整个囚犯工厂都在为即将到来的比赛兴奋不已,每个人都在拿自己手上的东西打赌。监狱的老客用烟草和钢镚押装罐队赢,因为打饭的装罐工人经常给他们多打一两勺。新来的犯人则更愿意把值钱的东西押在采摘队上。最近采摘队因为我的失误赢了几场比赛。到目前为止我还没有击出过一次好球,但已四次跑垒成功。两个主管各自队伍的警卫也拿出了二十块巨款作为赌注。

决赛的下午终于来临。工厂的钟在四点钟敲响时球场一片沸腾。采摘队提前半个小时就从番茄地里赶来了,他们一整天没有摘几筐番茄。参加棒球比赛的装罐工人奔到二楼,脱下白制服,扔在自己的包上,急急忙忙地加入到宽阔楼梯上涌动的人群中去。

因为没有看台,不参加比赛的人扛着折叠椅,推来挤去的恶棍们心情不错,兴奋不已。采摘工和装罐工互相讥讽。清理工们那时已经选好了支持对象,吵吵闹闹地力挺装罐队,就像校友回到学校,去给一年一度的耶鲁对哈佛大赛助威。

两队打得难分胜负。采摘队队员多是一些在铁路上跑的野孩子,他们打起棒球来就像在打群架。每次他们滑到一垒就会踢腾腿脚,每当他们触杀一名对手队员时,他们的动作都很大。装罐队则显得沉稳得多,也更有竞争力,比赛打得更小心更冷静。所有队员中,只有一名投手算得上球星,他名叫斯特里奇,是个二十岁的瘦高青年,让我想起了波奇。他左手发球,发球快且曲线变化多,但他投了几次四坏球,将对方击球手保送上垒。

到第九局开局,分数还是胶着的四比四。第一个出场的采摘队队员击出了一个球,球一路呼啸着飞到铁路轨道边的铁丝网上。球在球员之间快速地传递,但采摘队队员还是跑到了三垒。斯特里奇接连让两个击球手填补了空垒。我走到斯特里奇跟前,讨论了漫长的一分钟。每个人都以为我在给他做复杂的指示,其实我只是告诉斯特里奇不要投得太猛,尽量把每个对手都投出局。斯特里奇继续作战,又有三个人出局了。

到第九局即将结束的时候,装罐队有两个队员被滚地球出局,于是我来到本垒。我建议,让某个队员来替我击球,但斯特里奇走上前告诉我休想,他让我直接来一个全垒打。前两个球我狂挥球棒,却差得太远,没有击中。接下来的一个球像篮球一样直冲向我。这是个回旋球,之前我遇见回旋球必然失手。我两脚换了位置,举起球棒,击中了球。球过了一垒线后突然落下。谁都没有料到两次长球失利之后我会来一个短球,于是我得以安全地跑到一垒。装罐队的支持者们在斯特里奇回到本垒的时候喊了起来,我则因击中了最后一个球备感振奋。这时下午的货运列车突突地开过来了,车头上冒出的浓烟像两个飘上天空的大烟圈,采摘队的铁路仔本能地朝正在开过来的火车望去,我一声不吭地走到了二垒。现在只需要一个球我就可以再上一垒了。对方投出的第一个球斯特里奇就打出一个直线,球直直地穿过一垒,慢腾腾如我,仍然在这决胜的一跑中得了分。

我在监狱的最后一天装罐队的奖励到了。几台满载着布劳诺克斯钢人队球员和球迷的卡车来了。在我的想象中,他们应该是一群身材高大健壮的怪物,结果他们却形容枯槁、衣衫破烂。我们队胜了,比分是十四比零,这让大家很扫兴。

第二天我如期获释,我跟伙伴们道了别。斯特里奇也被释放了,他建议我们扒火车去匹兹堡。我说我们笃定会在卡耐基被抓,于是我走了高速。我再也不想进监狱历险了。1939 年的夏天也最终过完了。

向左转

1940 年 2 月 4 日,我接到一封拉克罗斯来的电报:我父亲去世了。我知道这一天迟早会来,但得知这个在我的人生中一直被我视为英雄的人从此不再和我一起了,仍让我觉得难以置信。

在半个世纪后的今天,我在 1939 年夏天和我父亲共度的那两个星期仍然是我最珍贵的记忆。让我深以为憾的是,我没能和父亲分享成功的快乐。当我的书被出版,我获得普利策奖的时候,他本该为我感到骄傲。在我看来,这才是最高的赞赏。

1940年5月,我给帕特表姐写了一封很长的充溢着年轻人所特有的轻狂气息的自省式长信,倾诉我少年时的雄心壮志。我对当时成功的编剧如萨洛扬、舍伍德等极尽讽嘲笑,我对自己在铁路上的经历(至今尚没有哪位作家能妥帖地展现美国生活的这一部分),能造就我未来光鲜亮丽的编剧事业深信不疑。(我在信中写道:"我决定了,要像陀思妥耶夫斯基对俄国的小说那样对美国的舞台剧做出卓绝贡献。")

今天再读这封信,我尴尬不已,同时也颇感逗趣。当年的我是多么天真自大啊。我那时已经过了傲慢自负的年纪,却还是无可救药的不成熟。不过,我也要承认,如果不是这种少年时的狂热,我也许就没有动力继续追求我的写作事业。这年轻的浪漫主义情怀,从长远来看是值得的,因为它造就了我坚韧不拔的性格。我从双亲的家族继承了某种顽固的性格特征,于是执着地追求自己的作家梦。这很好。不过,我当时也执着地坚信自己会成为编剧或者小说家。与此同时,我下定决心要做一个立足事实、直截了当的作家,绝不去追逐形式上的即兴创作和随心所欲的幻想。我完全有信心成为一个"有创意"的作家、编剧或小说家,尽管我非常讨厌那种突出自己想象或个人观点的"主观"写作。现在,我通过某种奇怪的方式,终于意识到当年我不仅"以自我为中心",同时还"丧失了自我"。我是对的,又是错的,我确定就是这种似是而非让我经过如此之久才终于变成了自己从未预见过的人——历史学家。1940年,我刚刚迈上这缓慢的、逐步的、一直在摸索的、不屈不挠的自我发现之旅。

感谢我在威廉姆斯学院加菲尔德俱乐部的一位同窗,因为他,我有了一个重大突破。

他对我写的戏剧《新女性》(*The New Woman*)印象非常深刻,于是他说服自己的一位演员朋友凡·海弗林也来读这个剧本。海弗林看后也对这戏印象深刻,于是他邀请我和同窗两人去百老汇看凯瑟琳·赫本主演的《费城故事》。

多年以来赫本一直是我的偶像,我在纽黑文的戏剧学院读书的时候就经常驾车经过她家的房子。我很喜欢这场演出。演出结束后,我们来到后台的小更衣间看望海弗林。我们正在聊天时,凯瑟琳·赫本像冰雪女王般从她的大更衣室飘然而至。她对我和同窗视而不见,对海弗林说,她已经准备好,可以喝咖啡了。海弗林说他马上就好。

几分钟后她又回来了,再次无视我和同窗,仿佛我们只是几只苍蝇。海弗林试着把我们介绍给她,但她用"马蹄莲盛开了"的语调打断了海弗林的话。海弗林告诉我们他会和戏剧行业协会的特蕾莎·赫本谈谈,随即抽身离开。我非常震惊,梦中的女神形象也顿时烟消云散。我们走出舞台大门的时候我的伙伴笑了起来。"多么伟大的演出啊!"他高声说,"冰雪女王!婊子!"他招摇地走到大街上,围巾在他背后飘荡,仿佛他才是《费城故事》中的明星。

多年来我一直对此耿耿于怀,但看过《非洲女王》之后我释然了。如今的我已经可以心情愉悦地看她演得好的电影了,同时安慰自己她在《湖》里演得有多烂。一个叫桃乐茜·帕克的纽约剧评人说凯瑟琳·赫本"将整个表演的情绪从 A 演绎到了 B",另一个剧评人说她应该去投湖自尽。不过因为凯瑟琳·赫本一直和加里·格兰特交好,我(像上帝一样)就原谅她的冒犯吧。

1940 年 5 月底,我对《新女性》寄予的厚望告终了。我后来终于和特蕾莎·赫本见面了,但她的演出日程已经排满。我知道没有希望了,决定再次上路。那时我靠给一个想考埃克塞特学院的富家子弟辅导功课和每两周去诊所卖一次血已经赚了不少钱,这足够支撑我的事业了。

我开车去伊利诺伊州,和路德维克一家人住了几个星期,接着又搭货运火车上路,和在铁路上结识的朋友一起搭"太平洋联盟"号一路向西。我再一次穿越了广阔无边的大沙漠,领略了其坚毅之美。货运火车穿过一片炎热滞闷地带。白天的酷热简直难以形容,闷热的空气一直持续到晚上,这让旅人对夜晚凉风的期许瞬间破灭。我乘车到了雷诺,直至爬到山上,酷热才变得不那么要命,下山来到斯托克顿的时候我的体力才得以恢复。

我带着一个铁路仔来看烟草树和著名的千里豆。对一个以不富裕人群为主要消费群体的地方来说,这里令人吃惊地干净,让人愉快,且多姿多彩。

他们还会给你足够多的免费冰水，你当场能喝多少就给多少。在这个不同寻常的迷人之地，我们第一次听说了死于斯托克顿杀人狂之手的最后一个受害者——第十五个受害者。

我听说过这个凶手，但我曾经怀疑传言是不是夸大了。他会明目张胆地伏击铁路仔，然后割掉他们的生殖器官。那天我摆脱了我的伙伴，独自一人睡在附近的田地里。月光明亮，我甚至能就着月光看报纸。我回忆起曾经看过的一篇文章所引用的一位知名心理学家的话，说那个斯托克顿的杀人狂会一直杀下去直到被逮住，每一次谋杀都会刺激这个疯子杀人的欲望。这名心理医生还说，这个杀人狂可能很难被找到，因为他杀人没有非常明确的动机，寻常的警察侦破方式只会一次次失败。除了在他偶尔表现出"狂喜"之时，其他时候基本不可能将他从正常人中识别出来。

我睡不着，于是回到火车站，这样我就能跳上下一趟货车，到友好的西北地区去。在漫长的等待中，我试图让自己相信那些杀戮肯定是谣传多过事实，其实人们对凶手知之甚少。也许受害者只不过两三个而已。即使这样宽慰自己，我的恐惧还是挥之不去，于是我跑了起来。

接下来的两个星期我在自己钟爱的地方四处游玩，然后折回南方看望洛杉矶的弗洛丝姨妈。我搭了一趟拉着两车木料和一个罐子的货运火车，罐子上写着吓人的警示：爆炸品—危险—不可碰撞。大约有三十名伐木工人在无盖车厢中或有盖车厢的顶部休息。因火车的轴承箱过热曾导致失火，场面相当可怕。不过，幸运的是，在火车司机和伐木工们的齐心协力下，火很快就被扑灭了，非常快！

短暂地拜访过弗洛丝姨妈后，我加入了水果收获季的迁徙大军中，斯坦贝克后来在他的《愤怒的葡萄》（*The Grapes of Wrath*）中描述了这种场景。我的第一个工作场所是一个富有村庄正中间的一片讨人喜爱的桃林。我一开始在切割棚中干活，我要把果肉坚实的桃子切成两半，然后在托盘上把这些切成两半的桃子一排排摆整齐。我同情那些女性切割工，她们不停地咳嗽，且汗流浃背。这工作对小个子的人来说尤其困难，因为托盘被摆得高于他们的头顶，因此他们需要站在箱子上面作业。早晨开始工作的时候，大家都是乐呵呵的,下午过了一半时,人们的心情就不太好了。作为监工,我的职责是让切割工们加快干活的速度,但我对此并不擅长,因为我不忍心给工人们施加压力。工人们的皮肤上覆盖着一层绒毛,他们用黏糊糊的手指抓挠的时候就会又痒又痛。

工作结束后,我们会在一个灌溉渠里把自己洗干净,然后和农场主以及他的家人一起在大桉树下共进晚餐。接着,我们摇摇晃晃地回到在干草垛上的床铺上睡觉。一个星期过去后,我发现自己已经掌握了足够多的与桃子相关的知识,于是动身前去俄勒冈。在去俄勒冈的路上,我曾在一片莴苣地打工。我从来没有收割过莴苣。在闷热的田里弓着身子干了十天后,我的后背酸痛不已。我随身拖着两个筐,一个放小株的莴苣,一个放大株的莴苣。要不是两个菲律宾小孩教了我拖筐的技术,我一定会摔倒。这些孩子们——其他人叫他们"咕咕",用他们的力气、技术和助人为乐的精神赢得了我的仰慕。

收割莴苣的工作干几天就够了,我又扒上了前往克拉马斯福尔斯市的火车,到波特兰和西雅图的贫民窟故地重游。9月初,我决定返回东部。我选择搭乘"北太平洋"号列车,这条线路是有名的饥饿之路,因为沿途各站的面包店和肉类市场中的食物都很少,在那儿乞讨肯定要不到东西。我已经把我的换洗衣服邮寄到了丹维尔的路德维克家。我的牛仔裤里缝着十块钱,不到万不得已的情况我是不会动用这钱的。但很快一个骗子就把这钱从我这儿弄走了,让我完全破产。他吹嘘他能用自己的骰子扔出三个7点,他确实做到了。

在向东的漫长旅途中,我跟两个年轻的铁路仔靠着别人的一点施舍设法生存了下来。我决定写一部小说,讲这些铁路上的孩子是如何在路上生存下来的。我在三个夏天扒火车,而他们却要在严寒的冬天也待在铁路上。他们是如何应对各种艰难状况的?

各种不公正和艰难险阻我见得多了,我想让那些"安居在大房子里的人们"了解一下在世界上最民主的国家里都发生了什么事。我以前写作的动力单单是为了实现"不惜一切代价当作家"这个愿望,而今我又有了新的动力——社会变革。只要安稳地待在家中,我脑中能想到的就只有铁路上的年轻人该如何度过即将来临的寒冬。我花了数周时间思考这个问题,然后写下我的想法。下面是几个例子,可能有些浮夸,却是我的肺腑之言:

> "当大萧条再度来临之际,"我装得像教皇在讲话,"您可以将这些有助益的提示告知您的子女。政府同常人一样,很少吸取教训,两百多万孩子在我们富饶的国土上游荡,而福利机关的工作人员却不去救助,他们只会在自己臃肿的笔记本上填写一些伪造的或无关紧要的信息。等候救济食品的队伍会再度从右边排起。他们(指政府的工作人员)还要让你发誓,你或者你的亲戚从不曾属于任何颠覆性组织。"

我对那些当权者的自以为是颇为愤慨。我在耶鲁大学时的戏剧写作班的一个左派女孩因在纽黑文罢工中散发红色传单而被学校开除,拉里·杜根和我是班上仅有的两个愿意在抗议书上签名的人。我承认她写的剧本很无聊,但她并没有犯罪,加入共产党也不是犯罪。

从我三个夏天在铁路上的经历里寻找文学素材只是我动机中很小很不起眼的一部分。我并没有为将来的社会学论文做主题调研。我出门闯荡只因这是对一个有好奇心却没钱的人开放的最后的边界了。在意识到这一点之前我被卷入了一场内战,这场内战鲜为人知,而且很快就被忘却了。让我感到尤为愤怒的是这群十二岁至十九岁的被大萧条赶出家门的少年男女们所遭受的待遇,于是我立刻投身于一个新的项目。我要写写他们是怎样百般不情愿地被赶出自己的家园,被迫身无分文地在这片冷漠甚至充满敌意的土地上流浪,饱经风吹日晒、寒风噬骨的折磨。被这群大萧条所造就的孩子靠步行和扒火车游荡在中西部和西部偏远地区,只为了寻找果腹之食、遮体之衣和一个未来。他们屡遭天敌的袭击:饥饿,寒冷,铁路警察和城市警察。许多孩子丧命途中,更多的孩子在铁路事故和斗殴中失去手、脚、眼睛,变成残疾。很多人沦落为永久的穷人、贫民窟的混混。其他人,在经受流浪这所学校的种种教育之后,成为犯罪高手。

而最为神奇的是还有许多孩子,受益于自己的勇气、性格、陌生人的善意,或是纯粹的好运,得以身心健全地渡过劫难。他们通常都富有生气、聪明爽朗。尽管也曾有过绝望和愤懑的时刻，但他们能带着蔑视、带着粗粝的幽默直面人生。

1940年9月末，我已信仰共产主义了。前一年秋天，我母亲从爱迪生联合电气公司带了一名中国人回家。他名叫容英书（音译），在太平洋国际学会工作。他那时正在写中国两个主要省份的历史，我对他写的长征故事很感兴趣。"Y. Y."，他喜欢别人这么称呼他。他跟《红星照耀中国》的作者埃德加·斯诺成了朋友，斯诺是一个受到周恩来保护的人。我听他讲述了几个小时毛泽东和斯大林之间的不同之处。之后他带我去见了斯诺。斯诺就住在城里，我被斯诺对东方的了解镇住了。我还接受了"Y. Y."让我到中国城红星报社工作的邀请。我在报社不领薪水，我的工作内容就是把作者们写的文章润色成较优雅的英文。

10月初我加入了美国共产党。他们向我保证，这是美国唯一一个支持劳动者，反对欧洲战争，反对种族隔离和种族歧视，反对反犹太主义的政党。我和另一名年轻人按要求在一个只有我们两人的简短仪式上面向美国国旗宣誓忠于美国，然后一人发了一个党员证。

在返回143号街的地铁上，我还沉浸在加入美国共产党的一幕中。我理性地想，走这一步是无法避免的。这是我人生的巨大转变，但路还要自己走。当然，我还会继续写小说。可是我要如何写路上的种种不平，并且远离战争？答案是，我得同时做这两件事。

莫名的自信

当时，我相信和平至上，我曾加入美国和平动员会的华盛顿高地分会。表面上这个组织被贴上"进步团体"的标签，事实上这个组织是由共产党来运作的。分会的领导曼尼·布洛克是个精力充沛的律师，他给我安排的任务是为夜间街道演说选一个好地点，并在集会开始前的半小时在繁忙的演说地点摆好讲台，插上美国国旗。演讲人一般是曼尼，他声音洪亮、吐字清晰，讲话很有感染力。不过有时候为了调节他会坚持换我来演讲。

我的首次演讲的场面非常可怜。面对三十多名观众，我患上了讲台恐惧症,语速不是太快就是太慢,声音不是太大就是太小。但曼尼很高兴,他说:"至少你坚持讲下去了。"他很快就了解到一些我身上连自己都没有意识到的特点,而我最显著的特点就是顽强的坚持。

我最艰难的任务是要吃透斯大林的《辩证唯物主义》(*Dialectical Materialism*),这本书是每个新党员都必须读的。我们还被要求写读后感。结果我被叫到第14号街,被询问为什么将这本书描述成"印象深刻、鼓舞人心,但过于复杂难懂"。

当时我的新任导师试图让我相信资本主义国家对斯大林的描述是错误的,他没有谋杀自己的同志,事实上,苏联人民爱戴他,称他为"约瑟夫爸爸"。我还天真地相信,1939年8月23日斯大林和希特勒签署的互不侵犯条约是对资本主义的沉重打击,"约瑟夫爸爸"知道如何对付德国人。

因为参与美国和平动员会,我的写作受到了影响。我把关于铁路仔的小说搁置在一旁,写了几篇短篇小说和一部戏剧。"我成名只是个时间问题,"在给帕特表姐的信中,我以惯用的夸夸其谈的语气写道,"我可怜的亲戚们会对我将来说的话不知是该感到骄傲还是该感到恐惧。"接着,我告诉她已经写好的那些关于流浪汉和铁路仔的故事。我甚至还称这些故事很"经典",尽管这些故事一篇都没有发表,也不知能不能发表。我告诉她我正在写的剧本"就算不是真正的杰作也是一流作品",我还像往常那样坚信不久之后我就会成为一名公众人物。对于加入共产党以及把首张总统选票投给了美国共产党总书记厄尔·布劳德的事,我只字未提。我否认了"靓子"向她报告的我可能已经和一个伊利诺伊姑娘秘密结婚的消息。"不过别告诉'靓子',"我在信里写道,"……这点小秘密也许能让他觉得生活更有滋味。"

颇为讽刺的是,大约过了一周我真的收到了伊莲娜的一封信。伊莲娜每周都写信给我,而且这次她还寄给我一个圣诞礼物:一枚戒指。她在信中宣布她已经找到其他心仪的人选了。我顿时崩溃,不过之后我还是重新振作了起来。我参加了在麦迪逊广场花园和其他大型场所的集会。我和一个朋友正从一个有趣的集会离开的时候,正好看见约翰·加菲尔德和两个迷人的姑娘一起走出来。

"朱莉!"我的朋友高喊。

加菲尔德微笑着和我们握了手,并把我们介绍给两个姑娘,之后加菲尔德和两个姑娘又聊了一两分钟。

"你叫他朱莉。"加菲尔德走后,我对朋友说。

"我们是一个学校的。他的真名叫朱莉·加芬克尔,他人不错。"

很多戏剧和电影圈的人都支持美国和平动员会。尽管他们都坚持认为自己不是共产党员,但他们被我们视为同道中人并帮助了我们的事业。有些富裕的纽约同道中人甚至还把自己的豪宅拿出来给我们用。

1941年春天,我自告奋勇,代表美国和平动员会分会参加一个在白宫前面举行的反战示威活动。在联合火车站与我们碰面的记者毫不掩饰自己对我们的讥讽和傲慢。我被惹毛了,但曼尼拦着我不让我反击。白宫前大约有来自不同协会和分会的五十多名代表,多数是男性,只有几个是女性。一名好莱坞的导演是我们这群人的头头。当时,他除了和自己的两个助理说过话,没有屈尊跟我们中任何一人开过口。他被报界和公众对待我们的恶劣态度气得发疯,正准备弃我们而去,一个气质高贵的女士从布莱尔国宾馆隔壁的房子里走出来,阔步穿过宾夕法尼亚大道,仿佛走在自己的私家大道上,然后像女王一样宣布她的房子可以给我们随便用。当她重新穿过大街时,身后跟了大约二十五个无家可归的人,上下两层楼的地板上都整齐地摆放着干净的毛巾、床或床垫。女主人抱歉地告诉我们,她没有给我们准备晚餐,但保证给我们提供丰盛的早饭。

1941年6月22日,希特勒入侵苏联的消息传来,美国和平动员会的活动突然中止。曼尼·布洛克给我打电话透露,现在的美国和平动员会已经更名为美国反法西斯协会了。"你说的是什么鬼东西!"我驳斥道,"你怎么能够星期六还说这是一场帝国主义战争,星期天就说这是一场民主战争呢?"

后来我们进行了一次长谈,最终我答应他,在住宅区大广场车站向下午晚下班的地铁职工出售《工人日报》(Daily Worker)。没有人买我的报纸,直到一个大个子在我跟前停住,冲我咧嘴一笑。"啊,见鬼!"他说,"我们从这小伙子这里买一份报纸吧。"

到这一周的周末,我平均每天能卖五到六份报纸。我收到曼尼的电话表扬。"你给他们留下了深刻印象。"他说。接着他说,大部分卖报纸的一份都卖不出去,都是私下里自己掏钱把报纸买了。

一周后,我开车送母亲到新罕布什尔州的罗克希度假,回来的时候发现以前在威廉姆斯学院的老师斯坦利·杨给我写了一封信。他如今在哈考特和布雷斯出版社当编辑。我把自己写的关于流浪汉的故事梗概和两部戏的草稿寄给他。我的两个剧本杨都喜欢,他建议我把《榕树》(*The Banyan Tree*),也就是我给马克·里德看的第一个剧本,寄给传奇经纪人奥黛丽·伍德:"她是这城里难得的几个对年轻作家感兴趣,而且也清楚自己在干什么的经纪人。"

我备受鼓舞,于是把我所有的关于扒火车游历的见闻小品都寄给了《大西洋月刊》(*Atlantic Monthly*),以参加其组织的短篇小说比赛。没过多久,所有作品都被礼貌地退回。有人可能会说我"被波士顿封杀了"。

与此同时,我写完了另一部剧本——美国版的陀思妥耶夫斯基的《白痴》(*The Idiot*)。一个在共产党内颇有影响力的女党员喜欢这则故事,但不喜欢故事的结尾。她坚持认为,这故事应该以人民的胜利而告终,辩证唯物主义需要这样的结局。我拒绝改变结尾,结果我受到一次党内纪律教育。我把剧本一撕了之,重新回到铁路游历故事的写作上去了。

1941年12月7日下午,一切都变了,当时我正在收听巨人队对阵道奇队的橄榄球比赛(对,确实有个橄榄球队叫道奇队!)。突然,比赛的广播中断了,电台插播了一条报道,说日本人轰炸了美国珍珠港的军舰。

1942年1月10日,我终于收到奥黛丽·伍德的来信。"看起来你在塑造人物上很有天分,对何为戏剧也有深刻的认识。"她写道,"但是,在我看来,就目前的形势而言,我也不知道这两个剧本能向何处投稿。"对于她的激励,我非常感激,可我又觉得沮丧,我仍然还只是一个"有潜力的"作家。

几天后,我在鲍勃·弗兰克的岳父那儿摘除了扁桃体。鲍勃是跟我合著《兄弟会》(*Fraternity*)的作者。我和他岳父成了好朋友,因此,这名外科医生同意我免费在沃斯大街莫里萨尼亚医院摘除扁桃体。

我躺上手术台后,医生告诉我他会在我的头旁边放置一个镜子,好让我能看到整个手术的过程。"将来某天你还能把这经历写进故事里。"他说。我想闭上眼睛,可又觉得这样做不太礼貌。医生用金属丝钩住我出了问题的扁桃体,两只手用力一扯,结果什么都没发生。"这是我见过的最结实的扁桃体!"他观察了一下,铆足了劲又大力扯了一次,扁桃体让步了一些。再扯,扁桃体掉了。从此,我再也不用从这倒霉的东西里面挤脓出来了!我谢过了医生,在医院住了两天。医院只收了我六块钱的"一般住院护理费"。

在等待被军队征召的同时,我重新回到铁路游历的素材上来,打算最后试一次,将其写成一部小说。我为了是否用第一人称写小说、是否应该把加利福尼亚一次重要的罢工作为小说一次主要事件来描写之类的问题烦恼不已,于是我向朋友们征求意见。

就在此时,我姐姐来我家吃晚饭了。过去几年里,弗吉尼亚的情绪相当迅速地跌入低谷。有几次我不得不去肮脏的小旅馆里把她捞出来,某些男人跟她喝过酒之后就把她丢在那儿。有三个男人在她的生活中很惹眼。其中一个叫乔的是个打零工的,他因为交不起电费曾经被爱迪生联合电气公司断过电。我母亲帮他解决了这个问题,她给他制订了一个严格的预算方案,又说服自己的老板多宽限几日,容他筹钱付账。乔则每周从布朗克斯到我母亲在143号街的小房子里,做些修修补补的零杂活儿,以此作为报答。他还答应帮弗吉尼亚戒酒,给她制订了一个戒酒的计划。过了几个月,他把她送到了匿名戒酒会。足足有一个月弗吉尼亚都是那个戒酒会的宠儿。后来,我接到一个电话,她被禁止出现在戒酒会的任何互助会上。打电话的人说,她太"爱插嘴了",但他没有解释这话到底是什么意思。

她生命中另一个男人是一个中年销售员。他用低沉的嗓音讲故事,听得我昏昏欲睡。他对弗吉尼亚着魔般地喜欢,最后说服她嫁给了他。然而,两天后,弗吉尼亚就回家了——他没完没了地讲故事快把她逼疯了。和往常一样,又是我母亲解决了问题,她说服了一个正在苦苦挣扎的律师客户把弗吉尼亚的婚姻变成无效婚姻。弗吉尼亚的第三个男人年纪更大,叫罗伯茨,是一名作家,已经发表了一些小说,当时正在写著名的南部联邦海军司令拉斐尔·塞米斯的传记。我试着去喜欢他,但他的浮夸自负有点让人难以忍受。他们之间从未提过结婚的事。罗伯茨曾带着她到新奥尔良去考察。

1942年,她和作家回来了,住在布鲁克林。尽管我过去和她相处得不错,如今我却对她感到陌生,因为她现在变成了个势利眼。我们因为平等这个话题爆发了一场激烈的争吵。她显然认为自己比其他所有种族和阶级的人都更优越,但是这就排除了世界上百分之九十的人。因此,我说她是法西斯主义者,因为她相信特权种族和特权阶级应该拥有这个世界的主导权。争吵过后,我对她和自己都颇感厌恶。直到那时,我才意识到自己是多么的自以为是。其实还是有一件事是有所改善的——她喝酒没以前那么厉害了。显然,罗伯茨懂得如何约束她。

1942年3月13日,我接到命令,一周之内要在下午三点四十五分去阿姆斯特丹大道的圣卢克斯医院见F. 史密斯医生,向他报告我体检的最终结果。我通过了体检,我应征入伍的当天,议会通过了将美国陆军士兵军饷提高到每月十八美元的提议。我很高兴我的身份识别牌上的第一个数字是1——这意味着我不是被征召的,我是志愿入伍的。不久,我发现自己被编在得克萨斯州米德兰附近一个炮兵军士学校的491中队。等待我的是一个月的基础训练,即齐步走、拖地板和看关于梅毒的教育片。我在操练队伍外面站着,因为很明显我的名字让负责操练的下士觉得很有意思。于是,不管哪儿出了差错,"托——兰!"的叫声都会响彻整个训练场。当然了,我把这段经历当作今后某天撰写伟大军队小说的素材。

6月初,基础训练结束,我同队的士兵被分别送到不同的目的地。我最好的朋友凡·奥克和我一起被送到韦科军队飞行学校。我还交了一个叫莫特·亨特的朋友,他智商超群,热爱音乐。我们两人搭顺风车去贝勒大学的音乐大楼,说服了看楼的女士给我们钥匙,让我们晚上来这里听古典音乐。

几天后,我被分配到公共关系部做新闻报道员。我设计了一个项目,它不仅能帮助韦科的一帮青年演员,而且能让我搭乘专门为特技飞行员设计的训练飞机。我向一个年轻的指导员保证我会在他家乡的当地报纸上写一篇关于他的报道并附上照片。他很高兴,因此我不仅享受了一个小时的特技飞行,还被介绍给一个负责供给的中尉。我又提出,如果中尉能借给我设备,让我用于当地一场很有含金量的有关军队的演出,我就为他也写一篇报道,在他的家乡发表。结果我带走了一卡车的设备。

听说滑翔机学校放宽了年龄限制,而我正好符合要求之后,我立刻申请加入,并参加了全部考试。我通过了考试,等着被分配,但我并没有告诉母亲我的计划。但8月初滑翔机项目被取消了,我还得继续在公共关系部的无聊生活:偶尔剪辑一下照片,或者跑跑信息中心。一天一架民用飞机降落在附近,它的油料几乎完全耗尽。我碰巧在上班,马上就认出了飞行员——"走错路"柯立根。在一次横越大西洋的飞行任务中,他的起飞请求被拒,接着他宣称自己要向西飞,结果还是横穿了大西洋。当欧洲的记者询问他时,他答道:"我猜我可能是走错路了。"

柯立根吵着要一些燃料,我把地面负责人拉到一边,告诉他这是个写新闻报道的大好机会。于是,他叫来了摄影师。我采访柯立根,然后和他、地面工作小组人员及几名机械师一起合影留念。"现在咱们给美联社拍一张照片吧。"我说,然后让柯立根像个牛仔一样背对着机头坐在机尾。不幸的是,有几名军官认为,这张照片有取笑美国空军的意味,他们把照片给销毁了。

我对此非常厌恶,于是组建了一个俱乐部:一旦我们离开韦科,俱乐部能把消息传遍整个空军上下。我给俱乐部取名为"炸掉屁股(BIOYA,Blow It Out Your Ass)",俱乐部成员都立誓将这个名字写在墙上、飞机棚上和其他建筑上。

我实在百无聊赖,就决定去上军官预备学校。亨特和凡·奥克也决定这么干。亨特被佛罗里达一所顶级的空军学院录取了,这所学院里号称有像克拉克·盖博这样的显要人物。凡·奥克是武器专家,他去了东部一所院校,我则被送到北达科他州法戈的一所新建的综合性军事学院,这所学院招收军队各个分部的军人。

1942年9月初,我跟其他几个韦科战友一起坐上了去法戈的火车。三个月后,我以少尉的身份重新出现在空军里。

　　我在纽约度过了我的十天假期,我母亲坚持要我去沃纳梅克照相馆照一张军装照。今天再看这张照片,我看到的是一名对战斗毫无准备的天真青年。我急不可待地想要得到一个能进入战区的职位。1942年12月,我坐上火车前往崭新的一站:佛罗里达州圣彼德斯堡 AAF 技能训练营的第六基础训练中心。在此处,我终于能把法戈的北极般的严寒给融化掉了。

　　我急于要参加的这场战争很快就被打破了平衡,轴心国的优势已经一去不复返。意大利不再是个军事强国了;日本在中途岛惨败,接着在关塔那摩被阻;德国即将受到苏联红军的残酷报复。

　　我当时还不知道这些,但我永远不会亲历战斗了,多年以后我从亲历过战争的人的眼中重新体会了一次二战。

四、与军队的战争
1943 — 1957

《心情舒畅》

我个人的战争将在国内阵线展开,我的对手是不接受我的民主观念的高级军官。我认为,我们一直在为价值观而战斗着,但时常也会有幻想破灭的感觉。

抵达圣彼德斯堡几天后,我和另一名少尉被分配到克利尔沃特的588技校军团,我们的使命是以讲课和操练为主要手段把新入伍的士兵训练成地勤人员。由于那儿没有军官俱乐部,也没有单身军官之角之类的地方,我和伙伴只得在克利尔沃特酒店附近租了一间小平房。克利尔沃特酒店里住了大约五百名新兵。指挥官迪克斯上尉让我主管保险、性病预防和特勤服务。特勤服务指的是我要去操办体育和娱乐项目,这成了我经营演出生意的开端。

迪克斯上尉让我办一场士兵专场演出。接下来的一周我就在酒店一间被征用的娱乐室,与一个从著名乐队出来的钢琴师艾德·巴克斯特,以及十多个演员聚在一起。我们开始用我提供的歌词写歌曲,围在钢琴边上的人与日俱增。

一个不明白自己为什么会被征召入伍的年纪稍长的二等兵自告奋勇,当上了演出的导演。这可是二等兵弗兰克·R. 布朗,好莱坞的记者。他和波休伊特中士向迪克斯上尉提出搞公演的建议。迪克斯上尉一开始不同意，直到布朗保证为这场演出大范围地做宣传后他才答应。接下来的一周，我在酒店顶层豪华套房里值夜班，同时写《心情舒畅》(At Ease)。这个剧本描述了二等兵乔治·布瑞克在588军团的各种冒险。届时会有两个女孩在剧中跑龙套，其中一个扮演二等兵布瑞克的女朋友莉娜。

我在克利尔沃特业余剧院获悉剧团有一名会唱歌跳舞的姑娘，她此时正在当地伍尔沃斯商店的香水柜台上班。我去了商店，看到柜台后站着一个迷人的红发姑娘——桃乐茜·皮斯莱克。她父亲是一名退休的军队乐队领队，她自己以前是职业轮滑选手，后来做了杂技演员，还会弹奏六种乐器。她一口就答应扮演莉娜。我看了她在舞台上的表现后顿时被她迷住了。

接下来的三个星期，五十二个男人每天大部分时间都在排练、布景、布置道具和灯光。迪克斯来看了几次排练，他表情严肃，面带犹疑。他对我和桃乐茜互相爱慕明显流露出恼意。桃乐茜是我见过的女人中天资最高的。

我觉得第一幕戏结尾部分的"梦幻片段"必须进行彻底改变：我坚持莉娜穿着黑色长筒袜、脚踩旱冰鞋出场，以黑管吹奏《赛门和黛利拉》(Samson and Delilah)的"酒神曲"伴奏；接着，乔治从小床上起身，八名身着华丽芭蕾服的大兵在"酒神曲"（由钢琴师巴克斯特演奏）的伴奏中围着乔治翩翩起舞；此时，莉娜则滑着旱冰鞋离开舞台。随着场景进入盛大收场阶段，她的角色增加了更多精心设计的变化。

第一晚演出中征兵站的那幕戏很美。布朗和巴克斯特同一群才华横溢、热情奔放的年轻人合作得非常专业，复杂的"梦幻片段"被演绎得完美无瑕。第一幕表演结束时台下掌声如雷。尽管反响热烈，我却十分确定我的事业就要完结了，我知道迪克斯马上就会来跟我算账。

布朗安排了华丽的终场舞台阵容，全体演员举着各国国旗绕着舞台边走边唱："联合国，继续战斗！"我说服了圣彼德斯堡一所苏联海军学校的司令提供了一面苏联国旗。这一幕引起轰动，士兵和平民都喝起彩来。即便如此，演出结束后，迪克斯上尉一脸阴沉地向我走过来时，我还是做了最坏的打算。他还没来得及开口，当地的将军和他的夫人也来到了后台。"托兰少尉，"将军语气坚定地说，"视察的那一幕，你是在模仿我吗？"（第二幕中间,我扮演了一名戴着白手套视察兵营的军官。)

"是的,长官。"

"下一次要把动作做对。"他向我演示了一下如何转动自己的右手手腕。

"我们喜欢整个演出!"将军夫人脱口而出,"那个姑娘可爱极了!"

"你们的演出大大地鼓舞了士气,我要让我手下的士兵们都来看演出,"将军说完转向了迪克斯上尉,"我想让你们再演三场。"他又转过来对我说,"让平民们免费来看演出是个好主意。"我说这是导演大兵布朗出的主意。

《心情舒畅》一剧做了很多次宣传,附近海岸巡逻队的官员们也催促我们为海岸巡逻队演出一次。此时,这部戏已更加成功了。

可我和迪克斯上尉的关系却随着演出的成功而日益恶化。他措辞严厉地打了一份关于我的工作效率的报告,坚持建议上级把我派往圣彼德斯堡。这意味着我想要再见到桃乐茜就很困难了。

我被派到驻扎在城市边缘的维诺伊酒店的603训练队。我的司令官是W.F.布尔少校,他矮小结实,精力充沛。他特别喜欢戴着头盔、骑着自行车在当地晃悠,一边用马鞭拍打自己的腿,一边把散开的牲口整整齐齐地聚拢在一起。"你的事情我都知道。"他拿出我的201档案,这是一份为每个军官保留的个人档案,迪克斯上尉在这份档案中并没有对我手下留情,"看得出你是个能干的军官,我会给你自由的权限。你就做我的军需官吧,我希望你能确保在我的任期结束之前,我不会因为军毯、被单和行军床的丢失而受到控诉。"我还将成为特勤服务军官,负责运动和娱乐。因为天气寒冷潮湿,我们这里士兵的士气不高,他希望我负责的演出不仅给603训练队看,还要让那些住在城外"帐篷城"里的倒霉鬼看。这些人没有营房可住,只能住在帐篷里,缺乏卫生设施。我打算在公告栏里贴一份公告,招聘表演志愿者。

"要多少志愿者?"

"你需要多少就招募多少。欢迎加盟!"

第二天一早我就被蜂拥而至的应聘者团团围住,其中一半应聘者是表演出身的,包括旧金山最好的手风琴演奏家(他在一家男同性恋酒吧演奏,但本人不是同性恋者),一名很有成就的钢琴师,一名杂耍艺人,一名来自匹兹堡的名叫马蒂·阿尔珀恩的天才喜剧演员,一个看起来面熟的运动员出身的中尉（后来我才得知此人是前轻量级世界摔跤冠军、英国保护国沙捞越王国女王的丈夫鲍勃·格里高利）。鲍勃带着自己的新娘离开东方，在英格兰开了一家生意兴隆的餐馆，后来不知何故最终在圣彼德斯堡落脚。他自告奋勇，要当舞台总监。

还有人自愿做布景，做后台工作——只要能免去没完没了的训练，随便什么都行。我开始为住在酒店里的人组织演出，格里高利则为住在帐篷里的人准备表演。

我做着自己在行的事，却没有时间去看桃乐茜，于是我自告奋勇，每隔两三天就值一个夜班。值班的内容包括乘坐军车在整片地区视察，检查酒吧、舞厅和娱乐中心。第一晚我就指挥司机开到克利尔沃特接桃乐茜，带她和我们一起四处视察。第二次检查之前，我又建议司机也带上他的女朋友。我们这么干从来没有出过任何问题。如果有人靠近汽车，两个女孩子就赶紧趴下，以免让人看到。

我们接下来的演出叫《吉普车》(*Jeeps*)，讲了一个空军队伍里普通美国人的故事。随后的四个月里我们成功地演了无数场，最后在圣彼德斯堡中部一个巨型露天剧场上演的军人特别表演达到了我们演出事业的巅峰。其他训练队也在那儿上演节目，但少校希望603训练队的演出比其他单位的都好。我建议我们找些苏联海军学校的志愿者搞一个美苏联合盛会。这主意打动了他。我参加过两次苏联军官组织的舞会，学会了用俄语说"我爱你"，而且我和他们指挥官的关系也不错。我建议演出以士兵快速报数开场，紧接一段苏联舞蹈，然后美国和苏联的节目依次交替进行。每一幕戏都要分开排练，我的任务就是确保演出时各个表演衔接好。尽管空军的管乐队没有坐在一起，很多人制服军徽上的星星和雄鹰还是相当惹眼的。序曲是从《心情舒畅》里照搬的。第一幕剧由马蒂·阿尔珀恩演出，他扮演格温多林。刚刚曳步登上舞台，他的大妈粉丝群里就发出尖叫声，包括坐在前排的苏联军官在内的观众都被他吸引住了。之后是八个俄罗斯青年跳一段狂野的舞蹈，引来阵阵喝彩声。一切仿佛都注入了魔力，连失误也变得迷人。我从一开始就知道，不管出了什么差错，观众都会支持我们。

1943年6月初,布尔少校告诉我第六基础训练营马上要关闭了,一个华盛顿来的军官正在城里找有天资的年轻军官去华盛顿任职,搞公共关系。少校催促我去参加面试,结果我被草率地拒绝了。

几天之后,比我光荣的军旅事业(演艺活动)更重要的一件事发生了,我在圣彼德斯堡的一间教堂和桃乐茜结婚了。在美苏联合演出那天没下的雨在我们结婚这天下了起来。尽管大雨如注,鲍勃·格里高利还是挽救了这一天,他派了一辆参谋部用车将我们安全地送到教堂。那天晚上,格里高利和马蒂重新装饰了军官俱乐部的娱乐休息室,还特意为这次招待晚会准备了演出节目。所有的军官都收到了邀请,尽管他们都知道在晚会上必然会有一大群刚入伍的新兵,大部分人还是应邀出席了晚会。后来我开车带桃乐茜去了我在墨西哥湾租的蜜月小屋。我请了十天婚假,我的战友们分享了我蜜月的喜悦。他们把我的蜜月居所变成了他们的司令部,而且不知他们用了何种办法(可能是通过鲍勃·格里高利的帮助吧),还搞到了通行证,几乎每天都来看望我和桃乐茜。

离开圣彼德斯堡的时候到了。布尔少校看到床单、毛巾、毯子、床垫和行军床一样都不少的时候,很是欣慰。他并不知道滑头马可中士已经藏了一整套,以供自己用。我和马可中士还有另外两个应征入伍的603训练队的士兵凑巧都被分配到了密西西比州比洛克西的基斯勒·费尔德基地。

现在,我可以看看真正的南方是什么样了。

乘坐空军过山车

我发现自己最终还是在大张旗鼓地搞演艺工作,但并不是以自己期待的方式在搞。我身处南方腹地,这是我第一次深入南方。比洛克西是个美丽的城市,基斯勒·费尔德则是个庞大的让人印象深刻的基地。我手下那三个从佛罗里达来的新兵被分配了很好的岗位,他们向我报告,说发给我的毯子已经收拾稳妥了。我自己也始料未及地受到各方的热烈欢迎,并被委派负责娱乐工作。

显然,《心情舒畅》演出成功的消息先我而至,司令官罗伯特·E. M. 古尔里克全权委托我为庆贺万人露天大剧院的建成制作一场豪华演出。供我差遣的是基斯勒·费尔德音乐厅的乐队和六十多名比洛克西的男女歌手。

我非常吃惊,这群"超级天才"和我期望的军队演出所需要的表演者相差甚远,可我知道我也只能用他们了。

起初我手下的大部分人对为数万名观众登台演出一事并不热心,直到乡巴佬乐队建议把这次演出改成一次比赛。几乎所有的人都能表演两手绝技,比如罗马式一人骑两马。我开始写一些滑稽小品或幕间短剧,这就像故意遮挡产品编号一样。

整件事的发展让我心烦。我们埋头苦干,克服了无数的困难,直到一场雨把我们舞台周围的地面变成了沼泽。演出那天,我看到观众席的前排坐满了身着白色制服的军官时,心中不由得发出叹息。"乡巴佬"们骑着马突然从后方出现,沿着两边的座席冲过来,大团的泥巴甩到过道旁的席位上。接着是一人二马表演,这是个颇有卖点的表演。骑手在观众席前突然掉转马头,坐在头两排的军官们的白制服上顿时被溅上了一串新鲜泥浆。接下来的一个半小时,虽然每个节目都很精彩,但于我而言无一不是折磨。总的来说,这场表演很失败。

我夜不能寐,不知接下来会发生什么。第二天一早我就接到通知,说要派我到弗吉尼亚莱克星顿的华盛顿与李大学去执行一项临时任务——到特种军事学院修习军官课程。我要在那儿待上两周才能回到基斯勒基地。我很高兴能离开这地方,我的上司也巴不得看到我走。

我在莱克星顿最喜欢上的课是赫茨伯格少校的课,他号召每个人在回到自己的岗位后,在人群中坚定地传播民主理念。传言赫茨伯格少校是埃莉诺·罗斯福力主担任此职的。他多次主张,军中所有的人,无论种族、肤色,都应被平等对待。

返回基斯勒基地途中,我深受鼓舞。如果我还继续负责文娱部工作的话,我将坚持按照他的主张举办士兵演出活动。回到基地时,我受到了我手下的热烈欢迎,但我的顶头上司却对我非常冷淡。

第二天,我注意到一个独臂黑人上尉在一个很小但对所有人开放的摊位上吃午饭,他边吃饭边看陀思妥耶夫斯基的书。我向他做了自我介绍,问他为什么不去军官俱乐部吃饭。这个名叫克拉克的上尉笑了,说:"这是君子协定,少尉。"

我想起了赫茨伯格少校曾说过的话,就问:"如果我把你带到军官俱乐部吃饭会怎样?"

"那就会彻底乱套,"克拉克观察着我的表情,笑着说,"会有好戏看了。"

"那咱们就这么干。"我说。

克拉克知道我已结婚,坚持要我得到我妻子的允许。我们开着克拉克的汽车到了我和桃乐茜租住的大房子。这房子不在军事基地,但离军官俱乐部不远。尽管桃乐茜在南方长大,她却没有反对,并答应陪我们一起去军官俱乐部。在去军官俱乐部的路上,克拉克告诉我们他的一只手臂是在第一次世界大战中失去的,他为此被授予了一枚杰出军人勋章。他曾在一所黑人大学做过英文教授。

我们三人走进军官俱乐部之际,我能感受到那种震惊。我们落座后,一名黑人服务生顿时面色苍白,坐在附近几桌的人都面露讶异之色,房间里的气氛紧张到了一触即发的地步。不一会儿,内部通话系统传来通知,召托兰少尉到前台报到。基地副主管瑞德上校正等着我,他怒不可遏,向我咆哮道:"把那个黑鬼给我弄出去,少尉!"

"我们将很高兴离开这里,上校。"我回应道,不知怎的,我的声音有些颤抖,"我们一吃完饭就离开。"我回到餐桌边,平静地解释刚才发生的一切。

我们三个人匆匆忙忙吃了饭,准备出去。瑞德上校还在前台。"托兰!"他叫道。我走向他。他说:"我活着的时候如果还有一件事要做的话,那就是把你送上军事法庭。九点钟去向古尔里克上校汇报!"

我们开车在外面兜了一个多小时,我不晓得明早九点去汇报的时候会发生什么。然而,当我们开近司令部的时候,发现那里灯火通明,原来瑞德说的是晚上九点汇报!此时已经过了九点钟了,我飞快地冲进大楼。"嗨,约翰!"执勤军官跟我打招呼,他是我的朋友,也来自北方,"干吗跑得这么急?出了什么事?"这或许是他最后一次跟我和和气气地说话了。

我发现古尔里克上校眉头紧锁。他并没有发怒,只是烦躁不安。"我对我的黑人士兵不够好吗?"他单刀直入地问。

"不是,长官。"

"那你怎么能在密西西比做出这样糟糕透顶的事?我对你此次的……鲁莽行为带来的后果深表遗憾。我的副官会给你安排新的岗位。"

接下来的两个月,我和桃乐茜经受了一系列惩罚。她被禁止进入基地,我则被派到最艰苦的连队,任务是监督场地训练,四个红脖子的南方中士搞得我的生活如坠地狱。

不久,真正的危机降临了。我被指控在志愿兵军人俱乐部里袭击了一名士兵。那是前一个星期天,我和桃乐茜去看了一场对基地所有人开放的唱片音乐会。当时门已经关上了,我推开门的时候,门正好碰到了一名上士。尽管我道了歉,这个比我高半英尺的上士还是粗鲁地把我推开。

在听证会上,我的证词并未被认真对待。两个犹太精神科医生出场,证明那扇门几乎没有碰到上士,而上士面对我的道歉依然推搡了我。于是,诉讼被撤销。

一周后,我受到指控,说图书馆丢失的几本书是我偷的。管理图书馆的韦斯顿·麦克丹尼尔,一个很有天赋的诗人,是我的好友,他向上级报告,说已经找到了那几本怀疑被偷走的书,这些书只不过是被放错了书架而已。

接着,我又被一名情报官员调查。我在纽约应征入伍时,曾对我的几次被捕的原因进行过陈述,此人对这些陈述表示怀疑。经我一番复杂解释,他被搞得晕头转向,只得放我一马。感谢上帝,我在陈述中没有透露我是共产党员、美国和平动员会成员。

那时,我写了一封信寄给莱克星顿的赫茨伯格少校,诉说了那几次试图将我送上军事法庭的事。当时,我已经逃脱了审判,但仍担心瑞德上校会对我变本加厉。

尽管如此,还是发生了一些好事,那两个精神科医生和他们的妻子成了我的挚友;我手下的士兵,也毫无例外地对我忠心耿耿。得知我们的夜间生活十分无聊,乡巴佬乐队建议我和桃乐茜参加一个他们在准尉俱乐部举行的演出。我们坐着破烂的乡下驿站马车来到河湾中段一座孤零零的建筑,房子周围的树上长满了青苔,使这房子看起来就像谋杀谜案的现场。

我和桃乐茜加入了跳舞和一些类似用下巴夹着橘子传给一个异性的游戏，我们玩了一个小时。一个非常瘦削的年轻女人看上我了，我只好躲进男厕所。我一出现，就看见她拿着两个葡萄酒杯。"喝一杯吧。"她说。我接过一个杯子，此时她那足有六英尺六英寸高的很瘦的丈夫，面目扭曲地走了过来。

"你不就是那个把黑鬼带进军官俱乐部的纽约来的犹太佬吗？"

我得仰着头才能和这高个男人对视。"这跟你有什么关系？"我说。

"你这狗杂种！"准尉挥拳打向我的脑袋，不过我微微一低头就躲过了。他的拳头打到了我手中的酒杯，碎片飞溅，划破了他妻子的脸，血顿时流了出来。周围一片怒吼，愤怒的准尉们向我围了过来。我知道，我要挨揍了，也许会更糟糕。这时灯突然熄灭。一个乡巴佬乐队的人（他熟知怎样应对此类危机）灭掉了灯。众人还在愣神的时候，我感觉一只手抓住了我的右臂。"跟我走，"一个"乡巴佬"用镇定的声音说道，"桃乐茜已经被带出去了。"

我被人带着在黑暗中穿过吵嚷的人群，安全抵达驿站马车的后部，那里放着一些乐队的乐器。桃乐茜也在那里。我们等了约莫一个小时，直到舞会散场，中间不时地碰到鼓或者钹。一个"乡巴佬"建议我们去红十字会，在还没有发生其他事情之前先请个紧急事假。我依建议去请假，结果被拒，他们认为我的情况并没有那么严重。

此刻我的前途黯淡。1943年12月初，我在圣彼德斯堡时的下属中士马可（他有获知各军队司令部消息的渠道），告诉我由陆军参谋长马歇尔签发的编号为O184459AC的命令刚从华盛顿抵达，命令少尉约翰·托兰到弗吉尼亚莱克星顿的特种军事学院报到。赫茨伯格少校创造奇迹了。

（再后来，我接到我的独臂朋友克拉克上尉的来信，那时候他已经被擢升为少校，而且过得很不错。"将来如果你的孩子问：'爸爸，你在战争中都做了什么？'你可以拿我随信附上的东西给他们看。"那是美国空军1944年制定的条例，规定所有的军官，无论肤色、种族、信仰，一律可平等地进入所有军官俱乐部，无论在美国本土还是海外。）

我们在特种军事学院只待了两天就继续前往华盛顿，一到华盛顿我就被指派了一个为期六十天的任务——帮新英格兰组织士兵演出。

我正在缅因州的普雷斯克岛参观北部的空军基地时,一名年轻的黑人军官邀请我和桃乐茜参加一次为即将奔赴欧洲战场的黑人战斗机中队举办的晚宴。我和查比·詹姆斯上校的夫人共舞,上校则与桃乐茜共舞。詹姆斯上校后来成为美国第一位黑人四星上将。

1944年3月1日,我又接到一个命令,让我"火速"赶到纽约西43号大街25号的特别服务处待上大约三十天。过去的两个月就像坐在没有尽头的过山车上,我不知道在纽约等着我的又会是什么。让我印象最为深刻的是特别服务处的所在地居然和《纽约客》(*The New Yorker*)杂志编辑部在同一幢楼里。

我被带到副司令沃伯格上校的办公室,当时他正在翻看我的201档案。"我知道这是空军中最糟糕的一份201档案了。"他确定地说。我对此没什么异议,只能等着挨批。谁知沃伯格竟然笑了:"不过在纽约,这档案看起来挺好的。"于是,我被临时派到娱乐部,这个部门的领导是陆军中校马丁·杨,我后来听说,此人原是好莱坞的明星经纪人。杨很友好,又把我移交给他的副官约翰·舒伯特上尉。

我很好奇接下来的三十天我到底要做些什么。舒伯特塞给我一些文件,说:"这段时间你负责内务。沃尔兹小姐会向你介绍具体工作。"沃尔兹小姐是秘书,她二十八九岁,非常精干,模样迷人。她虽然是个女的,身上却有着陆军军士长的影子。接下来的一个小时,我发现她实际上掌控着这个办公室的运转。她向我解释什么是"内务"——美国本土的劳军联合组织的军营演出的团体和名人:胜利巡回演出团,大约十来名艺人;蓝色巡回演出团,五名艺人;医院巡回演出团,有一些特殊表演者;个人演出,各种明星。

偌大的办公室里事务繁忙,让我头晕目眩。杨中校有一整个办公室的人替他干活。而舒伯特上尉还兼着专业娱乐部门的工作,他却只有沃尔兹小姐协助。他总是表现得不想在这里工作。

不到一周,我和贝蕾妮丝·沃尔兹小姐就了解了彼此。她曾听说过我,认为我们两个足够搞定整间办公室。"看,"她指着一群挤在舒伯特上尉桌边向他讨要演出票的其他部门的军官说（上尉每周都要免费发出去上百张舒伯特剧院的演出票），"他没法拒绝。"

让我感到愤愤不平的是，这群讨要演出票的都是少校、中校和上校，他们都在用自己的军衔迫使舒伯特上尉给他们免费的票。这对一个有才华的人来说太浪费时间了！我希望我能尽力帮助他更好地处理这些事。

我的日常工作很有意思。每天早上我要打电话给劳军联合组织军营演出团的与我职务相当的同人，那边的负责人是担任过舒伯特舞台总监多年的德雷舍老爸。如果有明星来参观军营，他会告诉我。接下来，我就要决定将这些明星派到什么地方，然后做好一切交通和住宿安排。一开始，我征求贝蕾妮丝的意见，但她说我更有资格做决定，因为我是整间办公室唯一有"实战经验"的人。其他人几乎都是从平民中扒拉出来，草草地经过军官训练就送到纽约来了。有些人甚至连肩章、领章都不知道怎么佩戴。我去过得克萨斯和密西西比，了解这些地方的实际情况，因此我决定把这些明星派到生活最单调、孤独感最强烈的地方去。

一天，我要求和舒伯特上尉单独谈几分钟："长官，我注意到发免费票占据了你每天大部分的时间。"舒伯特看起来有些迟疑。"我还注意到那些拿到票的都是校官。"舒伯特有些不自然了。"如果这事被大家知道了恐怕不好。我相信我能处理好这件事。沃尔兹小姐也同意我的想法。"最后一句话起了神奇的效果。

"好主意，少尉。"他说着伸手拉开抽屉，抽出一盒票。

沃尔兹小姐曾告诉过我，舒伯特非常担心自己被派遣到海外。我到了派遣事务负责人的办公室，此人是个不太受欢迎的准尉。只有我们两人的时候，我拿出四张票，问："想不想每周都有四张票？"

准尉看到四下无人，问："需要我做些什么？"

"别把舒伯特上尉排上派遣名单。"我轻声说。

准尉咧嘴笑了："小事一桩。"

我知道自己不能将此事告诉舒伯特，我将这事告诉了贝蕾妮丝。她虽一言未发，却冲我心领神会地眨了眨眼，并点点头。

5月6日，杨中校通知我，我已经获得永久任命了。他同我握手，说：

"我们对你的工作很满意,少尉。"那时我已经在劳军联合组织军营演出时说服德雷舍老爸接纳了送明星们去最需要演出的营地的计划,只有少数几个超级明星要求在室内场地面对大量观众演出,或在大城市附近演出。不过,在交通安排上,我确实遇到了一些麻烦。大部分明星喜欢乘飞机,就算短距离旅行也要乘飞机,因为这让他们看起来很重要。我其实已经联络好了很多长途汽车和列车的代理商,而且能向这些明星证明因为天气、日程、往返机场的交通等原因乘坐飞机会更耗时。

有很长一段时间,我都不明白德雷舍老爸为何在劳军联合组织军营演出的事上总是接受我的建议。后来,我发现他之所以这么做是因为一个链——倒不是指挥链,而是朋友链。我在娱乐部的下属萨米·韦斯伯曾是威廉·莫里斯经纪公司最好的经纪人之一,是他发掘了像雷德·斯凯尔顿和贝蒂·赫顿这样的明星。同其他来自演艺圈的人一样,他曾被推荐参加军官培训项目。尽管他既聪明又能干,他还是被拒了,我猜这和他的犹太出身有关。他现在以中士的身份干着办公室文员的工作——从本质上讲就是打字员,这有点滑稽。我们成了挚友。有一次,他向亚伯·拉斯特弗吉尔称赞我的工作。拉斯特弗吉尔曾是威廉·莫里斯的主管,现在是劳军联合组织军营演出的负责人,他把萨米当儿子看。亚伯曾对德雷舍老爸说,德雷舍与托兰少尉关系不错是件好事,因为托兰的工作干得很棒。这就是为什么德雷舍老爸那么爽快地接受了我的建议。

我的另一个新朋友是亚列克斯·诺斯少尉,他是一名作曲家。他和萨米请我去吃过熏鲑鱼和面包圈。我又把他们介绍给耶鲁俱乐部,耶鲁俱乐部离我们的办公地点只有一箭之遥。我们三人在耶鲁俱乐部的蒸汽房度过大部分漫长的午餐时间,谈论杨中校的吵吵嚷嚷的办公室。

在某个这样的蒸汽房讨论中,我问萨米《萨米为何出逃》(*What Makes Sammy Run*)这部小说的原型是不是他。

"我已经不得不做出过艰难的决定了。"他回答,"每个人都有得出自己结论的自由。"

7月4日,办公室里举办了一个庆祝活动。杨被擢升为上校,舒伯特被擢升为少校,亚列克斯和我被擢升为中尉。我从来没有梦想过有一天自己会戴上银杠的肩章。

我还发现亚列克斯·诺斯的哥哥是乔·诺斯,《新大众》(The New Masses)杂志的编辑。不过,亚列克斯和政治毫不沾边。他曾在苏联师从普罗科菲耶夫,学习音乐,为自己的第一任妻子——一名有名的舞蹈家谱曲。亚列克斯是查尔斯·魏德曼的密友。他劝说魏德曼,要是魏德曼觉得桃乐茜天赋够好,就给桃乐茜单独上舞蹈课。魏德曼对桃乐茜的身体控制能力印象深刻,教了她几套现代舞,其中最好的舞蹈是《我不过是个没娘的孩子》。

随着我接待的名流人数的增加,这些人也占据了我越来越多的时间。最让人难忘的名流是艾伦·拉德,他因健康原因刚刚从空军退役。彼时拉德提出可以让我们观看两个星期的免费电影,德雷舍老爸建议他在基地和营地搞一系列演出,我则坚持认为应该把他和他夫人送到军队总医院,不是去表演节目,而是和患者们一一长谈。拉德夫妇颇有兴致地同意了。此后,每逢休战期间,隔三四个月,他们就会访问总医院。他们愿意坐巴士、火车或者飞机,他们不喜欢声张。拉德夫妇不仅把住院的军人们当作朋友,还给每个人赠送礼物。我从未见过拉德夫妇,也没有和他们通过电话,但我觉得我对他们的了解胜过对任何其他名人的了解。我也很乐于因为他们受到医院病人和主管领导的夸赞。

尽管我们从报纸上了解到战争造成的诸多破坏,在纽约的生活还是相当愉快的。我母亲辞职后在宾夕法尼亚开了一家礼品店,生意相当兴隆。我们西143号街618号住所的房东温妮仍然只收我们每月三十五块钱的租金。桃乐茜7月份就要临产。萨米·韦斯伯自告奋勇,要做孩子的教父。他每周过来与我们共进晚餐,有时带些尿不湿,有时送来一个婴儿床或婴儿护栏,或各色小衣服和鞋子。那时,我和萨米的关系已经非常亲密了,他会告诉我一些自己少年时的事。年轻时他很穷,所以在威廉·莫里斯事务所找到这么好的工作后,他就把一张面值一百块的钞票放在自己的裤兜里,一直放着,万一哪天自己破产了,这钱就能派上用场。他还掏出那张钞票给我看了看。

1945 年 5 月 7 日,德国投降的消息传来。第五大道上很快就挤满了庆贺的人群。萨米、亚列克斯和我刚一冲上大街就被姑娘们拉住并拥抱亲吻,好像我们也是从海外战场归来的战士一样。

一个月后,我开始在打字机上打我的小说,这是一个大萧条时期在铁路沿线流浪的年轻人的故事。我从大清早开始打字,一直到近黄昏时才停手,两周之内就写完了小说的三分之二内容。

7 月,我送桃乐茜去布朗克斯的医院,然后彻夜不休地手写一个很长的章节。早上,戴安娜·托兰(没有中间名缩写)降生了。桃乐茜得知我为了写小说一夜未眠,感到非常不安。

桃乐茜回家后的前几个星期非常难熬,其中一部分原因是她的小侄女来了。一天晚上,我正在起居室工作,突然听到婴儿尖叫,随后是砰的一声。我冲进厨房,看见戴安娜躺在地板上痛苦地号哭着。显然是小侄女把婴儿放到了熨衣板上,结果孩子掉到了地下。我用毯子把孩子一包就赶紧上坡,到大道上去叫出租车。可惜路上一辆出租车都没有,我就徒步抱着孩子一路上坡,跑到儿童医院。在医院里,我用特种牛奶给戴安娜喝。她的腿骨折了,要做牵引治疗。

这件事让我心情不太好。几天后,厨房里的一场争吵又让我怒火陡升,我右手一拳捶在墙上,把墙打出了一个窟窿。第二天,我肿着右手来到办公室,对同事谎称手是被一个掉落的装满东西的橱柜砸伤的。因为小指严重骨折,整只手又擦伤了,我被送到斯塔滕岛的军队医院。我住进了一间有十五个美国军官和一名被俘的意大利军官的军官病房。这名意大利军官有一帮每天都来探望他的亲戚,他的亲戚送来很多美食,他就和同屋的其他人一起分享。这个过去的"敌人"如今成了病房里最受欢迎的人。因为右手不能写字,我就用左手写完了小说的最后一页。

8 月 14 日,也就是对日作战胜利日——庆祝战胜日本的日子。这天人们又一次冲上大街。不过,这回没有那么多人亲吻穿军装的人了。人们在这次庆祝中还存着些疑虑,仿佛谁也不敢相信漫长的战争终于结束了。

军官和应征入伍的士兵们现在花很多时间算他们积攒了多少退伍分。

因为我们几个都没有海外服役的经历，势必还要等很久才能退伍。不过，10月8日，又来了一次大范围的军人晋升，我成了上尉，舒伯特成了中校。

有一段时间，萨米·韦斯伯和我细细思索了一遍能搞的特别项目，最终萨米想出了一个绝妙的主意：用卡通领域的领军人物来描绘那些残障人士的生活，展现他们是如何克服困难的。将这些卡通漫画做成集子后就可以在总医院散发，以激励人们。我向杨上校建议让舒伯特从文书工作中抽出身来，专门帮助我运作这个特别项目。上校批准了，一个月不到萨米就召集了一群声名显赫的卡通漫画家，让他们免费为我们工作。这个项目的成功激励萨米转向更有创意的想法：派团队到各家总医院去动员伤势最重的病号参加心理剧演出，再现他们的经历。开始的几次尝试不太成功，但不久后医护人员也加入了，相关的报道也很吸引人。萨米还鼓励假腿贝茨——一个失去一条腿的黑人舞蹈家，在医院表演。贝茨那让人惊叹的烟花表演每次都能把观众引向高潮。

1945年年底前，萨米和我取得了另一个潜在的胜利：送巴纳姆和贝利马戏团的一队人马到法国做劳军演出。和马戏团军官会谈过几次之后，萨米做了后勤计划，这个计划最终是否能被采纳取决于主管诺斯先生。萨米和我出现在他的办公室，萨米负责游说，我则在一旁大力点头附和。在萨米的煽动之下，诺斯先生爱国热情高涨，批准了计划，接着此项建议被上报到了艾森豪威尔的司令部。结果得到的答复是：抱歉，我们的大兵们正忙着办退伍手续，没空看马戏，但是如果能派几辆第五大道的观光车载大兵们在巴黎观光的话，他们将非常感激。对此要求，萨米立马做了安排。

自从当上舒伯特的助手后，我就变了很多，只是当时我自己并未意识到。我抛下了犹豫不决和无所适从感，还摆脱了不少年轻人特有的笨手笨脚、害羞和迷茫。我已跨越界限，来到了另一个领域。不知不觉中我已经转过了每个人在生命中必须经历的转角。有生以来第一次，每个人都喜欢我、夸奖我，而我只是想，这真是个神奇的办公室！我们每个人彼此相望时，目光中都满含敬意。

阿诺德·奥尔巴赫中士和阿诺德·霍威特中士向我展示了他们最近的

士兵演出《请叫我先生》(Call Me Mister)，这个演出的配乐由哈罗德·罗姆中士作曲，此人如今在我的办公室工作。这场演出十分精彩，但我没有把这场演出上报给舒伯特中校。我觉得这三个创作者理应返回演艺圈。这次演出如果爆红的话，就会成为欢迎退伍军人回归平民生活的标志。

奥尔巴赫、霍威特、罗姆邀请我和他们一起去阿尔冈昆酒店拜访梅尔文·道格拉斯少校。道格拉斯少校刚从远东返回，我们发现他对制作百老汇演出兴趣十足，但是他担心舒伯特中校会封杀这一大胆创意。我向道格拉斯保证我会说服舒伯特中校理性思考。短剧《请叫我先生》秘密地进行到了排练阶段，此时罗姆正忙着把剧中的音乐编成管弦乐。一切进展都很顺利，直到舒伯特中校发现了这是怎么一回事。此时，罗姆已因积分够了办理了退伍手续，但奥尔巴赫和霍威特还得等一段时间。舒伯特下令立刻将他们送往第四战区，因此演出中止了。

我告诉舒伯特他对自己的所作所为会后悔终生，并说我会把那两个人从第四战区解救出来。舒伯特没有表态。几分钟后，我给我的朋友小珀西·约翰逊打电话，那时他还是文娱部负责人。我告诉他，他在分派名人和演出团体到第四战区一事上欠了我很多人情："能不能帮我一次大忙？这样你就不欠我任何人情了。"

"什么大忙？"

"阿诺德·奥尔巴赫和阿诺德·霍威特几天后就要被派到亚特兰大了。"我接着跟他讲了《请叫我先生》一事，"我想让他们尽早以平民身份退伍。"

"没问题，"珀西说，"我会搞定的。"

1946 年 1 月，特别服务处成了摆设。每个人都在为自己的将来做打算。1 月 23 日，我被授予军队"优秀现役人员"荣誉绶带。考虑到这一绶带和那些只要没用枪打到自己的脚、每个军人都能得到的"优秀表现"绶带一般无二，我从来没有佩戴过这一绶带。

1 月 15 日，我跟威廉·莫里斯经纪公司签订了一个为期三年的工作合约。三天后我便收到我写的广播剧《悬念》(Suspense)的稿费，计四十五美元。贝蕾妮丝帮我的小说最后一稿打了字。我迫不及待地想要回归平民生活了。

2月初,我旅行至新泽西州迪克斯堡二号接待站。在此,我恢复了平民身份,领到了一枚鸭子图案的布章,这证明我曾在军中服役过。我还收到杜鲁门总统对我在执行任务过程中表现出的"刚强坚毅、足智多谋和判断冷静"致以的衷心感谢。"刚强坚毅"和"足智多谋",还行。不过我对"判断冷静"持怀疑态度。

重返岗位

回归平民生活后,在军队中的安全感和成就感荡然无存,我陷入了挫败感之中。我对自己进入的战后新世界不甚了解,对自己的能力也没什么把握。1946年3月4日,我把因没有休时长为八十四天的退役前的最后一个假期而得到的补偿金投资到了一个小礼品店里,我们的第二个女儿玛西娅于那年7月出生。礼品店维持了不到一年。

我的写作事业毫无进展。我先为《悬念》写了一个喜剧剧本,被退稿了。接着我收到了一个真正的好消息。威廉·莫里斯的海伦·施特劳斯打电话告诉我,有两家出版社想要出版我的小说《沐血的流浪者》(*Blood's a Rover*)。她向我推荐维京出版社的编辑帕斯卡·科维奇,这家出版社可预付五百美元,编辑也是业内最好的。于是,我立刻打电话和编辑约时间见面。他对我的未来很有兴趣。"你的某些作品让我想到斯坦贝克和福克纳。"他说。对此,他应该是清楚的,因为他是这两位作家的编辑。我为此喜不自胜。但我也知道自己和福克纳毫无相似之处,他的话让我有些不自在。即使如此,他对我的兴趣还是令人颇感心安。

在那次漫长的午餐中,他跟我讲了不少有关那两位作家癖好的逸闻趣事,他们一个喜欢喝酒,另一个喜欢合唱团的姑娘。接着,科维奇宣布他们将暂缓出版我的《沐血的流浪者》。他说,这个故事需要完全重写。我感到失望,但尽量没有在他面前表现出来,我向他保证我会立刻开始修改。我们分手的时候,科维奇问了我的年龄。

"到 6 月就三十六岁①了。"

科维奇惊呆了:"你看起来只有二十六岁。"他明显很失望。

"我起步晚,科维奇先生。我二十五岁之前还没跟女人上过床。"

科维奇笑了。"这一点萧伯纳的起步比你还要晚呢。"他伸出手,"叫我帕特。"

回家的路上,我心中五味杂陈,最终我还是决定开始修改小说。我把改好的小说拿给海伦·施特劳斯,但帕斯卡·科维奇仍然认为这部小说还没有做好出版的准备,他建议我写一部新的小说。这对我是又一次的打击。我回忆起曾经的一个想法,那是一次桃乐茜告诉我一个职业轮滑手的生活细节后我想到的。我给科维奇寄去了故事的梗概,是一个被同伴嫉妒的轮滑手的故事。他很喜欢这个故事,催促我赶紧着手写。

然而,小说的写作进展得并不顺利。电台制作人和好莱坞的人仅仅表示对我的作品"有兴趣"。然后,我逐渐意识到自己很明显地又扮演起了那个熟悉的尚无作品出版的却"有前途的青年作家"的角色,我大感受挫。

与此同时,我姐姐弗吉尼亚因为被海军驱逐,又回来和母亲一起住了。离开那个小说家罗伯茨后,她自愿加入海军,成为海军志愿紧急服役妇女队的一员。有九个月的时间她都干得很好,直到她又喝上了酒。我很感激海军给了她一个非常"光荣的"退役理由——"不合适",且他们声明她因身体原因不适宜再次应征入伍。我怀着巨大的悲伤接受了我无论如何都阻止不了弗吉尼亚自我毁灭这一现实。她很快带着第二任丈夫鲍勃搬了进来。鲍勃是个讨人喜欢的、头脑冷静的人,出版过一些通俗小说。他试着兜售我那些被拒的作品却未能成功。鲍勃对弗吉尼亚产生了积极的影响,弗吉尼亚宣称现在自己已经永久戒酒了。

1946 年秋,我最后还是给汤姆·爱尔兰写了一封信,他此时已经回到华盛顿。他听说新泽西蒙茅斯堡一个为军官新办的特种军事学院给我留了

---

① 编者注:英文版原文为三十六岁,而约翰·托兰出生于1912年。此处有可能是原文的错误,也有可能是作者刻意为之。

一个职位，高兴极了。我将重新入伍，负责士兵演出，并恢复上尉军衔。1947年9月军事学院才开始上课，但我需要在一个月内就到蒙茅斯堡报到，为自己开始新的职业生涯做准备。

桃乐茜很开心。她的体形保持得很好，她笃定自己能在纽约的夜总会找到一个跳舞的工作。我在打包行李时，她得到消息，自己能在列昂和埃迪歌舞团为合唱队伴舞。一些以前照看过戴安娜、后来也很喜欢玛西娅的朋友们很乐意帮我们照看两个女儿，直到我们在蒙茅斯堡找到房子安好家。

1947年，我搭便车去了纽约城，然后坐火车去了新泽西。在新学校里，我受到司令官罗杰·戈德史密斯的热情欢迎。他告诉我大约有三十五名军官和十五名平民会来上第一堂课。他们将被训练成文娱军官或在商品销售部做销售员。

我每周回一次纽约，观看桃乐茜在列昂和埃迪歌舞团的舞蹈表演。回到军官的单身宿舍后我就开始在附近四处寻找房子。7月，我认识了一个雄心勃勃的房地产经纪人约瑟夫·卡龙，他在雷德班克的卑尔根广场201号找到一幢孟莎式屋顶的房子，房子一楼的两个房间可以改造成桃乐茜的练舞房。

桃乐茜挣到了让我们不至于挨饿的钱后就离开了列昂和埃迪歌舞团。10月初，我们接来戴安娜和玛西娅。赫伯·特拉特纳和他的一个中士一起帮我们把楼下的房间改造成舞蹈室。桃乐茜在雷德班克登记簿上挂出广告，桃乐茜·托兰舞蹈室开始招生营业。

特种军事学院的第一届培训非常成功，因此我认为1948年1月招收的第二届培训班会更加顺利，事实也正是如此。我向戈德史密斯上校建议，这一次我要带娱乐部全体成员到纽约城去，白天参观剧院的后台，晚上在剧院看演出。费用由谁来出呢？"我认为我能说服约翰·舒伯特跟我合作。"我答道。戈德史密斯同意了。第二天一早，我去了舒伯特巷边的舒伯特办公室，结果发现舒伯特的秘书原来是特别服务处的一个姑娘。她见到我后赶忙冲进里面一间办公室。片刻后，约翰就出来了。他立刻接受了我的计划，不仅答应护送我那些学生去参观至少三个剧院，还答应跟他们聊聊演出行业的问题，到了晚上，他们能坐在乐队席位看最棒的舒伯特演出。

纽约之行是第二届培训班的整个课程的高潮。舒伯特花了几个小时给我的学生们上课，甚至还带他们去后台观看了一次演出排练。学生们对行云流水般更迭的布景着迷不已。在半明半暗的灯光之间，布景替换得分毫不差，完全达到了军事标准。演员的服装也换得快如闪电，有的更衣地点只不过是遮起来的一个小角落。

后来，舒伯特把我拉到一边，说："谢谢你把奥尔巴赫和霍威特带回纽约。"

"谢谢你让我这么做。"

"如果我没让你做呢？"

"我相信你一定会让我这么做的，上校。"

"你打算什么时候才叫我约翰？"

"马上，约翰。"

他是一个体面的人，我心中暗道。可悲剧的是奥尔巴赫、霍威特和罗姆还是讨厌他，以后依然会讨厌他。我跟这三个人说他们应该对舒伯特心存感激，因为是舒伯特"批准"我给第四战区的珀西·约翰逊打电话，安排他们回到纽约。

1948年年初，桃乐茜有约莫二十名学生，我下班后就照看戴安娜和玛西娅。我给两个女儿讲《猫儿老黑》(Blacky the Cat)的故事逗她们乐。这故事永远没有结尾，是我照着我们家里那只爱看电视的猫编的。

此时，演出已经成为蒙茅斯堡的一大特色了。约翰·舒伯特还继续着对培训班学生的后台授课。

可惜某个早晨，随着新来的文娱主管发现员工乔治·恰森中士是同性恋，我们军队演出的一连串成功戛然而止。乔治被愤怒地叫到陆军中校办公室。中校当着一众军官和士兵的面，宣布恰森中士是军队的耻辱，应该被审判，然后被踢出军队。

那天下午，我在当地一家医院安排好演出事宜，回到军事学院的时候我被惊呆了。一名体育专业的中士告诉我乔治被带到纽约了。我知道他会住在阿斯特旅馆,他在那通常都会开一间顶楼的房间。我给纽约警察局打电话,说恰森中士有可能会自杀,然后怒气冲天地冲到文娱主管的办公室,宣布我一分钟也不愿意和他这种婊子养的刻薄玩意儿待在一起了。接着,我昂首阔步走到行政大楼,告诉戈德史密斯我不干了。上校劝我冷静,但我已下定决心。接着传来消息,乔治正准备从旅馆窗户跳下去的时候被警察冲进去拦住了。他被送回蒙茅斯堡,关了起来。

我催促戈德史密斯上校让乔治和我们一起待在雷德班克,一直待到他被军队开除为止。上校同意了,几天后乔治恢复了老样子。后来他被秘密地开除出军队,去了南方。(后来我们成了密友,直到二十九年后他去世为止。)我又一次成了平民。这时我成了桃乐茜·托兰舞蹈工作室的经理人,此后的五年成为我一生中最感挫败的阶段。

人生从四十二岁开始

从 1949 年开始,此后的五年,我在桃乐茜的舞蹈学校教戏剧、发声方法、指挥,我收到了一部新小说和十四篇短篇小说的退稿信,卖掉了第一部长篇小说(四十二岁时),最后跌跌撞撞走进写作的职业生涯。我虽擅于此却从未想象过自己有一天会以此为业。

这些年里,我和桃乐茜也逐渐清楚地认识到我们之间的感情已经淡了,尽管我对她在我关键时刻的鼎力相助心存感激。

1953 年初,我收到的成堆的退稿信让我意识到我能做的只有一件事了——写能卖得出去的东西。我喜欢看科幻小说,但总觉得这种小说缺乏幽默且冗长。我为什么不试试用索恩·史密斯那种半开玩笑的写法呢?脑海里灵光一闪,我当年年底就为参加比赛写了一部科幻小说,此外还写了十四篇短篇小说,全被拒了。

我没有被吓住,笔耕不辍,终于写了一部长篇小说,讲一个小个子男人有个专横的老婆,一次准备跳哈得孙河自杀的时候发现自己竟然能在水面行走。1954 年年初,我把小说寄给了齐夫·戴维斯出版社的《奇思妙想》

(Fantastic)杂志,随后接到编辑霍华德·布朗写来的一封三十年来一直梦寐以求的用稿通知:"我们要购买您的小说《水疗》(Water Cure),我要告诉您我们是多么喜欢这部小说……我们永远欢迎带着些许轻幽默又贴近常人生活的作品……您只要记住,让故事轻松、节奏明快,再加上很多对话就行了。"我兴奋得几乎要昏倒。

纵然这一次成功的投稿给我带来了一百六十五美元的收入,我还是深感挫败。1954年6月29日,我就要四十二岁了,可我写的二十五部戏一部都没有被搬上舞台,我的六本小说也一本都没有被出版。我已经连续写了二十九年,可是最佳战绩却只是卖掉一部低俗小说!

得知有一位著名的科幻小说家就住在离我半英里不到的地方,我就带了几篇自己的作品给他看。他说我的作品并没有找到正确的市场方向,他建议我和一个名叫罗杰斯·特里尔的文学经纪人见个面,这个经纪人刚刚搬到海滩上的一幢夏日度假屋里。

"他是您的经纪人吗?"我问。

"他才不要做我的经纪人呢,但我觉得他会愿意当能写出《水疗》这样作品的作者的经纪人。"

我当时没有意识到那是我生命中最重要的一个转折点。我当时沮丧极了,就没有给特里尔先生打电话。我不仅在工作上跌入深谷,个人感情生活也一败涂地。桃乐茜和我各自追逐着自己的梦想,舞蹈和写作从未交融过。我们两人形同陌路。过完自己生日的第二天,我告诉她我要开着我母亲的车到新罕布什尔州住上些日子。

天黑时分,我冒着瓢泼大雨在一条小河边撑起我的三角小帐篷。我身上的衣服几乎湿透了。我辗转反侧,无法入睡,中间还起来呕吐了两次。但是到了清晨,太阳闪耀着金光的时候,我又神奇地恢复了活力,仿佛重生一般。我开车来到新罕布什尔州,在普利茅斯的一个小旅馆住下。接下来的一个星期,我每天爬山,思考。波特曾说过我应该写足一百万字来练手。我的文字已经不止一百万字了,却仍然收效甚微。我知道他一定会让我再写一百万字。波特曾经说过一个作家必须与事物融为一体,同时又要超脱出来,站在一边旁观。他向我解释,这就像过双重生活,既有诅咒,又有庇佑。

回到雷德班克时我发现罗杰斯·特里尔给我留了一封信，邀我去他的度假屋。我母亲瞒着我偷偷地给罗杰斯邮寄了我写的几篇小说。罗杰斯和我身高相当，但比我壮实。他为一本叫《阿戈西》（*Argosy*）的男性杂志做了很多年主编，现在成了文学经纪人。"如果你当初把《水疗》送到我这儿，我能帮你把它卖给《星期六晚报》（*The Saturday Evening Post*）。"他催促我去一趟他在纽约的办公室。

此时我已经下定决心开始新生活了。我带上几件换洗衣服，带着我的打字机和五十块钱，起程前往纽约城。我在哥伦比亚大学研究生宿舍楼里找到一间一周只收八美元租金的宿舍。次日一早我就赶到特里尔的办公室。他花了一个小时给我提宝贵建议，告诉我如何向顶级杂志投稿短篇小说。我回到房间里，开始考虑罗杰斯所建议的那一类小说的情节。我花了两天时间构思出一个故事，一个在麦迪逊大道上的广告公司上班的小伙子，女朋友因他无心工作、终日做白日梦而不肯嫁给他，他则撒谎欺骗公众。"你没有哪一天不是谎话连篇的！"姑娘说。"如果我说了实话，你就会嫁给我吗？"于是，有一天他就说了整整一天的大实话。

我花了两天时间把这个故事写出来。我带着《真相至上》（*Nothing but the Truth*）去见罗杰斯，一周后得知这个故事以七百五十美元的价格被《美国杂志》（*American Magazine*）买下了。他们喜欢这个故事。这是我生命中的一大喜事，我的担忧不复存在了。我一周能写两篇这样的故事，能挣许多钱，我又可以回归小说了！

我下定决心不动用这七百五十美元，坚持靠原先的预算生活：每天吃饭花一点五美元，娱乐花二十五美分。两周之内我写出了三篇故事，我认为这三个故事至少都和《真相至上》一样精彩，却都没有卖掉。罗杰斯安慰我，说虚构小说市场突然不景气了，大杂志现在更青睐纪实小说。后来我又在霍华德·布朗那儿卖掉几篇科幻故事，但是反感我以喜剧手法写科幻故事的读者太多了，以致霍华德因为我的缘故被解雇了。不过数年后，他竟然写信感谢我让他被杂志解雇。失业后他继续写作，在编剧事业上大获成功。

如今我在空军老友莫顿·亨特的公寓，每月能享受一次美食招待。莫顿已经成了非常成功的作家，他的文章经常出现在包括《纽约客》在内的一流杂志上。他雇我为他的某篇文章做调研。我做完这个工作后，他又建议我接手他的一篇约稿，为《骑士》(Cavalier)杂志撰写"被废弃的发明"。莫顿在如何写此类文章上给我好好上了一课：第一段吊起读者的胃口，最后一段抓住他们的心，把有趣真实的部分留在文章的中间。

我信心满满地回到雷德班克，相信自己靠写文章也能维持生计，再也不用教学生如何使用指挥棒了。（我对挥舞指挥棒的神秘艺术一窍不通，但军旅生涯告诉我，只要自己学会了一项技能，而且比学生稍微高明一些，我就能当他们的老师。）我访谈了一些深陷"被废弃的发明"之中的人，写了一篇文章揭示所谓的发明创造其实不过是些谬误罢了。这篇文章引起了巨大的轰动，全国制造商协会主动提出愿意拿出一大笔钱用于这篇文章的再版，并在全国发行。尽管我一直以来很是反感此类资本主义机构，但我写的是事实，故而用起这样的钱来感觉心安理得。

后来我在纽约市西71号街找了一个更宽敞舒适的公寓，在此开始了从写癫痫病到写两个飞行员首次横向飞越大西洋的写作历程。我的调查工作大多是在纽约公共图书馆里完成的。我的每一篇文章都有杂志购买。3月，《真相至上》[后改名为《真心话》(Cross My Heart)]在《美国杂志》上刊登，后来这篇故事又出人意料地在海外重印了好几次。随着《四万个寻宝人》(40000 Fortune-Hunters)刊载在《王冠》(Coronet)上，我实现了从男性杂志到普通杂志的跨越。杂志主编杰拉尔德·弗兰克劝我再试试，我又写了一篇一个年轻人垄断小麦市场的活泼故事，并成功发表。

不过不久后，我就给罗格（罗杰斯的昵称）·特里尔打电话，说我已经厌倦了写短文。（尽管我刚刚卖给杰拉尔德·弗兰克一篇某人闲聊钻石走私的短文。）"我想写一本书。"我抱怨道，"我厌倦了什么资料都要去图书馆找。"

一周之后，罗格打电话告诉我，他已经帮我跟亨利·霍尔特签了一份写书的合约，是关于飞艇的。只要我写出来的故事大纲获得认可，我就能得到两千美元的定金。一周之内，我搜遍了位于第五大道与41号街交界处的纽约图书馆的书架，写出了一个让霍尔特喜欢得不得了的故事大纲。我知道这个大纲不过是个装饰门面的虚活儿，于是打电话给新泽西莱克赫斯特的美国海军航空站新闻官。结果这位新闻官竟然是贝茜·布莱恩特上尉,我给舒伯特当助手的时候认识了她。她让我一周后到莱克赫斯特,她会为我安排一个面谈。

在此期间,我离婚了,我的生活变得越发复杂。和桃乐茜结婚的十四年中,我们一起度过了许多美好时光,我不会忘记在我带那个黑人上尉进入比洛克西俱乐部后的那段黑暗日子里她是如何坚定地支持我的,以及她是如何纵容我逞莽夫之勇,和舒伯特上校因《请叫我先生》一剧较劲的。

桃乐茜是我所认识的女人当中体格最为强健的,同时她还拥有极高天赋。她有许多特长,包括不同凡响的舞蹈和歌唱天赋。音乐天赋是她基因里自带的——她父亲是军中乐队的领队。她会弹奏的乐器有六种之多,包括小提琴、钢琴、笛子。她还有一种舞者特有的高贵气质。她的身体拥有神奇的表现力,就像约翰·多恩谈起自己所爱时所说的:"你可以说她的身体会思考。"

离婚后,两个女儿留在雷德班克,继续与她们的妈妈一起生活。我母亲也搬到雷德班克了,住的地方离我们的房子仅隔了一个街区。我星期天回去看望女儿们,带她们去百老汇看演出。我还带她们到我喜欢的地方去旅行,如新罕布什尔州的斯夸姆湖。直到今天我依然和她们关系亲密,我跟我那些妙不可言的外孙、外孙女也同样亲密。

只不过,她们的母亲与我的关系不再和谐。我们因为女儿们维持着一种复杂的关系,这或许也是因为我们曾共度过的那段不富足的青葱岁月。

大约在此时,也就是 1957 年末,我连续三天做噩梦,梦见兴登堡爆炸。为了摆脱恐怖梦境,我连着两天写作到深夜,写了一部书最后一章的初稿,洋洋洒洒万言有余。

随后是我人生中最忙碌的五个月。一位新结识的朋友——沃尔特·亨利·尼尔森,劝我写一篇关于"姥爷"乔纳的文章。乔纳创造了在东得克萨斯开采石油的历史。于是,我为这篇文章和其他文章去了很多地方做访谈。关于飞船一书——《天空中的飞艇》(*Ships in the Sky*)的研究工作进展得也很顺利。几名军人跟我讲伟大的美国海军飞艇"洛杉矶"号在1926年那天早晨是如何突然失去控制，头朝下笔直竖立了几秒钟，然后优雅地旋转着，最后肚皮朝上慢慢沉入海中。这几名军人当时就在飞艇上。一开始，他们并不情愿讲自己的故事，因为他们的上级希望这个事件能烂在他们的肚子里，无人知晓。但我引导他们说话，不久就猜到有人可能拍到了飞艇头朝下直立的照片。接下来的每次访谈中，我都会问受访者是不是那个拍了照片的人。最初的五六个受访者都否认了，最后的那个受访者说："你他娘的是怎么找到我的？"

"我有自己的办法。"我故作神秘地答道。然后我劝说这个受访者让我用他拍的那张照片，并向他保证我永远不会告诉海军我从哪儿弄到的这张照片。我发誓我会遵守诺言，而且我说到做到。一开始霍尔特很是反对，他说在一本书里放一张照片很可笑，但这次我毫不让步：这张照片必须放进书里。

我从国外的信息渠道也获悉了不少有价值的资料。在欧洲记者和外国大使馆的帮助下，我一一锁定了在德国、瑞典、挪威、英国和意大利的飞艇驾驶员。在罗马，我找到了翁贝托·诺比尔将军。他给我写了一篇长文，详细地描述了他在北极参加的两场极富争议的战斗，其中包括他和意大利军队幸存人员在北极冰原上度过的史诗般的三十天的点点滴滴，回击了那些只因他是意大利人就罔顾事实，视他为法西斯主义者，而不惜捏造谎言，撰文攻击他的作者。

1957年5月底，我写完了《天空中的飞艇》，这份书稿是我母亲一章一章替我打出来的。罗格打电话祝贺我。两周后他又给我打了电话，这次他的声音兴奋极了，害得我一开始根本听不清他在说什么。"《邮报》！"他大声叫道，"《星期六晚邮报》（The Saturday Evening Post）！没错！他们买下了整整最后一章！还准备做个专题呢！"

一听到价钱——六千美元，我脑海中顿时响起嗡的一声！天哪，我一天挣的钱居然比我在部队当上尉一年挣的还多！当时我认为《天空中的飞艇》只是我事业的一个过渡阶段，我将继续靠写通俗读物赚钱。不过，我坚信最终我还是会回到戏剧和小说创作上。12月8日《星期六晚邮报》在头版特刊了我的文章，题目为《"兴登堡"号飞艇的最后一次巡航》。编辑们把我写的情节原封不动地刊了出来。杂志最后的"背景介绍"部分讲了一个故事,说我还是孩童时有一次看到"谢南多厄"号飞艇从头顶飞过,后来"兴登堡"号飞艇在莱克赫斯特起火燃烧前的几小时,我再次看到"兴登堡"号飞艇从纽约上空静静地掠过。文章写道,这就是促使我写"兴登堡"号飞艇最后几个小时的动因。

几天后,我起程前往华盛顿,准备为一本关于大萧条的书做访谈。我打算做一个专题,写穷困潦倒的一战退伍士兵要求获得应有的退伍金而举行游行的事件。"为了助你一臂之力,"美国陆军杂志社图书分部的维克多·沃克少校向我保证,"我们已经向华盛顿地区的档案机构发出请求,让他们提供相关资料,并和事件当事人取得联系。等你抵达华盛顿时,我们应该有好几个参与过此事的军官等候你的采访。"

在军事史办公室里,我受到一群军旅作家的热烈欢迎。在五角大楼,沃克为我召集了一次陆军部新闻发布会,安排我采访了陆军部长帕特里克·J.赫利和道格拉斯·麦克阿瑟将军。沃克还为我提供了自游行开始到此悲剧事件结束期间的全部新闻剪影,以及《退役军人补偿金法案》产生的背景资料和国家档案馆保存的一些官方记录。

我访谈了五六名当事人后,沃克少校突然建议我写一本关于突出部之役的书。他说,五角大楼的人对于我在《天空中的飞艇》中描写海军军人的写作手法印象深刻。"我们想让你用同样的手法写写我们的军队。"他说。沃克少校答应全力支持我。研究过突出部之役多年的休·科尔博士也同意让我随意使用他的全部资料。

之后,我又结识了陆军准将、情报处处长特德·克利夫顿。克利夫顿准将说,美国和欧洲都会协助我的调查工作。我可以乘坐任何有空位的飞机航班,在单身军官宿舍区和军官俱乐部享受廉价的食宿。在欧洲,美国第七装甲师的指挥官、曾在圣维特打过仗的布鲁斯·克拉克将军迫不及待地帮我牵线搭桥。我还能采访到从普通士兵到高级将领的德国人。克利夫顿将军说,突出部之役打响时,美国人被打了个措手不及,损失惨重。士兵们吓得四处逃窜,指挥官们惊慌失措。"我们对你的全部要求就是说出真相。告诉人们实际发生了什么,仅此而已。"如果我愿意的话,军队会帮我核实数据。

"但一切内容都不会受到审查。"

"我愿意写。"我说道。

〔克利夫顿将军后来成了肯尼迪总统的助手。他把我写的第二本战争史《不是耻辱》(But not in Shame)在空军一号上拿给肯尼迪总统看。肯尼迪总统看完后给我写了一封嘉奖信。〕

我当时尚未意识到,为《天空中的飞艇》所做的那些密集访谈已将我带上了一条崭新的职业道路。到最后,我站在他人的角度上观察自己的一生,不带一丝个人情感。此时此刻,在我的职业生涯即将走到尽头之际,我终于认识到自己人生前四十年的多彩经历教会我如何做一个富有同情心的倾听者,如何去伪存真、明辨真假,而这些能力正是我此后工作所必需的。我最终得到了回报。五十九岁时,我荣获了普利策奖,不是作为小说家或编剧,而是作为历史学家(尽管我上大学期间一门历史课也没修过)。历史,或用我自己的话来说——"活的历史",建立在对经历过历史上重要时刻的人的访谈之上,这成了我之后写作生涯的中心。

第二部分　活的历史

一、新的冒险
1958 — 1965

二、《日本帝国衰亡史》
1966 — 1970

一、新的冒险
1958 — 1965

突出部之役

我卖出自己第一部小说那年,即 1954 年,我的姐姐弗吉尼亚和她的第三任丈夫杰德来到新泽西州雷德班克找我。他们俩是在一家同性恋酒吧相遇的。和我的姐姐一样,杰德也是一名酒鬼。不过,在我母亲的敦促下,他们俩都已经戒了酒。我在一个朋友开的加油站里为杰德找了一份工作,于是杰德和我姐姐在镇子边上一幢干净利落的小房子里定居了下来。一开始的三四年,杰德一直工作得十分出色。为此,他在 1958 年圣诞节还获得了一笔奖金。正是由于这笔奖励,夫妻俩决定好好庆祝一番,这却让他们再次陷入酗酒的泥沼。大约一个月以后,杰德和我姐姐消失了。一直到 1959 年年初,我母亲才了解到他们已经搬到格林威治村去了。几周之后,母亲接到纽约警方发来的一份电报。这份电报将她老人家彻底击垮了,有人发现我姐姐弗吉尼亚因煤气中毒而身亡,杰德也煤气中毒,躺在她身旁,但后来被救活了。

雷德班克当地一家报纸就此事刊登了一则简短的新闻报道,但没有描述具体细节。次日早晨,大批记者和摄影师从附近城市涌到我母亲家的大门口。我大步走出去,果断地拒绝了他们大声嚷嚷着要采访我母亲的请求。然而当我转身关门时,一名记者和一名摄影师却跟在我身后推开了门,准备进屋。我非常恼火，一把抓住那名记者的一只胳膊，猛地推了他一下。他失去了平衡，跌出了门廊。后来，出于同情，一个身材魁梧的邻居来到我母亲家门前，把其他记者和摄影师都劝走了。

那天晚些时候我又接到了从纽约打来的一个电话，询问托兰夫人（我母亲）想把女儿的遗体运往哪里。我知道我母亲如果看到弗吉尼亚的遗体，她会崩溃的，于是我请相关部门把弗吉尼亚在当地葬了，不留姓名。我是基督教科学派信徒，我认为世界上没有死亡，因此也就没有必要举行葬礼来宣告死亡。

几个月之后的一天，有消息传来，说法庭正在审理杰德谋杀我姐姐一案，庭审消息成了当时各种小报的头条。幸运的是，我成功地拦截了打到母亲家里的所有电话，因此我母亲对在纽约发生的这场闹剧毫不知情。一家杂志也想就此事刊登一篇文章，但是被我拒绝了，我没有接受采访。审判的结果是，法官最终采信了杰德的证词——他和弗吉尼亚原本是准备一起自杀的，释放了杰德。就在杰德被释放的当晚，我听一个朋友说，杰德从三楼家里的窗户跳了下去，摔在铁栅栏上，当场丢了性命。

那些日子发生的事情让我刻骨铭心。如今回首，我认为如果我当初不是错误地以弗吉尼亚为耻的话，我本可以帮她。我其实比父母亲更了解她，我八岁时就能一眼看出，弗吉尼亚在希尔赛德网球比赛中受伤是假装出来的，而父母却在安慰她。随着我们渐渐长大，我看见她把偷东西当作儿戏，编起谎言来根本不打草稿。当然，我也发现她保护我时非常勇敢。

或许是弗吉尼亚把魅力和天赋用错了地方，因为她每次犯错，总能找到男人来帮她打圆场；或者是作为一名舞者，弗吉尼亚成名太早；抑或是娱乐圈的生涯让酒对她产生了致命的诱惑力。

现在看来，无论造成弗吉尼亚的悲剧的原因是什么，我当时都没帮上一点忙，我本应抛弃那可恶的羞耻感，给姐姐更多的关爱。家里唯一一个始终如一地相信并支持弗吉尼亚，给予她无条件关爱的人就是我的母亲了。母亲不会做加减法，也不识字，但她一直坚信弗吉尼亚是上帝最完美的孩子。对于这一点，她从未动摇过。

1958年2月初,《天空中的飞艇》一书出版后受到了读者的广泛欢迎,《生活》(*Life*)杂志想刊登一张我挖掘到的"洛杉矶"号飞艇倒立时的照片。他们打来电话征求我的意见。我答应后,因为杂志出版在即,他们请我在半小时内赶出一篇二百五十字的说明文字。交稿后,《生活》杂志做了一件前所未有的事:在两页"图片说明"版面上,斜着刊印了那艘巨大的飞艇,大标题上写着"难以置信的倒立"。还有六家男性杂志也刊登了《天空中的飞艇》这本书中的部分章节,我开始频繁地出现在电视和广播里。刚开始的几次采访还比较令人激动,但很快我对这种机械重复的事情失去了兴趣。还好我接到了五角大楼发来的通知,要我在3月5日去新泽西州麦奎尔空军基地报到,然后起程去德国法兰克福开始着手《突出部之役》一书的写作,我终于得以忘记飞艇一事,继续我的"战争"事业啦!

我被告知必须尽快办理护照。我匆匆赶到华盛顿,通过一个在国务院工作的朋友的帮忙,我填了一张申请表,如实填写了自己曾是一名共产党员,填完后便将申请表交给了那个朋友。我朋友看了一眼就把表格给撕了:"相信我,如果你这么写肯定会被退回来。"于是,他又重新给了我一张申请表。我意识到,如果通过正常的渠道递交申请的话,我就绝不会得到军方的大力配合,而他们的合作对于我撰写突出部之役的故事不可或缺。所以这一次我在申请表中就略去了"1940~1945:共产党成员"这一条。

1958年3月5日下午三点左右,我坐上飞机。差不多飞越到大西洋中部上空时,窗外一片漆黑,其他人都已进入梦乡,我却十分亢奋。多年来,我一直痛恨纳粹,但是现在我即将采访他们,我怎样才能隐藏自己对他们的厌恶之情呢?飞机到达英国上空时天已亮;很快,我们又飞过了法国;最后在德国着陆了。

在法兰克福空军基地,一名年轻的美军少尉和他的司机来机场接我。穿越法兰克福之旅真是让人触目惊心:一个个街区依然是一片片可怕的废墟,这是盟军狂轰滥炸的见证。目睹这一切之后,我再看到衣衫褴褛的幸存者步履沉重地行走在街上时,我对他们的敌意似乎就没有原先那么强烈了。我在海德堡短暂停留之后,司机又开车把我带到位于斯图加特市的美国第七军司令部。

克利夫顿将军在我来德国之前告诉我，我会受到热烈欢迎，果真如此。一名获得过勋章的二战老兵——詹姆斯·哈斯拉姆上尉奉命接待我，他很快把我安顿到了单身军官宿舍。其间，他向我详细通报了已经为采访所做的准备工作的细节，然后请我到他家里吃了晚餐。第二天早晨，在哈斯拉姆的陪同下，我来到布鲁斯·克拉克将军的办公室。克拉克将军仪表堂堂。在接下来的两个小时里，他向我叙述了他在突出部之役中的亲身经历。从他口中，我得知1944年年底，在这场战役中的一个关键时刻，克拉克将军的B作战计划在圣维特成功拖住了冯·曼陀菲尔将军的装甲部队，为美军在西线构筑防御工事创造了宝贵的时机。

当我从克拉克将军滔滔不绝的详细回忆中回过神来时，我几乎精疲力竭了，但是我却感到非常振奋。克利夫顿说得对，哈斯拉姆的确能够给予我鼎力帮助，而且他说到做到。接下来的两周，我采访了很多参加过突出部之役的美国士兵和军官，以及十几名重要的德国军官。没过多久克拉克将军又将我叫到他的办公室，向我宣布："现在你可以准备与我在圣维特用一个装甲师抵抗的男人见面啦，他就是哈索·冯·曼陀菲尔男爵。"曼陀菲尔如今是德国政党的领袖之一，作为一名国会议员在西德首都波恩工作。克拉克将军很快拨通了电话，告诉曼陀菲尔有一名美国作家想要采访他，并提议让我们次日下午一点在美国大使馆会面。他对曼陀菲尔将军的配合表示感谢，之后便挂断了电话。克拉克将军似乎很有把握曼陀菲尔至少愿意和我畅谈三四个下午。

很显然，克拉克将军打这个电话时，曼陀菲尔男爵几乎没有做出什么回应，我估摸着这位出身于一个显赫普鲁士将军家庭的男爵可能会对我很冷淡。

第二天上午我乘火车北上，中午时分到达大使馆并办理了登记手续。吃过午饭，刚好一点时，曼陀菲尔男爵大步走进采访厅。虽然他看起来比我矮小，但是走路却像运动员那样健步如飞。曼陀菲尔年轻时曾是一名赛马骑手，获得过德国五项全能运动的冠军。他在突出部之役中担任第五装甲集团军总指挥。克拉克将军告诉过我，曼陀菲尔意志力过人，精力充沛，他是为数不多的几个敢公然反抗希特勒的人。

曼陀菲尔礼节性地和我握了握手，态度十分冷淡。然后他就在桌前坐下，开始整理桌上的文件，仿佛他在计划着一场战斗，而我只是他手下的一名下级军官。我一看到他这样就很厌恶，这不就是典型的普鲁士人的傲慢吗？很显然，曼陀菲尔认为领事馆派来的翻译水平很差劲，他用英文纠正翻译在介绍自己的过程中的一些用词，他的英文挺不错。

"首先，"曼陀菲尔用清晰的德文开始说道，"我想介绍一下守望莱茵河作战这个计划，你们美国人通常把这场战争称作'突出部之役'。"听他的语气，"突出部之役"这个词似乎很粗俗。曼陀菲尔继续说道，1944年12月16日，三支强大的德国部队想要突破阿登防线——一块横跨比利时和卢森堡的丘陵，这块地很容易让美国人联想到美国的伯克希尔山脉和格林山脉。阿登防线是德国于1870年、1914年和1940年取得战争胜利的通道。德军预计他们将用不到一周的时间，迅速渡过默兹河，最终占领安特卫普。盟军还没从最初的惊吓中回过神时，就会被打得溃不成军，从而立马向德军求和。"三支德国部队中，第六装甲集团军由赛普·迪特里希将军指挥，第五装甲集团军由我指挥，主要由步兵师构成的第七集团军由恩斯特·勃兰登伯格将军指挥。"迪特里希指挥的第六装甲集团军负责北部侧翼的进攻，并主要承担监视莱茵河一线敌军的任务。他将从党卫军中精心挑选并组建一支最精锐的军队，一支令敌人望而生畏的、可以与在苏联前线取得胜利的德军相媲美的军队。此外，迪特里希还会有一支特种部队——党卫军装甲旅，由党卫军上校奥托·斯科尔兹内指挥。斯科尔兹内曾使用大胆的突击战术成功营救出被意大利政府软禁的独裁者墨索里尼，因此名声大噪。在此次被希特勒命名为'格里芬'的行动中，斯科尔兹内将军手下的士兵将穿着美军军装，驾驶美军车辆。他们将占领一座座桥梁，散布一个个谣言，不断发布虚假的命令，制造普遍的混乱与恐慌。

"第六装甲集团军的南部左翼是第五装甲集团军，由我指挥。我有两个任务：首先我的军队将在盟军右翼将美军106师困在德国和比利时东部交界西尼·艾弗尔地区的雪山地带，随后占领圣维特。圣维特是阿登高地中心战略城市巴斯托涅东部最重要的铁路和公路枢纽。其余部队，即三个装甲师和两个步兵师，将迅速通过卢森堡向西尼·艾弗尔南部挺进。最南部是勃兰登伯格指挥的第七集团军,这是三支部队中最轻型的军队,其任务是负责保护第五集团军的左翼。

"后来元首告诉我们,这场战斗将决定我们(德国)的生死存亡:'我要求我所有的战士都奋勇战斗、毫不留情。这场战争肯定十分残酷,一切抵抗都将被恐惧的浪潮所席卷。在祖国最危险的时刻,我希望每位将士都能越战越勇。我们必须把敌人彻底打垮!唯有如此,德国才能得救!'"

我听了后感到脊背一阵阵发凉。接着,曼陀菲尔提高了嗓音:"这就是我们的计划。不过,接下来发生的一切简直就是一场灾难!指挥此次主攻任务的赛普·迪特里希将军,他是元首的老朋友,能力平庸,只配指挥一个连!他虽然勇敢无比,却愚蠢至极。"

发起进攻的第一天,也就是12月16日,由于天气寒冷,迪特里希率领的军队被迫停在罗斯海姆峡谷。这是一条七英里长的通道,20世纪德军已三次经由这条通道直抵比利时。黄昏来临时,道路出现了严重的交通拥堵,第六集团军的队伍一直向东延伸了好几英里,紧跟在被滞留的第六装甲军后面的是斯科尔兹内率领的身着美军制服的特种旅。他们早已全副武装,准备在敌人后方制造混乱。斯科尔兹内派七辆吉普车装载士兵前往美军防线寻找漏洞。随着时间一分一秒地流逝,他们正丧失格里芬行动的最佳时机。几小时后,因未收到先头部队任何乐观的情报,斯科尔兹内知道计划要泡汤了,于是请求迪特里希允许他率领三个战斗群重新换上德军军装,加入战斗。迪特里希虽然非常不满,但也只能点头同意。

1958年3月的那个下午将要结束时,我已经身心俱疲了,但曼陀菲尔将军仍然精神抖擞。"明天同一个时间?"他用英语问我,说完后他微微鞠了一躬,没有等待我回应就大步流星、头也不回地扬长而去。

第二天,曼陀菲尔仍和前一天一样和我一本正经地保持着距离。我把翻译打发走了,希望通过自己的观察来理解曼陀菲尔的一言一行。这位男爵比前一天略显放松,他用流利的英文向我解说美军第七装甲师布鲁斯·克拉克准将的B作战计划是如何冲进圣维特,迅速地构筑防御工事,把他拖了几乎一周的。

这期间我好几次试图询问他和希特勒多次会面的细节,但都被他生硬地打断了。我仍然坚持追问，因为我意识到这是了解秘密计划最好的机会之一，从他口中能了解到这次进攻是如何计划和发动的，为什么同盟国会毫不知情。最后，我的一再坚持让曼陀菲尔很吃惊，他惊呼："看来，对于这些事件，你并没有那些先入为主的偏见！"

"当然不会！"我告诉曼陀菲尔我已经阅读过好些美方对突出部之役的报道，但觉得还应该再听听德方的说法，"我只想知道这场战役为何爆发，以及在这场战役中发生了什么事。"

曼陀菲尔端详着我，仿佛是第一次见我一样，我感到我终于走进他的内心了。随即我说道："克拉克将军跟我说，你是德国国防军中最出色的坦克指挥官。"

曼陀菲尔微不可察地微笑了一下，答道："克拉克将军意志坚强且足智多谋，他虽然只有一个团的兵力，却拖住了好几个装甲师！"这是他第一次在我面前露出微笑。

自那以后，曼陀菲尔将军对我便不再冷淡，他说话开始变得随和起来，不再像一名将军对一名少尉那样说话了。

第二天，曼陀菲尔向我讲述了党卫军第一装甲师先锋部队的指挥官约亨·派佩尔中校的情况。派佩尔中校指挥的军队，是迪特里希那支名不副实的军队中，唯一一支有能力突破罗斯海姆峡谷，从而进入比利时的部队。12月17日午夜，派佩尔正率领部队信心十足地向距荷兰边境只有二十英里飞行距离的英吉利海峡挺进，但是迪特里希指挥的其余坦克部队都远远地拖在后面。

尽管曼陀菲尔的右翼部队在南部圣维特遭到阻击，但是他指挥的其余部队却比派佩尔挺进得更快。到18日午夜，他的一部分坦克部队已抵达巴斯托涅市郊。"此时，"曼陀菲尔说，"我意识到接下来就全看我的了。"

曼陀菲尔北部的派佩尔战斗团很快将面临补给不足的问题，他的南部勃兰登伯格将军的唯一作用是防御南方巴顿将军可能发起的袭击，唯有他自己的装甲军有望横渡默兹河，进而占领安特卫普，但是他首先得攻占当时位于他后方的圣维特。19日，陆军元帅艾尔哈德·米尔希命令曼陀菲尔在二十四小时之内攻下圣维特。迪特里希向希特勒诉苦。"迪特里希说，由于道路堵塞，就连他指挥的第一装甲师都被捆住了手脚。"

"但是，"曼陀菲尔补充道，"米尔希和我一样，都瞧不上迪特里希。米尔希告诉我他会对元首直言此事。"

"到12月20日，"曼陀菲尔接着说，"我指挥的第二装甲师的先头部队已经向巴斯托涅北部挺进了好几英里，正逼近乌尔特河。这条河距巴斯托涅大约五英里。"这里有一座阿登地区最具战略意义的桥梁，一旦越过这座桥梁，挡在德国装甲兵与默兹河之间的就只有美军工程兵和防空部队的几个连，德军通往英吉利海峡的道路便将畅通无阻。"12月20日，我指挥的坦克部队轰隆隆地驶过这座桥梁。"说着，曼陀菲尔将军眼里闪烁着自豪的光芒。

不过，曼陀菲尔随后用右拳猛击了一下左手心，说道："但是位于我们后方圣维特的美军仍然在固守！"虽然不少美军都已经逃走，但还是有不少人数不多的战斗小组在顽强抵抗。北部派佩尔中校的军队正在为自己的生存而战，他们已然没有任何希望占领安特卫普。曼陀菲尔手下大部分军队还在包围圣维特后方顽强抵抗的美军。"你们美国人把它叫作'加固的鹅蛋形防线'。"曼陀菲尔摇了摇头，他从未见过如此混乱的战役，"就在那天，克拉克将军让自己的士兵撤退到防线以内，我终于将圣维特控制在自己的股掌之间，但我没能将克拉克将军控制在自己的股掌之间。希特勒下令，让我再拿下巴斯托涅，这简直愚蠢透顶！"此时，曼陀菲尔已经无法再像一位运筹帷幄的战略家一样冷静地发号施令了。

对希特勒不能面对事实这一点，曼陀菲尔直到现在仍然耿耿于怀。"12月24日，我给元首司令部的约德尔打了电话，告诉他时间所剩无几，目前的局势已经无法挽回，除非立即制订一个全新的作战计划……约德尔回复说元首是绝不可能放弃攻占安特卫普的。我告诉约德尔，如果他们肯采纳我的计划，那么还有希望赢得巨大的胜利。我说我们将从默兹河这一侧向北推进，把盟军全部围困在默兹河河岸东侧。约德尔听了非常震惊。我请求元首给我一些后备部队，我们将攻占巴斯托涅，抵达默兹河，然后挥师北上。约德尔极不情愿地答应将此汇报给元首。第二天，也就是圣诞节那天，约德尔致电说元首仍未拿定主意。我告诉他我急需补充兵员，但他说只能再给我一个装甲师……这完全于事无补。接着约德尔又说道:'曼陀菲尔将军,你要记住,元首不希望你后退半步。前进!而非后撤!'我气得猛地摔了电话。这就是守望莱茵河战役的终结。"

虽然这期间我扮演的只是一个听众的角色,但我比曼陀菲尔更累。整整四个下午,我从德军的视角重温了一遍突出部之役。最后一个下午,曼陀菲尔带来了一张他将要在不久后的总统选举中用到的照片。照片中他身着满是勋章的军服。我笑着说:"你要是用这张照片参加选举,你必输无疑。那些日子已经一去不复返了。"

曼陀菲尔一听扑哧一笑:"你总是这样直言不讳吗?"

"对不住,我通常就是这样。"

"叫我哈索吧。"说完,曼陀菲尔主动向我伸出了手。

后来曼陀菲尔写信告诉我,他的确在竞选中一败涂地,他正退出政坛。我建议他离开北方,搬到慕尼黑南部,找个地方安顿下来,享受生活。

和曼陀菲尔一起度过四天之后,我乘坐火车回到斯图加特。一路上我思绪万千,久久不能平静。曼陀菲尔提纲挈领地讲述了突出部之役的德国版,现在我得将曼陀菲尔的口述和美国的种种版本整合起来。

接下来的八个月里,我还要采访将近八百名突出部之役的幸存者,这其中包括至少七十五名卷入这场战役的平民。我将辗转奔波于美国、英国、法国、西班牙、比利时、卢森堡和德国,行程超过十万英里。以下这些地方将成为我收集资料的渠道:美国国会参议院听证室、波恩的西德参议院大楼、德国达豪集中营毒气室、西点军校、美国纽约市格拉梅西公园玩家俱乐部、阿登地区的一些城堡和牢房、美国五角大楼、路易斯安那州立大学和诺威治大学、比利时的一座板岩矿、比利时斯帕市的浴场、德国蜿蜒曲折的齐格菲防线,以及维尔茨、圣维特、巴斯托涅、克莱沃和西尼·艾弗尔等地的战场。我还将到以下地方去查阅相关材料:美国国家档案馆、麦克奈尔要塞军事历史部门、美国麦克斯韦尔空军基地空军大学、美国国会图书馆、纽约公共图书馆主馆、大英博物馆、不列颠军队历史图书馆、佐治亚州本宁堡美国陆军步兵学校图书馆,当然还有新泽西州雷德班克公共图书馆。

消化了曼陀菲尔口述的整个战役过程之后,我准备用盟军高层与低层发布的军事材料,以及社会各阶层富有人情味的战争故事加以补充。由于我收集到的资料过于庞杂,我开始聚焦最重要的几个部分。首先,我深入研究了德军在北方发动的唯一一次成功的偷袭:派佩尔中校指挥军队突破盟军防线。接着发生的便是臭名昭著的马尔梅迪大屠杀。一个名叫亨利·乔利的当地人向我描绘了马尔梅迪大屠杀的情形:派佩尔中校离开马尔梅迪寻找下一个目标后不久,他从一家咖啡馆门口看见大约一百二十五名美国战俘被赶到一块空旷的平地。这些人都举着双手,像没事人一样说着话,这让乔利感到困惑不解。接着更多的车辆——派佩尔中校的主力由东驶来,并在咖啡馆附近掉头朝南,"后来,一辆半履带式补给装甲车停了下来,坐在后面的一名德国士兵站起身,用手枪瞄准那群战俘开了一枪,立即有一名美国战俘倒在血泊之中。乔利听见一名美国士官喊道:'大家站好了!'那些战俘迅速挤成一团,惊恐不已"。

一辆装甲车猛地刹车,伴随着又一声枪响戛然停下,紧接着是机枪嗒嗒嗒的扫射声。美国战俘呻吟着,尖叫着。有几个受伤的战俘试图爬走,他们最终还是和其余在痛苦中挣扎的士兵一样,全部被德军用手枪打死了。两分钟后,这一百二十五名战俘便成了一大团血淋淋的乱堆在一起的无声无息的尸体。结束了这一切,德国人又开始放火烧咖啡馆,乔利惊慌失措地逃往自己的农场。

结束了对乔利的漫长采访后,我得知这附近有个村子,村里红磨坊旅馆年长的老板彼得·鲁普后来成功地营救了不少美国战俘。于是,我驱车来到这家旅馆,找到了鲁普和他的妻子巴尔比纳,他们俩很热情,愿意和我聊聊。那天下午和傍晚我就在旅馆后面的小木屋里度过,听他们俩讲述在被德国占领时期如何偷偷放走了二十二名盟军飞行员。

鲁普夫妇还讲述了马尔梅迪大屠杀之后发生的事。派佩尔中校战斗群的后续梯队在他们开的旅馆成立了一个指挥所。向我描述自己是如何目睹一名德国中士在旅馆后面处决美国战俘时,鲁普情绪非常激动。当时他朝德国中士大喊:"杀人犯!你已经杀掉了八个俘虏,我亲眼看见你把手枪放进他们的嘴里！"巴尔比纳此时大声地告诉我，正因为她丈夫的这番话，那个德国恶魔猛地给了鲁普下巴一拳，打掉了他的两颗牙齿。接着，一名军官下令把所有战俘枪决，包括他这个"比利时猪猡"。正当鲁普和余下的战俘要被带走时，另外一名党卫军军官说道："放了他们吧。"他在鲁普的背上拍了一下，"这位先生，你说得对，这种对待战俘的方式太可耻了！"他命令那名中士把战俘带到一个房间里，并对中士说道："你想美国人怎样对待你，你就怎样对待这些美国人！"鲁普仍然担心这十四名战俘可能有杀身之祸，于是他让人从自己的一个秘密酒窖里拿来了数百瓶上等白兰地和香槟，大方地送给这些德国人喝。鲁普告诉我，我可以从居住在宾夕法尼亚州阿德莫尔的一名叫作格林的美国上尉那里了解到这件事情的更多细节。

后来，我又采访了当时在场的一名美国战俘。和其他战俘一样，他被赶到隔壁的一个房间。不久之后房门被打开，那时他确信自己必死无疑了。然而，只见一张大脸打量着他，并用英语说道："先生们，你们现在是我的俘虏啦！"说话的人是党卫军中校奥托·斯科尔兹内。格里芬行动被取消后，他就率领自己的一个党卫军旅紧随派佩尔部队之后，并在鲁普家的旅馆里建立了临时司令部。这名美国战俘告诉我，是斯科尔兹内救下了旅馆中余下战俘的性命，并且是斯科尔兹内亲自确认这些战俘没有受到虐待。这名美国战俘还给了我另一个人的名字，这个人可以证实这个说法。他还向我透露，我可以在西班牙找到战犯斯科尔兹内。我问他为什么没人发现斯科尔兹内，并把他遣送回德国呢？他告诉我这是因为西班牙人把斯科尔兹内看作一名大英雄。

我决心找到斯科尔兹内。于是，第二天我便搭乘飞机飞往马德里。那名美国战俘给我提供了一条线索：斯科尔兹内如今在经营废金属买卖生意。我会说一点西班牙语。我花了半天时间走访了不少家从事废金属买卖的公司，但都一无所获。直到我发现一间办公室，门上挂着一块牌子："奥托·斯科尔兹内，工程师。"找到啦！

敲门进去之后，我看见一名身材高大的男士，个头少说有一米八以上，脸颊上有一道明显的疤痕。我自我介绍道："您好，我叫托兰。我在写一本有关突出部之役的书,这本书兼顾了双方的视角。"这名魁梧的男人张开双臂,说道:"我一直在等你!"一小时后,我们到了斯科尔兹内的家。他的妻子不在家,所以这个被称为"最危险的纳粹分子"的人只能自己准备晚餐。我们一直畅谈到凌晨。斯科尔兹内详细地叙述了自己的"英勇事迹"——驾驶滑翔机降落在意大利的一座山上,从那里成功救出被自己国民软禁起来的墨索里尼;当匈牙利海军上将霍尔蒂·米克洛什打算与苏联做交易时,斯科尔兹内绑架了他的儿子并占领了匈牙利政府所在地城堡山。最让斯科尔兹内感到骄傲的是,这些"英勇行为"均未造成大量人员伤亡。例如,绑架霍尔蒂的儿子是受到萧伯纳的戏剧《凯撒与克利奥帕特拉》(*Caesar and Cleopatra*)的启发,年轻貌美的克利奥帕特拉被裹在一块地毯里从而逃脱追捕。斯科尔兹内带着一块毯子来到城堡山,包裹住小霍尔蒂并把他运到飞机场,然后致电他父亲:"你的儿子现在在我手里,如果你不谴责苏联并让我夺取城堡山的话,我就把他交给元首希特勒。"霍尔蒂被迫同意,于是斯科尔兹内带领小分队迅速占领了城堡山,整个过程中只有七人不幸身亡。

我和斯科尔兹内一起度过了两天多的时间,我们主要聊了聊他和希特勒会面的场景以及为格里芬行动所做的训练。当他谈到格里芬行动失败时,突然放声笑了起来。原来,直到战争结束,他才了解到他所指挥的七辆吉普车上身着美军制服的突击队员实际上已经成功打入敌军内部并制造破坏了。其中,有一个小队故意给美军一个团指错路,并更换了路标、扯毁了电话线;另一支突击小队则假装恐慌不已,成功诱导美军掉头撤退;还有一队摧毁了霍奇斯将军和布拉德利将军所在司令部之间的主要电话线。

"我以为这一切都出岔子了!"斯科尔兹内惊呼。我告诉他给盟军带来的最大破坏正是由于他的一个突击队被俘。当这四名队员向盟军情报官员坦白为何他们身穿美军制服后,警报迅速被拉响,广播播报有数千名身着美军制服的德国士兵在后方搞阴谋破坏。希特勒想要传播混乱、制造恐惧的计划得逞了。我还告诉斯科尔兹内,在战争的第三天,巴黎也出现了恐慌。一名激动的警卫队上校坚持让艾森豪威尔将军戴上防弹头盔,因为他得到确切消息:奥托·斯科尔兹内——这名希特勒的爱将,已经派遣好几支身着美军军装的突击队去暗杀艾森豪威尔了。"埃佩尔奈地区发现五个德军伞兵!""盟军最高司令部已经被带刺铁丝网包围!""坦克就停在司令部门口!"斯科尔兹内已经知道,当时那一带的美军卡车和吉普车全被禁止通行,除非他们回答出一些关于美国棒球和电影明星的问题来证明自己是美国人。但是,斯科尔兹内不知道的是,有一些令人惊恐的传闻称,在好几个地区发现了德国伞兵,并且人们预测斯科尔兹内的部队很快将出现在巴黎和平咖啡馆。我告诉斯科尔兹内,一则来自巴黎警方的消息称,他们看见斯科尔兹内与手下穿得像修女和牧师一样背着降落伞滑行。斯科尔兹内放声大笑,看到那张他打扮成修女的照片时他更加乐不可支。我还告诉他,当布鲁斯·克拉克将军乘坐吉普车驶向位于圣维特的司令部时,一名宪兵将他拦下。宪兵问克拉克将军芝加哥白袜队属于哪一个联盟,将军回答道:"国家联盟。"结果,克拉克将军足足被扣押了半天。听到这,斯科尔兹内又忍不住笑出声来。

后来,我又对那些曾经拦截过曼陀菲尔部队的美国士兵进行过数百次采访。我对曼陀菲尔部队驶向默兹河岸的行动了解得更为深刻。我与许多将军都有过对话,其中包括布拉德利、李奇微、柯林斯和霍奇斯。为了获得那场严重拖慢曼陀菲尔部队行动速度的巴斯托涅战役的战况,我曾听马克斯韦尔·泰勒痛苦地回忆自己迫于战事奔赴华盛顿的多舛命运。我也听过后来代替他成为 101 空降师师长的麦考利夫将军的叙述,他对德军发来的劝降信只回复了三个字:"神经病!"这句经典的回复一直传诵至今。

我还去了五角大楼,会见那个从南部攻入巴斯托涅,将巴斯托涅从敌人的包围中解救出来的克莱顿·艾布拉姆斯,他是巴顿将军手下的坦克部队的指挥官。会面那天正是他晋升为将军的大喜日子。他很轻松自然地跟我聊起他成功之前所犯过的错误。谈话期间他接连抽了好几根巨大的雪茄。我向艾布拉姆斯提起之前与我对话的一名 101 空降师的中士描述他驶进巴斯托涅的语句:昂首挺胸站在坦克炮塔上,嘴上叼着一根大雪茄,"大雪茄十分显眼,仿佛另一个坦克炮"。这位新晋升的将军听后忍不住爆发出爽朗的笑声。

我花了好几周的时间采访美国各地的军官和大兵,其中包括第十八空降军指挥官马修·李奇微。李奇微素有"顶尖指挥官"(即便他不是最出色的指挥官,那也是最出色的指挥官之一)的美誉。刚进入李奇微在梅隆研究所的办公室时,我心里还有点畏惧。然而,大约五分钟之后,我们就一起趴在地上研究一幅巨大的阿登地区地图了。李奇微非常坦率,他如实地告诉我当时他哪些事情做得对,哪些事情做得不对。当我提及他在突出部之役中果断开除高级官员的故事时,他对我说:"如果不能按期完成任务,哪怕是我的爷爷,我也照样开除!"一名指挥官犯错误意味着要送掉许多条人命,"这就是为什么我要开除我自己的一些朋友。"

很快,我就开始着手写作了。首先,我根据收集到的材料按照时间顺序列出了一个详尽的提纲。借助这个提纲,我开始填入一系列激动人心的章节(只穿插了很少的倒叙)。我努力让自己身临其境地对外界讲述这些故事。在采访过众多德国人之后,我认为自己已经能够体会德国人对这场战争的态度和情感了,正如我能理解美国人和英国人一样。

1958年圣诞节那天,我躲在雷德班克我母亲房子的地下室里,把收音机调到了专门播放古典音乐的一个广播电台,享受着能够令我与世隔绝的音乐,开始在打字机上打字:

战斗:突出部的故事
第一章 阴云密布的前线
1944 年 12 月 15 日
1944 年 12 月 15 日夜晚,阿登前线寂静而寒冷……

傍晚时分,我已经写了整整十页纸了,故事如泉水一样自然而然地流淌出来。我走出地下室,开车来到新泽西州的一片山地。这里的地貌让我想到阿登地区的群山。第二天我又写了十页。同样,写完后我又来到了昨日来过的山地。这时,这些山地已经覆盖着一层薄薄的雪,宛如德国中部高地西尼·艾弗尔一带的山地。这是一种预兆。

1959 年 7 月,我完成了这本书的写作。我又驱车外出,带着我母亲和两个女儿。这一次我们来到了小斯夸姆湖畔的荷兰小木屋。白天我领着两个女儿划船、登山；晚上回到家我对初稿进行修改。返回雷德班克的路途中我把手抄本交给了罗格·特里尔，他对这本书的兴趣十分浓厚。帮我出版《天空中的飞艇》的编辑格里·西蒙斯已经不在霍尔特出版公司工作，新编辑把我的手稿退还给了我，上面附了一张简短的字条，声称这本书写得很糟糕。罗格建议霍尔特出版公司请格里·西蒙斯担任本书的修订工作。但是，一个多月之后，我告诉罗格，这样行不通，我还是喜欢自己的初稿。我坚信霍尔特出版公司的那名编辑错了。于是，我坚持将两千五百美元预付款退还给霍尔特出版公司，并尝试联系其他出版公司。

大约就在那段时间，我接到一名战地记者的邀请，出席在美国海外记者俱乐部召开的一个会议。会议期间，我结识了许多曾报道过突出部之役的记者。一名小巧玲珑的年轻女士向我走来，微笑着说道："你是约翰·托兰？"随即她自我介绍道，"我是让·恩尼斯，兰登书屋推广部门的负责人。我非常喜欢您的大作《天空中的飞艇》。"她邀请我参加兰登书屋在阿尔贡昆酒店为詹姆斯·米切纳举行的晚宴。想到阿尔贡昆酒店是文人汇聚的场所，我便答应了下来。在晚宴上，让把我介绍给米切纳，我就坐在米切纳妻子的旁边。他的妻子是我见到的第一个日本人，她既和善又很有魅力。晚宴过后我向让致谢，她笑着说："总有一天我要把你推荐给兰登书屋。"

奇怪的是，直到我写到这里，我才意识到让可能是将我推至又一个事业巅峰的恩人。在我们那次会面后不久，兰登书屋的罗伯特·卢米斯打电话给罗格，说他很喜欢《天空中的飞艇》，并询问罗格，我是否有新书准备出版。10月15日，我和兰登书屋签订了合同，并收到了《突出部之役》的预付稿费，比霍尔特给的要多得多。接下来的三个月，我每天大部分时间都是和卢米斯一起度过的，他是一名优秀的编辑。现在我要做的仅仅就是收集一些照片以及绘制一些粗略的地图。

后来，卢米斯建议我试着写点关于太平洋战争前六个月的战事。我觉得这个主意不错。我从未到过洛杉矶以西的地方，也一直想去东方国家看看。于是，1959年3月，我又与兰登书屋签了一份合同，书暂时被命名为《抵抗之岛》(*Island of Resistance*)。

我起程去华盛顿，向那里的空军、海军负责书籍和杂志的机构寻求曾参与过太平洋之战的军官名单。那时五角大楼的工作人员已经跟我很熟了，国防部新闻办在我动身去太平洋之前，为我安排了前往美国各地的免费航班。

6月1日，我来到阿拉巴马州的麦克斯韦尔空军基地进行采访。三天之后，我在飞往埃尔金的喷气式飞机上，给自己放了一个下午的假。第一次乘坐喷气式飞机，那种感觉仿佛是乘坐高速飞行的滑翔机。飞行员问我是否想开一下飞机。我试了试，发现操作过程中并没有必要向右保持压力。"这种飞机没有转矩，"飞行员解释道，"也没有螺旋桨。"后来他们给我颁发了一张印有"喷气式飞机驾驶员"荣誉称号的证书。

之后，我又花了三个月来到美国南部和西部各州进行采访：在得克萨斯州的山姆·休斯顿堡，我见到了许多曾参与过太平洋战争的军人；在新墨西哥州的卡尔斯巴德，我见到了一些曾经跟随防空部队驻扎在菲律宾克拉克基地的士兵。

此时，《突出部之役》的试行本已经发行了，书的背面印的是一张我和曼陀菲尔将军的合照。《王冠》杂志也刊登了一篇名为《突出部的酒瓶》（*The Bottles of the Bulge*）的文章，讲述鲁普营救美国战俘的英勇事迹。最早也是最重要的一篇评论来自星期日的《纽约时报》。这篇评论对这本书毁誉参半："这部书里的对话太多，就像一部历史小说。"不过，评论家接着又补充道："本书聚焦小股将士的英勇行为。故事的叙事前所未有地精彩。"《纽约客》（*The New Yorker*）对书中的叙述还持怀疑态度，甚至还说这只是"托兰先生沾沾自喜的民族热情"。这篇评论让我很难过，因为《纽约客》是我最喜爱的一份杂志。令我欣慰的是，美国士兵的偶像比尔·莫尔丁在《圣路易邮报》（*St. Louis Dispatch*）中写道："这比任何一本战争小说都更引人入胜。正如战斗本身一样，本书情节紧凑、扣人心弦……这是我读过的对美军士兵最精彩的描述了。"

除了以上这些以及其他一些褒扬，很明显，我的这部作品备受争议，它尤其令许多专业学者和知识分子反感。即使如此，抑或说可能正因为如此，这本书才得以销往英国、法国、意大利、德国、以色列和日本。参加过突出部之役的双方老兵给我寄来了不少封热情洋溢的信；五角大楼为此欢欣不已。对于书里描写美国军人杀害德国战俘作为对马尔梅迪大屠杀的报复的场景，美国退伍军人协会矢口否认。然而，当美国军方声明他们已经核查了事实，证明我所写的完全属实之后，美国退伍军人协会还特地寄给我一封道歉信。

多亏兰登书屋的让·恩尼斯，我的名字才有机会出现在报纸上的随笔专栏里。她还把我介绍给一些著名的文学评论家，这其中就包括约翰·巴克姆——他后来成为我的好友。在让的安排和帮助下，我又开启了一段漫长且艰辛的新书宣传之旅——参加一些"新书和作者"午宴，以及一些最棒的电视节目和电台节目。

没过多久，我对来回的奔波感到有点疲倦了，我渴望踏上探索太平洋战事的征程。12月初，让我等待已久的消息终于传来，我将从长岛的弗洛伊德·贝内特机场出发，在加利福尼亚搭乘飞机赶赴夏威夷。我很快就要抵达地球的另一端，开始新的征程啦！我已经四十七岁了，但还是远不够成熟。我感觉我即将开启一段新生活。接下来在亚洲度过的几个月，不管是从自身的职业发展角度还是从地理位置来说，都将比我想象中的收获要多。尽管当时我还没有清楚地认识到这一点，但我已经全力以赴地投入到即将成为我写作生涯中最重要的一部作品中去了。

通往东方之桥

我离开加利福尼亚海岸时，隐约地意识到自己正在开启一段充满艰难险阻和全新挑战的新生活。乘飞机去夏威夷的半途中，有人邀我见见飞行员。"我知道您现在做的事与珍珠港有关。"谈话中，他向我透露他的一名好友曾驾驶过飞行堡垒轰炸机。十二架飞行堡垒当时刚刚抵达珍珠港，日军的第一批炸弹就投了下来。

刚看到瓦胡岛的时候，我试图在脑海中勾勒出十二架轰炸机四处逃命的情景。我在珍珠港附近的军官俱乐部待了一周，采访了大约二十名这场偷袭的目击者,其中最重要的一次是采访太平洋空军总司令艾米特·"罗茜"·奥唐奈将军。奥唐奈将军在菲律宾克拉克空军基地担任轰炸机驾驶员时,日军对克拉克空军基地发动了偷袭。远东空军司令部七个多小时以前就将珍珠港可能会遭到日军轰炸的消息汇报给麦克阿瑟将军,但是降落在机场中的飞行堡垒的上空仍然连一架巡航的驱逐机都没有。

说起这事,奥唐奈将军至今依然怒不可遏。他关上房门,对我说道:"我现在告诉你一件事,但是在我们部队里一个名叫乔治·马歇尔的重要军官死去之前,你绝不能将这件事公开。"我向奥唐奈做出保证之后,他接着说道:"因为这个马歇尔,在战争刚打响的那几天,我的所有飞行员朋友几乎都命丧黄泉。"奥唐奈将军告诉我,1940年下半年,也就是在珍珠港事件发生的十几个月前,克莱尔·陈纳德曾秘密地为中国军队作战。每击落一架日军飞机,他都能获得不菲的报酬。陈纳德汇报称,他已经找到如何击落比任何美军飞机的机动性都要强的日军零式战斗机的方法了。这种战斗机配备的防护装甲很少,因此更轻便。与配备很重的防护装甲的美国战斗机相比,日军零式战斗机的爬升更快更容易。考虑到美军战斗机的重量,它们俯冲时会比日军战斗机的速度更快。因此他建议美军飞行员驾驶飞机时应该俯冲而不是爬升。在发给马歇尔以及陆军航空部队长官的报告中,克莱尔·陈纳德概述了美军飞机从上往下对日军飞机发动进攻最好采用二对一的方式,并称如果美军继续采用原先的战术,那么他们将满盘皆输。

据奥唐奈说,陈纳德刚走,马歇尔就把他的陈述报告扔进了废纸篓。"这就是,"奥唐奈最后说道,"我失去众多好朋友的原因。"

威克岛是我前往东方的长途旅行中的第二站。飞行员十分肯定地告诉我,要逛完这座岛至少需要四个小时,而在此期间,他正好可以修理飞机的一个小故障。于是,我借了一辆卡车和一幅地图。

一座死火山的依稀可见的顶部是一个V字形的环礁。环礁两边狭长,大约都有五英里。狭窄的水道将火山顶部一分为三,三座小岛加起来总面积只有二点五平方英里,和纽约市中央公园差不多大,威克岛是其中的主岛。

我见过许多战地，但是这里却最让我唏嘘不已。被炸毁的炮台、散兵坑以及弹片仍遍布整个珊瑚岛。暮色之下走在荒无人烟的海滩上，我能够想象得出，日军的驱逐舰随着咆哮的海浪声偷偷地驶向海岸。

结束了关岛的两天旅程之后，我搭乘的飞机降落在距马尼拉约五十英里的克拉克空军基地。在接下来的一周里，我乘坐飞机追寻当年日军入侵菲律宾的轨迹。我曾多次说服一名飞行员将自己假想成试图袭击这个空军基地的日本飞行员。在最后一次模拟战中，由于我们降落得过猛，飞机的一个轮子爆了胎，飞机偏离了狭长跑道，一侧的机翼差点擦到了地面。

在一次飞行中，我们来到了阿拉亚特山附近的上空。阿拉亚特山高高地耸立着，仿佛是一个巨型的航标。这座高3867英尺、山锥体向内凹陷的山峰孤零零地矗立在大平原中央。据当地传说，阿拉亚特山顶部的凹陷就是诺亚方舟曾经停泊的地方。飞行员指着附近一条土路告诉我："这就是当年飞行员柯林·凯利坠机的地方。"

我无比震惊，我听说凯利曾因驾驶飞机飞向日军"榛名"号战列舰的烟囱而被授予过一枚勋章。当我向飞行员提起这事时，他说道："我怎么可能了解当时这架飞机发生了什么？"于是，我去查找了记录，了解到凯利在吕宋岛北端附近发现了一艘日军军舰，将一枚炸弹投入了这艘军舰的烟囱。B-17飞机上的全体机组人员都确信这艘日军军舰被击沉之后，他们开始返航。途中，他们遭到日军零式战斗机飞行员坂井三郎的攻击。凯利的通信员因头部被击中而牺牲。接着，飞机左翼的油箱突然着火。后来，日军的又一发炮弹打中了轰炸机的升降舵电缆，飞机突然往地面俯冲。

凯利命令机组人员跳伞，其他人跳伞时他一直试图控制飞机。最后，飞机爆炸起火，坠落在这条土路上。第二十六装甲师的将士在飞机残骸旁找到了凯利的尸体，而凯利身边的降落伞并没有打开。凯利牺牲了自己，战友们才得以逃生。幸存者说凯利的炸弹还炸坏了日军一艘军舰的龙骨，迫使其不得不搁浅。这一事迹被麦克阿瑟将军向外宣扬，于是凯利成为二战时期的首位大英雄。美国政府追授了凯利一枚杰出服役十字勋章，这枚勋章他当之无愧。但是，正如奥唐奈将军所言，与对凯利事迹大张旗鼓的宣传相比，在事发同一天，还有许多其他美国飞行员无比英勇的事迹，但他们却没有得到一点宣传和任何公开赞扬,这种宣传方式不利于提振美国空军部队的士气。

1959年12月25日早晨,我在克拉克空军基地简装的单身军官宿舍中醒来,隐隐约约地闻到了热带地区的花香,感受到一阵令人心旷神怡的和风。我迷糊了一阵子才突然想起今天是圣诞节。我人生的大部分日子都在纽约市和新英格兰地区度过,我从没有在鸡蛋花、一品红和水牛的环绕下度过一次90华氏度(约32.2摄氏度)的圣诞节。我尝试给远在雷德班克的我的两个女儿打个电话,但电话没有打通,于是我决定用工作来排遣乡愁。"炸薯片"沃德博士是第406战斗机中队的一位聪明能干的历史学家,我说服他拐了一辆车带我去见他的朋友托尼·阿基诺。托尼·阿基诺曾是菲律宾的一名准尉,我想向托尼了解一下有关他已经过世的父亲贝尼尼奥·阿基诺的事情。战争爆发时,贝尼尼奥是奎松总统内阁里的一名成员,后来他成为日军建立的菲律宾卖国政府里的主要成员。

第二天早晨,托尼竟然出现在单身军官宿舍里。他还邀请我去他的家里小住几天。在他家,我见到了托尼的同父异母弟弟小贝尼尼奥。小贝尼尼奥还不到三十岁,却已经是邦板牙省的省长了。和乐天知命的托尼不同,小贝尼尼奥行事非常认真,一心投入为人民服务的事业中。他的妻子——他家的女主人和家庭主妇,既非常漂亮又和蔼可亲,后来她当选为菲律宾的总统。在阿拉亚特山阴面托尼的私家湖边,我听托尼讲述引人入胜的故事:他开着自己崭新的车子加入战争。在吕宋岛的前几次战斗中,他的身份是准尉。后来,他跟随撤退的美菲联军逃到巴丹半岛。防线被敌军突破之后,他成为"巴丹死亡"行军中的一名战俘。正当他要被装上火车运往战俘营时,他的父亲——人们所说的卖国贼——赶来了。一名日军告诉托尼,他可以回家了,他却说道:"我告诉过爸爸,我不会离开我的战士。他若是想帮我,就给所有战俘分发食品和药品。"后来,托尼的父亲托人带来消息,他联合菲律宾日伪政府官员,正和本间雅晴将军合作,设法尽快让战俘营中的所有菲律宾人获得释放,"我对爸爸说:'快点吧,爸爸,我们正像苍蝇一样死去!'"

1960年1月3日,我开始研究巴丹半岛上的重大战役。在巴朗牙,我见到了伊洛伊洛省保安部队司令威尔弗雷多·恩卡纳辛中校。他建议我借宿在他家房屋后面一个废弃的鸡棚里,里面有一张小床,床上挂着蚊帐,早晚饭可以去他家吃。我接受了他的建议,接下来的十一天令我永生难忘。

　　在威尔弗雷多·恩卡纳辛的帮助下,我时而步行,时而坐车,环游位于巴丹半岛中部的美菲防线——阿布凯防线。在这里,一条绵长蜿蜒的壕沟依稀可见,让人联想起一战时的场景。好几个农民用棕榈树叶直接在壕沟上搭起了简易的小屋。防线中部区域为纳蒂布山,山上千沟万壑,树木高耸,丛林茂密。这里并未设兵防卫,因为人们认为不可能有部队能跨越杂草丛生的悬崖峭壁和山谷。日军奈良中将曾命令他手下的一个团翻过这座山,与从东海岸沿线公路赶来的另一个团会合,从后方包围美军。奈良看似无法完成的计划成功了,迫使美菲联军撤退。这就是巴丹半岛战役的转折点。我告诉威尔弗雷多·恩卡纳辛中校,我一定要登上纳蒂布山。他虽不情愿,但最终还是同意了,并坚持要求我带上他的装备着步枪和冲锋枪的六名手下。由于要抓住刺手的竹笋才能攀上陡峭的斜坡,四个小时下来,我的双手满是鲜血。但是,即便那个保安部队司令突然要求我们停止继续攀爬,我仍然觉得不虚此行。

　　离开巴丹半岛半年之后,我才从威尔弗雷多·恩卡纳辛那里得知为何当初要让那么多全副武装的护卫陪我一起登山:原来纳蒂布山是反政府武装菲律宾新人民军的藏身之地。那天,我之所以在登山途中被叫停,就是因为一名侦察员发现有好几名新人民军的成员正准备伏击我们。

　　数日之后,我终于登上了巴丹半岛尽头的萨玛特山山顶。最后几场惨烈战斗的战场都在那里。由于不通陆路,我只好搭乘一叶划桨独木舟,沿着西海岸来到萨马特山。接着,我在威尔弗雷多·恩卡纳辛中校的陪同下,沿着东海岸道路驾车来到巴丹半岛的最南端,参观两家美国医院的遗址。在我们接近卡巴卡本的时候,有人指着我,用并不标准的英语大声说道:"尼松!尼松!"

　　"这是怎么回事?"

　　威尔弗雷多·恩卡纳辛扑哧一笑。据报道,美国副总统尼克松在前一天开始对马尼拉进行访问。"他们把你当成尼克松了,站起来朝他们挥挥手吧。"于是,我站了起来,朝大家挥了挥手。我不由想到了自己的母亲,她极其讨厌尼克松。不知道母亲要是看到这种场面会怎么想。

在巴丹半岛上的最后两天最热的那几个小时,我沿着五十五英里的"巴丹死亡行军"路线走,走完了大部分路程。我沿途停下来找水喝时,发现沿途的老百姓中有一些曾冒着生命危险给战俘送水;还有一些人告诉我,他们曾目睹日军开枪打死因疲劳而倒下的战俘;但还是有一些人向我描述日军的善行。

返回克拉克基地后,我从一名在司令部工作的朋友口中得知,一些空军官员对我在巴丹半岛的行为感到十分不满。他们看见我一大清早在一个镇子的水泵前和六七个当地人一起冲澡;在另一个镇子里,我和一名十三岁的男孩在大街上下象棋,那名男孩赢了我,围观的人们都大叫:"卡洛斯赢了美国的象棋冠军!"

我请求搭车去马尼拉,遭到了拒绝。于是,我只能搭乘公交车,跟男人、抱着婴儿的女人、孩子,以及六只鸡、两只羊共挤一辆车。大家都在津津有味地嚼着各自的东西。一到马尼拉我就向美国大使馆求助,但是,那里接待我的人的态度同样也是冷冰冰的。当我请求他们能像以前那样容许我在小木屋里借宿一夜时,他们告诉我已经没有空房间了。

此前,马尼拉已有三名异教军官帮助过我:加夫尼上校、博安南上校、原版"丑陋的美国人"隆斯戴尔上校。当时,菲律宾总统加西亚正和菲律宾军方高层开会,现在我已记不清是谁建议我在会议中途休息时向加西亚总统寻求帮助。第二天上午,我在会议厅外足足等了好几个小时,直到那名热心肠的上校把我带了进去,向总统介绍我,说我是美国历史学家约翰·托兰,特地前来听取菲方对战争的看法。加西亚总统指示军方四名参谋长都要帮助我,具体事宜由毕业于西点军校的拉莫斯少校安排。

1月19日,我和空军历史学家奥雷利奥·里佩托中尉一起搭乘一架破旧的美军留下的轰炸机去参观菲律宾南部诸岛。在此次行程中,里佩托中尉将充当我的导游。这架飞机浑身遍布弹孔,发出奇怪的噪音,但除了我以外,其他人对此毫不在意。在飞机上,他们把一名曾在地下抗日组织工作过的参议员介绍给我。直到飞机在最南部的棉兰老岛着陆,我才结束对他的采访。当我们准备登陆时,一群野狗冲向机场,但这似乎并没有惊扰到任何人。我的邻座向我解释,这就像飞机上的那些弹孔一样,他们对这些现象都已经习以为常了。

1942年3月,巴丹半岛即将沦陷,麦克阿瑟将军终于被说服了,他同意和家人一起离开科雷希多岛。冒着千难万险乘坐鱼雷艇到达棉兰老岛后,麦克阿瑟一家被带到靠近地扪菠萝种植场的机场。我们走访了地扪菠萝加工厂旁的码头。当年,约翰·巴尔克利中校指挥的鱼雷艇曾在此登陆,把麦克阿瑟将军一家人送上岸。

我们的下一站是宿务岛。飞机降落后不久,里佩托就接到通知:菲律宾前总统塞尔吉奥·奥斯米纳想于次日上午见见托兰先生。他漂亮的府邸坐落在半山腰,开车到那里花了几乎一个小时。塞尔吉奥·奥斯米纳个头不高,面容憔悴。支开所有的人之后,他告诉我,自己快要走到生命的尽头了,因此,是时候让世人了解那些所谓的"通敌者"背后的隐情了。1942年,奎松总统在动身去美国之前,把奥斯米纳、劳雷尔和阿基诺三人召集起来,他命令劳雷尔和阿基诺留在马尼拉,与日军周旋。"奎松总统告诉我们,必须有人留下来和日本人一道管理菲律宾,只有这样才能保护菲律宾民众。你一定要让世人知道,劳雷尔和阿基诺并非大家想象的那样,他们不是卖国贼,而是英雄。他们为形势所逼,伪装成叛徒,且决不泄露真相。之后我们都绝口不提此事,一直到现在。"奥斯米纳向我伸出一只虚弱的手,"我希望你能让这一真相大白于天下。"当他得知就在我们会面时,已经有一群记者赶到了,他让我向他承诺:在我的新书出版之前什么都不要说。我深受感动。

我刚迈出房门,等在门外的记者就一拥而上。我竭力想从他们中间挤出去,一名记者向我大声问道:"刚到马尼拉的美国代表团对菲律宾的所有事情都指手画脚,您怎样看待这件事?"

"他们或许应当耐着性子多观察一两天,再表达自己的看法。"我脱口而出,丝毫没有意识到自己已经闯下了大祸。

里佩托和我返回马尼拉后乘船来到科雷希多岛,我们把这个仍然千疮百孔的小岛环游了一遍。第二天,我们乘坐直升机去探访那个著名的隧道。科雷希多岛被袭击时,麦克阿瑟将军和他的将士就藏身于这条隧道里。当地人提醒我们当心隧道里的蛇,不要走得太深。里佩托拿了一支手电筒,我们一直向里深入,直到被军用车辆的残骸挡住了去路。虽然这场战争已经成为历史,但是隧道内部仍然弥漫着一股死亡的气息。我竭力去想象当时的场景:人们听到外面传来低沉的喊杀声,提心吊胆,不知日军何时会突然冲进来。

接下来的两天我一直在不停地采访。在此期间,我听说了吉姆·库欣的英勇事迹。库欣是一名矿工,后来成为地下组织的一名领袖。好几个美国人警告我,虽然菲律宾民众都把吉姆·库欣当作大英雄,菲律宾政府给了他一套房子,但他其实是一个酒鬼、无业游民,讨厌记者采访他,而且喜欢骂人。然而,这些警告只让我拜访他的欲望更加强烈。因为酗酒,库欣目前正在一家医院接受治疗。一名护士告诉我库欣就在最里面的病房。我走到最里面的病房,床上躺着一个男的,皮肤黑不溜秋的,让我想到脾气暴躁的精灵。

"您是库欣上校吗?"我问道。

"库欣是个令人厌恶的酒鬼和骗子,我奉劝你最好离他远点。"库欣回答。

我递上一条美国香烟,说道:"我知道这是库欣最喜欢的牌子。看来,我只能把这条烟送给我的司机了。"

库欣咧嘴笑了,一把抢过香烟。接下来的两个小时里,库欣详细地跟我讲述了自己在战争中的经历。他有一半爱尔兰血统、一半墨西哥血统,曾经是一名拳击手,他把自己形容成"一名该死的酒鬼,魔鬼般的个人主义者"。战争爆发前,他和他的兄长都是采矿工程师。温莱特将军投降日军后,库欣的菲律宾妻子说服库欣隐居山林,静等战争结束,但是最终他还是禁不住诱惑,去宿务整合几支颇为活跃的游击队。库欣被麦克阿瑟将军授予少校军衔。凭借自己的胆识,库欣干了几件颇为传奇的事。其中尤其值得一提的是,1944年3月,日本一名高级海军将领和九名部下在宿务市坠机,被库欣的手下活捉。库欣立即用无线电告知远在澳大利亚的麦克阿瑟将军,说他们还截获了一只装有重要文件的公文包,其中一些文件看起来像是日军的加密系统。他的手下用担架把日本海军将领福留繁运往库欣在山上的藏身之所。缴获的公文包里装的是"Z行动"作战计划,这是日军的最后一根救命稻草,日军企图毕其功于一役,一举击溃对手。

在宿务市的一名日军将领让人带话给库欣,让库欣立即释放战俘,否则日军将烧毁村庄,屠戮百姓。库欣押着福留繁撤往深山。这时,他又收到麦克阿瑟将军的命令:必须不惜一切代价扣押敌军战俘!

这显然不太现实。鉴于库欣手下只有二十五名士兵,而日军又不断向他们逼近,库欣只好派两名手下把那些重要公文偷偷地送到内格罗斯岛上,并电告麦克阿瑟将军:为了避免日军采取进一步的报复行动,他将不得不释放那名日本海军将领。麦克阿瑟将军在盛怒之下解除了库欣的指挥权,并把他降级为列兵。幸运的是,福留繁的公文包最终通过潜艇成功送到麦克阿瑟将军手中,里面的文件成了二战时盟军从日军手中缴获的最为重要的敌军情报之一。

虽然库欣遭到了羞辱,被降级为列兵,且麦克阿瑟将军返回菲律宾后,又对吉姆·库欣追加了更为严厉的惩罚,吉姆·库欣仍然是一名出色的战士,继续演绎着自己的传奇。盟军情报局局长考特尼·惠特尼将军曾一度严厉地批评库欣,但正是由于他的帮助,库欣才得以官复原职,并且在战后获得了一笔可观的奖金,以褒奖库欣为战争的最终胜利所做出的卓越贡献。这笔奖金本来足够他在岛上过一辈子,但是没过几个月他就花光了——库欣在从太平洋到加利福尼亚的过程中举办了一系列庆祝活动。吉姆向我描绘那些宴会时春光满面,然后说他现在被菲律宾人和"一些怪异的美国人"供养着。

几天以后,我说服尼格利陀国王向我讲述他在战争中抗击日军的经历。尼格利陀族人几乎个个赤身裸体,当时美军曾经将他们带到克拉克基地,让他们充当看守,去制止当时十分猖獗的偷盗行为。小偷什么都偷,大到冰箱,小到通信塔上的螺母和螺栓,甚至造成了一个通信塔的倒塌。国王会见我时穿戴整齐,他先把我带到他的小教堂——他们信仰的是基督教中的一个小分支。然后，他拿出自己的弓箭，向我演示他是如何通过伏击杀掉一百多名日本官兵的。尼格利陀国王比我要矮一英尺多，他虽骨瘦如柴，但力大无穷。他赠送我两支箭作为纪念品，并提醒我这些箭尖都在毒药中浸泡过，不过现在估计已失去大部分毒性了。这两支箭和其他纪念品一起，至今仍摆放在我的工作室里，我把它们当作装饰品。

国王的妹夫提出要带我骑骡子穿越克拉克基地西北部崎岖的三描礼士山区。二战时，很多美菲游击队员都曾在那儿建立了自己的战时藏身之处。为了这次旅行，我要付五美元并订阅一年的《生活》(*Life*)杂志。当我结束十个小时的旅程时，我几乎抬不起腿了。见此情形，尼格利陀人个个乐不可支。他们让我成为这个部落的名誉成员。所幸的是，我不需要"入乡随俗"，跟他们穿得一样。

此时，我基本上已获得了自己所需的所有信息。1月31日，我打算返回我在克拉克基地的住所，开始收拾自己的行李。我步行来到司令部，想和大家告别。然而，令我吃惊的是，他们回应我的不是往常的那种冷淡，而是更加无情的冷漠。一名秘书对我耳语道："你遇到大麻烦了，总指挥官将要用船把你送回美国。"她把一份报纸的复印件拿给我看，上面的标题醒目地写着："美国作家猛烈抨击美国代表团。"这分明是一篇迟来的报道，刊登的是我那天从奥斯米纳家里出来后对记者所说的一番话。

"我只不过说他们在大发议论前应该再多观察一两天。"我无奈地解释。

正说着，一名脸色铁青的上校从将军办公室里出来，大步向我走来。我知道我要遭殃了。这时外面传来一阵嘈杂声，几名军官在一名四星上将带领下冲进了房间。"约翰，他们待你不错吧？""罗茜"·奥唐奈将军用洪亮的声音问道。

"很好，将军。"

"我们准备去香港疗养几天，你愿意和我们一道去吗？"

"那当然！给我几分钟，我去拿行李，马上就来。"

在飞机上，我给罗茜将军讲了在奥斯米纳私邸发生的事，他听了哈哈一笑，说道："听我一句良言：不论何时，只说'无可奉告'！"

当飞机在九龙机场着陆时,我由于过度兴奋,忘了看好行李,结果行李被偷了。我不仅丢失了所有的衣物,还丢失了两本记载托尼·阿基诺故事的笔记本。还好其他笔记本我都是贴身带着的。

次日上午,我定做了两件西服、一双鞋、一件大衣和一件风衣。裁缝乔·劳还答应做我的向导,我们一道去采访了一名英国医生。这名医生曾在日军面前掩护盟军战士。后来,我们又参观了香港岛上的防御工事,采访了六七名香港之战的幸存者。

这些幸存者告诉我,1941 年,尽管香港即将沦陷,城里的生活却一如既往:商店照常营业,公交车准点运营,夜总会依然人声鼎沸。然而,1941 年 12 月 14 日,那条号称无懈可击的新界的醉酒湾防线失守了。四天之后,日军的大炮便开始对香港岛狂轰滥炸。

1960 年 2 月 4 日,香港的一家当地报纸发表了一篇文章,对我四处寻求战时资料一事进行了专题报道。这让我在宾馆的前台意外收到了一张奇怪的便条,上面写着:"如果你来访问我,会对你大有帮助。——欧文·霍夫曼。"我不知道此人是谁,但他勾起了我的兴趣。于是,我立马给他打了电话,并应邀去他那儿做客。

欧文·霍夫曼的房间中央摆着一个巨大的箱子,上面贴着一个标签:"马克思的玩具"。"这是我的文件柜。"欧文向我解释。箱子里面堆了数百份文件和信件。欧文告诉我,他最近在城里忙着为电影《苏丝黄的世界》(*The World of Suzie Wong*)准备宣传材料。欧文建议我们一起行动,他可以付所有的饭钱和打车钱,而我只需付小费。他为将美元兑换成港币一事头疼不已。接下来的五天里,我一半的时间都和欧文在一起。他愿意跟着我在香港新界到处寻找战争的幸存者。欧文带我参观了一个我从未见过的香港。我们拍摄了一些电影取景场所的照片,碰到了一些认识现实世界中的"苏丝黄"的人。

当时,欧文经常穿着那件飘逸的黑色日本和服。《时代周刊》上刊登了一篇插图故事,讲述了他在香港的逸事,但有一件事《时代周刊》没有提到,我们有一天把那个装着玩具的大箱子搬上三楼,为当地娼妓的孩子正在举办的一次聚会助兴。我永远也忘不了那一幕温馨的场面。

在香港的第九天，我用完了第三本笔记本，添置了新衣服和旅行包，还交了不少朋友。其中有一个是英国记者，就因为他娶了一个中国人做妻子，大多数英国人都刻意疏远他。他给我列了一份名单，说这些人对我下一站的台湾之旅将会有所帮助。著名的华裔摄影师王小亭（外号"纪录片"）就在其中，他将会教我摄影的诀窍。

第二天，抵达台湾后，我一直和王小亭待在一起。他告诉我当时是如何拍下那幅一个中国宝宝在轰炸中放声大哭的经典照片。看到那个场景时，他就知道这是一个绝佳的取景素材，但是他相机中的胶片刚好用完了，错过了最佳的拍摄时机。他把未冲洗的底片寄给《时代周刊》。当看见《时代周刊》杂志在封面刊出他拍的这张照片时，他自己也被震住了。从那以后，人人都知道并信任"纪录片"。

通过王小亭的安排，我采访了台湾当局副领导人陈诚将军，他是仅次于蒋介石的国民党军方的二号人物。① 在陪同我的两名官员面前，陈诚表现得似乎有点拘谨。我们聊了差不多一个小时，陈诚将军问我是否要用洗手间。当只有我们俩在他的卧室时，陈诚交给我一份沉甸甸的文件。他小声地对我说，这是他的自传，这本书是绝对不可能在台湾出版的，所以他让我带走。于是，我把它藏在我的夹克衫里。

1960年2月12日，我乘坐美国军事空运局的飞机飞往日本，于凌晨四点左右到达立川空军基地。月光下，那些在德国和奥地利曾象征凶兆的防空塔让我想起了雾中的佛塔。我们乘坐参谋部的一辆车来到东京。我虽然不认识任何一个日本人，但是我却本能地厌恶这个国度。然而，接下来的两小时却颠覆了我对日本的印象。我在纽约结识了许多中国人，我非常喜欢他们。我还和一对韩国夫妇成为非常要好的朋友。如今，我看到这些日本人，觉得他们也没有那么令人讨厌，他们和我们并没有太多不同。即便如此，在菲律宾听闻的"巴丹死亡行军"的故事至今还是令我义愤填膺。同样，我也无法忘记日军偷袭珍珠港的事件。

---

① 编者注：原文为 the minister of war, General Chen Chang, who had been head of the Nationalist army under Chiang Kai-shek，较为符合这个音译和身份的应当是时任台湾当局副领导人的陈诚。

我穿过日本的一些村庄：女人们穿着和服，脚下踩的木屐发出嗒嗒声；孩子们手拿小旗子过马路。这不是我在书本上读到的那个日本。等我到达酒店时，我觉得自己仿佛被人精心设计的骗局算计了一样，我在德国也曾有过类似的感受。

　　第二天上午，海军大佐、日本防卫省战史室主任西浦进来到由美国军方经营的山王酒店。西浦进带来两名军官，让我采访他们。听到他们俩愿意向我透露自己所知道的一切，我不由得大吃一惊。我本以为在我获知真相的过程中会遇到一些阻碍，没想到他们和冯·曼陀菲尔将军一样，愿意毫无保留地向我透露战争的细节。

　　事情进展得太顺利了。在酒店咨询处工作的几名士兵——美国空军一级军士长汤姆·罗纳、美国海军陆战队一级军士长艾伦·西多以及二级军士长阿特·希克斯，替我把被采访者接来，并确保咖啡和点心及时得到供应。我当时并未意识到，我已经抓住了最有利的时机：日本人都已做好了充分准备，并且十分渴望说出自己一方对战争的看法。我告诉日本军方，我会把采访记录给被采访者审阅。这样，他们发现了错误还可以及时进行修改。整整四天的时间，通过采访和观察，我对日本军方的了解比从任何资料中所获得的都要多得多。一名军官向我透露，他之所以愿意告诉我这些，是因为我现在不是占领他们国家的敌人，而是一名不带任何偏见的观察者。他还说卸下了这身包袱后，他感到十分轻松。

　　一名下级军官——伊木悠上尉，在犹豫了半个小时后终于向我吐露心声：他是如何用鱼雷击沉英国皇家海军"反击"号战列巡洋舰的。返航后，他和在同一时间击沉了英国皇家海军"威尔士亲王"号战列舰的飞行员一起被兴高采烈的地勤人员抛到空中。但是，正如他所说，他的兴奋感只持续了很短一段时间。第二天，当他乘坐飞机飞越沉船遗址时，他扔下了几束花。伊木悠用哽咽的声音真诚地说道："我并不想发射鱼雷，那是一艘非常漂亮的军舰，真的非常漂亮！"

　　1960年2月20日，一名海军飞行员将我带到名古屋。在那里，我采访了当时想要攻入珍珠港的一艘小型潜艇的指挥官——酒卷和男海军少尉。他作为那艘潜艇上唯一一名幸存者被押往田纳西州的战俘营。监禁时期的所见所闻让他逐渐开始羡慕并且尊重美国人。"对美国人的这些深刻认识,"他说,"仿佛一个锤子在敲打着我整个心灵。"生他养他的日本的整个历史和文化瞬间土崩瓦解了,"这是理智的再生。"现如今他是一名基督徒、一个成功的企业家,"那些日子我告诉自己,是我们发动了战争并且输得一败涂地。我们不能责怪任何人,我们也不应该抱怨,这全是我们的过错,因为我们太软弱无能、愚昧无知。我们必须默默地用双手去重建我们的国家,这是我们唯一的还债方式。"

返回东京后,西浦大佐和他的密友服部卓四郎陆军大佐招待了我。服部卓四郎曾任帝国陆军参谋本部作战科长,他迫不及待地想要一吐为快。西浦很沉着冷静,相反,服部卓四郎则暴躁刚烈。对我而言,最大的困难莫过于记录下服部在急躁状态下所说的一番话,因为大部分都是用日文说的。不过,好在有西浦在一旁非常镇定地用流利的英文及时补充。到了中午时分,我已经感到非常疲惫了。"我才刚开始呢!"服部大叫道。西浦提出下一次让我们在服部的办公室继续采访。

其实,这令人兴奋的一天才刚刚开始。下午,我在山王酒店的"御用"翻译小泉时(小泉八云的孙子)把我介绍给奈良晃将军。奈良晃曾率军突破巴丹半岛上的阿布凯防线。我终于有机会弄明白之前一直未弄懂的一件事,那就是奈良的部队是如何成功翻越纳蒂布山脉的,而我并没有成功地翻越过去。

采访进展得很顺利,但是当我询问武智大佐如何携带着大炮等辎重成功地穿越崎岖的山区时,突然间我的翻译和被采访者之间好像出了什么问题,向来温和的小泉时似乎正在竭力告诫奈良晃。

"怎么了,小泉时?"我问道。

"他在说一些日本军官不应该说的事情!"

奈良将军从他的公文包里掏出《突出部之役》。他指着书的背面印有"关于作者"的那页说:"你,威廉姆斯;我,阿默斯特。英语丢个精光。我们必须公布巴丹半岛的真相。"随即他又叽里呱啦地对小泉时说了一番话,小泉时转头对我说:"他说他和美国总统约翰·柯立芝的儿子在阿默斯特学院上大学时是同班同学,但是,他不应当告诉你巴丹半岛上所发生的事情。"

我看着将军,指指我自己,然后用手势对他示意:"换一个翻译,一两天后就换。"

奈良笑了笑,然后点了点头:"换一名好翻译?"我朝他点了点头。

将军离开之后,我试图让小泉时平静下来,但是我心里已决定找人替换他了。我向小泉时道了谢,随即就把他打发走了。

那天晚上,我跟《华尔街日报》(Wall Street Journal)的伊戈尔·奥根奈索夫约好,一起到新闻巷的外国记者俱乐部里吃晚饭,我们俩相识于台北。伊戈尔告诉我他娶了一个日本妻子,这让我很感兴趣。一同吃饭的还有其他几个记者,包括《麦格劳—希尔世界新闻》(McGraw-Hill World News)驻东京记者站前站长丹·库尔茨曼。

当我正在向他们抱怨我的翻译出了问题时,我看见一名娇小可爱的女子正朝我们这桌走来。她仪态端庄,款款而来,宛如一位公主。我从来没见过这样的美人,在我看到她的第一眼时,我就爱上了她。在我见过的女人当中,很少有人举手投足像她这般优雅。她不仅有着俘获我心的倾城之貌,而且她的声音既柔和甜美又口齿清晰,撩拨着我的双耳。伊戈尔告诉我她叫松村寿子,也是《麦格劳—希尔世界新闻》的记者。她来到我们这桌,想向库尔茨曼提供有助于他目前写作的一些信息。寿子客气地询问我在日本忙些什么,我说我正在写一本关于战争的书籍,"我是来倾听日本人对战争的看法的"。

"要是这样的话,你可能就是唯一这么做的美国人了。"她环顾了一下桌子四周,"其他人通常都只会提五个侮辱性的问题。"我目瞪口呆地看着她。"我能为您做些什么吗?"她接着问道。

我对寿子说了奈良将军一事,她随后同意在工作之余替我翻译。一名空军少校劝说我不要聘用女性做自己的翻译,因为日本人看不起女性,但是我还是和寿子约好了。还好,自他们见面的那一刻起,我就看得出奈良将军对寿子很满意。接下来的几个小时,我和寿子被奈良将军所讲的故事深深地吸引住了。奈良将军告诉我们,他的士兵一路追击美军,追到巴丹半岛时已经精疲力竭,军部命令他对阿布凯防线发起攻击。经过仔细勘察之后,他决定留下一个大队作为预备队,派遣今井大佐的141步兵大队朝沿海公路继续挺进,然后他又命令自己十分信任的老朋友武智渐大佐率第九步兵大队向西挺进至纳蒂布山斜坡,从后方包围美军据点,最终在公路上和今井大佐的部队会合。

日军的炮火袭击持续长达一个小时之后,今井大佐指挥部队开始沿公路前进,武智则扑向丛林深处。突然,美军的炮弹不停地落在今井所部前方的公路上,这令奈良大为惊慌。原来,本间将军手下的情报官提供了错误的信息,美方在这里部署的防线大大偏离了原先预计的位置。这样一来,今井所部就没办法到达距离他们还有三英里的阿布凯防线。为了避开美军炮火的猛烈攻击,今井不得不指挥他的大队转战西面田地。

武智率领的部队在纳蒂布山脉奇怪地消失了,这使奈良将军更加震惊。为了维护朋友的名声,他没有将此事汇报给本间将军,也没有将其记录在自己的战时日记里。

在今井所部为了生存而战时,武智迷路了。武智未能径直指挥所部登上山顶。过了六天,当他们从山脉东侧的丛林中找到出路之后,他们迅速开始攻击一支美军,而这支美军正试图歼灭向东海岸推进的今井所部。武智很快便发现,在混乱之中,他的军队也在攻击友军。于是,他连忙回到奈良将军的司令部,亲自向奈良将军汇报此事。武智衣衫褴褛,精疲力竭。他向奈良将军解释了在山区密林之中迷路的前因后果。

"我准备把你们撤下来做后备军。"奈良说。他意识到,历经此次磨难,武智所部急需一次休整。

武智向奈良将军行了一个军礼,回答道:"遵命!"但是,他并没有按照命令率领部队奔赴休整地,而是决意拼死率领部下一举翻越纳蒂布山。奈良向我们解释,武智之所以会这样做,是因为他错误地认为,奈良把他们撤下来是对他们在山中迷路的惩罚。整整七天,都没有传来武智的音讯,奈良再一次对本间雅晴封锁了这一消息。奈良推断他这个朋友一定在奋力攀登纳蒂布山,于是他命人在山区不同地点投放一些食物。没有人能够联系上武智。最终,武智率领士兵成功穿越这座"无法逾越之山",并一直抵达阿波阿波河。接着,他快速向东插入,向沿海公路推进。美菲联军十分惊慌,匆忙将全部兵力撤退到南部地区。当武智最终向奈良汇报时,他坦承自己和部下已经一周没有进食了。奈良把自己的面包和香烟递给他,然后注视着这个面容枯槁的下属接受采访。报纸上对此事这样报道:武智采用超人的谋略率军翻越了崎岖的纳蒂布山,以迅雷不及掩耳的突袭一举击溃了阿布凯防线。考虑到如果让人知道武智违背了军令,可能会毁了他的职业生涯,于是奈良保持沉默。现如今武智已经过世,奈良想让武智的家人知道他是怎样的一名英雄。

采访结束时,正如当初武智大佐在突破防线后的状态一样,我感到身心俱疲,但是我获悉了巴丹半岛上最关键战役的秘密。感谢寿子,这是我职业生涯中最富有成效的一次采访。奈良将军建议我们抽时间再会面一次,这样他可以厘清细节,解答我的疑惑。

接下来的一周,我白天经常待在山王饭店,或者和服部待在他那热气腾腾的办公室里。晚上我则和寿子去采访一些重要人物,包括武藤伊安伯爵、源田实将军和本间雅晴的夫人。源田实将军是日本航空自卫队航空幕僚长,曾作为一名海军指挥官参与了偷袭珍珠港的行动。

在这不平凡的一周里,我对寿子和她的家庭也有了更多的了解。她父亲如今在新日铁公司任职。由于会说一口流利的英语,他年轻时曾给一家日英语言学校的负责人当过秘书。寿子的爷爷则是一名武士,还教授过日本茶道。寿子的外祖父是一名村长。寿子的母亲是为数不多的日本早期摩登女郎之一。寿子的父母亲都是浸信会信徒。她自己则毕业于惠泉女学园大学,这所著名的女子大学由毕业于美国布尔茅尔学院的河井小姐创立。12月8日,也就是日本偷袭珍珠港那天,是寿子十二岁生日。当她听说这场战争,并在去学校的路上听到军乐声响起时,她并没有觉得日本会赢得这场战争。她家的一个好友——菲利克斯·罗斯柴尔德一直给他们寄《生活》杂志。寿子平常会随手翻阅里面各种各样的汽车和器材的广告,以及阅读介绍美国工业实力的连环画。这些都更加让她坚信:像日本这样的工业化才刚刚起步的小国,想要挑战美国这个巨人,简直就是天方夜谭。

在东京遭受骇人的燃烧弹和凝固汽油弹的轰炸以及后续的袭击之后,寿子一家逃到了内陆。在那儿,日本投降的前一天,寿子的妹妹差一点被一架俯冲而下的美国飞机炸死。在美军占领日本期间,寿子曾为美军干过活,随后获得美国占领区行政救济奖学金（这一项目就是后来的富布赖特奖学金的前身），并被送到美国学习一年。回国后，她先后换过好几份工作，现在是麦格劳—希尔公司的报道煤炭和钢铁的专项记者。她现在的主要工作是给老板索尔·桑德斯当翻译。

我也向寿子讲述了我自己的故事，我告诉她我写作的目的。我还一五一十地向她透露我的第一次婚姻是怎样走到尽头的。目前，我支付着两个女儿的赡养费。等我赚到更多的钱，我打算把她们俩送去读预科，从预科毕业后再送去读大学。我坦诚地告诉寿子我的经济状况：虽然现在我没什么银行存款，但是如果把这本介绍太平洋战事的书加以精简修改，在《瞭望》（Look）杂志上刊登的话，我能得到一笔不菲的收入。除此之外，我还要赡养我的母亲和两个姨母。目前，我的主要任务是筹集研究经费。

连续一个多星期，我和寿子每天晚上一起共进晚餐，我甚至逼迫自己尝试曾经很厌恶的日本寿司。我们一起去看了几场演出。有很多次，我坐在出租车里，不顾那些开起车来不要命、拉着我们全东京城兜圈子的司机的反对，亲吻寿子。

3月的一天傍晚，在我送寿子回她住的小房子的路上，我亲吻了她，问道："你愿意嫁给我吗？"她迟疑了五六秒后，答道："我愿意。"

我和寿子的订婚在我们俩各自的圈子里都引起了轩然大波：寿子的父母错愕不已；我有个好朋友警告我不要犯这么严重的错误。新闻处的渡边和孝博士认定我一定是在夜总会随便找了个女孩子，把我劈头盖脸地训了一番。美国大使馆首席顾问的妻子请我三思，她说："你至少应该让来栖夫人先会会这位寿子吧。"来栖夫人是一名日本外交官的美籍遗孀。日军偷袭珍珠港当天，这名日本外交官曾和海军大将野村一道，向美国国务卿科德尔·赫尔递交了最后通牒。

我和寿子在山王酒店和来栖夫人一道享用了一顿令人愉快的晚餐。饭后，来栖夫人告知众人，寿子是我最合适的妻子人选。得知寿子是自己结婚时的伴郎的女儿之后，渡边博士讶异不已，发自内心地赞同我们俩喜结良缘。

得知我需要以前离婚手续的原始文件时，我致电我的律师莫特·艾布拉姆斯,他又打电话给我的母亲。老人家在电话那头沉默了很长一段时间,之前她就不赞成我和桃乐茜的结合,如今她也不喜欢寿子,这并非因为寿子是亚洲人,我母亲不是一个种族主义者。其实,无论换作谁,即便是美国基督教科学派的创始人玛丽·贝克·埃迪,母亲也多半不会同意。而且,我觉得要想让我的两个女儿玛西娅和戴安娜接受一个新的母亲也需要一些时日。尽管有这些顾虑,但我对迎娶寿子一事从未动摇过,因为我相信寿子能够理解并分担我将为之奋斗终生的工作。当我告诉她我为了收集资料,不得不辗转多地时,她丝毫没有畏惧退缩的想法。最重要的是,对于摆脱民族偏见、挖掘战争真相,我和寿子有同样坚定的决心。

寿子的父母听闻我俩的事大为吃惊。这并非因为我是美国人。他们老两口有很多美国朋友,他们担心的是他们的女儿要远走他乡,再也不回来了。此外,我的年纪比寿子大很多,只靠写作谋生,要知道这在当时可是日本最底层的职业之一。我和寿子父母见面的约定好几次都落空了,后来寿子的妹妹英子和她的丈夫——一名精神科医生,代表他们的父母与我会面。英子和她的丈夫对我都比较满意。我们最终定下了见寿子父母的日期。寿子的父亲用纯正的牛津英语向我表示问候,这让我着实吃了一惊。

他穿得非常正式,一开始他问了我一些作为一名父亲想知道的问题:"你当时为什么会离婚?"

"我和我的前妻是两个世界的人。她是舞蹈家,而我是作家。"

"你有能力养我的女儿吗?"

"有,先生!"我信心十足地回答,"问题总是有解决办法的。"

寿子的父亲松村先生一直和我有一句没一句地聊着,直到他的妻子织江接过话茬。织江就坐在我的旁边,让我想到丰满的女神。她几乎不懂英语,所以她说得很慢:"你——要——让——寿子——幸福。"

我兴奋得想要亲吻寿子,但发现现在还不是时候。很明显,松村先生也感到很宽慰。当我把我在美军福利社中购买的一盒高尔夫球送给他时,他十分高兴。寿子以前对我提过,她爸爸是一名忠实的高尔夫球迷,他还是日本第一家高尔夫俱乐部的创始人之一。"啊哈,"他拿起一个高尔夫球说,"这是美国的大高尔夫球!"

我的离婚文件还没有寄到，但是定在1960年3月12日，我们的教堂婚礼的前期准备工作已经开始了。3月10日我终于收到了离婚文件。同时收到的还有一张便条，上面说，我母亲担心我会要回她的房子，找到了我的律师莫特，莫特告诉我母亲她应该相信自己的儿子。我搬到了东京大酒店。第二天，在寿子的老板索尔·桑德斯的帮助下，我和寿子在美国大使馆领证结婚。喝过香槟之后，我和寿子又乘车来到不远处的寿子户籍地的区役所进行结婚登记，整个仪式大约只花费了十美分。

接着，我们又在浸信会教堂举行了第三场仪式。当天下午的结婚喜宴在一个宽敞的工会大礼堂里举行。到场的客人大多数是日本人。我也邀请了一些美国朋友，包括记者。我和寿子坐在主桌的上席，两侧坐着两个媒人——一对日本夫妇。客人们坐在其他桌享用美食，喝酒聊天。两个媒人向大家介绍寿子从小至今的生活之后，婚礼仪式正式开始了。两个媒人邀请在座的客人做点补充。一个老师说，寿子在文法学校时是一个完美的学生；来自惠泉女学园大学的客人向我们讲述了寿子在学校里曾做过的那些令人佩服的事情；其他朋友也描述了寿子是怎样舍己为人做好事的。

随后，男性媒人邀请我的朋友来说几句话。一个记者站起来，跟大家讲了一则有趣的故事。他绘声绘色地叙述了我是如何从一个不愿意承认事实的美国参谋口中套取真相的。在座的美国客人都放声大笑，但是日本客人听了却大吃一惊。另一个美国朋友站起来说了一则关于我的笑话，这一次把日本客人也给逗乐了。接着，寿子的一个日本女性朋友讲了寿子和她的同学在二战的最后一年整天都在为日军熨烫制服时的糗事。这又引出了另一个故事：寿子想试试从运送衣物的滑道滑到一楼是什么感觉，不料却撞上了自己的老师。时间过得很快，喜宴结束后，我和寿子在日航饭店安顿下来。这家酒店的档次虽然没有东京大酒店高，却因一名日本女歌手的歌曲而闻名遐迩。

3月15日，我和寿子的蜜月之旅结束后，我动身前往立川，准备搭航班回家。寿子坚持暂时留在日本，直到她能够找到合适的人接替自己的工作。一坐上美国军事空运局的飞机，我就开始回想在日本的三十一个日日夜夜。

现在,我又多了许多写满的笔记本、相片和地图。我成功地采访到一些重要的战争幸存者,我诧异地发现自己相信他们所说的一切。我刚到立川时,心中满是对日本人的痛恨,思索着怎样才能从他们口中挖掘出战争的真相,但是我后来发现,这比我在德国时要简单得多。和德国人相比,我和日本人相处得更加和谐。这些日本人在自己内心的呼唤下,愿意不计后果地向我吐露他们所相信的真相。

我有这样一种感觉,仿佛我真真切切踏入了一个新世界。偶然的事件接二连三地发生,仿佛是命中注定一般。命运将我带到外国记者俱乐部,而命运又将寿子带到我的桌前。我知道在我面前出现了一座桥梁,它不仅通向东方,也通往以前从未到达过的自我认知层面。

努力,努力,再努力

1960年春的那两个月,寿子还没到纽约和我一起生活,我又进行了几次采访。这些采访对我大有裨益,让我的作品更加丰富多彩、充满活力。在西海岸,我设法找到了"抖动的比尔"·布拉德福德。他是一名飞行员,在战时负责短途客机服务,也就是驾驶被人们称作"竹舰队(Bamboo fleet)"的飞机来往于巴丹半岛、科雷希多岛和德尔蒙特之间。这些"竹舰队"都是一些破旧的军事飞机和私人飞机。为了弄到金鸡纳树(金鸡纳树的主干皮可以提取奎宁)的种子,比尔曾冒着生命危险驾驶飞机把亚瑟·费希尔上校从科雷希多岛运走。患有疟疾的太平洋美军官兵需要奎宁。一个月之后,也就是日军降落在班乃岛的那天早晨,比尔又勇敢地把后来担任菲律宾外长的卡洛斯·罗慕洛上校从伊洛伊洛省营救出来。

1942年,科雷希多岛遭到了猛烈的轰炸。比尔接到命令,将急需的药物运往科雷希多岛。但是,比尔手上的飞机只有一架老式的贝兰卡。比尔知道,这架飞机能够成功飞达科雷希多岛的概率为零。即便如此,他还是接受了这项任务。他想出了一个法子:他驾驶飞机以每小时八十英里的速度缓缓地从敌占区上方飞过,最后神不知鬼不觉地降落在科雷希多岛的飞机场。他在马林塔隧道见到了温莱特将军。温莱特将军说,尽管岛上一万三千名士兵中只有极少数人有希望获救,但是战士们的士气仍然高涨。比尔苦笑着告诉我,官兵们最爱的一首歌就是《我在等候永远不会驶来的船只》(*I'm Waiting For Ships That Never Come In*)。

其中最动人的故事之一是关于马林塔隧道里一名无线电通信员欧文·斯托宾下士的。日军的连续炮击所投下的炮弹已经毁坏了他所负责的大部分电话线路,他只能直接发电报给隧道西面出口的无线电发射机。斯托宾仍然和位于火奴鲁鲁的电台保持着联系。1942年5月6日,他发送了温莱特将军在附近起草的最后一封给罗斯福总统的电报:

> 我怀着悲痛欲绝的心情,低垂着悲伤的头,但并没有感到羞耻。我向阁下汇报:今天,我不得不起草马尼拉海湾诸岛防御部队的投降条款……

当消息传来,说温莱特将军和几名官员正驾驶一辆车朝丹佛山顶驶去,准备向日军投降时,斯托宾在键盘上敲下了自己人生中的最后一封电报:

> 我的名字是欧文·斯托宾。请把这封电文转给我的母亲米妮·斯托宾夫人。她住在纽约市布鲁克林区巴比街605号……我爱爸爸、乔、休、马克、卡里、乔伊思和保罗!我爱全家人和我的朋友们!愿上帝保佑他们!希望我回到家的时候大家都还健在。告诉乔,无论他在哪,都要为我们痛击敌人。上帝保佑你们……

我还采访了在《生活》杂志任职的卡尔·迈登斯。当时他听说日军在头一天晚上已经登陆仁牙因湾,港湾里到处漂浮着死尸,海滩上也铺满了日本士兵的尸体。他在指挥部听说这场疯狂的战争仍在持续,于是驱车前往海滩,却发现海滩上并没有尸体,也没有任何战斗过的痕迹,只有为数不多的菲律宾士兵坐在自己的武器旁休息。

一名美国少校微笑着说:午夜时分,有士兵发现几个黑色影子正在靠近阿格诺河河口(后来我才知道原来那是前来侦察的两艘日军小型摩托艇)。

于是,这个地区的所有美菲联军的枪炮,大到155毫米的大炮,小到手枪,一齐开火,仁牙因湾顿时陷于一片火海之中。

迈登斯返回马尼拉时,其他记者都在忙着向各自的报社和杂志社发送大捷的电报。迈登斯一把拉住麦克阿瑟将军手下的新闻主管勒格兰德·迪勒少校。"看看我拍的这张照片,"迈登斯抗议道,"我刚去过仁牙因湾,那儿压根儿就没发生什么战事!"

迪勒指了指他刚刚向新闻界大声朗读的那篇公开战报,说道:"这份公开战报就是这么说的。"

采访结束时,卡尔把他在仁牙因湾拍摄的一片平静的海滩景象照片递给我看,说道:"用这张照片吧,并带上我对和平的祝福!"

1960年5月中旬,寿子乘坐飞机来到纽约,她带来了她的衣饰、一只装有穿着和服的大洋娃娃的玻璃箱子、一台留声机、一台和便携式打字机差不多大小的录音机。到了纽约后,寿子向我提了个要求——去百老汇观看电影《窈窕淑女》(*My Fair Lady*)。这部电影和她想象中的一样妙不可言,但是我们入住的宾馆却不尽如人意。宾馆里的蟑螂不仅数量众多而且非常猖狂,我们只能尽量少待在那个蟑螂竞技场里,大多数时间我们宁愿去纽约公共图书馆主馆查找资料。

我和寿子去雷德班克小住了一阵子。我的母亲对寿子的态度非常冷淡,但她还是礼貌性地为寿子举办了一次小型欢迎派对,并主动教寿子如何使用刀叉。之后,我们俩迫不及待地离开雷德班克,前往华盛顿进行为期三周的资料搜集和采访工作。6月底,我和寿子、母亲以及我的两个女儿一道去新罕布什尔州。这次,我租了一套距离大斯夸姆湖只有几百码的房子,租了7月和8月两个月。房子后面有一个小平房,我和寿子就住在那里,这样我就可以继续写作了。

这是个非常适合游泳的好地方。我刚教会了寿子游泳,她立马又学会了滑水。虽然在水中嬉戏一直令人开心,但是楼房和平房之间的关系却越来越紧张,吃饭时我们常常因为口角而搞得不欢而散。尽管如此,我的写作依然进展得很快,到8月初,我已经写完前三百页了。和往常一样,我按照时间顺序列出一份详细的提纲,把我所知的所有情况先填充进去,根本没有考虑过修正或删减。修正和删减应该是第二稿时要做的事情。

寿子喜欢我写的东西。当她看出我已经心力交瘁时，就想方设法拉我出去放松一下。一天下午，我母亲要了我已经写完的稿子读。第二天早晨她出现在我们住的小屋门前，一脸严肃地让我到她住的大房子里去一趟。我听从她的吩咐，到了大房子里。这时，母亲告诉我，她所读到的东西完全没有达到我应该具备的水准，写得一塌糊涂。

母亲在房子里生了火，我热得直冒汗。返回我所住的小屋之后，我告诉寿子我不想再住这里了，虽然我们理应一直住到 8 月底。我建议我们马上离开，到纽约市里找一套公寓。我很清楚我写的东西并不差。

在纽约西区第 79 号大街，我们找到了一套令人满意的公寓。公寓里有一间大客厅，铺着漂亮的红木地板。虽然卧室很小，床离通往厨房的过道只有一码远，但我知道我可以在这儿安静地写作了，因为这儿是只属于我和寿子的二人世界。寿子不会做饭，所以我只能自己下厨，做自己最喜欢的一道菜——金枪鱼。我总是先吃完，然后马上就开始工作。吃了一周的金枪鱼之后，寿子就开始向日本朋友请教如何做菜了。我写作时，寿子就不厌其烦地在电话里和朋友讨论当天的食谱。过了两个星期，她的厨艺就远远超过了我。

不久后，我的第一稿完成了。寿子帮我打印了一份清样。鲍勃·卢米斯读后觉得不错，于是便开始了编辑工作。我们合作得很愉快。1961 年初，最后一稿修订结束。我寄了一份给《瞭望》杂志。正当我们快要入不敷出时，罗格·特里尔通知我们：《瞭望》将选刊我书里的三个部分。这意味着我的下一部书有更多的研究经费了。

最近我和五角大楼里的一个工作人员聊天，他曾经引导我走上军事历史写作这条道路。他向我提到，虽然一些专业期刊对我的论著指手画脚，但是军人们却对我的书爱不释手，因为里面写的全是真相。他还向我讨教写作的诀窍。

这让我想起一个词，"我想你可以把它称作'活的历史'"。我只是按照编剧波特·艾默生·布朗教我的方法去做:俯身凝视我书中的各个人物,让他们做自己应该做的,说自己应该说的。唯一的区别就是,我书中的人物都是有血有肉的真人,而非我想象的产物。我只是一名中立的观察者。"这真的非常简单,我要做的就是记录。"事实上,真实的情况要比这复杂得多:我要不停地对收集来的资料进行整理、分类和删减;我要把事实和编造的情节区分开来,辨别哪些是真正发生过的,哪些是媒体公开报道的或官方公告、声明中报道的事件。我尽量不掺杂个人的观点或解读。换一种说法,就是避免用个人的道德观去绑架事实,或做一些挖掘事件背后"意义"的无谓举动。同时,我也吸取了一个宝贵的教训:永远不要写"半真相"的东西,因为"半真相"其实就等同于"半谎言"。

1961年9月12日,《不是耻辱》的第一部分刊登在《瞭望》上,顺便也给这本即将出版的重量级新书做广告。两周后,兰登书屋推广部的让·恩尼斯打电话给我,说《柯克斯书评》(*Kirkus Review*)发表了一篇热情洋溢的预售书评。让·恩尼斯还告诉我,沃尔特·温切尔——一位当时极具影响力的著名评论家,对我的书给予了充分肯定。"他所做的调研工作,"温切尔写道,"是相当多的……你可能会觉得托兰先生将大肆渲染对日本人的憎恨,但是他并没有……他把这本书献给他的翻译——一个名叫松村寿子的可爱女子……他不仅把此书献给她,他还娶了她。"

周五,我的新书出版了。《纽约时报书评》在头版刊登了一篇热情洋溢的评论。美国军事战争史学家塞缪尔·马歇尔在《纽约先驱论坛报》中这样评论道:在强调战争中的人性方面,托兰先生举世无双。

在为这些书籍付出了辛勤劳动之后,我终于能够享受一下随之而来的赞誉了,我不再是人们口中的"有潜力的作家"了。我第一次觉得,波特·艾默生·布朗和马克·里德会真心以我为傲。即便后来我获得了普利策奖,也没有现在这般兴奋。这种事情在人生中只会发生一次。我终于成功了!

我沉浸在名誉带来的欢愉中,但我觉得这才刚刚开始,并且我始终认为当我存够了钱以后,我就能够回归我所热爱的事业——创作戏剧和小说。

当我回首这条漫长而艰辛的成功之路时,我在想,吃了那么多次闭门羹，犯了如此多的错误，是什么推动我一直前行的呢？当年我告诉父亲自己花了一个夏天的时间扒货运火车时，父亲骂我是"托兰家族最他妈愚蠢的傻子"。后来，父亲又说我一直坚持写没人读的戏剧和小说真是愚不可及，并质问我为什么要站在美国白宫门前抗议、到处兜售《工人日报》。当父亲对我说这些话时，我并没有发脾气，因为我知道他其实并无恶意，他只是担心我的未来。现如今父亲已经去世了，他再也没法分享我的成功和喜悦。我还是像老样子一样坚持着，难不成是我身上的爱尔兰血统让我跌倒了之后不停地爬起来，还是我遗传了苏格兰人的固执特性？抑或是这两者兼而有之？

1961年年底，我迫不及待地想要开始下一本书的写作——关于20世纪30年代的十三个月里，约翰·迪林杰和他的同伙在美国中西部引起恐慌的故事。

大盗迪林杰横行的时代

刚完成《不是耻辱》的初稿，我和寿子就即刻投入下一个课题的撰写之中去了。1960年，兰登书屋的鲍勃·卢米斯建议我写一本关于约翰·迪林杰的书，这一想法十分吸引人。人们对大萧条时期横行于美国腹地的惊天大盗的印象主要来自讲述雌雄大盗的电影《邦妮和克莱德》(Bonnie and Clyde)。这部电影十分精彩，却和现实有些出入。真实的人物远没有扮演他们的那些魅力十足的演员帅气，他们要远比这些角色狡猾邪恶。我作为一名流浪者和搭便车者在美国中西部游荡的第一年，曾被警察逮捕，他们将我误认为大盗迪林杰。我告诉卢米斯我愿意重温20世纪30年代那段十三个月的时日，搞清楚迪林杰和其同伙——诸如玛·巴克和她的两个弟子邦尼·帕克、"帅小伙子"弗洛伊德，以及机枪手凯利——是如何搅得当时的美国人心惶惶的。兰登书屋的合伙人班尼特·瑟夫也喜欢这一创意。于是，我们当场签订了一份合同。

我写信给当时的美国联邦调查局局长约翰·埃德加·胡佛，想请他为我采访联邦调查局特工提供方便，但是我只收到一封胡佛局长下属给我写的回信。信上说,联邦调查局不允许特工接受采访,也不允许媒体披露他们的姓名,因为这种做法会危及他们的生命安全,还会影响他们执行任务。我并没有放弃,而是通过自己的努力找到了住在康涅狄格州的一名前联邦特工。他曾参与迪林杰一案,但之后就辞职了。这名特工很乐意告诉我当初他为何离开联邦调查局,但是他不愿意公开他的姓名。他后来向我提供了一名住在加利福尼亚的,也是中途离开联邦调查局的特工的住址和姓名。

1961年3月,我和寿子收拾了些衣物、笔记本、录音机还有其他用品,把它们装进一辆旧的福特车里,动身前往芝加哥。到芝加哥的前两周,我的大部分时间都花在搜集迪林杰在芝加哥犯下的罪行上,而我的主要信息来源是迪林杰专案组的警长弗兰克·雷诺兹。迪林杰专案组是当时为了不惜一切代价追捕迪林杰而成立的。弗兰克·雷诺兹警长是一名爱尔兰人,声音沙哑,一对蓝眼睛透出冰冷的光芒。雷诺兹警长向我和寿子讲述他是如何在一对一的搏斗中杀死十二个危险的犯罪分子的。他从抽屉里拿出自己的枪,枪柄上刻有十二道刻痕。"我现在很想刻上第十三道刻痕!"他对我们说。

弗兰克向我们讲述了当时的细节:他独身一人突袭迪林杰的藏身处,杀死了三个歹徒。事发后整整四个小时,专案组都认为这三人是大盗迪林杰及其主要同伙约翰·汉密尔顿和哈里·皮尔庞特。其实他们是另外三个人。突袭时,迪林杰其实就在半个街区以外。

我们还找到了传奇剧院的经理。1934年7月,当迪林杰和他的两名女友(其中一个就是将迪林杰出卖给联邦调查局的"红衣女郎")出现在传奇剧院时,迪林杰遭到警方伏击并被击毙。剧院的经理名叫查尔斯·夏皮罗。他告诉我们,当时奉命追捕迪林杰的美国联邦调查局小队队长梅尔文·珀维斯买了一张戏票,然后在戏院大厅里到处走动,这引起了他的注意。接着,剧院的电器修理工在小巷里检查空调制冷系统时,也注意到在一条狭窄过道里站着一名男子(联邦特工),小巷里停着一辆轿车,里面坐着四名男子(也是特工)。看到这名修理工被吓得惊慌失措时,经理连忙把他锁进锅炉房里,告诉他自己会处理的。随后,售票员也向经理汇报,说她发现剧院外大约站着十名可疑的男子。于是,经理拨通了谢菲尔德大街警局的电话。

几分钟后,两名便衣警察就赶到了。(剧院里前一年曾发生过两起持枪抢劫案,经理亲自捉住了一名歹徒。)便衣警察正要对"红衣女郎"的男友迪林杰进行搜身。迪林杰本应独自走出剧院,此时他却带着两个女伴往外走。后来,珀维斯来到夏皮罗的办公室里打电话给胡佛局长,夏皮罗则夺过电话,气愤地埋怨联邦调查局胡佛局长事先没有通知他。夏皮罗一直拒绝接受任何记者、作家、电台或电视台工作人员的采访。我猜想他之所以愿意跟我们聊起这些细节,大概是因为我和寿子大老远地坐公共汽车来看望他。

我和寿子后来又去了库克郡停尸房。库克郡停尸房禁止私人参观,但是在我们的软磨硬泡之下,工作人员最终还是放行了。管理人员坚持要向我们展示一下,迪林杰的尸体是如何被处理的。这里每隔几分钟就有尸体送进来。看到那些尸体以及闻到尸体散发出的刺鼻气味,我几乎要呕吐出来,脸色也变得苍白。当年,迪林杰的尸体被运来时,警方曾指定一名法医验尸。这名法医和迪林杰的尸体一道出现在媒体镜头中,作为《论坛报》的新闻素材。我们找到了这名至今还有许多人记得的法医。

我们接下来的任务是弄清楚轰动一时的迪林杰逃离印第安纳州克朗波因特监狱一事的原委。据传当时迪林杰持有一把木头枪。印第安纳州检察官罗伯特·埃斯蒂尔给我们讲述了这起案件的前前后后。迪林杰被捕于美国亚利桑那州图森市。他被押送到芝加哥机场时,亚利桑那州和伊利诺伊州的武装警察都在恭候着他,其中包括芝加哥迪林杰专案组里的八十五名工作人员。

迪林杰被带到克朗波因特警察局局长办公室。克朗波因特警察局里挤满了前来采访的记者。为了吸引这名银行劫犯的注意,这些记者朝他大喊大叫。大家都把他当作社会名流一般,他也颇有名流的范儿。据埃斯蒂尔回忆,迪林杰还算友善,就是有点摆架子,仿佛他感觉自己比房间里的任何人都要高出一等。紧接着一名摄影记者开始录像,埃斯蒂尔称,镜头里他当时站在迪林杰左边(实际上他站在右边)。他承认自己看起来十分疲惫而且面带窘色。迪林杰另一侧站的是莱克郡女警长莉莲·霍利,她长相十分迷人。一名自由记者对埃斯蒂尔喊道:"鲍勃(罗伯特的简称),抱住迪林杰!"

埃斯蒂尔告诉我们,他当时没听见这句话,但是迪林杰听到了,所以当检察官对霍利警长说话的时候,迪林杰很冒失地把自己的右肘子搭在埃斯蒂尔的肩上,仿佛他们俩是好哥们。随后埃斯蒂尔顺势把自己的左手放在这名大盗的背上。从摄影师和新闻记者拍摄的照片看,迪林杰冷嘲热讽地冲着霍利警长以及那名扬言要把他送到电椅上去的人咧嘴笑着,他看上去有点像电影界的新秀——《卡萨布兰卡》(Casablanca)中的男主角亨弗莱·鲍嘉。后来,我看见迪林杰抽雪茄吞云吐雾的照片时,就联想到鲍嘉在电影《化石森林》(The Petrified Forest)里抽烟的一幕,迪林杰抽烟的动作与这一动作如出一辙。

埃斯蒂尔和大盗迪林杰的亲密合影震惊了印第安纳州政坛。这样的照片或许能让一个男人失去做州长的机会,也能让另一男人成为总统的希望破灭。约翰·埃德加·胡佛局长称,没有哪一张照片比那张照片更让他火冒三丈了;美国司法部长霍默·卡明斯称埃斯蒂尔的行为"丢人现眼";《纽约时报》则形容这张照片为"浪子回头的现代版本"。

埃斯蒂尔告诉我们,他设法把铺天盖地的批评抛至脑后,这样他就可以集中心思起诉迪林杰。他清楚地知道,迪林杰曾在俄亥俄州的利玛越过一次狱,而莱克郡的监狱是砖砌的三层楼,本应十分"安全"。迪林杰被牢牢地锁在这所监狱新盖的"防逃跑"区域。他如果试图逃跑,至少要穿过六道带门闩的门和大约五十名狱警。霍利警长还把当地的村民自卫队和国民警卫队队员调来加强守卫。夜里,探照灯把这座监狱照得如同白昼。

但是,迪林杰还是逃出去了。他逃出去的时候身上只有十四美元和一把手枪,这些都是他的律师偷偷地送进监狱里的。除此之外,没有任何其他外界的帮助,他凭借自己的本事成功越狱了。埃斯蒂尔坚称,那个宣称迪林杰只有一把木头枪的故事纯属虚构。

我们接着又参观了位于彭德尔顿的印第安纳少年管教所。迪林杰二十岁时就被关押在这里。他被抓是因为他用手帕包着门闩,袭击了一名杂货店店主,抢走了杂货店一天的收入。迪林杰被审判时,他没有任何辩护律师。检察官向他保证,如果他招供就会从轻发落。他"愚蠢"地相信了检察官的话,结果被判处十至二十年的监禁。他和后来他佩服得五体投地的两名"显赫一时"的罪犯——哈里·皮尔庞特和霍默·范·米特关押在一起,他就此进入了"犯罪大学"。

我们造访的第二个关押犯人的场所是位于密歇根城的印第安纳州立监狱。在那里,我们获得了当时监狱内种种越狱行为的详细记录,比如收发信件和探视人员的信息,等等。我被允许从后门进入监狱,和一个因谋杀被判处终身监禁的老年人鲍尔迪·佩顿聊了一会儿。他的真名叫雷蒙德·摩斯利,编号10823,他请我使用他的化名鲍尔迪·佩顿。鲍尔迪已经被关押四十年了。他读过不少书,也受过良好的教育,但他愤世嫉俗。起初,他什么都不肯说,但后来他还是向我敞开了心扉。这个老人说他知道迪林杰在狱中的一切内幕,但是鉴于他还在狱中,他是不会说出来的。他担心自己会因此被杀害,而且这可能会影响到他正在申请的假释。

摩斯利告诉我们,虽然他和迪林杰在密歇根城的监狱中才相识,但是他们很快就成了亲密无间的好友。他知道,是皮尔庞特和范·米特把越狱的把戏教给了迪林杰。迪林杰答应他们,一旦自己获得假释,就帮助他们俩越狱,然后加入他们的团伙。摩斯利指出,这给了迪林杰一个人生目标和一种责任感。迪林杰写信给家里,说自己已经远离麻烦了,并正在成熟起来。摩斯利说,在某种程度上,迪林杰是成熟了,因为他在人生中第一次找到了"归属感"。后来,迪林杰的确帮助皮尔庞特一伙成功逃出监狱,但是不久后他又被抓了。接着,皮尔庞特一伙转而又帮助迪林杰越狱。

就在我们准备离开密歇根城时,监狱长让我们复印了一份关于迪林杰越狱的官方报道,同时摩斯利还将他正在写的《终身监禁》(*In for Life*)一书中有关迪林杰越狱的一章复印给我们。接下来的几天,我们又参观了许多地方:我们去了传奇剧院附近,见到了迪林杰被击毙前两天给他刮胡子的理发师,在同一天卖给迪林杰一只草莓圣代冰激凌的甜食店老板,以及卖给迪林杰一件丝绸衬衫的售货员(迪林杰被击毙当天就穿着这件衣服);我们去了艾医生的诊所,迪林杰当时在那儿中了圈套,差点被抓住;我们去了欧文酒店,参观了乔·莫兰医生为逃亡罪犯做整容手术的房间;我们还去了啤酒巨头爱德华·乔治·布雷默在本森维尔的住宅,迪林杰当时就在这里绑架了他。

接下来的两周,我们奔波于附近的伊利诺伊州和威斯康星州,大多数时候都满载而归,但有时一天下来一无所获,让人备感失望。某个星期一,我们驱车前往伊利诺伊州的巴灵顿,"娃娃脸"尼尔森曾在那儿杀了两名联邦特工,自己也身受重伤。我们在那儿碰了六七次壁:人们要么不在家,要么不愿意谈及这事,要么对此一无所知。最终,下午三点左右,我们幸运地找到了一名目睹当时全过程的男子。

在拉克罗斯短暂停留后,我们来到了爱荷华州。我们在那儿发掘到更多关于迪林杰的故事。其中最精彩的当属一名前银行接线员向我们讲述的故事。银行抢劫案发生时,她在歹徒们朝她开枪之前一直不停地拨打求救电话。后来,她跑到银行的后窗边,朝着小巷里一名衣冠楚楚的男子大声呼喊:"看在上帝的分上,我们需要帮助!银行被抢劫啦!"那名男子抬头看着她说道:"这位女士,您是在跟我说话吗?"此人正是"娃娃脸"尼尔森。

我们了解到,迪林杰开车逃跑时车速是每小时十英里。他开的是一辆别克,车里大约有二十个人:七个抢劫犯,其他都是人质(迪林杰把这些人质硬塞在车里或让他们站在脚踏板上)。警车也以同样的速度尾随,与他们保持着一定的距离。途中,迪林杰的车子曾停下来让一个老奶奶过马路;还有一次挤在脚踏板上的一个老妇人歇斯底里地大叫:"放我出去,这是我住的地方!"迪林杰的车再度停了下来;当"娃娃脸"尼尔森朝警方开枪并且把大量的瓦楞钉(我想办法弄到了三颗)撒在路上时,迪林杰的车又停下了;最后一次停车是因为当时车里有一个妇女要呕吐,迪林杰一伙把她扔下了车,他们不想自己的车里被弄得一团糟。

在南达科他州的苏福尔斯市,我们听说了"娃娃脸"尼尔森和迪林杰一伙在那儿抢银行的故事。1934年3月6日,迪林杰——当时他已是全美"头号公敌"——开着一辆崭新的绿色帕卡德轿车来到苏福尔斯,把车停在非常气派的国家安全银行和信托公司大楼前。楼里一名漂亮的速记员跟一名银行职员开玩笑说:"瞧,那儿来了一群强盗。"而那名银行职员真的起了疑心,他把手指放在防盗警报器上,随时准备拉响警报。迪林杰一群人大摇大摆地走进银行。突然,"娃娃脸"尼尔森厉声大叫:"这是抢劫!全部趴到地板上!"警报响起后,迪林杰押着出纳主任来到金库旁。出纳假装自己在输入金库的五位数密码时遇到了麻烦。站在一旁的范·米特迅速把机枪塞进出纳的衣服里，大吼道："打开，王八羔子，否则我把你剁成两半！"

接着，一个致命的错误戏剧性地上演了。当时在警察局值班的警长接到一个报告银行遇到麻烦的电话，但是报警者忘了提银行的警报响了。警长认为是个别银行顾客小题大做，于是只派了一名巡警去平息骚乱。那名巡警刚进入银行，就立即被解除武装，被勒令趴在地上不准动。警报仍然在响，大约一千名群众被吸引过来，他们围在银行门口，街道被挤得水泄不通。

三个银行职员向我们描述了当时银行里的混乱情形："娃娃脸"尼尔森仿佛一只被激怒的矮脚公鸡，在银行的前厅里上蹿下跳，大吼着扬言要杀掉拉响警报的人。那名银行出纳竭力告诉迪林杰自己是无辜的，但是遭到怒斥："少废话！把钱弄出来！""娃娃脸"尼尔森透过侧窗看见一名穿着卡其制服的男子从车里下来，扯了扯自己的皮带，那是一名下了班的警察。尼尔森以为他正在掏手枪，于是纵身跃过一道齐腰高的栏杆，跳上了一张桌子，开始透过厚厚的玻璃窗向外开火。

银行大厅门外，一个歹徒没放一枪就制服了两车警察，并让他们下车后一字排开。那时，银行里面的劫匪们已经搜集了近五万美元的现金，并抓了五个女子充当人质。其中一名女性人质向我们讲述了她们是如何按照歹徒要求，在歹徒身边围成一圈，以充当人体盾牌的。这群人快靠近前门时，之前就想要开枪闯入银行的尼尔森多此一举地朝前门放了一枪，打碎了门上的玻璃。到了门外，便由尼尔森全权掌控局面。尼尔森命令那五名女子站在脚踏板上。一名女子说她站不住了，尼尔森就让她下去。他让另一名出纳员——利奥·奥尔森站在脚踏板上。忽然，一发步枪子弹把车子的散热器打出了一个洞。车子驶过一个街区后，发动机噼啪噼啪地熄火了。五名人质从脚踏板上跳了下来，尼尔森随即向空中放了一枪，又把他们吓回了原来的位置。

帕卡德轿车又被重新发动，梅尔文·塞尔斯警长和三名手下驾车紧随其后。站在脚踏板上的奥尔森以为这些逃亡的歹徒会以最快速度逃跑，但是他们的车速还不到每小时二十五英里。在超过一辆拉着牛奶的马车时，开车的人甚至还小心翼翼地减慢了速度。奥尔森朝车里的歹徒大叫，说站在脚踏板上的四个女孩子快要被冻僵了。迪林杰听完后说道："好吧，让她们到车里来。"于是，哆哆嗦嗦的姑娘们挤到车里的后座上，坐在三名歹徒的腿上。

"那我怎么办？"奥尔森问道。虽然外面很冷，但是他浑身都被汗水浸湿了。

迪林杰回答："你的使命完成了！"奥尔森心想，完了，这伙人一定会开枪打死他。但是迪林杰只是让他跳下了车。

开了几英里之后，车子就抛锚了，再也发动不起来。劫匪们拦下一辆由一个农民驾驶的道奇牌汽车。四名姑娘惶恐不安地在马路上等着。歹徒将帕卡德轿车上的油箱换到了道奇车上。就在这时，塞尔斯警长和他的手下赶到了。由于车子的轮胎被"娃娃脸"尼尔森扔在路上的瓦楞钉刺破，塞尔斯警长和他的手下在路上被耽误了。塞尔斯后来向我们解释，考虑到车上有五个姑娘，他们不敢开枪，只能眼看着那群犯罪团伙成员钻进道奇车里，然后呼啸而去。

我和寿子去圣保罗度了一次短暂的假期之后，就朝威斯康星州北部进发了。我们的目的地是小波西米亚，联邦调查局警方就是在这里的一栋小房子里诱捕了迪林杰团伙的残余匪徒。房子的主人埃米尔·华纳塔卡和他的儿子把他们所知道的情况都向我们逐一说了。主人的儿子曾经很喜欢迪林杰，但他很厌恶"娃娃脸"尼尔森，因为他跟尼尔森一起玩接球游戏时，尼尔森恶毒地把球给烧了。接着，我们又返回印第安纳州立监狱，寿子获准陪同我对雷蒙德·摩斯利再进行一次长时间的采访。

在印第安纳州波利斯市，我们最大的成果是找到了迪林杰团伙中的一个成员——玛丽·肯德。她是目前还在世人中最了解迪林杰的人。在我们第一次对她的采访中，我就明显意识到，她是我写这本书的一个关键人物。于是，在我的首次采访中，我便提出我愿意付钱，只要我能从她口中获取全部真相。最后，我们以五百美元达成交易。意识到玛丽是个酒鬼之后，我坚持让她住在我们的汽车旅馆里，并接受两天全天候采访，这样我们才能确保她头脑清醒。玛丽随即在我们隔壁房间住下。第一天采访结束后，寿子已经录完好几盒磁带了。晚饭过后,我弄了点酒给玛丽喝。第二天早晨,她又继续接受采访。我脑海中的迪林杰的形象渐渐丰满起来,我们还了解到匪徒迪林杰的许多生活细节。初次和迪林杰相遇时,玛丽只有二十二岁,当时的她身材苗条,红发飘飘,身高接近一米五。父亲去世后,她就担起了养活家里其余十二个孩子的重任。她和印第安纳州立监狱有千丝万缕的联系,因为高墙内不仅关押着她的两个亲哥哥,还有她心爱的人——皮尔庞特。

玛丽答应帮助迪林杰团伙成员从密歇根城监狱越狱,条件是他们把她的哥哥厄尔也加到越狱名单上。迪林杰分配给她的任务是为越狱者在印第安纳州波利斯市找一个安全的住处,她还要从六家不同的商店买六套服装。抢劫圣玛丽一家银行的两辆汽车中,有一辆就是她驾驶的。他们还要为迪林杰在俄亥俄州利玛监狱的越狱行动筹集资金。她记得,当天下午她和犯罪团伙的另一个成员一起走进银行时,广播里正播放世界职业棒球大赛的开幕赛——华盛顿参议员队对阵纽约巨人队。

当玛丽说到他们并不知道当天是银行休假日,财政部按法律规定已经让银行歇业,而且银行为了本地商户正在整顿时,她咧嘴笑了起来。不过,幸运的是,此时刚好从铸币厂运来一笔数额巨大的现金,以供银行开业后使用。他们劫走了一万一千美元——比他们预期的多一倍。但是,这些钱是崭新的,如果使用这些钱的话会暴露他们的身份。玛丽兴奋地跟我们讲述她是如何在烤箱里烘烤这些钞票的:把它们洒上水后进行烘烤,但是这些钞票看起来依旧很新,于是玛丽不停地重复这一过程,直到这些钞票旧到用起来不会有任何问题。"哦,"玛丽不胜留恋地叹息道,"那些美好的往日啊!"

迪林杰犯罪团伙成员在图森市被缉拿后,玛丽的保释金为五千美元。这时大有骑士风度的皮尔庞特勇敢地站了出来:"我不在乎你们怎么处置我,但是这个小女人和这件事没有半毛钱关系。"玛丽一往情深地回忆道:"他真是一位绅士!"

根据当时的新闻报道,玛丽在法院接受采访时曾后悔地说道:"我认为没有人真正理解我们。我深爱着哈里·皮尔庞特……我意识到,我们到了印第安纳州之后,我和皮尔庞特也许再也没有机会见面了,法院很可能以谋杀的罪名判处他电刑。这就是我为何想嫁给他的原因,我们俩发誓将永结同心——至少精神上如此。如果最坏的情况发生了,我对他的爱会更甚于他生前。"

我问玛丽,她觉得"娃娃脸"尼尔森这个人如何,玛丽说他一直是一个惹人厌恶的同伙。她对迪林杰颇有好感,因为迪林杰信任她。她在苏福尔斯完成任务后,迪林杰把抢劫到的钱分了两千美元给她,这两千美元用一只信封装着。就抢劫到的钱而言,这两千美元可不算少。玛丽想用这笔钱帮助在利玛受审的皮尔庞特,但是这场官司还是败诉了。她知道她深爱的男人将会被判处电刑,说到这里,玛丽叹息了一声。

玛丽再次遇到迪林杰的时候,他已经整过容了。玛丽对他说:"约翰尼,你看起来就像得了腮腺炎。"迪林杰放声大笑。当玛丽提到皮尔庞特肯定会被处以电刑时,迪林杰的脸色突然变得很严肃:"玛丽,在我们这伙人中,你是唯一一个幸运儿。"接着,迪林杰冲她咧嘴笑了笑:"我的大限已近,但我不知道究竟会是哪一天。"

我们的旅程即将结束之际,我知道我所收集的素材已经足够写书了。如果联邦调查局能够让我看看他们当时的记录,那就更好了。就算他们不愿配合,我手头获得的资料已经足够充分了。对联邦调查局特工的采访我都是自己直接跟他们联系的,但是,我发现他们在华盛顿告诉我的大多与乡下报纸上的爆料一模一样,他们只字不提任何内部情报。不过,这些并不重要,我感觉自己对迪林杰的了解已经胜过他们一筹了。

最终,美国联邦调查局约翰·埃德加·胡佛局长的办公室确实给了我许多特工的姓名和住址,这些特工当时不仅追捕过逃亡的迪林杰,而且也曾参与了迪林杰绑架人质的案件调查。让我印象深刻的是,胡佛局长希望披露迪林杰事件的真相,他并不在乎这将给联邦调查局或他自己带来多大难堪。我继而又采访了两个当时在传奇剧院的特工和三个当时在小波西米亚的特工。我获得了更多有关玛·巴克、机枪手凯利和"帅小伙子"弗洛伊德的精彩故事。至此,我认为自己已经做好准备,能够将银行劫案和迪林杰人生最后阶段的故事讲述得栩栩如生了。

《最后一百天》

1962年4月,我把《迪林杰时代》(The Dillinger Days)的最后一稿寄出后,就开始准备下一本书的写作——一本有关二战前和二战中欧洲地区的反战活动的书。我来到华盛顿,说明我的意图后就开始寻找线索。当我返回雷德班克镇时,我接到了一个电话。打电话的人名叫科尼利厄斯·瑞安,我在写《突出部之役》时曾采访过他。

让我吃惊的是,科尼利厄斯·瑞安请求我放弃目前这个写作项目,因为他写了和我相同主题的一本书,其材料主要来源于美国战略情报局局长威廉·多诺万记录的文件。他已经快完成了,我答应了他。第二天,我又想出了迄今为止规模最大的一项写作计划——二战最后三个月的战事。我将从1945年2月初召开的具有决定性意义的雅尔塔会议写起。当时苏联部队驻扎在距离柏林仅仅五十英里的地方,强大的美国部队和英国部队正准备强渡莱茵河,希特勒则继续对手下将士们下达了一个作战命令:"我们决不能在午夜前五分钟放弃战斗!"我能够在脑海中想象此起彼伏的激烈战斗场景:对德累斯顿的惨烈轰炸;拼命跨过雷玛根大桥;试图逃脱复仇心切的苏联红军的追击,结果却惨死的一百万德国东部的平民百姓;纳粹德国第二号权势人物海因里希·希姆莱为了保住自己的性命,实施营救剩余犹太人的秘密计划;艾森豪威尔颇受争议的放弃攻占柏林的决策;由苏联战俘组成的强大队伍英勇守卫布拉格;以及希特勒在柏林地堡里度过的最后时日。

我立即写信给曼陀菲尔和斯科尔兹内,得到了他们的及时回复。曼陀菲尔将介绍几名纳粹德国国防军幸存者给我,斯科尔兹内则答应给我介绍几名希特勒的党卫军。斯科尔兹内还答应将希特勒手下的"头号英雄"——飞行员汉斯-乌尔里希·鲁德尔,从南美带到马德里。我打电话给《瞭望》杂志总经理助手罗伯特·梅斯基尔,向他描述了一份大致的提纲。他让我去他的办公室。在接下来的三个小时里,我慷慨激昂地向总经理鲍勃和他的助手迈克·兰德描述了因斯科尔兹内和曼陀菲尔的帮助而可以完成的宏伟著作。其实这个提议很可能会被一名更加谨慎的总经理拒绝。鲍勃(当时他让我联想起一名牧师)转向迈克寻求建议,迈克点了点头。于是,鲍勃说道:"听起来不错。"他告诉我他会把我的这个想法传达给上级。

"我打算写的这些东西虽然非常棒,"我提醒迈克,"但有一半可能不会实现。不过,我打算在欧洲待上一年,我会找到更好的写作素材。"

那段时间我和寿子都很辛苦,我们决定回日本休息几个月。毕竟,我曾答应我的岳父岳母,几年后我会把寿子带回日本。6月底我们抵达东京。两周后,我们和她的家人一起出游,在各地的日本酒店寓居。寿子担心我不习惯睡在地板上,事实上我连货车车厢、水泥地板都睡过。我喜欢日本酒店里的一切——包括泡澡以及晚间按摩。返回东京后,我接到我的经纪人罗格·特里尔打来的电话,电视台邀请我出席一档关于珍珠港事件的特别节目,一同参加的还有《纽约时报》的军事专家德鲁·米德尔顿和幽默讽刺军事小说《第二十二条军规》(*Catch-22*)的作者约瑟夫·海勒。我想在某种程度上,我们让主持人失望了,因为我们彼此欣赏,并没有像主持人期待中的那样展开言辞激烈的辩论。

寿子留在日本单独和家人待了几周。我一回到美国,就有一个好消息等着我:《瞭望》准备连续三期连载《最后一百天》(*The Last 100 Days*),他们将按每个单词五美元付给我稿费。这样一来,我就有足够的经费走遍欧洲,进行为期一年的研究。正当我准备离开雷德班克的时候,我又收到更多的好消息:我提前得知,《纽约时报书评》计划在头版刊登对《迪林杰时代》一书的评论,并在第二版刊载对我所做研究的专题报道。我接受了采访,并答应将我采访玛丽·肯德的录音带借给《纽约时报》的一名撰稿人。

通过五角大楼房屋署,我在离五角大楼很近的一幢大楼里租了一套大公寓,从那儿只要步行就能很快到达五角大楼。我把大部分时间都花在梳理五角大楼、国家档案馆以及位于亚历山大的档案局的档案上了。阿伦·杜勒斯向我提供了"日出行动"的材料。"日出行动"是德国卡尔·沃尔夫将军率领党卫军在意大利进行的一次秘密投降行动。杜勒斯说我可以从沃尔夫的助手格罗·冯·盖维尔尼茨那里获得"日出行动"的全部细节。冯·盖维尔尼茨一手策划并操纵了整个行动计划,他还可以为我安排一次对正在被关押的沃尔夫将军的专访。此时,寿子已经从日本返回美国了,她正好可以帮我复印借来的资料。

我把寿子一个人留在家里，只身一人飞往俄亥俄州，在哥伦布待了两天，采访曾占领雷玛根大桥的威廉·霍格将军。三个小时的采访结束后，我知道他讲述的故事肯定会出现在我的书里。当霍格将军了解到他的士兵已经到达大桥时，他命令他们从桥下穿过去，并保护大桥不被炸毁。几分钟后，他又收到来自美军第三军团司令部发来的终止他们穿越雷玛根大桥任务的命令。

"我从山上向下俯视大桥。我面前有一个绝好的进攻机会，但是如果我服从命令，我现在就无法利用这个好机会。准备发起进攻的步兵还没有开始穿越大桥，因此我知道停下这项任务还为时未晚。我犹豫了几秒。对于一名军人来说，这是一个虽然艰难却十分明了的选择：如果成功了，我将成为一名英雄；一旦失败，我肯定会失去指挥权，断送自己的军旅生涯。"霍格将军停顿了一会儿，若有所思。接着，他又说道："我要去拿下这座该死的桥，让后果见鬼去吧！"

哈默尔堡灾难

我准备动身离开时，霍格将军拦住了我。"你大老远地过来，约翰，"他十分严肃地说道，"是时候把有关巴顿将军和哈默尔堡的真相告诉你了。"我确信这与一个猜疑有关：巴顿将军知道他的女婿约翰尼·沃特斯被关在哈默尔堡的一个战俘营里，于是他组织了一次大胆的袭击，试图营救关在里面的战俘，结果这场行动以惨败告终。巴顿事后坚称他此前并不知道自己的女婿沃特斯也被关在那个战俘营里。

"巴顿将军其实是知道的。"霍格将军说道。成功拿下雷玛根大桥后，霍格将军升职了，担任第四装甲师司令官。"我接到了一个奇怪的任务，巴顿将军想要进行一次特殊的远征，派遣将士们深入敌人后方六十英里处，解救位于哈默尔堡战俘营里的九百名美军战俘。我觉得这很奇怪，但我什么也没说。数小时后，巴顿将军亲自打电话给我，我注意到他的音调比平常要高：'我们的这次行动会让麦克阿瑟将军对甲万那端（菲律宾的一座战俘营，麦克阿瑟将军曾于此处解救过战俘）的攻击看起来一文不值！'我当时什么话都没说,但之后曾向军团司令曼顿·埃迪抱怨,说我不支持这个想法。为什么要在战争的最后节骨眼上冒这么大的风险?况且,那么多的战俘营,为什么独独哈默尔堡的战俘营这么重要?"

"我知道其他人也和我有同感,而且我认为这件事也就是说说而已。但是,巴顿将军的一名助手——亚历山大·斯蒂勒少校来了,他告诉我他奉命参加这次远征。"斯蒂勒是巴顿的一名密友,一战时他曾是巴顿的手下。"次日清晨,巴顿又打电话给我,命令我执行计划,我告诉他我连一个士兵一辆坦克都抽调不出。"霍格将军摇了摇头,"巴顿将军竟然没有发火,他开始对我连哄带骗。他答应我,对我的战损会如数补足,不管是车辆还是士兵。听到他近乎哀求的声音,我很尴尬。于是,我转身望向斯蒂勒,发现他正在用另一部电话听我们之间的对话,我感到十分困惑。斯蒂勒压低了声音告诉我:'这个老头子已经铁了心了,因为约翰尼·沃特斯就在那个战俘营里。'"

虽然不情愿,但霍格说他还是派了一名准将到克赖顿·艾布拉姆斯中校(艾布拉姆斯后来成为陆军参谋长)那里。艾布拉姆斯中校率领的B战斗团刚刚攻占了距哈默尔堡不远的一座桥梁,现在由他决定是否派一支特遣队去哈默尔堡。"艾布拉姆斯立即打电话给我,说如果要完成这个任务就要调动他的整个作战部队。我只能告诉他,我们的军团司令——一名统率三个师的三星中将,不允许为这次行动调动整个战斗团。尽管艾布拉姆斯对上级的这个命令非常失望,但他还是服从了。他把这项艰巨的任务交给了来自纽约布朗克斯的亚伯拉罕·鲍姆上尉及其手下三百零七名士兵。"

我知道,对于这样一个关键事件,如果想弄清楚前因后果,我还需要更多的资料。有一天,我和寿子在法兰克福沿着一栋高大的司令部大楼的走廊向下走时,一群军官从我们身边经过。正中间的便是艾布拉姆斯,他热情地跟我们打招呼。当我告诉他威廉·霍格将军已经把有关哈默尔堡的秘密透露给我时,他咒骂了一声。

"你们先走吧。"说完,他便带着我和寿子来到了最近的一间办公室。他挥手让屋里的人都出去,然后在接下来的一两个小时跟我们讲述了自己的经历。艾布拉姆斯率领的B作战团刚刚占领了横跨美因河的大桥,他就接到副师长W. L. 罗伯茨准将的命令,派遣一支特遣队去哈默尔堡。"我打电话给比尔·霍格,告诉他单独派一个加强连可能会被彻底干掉。如果必须营救的话,整个作战团都得上。但是,霍格告诉我,第十二集团军司令曼顿·埃迪将军不同意为此次行动调动一个作战团的力量。于是,我只能把这项任务交给第十装甲步兵营情报官,亚伯拉罕·鲍姆上尉。"

亚伯拉罕·鲍姆以前是女装衬衫厂的一名裁剪工。他个头接近一米九,身材瘦长,非常好斗。艾布拉姆斯说,鲍姆的平头、胡子以及咧嘴笑容,让他看起来过于自信。"当我告诉他,我要派他带一支特遣队深入敌军后方,救出九百名美军战俘时,他还在打哈欠。我没有向他解释为什么要这样做,他也不需要知道为什么。他只是转身面朝自己的营长,开玩笑似的说道:'别以为这样就能摆脱我,我很快就会回来的。'我让他带上自己的手下立刻出发。"

之后,我在纽约时装区亚伯拉罕·鲍姆自己开的工厂里采访了他。他看起来和艾布拉姆斯描述的并无二致。我从他口中了解到,鲍姆特遣队的三百零七名士兵(全都是久经沙场、斗志昂扬的老兵)是如何深入敌军后方六十余英里的。当时他们的装备是十辆谢尔曼坦克、六辆轻型坦克、三门105毫米突击炮、二十七辆用来装载战俘的半履带运输车和七辆吉普车。鲍姆详细地叙述了他们是如何从乡镇中突破敌军防线的,这都可以拍成一部惊心动魄的电影了。

后来,我又采访了鲍姆的几名手下。他们告诉我,当时有一名军官看到被打死的德军中有一些是穿着制服的女孩子,便呕吐了起来。当他们驶入格明登时,令唐纳德·约克中士吃惊的是,他看见德国士兵手拿公文包若无其事地在街上走。之前所有的城镇对美军的袭击都有所防备,唯独这个镇子毫无防备。

坐在最后几辆坦克中的约克中士看见一列火车从铁路货运编组站向他们驶来。另一辆坦克里的弗兰克·马林斯基的第一炮就击中了火车头。接着,他开始朝火车车厢开火。突然,一个装弹药的车厢爆炸了。远处几辆轻型坦克正在朝河上的几艘驳船开火,并把一辆客货两用火车炸成了好几段。谢尔曼坦克则冲向前方,摧毁了十余列火车,使整个铁路货运编组网络陷于瘫痪。当时德军有一个师的士兵正在下火车,这支小股特遣队的攻击让他们陷入了混乱。也就在此时，鲍姆和威廉姆·纳托中尉都被一支德军的铁拳反坦克火箭筒炸伤了。鲍姆感觉到右手和膝盖疼痛难忍，于是高声喊道："快离开这个鬼地方！"整个部队随之撤退。

进入哈默尔堡的主干道现在被切断了，鲍姆只能马上绕路，向北沿着辛恩河西岸的道路前进。他们很幸运地碰到了一名在家养病、厌倦战争的德国伞兵，这名德国伞兵告诉鲍姆沿着道路前进八英里后便可以渡过辛恩河。走了一英里后，一名德军将军开着大众汽车误闯入鲍姆的车队。"把这个狗杂种弄到一辆半履带车里，我们继续前进！"鲍姆大声命令道。

下午两点半，小镇哈默尔堡终于出现在视野里。正当车队沿着陡峭的山坡准备驶入山上的战俘营时，前方拐角处一辆德军坦克冲了出来，接着一辆又一辆德军坦克跟了出来，然后战斗便在德军编号 XIII-B 的战俘营打响了。这次救援行动营救的目标人物为约翰尼·沃特斯中校，巴顿将军的女婿。此时，沃特斯中校正站在战俘营的司令部大楼里观察这场战斗。他看见几辆美军坦克穿过战场，朝塞尔维亚人的兵营开火。德国战俘营司令京特·冯·格克尔少将告诉沃特斯，战争已经结束了，他愿意向美军投降。接着，他又问是否有美国人自愿出去，让双方停止开火。"好吧，我去。"沃特斯说完便和一名德国翻译、两名美军军官一同出发了。一名美军军官举着一面美国国旗，另一名则举着一根顶部扎着一条白色床单的棍子。

此时，鲍姆损失了五辆半履带车、三辆吉普车，但是他的六辆谢尔曼坦克成功地摧毁了三辆德军坦克、三四辆德军弹药车。当沃特斯一行人朝鲍姆特遣部队靠近时，四处浓烟滚滚，正前方一名穿着迷彩服的士兵突然向他们冲过来。沃特斯不知道他是德国人还是美国人，于是便用德语喊道："我是美国人！"

那名士兵是一名德国人，他朝沃特斯开了一枪。沃特斯顿时感觉像被棒球棍击中了一样，同伴用毯子将他裹起来，送回了战俘营。

此时，鲍姆特遣队已经疲惫不堪。他们只好带着营救出来的战俘开始撤退，能带走多少就带多少。凌晨两点时，他们又遇到了大麻烦。鲍姆身边当时只剩下一百名还能战斗的士兵，而且他自己也受了伤。他还有六辆轻型坦克、三辆中型坦克、三门突击炮和二十二辆半履带车。他们快要被德军包围了，覆灭只在旦夕之间。鲍姆大声命令，让所有士兵分散开来，四人一组迅速撤离。鲍姆带着营救出的一名美国战俘和巴顿将军的朋友斯蒂勒少校。斯蒂勒少校虽然寡言少语，但是十分善战。很快，德军的军犬跟踪而来，于是鲍姆第三次负伤。幸运的是，鲍姆在被俘前还有时间扔掉自己佩戴的狗牌（即军用识别牌），不然德军就会发现他是个犹太人。鲍姆特遣队行动到此结束。

鲍姆特遣队看似完全失败了，其实这支英勇的队伍在德军后方造成了不小的破坏，搅得德国第七军司令部鸡犬不宁。德军随后调动了好几个师的兵力保卫具有战略意义的十字路口和桥梁，还调动了另一支大军带着军犬去搜山，试图围捕逃离战俘营的大约一百名美国和苏联官兵。后来，我和当时身受重伤的沃特斯将军聊天。"所以，我岳父是知情的。"最后他悲伤地说。我点了点头。他并没有反对我公开这则故事，我讲述的是事实。巴顿将军的家人也没有反对，他们对此表示理解，他们后来还成了我们的好朋友。

此时，我们在华盛顿了解到，《迪林杰时代》这本书很可能不会成为畅销书了，它的书评没有机会上《纽约时报书评》头版了，因为纽约市报界正在举行罢工。

由于1962年至1963年纽约市报界罢工，《迪林杰时代》不得不延期出版。此外，《纽约时报》那名撰稿人还把我采访玛丽·肯德的录音带弄丢了。不过，1963年1月中旬，《瞭望》还是连载了《迪林杰时代》书中的两部分。我们终于具备了偿还债务的能力。《迪林杰时代》一书最终于1963年2月正式出版，但是纽约市报界依然没有对此刊登任何评论。虽然后来我的确再次上了《今日》（Today）访谈节目，宣传《迪林杰时代》一书，而且《迪林杰时代》后来还获得了"马克·吐温"美国最佳图书奖，但是它从来没有出现在畅销书排行榜上。

这时，我们接到了一个不幸的消息：我的经纪人罗杰斯·特里尔去世了。尽管我们一直很担心他的肺气肿，但是这个消息还是太突然了。特里尔在我的事业上给我的帮助非常之大。特里尔的妻子告诉我们，特里尔的好朋友保罗·雷诺兹将接管特里尔的业务,我同意了,因为毕竟雷诺兹先生也是纽约市数一数二的经纪人。

开始探究之旅

1963年4月中旬,我和寿子搭乘航班来到法兰克福。这是寿子的第一次欧洲之旅。到达法兰克福之后,我们找到了我们预订的红色沃尔沃轿车,于是我们驱车前往海德堡,在那待了几天,这样我可以带寿子到这座我最喜爱的德国城市里逛逛。接着,我们又从海德堡前往斯图加特市。我们在斯图加特登记入住时与美军驻德的第七军取得了联系。之后,我们去了美军驻慕尼黑司令部。

在接下来的八个月里,我们将走访欧洲十六个国家(包括五个社会主义国家),采访四百多名参战人士,其中有些人甚至要采访五六次。要采访的人涉及面很广,从列兵到将军,从德国平民到英国前首相。我还将前往慕尼黑的一座监狱,探视"日出行动"的核心人物,党卫军卡尔·沃尔夫将军;我将去参观瑞典外交官福尔克·贝纳多特伯爵靠近斯德哥尔摩的祖居,以获得他和希姆莱秘密会谈以求结束战争的细节;我还将去法兰克福附近的奥德河畔考察当年的战场,去哥本哈根参观德军盖世太保司令部谢尔大楼的遗址,去布达佩斯参观城堡,去华沙参观华沙犹太人隔离区,去参观达豪集中营、布痕瓦尔德集中营、奥斯维辛集中营和萨克森豪森集中营,去海军上将卡尔·邓尼茨在汉堡附近的住所;我们将在萨赫酒店的酒吧里听卡尔·索科尔少校讲述维也纳起义的故事;在英国上议院的餐厅里和克莱门特·艾德礼交谈;在马德里机场听希特勒最喜欢的一名轰炸机飞行员汉斯-乌尔里希·鲁德尔讲述令人难以置信的故事,而担任翻译的是希特勒的另一名爱将,奥托·斯科尔兹内。

希姆莱与里宾特洛甫的和平努力

在我听闻的故事中,情节最为复杂曲折的当数纳粹高官们在战争结束之前最后几个混乱的月份里试图秘密商讨的一份和平协定。在慕尼黑,我对彼得·克莱斯特博士进行了两次长时间采访,他曾是纳粹外交部长里宾特洛甫的助手。我从克莱斯特那里得知,里宾特洛甫和党卫军头目希姆莱都竭尽全力想要独自完成同一件事。多年来,这两人一直竞争,都想在希特勒的眼里把对方比下去。

和谈的提议是由希姆莱的一名亲密战友卡尔·沃尔夫发起的,他是德国党卫军驻意大利的头目。沃尔夫鼓动他的上司公开与希特勒摊牌,但是希姆莱怕得要命,没有听取沃尔夫的建议。沃尔夫人高马大、精力充沛、头脑简单,狂热地信奉国家社会主义。他决定亲自去找希特勒。2月6日,当他到希特勒的办公室准备汇报时,发现元首和里宾特洛甫在一起。"我的元首,"沃尔夫说道,"从我方战场上搜集到的证据表明:很明显,这些拼凑起来的盟军之间存在着天然的分歧。"(在监禁沃尔夫的牢房里,我们曾对他进行过一次采访。这次采访中,他告诉我们,他指的是罗斯福、丘吉尔和斯大林。)沃尔夫又说:"不过,恕我冒昧地说一句:我认为,如果我们不积极介入的话,这支盟军是不会自行分裂的。"

希特勒歪着头听着,不停地打着响指,最终他笑了一下并打发走了里宾特洛甫和沃尔夫。他们出去之后就开始兴奋地讨论希特勒对他们提出的大胆建议的态度。很显然,希特勒的态度是积极的。元首当时虽然一句话没说,但是他也没说不。接着两人分手了,里宾特洛甫去了瑞典,沃尔夫去了意大利,都去寻求和平的可能。

沃尔夫深信唯一有效的方法就是安排一场有序的投降,这样盟军就可以抢在意大利左翼游击队之前控制意大利北部地区。沃尔夫的一名亲信建议他们和艾伦·杜勒斯联系。艾伦·杜勒斯是当时美国战略情报局驻伯尔尼的代表。这就是意大利"日出行动"的发端。

沃尔夫的这项计划却让希姆莱惊慌不已。希姆莱并不想知道此事的任何细节,他把精力集中于启动和盟军的谈判上,他会帮助盟军营救关押在集中营里的犹太人。希姆莱之所以这么做并非是出于人道主义,实际上他是想将这一百五十万个命悬一线的人作为一个十分有力的谈判筹码。

里宾特洛甫的调和行动也和沃尔夫一致。克莱斯特博士代表里宾特洛甫开始就释放在押犹太人一事与世界犹太人大会进行谈判。"我首先和瑞典红十字会副会长福尔克·贝纳多特伯爵谈话,接着我又和希姆莱的助手党卫军恩斯特·卡尔滕布伦纳将军谈及这个敏感的话题。"克莱斯特回忆道。虽然两人谈话时卡尔滕布伦纳只是冷冰冰地一言不发地听着,但几天后他派人把克莱斯特找来,使劲地握着克莱斯特的手,说希姆莱"十分愿意接受瑞典方面提出的这个可能性"。令克莱斯特咋舌的是,卡尔滕布伦纳向他透露,他们手中握有的不止一百五十万条犹太人人命,而是二百五十万条犹太人人命。"兴奋之余,"克莱斯特说,"我把这则消息向贝纳多特伯爵做了汇报。"

于是,1945年2月18日,贝纳多特伯爵首次和希姆莱在柏林会面。克莱斯特告诉我们,他对希姆莱和贝纳多特的几场重要会议的内容知之甚少。克莱斯特建议我们去瑞典找一找贝纳多特伯爵的遗孀及伯爵的几名助手,或许我们可以从他们的口中了解到会谈细节。随后,我们开着沃尔沃北上,计划先去荷兰小住几天,然后再去丹麦和瑞典。

在去荷兰奈梅亨市的路上,我们在西德边境遇到了某类德国人。在我们排队等候过海关时,寿子把车停在了距前车大约十码的位置。突然传来一阵可怕的轰鸣声,两辆西德车不知从何处像离弦之箭一般飞驰而来,挤到我们车子的前面。这几周以来,我们一直以客观公正的态度进行调研工作。但是很明显,很多德国人觉得自己仿佛仍是世界的主宰者,他们对外国人仅仅是能够容忍而已,即便是在国外旅游时。

到达荷兰之后,我们了解到荷兰人害怕并且痛恨德国人,因为许多德国人如今正在荷兰的最好地段购置房产。阿姆斯特丹是一座惹人喜爱的城市。与德国人打过交道之后再到阿姆斯特丹,就会发现这里的民风令人神清气爽,这里的人乐观、幽默、谦和、乐于助人。

丹麦是我们的第二站。丹麦外交部新闻司对我们给予了全力支持。我们发现,其中最真真切切且最令人胆战心惊的战时故事便是:同盟国对位于哥本哈根的盖世太保司令部谢尔大楼的精确轰炸,目的是为了摧毁纳粹指控瑞典的罪证以及一些其他资料。一架英国飞机坠毁于一个大型女修道院学校附近。随后,其余飞机便以为这里就是目标,纷纷向这里投弹,造成八十八名儿童惨死。

丹麦外交部副部长兼新闻司司长曾担任过战时地下出版界的负责人，他告诉我们丹麦人至今一直痛恨德国人。德国人聚集在属于公共财产的海滩，用沙子堆起了巨大的围墙，并在上面插上旗子，警告他人不要擅入。我们拍了几张这些沙堡的照片，好几座沙堡上面竖着一张纸板，上面写着"有人"的字样。

我决定单独飞往斯德哥尔摩，去采访贝纳多特伯爵夫人。1948年，斯特恩帮制造代尔亚辛村惨案的同时①，贝纳多特伯爵也在耶路撒冷遭到暗杀，她便成了寡妇。伯爵夫人是一名美国人，她长得和阿梅莉亚·埃尔哈特以及凯瑟琳·赫本有几分相似。她本姓曼维尔，父亲是一名石棉瓦巨商。交谈中，关于希姆莱和贝纳多特伯爵会面的情况，贝纳多特伯爵夫人知无不言，言无不尽。

我还对贝纳多特伯爵的助手进行了几次重要的采访。1945年3月，贝纳多特伯爵和德国党卫军头目希姆莱会面时他均在现场。他在电话中告诉我，他愿意接受采访，但前提是不能录音。不过，当得知我是《突出部之役》的作者后，他立即改口，说悉听尊便。

贝纳多特伯爵十分肯定地告诉希姆莱，让中立国瑞典都感到极大愤慨的，是德国乱抓人质的行为和滥杀无辜的暴行。伯爵要求希姆莱允许瑞典红十字会为关押在集中营里的人提供帮助，希姆莱找不到任何拒绝的理由。讨论了一些次要问题之后，伯爵彬彬有礼地质问纳粹分子对待犹太人的行为："你难道不承认，和其他所有的民族一样，犹太民族也有品德高尚的人吗？我自己就有朋友是犹太人。"

"你说得对，但是你身处瑞典，没有犹太人问题，因此，你也就无法理解德国人的想法。"希姆莱答道。

贝纳多特伯爵紧接着又来到里宾特洛甫的办公室。这名外交部长虽然非常热心，一心想帮伯爵，但是他为人专横跋扈，其幽默方式让伯爵难以忍

---

① 编者注：原文为"Stern gang blew up the King David Hotel in 1948"，事实上大卫王酒店爆炸事件为伊尔根组织在1946年所为。

受。最后,贝纳多特伯爵只好礼貌性地找一个借口告辞,他再也无法和这位前酒水推销员共处一室了。

贝纳多特伯爵第二次和希姆莱会面的地点仍在柏林,时间是1945年3月31日。当时的战况已十分明了。苏联红军即将跨过奥得河向柏林挺进。希特勒的得力助手马丁·鲍曼甚至在给自己妻子的信中写道:"绝望就像一片乌云一样笼罩在这座城市的上空。"然而,希姆莱仍然坚信,战争并非毫无希望可言。于是,伯爵只能把对话转向自己此行的使命之上,希望希姆莱把集中营里的丹麦人和挪威人立即转移到瑞典。希姆莱说他不能这么做并转移了话题。但是,伯爵仍旧试图说服希姆莱。他准备在下一次以及最后一次的会面中再接再厉,让希姆莱改变主意。最后一次会面在4月23日,也就是希特勒开枪自杀的前一周。

伯爵的助手在讲述这些事件的时候,仿佛一个人用一种幽默却不乏恐怖的方式导演着一部电影的各种场景。地点:瑞典驻德国吕贝克(汉堡北面波罗的海港口城市)领事馆。时间:午夜前夕。希姆莱和舍伦伯格走进了一座黑暗的房子;贝纳多特伯爵出来迎接他们,并把他们领进了一间被两根摇曳着的蜡烛照亮的房间。在这样一种阴森可怖的氛围里,希姆莱的脸看起来比平常更加诡诈和捉摸不定。这名党卫军领袖说,即使德国战败,德国人也会把希特勒当作英雄和烈士来铭记。最重要的是,希姆莱正集中精力思考如何从苏联红军手中解救出数百万德国人。贝纳多特伯爵同意把希姆莱投降的意愿和他提出的条件转达给瑞典政府。"如果你的提议遭到拒绝,你打算怎么办?"伯爵问道。

"如果这样的话,我将接过东部前线的指挥权,直到战死沙场。"希姆莱说完,迈开大步坚定地向屋外的黑暗中走去,所有人都注视着他。希姆莱登上了车,仿佛是跨上一匹高贵的骏马。他踩动了一下油门,车子突然失去控制,冲破了一道树篱,撞上了带刺的铁丝网围栏。在场的所有瑞典人和德国人一起动手,才把车子推了出来。车子突然滑稽地歪向一边时,贝纳多特伯爵评论道:"所有这些都很有某种象征性的意味!"这就是里宾特洛甫和希姆莱试图通过瑞典一方媾和的故事结尾了。

"日出行动"

当希姆莱和贝纳多特在北方的谈判无果时,那个桀骜不驯的党卫军意大利战线负责人卡尔·沃尔夫正在南边和美国中央情报局局长艾伦·杜勒斯的代表冯·盖维尔尼茨进行谈判。我和寿子最初是从艾伦·杜勒斯那儿得知"日出行动"的,也是他把盖维尔尼茨的住址给了我们。盖维尔尼茨住在慕尼黑南部的一座美丽的小镇上。和杜勒斯描述的一样,盖维尔尼茨相貌英俊、温文尔雅,有些神秘。他声称自己和美国中央情报局(前身为美国战略情报局)没有任何关联,但对此我和寿子都不相信。他的父亲是一名知名的大学教授,政治观念开明。盖维尔尼茨于1924年来到美国,投身于国际银行业务,后来成为一名美国公民。1942年,他在伯尔尼给杜勒斯做助手。雅尔塔会议结束一个月之后,也就是在1945年春季,他和党卫军卡尔·沃尔夫将军在瑞士秘密会面,听取了沃尔夫的在意大利的全体党卫军向美军投降的提议。当沃尔夫保证他不会再和其他盟国做任何交易时,杜勒斯和盖维尔尼茨都相信了他。"我们把这一协议汇报给在华盛顿的多诺万将军。"盖维尔尼茨说,"他指示我们继续谈判,并给此项行动起了一个叫'日出行动'的代号。3月19日,沃尔夫秘密地越过瑞士边境,来到我的家中。当时我住在安科纳,离洛迦诺不远。在那里,沃尔夫和意大利盟军总指挥、陆军元帅哈罗德·亚历山大参谋部的两位将军会面,我担任他们的翻译。沃尔夫十分焦虑。此时,阿尔贝特·凯塞林将军的职位已由维廷霍夫将军接替,这将威胁到整个计划的实施。希特勒是不是已经知道了他们之间的秘密媾和?沃尔夫担心自己可能在返回意大利的途中被捕,但是他答应他会尽其所能按照此次约定将投降付诸实施。我把他带到屋外的阳台上,问他意大利的集中营里究竟有多少名政治犯。'至少几千名。'他想了想,又补充了一句,'我已经多次接到命令,要把他们全都杀掉。'我问他是否会执行这些命令,他说不会。我要他用名誉担保。他抓起我的手,说道:'我保证,你只管放心吧。'我就相信了他。"

盖维尔尼茨告诉我们,他现在讲述的这些只是故事的开头,剩余部分可能还需要经过几次采访才能够讲完,而我们应该先去慕尼黑的监狱探望被关押在那儿的沃尔夫将军。我们到了慕尼黑的监狱后只有三十分钟的探访时间,监狱长很冷淡地接待了我,并坚持采访的时候他也要在场。然而,半小时结束后,这名监狱长被沃尔夫讲述的故事深深吸引住了,他允许我继续采访了差不多两个钟头。他甚至同意我第二天再来采访一次。但是,在得知沃尔夫第二天要接受审判后,监狱长建议我几个月后再来。

沃尔夫被判处重刑,但是他并没有怨天尤人。颇具讽刺意味的是,正是沃尔夫为"日出行动"所做的努力,导致他为曾经犯下的暴行接受审判。陆军元帅亚历山大和艾伦·杜勒斯都认为,如果沃尔夫在纽伦堡接受审判,法官可能会考虑到他在意大利付出的努力而从轻判罚。然而由于当时并没有足够的证据指证沃尔夫的罪行,他并没有受到盟国的审判。

在法庭上,盖维尔尼茨为沃尔夫做辩护发言。他花了两个小时讲述沃尔夫的事迹,试图感化法官。后来他在回忆录中写道,整个法庭的氛围对沃尔夫来说很不利。他在文章中评论道:"只有一个理由可以解释这种情况,那就是沃尔夫是唯一一名在世的纳粹高官。"

我一共采访了沃尔夫三次。在此过程中,沃尔夫从未表现出任何怨恨的情绪,他只是对信任他的人,诸如盖维尔尼茨、杜勒斯和亚历山大等,心怀感激。

盖维尔尼茨还把马克斯·魏贝尔少校的地址给了我们。魏贝尔曾是瑞士部队里的一名情报官。出于个人意愿,他在"日出行动"中扮演了一个重要角色。当时他四十四岁,曾在两所大学学习过,并获得了政治学博士学位。在魏贝尔瑞士的家中,他告诉我们,如果他在这场密谋中被抓住,那么他的职业生涯可能就此毁了;但是,如果他成功的话,成千上万条生命就能获救。因此,冒这种险是值得的。

马克斯·魏贝尔于1945年某天邀请盖维尔尼茨共进晚餐,向他透露他有一名挚友(沃尔夫将军)想和盖维尔尼茨商量一件双方都感兴趣的事。沃尔夫一听说杜勒斯会参与此事,就立即放弃了试图通过罗马天主教皇或英国人来调停的努力。

3月8日,即德国雷玛根大桥被占领的那天,马克斯·魏贝尔的一名手下把沃尔夫将军和他的几名随从带到苏黎世。他们在一家医院的一个私密的房间里安顿了下来。马克斯·魏贝尔则在当晚把杜勒斯和盖维尔尼茨带到了这家医院。接着,他们一行人乘着夜色转移到湖边一栋老式楼房里。杜勒斯在这栋大楼里有一套公寓,以供召开秘密会议使用。沃尔夫承认战争形势已不可逆转,德国必定会失败。因此,他已经下定决心要争取和平,即便以他个人蒙受耻辱为代价。沃尔夫十分清楚,只有无条件投降,盟国方面才会接受。

杜勒斯清楚地知道,虽然沃尔夫是一名狂热的国家社会主义支持者,但是他跟希特勒和希姆莱都不同。杜勒斯答应和沃尔夫做交易,条件是沃尔夫不能再和其他盟国达成协议。沃尔夫同意了,并且答应确保战俘的人身安全,保护工厂、发电站和艺术品不被毁坏。随后,盖维尔尼茨护送这群德国人回到边境。沃尔夫告诉我,在那段关键的时期里,他曾接到恩斯特·卡尔滕布伦纳发来的指令,让他立即去另一侧奥地利和意大利交界的小镇因斯布鲁克做汇报。沃尔夫确信,希姆莱的手下已经知道自己和杜勒斯的谈判了;他还确信,因斯布鲁克镇之行可能会让自己锒铛入狱,甚至给自己招来杀身之祸。因此,他决定直接不理会这些指令。

紧接着,希姆莱亲自传唤沃尔夫去柏林,指控沃尔夫犯了叛国罪。卡尔滕布伦纳部署在瑞士的间谍果然发现了沃尔夫和杜勒斯之间秘密谈判一事。希姆莱还骂他这个往昔的朋友愚蠢,因为如果被希特勒发现的话,大家都难逃一死。

"他是一个懦夫!"沃尔夫断然道。沃尔夫后来对希姆莱说的一番话让这个党卫军头目面色苍白:"我们俩应该一起去元首那里,向他坦白一切。"希姆莱沉默了片刻后说道:"你是不可能和杜勒斯达成交易的。"希姆莱禁止沃尔夫回到瑞士。沃尔夫当时对希姆莱厌恶至极,他并没有遵照希姆莱的命令,而是继续自己的谈判。当希姆莱听说沃尔夫仍在继续谈判时,他命令沃尔夫火速赶回柏林。沃尔夫起初同意了,但不久后又写信给希姆莱,说他去不了。第二天,也就是4月14日,希姆莱给沃尔夫打了两次电话,再次命令他返回柏林。沃尔夫没有理会,转而向杜勒斯征求建议。杜勒斯告诉我和寿子,他劝告沃尔夫不要回柏林,而是带着家人逃到瑞士。然而,沃尔夫还是决定回柏林，去面对希姆莱和希特勒两人。

4月16日夜晚，沃尔夫飞抵柏林南面十六英里处的机场。第二天清晨，他驱车来到附近一家疗养院，和希姆莱共进午餐。"我让他确信，"沃尔夫苦笑了一下，告诉我们，"我做的都只是希特勒期望我做的事。"正在那时，卡尔滕布伦纳闯了进来，说他刚接到一名特工的情报，沃尔夫和罗马教皇正在进行秘密谈判，过不了几天，整个意大利前线就会停火。"我向希姆莱发誓，我从未私自和教皇接触过，我一直是通过一名代表和他们联系的。我说得非常诚恳，希姆莱相信了我，但是卡尔滕布伦纳不相信。为此，我们三人进行了一番争吵，这场争吵持续了一个小时。最后，我坚持我们三人都去柏林见元首。"希姆莱不同意，而仍然盛怒不已的卡尔滕布伦纳陪着沃尔夫一道出发了。

他们俩在地下防空洞的通道里碰见了希特勒。元首并没有发怒，只是在见到沃尔夫时吃了一惊。"很好！"他用平常的语调说道，"请等到短会结束之后。"几小时之后，沃尔夫被叫去会议室。"卡尔滕布伦纳和希姆莱告诉我，你在瑞士秘密地和杜勒斯先生进行谈判。"元首冷冷地说道，他走近沃尔夫，"是什么让你变得如此大胆，敢公然违抗我的权威？"

沃尔夫向元首谈起他和里宾特洛甫在2月6日那天与元首的会面。"当时我建议您，"沃尔夫说，"如果我们不能确保这些特殊的秘密武器及时准备好，我们就应该和盟国举行谈判。"沃尔夫对我们说，这期间他一刻也没有停止注视元首的眼睛："我觉得，若我躲闪元首的目光的话，我或许会丢掉性命。"沃尔夫继续用一种沉着而又坦诚的语气对元首说道："现在我很高兴地向您汇报，我的元首，多亏了杜勒斯先生的帮忙，我已经成功地开启了和美国总统、英国首相丘吉尔以及陆军元帅亚历山大进行沟通的大门。我向您请示下一步的行动计划。"

沃尔夫大胆的言辞似乎让希特勒惊得目瞪口呆。他盯着这名将军看了一会儿，然后说道："很好，我接受你的汇报。你非常幸运，如果当初你失败了的话，我会像对待赫斯那样将你撤职查办。"

"那是我最后一次见到元首。"沃尔夫说。不久后他就返回意大利了。然而，两天后，为了避免和斯大林发生冲突，杜鲁门和丘吉尔下令中断与沃尔夫将军的一切联系。美国国防部命令美国战略情报局立即"确保停止所有相关事项",理由是盟国和苏联就此事产生了分歧。

沃尔夫将军对自己已经被抛弃这一事实仍然一无所知。4月23日,他和两名亲信军官一起偷偷越过边境,来到瑞士商谈投降事宜。马克斯·魏贝尔接见了他们。直到把他们带到位于卢塞恩的家中时,马克斯·魏贝尔才向他们坦白,说盟国已经撕毁了所有协定。三名德国人听后火冒三丈。马克斯·魏贝尔也很恼怒,但是,魏贝尔竭力让大家冷静下来。魏贝尔打电话给杜勒斯,杜勒斯同意给在那不勒斯的英国陆军元帅亚历山大发一份电报,让亚历山大请求美国国防部允许杜勒斯恢复和沃尔夫的联系。

魏贝尔在他的瑞士家中向我讲述这些令人惊惧的事件时,他记忆犹新,仿佛一切就发生在昨天。沃尔夫坚持自己不能离开自己的司令部太久。魏贝尔刚刚收到希姆莱发到他家里的一份电报。这份电报电令沃尔夫固守意大利防线,并"不要再进行任何形式的谈判"。沃尔夫愤怒不已。

"我已经获悉,"魏贝尔解释道,"罗马的局势也处于紧要关头。墨索里尼声称,在亲自协商投降事宜之前,他要通过广播发表一份谴责德国人的声明。"当晚,十辆轿车满载着"领袖"(il Duce)墨索里尼的随行人员,包括意大利陆军元帅鲁道夫·格拉齐亚尼和德国护卫人员,以及墨索里尼的情妇克拉拉·贝塔西,一起北上科莫湖。贝塔西刚刚给一个朋友写一封信,信中这样写道:"我正在遵循自己的命运。我不知道接下来会发生什么,但我不能质疑命运。"

到了午夜时分,杜勒斯那里仍然没有传来任何消息。于是,沃尔夫返回了意大利。沃尔夫疲惫不堪,打算在设在科莫湖西岸的党卫军边境总部住上一晚。正当他准备就寝时,格拉齐亚尼出人意料地出现了。格拉齐亚尼刚离开了墨索里尼举办的宴会,想寻求党卫军的庇护。再次听到这则故事的时候,我感觉自己像是在看好莱坞惊悚片。沃尔夫劝说格拉齐亚尼元帅率部投降,这样对意大利最为有利。格拉齐亚尼只好拟了一份文件,授权沃尔夫安排所有意大利军队投降事宜。

"接近中午时分,"魏贝尔继续说道,"我接到一份报告,说科莫湖很快将捉到'一条大鱼'。我悄悄打听了几次后发现,这条'大鱼'正是沃尔夫。这证实了我的猜想。当晚我安排一名特工在基亚索火车站和我碰面,然后一起设法营救沃尔夫。接着,我又打电话给盖维尔尼茨,告诉他如果我们不立马行动的话,沃尔夫只有死路一条,整个计划也将成为泡影。"

盖维尔尼茨告诉我们,当时他已经敦促杜勒斯给他们提供援助,但是杜勒斯接到了明确的命令,不能再跟沃尔夫有任何联系。于是,盖维尔尼茨又问杜勒斯是否能够寻求战略情报局特工唐纳德·詹姆斯·琼斯的帮助,此人当时伪装成美国驻卢加诺的副领事。当杜勒斯说他爱莫能助后,盖维尔尼茨决定依靠自己的力量。他告诉自己的上司:"我要做一次短途旅行,两三天后回来。"杜勒斯没问自己的助手要去哪里,他也不想知道,他只是漫不经心地随口说了声再见。盖维尔尼茨很确信,当时他看到杜勒斯的眼里闪过一抹亮光。

盖维尔尼茨找到了魏贝尔,当晚他们俩在基亚索火车站下车。基亚索是一座瑞士小镇,靠近意大利边境,与意大利的科莫市相距不远。让他们吃惊的是,迎接他们的居然是盖维尔尼茨想要求助的对象——美国战略情报局特工琼斯。"我一直在等你们。"琼斯说,"你们想营救沃尔夫,这一点我能理解。"魏贝尔假称这件事与杜勒斯没有任何关系,只说救沃尔夫对瑞士大有裨益。琼斯同意了,并答应带他们大胆快速地穿越意大利游击队控制的地带,这些地区的很多人都认识他。

当时,魏贝尔和盖维尔尼茨给沃尔夫打电话,看看能否联系上他。令人难以置信的是,电话竟然接通了。他们告诉沃尔夫,两辆轿车很快将突破防线,赶去营救他。晚上十点,琼斯小队从基亚索驶出。盖维尔尼茨和魏贝尔在一家小餐馆里等候了两个小时,然后走到边境附近。凌晨两点,两辆轿车靠近他们并停了下来,正是琼斯一行。一名块头很大的男子从其中一辆车里径直走到盖维尔尼茨跟前。此人便是沃尔夫。"我永远不会忘记你们为我所做的这一切。"沃尔夫说。他写信给米兰的党卫军指挥官,要求此人停止与意大利游击队对抗。接着,他递上由陆军元帅格拉齐亚尼签署的文件,承诺将利用自己的影响力保护公共财产不被破坏,保护政治犯的生命安全。

盖维尔尼茨问沃尔夫:"如果希姆莱突然说'现在由我接管你的指挥权,我要逮捕你',你怎么办?"

"我当然会反过来逮捕他!"

沃尔夫前往自己在意大利北部的新司令部,而疲惫不堪的魏贝尔和盖维尔尼茨则返回瑞士。盖维尔尼茨开车回到家中,刚想睡上一觉,但马上被杜勒斯的一通电话惊醒了。从华盛顿刚传来一份电报,允许杜勒斯重启与沃尔夫的谈判!眼下棘手的事就剩下接受大规模投降了。杜勒斯命令盖维尔尼茨开车将沃尔夫的两名特使带到飞机场,然后飞往靠近那不勒斯的亚历山大的司令部。一名特使坚持要求发一条情报给意大利境内德军的指挥官海因里希·冯·维廷霍夫将军,向他简述投降条款。但是另一名特使已经被说服,在投降文件上面签字了。丘吉尔致电斯大林:"我们必须为这次大投降共同庆祝一番。"然而,麻烦还在后面。虽然盖维尔尼茨成功地把那两名德国特使带回瑞士,但是他无法让他们进入奥地利,因为瑞士政府已经下令关闭了所有边境。

这时,杜勒斯介入了,那天早晨他抛开了外交礼仪,去拜访一名瑞士官员,对方正在刮胡子。最终,这名官员批准了这次通行。沃尔夫紧接着又面临更大的压力,这一次来自下属的反对。然而,希特勒的死讯让所有德国军官从对元首誓死效忠的誓言中解脱了出来。最终,德国官兵同意了沃尔夫的投降提议。

墨索里尼生命的最后时光

1963年,在瑞士结束了对魏贝尔少校的几次采访后,我和寿子动身前往意大利。我们不仅想要探访沃尔夫和美国战略情报局人员会面的地方,而且想到科莫湖地区了解一下墨索里尼生命中最后几天的细节。我们在一家小旅馆里住了一晚,第二天早晨便开始穿越辛普朗山口。途中我们被浓雾挡住了视线,有些地方可视距离只有一码远。但是当我们到达山的另一侧的时候,天空便晴朗起来了,阳光明媚。经过美丽的马焦雷湖后,我们来到了米兰。对于第一次开车来到米兰的我来说,米兰很快就成为了我心目中最糟糕城市的候选了。我们在米兰的住宿条件比米兰的交通状况还差。晚上,我们不得已咽下了一顿令人反胃的食物。之后,我们回到旅馆,和一队全副武装的蚊子战斗,结果自然落败。

第二天，我们对意大利游击队队长皮埃尔·路易吉·贝利尼·德尔·斯泰莱伯爵进行了一次长时间的采访。贝利尼伯爵的游击队是在科莫湖边的一个小镇子上捉住了墨索里尼和他的情妇克拉拉·贝塔西的。我采访贝利尼伯爵的时候，他在从事公关工作。他在写一本有关这件事的书，所以他对此事的细节历历在目。

下午，在距离科莫城六英里的地方，我们沿着科莫湖西侧的蜿蜒道路找到了一家旅馆。这家旅馆坐落在一个村子里，而这个村子则位于一个陡峭的小山坡上，离山脚约一英里。这家旅馆简直完美极了：价格低廉，环境舒适，玲珑温馨，从我们房间的窗子往外望还可以饱览湖泊的美景。夜里，我几乎没睡什么觉，我不断地回味贝利尼跟我讲述的故事。贝利尼和他的副手——年轻的政委厄尔巴诺·拉扎罗都不是共产党员。事实上，他们都强烈地反对共产主义。作为游击队员，他们的主要目标是跟德国人和法西斯分子作战，帮助意大利重新获得和平。4月27日黎明，墨索里尼得知自己手下的黑衫党成员大都已经在科莫城向游击队投降了。他和情妇克拉拉·贝塔西以及几名随从离开了酒店，和德国护卫队的二十八辆卡车一起沿着湖边公路北上。此时，贝利尼伯爵已经在东戈地区设置了路障。当天下午，年轻的拉扎罗认出了墨索里尼，并将他在被愤怒的人群杀死之前逮捕（最近有四名当地游击队员遭到了法西斯分子的谋杀）。贝利尼伯爵告诉我们，直到几个小时后，他才意识到墨索里尼在他手中是一个多么重的担子：可能又有一个德国飞行中队赶来营救墨索里尼，而镇子里的人可能会把墨索里尼杀了。

此时，关押在另一个隐蔽地点的克拉拉乞求贝利尼把墨索里尼交给盟军。"但是，我拒绝了。我说我会不惜一切代价，确保墨索里尼不会落入盟军之手。墨索里尼的未来只与意大利人有关。"克拉拉动情地劝说他，最后还谈到了她对墨索里尼的爱恋。贝利尼伯爵向我们坦承，当时他深受感动，他向她保证，自己绝没有枪毙墨索里尼的打算。最后，他决定把墨索里尼和克拉拉藏在科莫城附近的一个地方，这样他们就能待在一起了。

贝利尼告诉了我们这座房子的地址，它距离我们的湖边旅馆并不远。我们带上一名翻译，很快就找到了这座白色三层楼。这座房子的女主人莉萨·迪·玛利亚，同意和我们聊聊。她很聪明，有一种特殊的魅力。她告诉我们贝利尼和他的手下是如何请求她的丈夫收留一名受伤男子的。她的丈夫贾科莫答应了贝利尼。莉萨给他们煮了一壶人造咖啡。那名男子没有喝，但那名女子则一饮而尽。当那名男子把他脸上的绷带拆去时，莉萨悄悄地对丈夫耳语道："他看起来像是墨索里尼，但是这不可能啊！'领袖'来我们农民家中干什么？"最终，夫妻俩认定那名男子是德国战俘。

莉萨把他们俩带到一间卧室。像其他游客一样，墨索里尼用手试了试床，然后说道："不错，谢谢。"接着，那名漂亮的女子问莉萨是否可以再给他们一只枕头，因为她的丈夫睡觉时通常喜欢用两个枕头，而她自己睡觉时不用枕头。"我安顿好下楼时，"莉萨告诉我们，"我想'他们俩真是一对好人'！"

贝利尼伯爵告诉我们，4月28日，又有一支游击队伍赶到东戈，包围了市政厅。他们已经听说墨索里尼被抓住了，并接到枪毙墨索里尼及其情妇的命令。"当意大利民族解放委员会瓦莱里奥上校告诉我墨索里尼及其情妇已经被判处死刑时，我不由得大吃一惊。我说仅仅因为克拉拉是墨索里尼的情妇就要把她枪毙，这太过分了。然而，我别无选择，只能把这两名囚犯带到市政厅。"下午四时，墨索里尼和克拉拉被带到城镇广场上。见到墨索里尼及其情妇克拉拉，瓦莱里奥上校突然大叫道，他奉命为意大利人民伸张正义。

墨索里尼一动不动地站着。克拉拉用胳膊抱住他，大声喊道："不！他不能死！"瓦莱里奥让克拉拉让开，否则她将被枪毙。当她松开胳膊站到墨索里尼右边的时候，汗水从她脸庞上滚了下来。瓦莱里奥用一把自动手枪对准了墨索里尼，但是枪卡壳了。于是，他抽出自己常用的手枪，没想到这把手枪也卡壳了。于是，他又让人拿来一把枪。在距离墨索里尼十英尺的地方，瓦莱里奥连续朝墨索里尼开了五枪。当瓦莱里奥用枪指着克拉拉时，墨索里尼身子瘫倒在地。

贝利尼大为光火，但是枪决还没有结束。他们又找到了克拉拉的弟弟。克拉拉的弟弟挣脱后，大叫一声跳进了湖里，拼命地游泳逃亡。随后一排子弹落在他的身上，他便沉到了湖里。贝利尼说那一幕真的惨不忍睹。人们纷纷疯狂地向空中开枪以宣泄心中的愤怒。"枪声逐渐平息后，"贝利尼回忆道，"瓦莱里奥让我把克拉拉弟弟的尸体从湖中打捞上来，我说你去找别人吧。"

第二天一早，墨索里尼和克拉拉的尸体就被运到米兰一个刚建了一半的加油站。墨索里尼被头朝下倒挂在一根横悬着的大梁上，他的嘴仍然张着。克拉拉的尸体被倒挂在他的旁边，她的裙子倒垂下来，挡住了她的头。一名妇女爬上了一只箱子，把克拉拉的裙子塞进她被绳子悬挂起来的两腿之间。据一名目击者回忆，克拉拉的脸看起来平静得出奇，而墨索里尼那张被打烂了的肿胀的脸则扭曲变形，样子惨不忍睹。

我和寿子开车沿湖而上，来到东戈，墨索里尼和克拉拉姐弟就是在此处被处决的。这是一个美丽的地方，就像一个歌剧的背景。小小的公共广场就在湖岸，而耸立在其后的一座山仿佛一幅巨大的不可思议的风景画。

随着黄昏逐渐降临到这片宁静的田园，我脑子里一直在想墨索里尼在走向自己人生尽头时看到的是什么样的景色。跟这个愚蠢的男人带给这片土地的破坏和苦难相比，我周围的自然景色之美显得黯然失色，这片土地在它熙熙攘攘的过去曾被太多军队践踏。

"铁幕"背后

有些时候，要想书写历史，就真的要去经历很多冒险，碰上许多奇遇。为了找到前人没写过的故事，我和寿子决定潜入"铁幕"背后，甚至深入东德。当时，东德这片土地是禁止持有美国护照的公民入境的。1963年5月底，我们觉得已经为这趟旅程做好了足够的准备。首先，我们驱车抵达了贝希特斯加登小镇，这儿是希特勒在上萨尔兹堡山的有名的休养地。虽然有些旅游气息，小镇本身还保留了其中世纪的风格。站在主街的任何地方，都能看到周围群山的壮观景象。我们在山路上一个名叫长青旅馆的地方安顿了下来。这条山路通往希特勒鹰巢，它是我驾车走过的山路中最陡峭的一条。我们住的是豪华套房，房内有一条长长的封闭式走廊、一间很宽敞的卧室、一间超大的浴室，还有设在二楼的一间起居室。我对寿子说，这肯定是某个纳粹党大人物的。后来我们得知,这座房子曾经是希特勒的装备部长、建筑师阿尔伯特·斯佩尔的避暑之处。我料想这座房子也是他设计的。

戈林

由于偶然的机会,我找到了纳粹空军总司令戈林的男管家罗伯特·克罗普,并用我那蹩脚的德语说服他接受一次我们的采访。从1933年到1945年帝国元帅戈林被纳粹党卫军逮捕期间,克罗普每日都陪伴在戈林的身边。后来,我们又找到了戈林的大管家,他曾在戈林乡间别墅卡琳霍尔里服侍过戈林。这栋乡间别墅鸿图华构。从表面上看,这栋别墅是戈林打猎时的栖息之所。这栋房屋是以戈林已故的第一任妻子命名的。在这里,我们此前所掌握的戈林死前在贝希特斯加登小镇生活、他被纳粹党卫军逮捕的信息,以及他的家庭生活情况,都得到了印证。克罗普告诉我们,戈林的穿着很奢侈,尤其是他的晨衣。戈林收集衣服,就跟某些人收集邮票一样。制作这些衣服可都是大工程,每一件衣服都按他自己的设计,用蓝色、绿色、紫色的天鹅绒或锦缎制作。其中有件衣服上面全是古埃及的象形文字。每件外套,他都用同样款式、同样色彩的皮靴搭配,腰上还要系着腰带,佩上一把旧式日耳曼刀。

克罗普坚持认为,戈林是个居家好男人。戈林可以和侄子们玩上好几个小时,尤其是在卡琳霍尔倒腾那些复杂的电力列车系统时。对于那些危言耸听的传言,比如主人戈林参加狂饮派对时搽脂抹粉,衣着光鲜,克罗普和大管家至今仍是愤愤不平。在现在的贝希特斯加登小镇,人们还是认为戈林是个和蔼、友善的人,而他的敌人鲍曼才是人人打心眼里憎恶的人。对此,管家们深信不疑。

克罗普用生动的描述总结了戈林在卡琳霍尔的最后一天。戈林走时,带走了十四车衣物以及掠夺来的艺术珍品。他下令炸掉这栋房子(包括堆满微型轨道和微型列车的大房间),这样苏联官兵就休想得到里面的好东西。

维也纳

接着,我们去了萨尔茨堡。虽然人们总是把这座城市与莫扎特以及巴洛克式建筑联系起来，但我们看到的却是漫天尘土、一片萧索。我们接下来去了维也纳。起初，我们对这里的"美丽的蓝色"多瑙河非常失望，因为这里的多瑙河河水已经变成褐色了，肮脏不堪，但最终我们还是爱上了这座城市。我们下决心要获得1945年春维也纳抵抗军起义的全部资料。事实证明，这确实是个很棒的故事，虽然这个主题至今仍有争议。对于维也纳抵抗军起义，每个人都有自己的版本，而这些版本通常又取决于各自的政治立场。

对卡尔·索科尔少校，大多数维也纳人知之甚少。索科尔少校曾指挥过抵抗纳粹的战斗，但多数奥地利人当时则将其视为卖国贼。我们总算找到了他。他同意在萨赫酒店见见我们。萨赫酒店很适合采访，在我们最喜欢的糕点店前穿过马路就到了萨赫酒店。我的脑海里一直回荡着电影《第三人》(The Third Man)中的插曲。这是一部关于盟军占领奥地利时期的片子，导演卡罗尔·里德将其背景设定在维也纳，影片中奥森·威尔斯扮演了一名最令人难忘的角色。索科尔身材瘦小，他在战后进军电影业，拍摄了大量作品，包括《最后十天》(The Last Ten Days)和《最后的桥》(The Last Bridge)。采访索科尔就像采访一只精神高度紧张的鸟儿，它随时都可能扑棱一下飞走。此前，从没有人说服他讲出自己的故事。他是鼓起了巨大的勇气之后才接受我们采访的，因为他所说的这些事会激怒许多自己的同胞。

我们虽然没多少空闲时间，但还是在维也纳音乐节的高潮时期听了一场贝多芬音乐会。我们还在格林津镇的一个葡萄酒庄园过了一晚，贝多芬的大多数交响曲就是在格林津镇谱写的。午夜过后，寿子在山顶上一座古老修道院的影子里即兴跳了一回舞，我希望除了我之外至少还有几名修士在观看。寿子注意到了维也纳人和慕尼黑人之间的差异，那就是，在辛勤劳作之余，维也纳人也不忘寻找乐趣。她注意到，不管谁当权，奥地利人都很懂得如何享受生活。这样一来，我们就要像维也纳人一样玩个痛快，像美国人一样拼命工作。回首往事，要从不愿透露故事真相的人那儿获得第一手资料，我们承担了何等压力！讲述故事的真相通常很伤人——讲述者叙述故事的真相，就等于重新经历一遍战时的生活，他们不得不忍受种种折磨。不过，当他们看到自己完整的采访记录时，很少有人要收回自己所说过的话。

周日,我们开始往东面的布达佩斯进发,只在奥匈边境的一座巴洛克风格小镇停下来吃了顿午饭。在奥匈两国边境,我们参观了音乐家海顿的出生地,然后越过边境,进入了匈牙利。

匈牙利

跨过边境,我们来到神秘的东欧地区,我有一种迷失方向的感觉。好在我们没遇上什么麻烦,而且我们很快就独自踏上前往布达佩斯的路。不可思议的是,每到一个村子,我们都会受到人们的欢迎。无论何时,孩子们只要一看到我们,就会冲到路上,拼命地挥手。有些孩子可能是想要钱,但大多数看起来愁眉苦脸的孩子只是拼命地挥动着小手。我们轮流开车。有一次我们刚停下来换座位,就有三个孩子突然从天而降,想要看看我们车里面究竟是什么样子,并盯着我们看。他们对寿子尤其着迷。

这儿的村庄漫天尘土,十分贫穷。放眼望去,看不到一辆汽车,只有自行车、摩托车,以及马匹和马车。有两个孩子气愤地冲我们扔樱桃(很可能是因为我们既没给他们钱,也没载他们一程),但其余的孩子看到我们这辆奇形怪状的外国车子及上面的外国车牌大多非常友好。(到匈牙利差不多已有两周,我们还没见到过第二辆沃尔沃汽车。)这"另外"一个欧洲是一种全新的面貌。出乎我们意料的是,我和寿子都很喜欢这个地方,尤其是寿子;当地人也很喜欢我们。

驶入更大一点的城镇后,我们终于看到了一些汽车。天色暗了下来,我们遇上了交通堵塞。迎面而来的车辆不断地朝我们闪着停车灯,这是因为我们开着前照灯。我们仍然坚持亮着前照灯,因为若没有前照灯的灯光,我们便看不清道路。尽管如此,穿过黑乎乎的村庄时还是非常吓人。我们注意到,每个小镇至少有一座教堂,一群群人从教堂里出来。沿途的路边,我们还看到四五个神祠,但每个都破败不堪。就连布达佩斯也实行灯火半管制,这让人极其胆战心惊,因为我们不知道自己到底该去哪儿。七弯八拐之后,我们最终还是找到了自己的酒店。

我们发现我们的旅馆非常舒适。第二天,我们受到了热烈的欢迎。文化关系研究所所长保罗·尼里很快就喜欢上了我们。当我得知他是匈牙利头号男中音时,我们便成了朋友。(接下来的十五年里,他总是把自己在匈牙利、莫斯科以及德国的演唱会录音邮寄给我们。)他对寿子大献殷勤。他还告诉寿子,只要寿子让他做什么,他就会做什么,但她必须答应,不要拍那些分布在各个景点的苏联士兵。

我们的大部分采访都收获不大。我们几乎每走入一家餐馆,里面的小管弦乐队都会演奏《蝴蝶夫人》(*Madame Butterfly*)。办公室里和街上的人总是那么友好。那些会讲英语的人给西方国家传递了一个信息,那就是"和平"。在他们看来,西方国家对世界和平构成了威胁,只要西方国家追求和平,那整个世界就太平无事了。寿子不经意间拍了许多苏联士兵的照片。有天早上,我们发现有人强行撬开了我们沃尔沃车的后备厢。什么东西都没丢,只是我们的胶卷都曝了光。

匈牙利人个个都穿得很体面,而且看起来都很健康快乐。毫无疑问,现在普通匈牙利人的生活要比霍尔蒂摄政时代富足。有证据表明,如今的匈牙利政府正尝试给公民提供更多的个人自由。我们在匈牙利很自由,想去哪就去哪,想跟谁说话就跟谁说话。

南斯拉夫

然而,南斯拉夫是个截然不同的世界。那儿的海关人员不太敬业,做事马虎,几乎就像加拿大一样。孩子们不再成群结队地围着我们,我们也不再是什么新鲜事物。去贝尔格莱德的路上天气昏暗,尘土飞扬。这儿看不到内部冲突以及种族矛盾的迹象,有的只是沉闷无聊。这里现代化的大楼要比匈牙利多,街道也比匈牙利宽。这里的人既不好奇也不友好。他们更像纽约市熙熙攘攘的人群中的那些人,忙忙碌碌,没有人情味。虽然像匈牙利一样,这里的许多建筑物上方都有一颗大大的红色五角星,但当地人的态度普遍和匈牙利人截然不同。南斯拉夫人亲英、亲美、亲意大利。仍有许多南斯拉夫人因匈牙利人在二战中犯下的暴行而痛恨他们。

《瞭望》杂志社想让我采访铁托总统,但南斯拉夫外交部新闻司司长告诉我,铁托总统已经拒绝了我的请求。鲍勃·谢罗德最近为《星期六晚报》

(*The Saturday Evening Post*)采访过铁托,一年之内铁托都不愿意再看到另外一名美国作家。不过,我见到了南斯拉夫联邦塞尔维亚共和国的政府首脑,并最终见到了塞尔维亚新一代最杰出的政治小说家。这位小说家曾和塞尔维亚的切特尼克(铁托总统的敌人,由德拉查·米哈伊洛维奇上校指挥)打过四年仗。就这一主题,这位作家刚刚完成了一部长达一千页的纪实小说。这位作家给我们提供了1941年米哈伊洛维奇上校和德军指挥官谈判的一些照片。对米哈伊洛维奇上校不利的证据很有说服力,我看完后便深信不疑。之后,我在伦敦和菲茨罗伊·麦克莱恩准将交谈过。他曾受丘吉尔首相委派,到南斯拉夫调查米哈伊洛维奇是否真的和德国人勾结。麦克莱恩准将发现确有其事。于是,在德黑兰,丘吉尔说服罗斯福和斯大林大力扶持铁托。

离开南斯拉夫前的那个星期天,我们驱车去了趟南斯拉夫内地。回来的路上,在一个村子里,有人招手让我们停下。那儿刚发生了一起车祸。村长是个很有才能的年轻人,他问我们能不能把一名遭遇车祸的人和陪护他的妻子一起送到贝尔格莱德的一家医院。那天热得要命,都快到100华氏度(约37.7摄氏度)了,但我们还是得把所有车窗都关着,因为那个遭遇车祸的农夫光着脚,禁不起半点风吹。我们到了贝尔格莱德后,却没人告诉我们该去哪家医院,那名农夫的妻子对贝尔格莱德也是一无所知。我们开了一小时十五分钟,不停地从一家医院跑到另一家医院。直到第四家医院,我们才发现这是我们要找的那家医院,但这家医院却说床位满了。这时,我发了脾气,威胁医院说,我要直接去找铁托总统。最后,我实在没办法,就给了农民的妻子一些钱,把他们留在了第四家医院,这样我们好回到自己的旅馆。

回到酒店,我们才发现里面全是些名流,大家都在欢迎利比里亚总统。由于酒店餐厅里挤满了人,我们就被送到附近的一家饭店用餐。我们试图透过窗户看看外面的情况,却被果断而又礼貌地推开了。但是,寿子瞥了一眼,看到了非洲的显要人物、利比里亚总统威廉·杜伯曼及其妻子。酒店外面,成千上万的人排着队站在街道两边。铁托最终抵达时,响起了一片掌声,但没有人欢呼。这样的反应,或许可以算作非常含蓄吧。

签证问题

在穿过捷克斯洛伐克,动身前往波兰之前,我们打算在匈牙利首都布达佩斯待上两天。我们通过南斯拉夫的出入境口岸时没有遇到任何问题,但返回匈牙利时,匈牙利边境检查人员却告诉我们,我们的签证已经失效了。这简直是晴天霹雳。要是我们不能返回匈牙利,我们还得绕道才能去捷克斯洛伐克和波兰。现在唯一的办法就是说服匈牙利的边境检查人员让我们重新回到匈牙利。

那些边境检查人员用匈牙利语、德语夹杂着各种手势一再声称,他们只有一个受限的军用电话能打到首都。我装聋作哑,想尽办法要给我之前的那个朋友保罗·尼里打个电话。最终,那些边境检查人员不再阻拦我们,帮我接通了他的电话。接通电话时,我们的那个朋友颇有大将风度,十分自信地说,只要等上一个小时,一切都会解决的,接着便挂了电话。然而,我并没对此抱多大希望,因为那时差不多是中午,到下午两点半之前,在欧洲通常什么事都办不成。与此同时,我在心中重新规划了一条去维也纳的路线,这条路的行程大约一千英里。我希望我能够说服捷克驻维也纳的大使,把我们的入境地点改掉。

但是,保罗很快就回了电话,说一切已经安排妥当了,还说要和口岸负责人通话。我看到那名官员难以置信地摇了摇头,用德语说了句:"语音签证!从没有过这样的事儿!"不过,他还是耸了耸肩,示意我们可以通过了。太不可思议了!这事要搁在西方资本主义国家,在这么短的时间内根本不可能办妥。

到了匈牙利,保罗很高兴地跟我们打招呼,并让我们晚上和他一起去看歌剧。同行的还有约瑟夫·内梅什,他是一位著名的艺术家。我们第二天早上准备采访他。让我们大吃一惊的是,帷幕升起的时候,保罗大叫了一声:"啊,铁幕!"内梅什开心地笑了起来:"是的,铁幕!"

捷克斯洛伐克

下午三点左右,保罗在捷克边境和我们告别。他没能给我们兑换到捷克克朗，但他向我们保证，美国的旅行支票能在捷克境内兑成现金。我们的计划是开到天黑，找一家酒店，明早再继续往波兰边境进发。

一到捷克斯洛伐克，首先映入我们眼帘的是一排排樱桃树。我抵挡不住诱惑，下车采了几颗红樱桃，然后囫囵吞下。这些红樱桃是我吃过的最好吃的樱桃。我第一次品尝到樱桃还是年轻时在俄勒冈州。寿子一直喊我回到车上，我这才依依不舍地上了车。我们开车驶过时，捷克斯洛伐克人似乎漠不关心，有些孩子还冲我们的车子扔石头。我们到尼特拉镇时，已经是晚上七点半了。尼特拉镇是个制造中心，这里尘土飞扬，天气闷热。我们去的头一家酒店已经客满了，或者这只是酒店的推托之词。好像没人对帮我们找个住处感兴趣，人们只是冷冷地说，再开车找找吧。也没人给我们兑换现金。我们又尝试了另外几家酒店，但他们不屑一顾地摆了摆手，示意我们离开。我猜这些酒店老板不愿做挂着西德车牌的外国人的生意，他们怕给自己带来麻烦。

此时，天已经漆黑。我们别无选择，只能继续开往下一个小镇。路上没有别的车，我们感觉自己仿佛被抛弃在某个遥远的外星球上。我们俩都感到忐忑不安，直到我们在远处瞧见闪烁着"伊甸"字样的光芒。几分钟之后，我们来到了伊甸酒店。让我们感到欣慰的是，他们热情地欢迎我们，还带我们看了一间大约有八张床的房间。我们决定就在这里住了。然后，酒店老板带我们下楼去餐厅，那儿差不多有五十名年轻人在庆祝些什么。尽管我们彼此都听不懂对方的语言，但我们很快就融入他们的庆祝当中，试着唱他们的歌。大家都被寿子逗得很开心，我们玩得非常尽兴。

第二天早上，我和酒店老板说，我没有捷克克朗。接着我把旅行支票给他看，他说他能在镇上找到人"处理"这些支票。没过几分钟，兑换支票的人来了。这是一个十二岁的小男孩，俨然一副精明的纽约人的派头。他非常专业地瞄了一眼我的支票，又在脑子里飞快地计算了一下，接着便把现金给了我。他的行为，第一次提醒了我：在社会主义国家捷克斯洛伐克，资本主义的火苗依旧燃烧着。

波兰

去波兰边境的旅程漫长而又单调。到了波兰，好像再一次进入了一个完全不同的世界。波兰人非常友好，也很乐于助人，因此兑换现金、打听消息都不是难事。我们在一个小镇子停了下来，在一条小巷子旁边找到了一家酒店，得到了一间有四张床的房间。有个人催促我们赶快去转角后的餐馆用餐，否则他们晚上十点就要打烊了。餐馆里没人会讲英语或法语，那名女服务员没有办法，只好去厨房把菜品一样一样地端出来，让我们自己挑。小餐馆里的每个人都非常热心。没一会儿，我们就喝上了他们的伏特加。

我们先去了奥斯维辛。从远处看，那儿让我想起了美国中西部地区的大学校园，面积不大却十分整洁，看起来非常宁静。不过，我的错觉很快就烟消云散了。我们考察了那里的建筑，发现一堆堆假牙、小装饰品、鞋子和衣服，样子十分吓人。这些都是成千上万犹太人被残忍杀害时留下的遗物。看完之后，我对如今奥斯维辛集中营平和的表象感到恶心。我必须把这个恐怖的故事完完整整地讲出来，我要给那些死在奥斯维辛等集中营的人一个交代。

我们的心情还没能从奥斯维辛集中营的许多悲剧中平复，便动身前往华沙。一名新闻官热情地接待了我们，还给了我们能在各种饭店用餐的餐券，包括被华沙人引以为傲的位于新建的中国商业中心的饭店餐券。我们先去了中国商业中心，期待着能享受一下美食。那儿没有菜单，给每个人上的东西都一样——一份难以形容的"糊糊"，我想没有一个中国人能受得了这东西。不过，我们周围的人都把这种"糊糊"吃得干干净净，仿佛这是最好的北京美食。

我要求采访犹太幸存者时，有人告诉我他们是不会和我交谈的，因为在他们看来，非犹太人和外国人都不能理解他们所经历的种种难以言表的恐怖。然而，不知怎么回事，我们到这儿的消息传到了犹太社区，那些幸存者把我围得水泄不通。他们把烙在手臂上的数字给我们看，并向我们讲述战时的那些恐怖经历。

我们周末没有和人预约，所以我们就驱车向北穿过东普鲁士，来到但泽。我看过相关报道，这里在历史上曾发生过两次大海难。因此，我想去考察一下这两次海难的发生地。一到波罗的海港口，我的脑海中便浮现出无数人群，他们拼命想挤上两万五千吨的"威廉·古斯特洛夫"号客轮，以逃避追击的苏联红军。船上至少有八千名平民和一千五百名年轻的潜艇新兵。按理说，每个人都应该持有一张船票和一份准予离境的文件，但实际上数以百计的人都是偷偷混上客轮的。

波罗的海死一般地沉寂。我们沿着海岸向北驶去，这样我就能在脑海中追寻"威廉·古斯特洛夫"号客轮逃离的情形。碰巧，风大了起来，海面变得波涛汹涌，但还是不及1944年那般狂暴①。我远远眺望着这番景象。北边大约二十五英里处的海面变得波浪滔天，且有一阵剧烈的爆炸声。一枚纳粹鱼雷将这艘满载德国人的客轮炸沉，只有为数不多的几个人幸存了下来②。这些人把记得的东西都记录了下来，这样我就能尝试着再现这一场面。后来，又有一艘名叫"戈雅"号的客轮载着大约七千名平民驶离但泽湾，也被一枚德国鱼雷击中了。轮船上仅有一百七十名幸存者。其中一个人说道，这艘巨轮"似乎一瞬间就裂成两半"。

第二天早上，我们驱车穿过了东普鲁士往南开。1963年6月29日，我们在一个名叫格劳顿斯的小镇上唯一一家饭店庆祝了我的五十一岁生日。这家饭店可真挤，我们与十二名波兰人共用一张大桌子。坐我旁边的是一名年轻的造船工人，正是他发现了那天原来是我的生日。然后，大家就热闹、开心地玩了两个小时，尽管我们彼此几乎听不懂对方所说的话。（后来寿子和造船工人的妻子还通信了好些年。）

在华沙，我们发现绝大多数波兰人都很友好，但这座城市的服务员以及酒店员工则是一个冷淡的、令人受折磨的、粗鲁的群体。在这里想找个吃饭的地方很难，非得东奔西走，方能吃上一顿简单的饭菜。离开了华沙，我们又驱车顺道去参观肖邦出生的房子。按照波兰的标准，那座房子很宽敞。肖邦纪念馆馆长注意到，寿子正盯着搭在钢琴上面的一只手，那是肖邦的手的模型。那只手的大小与寿子的手差不多。于是，馆长便请寿子弹点什么，还说偶尔弹奏一下对钢琴只有好处。寿子难以推辞，只好遵命。此时，我看到了馆长脸上那愉快的表情，这我永远也不会忘记。

---

① 编者按：实际上，"威廉·古斯特洛夫"号是在1945年1月30日被击沉的。
② 编者按：据史料记载，击沉"威廉·古斯特洛夫"号的是苏联潜艇S-13发射的三枚鱼雷。

那天晚上,我们在波兹南市住下,这里很容易就能买到吃的,而且这里的人也很友好。波兹南市是我们在波兰看到的第一座灯火通明的城市。往什切青市去的路上,我们顺路捎带了一个想搭便车的年轻人。他让我想起了那个帮我们兑现旅行支票的捷克小男孩。寿子叫我不要把支票拿出来给这个年轻人看,但我还是拿出了一张支票,问他能换给我们多少钱。他给的汇率是酒店里那个小男孩的三倍,然后我们就成交了。这个小插曲足以让我们窥探出波兰战后的经济现状。

第二天早晨,我们沿着波兰和东德的边界继续北上。战争在这里残留的痕迹仍令人触目惊心。库斯特林从前曾是一座城市,如今则是一片荒地,而其旁边则建起了另外一座城市。奥得河波兰一侧的岸边,几乎只有我们驾车而行。但是,我们还是得开得小心一些,因为我们经常会碰到一些在人行道上晒日光浴的人。这整片区域感觉怪怪的,就好像完全被废弃了一样。

这两天我们经过的地方一片死寂,这些地点见证了当年苏联进军柏林时一场场可怕的战斗。像弗罗茨瓦夫(德语称"布雷斯劳")这样的城市,很多地区空无一人,杂草丛生。旧地图上的一些城镇已经不复存在,农村的大片地区也荒无人烟。在科布伦茨德国联邦档案馆的东馆,我读到了卷入这场混战之中的数百万德国平民的命运。我们看到了五万五千名难民的档案。一份典型的档案能以单倍行距打满二百二十五页纸,其中包括各种文件和各种图片的复印件。在这里,我找到了我想要的故事——历史上两次史无前例的海难中幸存下来的少数人的故事。

我们渐渐意识到,我们的书不应该从雅尔塔写起,而应该从那绝望的向西逃亡开始。逃亡的人当中不仅有平民,还有所有的战俘,他们都是为了避免被苏联红军抓住。我曾采访过好几个美国战俘,询问了在召开雅尔塔会议的几天前,他们在暴风雪中向西跋涉的艰辛。我很快就明白了苏联红军为何会愤怒,那是因为四年多以来,纳粹分子一直有组织地、不断地残害他们,他们渴望复仇。纳粹分子们视苏联人为低人一等的害虫,他们要将苏联人尽快地有效地铲除掉。

古德里安将军舌战希特勒

我们采访了大逃亡的两名关键证人,大逃亡就是所谓的"东逃人潮"。其中一名证人是德国男爵贝恩德·弗赖塔格·冯·洛林霍芬将军,他讲述了狂暴的元首于1945年2月9日召开的会议。洛林霍芬时任海因茨·古德里安将军的副官。古德里安将军是陆军参谋长,也是东部战线指挥官,他在那个会议上公然反对元首的主张。(洛林霍芬男爵现在是西德新军基地的指挥官。)

这次会议开始前,古德里安将军在研究战争形势报告,他的脸上满是挫败感。防御不是古德里安将军的专长,而且他也没有在这么高的层面上指挥过。总的来说,他就是一名将军,一名直来直去、满腔热血的军人。他率领士兵在前线奋勇作战,且作战有方。他手下的官兵,从参谋到士兵,都死心塌地地追随他。战争初期,他就是极少数敢公然反对希特勒的人中的一员。虽然希特勒提拔了古德里安,但是洛林霍芬却意识到,古德里安将军和元首之间只是表面上修复了裂痕,每一次会议都意味着他们之间的矛盾可能会再度爆发。

洛林霍芬将军和古德里安将军一起开车前往柏林,参加2月9日的会议。古德里安烦躁不安,说必须采取一些措施以改变当前的局势。北方的两支德国部队已经被盟军切断了。这就意味着,只有维斯瓦河集团军能阻挡住朱可夫元帅对柏林发动的凌厉攻势。然而,这个集团军的指挥官是希姆莱——一个纯粹的军事外行,其战斗力便大打折扣。尽管柏林如今面对盟军直接的威胁,希特勒仍然下令要在匈牙利发起一次强有力的攻势,主动攻击苏联红军。古德里安将军对自己的副官说,这样做十分荒唐,而副官则担心古德里安将军的安危。

会议刚开始,古德里安将军就突然要求希特勒推迟在匈牙利发动攻势,而把主要兵力用来反击朱可夫向柏林派出的先头部队。他建议从两翼同时夹击朱可夫的先头部队,以便将其一分为二。

希特勒一直听,直到古德里安表示,这就意味着,要把部队从巴尔干半岛、意大利和挪威撤回,还要撤回库尔兰集团军,但库尔兰集团军早已被截断了,困在拉脱维亚。元首草率地拒绝了古德里安将军的提议。然后,让洛林霍芬感到绝望的是,他的长官执意继续争辩。古德里安将军坦言道:"我们必须集中力量,若没有足够的兵力,就别指望能保卫柏林。我向您保证,我这么做完全是为了德国的利益。"

希特勒挣扎着从椅子上站了起来,左侧身子在不停地颤抖:"你怎么胆敢跟我这样说话?难道你不知道我是为了德国而战吗?我一生都在为德国而战!"

戈林拉着古德里安的胳膊,把他带到隔壁房间。他们俩在那儿喝起了咖啡。古德里安极力地控制自己的情绪。但是,他一回到会场,又固执地坚持要撤回库尔兰集团军。他说,让库尔兰集团军从海上撤军易如反掌。

希特勒再次挣扎着站了起来,慢吞吞地走到古德里安将军跟前。他们互相瞪着对方。元首挥舞着拳头,但古德里安将军并没有退却。最后,古德里安将军的一名参谋抓住了他外衣的尾端,把他硬拽了回来。

接着,让众人大吃一惊的是,希特勒收敛了脾气,他小声地表示,同意让古德里安将军发起反击。但是,想要库尔兰集团军从拉脱维亚撤军,绝无可能。弗赖塔格·洛林霍芬看到自己的长官又想开口反对。但是,让洛林霍芬感到极大欣慰的是,古德里安将军勉强地同意了,发动一次小规模的攻击总比压根儿不发动攻击强,至少能打开一条通往东普鲁士的通道。

弗赖塔格·洛林霍芬告诉我们,几天之后,希特勒和古德里安之间又发生了一场更为激烈的争执。古德里安将军年轻的参谋瓦尔特·温克将军也目睹了这场争执。温克后来告诉我们,他担心自己的长官古德里安将军会做出过激的举动,因为希特勒艰难地从椅子上站了起来,回应了古德里安将军的关于希姆莱不适合指挥部队的言论(希姆莱当时在场),他怒吼道:"帝国党卫军领袖有足够的勇气来指挥这次进攻。"

希特勒转身背对着古德里安,但古德里安还是无畏地面朝希特勒。温克叙述道:"这场争执持续了两个小时,每次希特勒一吼'你胆子不小!'古德里安就会重复他的请求,要让我做希姆莱的助手。最终,希特勒叹了口气,说道:'罢了,希姆莱,让温克担任维斯瓦河集团军参谋长吧。'然后,元首盯着我看了看,告诉我 2 月 15 日发动进攻。接着,他猛地坐在椅子上,对着古德里安将军微笑着说道：'空军大将先生，今天陆军参谋部又打赢了一仗！'"

奥得河之战激战了三天之后，温克在深夜里接到让他返回柏林，向希特勒简要汇报一下战况的命令。就在温克全速赶回柏林的路上，他的车撞上了桥墩，他受了重伤，动弹不得。

温克走后，希姆莱陷入了困境。就连希特勒催促他不管采用什么手段，哪怕是集合妇女，也要建起一道前方防线时，他都默不作声。"我们以莱茵河为屏障，没人能从这里越过河去投敌，要逃也只能逃往后方。这就是莱茵河的好处。"弗赖塔格·洛林霍芬那直言不讳的长官这次竟然对此保持沉默，洛林霍芬长舒了一口气。正如古德里安将军所预测的那样，不到三周，朱可夫就越过了奥得河，并建起了三个桥头堡，这样苏联红军距离柏林就只剩五十英里了。自从温克出了车祸之后，古德里安就没从希姆莱那里收到一份报告，而希姆莱仍然负责阻击朱可夫。3月22日，备感失望的古德里安将军驱车前往维斯瓦河集团军司令部。在大门那儿，他见到了接替温克的人，这人央求古德里安道："您能不能帮我们换掉这个司令？"

希姆莱同意古德里安换帅的意见，他甚至当晚就向希特勒建议，自己"操劳过度"，无法胜任前线指挥的工作。希特勒平静地问古德里安，谁来接管维斯瓦河集团军？这让年轻的弗赖塔格·洛林霍芬吃了一惊。古德里安建议由第一装甲集团军司令哥特哈德·海因里希将军接替此任。

就这样，海因里希将军被选中了。我们曾在斯图加特采访过他六次。第二天，希特勒和希姆莱在帝国总理府花园里散步时，撞见了古德里安。古德里安问，能不能和希姆莱单独说两句？希特勒和颜悦色地走开了。古德里安直奔主题："这场战争已经不可能打赢了。现在唯一的问题就是，找到最快终结这场毫无意义的屠杀以及轰炸的方法。除了里宾特洛甫外长之外，您是我们当中唯一一个与中立国家有联系的人。您务必同我一道去见希特勒，敦促他安排停战。"

希姆莱并未向古德里安透露，他与里宾特洛甫一直在和贝纳多特伯爵洽谈。他舌头就像打了结，支支吾吾地说道："我亲爱的将军，现在还为时过早。"

那晚的会议上，希特勒让古德里安留了下来。希特勒对他说："我知道你的心脏病越来越严重了。你必须马上休四周病假。"

弗赖塔格·洛林霍芬说,他们俩之间的斗争于3月28日早晨达到了高潮。古德里安和弗赖塔格走进希特勒的地堡,古德里安对希特勒说:"今天我会说出一切。"在下午的会议上,特奥多尔·布塞将军极力解释,为什么他对库斯特林市发起的三次反击都失败了。库斯特林是奥得河边的一座城市,离柏林只有五十二英里的车程。希特勒勃然大怒,插了句:"我才是司令,我自己下达的命令我自己承担后果!"

古德里安插话道:"请容许我打断您,昨天我和您详细解释了一下,攻打库斯特林的失利不怪布塞将军。"他提高了嗓门,其言行也变得更加激动,"第九军用光了配给他们的弹药,官兵们已经尽了自己的职责,这异常高的伤亡数字就证明了这点!因此,我请求您不要责难布塞将军!"

这次攻击刺痛了希特勒,他挣扎着站了起来,但古德里安还是坚持自己的立场。他大胆地把他和希特勒争执了好几个星期的话题重新提了出来:"元首打算撤出拉脱维亚的库尔兰集团军吗?"听他的语气,与其说这是一个问题,不如说这是对希特勒的一种挑战。

"绝对不会!"希特勒挥舞着右手,吼了起来。他的脸死一般苍白,而古德里安则面红耳赤。他示威般地朝希特勒走去。一名将军把古德里安拉了回来,另一名将军竭力把希特勒送回自己的座位上。

"我怕古德里安会被抓起来。"弗赖塔格说道,"于是,我跑进了接待室,给他的参谋长克雷布斯将军打电话。我让克雷布斯先别挂电话,然后冲回去告知古德里安,克雷布斯参谋长打来急电找他。"克雷布斯和古德里安说了二十分钟。古德里安回到会议室时,终于克制住自己的情绪。希特勒也找回了风度,但他还是板着脸。希特勒平静地说:"除了陆军元帅和空军大将,我必须请这儿的诸位先生都出去了。"

后来,古德里安告诉弗赖塔格,他、凯特尔和元首独处时,希特勒说道:"古德里安将军,依你的健康状况来看,你应该立刻请六周病假。"古德里安伸出手臂,生硬地敬了个礼,说道:"我会离开的。"

现在是时候了解一下苏联人的观点了。这是西方历史学家很少会写到的东西。因此,我们打算用上在华盛顿时一个苏联人给我提供的帮助,他能让我们接触到愿意以苏联视角讲述二战故事的人。我和寿子按照这名苏联人的指导去布达佩斯的苏联大使馆办签证,却发现那儿的人表情很冷漠,说话很唐突,也不愿多做解释,只对我们说,他们的国家不欢迎我们。后来我发现,这是近期一个美国作家的莫斯科之行的后果。显然,他回国之后,把某些信息透露给了西方新闻界,这才惹恼了苏联人。出乎我意料的是,我了解到,这个作家放弃了他的计划,不再打算写一部关于欧洲反战力量的书了,现在他正在写一部关于柏林之战的书。

柏林与东德

我们进不了苏联,所以就只能往柏林去了。有人指点我们,不要离开高速公路,就能直达首都柏林。如果车子熄火或是停下了,东德的警察几分钟内就会赶到。我们在路上滞留了差不多两个小时,这是因为东德人办事效率不高,而非他们故意这么做。你能做的就是放轻松,等着事情自行解决。

西柏林就像个烤箱,远不止 100 华氏度(约 37.7 摄氏度)。西柏林的盟军司令部给我们提供了舒适的住处,负责接待我们的少校也很能干。我们参观了新建的柏林墙。对于柏林墙,我们听到过许多戏剧性的故事。那里的一切都很平静。柏林墙的两边都有士兵把守,他们注视着对方,相距约二十码(约十八米)。我们还穿过了查理检查站,游历了东柏林。东柏林建得没西柏林好。我们没能获准进入希特勒的地堡,只能待在上面的废墟里,待在被毁的帝国总理府花园里。站在这里,人们很容易就能想象得出,希特勒在最后的时日里是多么焦虑和绝望。

西德美联社办事处主任出生于美丽的古城德累斯顿,他曾就我们的调查写过一篇文章。我之所以知道这些,是因为他在文章中提到,他的家乡几乎完全毁于战火,当时正在慢慢重建。我猜,他是在柏林墙建好之前,通过某种方式从东德到西德的。我请求他告诉我,怎么才能偷偷到东德旅行一次?东德只允许美国人白天待在那儿,午夜之前必须返回。而且,我们美国人的护照上有一行字:"禁止进入东德。"

我们第二次通过查理检查站时,我把西德美联社办事处主任的信带给一名女政府官员,敦促她为我这个美国历史学家安排好在东德的行程,好让我讲述战争双方对二战的看法。她点了点头,操着蹩脚的英语告诉我们,我们必须在两天之内回来。而且她还警告我们,我们不能把计划告诉任何西柏林人,不然可能会引起国际纠纷。

两天后,我们带着些许惶恐出发了。我们穿过了柏林墙,进入了东柏林,向我们的联络人汇报情况。那名女官员给我们写了个地址:东德信息与组织办事处。我们根据这个地址找到了一间小房间,里面只有一名年轻的工作人员,他叫埃德加·奥斯特。他把他那狭小的办公室锁上,抽出自己的笔记本,作为一名向导加入了我们的行列。他已经做好了日程安排。首先,我们要向东北进发,去参观萨克森豪森集中营。一到那儿,我们就意识到,虽然埃德加是一名真正的共产党员,但只要是我们想看的,哪怕苏联卫兵阻挠,他都会带我们参观。在萨克森豪森集中营和布痕瓦尔德集中营,在与正义的角逐中胜出的魔鬼制造了史上最残暴的屠杀工具,魔鬼用这些工具碾碎了无数人的生命,而集中营里的"每件事"都是一份由这些难以言说的残留至今的生命碎片所构成的清单。眼镜、衣服、拔出来的金牙,甚至还有孩子的玩具,都有序地一堆堆地堆着。或许这种有序是一切有序中最惨无人道的一面。

我们接下来的目的地是新勃兰登堡,它是大型德国 IIA 战俘营的所在地。上尉弗朗西斯·桑普森神父是部队里的牧师,他在突出部之役中被捕,曾被关押在这个战俘营。战俘营在一条小路上,但门关得严严实实,旁边还贴着很多禁止任何外国军事组织入内的标识。埃德加让我们直接进去,于是我们来到了当时东德军营的中心地带。

正当我们返回沃尔沃轿车时,一辆国家警察的车开到了我们跟前。寿子正抓着相机,我不知道将会发生什么。然而,当警官听了埃德加的解释之后,便和我们握了握手。关于相机的事情,他甚至连问都没问。

参观了法兰克福市之后,我们在德累斯顿待了两天。我们采访了许多德累斯顿大轰炸的幸存者,对他们重建的决心惊叹不已。魏玛是德国所有城市里最漂亮、最有历史意义的城市之一。去那儿的路上,我们参观了歌德、席勒和李斯特的老家。后来我们又往旁边的山上开,去了另一处集中营——布痕瓦尔德集中营。布痕瓦尔德集中营从外面看起来平淡无奇。然而一进去，里面的恐怖情形便一览无余。一想到现在这块被人们废弃的平静地方，曾被用于难以启齿的用途，真令人作呕。

之后我们开车下山，前往艾森纳赫，一座离西德边境很近的城市。我们与边境的警卫讨论回去的最佳路径。他们告诉我们，一旦通过了他们的大门，就会有一英里左右的无人地带，继而我们会碰到西德的边防警卫。他们看到一辆挂着西德游客牌照的红色沃尔沃车从东德驶来，开车的可能是个美国人或者瑞典人，车上还有一名亚洲乘客，肯定会大吃一惊。那时候，我们应该慢慢地稳稳地从西德边防警卫们身边开过去，并对他们笑一笑，挥挥手。这些边防警卫是不会对我们怎么样的，因为官僚主义在西德大行其道。我们和我们的向导埃德加告了别。分别前，埃德加嘱托我们，在西德北部给他留一杯优质冰啤。之后，果然不出我们所料，西德的边防警卫只是目瞪口呆地目送我们离开。

下午的晚些时候，我们抵达了格罗·冯·盖维尔尼茨在瑞士边境附近的家乡。他很诧异，问我们过去的十天里都去了哪儿。西德那边传来一份报告，说我们有一天早晨离开了，然后就不知所终。西柏林指挥官詹姆斯·波尔克将军设晚宴招待我们，当他问起我们那天早上去了哪里时，我乐呵呵地应了声："一如既往地调研去了。"

我告诉格罗："我们去了东德。"

格罗听了后责备道：难道你们不知道东德是严禁美国公民入境的吗？我回答说我们的确知道。他火冒三丈，他看到寿子一直带着的相机，问道："难道寿子女士也像往常那样拍了许多照片吗？"

我说当然，我还告诉他我们的东德向导帮了很多忙。寿子在拍桥梁、大楼，甚至那些有骷髅标记的地方时，他常常能转移苏联卫兵的注意力。我经常责备格罗还和美国战略情报局（即如今的中央情报局）保持联系。他说，要是我们第二天早上把所有的胶卷都带到慕尼黑一座很显眼的大楼的一个没有任何标记的办公室里，我将会原谅他所做的一切。我知道他肯定不会骗我。我总是感觉"温文尔雅"这个词就是专为格罗·盖维尔尼茨定制的，他一直很绅士。

"中央情报局总部?"我问道,但没指望能得到回应。

第二天我们按照之前的约定把胶卷送到那个办公室。那里的官员对我们千恩万谢,还保证在几个星期之内会送八组(每组十张)照片给我们。至此,我们非法神秘的东德之行愉快地落下了帷幕,接着我们要向永远平静的瑞士进发。

纳粹分子的末日

柏林防御工事的崩溃

完成了在瑞士的调研任务之后,我们于1963年夏天再度翻越阿尔卑斯山,奔赴德国的斯图加特。到那后我们一直在采访哥特哈德·海因里希。海因里希将军于1945年3月20日接替希姆莱,担任维斯瓦河集团军司令。有十几名原纳粹德国国防军将领告诉我们,海因里希将军是柏林之战最后几天的关键见证人。曼陀菲尔还向我保证,海因里希将军为人非常细心,他的话十分可靠。然而,在我们第一次见面时,海因里希像一条生性多疑的狗一样,凭着嗅觉考察了我半个小时。最后,他才给我看了一堆手稿,里面包括他写的一份长达二百五十页的关于柏林之战的记述。

我告诉他,要是他有什么独家新闻,我会付点钱,但我付不起大价钱。他很快回应,说他并不是狮子大开口,只要我觉得价钱合适就行。我们本计划在当天进行一系列采访,到最后却变成了由我来给这些采访定价。尽管如此,后来我们还是进行了六次长时间的采访。采访中,我们不断地被他妻子准备的可怕的"零食"打断。他妻子一再坚持要我们吃她准备的干面包片、干肉片,还有其他各式各样的美食。

在我们最后两次采访中,他讲完了苏军最后进攻柏林时他在其中扮演的角色。他从俘虏的苏联红军士兵口中得知,最后进攻将于4月12日发起。事实也的确如此。他把从法国战场借鉴来的战略付诸实践:他命令特奥多尔·布塞指挥的第九军在夜幕的掩护下撤回奥得河之后的山岭之下,只在原地留下了一个空架子。

还有一次远比对海因里希的采访更重要的采访是在晚上进行的。这次采访是由派佩尔安排的与希特勒的专车司机埃里希·肯普卡的见面。那天晚上的经历就跟希区柯克的电影一样。肯普卡让人打电话来,说他会派人带我们到他家。然而,给我们带路的人有些神经质,他开车就像疯子在大雾中穿行一样。我们莫明其妙地跟着他,绕来绕去地驶入了路德维希堡县。一到路德维希堡,我们的向导就驾车冲上了一条被毁的街道。然后,他突然急转弯,差点撞到一对美国夫妇,接着又差点撞到我们。最终,我们停下车,他领着我们步行走过好几条坑坑洼洼的路,然后进了一栋房子。

肯普卡本人很招人喜欢,不一会儿他便和盘托出。说起来可能令人难以置信,就在晚饭前我刚刮过胡子,然而,当我们结束采访,疲倦万分地走入雾中时,我感觉我又要刮一次胡子了。这是我采访生涯中采访时间最长的一次,整整八个小时。

在回斯图加特的路上,我一直在细思肯普卡所说的1945年4月在希特勒的地堡中最后几天发生的一切,那些描述让人不寒而栗。肯普卡描述这些时就好像他自己重新经历了一遍当时的场景,希特勒的私仆海因茨·林格和斯达姆普菲格医生,把希特勒的尸体从深棕色的军毯中抬出来,"元首有半边脸被遮住了,左手臂垂了下来。鲍曼跟在后面,手里抱着希特勒的妻子爱娃。鲍曼抱着爱娃的样子很吓人。我知道爱娃恨鲍曼,而我也痛恨鲍曼,所以我对元首护卫队队长京舍说:'我来抱爱娃。'我把爱娃从鲍曼手中抱走。我注意到爱娃身体的左半边湿漉漉的,我以为是血。但后来我从京舍那儿得知,元首开枪自杀后,撞飞了一个花瓶,花瓶里的水溅到了爱娃的身上。爱娃当时已经服下了一粒毒药"。

肯普卡把他那几年和希特勒在一起的珍贵细节都告诉了我们,这些对我而言简直是无价之宝。他把给元首拍的许多照片都借给了我们,这些照片可都是没有公开过的。他还让我们结识了京舍,而京舍知道希特勒和爱娃·布劳恩死亡时的所有细节。

在奥托·京舍两次改变我们约定的时间之后,我们终于到了他家中。他家在一条荒废的路旁,从科隆到他家约有二十公里的路程。我们到时,门窗都关得严严实实的,压根儿看不到赫尔·京舍①的人影。我说服他的邻居往他办公室里打了个电话。邻居在电话里好说歹说,他才允许邻居开车带我们去京舍做生意的地方——一个工厂。京舍的样子比我想象中的要年轻得多,虽然他已经五十岁了,但看起来才三十五岁左右。他身高六英尺三英寸,虽然不胖,但块头像一栋房子一样大。他是一家大型制药公司的总经理,脑子精明得很。一开始他不愿多说,他的翻译非常蹩脚,我们争论了一个多小时。最后他总算同意帮我,但有两个附加条件:在书中不得用他的真名,我不能在书中直接引用他的话。我同意了。

他说现在发表的关于希特勒最后几小时的文章,大多是二手资料,而且完全是错误的,而他才是唯一知道地堡中最重要事件的人。采访结束后,我知道我终于得到了真实的故事,京舍也相信我会写出事实。他同意帮我检查我所使用的有关地堡的资料。京舍还说,他会把他从苏联回来时,写给德国政府的三百页机密报告复印一份给我。但他的新生活才刚刚开始,他有了一个很好的社会地位,所以他一点都不想抛头露面。几个月后,京舍读了我写的有关希特勒在地堡中最后时光的作品,他终于允许我使用他的名字了,但又要求我在说明中不要提及曾采访过他一事。我信守承诺了。

海军上将卡尔·邓尼茨

有些历史学家把卡尔·邓尼茨仅仅刻画成平庸的海军司令,认为他没有资格做一名国家领导人——他只是又一个占据高位的纳粹而已。比如,编剧夏勒在描写纽伦堡的邓尼茨时就说他看起来"像个卖鞋的店员"。

但是,认识邓尼茨的美国海军上将尼米兹坚持让我亲自见见邓尼茨,让我自己做出判断。尼米兹上将声称,邓尼茨才华横溢,而且他不是纳粹。我们了解到,邓尼茨的妻子刚刚离世,我想我们要不要推迟采访。有人告诫我们,邓尼茨很少见陌生人,而且他不爱说话,不愿跟人交流。但是,由于某种原因,或许是因为当着寿子的面吧,邓尼茨看起来渴望一吐为快。令我惊讶

---

① 编著注:应是奥托·京舍的化名。

的是，我发现他还挺有幽默感的。邓尼茨精力旺盛、态度乐观。他把希特勒死后自己和盟军谈判中的复杂背景说得非常清晰。他向我展示了一份文件的复印件，那是他自己写于投降之后的给军官们的告别演说："同志们，我们已经在自己的历史上倒退了一千年。属于德国一千年的国土如今已落入苏联人手中。因此，我们要遵循的政治路线非常明朗。显然，我们得和西方国家一道，在他们所占据的西部领土与之携手合作。唯有如此，我们以后才有希望从苏联人手中收复失地……我们每个人的命运都是未知数。但是，这一点并不重要。重要的是，在我们的国家遭到炮火轰炸时，我们必须保持在战火之中孕育而生的最高度的团结。只有通过这种团结一致，我们才有可能度过接下来的困难时期；也唯有如此，我们才能确保日耳曼民族不会消亡。"

邓尼茨忧郁地盯着我看，说道："我刚才想起了我的两个儿子，他们都为元首战死沙场。和许多其他德国人一样，我才刚刚开始认识到'领袖原则'——独裁原则的危险性。""若不屈从于滥用权力的诱惑，或许人们就不会使用独裁的力量。"邓尼茨还说，他把刚完成的演讲稿给同僚们诵读了一遍，却不能把这份演讲稿递给他们，"我慢慢地把演讲稿折了起来，锁在了自己办公桌的抽屉里"。

我知道，邓尼茨刚才所说的会是《最后一百天》的完美结局。

布洛克和波伦

1963年11月，我们很快又踏上了去伦敦的旅途。在那里，我们非常放松，我们一起看戏、看电影，寿子还说服了我添置几件新衣服。我们继续采访，采访对象有军官也有其他人，其中包括牛津大学的历史学家艾伦·布洛克。我很钦佩布洛克写的关于希特勒的书，书里面的细节都非常符合事实。多年之后，我重温了他写的关于斯大林和希特勒的传记。这本书既富有创造性，又不失胆气，我给它写了它应得的好评。

我跟奇普·波伦安排了一次会面。他是美国驻巴黎的大使，曾在莫斯科任职，参与过雅尔塔会议。我们的会面突然推迟了二十四小时，因此我和寿子就去看了一场戏。幕间休息时，我注意到，有几个人带着真诚关切的眼神看着我,就好像我刚刚失去了一个家人。我觉得有点不对劲。后来,正当我们离开剧院时,我才听说有人暗杀了肯尼迪总统。人群中有人在看着我,目光里充满同情,因为我明显是个美国人。他们的同情确实帮助我渡过了这一可怕的打击。

第二天,我飞往巴黎,去采访波伦。使馆的警卫都闷闷不乐。有人陪我上楼到大使的办公室。波伦备受打击,面色苍白。我为在这糟糕透顶的时间打扰他表示歉意,但他似乎并不抗拒。曾有人提醒过我,波伦为人很谨慎,除了一些众所周知的事实,他不会就雅尔塔会议再透露些什么。但是,在讲到雅尔塔会议时,几分钟内,他便把三巨头的亲密形象和盘托出,弄得我记录时手忙脚乱,都没有记录完整。我本指望在大使馆里待一个小时,但实际上两个多小时后,他才友好地跟我道别。大约五年之后,我们在东方的一年期调研结束后,我又采访了波伦。他很有礼貌,但礼貌得近乎冷淡。半小时之后,我就被请了出去,我的笔记本上差不多还是一片空白。我后来意识到,要不是当年肯尼迪突然遭到暗杀让他非常震撼,我很可能也只会听到一些老生常谈的故事。

希特勒最喜欢的飞行员

在伦敦时,我们的消息大多是从奥托·斯科尔兹内那儿听来的,他曾在马德里给我们预订过房间。他带给我们的最激动人心的消息是,汉斯-乌尔里希·鲁德尔上校,希特勒最喜欢的战士,斯图卡俯冲轰炸机小队队长,同意接受我们的采访。鲁德尔上校乘坐飞机从南美返回,中途在马德里停留,以便与我见面。我们约定的时间是12月1日,地点是斯科尔兹内的家里。六年中,鲁德尔执行了近两千五百次作战任务,已经成了一个传奇人物。他击沉了一艘苏联战列舰,摧毁了大约五百辆坦克。此前,我给他写了不少次信,但他一直没给我回信,我并不确定他现在是否会信守诺言。

我们到了斯科尔兹内家中后不久,斯科尔兹内告诉我们,鲁德尔不会在马德里停留并接受我们的采访。我说,原来希特勒最喜欢的战士害怕见我。斯科尔兹内随即拿起了电话。几分钟后,他宣布,两天内,鲁德尔会在马德里机场与我们见面,我们可以采访他两三个小时,其间斯科尔兹内会做我们的翻译。

按照约定的日子,我们来到机场,但我还是心存疑虑。这时,我看到一名中等个头的男子,精神抖擞地沿着陡峭的斜坡朝我们走来,就像在参加奥林匹克运动会一样。斯科尔兹内站了起来,大声喊道:"汉斯!"

这难道是在飞机失事中失去一条腿的鲁德尔不成?这看起来不可思议,但来者确实是鲁德尔,他是我见过的最富生命力的人。他说话都是用大嗓门喊出来的。他有一头浅棕色的波浪鬈发,一双淡橄榄绿的眼睛,轮廓分明,体格强壮。他殷勤地问候了寿子,接着握了握我的手。我能听到我手上的骨头嘎吱嘎吱作响。我知道,我终于找到了希特勒的忠实追随者的完美样本了。我读了好多资料后了解到,尽管他毫无保留地信任希特勒,但他也曾公开地批评纳粹党徒和德国军事指挥官所犯下的许多错误。

他会讲些英语,当他卡壳时,奥托·斯科尔兹内就会帮他翻译。不管怎样,我觉得自己又一次挖到了金子。我和他说,我想要他讲讲,他在"最后一百天"里所记得的事情,他坚持要从突出部之役时他和元首的会谈讲起:"希特勒要再给我颁发一枚奖章,并告诉我,我的飞行员生涯已经足够久了。"

纵然希特勒下了命令,鲁德尔还是继续驾驶战机。就一天时间,他就摧毁了十一辆坦克。在雅尔塔会议接近高潮时,鲁德尔还在空中飞行。到那时为止,他已经十二次被打下飞机。由于遭到机枪扫射,他的左腿受了伤,在巴黎打上了石膏。

在采访过程中,斯科尔兹内在讲述这些故事时和鲁德尔一样兴奋,他们已然忘记了我和寿子的存在。当人类记忆的洪流在不经意间迸发出来时,我和寿子都学会了像蒸汽一样从场景中蒸发,学会不要提问题去打断他们的思绪。

鲁德尔告诉我他坠机的全部情节,这次坠机终结了他的飞行生涯。1945年2月9日,腿上打着石膏的鲁德尔还坚持起飞,袭击了苏联坦克。这一次,苏联的高射炮命中了他驾驶的飞机,飞机着了火,烧废了他的右腿。在剧烈的疼痛之中,处于半昏迷状态的他试图强行着陆以挽救飞机上后排机炮手的性命,顺便也把自己给救了。他对斯科尔兹内咧嘴笑着说:"我都忘了我的左腿已经打上了石膏。飞机着火时，我轻轻地抬起机头，准备进行一次平坠着陆。我听到一阵刺耳的撞击声，然后飞机突然倾斜，紧接着发动机因急刹而发出尖啸声。我昏了过去，又因剧烈疼痛而醒来，醒来后再次痛得昏了过去。我再次醒来的时候，已经躺在手术台上了。我问外科医生：'没了吗？'他点了点头。你能想象一下我当时的感受，奥托，我再也不能滑雪、潜水、撑杆跳了。然后我就想：'有什么可抱怨的？有很多同志伤得更重。为祖国损失一条腿又算得了什么？'"

他那漫长的悲催故事，让我们都听得精疲力竭。鲁德尔第一个回过神来："戈林的私人医生几天后来了。他告诉我，戈林告诉元首关于我坠机的事情时，希特勒对我轻易地捡回一条命很是宽慰。希特勒说：'当然，小鸡要想比母鸡更聪明……'"鲁德尔露齿而笑，解释道，"他就是那只母鸡，而我就是那只小鸡。母鸡总是最了解小鸡的。"

他和斯科尔兹内都笑了。然后，斯科尔兹内告诉我们，他去柏林的医院看望鲁德尔，他觉得自己会看到鲁德尔沮丧的样子："然而，他正开怀大笑呢，用一条腿在那儿跳来跳去的，说他又能飞了。"

在描述战争最后一天时，鲁德尔变得忧郁了起来："我把我的手下召集了起来，和所有的人一一握手，向他们的勇敢和忠诚表示感谢。我和其他六名飞行员驾驶三架容克 87 型和四架百舌鸟 190 型奔赴美军基地。我希望我的腿能够在那里就医。当我看到美军在巴伐利亚的基青根机场阅兵时，我便带领着我的飞行小队，低空掠过飞机跑道，然后着陆。给我们一点点颜色看看后，老美们便让我们洗漱。我们吃饭时，翻译和我们说，美军指挥官问我们，要不要和他及其下属友好地聊一聊。后来我们确实聊得挺好的。"在一次飞行事故中失去了双腿的著名英军飞行员道格拉斯·巴德听说了鲁德尔的情况之后，送给他一条机械腿。

出版与挨批

为了进一步调研，我们返回了华盛顿。几周之后，我们于 1964 年搬到了康涅狄格州的南肯特市。我们预先在南肯特市乡村租了一幢小房子。一切都进展得很顺利。我把《最后一百天》第一部分寄给了兰登书屋的鲍勃·卢米斯。他打电话过来,说他要过来详谈。从他的语气里,我感觉他并不满意。卢米斯过来后,听着他的批评,我想到了我写给他的那封信,信中说我需要他的指导才能写得四平八稳,我想在他的鞭策下写出这本书来。很明显,鲍勃想让我做出一些我并不认同的改动。但在我经纪人保罗·雷诺兹的帮助下,这一切都迎刃而解。

9月下旬,我们搬到了提前租好的一幢独栋楼房,这里距离康涅狄格州莎伦镇有好几英里的路程。11月,我完成了终稿。我早在1965年4月之前就在做终稿的修改工作了。这本书的版权已经卖给了好几个国家,而且它将在5月4日的那期《瞭望》上开始连载。

《最后一百天》被每月读书会选为A类图书。像往常一样,《最后一百天》并没有入围美国文学协会的奖项,但文学协会还是对它做了推介。贝内特·瑟夫为《瞭望》上的三次连载,以及大量的平装书销量而高兴。那个时候,我脑子里又在构思下一本书,我已经想好书名了:《日本帝国衰亡史》。

我对《不是耻辱》中我拍的日本照片并不完全满意。如果有必要的话,我想花五年时间,弄清楚二战东方战事究竟发生了什么。《瞭望》同意以上一次的价格,再做三次连载。这笔收入加上《最后一百天》的稿酬,将为我们今后五年的旅行提供充足的资金。

我们这部书第一个重要的书评是罗伯特·基尔施写的,这个书评让我感到如被五雷轰顶。看到他评论的标题"《最后一百天》作为历史书的主要缺陷",我感到非常震惊。我非常清楚基尔施是一名杰出的书评家。接着,全国各地的书评接踵而至。有些书评家同意基尔施的观点,但绝大多数评论,包括星期天版《纽约时报》都赞扬了这本书。一个星期之后,《最后一百天》就登上了畅销书排行榜,我也因此上了多个广播节目和电视节目。基尔施写的书评是我唯一一个一直收藏在我的文档里的书评,这或许是因为我知道他是一名优秀的书评家,而且有些地方他可能是正确的。但是,像以往一样,我当时只是一心想着写下一本书。1966年上半年,我和寿子搭乘飞机飞往东京。

我们俩已经成了配合非常默契的研究团队。寿子在拆穿谎言和借口方面的能力简直不可思议。我能让被采访者吐露真情,获得大量的细节,但在日本，我不仅需要寿子对日本文化的洞察力，还要通过对天皇及其内阁的深入了解，以及搞清楚天皇与本国军事、外交人员的关系，来获取真相。他们大多数人没有对历史学家敞开过心扉，即使对待日本研究人员也是如此。我决心打破他们心中的那道障壁，从而一探究竟。

二、《日本帝国衰亡史》
1966—1970

解放自我

开始工作

1966年2月,我和寿子抵达东京时,我们都已累得筋疲力尽。这不仅仅是因为倒时差,也是因为《最后一百天》的出版压力。庆幸的是,寿子很快找到了一个完美的大本营:奥运村的顶楼公寓,位于奥林匹克体育场附近的涩谷区。从奥运村入口到明治神宫就隔了一个街区,而明治神宫是每天散步的理想场所。在一个街区的距离内有一家书店,书店里尽是旧的英文书籍,还有两家很棒的餐馆。我们还可以从奥运村的中餐馆打包美味的中餐。

我的岳父松村时二的战争岁月是在中国度过的,如今他是新日铁公司一家工厂的社长。他已为我列出了一份很长的名单,上面都是我们应采访的人物,尤其是那些跟他有过私交,住处离我们很远,同时又在战争中身居高位的关键性人物。我们的采访频率很快就达到了一周六次的程度。接下来的一年,我们采访的人数要远超我们在欧洲为《最后一百天》做调研时的人数。

我们大部分时间都待在东京地区,我们也在日本四座主要的岛屿和日本海上的许多小岛上挖掘到了许多重要的信息。我们还单独去了冲绳岛、硫黄岛、(中国)台湾、关岛和基里巴斯的塔拉瓦,去了两趟菲律宾。第二次去菲律宾时,我身边还有一群经历过莱特岛战役的日本老兵。在莱特岛战役中,日本士兵的存活率只有十分之一。我加入到这些老兵当中(还有十二名死者的父亲、母亲),重温了这场浩劫的场景,还见证了他们和自己亲人的道别仪式。

我们第一次去东京的美国大使馆时,埃德温·赖肖尔大使和他的首位领事约翰·埃默森热情地慰问了我们。第二年,他们为我们安排了好多次采访,被采访者都是重要的幸存者。他们还安排我们去了两次冲绳,并在我们致力于建立中美之间的良好关系时提供帮助。同样支持我们的还有外国记者俱乐部的成员,包括《纽约时报》的罗伯特·特朗布尔、美国全国广播公司(NBC)的约翰·里奇和日本广播协会(NHK)的刘易斯·布什,以及日本三大报社的代表。日本自卫队战争史办公室和历史研究所专门为我们开放了他们收集的档案。我的岳父以及那些明治维新时期出生的老人为我们翻译了各种书籍和文件,包括陆军参谋长、陆军大将杉山元将军所写的那本长达千页的"笔记"。

我们主要的信息来源是日本人,他们来自社会的各行各业——从广岛、长崎的五十名幸存者到天皇的首席顾问木户幸一侯爵。我们聆听了一些悲惨的故事,讲述者有东京燃烧弹袭击中的幸存者,也有日本陆军和海军的指挥官。显然,几年前大家都不想去谈论某些敏感话题,但如今这种心理业已消失。对于我的刨根问底,大家都回答得很耐心。珍珠港和中途岛战役的实际指挥官海军中将草鹿龙之介以及佐藤贤了将军(他也许是东条英机最信任的知己),都在为期整整六天的采访中坦诚相告。他们相信,接触过战后亚洲的西方人会更容易理解日本人在中国的残忍行径。参加过二战的日本人,从列兵到将军,如今都更愿意讲述自己的过失,谈及以往的难言之隐:怯懦、杀戮、吃人肉、投降和当逃兵。

有个和尚送了我一枚护身符,一直到今天,这枚护身符都挂在我书房的墙壁上。镰仓的住持宗现用实例向我展示了,如何用这枚护身符解决我在事业中遇到的难题。这张符篆是他用毛笔蘸墨水写出来的。上面的文字翻译成英语就是"解放自我"。每天早上开始写作前,我都会看看,参悟其中的智慧。

一次失败的政变

二战前和二战时期是两个完全不同的阶段,其间有着许多插曲。在我们进行数百次采访前,我决定先从一个关键的事件入手。这一事件发生在1936年初,怀着理想主义情怀的年轻军官们反对日本在中国扩张,因而试图用武力夺取东京。他们的起义失败了,这次事件被称为"二二六事件",并最终导致了日美战争。

坦率地说,这就是一场政变。1936年2月26日,年轻军官们义无反顾,一心想要杀掉政府要员及皇室成员。他们觉得这些人应对日本在中国发动的无法原谅的帝国主义战争负有不可推卸的责任。这些人的雄心,确切而言叫"抱负",回想起来让人非常震惊。那一天,一场罕见的大雪将东京覆盖在一片白色的寂静之中,六组军官按照计划朝着各自的目标出发。一组军官计划控制陆军省长官的官邸,然后迫使军队高官支持他们;另一组计划控制警察厅总部;其他四个组将负责刺杀首相、大藏大臣、内大臣(天皇的首席顾问)和天皇侍从武官长。

这次政变造成流血是不可避免的,其失败也是不可避免的。这些人试图彻底改变日本外交政策的既定方向。其中,一个莫大的讽刺莫过于侍从长、海军大将铃木贯太郎的命运了。铃木贯太郎醒来后发现自己已经被起义者包围了。他让大家进来并朝他开枪。军官们连发三枪:一发子弹打偏了,一发击中了他的胯部,而第三发则穿过了他的心脏。但是,铃木还是奇迹般地活了下来。而且,在日本作为帝国的最后日子里,铃木还当上了首相,起到了关键的作用。

"二二六事件"发动的政变失败了,起义者的敌对势力的扩张计划越发受到被军国主义迷惑的日本民众的欢迎,最终导致日本对中国发动全面侵略战争。在中国战场上,日本人轻而易举地获得了胜利。1939年前,他们已经攻占了汉口和广州。然而,胜利的代价将是巨大的:日本损失了成千上万名士兵,消耗了巨额财富,同时还激怒了西方世界,特别是美国。

跌跌撞撞地走向战争

我意识到，为了了解日美冲突的根源，我们得采取某种方法，将后来尖锐的日美关系中日本方面的情况揭示出来。我们很快就有了线索：牛场智彦，首相近卫文麿的私人秘书。牛场告诉我们，基本上所有关于近卫的事情似乎都互相矛盾。近卫看到美国人就浑身不自在，但他却把长子送到美国上劳伦斯维尔中学和普林斯顿大学。他的婚姻是真爱的结合（而非包办的婚姻），但他也对他的情妇——一名艺伎，非常疼爱非常尊重。同时，近卫打破了在家族的主宅中为其他各房保留居室的传统，就连族谱也不再续修。近卫对牛场说："我怎么可能把一些不好的事记录在族谱上？"近卫是贵族社会的产物，他一只脚在过去，另一只脚在未来。

牛场说，近卫拼命地想要媾和，尤其是和英国，但要是他这么做，而内阁的意见不统一，日本的社会稳定就会受到威胁。1936年的起义，是由理想主义的年轻军官在没有得到上级支持的情况下发动的，因而打破了日本的一个大禁忌"以下犯上"，从字面意义而言就是"下级推翻上级"。我问过牛场，为什么像近卫这样的自由主义者会允许军方占据主导地位。他回答："在西方，也许一个丘吉尔或一个肯尼迪就能成功控制军队。但在日本的宪法体制下，最高军事指挥权不在首相手中，哪怕日本首相是丘吉尔，也未必能掌控日本军队。"

1941年9月6日，牛场出席了当日重要的会议：陆军和海军都向天皇请求，向美国、英国及荷兰宣战。牛场告诉我们，作为君主立宪制的君主，天皇并没有遵循宪法规定，当场表示同意，而是从口袋里拿出一张纸，照着宣读起来，这让军人们吃了一惊。这是他祖父明治天皇写的一首诗，所表达的是对和平的向往。这使得近卫竭尽全力地和美国大使约瑟夫·克拉克·格鲁沟通，并做出一些让步。（后来我和寿子在康涅狄格州的格鲁家里和格鲁见面了。此时他年事已高，却有着惊人的记忆力。他的描述为那段绝望的时光，增添了许多色彩和细节。格鲁告诉我们，他尽力让美国总统罗斯福和国务卿赫尔相信，要是近卫能亲眼见到罗斯福，近卫愿意且能够递交一份关于和议的临时方案。但最终近卫没能和罗斯福会面，这反而让作为首相的近卫松了一口气。)

牛场说,下一个悲剧将由天皇的重臣和谋士、内大臣木户幸一侯爵造成。听到这一消息我很担心,因为我在为《不是耻辱》做调研时,木户幸一拒绝见我,也没有给我回信,而他的证词显然对《日本帝国衰亡史》至关重要。

我把木户幸一的事告诉了我岳父,他说道:"这不是问题。我们在同一个高尔夫球场打球。"接着,他打了几个电话,然后对我说,木户幸一侯爵会在他大矶的避暑山庄里见我们。

木户幸一比我还矮小,严肃而又自负。尽管有寿子做翻译,但他还是用英语和我们交谈。第一次采访时他有些拘谨,我没能得到我想要的信息。不过他读了自己写的著名日记中的摘录,这本日记在东京审判中被采用了。他还向我们展示了美国版的译文,真是错了一大片。当第二天的采访进行到一半时,木户幸一侯爵突然停了下来,他看着我,说了些类似"你只是想知道发生了什么"这样的话。那时的他让我想起了曼陀菲尔将军。此后,他放松了下来,和我随意地聊了起来,给我讲了所有的细节。

木户幸一告诉我,他觉得替代近卫的最好人选就是绰号"剃刀"的陆相东条英机将军。他知道东条英机将军能掌控部队,也能明白天皇的想法,东条英机会重新考虑于9月6日发起战争的决定。

1941年10月17日,七名做过首相的天皇重臣在宫廷里碰头,协助天皇选出一名首相。作为天皇的内大臣,木户幸一列席了这次会议。在争论了两小时之后,木户幸一成功地说服其他人选举东条英机,而且东条英机还会兼任陆相一职。

东条英机的妻子告诉我们,当东条英机得知让他立即进宫觐见时,他觉得他会被天皇训示。而当天皇命令他组建新内阁时,他惊讶不已。东条英机请求天皇给他点时间让他考虑一下,然后就走进了候传室。很快,海军大臣及川古志郎也来到候传室,他刚刚收到天皇的指示,天皇让他和陆军"更加紧密地配合"。接着,木户幸一进来了,他对东条英机说:"我想天皇刚刚和你谈过陆军和海军合作的事情。"然后,他明确地说出了天皇想表达的意思:"关于我国今后的大致方针,天皇想让你们透彻地研究国内外的形势,而不是一心想着9月6日的御前会议。我把这条信息传递给你,就当是天皇的命令。"

这在日本历史上是史无前例的。此前从没有任何天皇撤销御前会议上的决定。东条英机收到的命令是:"要重新回到一张白纸上。"意思就是,停战谈判要从头开始。

东条英机的妻子告诉我们,她的丈夫去了靖国神社,那里供奉着日本战死的军人。他合掌鞠了一躬,意识到自己所面对的是一个完全崭新的生活。从现在起,他会像公民一样去思考,而不是士兵。他必须组建一个内阁,里面的人能够代表不同阶层的日本人——一个全民的内阁,而不是军方的。他立下了一个誓言:"让天皇成为我的准绳。"

对于西方国家,尽管他会遵守自己的誓言,他仍然是狂热的好战分子。让追随他的军官们惊愕的是:他坚持要执行天皇的命令,向华盛顿递交一份提议书,让和谈重新回到起点。尽管国务卿科德尔·赫尔拒绝了,但实际的掌权者罗斯福总统,回复了一份临时协议给东条英机。罗斯福是用铅笔写的,然后交给赫尔:日本不得派遣额外兵力到其他国家;即便美国在欧洲开战,日本也不可在"三国(即轴心国)同盟条约"的条款下加盟德国和意大利;作为回报,美国将和日本恢复经济往来。

但是,罗斯福的临时协议从未被送往日本,因为英方和中方都不同意这份提议。因此,东条英机从未有机会采用妥协的方式执行天皇的意愿,从而至少在短期内避免日美战争。日本继续在境外部署兵力,致使罗斯福发表支持蒋介石政府的声明,要求日本从中国和中南半岛撤军。

因此,战争一触即发,这本可以避免的一场战争将很快改变世界历史。

"Z"行动——偷袭珍珠港

在《不是耻辱》中,我写到了"Z"行动。但我知道,我还得挖得更深一点,找到那些知道更多细节的人。最重要的被采访者是海军中将草鹿龙之介,他是我岳父的熟人,是海军大将南云忠一的参谋长,而南云忠一是"Z"行动的舰队指挥官。事实上,草鹿龙之介才是行动的掌控者,因为南云忠一只是做出最终决策,而把所有战术问题都留给了参谋长。为了知晓草鹿龙之介战事期间的所有活动,我们进行了五次采访,他把之前从没透露过的许多事情都告诉了我们。

就是草鹿龙之介下令，在"赤城"号航空母舰上挂起了Z字大旗，然后发动了对珍珠港的进攻。这面旗是完全仿照海军大将东乡平八郎在对马海峡之战中，摧毁俄国舰队后竖起的旗帜做的。此后这面旗帜成了日本海军一个普通的战术信号。"我确信我们攻击部队中的每个人，都会意识到它的象征意义。"但有些参谋，包括航空参谋长源田实，抗议说，升起这面旗会引起混乱。草鹿龙之介告诉我们："我无奈地撤回了这个命令。"源田实告诉草鹿龙之介，他已经下令，在"赤城"号升起了另一面相似的旗帜。附近"加贺"号上的水手看到了Z字旗，很激动地把自己的旗帜也升了起来。他们认为，这将是又一场对马海峡之战！然而，"赤城"号的旗帜莫明其妙地飘落下来，他们的热情也随之消退。

这次袭击只能让一名空军军官来协调，"赤城"号的飞行队长渊田美津雄被委以此任。一个小时之后，渊田美津雄返航，他向南云忠一和草鹿龙之介汇报，至少有两艘战列舰已被击沉，四艘被重创。他敦促海军将领们立刻再发动一次进攻，集中火力攻击储油罐。

草鹿龙之介告诉我们，他慎重考虑过渊田美津雄的建议，但他坚信一个指挥官不应该为这些诱惑所吸引。他说："因此，我建议南云忠一将军按照计划退兵。"舰桥上众人的意见产生了分歧，但南云忠一还是像往常一样信赖他的参谋长。南云忠一说："我们撤退。"尽管渊田美津雄和源田实反复恳请草鹿龙之介说服南云忠一改变决策，但草鹿龙之介仍然坚持己见："他们只是建议发起第二次进攻，却没有提出一个切实可行的方案。"

中途岛之战

草鹿龙之介还描绘了1942年6月的中途岛之战，这次战斗改变了日本在战场的优势地位。渊田美津雄此时突发阑尾炎，在医务室接受治疗。上级安排他的好朋友源田实来接替他。但源田实也染上了重感冒，在医务室看病。源田实使尽浑身力气拖着沉重的脚步来到舰桥上，为迟到向野村大佐道歉。6月4日凌晨四点半，草鹿龙之介发出进攻中途岛的命令。

就像历史学者现在所知道的那样，这场战争决定了日本在太平洋战争中的命运。美国舰队离日本舰队近得超乎日本人的想象。美国舰队发射了第一批攻击日本舰队的鱼雷,日本舰队轻松地躲过了。日本舰队的反击杀伤力不足,这就直接导致日本舰队的航母在给舰载飞机加油和装弹这种最容易被打击的时刻遭到围困。就这样,日本舰队损失了至关重要的四艘航母以及航母上的机组人员。在这场历史上最伟大的海空战役中,美国控制了太平洋。

一次战术性胜利

四个月之后,在瓜达尔卡纳尔岛之战中,草鹿龙之介又担任了南云忠一的参谋长。数周以来,山本五十六虽然没有直接下命令,却一直向南云忠一施压,要他把航母往南开,和美军航母作战。这将是以瓜达尔卡纳尔岛为中心的一系列战斗中的关键战役,即圣克鲁兹之战。"我每次都劝南云忠一,这样太冒险了,这会是中途岛之战的翻版。"西方人,哪怕是军人,很少有人知道日军参谋长的关键作用。以南云忠一为例,司令官就是个神秘的角色,是像神一样的存在,只制订总体战略,而把具体事务交给自己的参谋长。这反映了日本人的生活方式和古老传统。

1942年10月25日傍晚,山本五十六决定逼南云忠一行动,以侮辱性的口吻给他捎去一条口信,"督促"他"打起精神"进攻。南云忠一把草鹿龙之介叫到舰桥下的指挥室里:"我能看出,我的顶头上司十分不安。他说自己不能无视山本五十六最新的口信,他希望得到我的支持。我告诉他,这场战斗的决定权在他手中。'您要是真想往南进发,我会服从命令。'我提醒他,我们还没有锁定敌人舰队的具体方位,而我们的一举一动毫无疑问地会被附近的美国B-17轰炸机发现。我又说:'但是,既然您主意已定,我想让您知道,要是我们不首先去摧毁敌人,敌人就无法摧毁我们。'"

草鹿龙之介命令航母突击群——三艘航空母舰、一艘重型巡洋舰和八艘驱逐舰,以及有着两艘战列舰、四艘巡洋舰和七艘驱逐舰的前锋,以每小时二十海里的速度向南朝敌人方向进发。

和中途岛之战中一样,美方的主力比他们之前获悉的还要近,而且这场战斗同样是由美方航母的舰载机和支援舰发起的,但这些舰艇彼此相隔太远,难以用旗语进行交流。草鹿龙之介生动地描述了他是怎么一直询问自己的:"这又是一场中途岛之战吗?"他告诉我们,他下令发起第二波日本鱼雷和俯冲轰炸机进攻时他心里的感觉:"那天我清晰地意识到了中途岛之战中的错误。我站在舰桥上,很不耐烦地对着飞行员喊,让他们飞得再快点。"他在舰桥上来回走,一直等到第二波攻击的飞机都上了天,才停下了脚步:"我对着窗户大声吼出命令:用水管浇甲板,做好迎战准备。我没有留下一架保护航母的战斗机,但我毫不在乎,因为我脑子里想的全是空战。我自言自语道:'拿起长矛吧,敌人!让我看看你们还有什么!'"

日本人又一次高估了美国的损失:据他们统计,美军有四艘航母和三艘战列舰被击沉,但事实上美国只损失了一艘航母——"大黄蜂"号。而且在这次阻击战中,美国还赢得了宝贵的时间。日方只是获得了一次暂时的战术性胜利,把最后审判日稍稍延后了几天。

瓜达尔卡纳尔岛——绿色地狱

美方并不认为这次日本海军的胜利有多大意义,因为在瓜达尔卡纳尔岛上,美国人还占领着亨德森机场,甚至就连山本五十六也在私底下下了结论,说要想从美国海军手中夺回瓜达尔卡纳尔岛,几乎是不可能的。而且,虽说日本人还占着瓜达尔卡纳尔岛上的一半土地,但他们只是苦苦支撑,因为他们几乎弹尽粮绝。

我和寿子十分有幸,成功地说服了日本每日新闻社的战地记者西野,请他讲述一下残酷的瓜达尔卡纳尔岛之战中自己的个人经历。这场战争始于1942年8月,很快,瓜达尔卡纳尔岛就成了"绿色地狱"。当时,西野三十七岁,身材瘦小,个子大约五英尺高,看起来有些脆弱。他天生就具有领导能力。他在中国经历了艰苦的岁月,在那儿报道着战争,并顽强地生存了下来。他说,他最担心的不是他的命,而是他带在身上的钱,这些钱相当于两万五千美元。到达瓜达尔卡纳尔岛后不久,川口将军就告诉他,美国海军挖好了战壕,正严阵以待,他们的给养几乎用之不尽。川口将军轻蔑地说:"帝国军部小看了瓜达尔卡纳尔岛上的敌人,还宣称一旦我们安全着陆,美军舰队就会投降。"此时川口突然停了下来,就好像被他自己的话吓到了,"我们不该在这里谈论这个问题。"

正像西野所担心的那样,接下来日军对亨德森岛的两次进攻都失利了,损失惨重。

一个名叫国生的大佐下令冲锋。接下来西野看到的场面非常恐怖,他回忆道:"日本士兵们都陷入美军的交叉火力之中,但国生成功地到达了美军的一门大炮前,他身后跟着几名自己的部下以及一群用竹子武装起来的炮兵。"美军的子弹打中了国生的脸,他的军装上全是血迹。他大声喊道:"冲啊!"接着便冲向下一门大炮。一颗子弹飞了过来,他的身子摇晃了一下,但他还是跃上了炮台。当他举起手中的剑庆祝时,一颗手榴弹在他的面前炸开了花。他从地上爬了起来,咕哝着说:"突击!突击!……冲锋!"之后便死了,军刀还紧紧地握在手中。

黎明的曙光将屠宰场展露了出来。六百名日本士兵战死了,四十名美国海军陆战队士兵躺在血泊之中。美国海军陆战队士兵把这地方戏称为"血腥岭"。西野说,虽然损失惨重,但川口将军决定发起第二次自杀式攻势。黄昏时分,川口率领自己的手下直扑亨德森机场。

西野觉得,在当时刺眼的阳光下,保持眼睛睁开非常困难:"我的眼睛火辣辣的,一切看起来都是模糊的。"之前此地还是丛林,现在已变成了寸草不生的荒地。一些树干让他想到了古希腊的石柱:"我看到我的联络员吉野摇摇晃晃地站了起来。我用有些沙哑的嗓音大喊:'卧倒!'一发迫击炮弹在我附近几码远的地方爆炸了,而吉野倒在了我身边。我连忙捂上眼睛和耳朵,浑身直哆嗦,宛如疟疾发作一般。"

他感觉他的身体慢慢地被抬了起来,升到天空中,随后又落了下去,就这样一次又一次地重复,就像电影中的慢动作一样。一阵不可抗拒的睡意袭来,他的头倒在了树叶上。"我的身体好像沉到了什么东西里面,我也不知道那是什么。我也不知道,我到底是要睡了,还是要死了?我的脑海里浮现出一张张面孔:首先是我的新闻编辑本田。然后是我的妻子,她看起来非常伤心。接着便是我的一个个朋友。奇怪的是,还有保尔·魏尔伦和弗朗索瓦·维庸。"传入他耳中的远处的雷声,就像澎湃的波涛声,他的身子又慢慢地被从地上抬了起来,"我摸了摸我胸口的口袋,那一串用贝壳做的念珠还在。本田给我的那枚乞求好运的护身符也还在,他给我这枚护身符时让我别死了。我眼前的事物稍稍清楚了些。"再过半英里的路程就是逃亡的尽头了,"我们已经差不多到飞机场了。就好像在梦里,我慢慢地爬了回来。"

西野和其他幸存者一道,踏上了去海边的残酷旅程。他碰上了数以百计的伤员,他们都还活着,但就是动不了。日本官兵们一般十五个人或二十个人一群结伴而行,每群人又有各自的前行速度。没有人下命令。"到了第六天,士官们不得不用鞭子抽打年轻的士兵,让大家不要停下来。我艰难地把一只脚迈到另一只脚前面。在中午之前,我终于走出了黑暗的丛林,进入了一片棕榈林。前面是一片一望无际的绿色海洋!"他们是从克鲁斯角走出来的,那儿离飞机场还有七英里。

幸运的是,西野被疏散至拉包尔。他在第十七军司令部报到时,试图告诉军官瓜达尔卡纳尔岛之战的真相:"我感到晕眩,于是,我把手搭在副官的桌子上,以便站稳。"

"你的脸色怎么这么苍白?"副官咆哮道。

"我一直在丛林里,那儿没有阳光。"

"你就是缺乏せいしん(胆识,勇气)。"

"我的せいしん把我从瓜达尔卡纳尔岛的深渊中救了出来。你要是在那,你就会明白。"西野转身想要离去。

"吃点西红柿!那会对你有好处!"接着副官的嘲笑变成了威胁,"你给我记住,我们绝不会让你再回到日本,把你送回日本等于送了一个间谍回国。"

直到1943年2月初,瓜达尔卡纳尔岛上的战斗才终于结束。多亏日本海军将士的奋战,岛上一万三千多名面容憔悴的日本战士才得以安全地撤离回国。但也有两万五千名日本战士死在了那儿,或已奄奄一息。虽然日本帝国海军打得很好,但他们还是损失了很多战舰,其数量甚至与其努力击沉的敌舰数量一样多,这些损失是无法弥补的。

川口将军被送到了马尼拉医院,他在那儿慢慢地从疟疾和营养不良中恢复了过来。西野来看望了他,西野成功地从拉包尔安全撤离了。他们两个紧紧地握着彼此的手,互相盯着对方。将军对这名记者吐露了心声,川口刚到拉包尔的时候,大家都把他看成无能的懦夫,他的军旅生涯就这么完了。

西野对川口说:"我比任何人都更理解你的感受,大家知道此战真相的那天终会到来。到那时,所有人就会认识到你没有做错。"

"我们输了这场战斗,因此日本输了这场战争。"眼泪洒落在将军的枕头上。

西野握着将军虚弱的手,告诉他,他必须想想自己,要尽快好起来:"我送给他一盒寿司。为了表示礼貌,将军当场尝了一口。然后,他的脸上露出了笑容,大声说:'真好吃!'"

今年上半年,我接到了西野的一个女儿的电话。她们的母亲去世了,西野现在九十多岁了,他去世之前想再见见我。于是,我们三个人在丹伯里待了充实的四天,一起回忆过去。

最后几场战斗

塞班岛

为了弄到塞班岛战役的关键素材,我独自前往马里亚纳群岛上战略位置最为重要的一座岛屿。在关岛,我发现那儿只有飞往塞班岛的临时航班,但幸运的是有一架飞机即将起飞。我是唯一一名乘客,飞行员很高兴地让我坐在他旁边,然后还给了我一张地图。这是他第一次飞塞班岛。在嗡嗡地飞过一座小岛之后,他又朝另一座小岛飞去,而这次他降落了下来。那儿不是塞班岛,不过半小时后我们就到了目的地。在塞班岛上的主要城市加拉潘,我租了一辆日本产的车子,而岛上只有四辆日本车用于出租。然后,我便沿着西海岸开到了岛上唯一一家旅馆。(我知道,如今这座小岛上到处都是旅馆,以便接待大量的日本游客。)

我们在日本采访过塞班岛的许多幸存者,其中最重要的是三浦静子。当时,她是一名年轻的志愿护士。静子是个假小子,有一张圆圆的脸蛋,非常乐观。1944年6月14日,从美国战列舰上发射出的第一批炮弹爆炸时,她惊恐万状地透过急救站的窗户往外看。她告诉我:"当时,我冷静地想了想,我活了十八年了,我死期已至。"她跌跌撞撞地走了出去,紧接着一枚爆炸的炮弹把她掀翻在地。加拉潘已是一片火海,炙热难耐,她都快没法呼吸了。"我费力地穿过一条条碎石子街道,街道上到处都是尸体。我爬进了一个山洞,这里可以俯瞰整座城市。"她和其他市民一起,整晚都藏在那儿。

早上,有个士兵把头伸进山洞,告诉她美军正从加拉潘下面登陆,日本的坦克兵正在拦截他们。她急匆匆地跑了出来,因为她的哥哥就在其中一辆坦克里。那名士兵警告她,让她回到山洞里,但她一直往前挤,想找个能看得更清楚的地方。"我看到敌人的坦克停在码头上,正朝着我们的坦克开火。美军正在徒步渡过潟湖,他们高举着枪支,很快就爬上了码头。他们的脸好像都很黑。"后来,敌人的坦克突然都安静了下来。"我意识到我的哥哥,还有其他坦克手一定都已经没命了。"她的目光从水面掠过,看向附近的提尼安岛,那儿是她最后一次见到家人的地方。那座岛屿被侵占了吗?"我和我姐姐(她一周前撤离了加拉潘)肯定是我们家仅存于世的人。我不能再回到山洞里去了,我决定去岛上东部地区的主要野战医院当护士。"

在她的记忆中,接下来的日子都是苦不堪言的,即便是作为听众的我,也感到痛苦万分。一开始,她看到需要治疗的日本士兵越来越多,似乎没完没了,看到那些可怕的伤口,她不知所措。医生严厉地对她说:"要是你害怕伤口,过分怜悯,不敢弄疼这些病人,那你就是废物。"她咬紧牙关,在一小时内就帮一名外科医生锯掉了一名年轻士兵的脚。手术完成时,外科医生给病人缝了几针,用绷带绑好残肢,还打了针。"然后,我听到那名年轻的士兵轻声地说道:'非常感谢您。'"

第二天早上,静子看到医院的周围都是光秃秃的小山,而医院所处的区域看起来就像露天体育场,很容易成为空袭目标。伤兵们躺在地面上,她从中间的小道走过去,给他们发水喝。

"看到一个只裹着缠腰布的人,我弯下了腰。此人是一名中尉,他一直用双手捂着脸。他的左眼乌黑,肿得像个乒乓球,上面全是蠕动的蛆虫。他的另一只眼睛已经被蛆虫啃掉了。我的双手在颤抖。我说:'让我给你处理一下吧,士兵。'他让我用镊子把蛆虫一个个地夹出来。"她告诉那个士兵,她的哥哥是一名坦克手,在加拉潘与敌人的战斗中阵亡了,"'这就是为什么,我一看到士兵,就不免把他想象成自己的哥哥。'我告诉他这就是我做护士的原因。听我说完,他的眼泪从他那只可怕的左眼里流了出来。他对我说:'谢谢你。'"第二天,她给那个士兵找来一件军装。给他换眼上的绷带时,她发现包扎没起到什么作用,纱布上还是爬满了蛆虫:"但我向他保证,他不会死的,我肯定能把他治好,而且援军正在赶来。然后,我就给他讲我们家五姐妹的故事。我是其中唯一一个假小子,我的母亲一直告诫我:'静子,淑女一些!'"

静子当时已经不知道具体的日期了。一天,她像往常一样去看望那名中尉,有个同事斥责她:"你昨晚怎么没去看他?可怜的筱田中尉整夜都在喊你,他在一小时前刚刚过世了。"她蜷缩着坐在他的身边。他的脸上没有蛆虫,看起来虽然苍白,但很美。

1944年6月30日,美军最终突破了日军的主要防线。这时,命令传来,让静子等人把这所野战医院撤到踏盼附近西海岸的一个小村庄里。

"我告诉外科医生主任,我准备留下来,跟自己的病人死在一块儿。他命令我离开。所有的士兵都围着我,跟我道别。那些不能走的也尽量爬得离我近些。每个人都竭力想告诉我他们家里的事情。我一遍又一遍地向他们保证:如果我还能回到日本,我一定会告诉他们的家人这里发生了什么。接着,一个年轻的军官(他的军服被血染得通红)费尽力气问我,知不知道《九段坂》之歌。我说我知道,说完便开始唱起母亲为了跟战死沙场的儿子道别,跋涉数英里去九段坂唱的歌曲:

"我是只乌鸡,却生了只苍鹰;
这样的好命,我却无法承受。
我想让你看一看,你的金鸱勋章;
所以我来到九段坂,来看看你,我的儿。"

她停下来不唱时,除了战士们的抽泣声之外,一片沉寂。走到基地尽头的时候,静子听见有人大声喊道:"再见了,母亲!"紧接着响起一阵刺耳的爆炸声——他拉响了一颗手榴弹。

"我趴在地上,蜷缩着,只听见手榴弹接二连三地爆炸。"

为了去新医院,静子等人在路上艰苦跋涉了好几天。7月5日晚上,静子整夜蜷缩在散兵坑里。第二天天一亮,她看到有人影在晃动,低矮的灌木丛中露出几张黑乎乎的脸。原来是美国黑人大兵,这是她有生以来第一次看到黑人。外科医生让她挥舞着一条白色手帕表示投降。她觉得这些美国大兵会强奸自己。这群美国人发起了冲锋,扔了一阵手榴弹。外科医生把枪管塞在自己的嘴里开了一枪,结束了自己的生命。中尉则朝自己的脖子上连砍了三下,热乎乎的血流到了静子的腿上。静子拿起了一颗手榴弹,竭力想喊"妈妈",但没有喊出声来,而手榴弹也没有爆炸。静子拉掉了手榴弹的安全栓,拿起手榴弹往石头上砸,想把手榴弹引爆,然后整个人趴在手榴弹上面。

"后来我听到了说话声,但我听不懂他们在讲什么。我发现我到了一幢房子里。一位年轻的美国军官用日语告诉我,我受伤了,不能动。我不敢相信,敌人还会说日语。我为什么没有死掉?"

这个年轻的军官告诉我:"都死了,就剩你。"他是个翻译。他继续说道:"即使在战争之中,我们也相信人道主义。"他向静子保证,很多日本平民都获救了。但静子不相信他所说的话。所有日本人都知道美军是魔鬼,他们用坦克把日本战俘碾压得粉碎。她脱口而出,她害怕所有美国人,尤其是那些黑人。

这个军官笑了起来:"就是黑人大兵把你给救了。"

日本平民中,有接近两万二千名(每三个人里就有两个)在塞班岛成了冤魂。还有几乎全部守军(至少有三万人)在塞班岛之战中阵亡。我或开车或步行,从这些战场上经过,并沿着当年战地医院的撤退路线到了加拉潘。在这次行动中,美军阵亡、受伤或者失踪的人数达一万四千一百一十一人,是在瓜达尔卡纳尔岛上的两倍。但美军攻占了保护日本本土的主要前线堡垒,削弱了日军依托航母的攻击力量。更重要的是,美军的B-29轰炸机可以从塞班岛的平原地区起飞,对大日本帝国的中心地带东京发起大规模的空袭。除此之外,美军正在着手整平附近的提尼安岛,以供携带原子弹的飞机起飞。

东条英机辞职

塞班岛战役的失败也意味着东条英机政府的垮台。我们回到东京的时候,采访了东条英机夫人。东条英机夫人住在一座简朴的平房里,这足以证明东条英机发了一笔大财的传言不实。

东条夫人告诉我们,她曾经有个绰号叫"宋美龄",取自以蒋介石夫人名字"宋美龄"命名的一出日本戏剧。东条夫人告诉我们,塞班岛灾难之后,她接到好多匿名电话,问她的丈夫是否已经自杀了。

1944年6月18日早上,东条英机用疲惫的声音跟他的内阁成员说,由于塞班岛战役的失败,他已经决定辞职。接着他要求内阁中其余人也辞职,并收到了他们的辞职信。他把这些文件交给了木户幸一,木户幸一问他想让谁继承他的位子。他讥讽道:"我不会说我想让谁继任,我想重臣们已经决定让谁继任了。"

东条夫人告诉我们:"辞职信让我感到一丝解脱,每天都可能遭到暗杀的日子总算到头了。"

断头岭——莱特岛

日本在菲律宾的最后那几天,有个故事非常扣人心弦,这个故事是我从之后成为我的好朋友的神子清下士那里听来的。有几次我独自采访他,没有寿子陪同。他的英语很好,足以描绘一幅令人难忘的自画像。他后来成为我书中的主要人物之一。

莱特岛之战标志着日本在菲律宾的抵抗的彻底终结。1944年10月20日,麦克阿瑟以很小的代价——仅损失了四十九名陆军士兵,让一支强大的部队和十万吨军用物资在莱特岛登陆。第二天,四股部队向敌人小股抵抗力量逼近。

为了让麦克阿瑟孤立无援,日军派遣了一支强大的军队攻击莱特湾的美军运输队。但美国海军击沉了日军的四艘航母、三艘战列舰、六艘重型巡洋舰、三艘轻型巡洋舰和十艘驱逐舰。此后,在保护本土的过程中,日本海军再也发挥不了什么作用。

负责防卫中心岛屿的铃木宗作将军,收到了错误的情报:许多美国航母被击沉了。因此他将第一师(一万一千名将士)运送到了莱特岛。班长神子下士生动地向我讲述了接下来发生的事情。珍珠港事件后不久,神子应征入伍,此前他是一名小学教师。怀揣着坚定决心和理想的他,享受着在伪满地区的军训生活,忍受着新兵所必须经历的各种非人对待。和日本精英师团的其他人一样,他渴望在战斗中证明自己,为日本和天皇效命。日本军队长途行军,穿过20号公路。午夜后很久,他发现自己站在公路上的最高点。北边凹凸不平的山岭上长满了齐肩高的白茅。这是一座天然的堡垒。另一边朝着大海,有很多岔道。陡峭的山坡之间是茂密的树丛。部队在这儿停了下来。

天忽然亮了起来。太阳出来后不久就热得要命,空气中弥漫着刺鼻的火药味。他感觉战场就在附近,但他们上方的山岭却一片寂静。这时传来一声步枪声,然后又陷入了沉寂。神子听到了鸟儿的鸣叫声。这个前小学教师的心脏跳得更快了,他感觉自己快要喘不过气来了。他看向自己的战友,他们个个眼睛闪闪发亮——三年了,他们一直准备着打仗,他们也像他一样渴望战斗。后来,低声传来一道命令,让神子等人离开公路,爬上山岭。

山岭的另一边,美国陆军也正在向山岭顶部靠近。神子从人群中挤过,开始向上爬去。后面有人喊:"神子分队长!方向搞错了!"这是副小队长喊的。这时一颗手榴弹爆炸了,副小队长踉跄了一下,抓住了神子的大腿。

神子回忆道:"我被溅得一身碎片,我听到有个士兵呻吟着说自己受伤了。我眼睛什么也看不见,因此被他绊了一跤。我迫使自己镇定下来,渐渐地,我恢复了视觉。"那正是昭和十九年(裕仁天皇在位的第十九年,1944年)11月5日的十点整。"这也许是我生命中的最后一刻了。我盲目地四处扫射,然后停下来重新装弹,朝草丛上方窥视。"就在此刻,传来了一阵雷鸣般的巨响,一道刺眼的光亮一闪而过,继而他的四周又变成漆黑一片,"泥土和沙石像雨点般落在我的身上,但我没有受伤。迫击炮的轰击戛然而止。我用刺刀顶着头盔伸了出去,一排子弹扫向我的头盔,将它打得像风铃一样旋转起来。我蜷缩着身子,此时山顶上停止了开火。我在想,为什么美国大兵在压制了我们之后又退了回去。我让我的士兵有机会就吃点东西。我们只有压缩饼干，没有水喝。黄昏时分，我将队伍中剩下的五个人召集到一起，告诉他们只剩下我们几个人坚守这座小山了。我命令他们从死掉的伙伴身上收集弹药、武器和其他补给。"

午夜时分，大家已经在准备美军肯定会在黎明前发起的攻势了，但大家实在渴得难以忍受。"我记得我在山顶附近看到一棵椰子树。我脱掉了身上所有的衣服，只留了缠腰带。我在头上扎了一条毛巾，然后偷偷摸摸地爬上山。借着月光，我找到了一棵椰子树，然后爬了上去。"他成功地摘到了十一只椰子，他手下的士兵"削掉了椰子盖，把椰子汁分了。这让我想起了饮料"。

黎明前，神子叫醒了这五个人，严阵以待。美军在重机枪的配合下发起了猛烈的进攻，而日军则用一门大炮轰炸，击中了这些重机枪。无论如何，散落的日本残兵总算守住了自己的防线，这些士兵将迎来神子所在中队的主力。

美国方面的伤亡情况非常惨重，尤其是重机枪手。美军剩余部队迅速从他们那侧的山岭上撤了下去。日军的一个小队在十二发炮弹的帮助下，挡住了美军一次顽强的进攻，为自己赢得了喘息之机。之后日军的一个大队乘机抵达前线，把之后被美国人称为"断头岭"的山岭变成一座坚固的堡垒："我记得在古代日本，武士会砍下敌人的首级以作为战利品。我拿了一名美军军官的头盔，它的内衬被鲜血染红了。我犹豫了一下，对于现代人来说，拿战利品合适吗？但是，我向中队长汇报时，手里还拿着头盔。"

当天晚上，神子被任命为小队长。他夜不能寐，眼前到处都是无人料理的尸首，令他作呕。黑暗之中，他听到有人说："为什么美国人死时都四脚朝天？"另一个人说："还是日本人有礼貌——哪怕死了，他们也会遮着自己的私处。"他们俩都笑了。

第二天早上，美军继续对断头岭发起攻势。"我们又一次守住了阵地，但我们中队如今只剩下二十五人。"幸存者轮流前往2号公路另一边的小溪边，"我们用冷水洗脸，灌满水壶，吃压缩饼干。我在想'这就是无所事事的乐趣吧'。"

第三天早上，台风和雨水席卷了山岭。棕榈树被风吹弯了，像弓一样，有的被刮断了，有的则被连根拔起。白茅草像大海一样波涛汹涌。即便这样，美军还是在炮火的掩护下，冲过了山岭之巅。但日军随即组织了又一次抵抗，他们从自己那侧的山岭上撤了下来，然后纷纷对着爬过山顶的美军开火。

一旦所有的美军都消失了，日军就爬上那泥泞的斜坡，沿着山顶重新占领自己的阵地。然后，你死我活的战斗又打响了。神子右边的友军部队被美军击退了。即便如此，到了凌晨，断头岭的大部分地区依然在日军手里。之后的两天里，雨越下越大，美军的炮弹把整个山岭彻底清洗了一遍："这让我想起了1923年的地震，我永远也忘不了那场地震。"

后来，当时在现场的一名日军高级将领下达了一道命令，这道命令让神子瞠目结舌："向后转，向前推进！"这是"撤退"的委婉说法。但是，不知为何，日本士兵并没有服从这一命令，而是突然对美军直接发起进攻，让处于优势地位的美军措手不及。美军退却时，神子心想：要是有一挺机枪，我们就能赢！"但这种荒诞的想法又猛地把我拉回到现实之中。我这无异于带着手下送死。"

"跟我来！"神子大喊一声，和自己的手下一边闪避炮火，一边撤下山，朝2号公路方向前进，"我跳进路边的壕沟里，往后看去，一个个戴着头盔的敌人脑袋在山顶上冒了出来。我率领壕沟里剩下的十一名士兵，沿着公路往奥尔莫克前进。撤退的耻辱一直折磨着我的内心，我甚至丢下了中队长的尸体。我竟然把自己的生命看得比荣誉还高。"往后方撤退的每一步，他都忍受着这种折磨。"后来，不知什么原因，我开始产生了逆反心理。我想，为什么我要白白地死去？这对国家一点用都没有。这时，我的心里开始出现了一道光。因为没人受伤，我们跑了起来。沿着路前进了几百码，我们到了一个涵洞里，一条小溪在其下流淌。我提醒自己，这一切都是命运的安排。我唯一能做的就是竭尽全力活下来，不要去担忧未来。我们还活着。"

两周之后，断头岭一战结束了，神子所在的大队减员到不足四百人。11月25日，精英师团余部接到命令，沿公路重新部署兵力。日军在莱特岛上有组织的抵抗正在土崩瓦解。12月15日，麦克阿瑟宣布，除了打扫战场之外,莱特岛之战结束了。圣诞节晚上,神子和四个同伴来到了海边。他们能听到美国士兵在上面的山上播放着圣诞的颂歌。黑暗之中,他们找到了一条圆形小木船(一种独木舟),他们用帐篷给船做了一张帆。

就从岛上逃离是否光荣一事,神子等人进行过一场激烈的争论。有一名士兵受了伤,他开枪自杀了,因为他不想拖累其他人。受此影响,其他人也想跟着自杀,但最终大家的求生本能还是占了上风。

月光下,小木船驶出了水湾。突然间,月光不见了,不祥的乌云在他们头顶聚集,雨水拍打着他们的脸颊。有一名士兵大声说道:"我们回去吧!"

神子说:"中村,我们在茫茫的大海上,就让我们抱定必死的决心,继续前进吧。"

脆弱的舷外支架一直在不停地摇晃,他们疯狂地用水壶把船里的水往外舀。就在黎明前夕,雨停了下来,而他们却被小小的明礁围了起来。南面浮现了一座大岛模糊的轮廓,那一定是他们此行的第一目标宿务岛。神子开始唱起了他最喜欢的歌。他曾把这首歌教给他的学生:

> 远处有座岛,名字不知晓,
> 有只椰子往这儿漂。
> 你在这远离故土的波浪中,
> 到底浮沉了几时?
> 我思念着远方的潮汐,
> 想着何日倦鸟能重归巢。

我陪伴着神子和当年其他十二名幸存者,以及莱特岛之战中一些死者的家属回到菲律宾。我们首先拜访了马尼拉市长。我从一群凶巴巴的菲律宾人中走过。突然有个人走上前来,猛地拉了我的胳膊一下,问道:"托兰,你什么时候变成日本人了?"我几年前采访过他,我告诉他我只是在找寻事实。

我们见了马尼拉市长之后,便挤进了一辆大巴。我们带着十二箱橙汁,动身前往当年的战场。到断头岭时,橙汁变成了热饮,但那些日本人还是大口地喝了下去,就好像在喝甘露一样。我勉强喝了一大口。

断头岭就像神子和其他四个人描述的那样。二十二年之后,斜坡上有些散兵坑依然还在,卡里加拉湾的景色仍令人叹为观止。更令人难忘的是为幸存者举行的仪式。有些士兵跟自己阵亡的战友讲起了他们的家人;有位母亲责备她的儿子令她担惊受怕。我和原本跟来看笑话的一群菲律宾人站在一起,与日本人保持着一定的距离。最后,菲律宾人让我们喝了更多热乎乎的橙汁。在华氏120度(约48.9摄氏度)的环境下,连我也感到橙汁很好喝了。

我们接下来沿着公路而下,到了一处后来被叫作死亡谷的地方。神子指着一块地方(他曾在这里看到成千上万具浮肿的尸体散落在路面上以及两边的壕沟里),说:"这些尸体第一眼看上去,就像被蛇群攻击过一样。这些'死蛇'其实都是防毒面具的管子。这块地方散发着尸体的腐臭味。"当时,美军的炮火在这里对日军进行了拦截,让他们无法开往前线。

在另一场简要的仪式上,有个妻子告诉她丈夫,孩子们现在长大了,他都做了三次爷爷了,有个孙子和他长得一模一样。所有这些话都被翻译给我听。她说这些话时,我旁边的菲律宾人突然放声大哭了起来。我也忍不住流下了眼泪。但是我觉得,作为一名外国人,我没有资格跟他们一起缅怀死者。我们一回到巴士,就分完了剩下的美味橙汁。男人们唱起一首歌,弄得有些女子面红耳赤。这些人跟他们死去的亲人和战友说话,以卸去心中的包袱,但是他们并没有把悲伤的气氛带到车上,真是了不起!

神子说,他之前描述过的地方,经常会让他回想起一些他还没告诉我的事情。在我们住宿的那个村子里,那儿的人很快就把日本人看成他们的朋友了。那些对日本人有一些了解的菲律宾大妈,忙着为她们到达婚龄的女儿在日本人中寻找对象,神子就是其中的主要目标之一。很多人都知道,离开莱特岛时,他曾发誓不结婚。对他而言,结婚对于战死沙场的战友来说,就是一种背叛。他虽然相貌英俊,富有学识,但是在我和他的几个战友的帮助下,他还是守住了诺言。

不到一周,我们巴士的名声便传遍了整座莱特岛。我们无论到哪儿,都会受到热情的欢迎。但当我们即将前往一座在战时作为游击队基地的城市时,我觉得我们还是会受到冷遇。为《不是耻辱》搜集材料时,我采访了许多游击队战士,我知道他们有多么痛恨日本人。然而,让我惊讶的是,他们现在居然问我能不能说服那些日本人第二天来一场表演。我同意了,但有个附加条件:那得是一场日本人和菲律宾人的联合演出。

第二天上午,我召集了一些菲律宾表演者,安排了六场演出。然后我又喊来了愿意参加联合演出的日本人。那天晚上,学校的露天礼堂里挤满了人。第一场表演——日本士兵们唱的一首振奋人心的歌曲,赢得了一阵暴风雨般的掌声。之后,我游击队的朋友们也唱了一首同样振奋人心的歌曲。接下来的一个半小时里,现场的气氛持续高涨,歌曲、舞蹈和喜剧轮番上演。最后不是以两边各出几个人,联合表演一个节目而结尾,而是一个日本母亲在一盏聚光灯下唱一首歌。这首歌讲述了一个母亲走了数英里路,到九段坂跟自己死去的儿子告别:

　　我是只乌鸡,却生了只苍鹰……

她唱完时现场一片寂静,观众所流露出的情感是我从未见过的。她似乎唱出了菲律宾人和日本人的战时悲剧。一个坚强的女性在离家数千里之外,将日本人和菲律宾人紧紧联系在一起。

东京的一家报社分派给我一个任务,让我全程报道一下这次远行。我已经用电报发了一些材料给报社。我最后的一则报道应该是关于纪念麦克阿瑟将军在莱特岛登陆的年会。这一年的年会头一次邀请日本大使出席。有人让我简要地讲两句。一切进展得很顺利,没有什么反日游行。我确信这是因为我们在巴士上的一行人给他们留下了好印象。我还得给我的新闻报道添个后记。那天晚上,日本士兵们在我们入住的酒店的一个房间里搭起了一个祭坛。祭坛里放着的数百件东西,都是大家在战场上到处捡来的。他们以此寄托对死者的哀思。他们点亮了几十支蜡烛,然后我们就回各自的房间去了,只留下几个人守灵。

我和神子就住在隔壁的房间。天气太热,午夜之前我已经冲了两次冷水澡。一小时后,我依然没有入睡。突然,我听到隔壁房间里有一阵很响的骚动声。我们冲了进去，发现所有的蜡烛都熄灭了，然而当时并没有一丝风。我把这个故事写在报道里。我们最后抵达东京的时候，有个问题还萦绕在我的心里：究竟是什么力量让这些蜡烛这么神秘地突然都熄灭了呢？我们所有去过莱特岛的人都知道，守灵的那些人并没有试图耍什么把戏。我们所有的人都觉得这件事不可思议。我们很多人都觉得，这一现象给我们传递了某种信息。当有人问我对此事的看法时，我绞尽脑汁地思考超自然现象（尤其是莎士比亚戏剧中的超自然现象）的合理之处，但是实在想不通。现在我已想不起我当时到底说了些什么，但我始终相信，我的生活中充满了种种难以置信的巧合。

不久，神子给我们写信，说他最终还是结婚了。他感觉自己不再受到誓言的束缚。我们的友谊会一直持续，而他在我出版的第一本小说里会成为一个主要角色。

硫黄岛

下一场重要战役发生在一座小岛上。当我们的飞机靠近硫黄岛时，那里看起来就像一个小点。我很惊讶，这座小岛对美军的胜利会如此重要。美国空军和海岸警卫队的一小拨人在机场迎接了我们。他们不仅借给我一辆吉普车以让我在这座岛四处搜索，还护送我进了几个很深的山洞。在这场苦战之中和之后，日本人就在这些地方藏身。我们打着手电筒走了下去，队伍的最后一人拽着一根很长的绳子，这样我们就能在地下的许多岔路中找到回去的路。

从海上看，硫黄岛就像一条半浮出水面的鲸鱼，但从天空中看，硫黄岛就像一块肥肥的猪排。硫黄岛最显著的特色是折钵山（折钵，在日语里的意思是"锥形碗"）。它是狭窄的南端尽头上的一座死火山，只有五百五十六英尺高，直接从海面上耸出，从海上看似乎更加壮观。有几次我们花了很短的时间艰难地爬上山顶，并在那做了记号，插上了旗帜。

这座岛将近五英里长，二点五英里宽，面积是曼哈顿地区的三分之一。尽管是一座死火山，但整座岛看起来还是生机盎然，到处有蒸汽喷涌而出，还布满了沸腾的硫黄坑。海岸悬崖和崎岖的折钵山结合在一起，展现出另一种直布罗陀巨岩的风貌。在岛上漫步了两天之后,我便有了不安的感觉,这座岛也许随时会消失在茫茫的大海之中。有人跟我说,这儿去折钵山有一条土路,这条土路的某些路段已浸入水下一英尺左右。要是水再深些,就意味着这座岛的部分地方正在解体。

三角状岛屿北部的辽阔土地,是一片大概三百五十英尺高的高原。海岸多岩石,无法逾越,但往折钵山方向的狭窄尽头绵延着一片宽阔的适合两栖登陆的海滩。我早就知道东边的海滩是美国海军陆战队选定的登陆地点。我发现,要想从看起来像黑沙子般的东西中跋涉而过并不容易。事实上,那是从附近折钵山飘来的火山灰和尘埃,呈粉末状,很轻很厚,能没到我的小腿。我能想象,要是一名大块头的海军陆战队队员背着沉重的背包,"黑沙子"至少会没到他的膝盖。我借了一只背包走入水中,发现水有齐腰深。在水中举着枪来回跋涉肯定会让人筋疲力尽。海滩上,至今还有战斗的痕迹,我带回了一些子弹壳、一些步枪弹夹,还有一罐火山灰。

我已经采访了几名参加过硫黄岛战役的日本人。我从岛屿一端走到另一端,惊叹于岛屿的地形之奇。虽然土地贫瘠,风蚀的海滩和高原上没有什么植被,但高原周围的小山丘和峡谷都生长着茂盛的丛林。

硫黄岛是一连串岛屿中的一个。这串岛屿就像一条松散的项链,从东京湾的入口一直垂至马里亚纳群岛三百英里范围之内。最后三座岛是火山,而硫黄岛是其中之一。在整串项链上,只有硫黄岛适合建飞机场。美军当时迫切需要将这儿作为飞行基地,以让战斗机护送大型轰炸机到日本,同时这里也可以作为受损轰炸机回国时的落脚点。

海军中尉大野俊彦告诉我们,他和他的手下被向前推进的美军赶得到处跑。大野指挥的是一支由五十四名军人组成的防空小队,但两周后他们就只剩下五人。大野身高六英尺,身材苗条。在某些方面,与其说他像一个典型的日本人,不如说更像一名刚从候补军官学校毕业的美国年轻军官。大野当时刚从大学毕业,敏感而又温柔,似乎不太适合指挥别人,但在炮火的沐浴之下他变得成熟了。日军撤退了几周后,他和几名手下就藏在一个约十一平方英尺的碉堡里。入口被堵住了,他们从炮眼里爬了进去。他们躺在混凝土地面上,四肢摊开,用睡眠消化一顿饱餐。那晚他们找到了两箱压缩饼干和糖果,三大袋糖和一只半加仑的装着一半水的罐子。

"一阵噪音把我惊醒了。透过炮眼,我看到了一只美国海军的头盔。我拔出了手枪,那头盔就不见了。然后就有了咝咝的声音,一颗扔到碉堡里的手榴弹弹了起来。有个人纵身一跃,跳到了我面前,在手榴弹爆炸之前将一块毯子扔了上去。幸运的是,手榴弹往上炸开,没有人受伤。我感到一阵头晕,并没有在第一时间意识到一捆炸药刚刚被塞进碉堡的炮眼里。我发现炸药后,纵身往后一跳,紧紧地贴着墙,大声提醒大家小心。每个人都把拇指放到耳朵里,中指放到鼻子上,最后两个指头就放在嘴上面。"他嘴里喊着:"天皇陛下万岁!"心里浮现出自己的妻子和母亲。炸药把碉堡炸得似乎升起了三英尺,一种异乎寻常的力量挤压着他的身体。他听到自己大喊"哎呀……"碉堡里满是浓烟。"我问大家是否没事。除了一名叫北方的刚入伍的士兵,所有人都回应了我。"一束光透过装着换气扇的洞,照到了北方身上。他满头是血,满脸沙子,呻吟着。突然,一个黑影插进了那道雾蒙蒙的光线之中,有一名美国海军陆战队士兵正盯着洞口往下看呢。"我紧紧捂着北方的嘴。黑影消失了。我听到有人在外面喊:'走吧!'我们暂时安全了。"

大野告诉我们,他们藏在一个山洞里,直到3月中旬战斗结束才出来。他悄悄地从前线撤走时,发现美国人正在建飞机跑道。"我仍梦想成为一名商人或者外交官,尽管所有人都说跑不掉,但我还是想逃离这里。"大野用电话接收器里的吸铁石磁化了一根针,以此做了一个指南针。之后他和其他四个人收集足够的材料编制木筏。他们希望能够以六节的航速向北航行,并在十二小时内赶上扫过日本的海风。但是,笨重的木筏被一个巨大的海浪击毁了,所有逃生的希望都破灭了。

几天后,他的两名士兵晚上出去寻找食物和弹药,就再也没回来。他独自和北方待在一起。接下来的无数个小时里,他们被困在山洞里,忍受着孤独。他们离美国海军工兵营的工作队很近,甚至能听到美军喇叭里传出的爵士乐。似乎只要北方放个屁,他们就会被在他们头顶闲聊的美军士兵发现。

5月27日日本海军节那天,他们祈祷着日本能从海上发起一场大反攻,然而什么也没有发生。他们决定每人带着三颗手榴弹离开山洞,即便是死也要死得有价值。他们拦下了两名溜达的"美国大兵",但在大野拉响第一枚手榴弹之前,"美国大兵"就逃跑了——这两名"美国大兵"原来是自己人,就是出去找吃的,却一直没回来的那两人,真是令人沮丧。大野和北方回到洞里睡觉。"突然,一阵咝咝声让我警觉了起来。手榴弹!我拿起了一条毯子,只盖了一半,一颗白磷手榴弹就爆炸了。我的衣服阴燃了起来,浑身都是燃烧的红色斑点。"大野疯狂地拍打这些红色斑点。红色斑点落到了他指甲里面,他忍着痛苦将着了火的手指插入泥土之中。接着,一包炸药从洞口滚了进来,轰的一声巨响,他们随即跌倒在地。透过烟尘,他们看到洞口已经被炸开了。然后,一切又陷入黑暗之中,他们被一台推土机封在山洞里。黄昏时,他们带着六颗手榴弹,悄无声息地从另一个出口爬了出去。一大片帐篷就在附近,像雨后春笋一般冒了出来。他们的手榴弹数量不足,无法发动一次像样的攻势,他们试图寻找地雷,也没有找到。此时,北方拒绝一起进攻,但大野还是下定决心,要在当晚给所有事画上一个句号。大野对北方说:"你只需要一颗手榴弹来解决自己。"

在黎明前的雾里,大野弯着腰,在自己身上抹上偷来的牙膏和力士香皂,使他闻起来像个美国大兵。他把三颗手榴弹连成一串,挂在脖子上,对北方说:"我们在靖国神社见。"然后,他开始朝着帐篷周围的带倒刺的钢丝围栏爬去。

"我身上有美国佬的味道,我觉得我能骗过他们。我走到最大的帐篷,朝里看了看,里面一团糟。"然后他爬到第二个帐篷,很小心地卷起了帆布的一角。有个男的正躺在小床上。"我用一块石头敲击我的手榴弹,等导火索发出咝咝的声音,但导火索坏了。我又试了第二颗手榴弹,但这颗手榴弹的导火索只短暂地发出咝咝声,然后熄火了。我把两颗哑弹和第三颗手榴弹绑到一起,竭力想要引爆第三颗手榴弹,但还是没有成功。我四处看了看,想找个武器,但连个挖沟的工具都找不到。这都是些什么士兵啊?"

他悄悄溜到另一个帐篷,也没枪。有人来了,嘴里还哼着小曲。"我躲在吊床后面。"一个块头很大的男子直接走到大野躲的那张床边上,开始铺床。"我确信我被发现了,便跳了起来。"那个大块头的美国大兵尖叫着跳出了帐篷。然后,躺在床上的两个美国大兵一起扑向了大野,紧紧抓住了他,直到那个大块头的美国士兵带着六名荷枪实弹的士兵回来。"我等着被枪毙。我用磕磕绊绊的英语问那个美国大兵叫什么名字。他咕哝着说'比尔'。然后,其他人放声大笑。"

有人对大野说了声"请",毫无戒备地示意大野跟上。"不知怎的,我感觉我好像找到了新朋友。我转向比尔,说:'好莱坞明星加里·库珀还好吗?'"

大野被俘虏了差不多一年半。他回家那天,他父亲刚刚收到了写着他名字的骨灰。"了不起的一天!"父亲在他们鞠躬时说道,"我突然有了两个儿子。"

海军中尉大曲悟藏在不远处的一个山洞里。在最后一次战斗中,他志愿成为人肉炸弹,跑到敌人坦克下面引爆炸药。他连着试了两天,都没有成功。他把一把手枪塞到嘴里,扣动了扳机,结果什么也没有发生。他早就允许自己的手下投降,但几乎没有人愿意投降,投降意味着他们的家族会因此永远蒙羞。在被美国大兵四处驱赶后,大曲悟决定回到海军航空洞里。占据那儿的人守卫着入口,不让日本人和美国人进去。他们的中队长——一名日本中尉,及其部下都拒绝和其他人共享这一宽敞的山洞,以及充足的食物和水。晚上大曲悟和他的士兵对山洞的守卫发起了突击,硬闯了进去。在那个杂乱无章的山洞里至少住着一百五十名海员。在过去的两个月里,他们几乎没有人见过阳光。里面非常闷热,他们都脱光了衣服,赤身裸体。

几天后,美国大兵找到了这个山洞。手榴弹和烟幕弹逼着山洞里的人往最里面的凹陷处躲。有个美国大兵用喇叭喊话,告诉他们明天这个洞穴就会被淹没。但是,里面没有人回应。海水灌了进去,只有大曲悟和那些退到最高处的人幸存了下来。一束淡黄色的光突然探测着他们满是烟雾的山洞。大曲悟告诉我们:"我摸索着找到一挺轻型机枪,然后看到原来是我手下的一名海军士官拿着手电筒。"此外,还有两个穿着美军制服的日本人。他们走上前来,叼着香烟说,美军基地里有许多日本战俘,包括一名少佐,美国人对他们很好。然后他们就离开了,让他们的同胞自己做决定。

大曲悟挥舞着机枪说道:"你们要是想活命,就出去投降。"所有的人都离开了山洞,只有大曲悟及其老朋友海军少尉角田留了下来,后者身负重伤。"我问角田该怎么办,还说不如我们一块儿死,但角田说他不想死。我也不想。不过我也不能这么赤身裸体地把自己交给敌人吧。我找到一卷棉布缠腰带,爬到了洞外。我一手拿着手枪,一手攥着缠腰带。"见此情形,五六名美国士兵咧着嘴笑嘻嘻地朝他走来,有个人还伸出了手。大曲悟用日语说:"等等!我是一名军官,和你打招呼前,我必须穿好衣服。"他礼貌地转过身,扯下六英尺长的布料,熟练地给自己缠好了腰带,然后也向对方伸出了手。

大曲悟一直很镇定,直到洗完澡他才彻底崩溃。"这是我第一次哭泣。"他一直克制着自己,"我咬着舌头,以让我的血液停止流动,但一次比一次无力。过了几周,我才最终接受了投降这一无情的现实。"

大曲悟是美国全国广播公司(NBC)的约翰·里奇介绍给我们的。在战争期间,里奇是美国海军的翻译。所有的日本投降者都遭到了自己同胞们的鄙夷,更有甚者有人有家不能回。有人给我讲了个悲惨的故事。他和自己的两个战友在地下很深的地方找到了藏身处。后来有两个日本士兵想和他们一起,他们把这两人射杀了,因为空气和水太稀缺了。告诉我这些后,他请我不要用这个故事。我同意了。第二天,他又说我可以用这个故事,但不能用他的名字。第三天,他又打电话来说:"用我的名字吧。"

硫黄岛上成百上千的掉队的日本士兵,他们既不想投降,也不想自杀。他们继续藏在这座小岛的地壳之下,就像在遥远的星球上死去的灵魂。他们当中有大野的两名手下。这两人是硫黄岛要塞上最后投降的人,他们一直坚持了六年,直到1951年。大野告诉我,其中一个名叫山阴的,几年后和一名美国记者回到硫黄岛,寻找山阴一直坚持记了五年的日记。他们仔细地搜查了山阴待的最后一个山洞,但什么都没找到。记者怀疑洞里到底有没有日记,山阴则继续寻找,找了一整晚,始终没有找到。一天上午,他和那个记者开车到了折钵山的山顶,拍些照片。在山顶上,山阴盯着地上小跑了起来。不久,他停了下来,转过身,慢慢地走了回去。然后,他又朝着俯瞰大海的悬崖边缓缓地跑了过去。途中他加快了速度,朝天空挥舞着手臂,大声叫喊着什么,随后纵身一跃。记者跑到悬崖边,往下望去,只见山阴的尸体静静地躺在一百二十码下的岩石上。

轰炸东京

我渐渐地开始了解当时在日本本土的平民的感受。一个目击者会把我介绍给另一个目击者,从而织成一张人与人相互关联的网络,将这本错综复杂的书串联起来。

1945年3月初,日本就饱受了轰炸的蹂躏,但柯蒂斯·李梅将军意识到,他们未能实现最主要的目的——消灭日本的所有生产设施。因此,他突然想到了一个激进的计划:他的飞机可以在夜间实施低空夜袭,先卸掉大部分武器装备以满载燃烧弹,然后把燃烧弹投向可波及大面积区域的易燃目标。3月9日,三百三十三架轰炸机从塞班岛和提尼安岛出发,在茫茫夜色中飞向日本东京。探路的先遣部队用燃烧弹在市中心蚀刻出一个醒目的"X"形标记。随后,跟进的先遣部队在"X"形标记上方投下凝固汽油弹。接着,后面的主力部队——三个有序却随机编组的飞行联队,以标记为中心,把燃烧弹倾泻到东京市中心。碰巧,当夜东京又刮起了大风,风助火势,大火迅速蔓延。轰炸机随即呈扇形展开,向居民区(寿子及其家人居住的地方)飞去,投下了成串的凝固汽油弹。结果,东京化为一片火海,成为一个难以置信的火之地狱。

"在东南方地平线上蔓延的红色火光迅速膨胀了起来,充斥着整个天空,"三岛澄江告诉我们,"即便在我们待的这个地方——在轰炸区另外一侧的城市边缘,我们也能看到一团诡异的粉色光芒落到了大地之上,清楚地照亮了人们眉头紧锁的脸,大家都惊得目瞪口呆。火势似乎持续了整整一夜。"

三岛住的地方距离着火的市中心不到二英里。他们给自己的四个孩子穿上棉袄和带帽子的夹层防火斗篷,随后加入了一群往隅田川去的人流。他们穿过脆弱的断壁残垣,建筑的残骸像黑色的雪花一般落下,这让三岛夫人想起了1923年大地震后的那场大火,当时她只有十二岁。这些像一堆堆香蕉一样在头顶上爆炸的炸弹,与其说吓着了她,不如说让她看得出神。

让三岛夫人开口给我们讲故事花了我们不少时间。我原以为这事办不成了，但是寿子的耐心和理解最终让她放松了下来。她就像决堤的洪水一样，流着泪把自己的故事和盘托出。采访结束时她感谢了我们，因为我们帮她摆脱了多年来一直折磨她的一切。

她讲了他们是怎么从人群中挤出一条路，越过了桥，逃离了身后熊熊燃烧的火焰。这火焰就像野兽一样拼命地追赶他们。一阵强风被吸入了烈焰之中，随后一阵剧烈的卵石风暴砸向了他们的脸。他们转过身，背对着狂风，慢慢地从这片大火中踱了出来。透过河边电缆厂的屋顶，他们看到油桶像火箭一般冲天而起，然后在空中炸成一百英尺高的火球。这种景象令他们着迷。

后来，三岛夫人背着孩子，又回到了桥的另一头，想要找回自己埋在地里的行李。被困在桥上的死者的尸体把桥堵住了。河流也被浮肿的尸体和各家的财物给堵塞了，差不多干涸了。"我最熟悉的那些地方都消失了，我能认出来的只有电缆厂。不过它已经扭曲变形，像一块化了的糖果。到处都是尸体，有的身上什么衣服都没有，就是黑乎乎的一团。"有的以一个奇怪的姿势蹲伏在地上，似乎试图跑起来；有的双手合十，在做祷告；有的坐在地上，像在沉思。有个人的头缩成了一只葡萄柚般大小。盖着稻草的死者在学校的操场上堆成了一座小山，死尸的恶臭味弥漫在空气当中。

"我终于找到了我们家房子烧毁后的那片灰烬。地面烫得要命，挖不下去。我在四周仔细寻找，看看还剩下些什么，因为哪怕一张白纸、一双筷子，当时都无法买到。"一个人若失去了所有财产，就意味着和野生动物一般无二。"我能找到的只有一口做饭用的锅。我用一根棍子把锅挑了起来，这样它就不至于灼伤我的手。"她说，奇怪的是，她虽然看到这么多的死人，但她心中却没有任何触动。"我机械地从邻居的尸体旁走过，没流下一滴眼泪。地上躺着一个妈妈和她的女儿，她们就住在我们家的街对面。除了眼球周围的白环外，她们的尸体已经完全成了黑乎乎的一团。她们原本一直非常整洁！"她失魂落魄地路过医院和医院的应急水池，水池里堆满了一层层四肢扭曲的尸体。有名男子挡住了她，跟她说他也曾在尸体堆之中。"其他人都死了"，他木然地说道，"神奇的是，我居然连一点伤都没有。"

东京十六平方英里区域化为焦土,市政府的官员估计总死亡人数达十三万人。我希望所有生活在自由世界、像我一样庆祝这场伟大胜利的人,都能听听三岛夫人的故事,听听她的抽泣声,看看铭刻在她脸上的苦痛。

次日夜间,三百一十三架美军轰炸机把凝固汽油弹倾泻到名古屋。接着,美军又用燃烧弹袭击了大阪和神户。一周之后,面积四十五平方英里的几个关键性的工业中心都化为灰烬。但是,遭到摧毁的远远不只是日本的军事力量,众多手无寸铁的平民也惨遭杀害,而这只是开始。

冲绳县

日本人还在继续战斗。日军在冲绳岛还有一个堡垒。冲绳岛位于东方的十字路口,差不多和日本、中国大陆、中国台湾岛等距,它受到了这三个地方以及南太平洋岛屿的影响。冲绳岛是日本的一部分,是日本四十七个县之一,在日本国会中有自己的代表。尽管文化环境复杂,冲绳岛人也曾把自己看成日本人,他们和任何一名东京市民一样,效忠天皇。

为了保护这座关键的岛屿,超级战列舰"大和"号和其他九艘第九舰队的战列舰驶离了内海,很快就对包围冲绳岛的美军舰队展开大规模的空袭。三百四十一架轰炸机投下了炸弹,还有三百五十五名神风特攻队队员对着美军直冲而下,击沉了美军三艘驱逐舰和两艘运输舰。紧接着又是九次大规模的空袭。这些空袭使美军受到一定损失,但代价非常昂贵:"大和"号超级战列舰及其他战列舰全部被击沉,这是日本海军的终结,也是冲绳岛陷落的开端。

我和寿子第一次去冲绳岛是 1966 年五六月时。美国国务院委派我去冲绳,让我给那儿的大学讲讲历史。在当地官员——尤其是公共事务部的塞缪尔·向田博士——的帮助下,我们找到了许多挺过冲绳岛之战的人。一架直升机飞得很低,带着我们在岛屿上空转悠了一整天。我们还参观了伊江岛——一个冲绳南面的小岛,战地记者厄尼·派尔就是在那儿被杀害的。他的纪念碑上写着:"就在这个地方,当杜鲁门总统说厄尼·派尔'成了武装起来的普通美国人的代言人,做了如此多了不起的事情'时,杜鲁门也说出了战士以及书写战争者想表达的思想。"

美军以很小的损失登陆了冲绳岛，然后便向南进发，一直没遇到什么困难，直到撞上了日军的主要防御工事——前田岭，一小块崎岖不平的悬崖高地，就像中国长城中的一段。前田岭的悬崖峭壁令人望而生畏，使其不管从外观上还是实用性上，都成为名副其实的要塞。美军两次进攻都失败了，并付出了惨重的代价。4月27日早晨，美军发起了第三次攻势。步兵、坦克和火焰喷射器一齐向日军阵地发动攻击。黄昏之前，美军拿下了整个前田岭高地的东段。

日军指挥官牛岛满将军命令一个大队去清除山岭上的障碍，而将关键阵地交给了一个中队。这个中队是由日军最年轻的上尉之一志村常雄指挥的。志村告诉我们："我手下共六百名士兵，但大多数都没上过战场。这些人中有个十九岁的他间守善，他还在上师范学校。他和许多'爱国'的冲绳岛人一样，志愿奔赴前线。"

志村给我们讲了一个让人难以想象的故事。他手下的一百多人在黎明时分战斗刚开始不久便阵亡了。美国的坦克在近距射程向他们开火。志村和其他七名士兵在一处墓地里找到了藏身之所。其他活下来的日本士兵则暂且在防空洞和石头后面的空地躲避。第二天，余下的日本残兵，只拿着步枪、手榴弹和刺刀开始反击。志村回忆道："当时我并不知道美军遭到了重创，有些排减员到只剩下五六人。"

尽管美军在前田岭上遭受损失，但美军在岛上的人数却增加到了十七万人，而且他们的弹药和食物非常充足。那些刚来的美国士兵似乎把战斗当作冒险。5月3日，神风特攻队袭击了美国的运输船队，击沉了"利特尔"号驱逐舰和LSM-195号登陆艇，以及其他四艘战列舰。同时，日本的大炮开始重击美军前沿阵地。随后，日军以两千人的步兵团发动攻击。日军心想，他们要胜利了，因为他们精准的火力打击已经将所有美军中型坦克打瘫痪了。乘着黎明前的昏暗，上尉伊藤弘一指挥着六百人的中队直扑美军前沿阵地。但是，只有他的军队突破了美军防线。之后他接到命令，让他原地待命。牛岛的参谋长长勇少将知道，反攻已经失败了，失败在所难免。

美军的攻势还在继续，而伊藤率领的六百名士兵如今还剩下不到四分之一。"正当我已准备战死时，一纸消息和一块石头包在一起，扔到了我的散兵坑里。"这一消息原来是自己的通信兵传来的：刚刚接到命令，要求他们立即撤退。"我告别了伤员，给他们每个人都发了手榴弹。"午夜时分，这支遭到重创的日军中队在黑夜中向南转移。接到撤退命令时，他们已经越过敌人阵地一英里了。最终，只有伊藤和其他十几个人安全回来了。

当时，年轻的志村上尉率领的六百人的中队，只剩下不到四分之一，而且大多数人还受了伤，但他拒绝投降。"上级坚持让我撤退，但我就是想和我的战士死在一块儿。"志村让自己的手下按照命令撤退，而他自己则要继续开展游击战。"愿意留下的人可以随我留下。我们会在前田岭坚守阵地，直到战死。"有些士兵和志村一起去了地下，剩下的撤退了，把前田岭留给了美军。

许多日本兵与志村具有同样的精神。在最后的那些日子里，神风特攻队的飞行员依然驾着飞机直扑守卫在冲绳岛的美国战列舰。二十二岁的海军中尉、东京的青木康哲信奉着神风特攻队的口号"一架飞机，一艘军舰"。5月26日，他在上床睡觉的时候，获悉第二天他要奔赴冲绳岛，那天很可能会是他活在人世的最后一天。黎明前，他醒了，他镇定自若地想："我没事！"他感受到心中无比强烈的振奋和渴望。他把剪掉的指甲和一缕头发放在一旁，留给家人。他给自己的父母、四个妹妹和一个弟弟写了明信片。他告诉他们："我们神圣的国度不会被毁灭。"然后他在心中祈祷日本不会彻底失败。

青木是一名机长。他的飞机是一架很慢且笨重的两座训练机，和他同行的还有一名年仅十七岁的飞行员。下午，他们和其他十四架飞机一道起飞了。几小时之后，他们依然还在一千英尺的高空嗡嗡飞翔着，为即将在午夜时发起的协同进攻做准备。青木命令他的飞行员在十一点半进攻，自己则在月光下密切观察地面，因为美军防空炮火此时已经开始搜索日方的飞机。他们俩发现美军的一艘驱逐舰似乎根本没注意到他们的存在，便把目标对准了这艘驱逐舰。这艘驱逐舰根本没有对他们的飞机开火，却设法躲开了这次神风进攻。飞机一头扎在水面上，但完好无损，因为装载的炸弹并没有被引爆。

他们俩被另一艘美军驱逐舰救了上来。他们深感羞耻,想要自杀。在甲板上,他们拒绝抽香烟和吃面包。"我们被换到了一艘更大的军舰。我向横山示范怎样咬舌自尽。"青木把舌头伸了出来,一次又一次地用拳头猛击自己的下巴。尽管非常疼痛,但流血很少。然后,他又使劲用一条粗绞绳来勒死自己。他眼前一片漆黑、快要昏死过去的时候,一名看守冲了进来。"我得出了一个结论,我不仅命不该绝,而且还要注定成为一名模范战俘。"1946年下半年,他回到了日本。他的叔叔——一名中将,迎接了他。他的叔叔很高兴,也很理解他,青木也第一次为他还活着而感到如此高兴。他告诉我们:"我有过两次生命了,所以现在的每一刻都很宝贵。"

在冲绳岛,战争蜕变成一场残忍的猎杀。美军追赶着日军,用炸药包和火焰喷射器将一个个大山洞变成了埋葬日军的坟墓。牛岛将军最后对他手下说的话是"战斗到底,誓死效忠天皇"。他们不会毫无意义地向敌人阵地发起自杀式冲锋,而会穿着平民的衣服,穿过敌人的防线,加入岛上北部的游击小队。牛岛满将军给帝国司令部发送了告别信息,然后理了理头发,跪在他的参谋长长勇少将旁边,切腹自杀。

数以千计的平民和士兵还待在山洞中。近所茂当时年仅十三岁,在一个全是士兵的小山洞里,他和家人挤在一起。有人在外面用石头引燃了一颗手榴弹,然后把手榴弹扔到他们一家人中间。"我觉得整个世界都爆炸了。我听到我妈说了些什么,还有她临死前发出的咯咯声。有一个人说:'我没死。'然后祈求道:'再扔一颗吧!'"

那天深夜,在离海岸线几英里外的荆棘灌木丛里,十三名冲绳岛实习护士在音乐老师中曾根政善的带领下准备集体自杀。当护士们坐成一圈,唱起了《再见》(一首由他谱写的难以忘怀的歌曲)时,中曾根独自离开了,他想整理一下自己的思绪。"死的时候甚至都没有一个人知晓,这种死法是多么窝囊啊!"月光下,树上的露水闪闪发光,既漂亮又神秘。

他告诉我们:"黎明时,我注意到穿着绿色军服的美国士兵悄悄地过来了。这些是盎格鲁-撒克逊的魔鬼,我现在已经不再害怕他们了。我在想:'为什么我和那些女孩子要自杀呢?'我爬回到拥在一起的实习护士们跟前。她们中有个人问我,能不能现在死?她有一颗手榴弹,想把它用掉。我让她等等,我希望能在美军到来前阻止她们。这些女孩子一个接一个地离开了那个圈子,除了那个拿着手榴弹的执拗的女孩。我走向她,突然把她手里的手榴弹掰了出来。她迅速跑到海滩上,纵身跳入了海中。"

美国士兵们把她救了出来,珊瑚划破了她的皮肤,她流血了,但还在挣扎。"想到我是唯一一个投降美军的冲绳人,我极为羞耻,但至少我救下了我的一群学生。"

7月2日,冲绳岛之战正式结束。三个月里,美国损失了一万两千五百二十名陆军、海军和水手,这是美军在太平洋上最大的一次伤亡,而日本则损失了十一万兵力。此外,平民的伤亡人数也非常惊人。双方的俘虏中,死去的手无寸铁的男女老少就达七万五千人。他们都是白白牺牲的。

由于我们再现了寿子国家的二战故事,我和寿子之间的关系变得更加紧密。这是一场悲剧,充满了希腊神话中那些狂妄之人的致命缺陷,以及为此付出代价、坚韧地幸存下来的人。透过那些普通日本人(比如平民和普通士兵)的痛楚来看,我渐渐理解了日本社会中那种相互交织而又难以逃脱的纽带,并感同身受。正因为这些纽带,日本社会能够"忍受无法忍受之事"(日本天皇的原话)。

和平之路

阻止军国主义者

在1966年为《日本帝国衰亡史》做调研时,我和寿子试图弄清楚奇幻而复杂的日本通向和平之路,然而我们遇到了巨大的挑战。幸运的是,寿子说服了那些知道事实真相的人说出到底发生了什么。内大臣(裕仁天皇的首席顾问)木户幸一侯爵对战争罪行感到内疚。从1941年开始,木户和天皇就一直致力于和平。遭到一些历史学家贬低的近卫文麿公爵,也曾致力于和平。1944年7月9日,塞班岛之战失利之后,近卫竭力想让木户侯爵将和议提上议事日程,内大臣尽管颇为赞成,私底下还是认为,当时近卫利用他来影响天皇的举动有些操之过急。

1945年2月莱特岛之战的失败和3月硫黄岛之战的失败,使天皇对国家的未来产生担忧。他召见了木户幸一,说目前的战争形势每况愈下,有必要咨询一下重臣(历任首相)。之前,天皇仅于战争前夕召见过重臣一次,当时除了遴选新首相一事,其他话题无所不谈。

我非常感激木户幸一侯爵,因为通过他我最终获得了真相。我知道,一旦他接受了我,我便有机会和其他当时的日本军政要人交谈了,这些人自1945年之后便保持着沉默。我将了解到真实的故事,就像目击者亲眼目睹到的一样。

木户幸一告诉我们:"我把重臣一个个地带到了天皇的办公室。"要是他们集体出现,军方就会起疑,"这样的安排也更容易让大家畅所欲言。"但是,除了近卫,重臣们的建议都含糊其词,而且没有经过深思熟虑。近卫对当时局势的评估和陈述逻辑缜密:如果短期内日本不能够实现和平,日本就会陷入政治和军事的深渊。木户幸一说,近卫的立场很坚定:只有阻止那些强硬的军国主义者,日本才有可能进行和平谈判。

1945年4月,日本帝国舰队曾试图阻止美军登陆冲绳岛,但反而被美军包围。就在日本舰队最后一次突围前,取代东条英机担任首相的小矶国昭被迫辞职。在重臣推选新首相的会议上,木户幸一提出了铃木贯太郎的名字。在1936年的"二二六"事件中,铃木神奇地从三道致命的伤势中活了下来。他是个虔诚的道教信徒,没有什么野心。"我知道此人能够给我们带来和平。"

在木户幸一和天皇的努力下,和议最终被提上议程。新首相铃木意识到,天皇任命他为首相实际上是一道不言而喻的指令:天皇陛下想让他设法尽快结束冲突。1945年5月初,正当冲绳岛上的日军拼命守住前田岭时,一次为和平而做出的努力正在瑞士悄悄地进行(出席和谈的美方官员为美国中央情报局局长艾伦·杜勒斯)。杜勒斯建议日方派遣一名全权代表前往瑞士,美国将保证其飞机的安全。这一提议被直接送到了海军大臣米内光政的手上。米内又将提议告诉了外相东乡茂德,而东乡则让米内把这一提议研究得更透彻些。

正当日本政府犹豫不决地寻求和平时,其城市正在一个接着一个地化为灰烬。5月12日,即德军投降四天之后,海军大将米内在"六巨头"(由首相、东乡外相和四名军方最高长官组成)会议(即"日本最高战争指导会议")上提了一个建议,这可能会使他被免职。他建议请求苏联从中斡旋,和平解决战争。一直遭到禁止的和平话题又被拿到了台面上。日方打探了苏联大使的口风,苏联大使表示苏联愿意充当这一角色。但是,第二天早上,也就是6月6日,在另一次"六巨头"会议上,东乡拿到了一份由最高司令部起草的文件,文件要求官方重申将战争进行到底的政策。尽管东乡激烈地抗议,但将战争进行到底的决议还是通过了。两天之后召开了一次帝国会议,将决议呈请天皇批准。

天皇毫无准备,他默默地坐在台子上,神情极其严肃,什么也没说。木户幸一透露:"天皇离开会场,我看到他一脸担忧。我感到困惑不解,便问他为何如此。天皇回答:'他们已经做出了自己的决定。'天皇还让我看了新政策的副本。我震惊不已。我知道,就算有东乡外相的支持,我也不能再指望这位年事已高的首相带头谋求和平。作为天皇陛下的枢密顾问,按照传统,我可以不受政策的束缚。过去,我一直设法间接地绕过这一限制。如今,我知道我必须积极行动了。"

一直到晚上,木户幸一都在寻求解决问题的办法:"最终,我意识到,有一种权力,谁都不能反对,那就是皇权。我决定坦诚地去直面天皇陛下。我觉得,在这次危机中,为了说服天皇介入以结束战争,采取这种史无前例的方法是非常必要的。终于,我可以安心地去睡觉了。"

第二天中午一过,木户便把一份题为《时局对策设想》的文件呈给天皇御览。天皇看了其中的内容后非常欣慰。木户幸一请求让他和铃木首相以及其他内阁要员一起讨论这项提议:"在天皇公开介入之前,我需要得到内阁中关键大臣的支持。天皇说:'立刻执行吧。'"当军方还不愿合作时,天皇就在内大臣的劝说下,突然于6月22日召集了"六巨头"会议。天皇事先声明了这次会议独一无二且不拘传统。他说:"这不是命令,而仅仅只是一次讨论。在最近一次最高战争指导会议上,大家决定采用一项新的政策,时刻准备着保卫本土。但现在我认为,我们有必要考虑向和平迈进。这是前所未有的一步,所以我要求你们立刻采取行动,实现我的愿望。"

天皇已经讲得很清楚了,他不想因为过度的谨小慎微而让日本错过一次"迈向和平"的机会。在接下来的一周里,日本耗费了大量时间主动接触苏联,让苏联充当中间人,以达成日本可以接受的停战条款。按照木户幸一的建议,天皇召来了近卫公爵,开了一次只有他们俩的私人会议,这是史无前例的。显然,裕仁天皇已经心烦意乱,他希望近卫充当特使,前往莫斯科。近卫立马便同意了。

我现在能理解日本是怎样度过战争的最后岁月的,因为我信任那些关键的参与者。这些内容在历史文献中很少被提到,只有年长者们的记忆能为我提供这些无价的细节。

在莫斯科,佐藤尚武接到一份近卫公爵即将到来的电报,上面称:"陛下一心想尽快结束战争。但是,要是美方和英方坚持要求日本无条件投降,日本会被迫战斗到底。"

佐藤告诉我们,他很了解苏联人,收到这条消息时,他知道苏联人会质疑这个举动能给他们带来什么好处。他经过审慎的观察后,发电报回复了东乡,告诉东乡,要是近卫只是来重申"之前的笼统的条款,缺乏具体细节"的话,近卫最好不要过来了:"我们别无选择,只能接受无条件投降或者类似的条款。"

广岛市

调查两次原子弹袭击背后的故事是我最困难的任务之一。1945 年 7 月,杜鲁门总统在波茨坦收到了从新墨西哥州阿拉莫戈多发来的一则好消息:将投向日本的炮弹大小的铀原子弹的爆炸试验成功了。在下午杜鲁门和斯大林的会议上,杜鲁门总统没有提到原子弹的事情,但斯大林向杜鲁门透露了一个秘密。由于美方已经破译了日本的外交密电,这个秘密其实杜鲁门事先已经知道了。斯大林拿出了天皇的密函,这封信函要求斯大林接受近卫公爵作为和平特使。斯大林在想,他是不是不应该忽视这封信函,而当时苏联正准备向日本正式宣战。杜鲁门让斯大林自己抉择。

7月下旬，原子弹就运到了提尼安岛，而使用它的命令也起草好了。现在只剩下把《波茨坦公告》送到日本了——这是一份最后的警告，如果日本拒绝无条件投降，"日本本土将陷于完全毁灭之境"。《波茨坦公告》将日本的主权限制在本州、北海道、九州和四国四座主要岛屿，但同时也郑重地做出承诺："无意奴役其民族或摧毁其国家……允许其保留维持其经济运行的工业设施。"

日本的无线电监听员接收到了东京时间7月27日早上播报的《波茨坦公告》。铃木首相决定宣读一份声明，这份声明事实上最大程度削弱了盟军定下的这些条款的意义，但并没有直接拒绝这些条款。铃木告诉记者，日本政府不会把《波茨坦公告》太当一回事。他说："我们必须默杀《波茨坦公告》。""默杀"这个词字面上的意思是"默默地杀掉"，但铃木的儿子告诉我们，他父亲原本想要表达的是"不予评论"，日语中没有相同含义的词。但是，美方将其理解为词典里的意思："忽视"和"蔑视"。7月30日，《纽约时报》头条新闻的标题写道："日本正式拒绝盟军下令日方投降的最后通牒"。

因此，1945年8月6日凌晨两点四十五分，"艾诺拉·盖"号轰炸机携带着原子弹从提尼安岛起飞，奔向广岛。我和寿子采访了二十五名幸存者。单是找到他们就花了我们很多时间，而说服他们说出全部真相，则花了我们更多时间。第一天，我倾听他们讲述自己的恐惧经历，看着他们脸上的表情，我感觉要让自己保持镇定十分不易。当我们得知，第一批接受采访的四个人要留下来和我们一起吃午饭，然后整个下午继续接受采访时，我觉得自己会无法下咽。但是，到了午餐时间，他们身体的畸形不再令我反胃，我只把他们看成忍受过地狱般折磨、对美国人没有明显愤怒和怨恨的人。我看到了他们的恬淡寡欲，看到了他们的精神。他们并没有丧失人性。事实上，他们似乎从自己的经历中学到了什么。

温品靖子告诉我们她是怎样被困在自家米酒店铺的废墟中的。当时，她第一个想到的就是自己四岁大的女儿郁子，她以为郁子还在外面的某处玩耍。她出乎意料地听到旁边传来了郁子的声音："妈妈，我怕！"她告诉孩子，她们被埋在这儿了，也会死在这儿。她说完后反而拼命地在废墟中用手挖了起来。她是个瘦小的女人，仅四英尺六英寸（约1.37米）高。在暴走的状态下，她终于挖了出来，冲进了院子。周围的一切全都毁了。不知道为什么，她觉得自己要为这场爆炸负责——"她家的"炸弹把邻居家给炸了。人们穿着破破烂烂的冒着烟的衣服，像梦游一样迷迷糊糊地走过，面无表情，一声不吭。这是一群正在游走的幽灵，是从佛教地狱里召唤出来的鬼魂。她目不转睛地看着，仿佛被人催眠了，直到有人碰到了她。她握着郁子的手，加入了他们的行列。困惑之中，她产生了幻觉，以为有数不清的轰炸机呼啸着掠过城市的上空，扔下了一颗又一颗的炸弹，一刻不停。

红十字医院内科主任重藤文夫博士告诉我们，那天早上他一直没能到自己的办公室。在去上班的途中，他在终点站等待一辆长途电车，这辆电车在广岛火车站掉头。爆炸产生的火光让他几乎看不清在自己前面排队的一群女孩子。"我以为这是一枚燃烧弹。我卧倒在人行道上，捂着眼睛和耳朵，一块很重的石板砰的一声砸到我背上，一缕缕浓烟遮住了太阳。我在黑暗中乱摸，希望在第二波轰炸到来之前找到避难所。"他害怕有毒气体，便用一块手帕遮住了嘴巴。

一阵微风从东面吹来，这片区域渐渐清晰，就好像黎明时朝阳照亮昏暗的大地一样，揭示出一幅难以置信的画面：车站前的大楼都坍塌了，衣服冒着青烟的半裸尸体遍地都是。"站在队伍的最后，由于受到车站建筑的保护，只有我一个人没有受伤。我往医院的方向跑去，却被一堵不可逾越的火墙拦住了。我转过身，往一片开阔的空地跑去，那是车站后的一个军队操场。"他看到许多幸存者，他们成群结队，没头苍蝇一般乱跑，歇斯底里地哭喊着。为了减轻烧伤处的痛苦，他们伸直手臂，手臂上悬挂着一卷卷脱落的皮。

"有个护士走到我跟前。"她认为重藤肯定是个医生，因为他带着一个黑色皮包，还蓄着一撮整齐的小胡子。"她求我帮助躺在地上的另一个医生和他的妻子。我在想：'要是这伙人发现我是个医生怎么办？'我并不能把他们所有人都治好。那位受伤的医生正大出血，他请求我先医治他的妻子。我给这位休克的女人打了一针氧化樟脑注射液，接着又给她打了一针其他药剂以止血。我给她重新包扎了一下之前护士包扎的绷带，然后转向另外一名伤者。"他一直在现场救治，直到吗啡和药品都用完了。"现在没有什么我能做的了,然后我便向山区逃去。"

在接下来一周的采访中,我挖掘到了一个又一个故事,在我面前的主要问题是怎样挑选出最典型和最引人注目的故事。木户幸一侯爵告诉我,他当时立刻告知了天皇,某种神秘武器已经把广岛变成了废墟。天皇陛下说:"在这种情况下,我们必须向无情的命运低头。"天皇无法掩饰自己内心的痛苦,他下定决心,要阻止这样的悲剧再次上演。然而,天皇和木户一致认为,现在不是天皇介入的最佳时机。

8月7日,也就是广岛原子弹爆炸第二天,大学教授、地质学家长冈省吾想穿过瓦砾走进校园。他筋疲力尽,无法理解这满目疮痍。到护国神社时,他在巨大的石灯脚下瘫倒在地。突然,他感到一阵剧烈的疼痛,跳了起来。他注意到石灯上有个奇怪的背影。一种可怕的预感突然出现在他的脑海之中:他正处在原子弹爆炸所产生的辐射之中!日本必须立刻投降,不然就会被彻底消灭。(长冈后来成为广岛和平纪念馆第一任馆长。他还向我们保证,至少有二十万人死于这颗原子弹的爆炸中。他给了我一片屋瓦,上面残留着原子弹爆炸的可怕痕迹。他希望我在写广岛这一章时,能把这一片瓦放在桌边。我确实这么做了。)

东乡外相也有同样的想法。他要求直接拜会莫洛托夫。他还没来得及联络上这位苏联的外交官,莫洛托夫便把一封信函交给了他,让他转交日本政府。上面说,苏联已经接受了盟军的提议,认可《波茨坦公告》。如此一来,到8月9日,苏联便正式向日本宣战。

长崎

1945年8月9日早上,第二颗代号为"胖子"的原子弹被投放在长崎上空。这颗原子弹威力比第一颗大,杀伤力更加巨大。其时,长崎是日本欧化最深、最信仰基督教的城市。在这座城市中,东方文化和西方文化和谐交融,有许多天主教教堂和天主教学校,以及数以百计的西式建筑。还有颇具传奇色彩的蝴蝶夫人府邸这样的旅游景点,在那里可以俯瞰港口。这里共有二十多万居民。

在长崎,我们也采访了许多幸存者,其中有个人叫森本重义。森本三天前从广岛的原子弹爆炸中奇迹般地死里逃生。此后几天他一直在长崎为军方制造防空风筝。广岛原子弹爆炸时,他和三个助手离原子弹的爆炸中心"归零地"不到九百码。原子弹爆炸时天空闪烁着粉红色光芒,就像宇宙中的一只闪光灯泡,日本人称之为ピカ(闪光)。奇怪的是,虽然他们的工作室不结实,工作室倒塌时其残骸还是保护了他们。森本搭乘货运列车回到了长崎的家:"我有一个奇怪的预感:这颗炸弹会跟踪到我家,因此我得提醒自己的妻子。"

9日早上将近十一点,森本走进了长崎市中心他家经营的商店。他上气不接下气地告诉妻子,有颗可怕的炸弹落到了广岛,他担心长崎会成为下一个目标。就在十一点刚过一分时,原子弹便落了下来。一道让人无法睁眼的蓝光打断了他的话。他本能地拉开了地板上的活板门,把妻子和小婴儿推下掩体避难。他拉上那厚重的活板门时,传来一阵剧烈的震动,就像一场地震。

森本家的店本是原子弹落点,但头顶上的云把原子弹弹头的落点改到浦上河东北方向几百码的地方,就在三菱重工长崎兵工厂以及三菱鱼雷工厂之间。由于命运的巧合,森本一家得以幸免。

当时,小佐佐八郎刚刚进入鱼雷工厂仓库去取某种金属材料,就感觉到有些不对劲:"我转过身,看到窗户上闪烁着五颜六色的光。我认为一定是某个煤气罐爆炸了。天花板塌了下来,我一屁股摔在地上。"小佐佐没有意识到自己的头部和大腿上都有很深的伤口,他摇摇晃晃地向工厂的医务室走去,想帮助一下自己的同事。但是,此时医务室已经消失了。"站在室外的黑暗中,我能够看到来往行人转来转去,不知所措。当时,我本能地想要逃离,想回到家里。"由于失血过多,小佐佐身体十分虚弱。他在大腿上绑了一条护腿,权当止血带。由于担心自己的亲戚找不到自己的尸体,无法给自己操办一次像样的葬礼,小佐佐朝着南面的三菱重工长崎兵工厂走去:"没走多久,我两腿便支撑不在,瘫软了下来,我只能靠双手和膝盖爬行。"

西田绿是兵工厂的一个送信的女孩,她的头发被ピカ(闪光)点着了。

她试图穿过一座铁路桥逃跑,殊不知自己正在前往毁灭中心。铁轨枕木都被烧毁了,她只得在扭曲的轨道上保持平衡,一点点地向前挪动:"我能看到铁路桥下面河里的尸体。"河岸附近有个女人,屁股像气球一样被炸开了。不远处有一头全身都是粉红色斑点的花奶牛,正在平静地喝水。

西田绿差点摔倒在地,她向一个从另一边过来的女孩求救:"她曾是我的同学,但她看到我时突然大哭,并拒绝碰我。我愤恨地向东岸继续前行,经过一个烧焦的裸体男子身边。这名男子如同泥塑木雕一般直立在那儿,四肢都已散了架。他死了。然后,我又撞上一捆捆木炭,意识到这些原来都是人。他们的脸都很大,很圆,似乎是因充气而膨胀。"这里没有任何建筑物了,只有断壁残垣和冒着烟的瓦砾。"之后,我看到了班上的另外一名同学,一名男生。"但是,直到西田绿开口说话时他才认出她:"您真的是西田小姐吗?"

他们听到周围到处都是痛苦的呼救声。"我无法抗拒地被这些声音吸引着。"西田绿告诉我们。她惊恐万状,向河边逃去,身后跟着新同伴。他们在河里发现了一片水很浅的区域,可涉水而过。他们经过一对母女身边,母女坐在烧焦的被褥上,那个女孩头向前倾,垂到水里,已经死了。"母亲茫然地望着我,我还在想她为什么不把自己的女儿从水里拉上来。"西田绿浑然不知自己的运动鞋鞋底已经被烧穿了。

美国人把死亡人数定为三万五千人,但长崎官员们确切地告诉我是七万四千八百人,且至少有十万人因受伤和辐射而相继死去。

天皇的决定

在那个令人恐怖的8月9日的夜晚,在东京,内阁大臣们仍在闭门争论。军国主义发言人陆相阿南惟几将军还是像以往一样毫不退让。快到二十三点时,铃木首相宣布休会。那时只有一件事可做:请示天皇。铃木召集了一次临时御前会议,与会者都被带到了御文库——战时专门为昭和天皇修建的地下防空洞。

二十三点五十分,天皇进来了。在接下来的两个多小时里,众人几乎逐句重复了那场无休止的争论。这时,老首相缓缓站了起来。曾在"二二六"事件中担任过冈田启介首相的秘书、当时担任内阁书记官的迫水久常认为,铃木终于要说出压抑在心底许久的想法。但是,铃木首相所说的话还是让在场的每个人震惊不已:"我们没有这样的先例,臣发现这很难做到,但臣怀着最崇高的敬意,恭请天皇陛下表达自己的意愿。"他转向天皇,请天皇定夺日本或是完全接受《波茨坦公告》,或是向盟军提出日本军方想要的条件。"不可思议的是,"迫水告诉我们,"铃木首相从扶手椅上站起身来,走向了天皇。我们都倒抽了一口冷气。阿南惊呼:'首相先生!'"

铃木继续朝天皇走去。他在天皇坐着的小平台前停下脚步,深深地鞠了一躬。天皇点了点头,吩咐铃木坐下。"这位老人,"迫水告诉我,"显然听不清这些话,把手放在左耳边做杯子状。天皇示意他回到自己的座位上去。铃木一坐下,天皇便站了起来。"

天皇的声音通常镇定自若,气定神闲,但这一次他明显十分紧张:"我对世界大势及帝国现状认真思考了一下,认为,若继续交战,不仅会导致日本灭亡,亦将延续世界范围内的残酷杀戮。"众大臣都俯首聆听。"我不忍看到无辜臣民再因此受苦。因此,结束战争乃是恢复世界和平、解救不堪重负的国家于水火之中的唯一途径。"

天皇停顿的时候,迫水抬头看了一眼天皇。迫水告诉我们:"他用一只戴着白手套的手擦拭自己的眼镜,双眼凝视着天花板,若有所思。我顿时热泪盈眶。我注意到与会者不再僵直地坐在椅子上,有的人身子前倾;有的人伸出双臂,趴在桌子上,毫无顾忌地啜泣着。这时,天皇已恢复了镇定,用一种哽咽的声音继续讲了起来,直到失声。当时,我想大声喊道:'我们现在全都明白了陛下的心意,请不要再屈尊多说一个字了!'"

"每每念及忠良臣民的赤诚之心,我就备感痛心。"天皇继续说道,"那些在遥远他乡的战斗中战死或受伤的战士,那些在敌人空袭中失去所有财产甚至性命者,那些缺乏武器装备却仍然英勇奋战的日本臣民。同样令我难以承受的是,那些一直忠心耿耿地效忠于我者,如今将要因战争罪被起诉。不过,现在到了帝国必须忍受无法忍受之事的时候了……我以泪洗面,批准在由外相草拟的纲要的基础上接受盟军的条款。"换言之,他们要接受无条件投降。"

最后铃木和其他人站了起来。铃木首相说："臣恭敬地聆听了陛下的仁慈之言。"天皇仅以点头作答，似乎身负难以承受的重担，缓缓地离开了房间。

最后一刻发生的一场叛乱

迫水心想，和平终于要到来了。很明显，1945年8月9日晚在御文库里的每个人都顺从了天皇的决定。然而，他想起了在1936年"二二六"事件中叛乱的理想主义年轻军官们。如今这些军官又会采取什么样的行动呢？

8月10日上午，天气闷热潮湿，阿南会见了大约五十名陆军省的军官。这些军官是来参加在市谷台陆军总部防空洞里召开的一次紧急会议的。当他们获悉参加御前会议的人士已经决定接受《波茨坦公告》的条款时，军官们显然准备反叛。阿南试图以个人权威来压制他们，但没有效果。阿南其实心里还是希望天皇能改变主意，继续战争。因此，阿南于8月13日早餐时突然找到木户幸一侯爵，坚决主张进行"一场最后的决战"。木户幸一一方面承认阿南要约束住军队确实不容易，一方面又提醒天皇的意志不容违逆。

根据我采访过的许多当事人的讲述，我能够完整地还原出那段关键性的日子里所发生的事情。我们越是深入到每个故事之中，其当事人就越是激动，细节就开始喷涌而出。迫水也是当事人之一，我采访他的时间最长。最终，他也不再保持沉默，开始跟我分享越来越多的细节，直到我们两个人都精疲力竭。

军方确实发动了暴动，其场面与1936年的"二二六"事件惊人地相似。这次暴动领头的是畑中健二少佐，他坚信无条件投降会毁灭"大和魂"和"国体"。

由于畑中笃信自己可以说服阿南将军加入这一密谋，他和同伴于8月13日那个多事之夜齐聚在阿南将军家里。为了执行监禁木户幸一侯爵、首相铃木、外相东乡茂德和海军省大臣米内光政，宣布军事管制，封锁皇宫的计划，他们不仅需要阿南的支持，还需要关东军司令梅津美治郎、东部军管区司令田中静一和近卫第一师团师团长森赳的支持。

阿南批评了他们的布置和计划,但他又见风使舵,同意"第二天一早第一件事"就去说服梅津(尽管他知道梅津是坚决支持天皇的)。反叛者对此还不满足,所以阿南暗示自己可能会和他们合作。但是,第二天早上,阿南却向他们表明,他和梅津都不会支持他们。尽管高层将领们劝反叛者们放弃,反叛者还是花了整整一下午时间来说服其他人加入他们的阵线。

之前在皇宫、后来到广播中心的那些人向我讲述了天皇的讲话是如何好不容易才播放成功的。

8月14日下午,日本最主要的广播电台日本放送协会(NHK)的一个小组来到皇宫,以录制天皇的投降声明。他们只有在午夜才能进行录音,录好的磁盘由天皇的一名内侍锁在宫殿的一个保险箱里。14日深夜到15日凌晨期间,反叛者们开始包围皇宫。15日晚上十一点左右,他们试图说服森赳将军加入他们。由于森赳不愿意,反叛军官们很不耐烦,失去了理智,杀掉了森赳及其内弟白石通教大佐。森赳死后,保护皇宫的关键师团就移交给田中指挥。

森赳的死暂时结束了近卫师团对叛乱的强烈反对。(我们从畑中的一些还在世的同事,如井田正孝中佐和阿南将军的连襟竹下雅彦中佐那儿,了解到了细节。对于西方而言,这些细节还是首次被披露。)8月15日上午,畑中和井田乘坐参谋部的车前往东部军管区司令部。田中不在那儿,因此反叛军官们试图劝说田中的参谋长高岛龙彦加入他们。这时从东条英机的女婿古贺秀正少佐那儿传来消息,说近卫师团刚刚造反了,东部军管区的部队必须加入他们。

根据盖着已经被杀的森赳的印章的命令(由畑中盖上去的),近卫师团的一个中队去了日本放送协会(NHK)的广播中心,另外千余名士兵封锁了宫殿广场。但是,他们中的大多数人都不知道他们这样做是在造反,他们认为自己只是在加强宫殿的守卫。此时,天皇已经完成了录音,录音被锁了起来。造反者派出了一个搜查小组去夺取磁带。

正如我和寿子从当时在皇宫内的人那儿了解到的一样,叛军到处受挫。德川义宽是宫廷管家,其先祖曾在幕府时期统治了日本长达二百多年。德川事先曾预料到会发生这样的一场政变,所以他谨慎地将磁带锁到了一个保险箱里。

畑中软禁了天皇,却没有搜查到磁带。随后传来了结束政变的先声——东部军管区的部队不愿同流合污。井田和畑中清楚:一旦近卫师团的人意识到他们的司令被杀害了,他们就会马上退出叛军阵营。畑中决定设法停止日本放送协会的广播。井田去了阿南家,他发现阿南将军正准备自杀。阿南决定以自己的死亡结束军队的混乱局面以及所有的密谋和叛变。竹下和井田用可怕的细节告诉我们这种痛苦的自杀是如何进行的——不是普通的切腹自杀(切腹自杀有些暗示自己死得问心无愧的意味),而是割腹自杀。将军把匕首刺入自己的腹部,接着连续搅了两刀——先向右一刀,然后向上一刀。这种自杀极其痛苦,很少人能够做到。即便如此,竹下还是不得不补上致命的一击。

听着这些令人毛骨悚然的叙述,我和寿子渐渐地获得了最后那段日子里皇宫、军方和政府高层中发生的事件的全貌。这段完整的故事也许是首次被披露。以往,这段故事只存在于那些当事人的零星的记忆片段中。在战后的几年里,这些当事人并没有急于相聚,讨论这些痛苦的往事。这一点我能够理解,当时的抉择无非是要么将日本从投降的噩梦中释放出来;要么"忍受无法忍受之事",服从天皇的意志。这些都是不堪忍受的痛苦之事。

8月15日黎明前,畑中少佐和少数叛军控制了日本放送协会的大楼。畑中用枪口对着正要播报早间新闻的馆野守男,命令其把麦克风交给他,以让他对全国民众进行广播。馆野试图用言语拖住畑中。畑中打断了馆野的话,告诉他:"我必须向人民传达我的感受。"

这时东部军管区打来电话找畑中。畑中接过电话后不久,他翻悔了,想要放弃叛乱。他刚刚接到立即停止叛乱的命令。但是,他仍想在此对公众最后做一次解释,他的这一要求遭到了拒绝。他挂断了电话,叛乱至此彻底结束了。

8月15日上午七点二十一分,馆野向日本全体国民郑重宣布:"今天中午将广播天皇陛下的诏书,让我们大家怀着敬意一起聆听天皇的玉音。"

虽然叛乱已经结束,但许多个人和团体仍然拒绝妥协,准备用自己的生命作为代价来阻止投降。皇宫里的人仍然担心会有人企图毁掉天皇的录音。从二楼的保险箱取出磁带,然后从宫内省送出去是有风险的。因此,他们安排了两条不同的路线,从皇宫中分别取出原版磁带和复制磁带。两个磁带都完好无损地送达日本放送协会,原版磁带被锁进了一只保险箱里。

上午十一点二十分,畑中用那把杀死森赳将军的手枪对准自己的头部开了一枪。从他的口袋里找到了这样一首诗:

既然乌云已消散
不再成天皇治下的羁绊
此生还有何遗憾!

在同一时刻,日本放送协会会长将带有"原盘"标记的录音从保险箱里取了出来。尽管天皇陛下不在场,播放这条广播也是很有仪式感的。中午十二点整,日本最受欢迎的播音员和田信贤说道:"这将是一次极其重要的广播,陛下现在将亲自向大日本帝国人民宣读他的诏书。我们无比崇敬地转播天音。"

随后,之前很少有人听过的天皇的声音传遍了全国。由于皇室语言奇特,加之收听效果不佳,因此很少有人能准确理解天皇所说的话。唯一显而易见的是,投降或是类似的灾难性事件发生了,数百万人痛哭流涕——或许世界历史上还从未有过这么多人同时痛哭的场面。尽管大家内心感到屈辱和悲痛,但不可否认的是,天皇的话给自己的臣民带来了解脱。御文库里,天皇对着一台战前的美国无线电公司(RCA)的收音机专心地听着自己所说的话。宫内省里,木户带着复杂的情感说道:"尽管日本被迫投降令我感到非常痛心,但我内心里却有一种胜利的感觉,因为我终于实现了一直为之奋斗的目标。"

东条英机最后的日子

1945年秋天,麦克阿瑟抵达了日本,并接管了日本,而此时东条正被软禁在位于东京世田谷区的家中,这座宅子非常简朴。东条坐在自己不大的办公室里写作,有面墙上挂着一幅他身着军装的全身像。东条太太告诉我们,她丈夫一直敦促她和家中女仆一起离开这座宅子。孩子们已经被疏散到了九州。"但我不愿意离开,我担心他会像许多高层官员一样自杀。不过最终我还是离开了。有一群人在我们家周围,所以我们只得穿过街道对面铃木医生家的花园。"铃木医生早前用炭笔在东条的胸膛上标出了心脏的位置。东条太太对我们说:"我听到美军士兵威胁的叫喊声,随后听到一声低沉的枪声,然后士兵闯进了屋里。即使从我身处的地方,我依然能听到木头断裂的声音。"

东条朝自己开了枪,子弹几乎完全按照铃木医生所标的位置进入了他的胸膛。"我没有朝我的头开枪,"在横滨一家医院,他对医生们说道,"因为我希望人们认出我的面貌,知道我已经死了。"当美军第八军司令罗伯特·艾克尔伯格将军来看望东条时,东条还努力想要鞠躬。"我都要死了,"他说,"还给艾克尔伯格将军添了这么多麻烦,我感到很抱歉。"然后,东条请求艾克尔伯格将军收下他的军刀。美国医生们最后还是挽救了他的性命。

经过长时间的审判,1948年11月12日,东条英机以主要战犯的身份被判处死刑。在监狱里,他像换了一个人似的,宗教支配着他的生命。"我欢迎死亡,"他对监狱"牧师"——一名僧人说,"现在我的身体很快就会成为日本帝国领土不可分割的一部分。我的死不仅是我对日本人民的道歉,还是一种迈向和平、重建日本的实际行动。"他甚至还培养出了幽默感。他曾笑着拿起一条浴巾说:"大慈大悲的观音菩萨终于显灵了。"在他最后的证词中,他对日本军方犯下的种种暴行表示忏悔,并敦促美军对已经遭受空袭和两枚原子弹轰炸的日本平民表示怜悯和忏悔。

尽管回首这段往事给自己带来了巨大的痛苦,东条夫人还是完全向我们公开了她丈夫最后的日子。在审判中,东条英机坚持将一切责任归咎于他个人,表示战争和屠杀与天皇毫无关系。1948年12月22日午夜刚过,东条跨上了十三级台阶,走上了绞刑架,被处以绞刑。

尾声

天皇

一直到1967年年初,我都在整理我们的调查资料。给我安排的对裕仁天皇的采访在最后一刻被取消了,因为一名英国人出版了一本关于天皇的书,宫内省认为这本书严重地偏离了事实。此次采访是由木户侯爵为我安排的。作为补偿,我获得允许,可以采访那些在战争期间为天皇服务的宫廷内侍。

他们把天皇描述为一个没有皇帝样子的君主,穿着磨损的肥大裤子,领带总是系歪了,成天无精打采地在皇宫内转悠,透过像舷窗镜一样厚的眼镜神思恍惚地凝视着。他很不在乎自己的外表,偶尔还会扣错外套的纽扣。他不喜欢买新衣服,理由是他"付不起"。他非常节俭,甚至克制自己买书的欲望。他能把每一支铅笔用到只剩一点铅笔头。他完全没有虚荣心,是一个自然而不矫揉造作的人,言行举止极像一名村长。然而,内侍们坚持认为,这个个头矮小、弯腰驼背的人有一些伟大的品质:他一点也不傲慢,一点也没有野心,一点也不自私,他只想要对自己国家有益的东西。

理论上,天皇拥有绝对的权力:所有的政府决策都需要获得他的批准。但是,按照传统,一旦内阁和军方在某项政策上达成一致意见,他就不得不批准。天皇要超脱政治,超越所有党派的利益与冲突,因为他代表着整个国家。

若是一位更积极的天皇,比如他的祖父伟大的明治天皇,就会巩固自己的权力。根据《明治宪法》(即《大日本帝国宪法》),裕仁天皇是日本武装部队总司令,而他却是一个勤奋好学的人,宁愿成为科学家而不愿成为君主。他最快乐的日子是每周一和每周六,在这些日子里,他可以躲到自己那间简朴的实验室里,研究海洋生物学。他丝毫不希望自己成为一个专制君主。他当年以皇储的身份去欧洲旅游时,养成了喝威士忌、听西方音乐、打高尔夫球的爱好,同时也带回了对英国君主立宪制的长久尊重。涉及原则性问题时,他可以坚持己见,不顾来自传统和宫廷的压力。"香淳皇后"良子诞下四名公主之后,裕仁拒绝纳一两名妾来为自己生一个男性继承人。于是,几年之内他就得到了回报:良子为他生了两名皇子。

内侍们赞扬他有勇气超越自己的权力范围行事。有一件事可以说明这一点:1941年在帝国会议上,他朗读了自己祖父写的一首关于和平的诗,从而迫使军国主义者再次尝试与美国建立和平关系。在最后的日子里,他把投降的重担扛到了自己的肩上,挽救了整个国家。

试图平息越战的举措

在我对日本二战的研究过程中,出现了一个完全没有料到的结果,那就是我亲自参与了一次结束美国继续卷入越南战争的复杂行动。越南战争的势头是毁灭性的,美国参加越战给越南人民和美国人民带来了悲剧,而这悲剧在1966年本可以避免。我遇到了一个名叫朝枝的人,我们有很多共同点——我们对东方的观点非常相近。

朝枝繁春少佐曾担任过辻政信大佐的助手。辻政信是激进派军官心目中的偶像,也是东方的神秘人物。朝枝向我们讲述了辻政信在所罗门群岛的瓜达尔卡纳尔,以及马来亚(马来西亚的前身)、菲律宾玩弄的种种阴谋。还向我们讲述了他所知道的内幕:二战结束很久之后,闹得沸沸扬扬的辻政信失踪案。美国参议员约翰·F. 肯尼迪曾鼓动辻政信进入中国,为美中两国领导人牵线搭桥,安排一次秘密会议。辻政信带着这一使命于20世纪50年代后期出发,但之后便杳无音信。

我说我需要证据。第二天,朝枝就带来了一只大信封,信封里装有十几本护照。护照上全是他自己的照片,但每本护照上的名字都不同。他说他曾经陪同辻政信到过中东、南美以及亚洲各国。在这些行程中,他们跟这些国家的领导人打交道。朝枝发誓,他仍然执行着辻政信的全球计划和秘密协议,最近刚从中国大陆回来。中国人已经对我和寿子出版的那些书有所耳闻,并问我们能否帮忙安排一次他们与约翰逊总统的秘密会谈,这样越南战争就能得以解决。

中国人相信,如果美国和中国秘密合作,他们就可以解决越南地区的冲突。中国人建议，他们派遣一名高层官员去东京，"通过美国大使馆的后门"，秘密与约翰逊总统会面。

我把这项提议转给了约翰·K.埃默森。在麦卡锡主义者对国务院进行清洗后，他是极少数幸存下来的亚洲专家之一。如今，他是美国驻日大使赖肖尔教授的高级助手。他与大使商谈了此事，获得了批准。我建议任用埃夫里尔·哈里曼作为在华盛顿的中间人，因为在我看来他会赞同此事。埃默森同意让哈里曼担任特使。等候了很长一段时间之后，我们终于得到了来自华盛顿的答复。总统可以会晤中国代表，但必须从大使馆前门进来。我把这个消息告诉朝枝的时候，他怒不可遏。中国人不可能接受这样一个愚蠢的提议！但朝枝还是把这一提议传了过去，得到的答复是："美国人没把这当回事。"这将导致后来一名我不喜欢的总统最终到世界第三大国访问（即1972年的尼克松访华），他的举动震惊了所有人。

1967年3月初，我独自离开东京前往冲绳。寿子有很多琐事需要处理，包括为我们的管家博子办签证，以便她能和我们一起去康涅狄格州。我在冲绳待了几天，在当地的一些大学里做了几个讲座，回答了有关越南的问题。我告诉学生们我在菲律宾了解到的东西。我还说，许多日本将领都告诉我们，他们希望我们美国人不要像他们当年一样深陷大陆的泥潭。他们预测，比起他们当年侵略中国，越南战争对美国人来说会更加棘手。

1967年3月15日，寿子抵达了冲绳，我们踏上了回家的迂回路线。我们途经了新加坡（一个资料金矿）、吉隆坡（最精彩的一幕是见到一头双头奶牛）、曼谷（拥有世界上最浪漫、最肮脏河流的旅游胜地）、德黑兰（到最后一次三巨头举行会议的地方采访）以及希腊。我们在希腊度过了一个难忘的假期，一名对当下希腊政府深恶痛绝的年轻女士担任我们的导游，领着我们游遍了整个希腊。最后，我们到达了巴黎。等了很长时间后，我终于再次见到了查尔斯·波伦。1943年，罗斯福总统在开罗会议上会见斯大林和丘吉尔时，罗斯福总统的翻译就是波伦。波伦彬彬有礼，但我们第一次见面时的那种坦诚消失了。

写作生涯

1967年4月19日，我们终于回到了康涅狄格州的沙仑。5月1日，我已经准备拟出这本关于日本二战的书的大纲了。我和寿子结婚之前，我每天花至少十个小时在写作上。婚后她把我的写作时间缩减至八个小时，之后又缩减成七个小时。当时，我还没有从长途旅行的劳累中恢复过来，她坚持认为我应当把写作时间压缩成六个小时。我制订了一个日程表："早上7:00 起床；上午 8:00—8:45 锻炼、散步；8:45 开始写作；12:00 吃午餐；12:45 继续写作；2:30 停止写作；2:30—4:30 锻炼等；4:30—6:00 准备第二天的写作；晚间自由安排；晚上 11 点睡觉。（写作时间总计 5 小时，全天工作时长为 6.5 小时。）"

不写作的人往往把电影中所展现的作家的习惯当真。当然，所有作家都会有灵感枯竭的时候。他们疯狂地打字，抽出一张又一张稿纸，然后把稿纸揉成团丢进废纸篓里。无论如何，我们的男主人公或女主人公最终会得到灵感。你会看到他或她在通宵疯狂地打字。第二天早上，这位作家就完成了一部小说，或一部戏剧，或一部历史书！一切仅在一夜之间！当然，这部作品会大受欢迎。有些人离开电影院时，希望能从中得到一丝灵感，从而一夜之间成为一名伟大的作家。

还是回到我的大纲。我是狄更斯的门徒，尊崇年表。像狄更斯一样，我在年表上加入了许多插曲和细节。就《日本帝国衰亡史》这本书而言，我的首要任务是对所有的采访资料和文件进行整理，并在时间框架内为其找到正确的位置。之后，我将这些材料分了章节，首先处理了 1936 年的"二二六"事件，然后我一章接一章地继续写大纲，直到处理到最后一章——天皇宣布投降的广播。7 月 4 日，我完成了大纲的写作，然后又转向整理"二二六"事件的所有材料，试图再现这一事件。

就像多年前编剧波特·艾默生·布朗指导我的那样，我俯瞰我的人物，让他们做自己应当做的事情。在一个星期内，我在脑海中重建了整个"二二六"事件的过程。然后，我开始打字，让这些人物告诉我他们必须说什么。第一天我写了七页，我一共花了十天工夫完成这一章。我没有做修正，而是直接开始写第二章。［顺便说一下，我总会备份我所有的草稿。读过《海达·高布乐》(Hedda Gabler)之后，我发誓再也不烧毁自己的手稿。我把这些备份放在了后院的小工作室里，以防我们的房子万一被烧毁。］

新成员

1967年夏天,寿子的父母前来看望我们,他们很喜欢美国。我们带他们去了新罕布什尔州,还去了我们最喜欢的位于马萨诸塞州列克星敦的老旅馆。有一天,我问寿子的母亲,当年她说"你将会给寿子带来幸福"时,真是这么想的吗?她笑了笑,说:"我是希望如此。"

他们离开后不久,我们觉得沙仑太偏僻了。有一天我们发现了一座建造于美国革命前的房子,它位于丹伯里和西雷丁之间的乡村。这座房子是由一名英国少校于1714年建造的,如今已经扩建了两次。我们买下了这座房子,并于10月24日搬了进去。我因此失去了一个星期的时间写作,但我还是很快完成了前八章,已经写到了珍珠港事件的前夕。

我们搬进去后不久,寿子和博子就把屋子整理得井井有条,而她们俩原本是打算去夜校学习英语的。我们还加入了附近的高尔夫俱乐部,每天我都打九洞高尔夫球,或者沿路慢跑到森林,全程两英里。对于作家而言,这简直是完美的生活。第二年,即1968年的春天,一个天大的喜事降临了:寿子怀孕了。她的父母来到我们这边,打算住到年底,迎接宝宝的诞生。岳母擅长园艺,把我们的院子打理得焕然一新,而寿子的父亲松村先生则在我写作时随时提供帮助。他认为我非常富有,因为我们家后院里有一块重达数吨的巨大岩石。我告诉他,在康涅狄格州几乎每个人在岩石方面都很富有,这就是我们有这么多石墙的原因。在这期间,博子和寿子在我们房子周围设计了一些日式景观,直到今天都基本未做改动。

1968年春天,我们还迎来了另外一位客人。一天,我在森林里慢跑,两只小狗(显然是杂种狗)紧紧跟随在我的脚后。我竭力想摆脱这两只狗,但它们认为自己找到了一个容易对付的人,便跟随我回家了。就在几天前,寿子还说过,如果我们为宝宝养一只狗一定会非常棒。我告诉她,她的愿望实现了。她出去了一会儿,几分钟后回来了,说邻居愿意领走公狗。我们就留下那只母狗,并给它取名布奇。我坚持让它成为一只在户外活动的狗,只能在吃东西时进厨房。我把这只狗关在车库里,它叫了一整夜。于是,我宣布要建一个狗屋。寿子一想到我竟然试图使用锤子和锯子就笑得前仰后合。

我只好让布奇进到屋里来，但只让它待在厨房里。然而，它在一个星期之内便跑遍了整幢房子。

1968年12月初，我差不多完成了初稿的修订版。12月4日，我开车带寿子到纽约长老会医院做检查。她的医生认为她可能需要剖腹产。12月8日是寿子的生日，我们以为寿子要生了，再次来到医院，结果虚惊一场。然后，我们又回到了丹伯里。第二天凌晨一点十五分，寿子的子宫开始收缩了。我们于清晨四点四十五分又回到了医院，多美子·松村·托兰于下午四点五十二分诞生了，重六磅十盎司。

1969年2月9日，下了一场大雪，覆盖车道的积雪厚达三英尺，屋后则堆至五英尺高，把后窗的一半都遮住了。这场大雪要是下在纽约，会让约翰·林赛丢掉市长一职的。我们被大雪堵住了。直到2月12日，我们终于设法驾车开出了车道，我前往纽约，开始此书的编辑工作。修订《最后一百天》，我们花了不到一个月，而《日本帝国衰亡史》的修订则要到第二年5月5日才完工——耗时达十四个月。我去了纽约八十四次，最后我和鲍勃·卢米斯都累得筋疲力尽。

下一步干什么？

我已经在挖掘下一本新书的素材了。早在1970年秋天，我就带着写一本关于阿道夫·希特勒的书的想法从睡梦中醒来。我在两本书中都写到过他，但从未满意过。这一次我要花五六年时间采访那些与希特勒最亲密的人。我写信给曼陀菲尔和斯科尔兹内等人，很快就收到了大家热情的回复。奥托·斯科尔兹内确信他和其他人可以帮我联系到许多熟悉希特勒的人。

鲍勃也非常热情，我们很快就签了合同。可看到合同之后，我火冒三丈。我的其他书都获得了百分之十五的版税，但这次却降到了百分之十二点五。我的经纪人保罗·雷诺兹打电话给鲍勃的老板表示抗议，却被告知：编辑《日本帝国衰亡史》时，我占用了鲍勃太多时间，所以我必须接受此次版税的下调。我拒绝了。他们坚持己见，于是我让保罗给我另找一家出版商。

我确信，我的经纪人要找到另一个出版商并不困难，但却一直杳无音信。直到1971年7月，保罗才打电话告诉我：双日出版社的桑迪·理查森愿意出版这本书。于是,他们又草拟了一份合同,只有一处做了改动:双日出版社认为,兰登书屋给我的预付款太少了,另外又增加了两万五千美元,以确保我有足够的资金做深入的研究。双日出版社也不要任何电影版权。我接受了这份合同,开始对阿道夫·希特勒的生活和时代进行深入调查。

第三部分 《希特勒传》

一、探索
　　1970—1976

二、从事实到小说
　　1977—1986

三、殊死之战
　　1987—

一、探索
1970 — 1976

前往德国

我的希特勒研究之旅

我写作《阿道夫·希特勒》的第一个任务就是把德语学好,以便独自进行即兴访谈。我在韦斯特波特的贝立兹语言学校注册入学,并于1970年7月30日上午九点在该校上了第一堂课。课上到下午一点四十五分,我听得晕乎乎的才得以休息。接下来的三堂课也上了这么长时间,但之后我就跳到每天学习八小时、用餐半小时的模式。

过了两个星期左右,我请了一个星期的假去写一篇书评,为《瞭望》要连载的《日本帝国衰亡史》做最后一次修改,并与其营销人员交谈了一番。9月6日,我收到了《瞭望》的样刊,质量很高。几天之后,鲍勃·卢米斯打电话告诉我,美国文学协会已经把《日本帝国衰亡史》推荐为首选书籍。《日本帝国衰亡史》再次成为每月读书会的 A 类书刊,但它也遭到了部分个人书评的抨击。

1970 年 10 月 1 日,我带着续签后的护照和一件新外套前往慕尼黑。这是接下来这一年去欧洲的三趟长途旅程中的第一趟。我将与那些和希特勒的私生活及公开活动有直接关联的人进行一百五十多次长时间的访谈。

这些访谈有助于我尽可能客观地描绘出作为一个男人、一个政治家和一个军事领导人的希特勒。我会还这个恶魔一张人脸,从而揭露一个比用传统讽刺漫画手法画出的希特勒更令人恐惧的人物形象。这三次旅行都让我筋疲力尽,但我搜集到很多有关希特勒生活的惊人细节。当人们逐渐遗忘这些细节的时候,这些资料就会为那些众所周知的事件提供新的视角,暴露出原先说法中的不实与歪曲之处。

我从希特勒的出生地追寻到他年轻时生活过的各个地方,通过那些与希特勒私生活有关的人,还有他的陆军武官、营养师、政党领袖、医生、忠实的追随者以及敌人,一直追寻至其生命终结。我从爱戴他的人以及憎恨他的人身上了解他的过去,也从那些奉其为世界的救世主的人以及斥其为历史上空前绝后的罪人的人身上了解他的过去。

我了解到,希特勒从来都没当过裱糊工,也没当过油漆工,他曾是一名唱诗班的少年,喜欢看西部小说,喜欢扮牛仔和扮印第安人的游戏;了解到他写过几部戏剧和一部歌剧;了解到他曾困扰于对癌症的偏执性的恐惧,也曾因患有心脏病而苦恼不堪;了解到他是一个素食主义者;了解到他会打字,勉强会开车,会漫不经心地弹弹钢琴;了解到他使用健身器材保持体形,像拿破仑一样拥有过目不忘的能力,这一点足以征服他手下的军事将领们;了解到他是第一个推进城市现代规划和环保设施的国家元首;了解到至少有四名女性因为他而企图自杀,且其中有三名自杀成功。

最重要的是,我了解到"犹太问题"是希特勒一块终生的心病,直接或间接地影响了他几乎所有的主要政治和军事战略;我还了解到他是"最终解决方案"(即屠杀欧洲所有犹太人,以及解决犹太人问题的计划的代号)的总设计师,其中一些屠杀方式是受到美国政府镇压北美印第安人启发,而纳粹法律关于"犹太人"的界定,在起草时小心翼翼地排除了耶稣和阿道夫·希特勒本人,因为希特勒担心自己的祖父母或外祖父母有一个是犹太人。

从一开始,我就发现人们不仅愿意见我,而且渴望见到我。在这期间,我采访了两位最重要的人,一位是路易丝·约德尔,她是纳粹武装部队行动策划者阿尔弗雷德·约德尔将军的妻子;另一位是阿尔伯特·斯佩尔,他是纳粹的建筑师,希特勒的密友。我与约德尔夫人的两次访谈都是从上午十点左右开始,直到黄昏时才结束。她向我生动地描述了她的丈夫——"安静,内敛,热爱大自然,热爱他在巴伐利亚的家,了不起的阿尔卑斯登山者,热情的滑雪者和运动员"。她透露,丈夫从来没有与元首私下单独接触过,但他却目睹过希特勒在斯大林格勒之战期间的坏脾气。"希特勒好几个月都拒绝与他握手,也不与他或陆军元帅凯特尔一起吃饭。我丈夫受到希特勒指派,负责日常战略工作,但他们之间却从来没有任何交流。"

阿尔伯特·斯佩尔同样友善且乐于助人。他听说过我曾把整理好的材料发回一位受访者,请其更正。我告诉他我对每个人都是如此,不论其地位或国籍。我和他的家人一起吃了午饭,到黄昏我要离开时,我知道我发现了一个非常丰富的信息来源。后来我才知道,斯佩尔只有在观望之后才会吐露实情。

《日本帝国衰亡史》的书评

与此同时,我收到了寿子寄来的如潮水一般的信件——首先是关于我们刚出生的女儿多美子,她正在学习游泳,邻居家一个八岁的男孩很迷恋她。

接着是一个令人悲痛的消息,我们亲爱的朋友——兰登书屋的让·恩尼斯因心脏病去世了。她和约翰·巴克姆在我来德国之前为我准备了丰盛的送别午宴。我还记得第一次见面时她坚持带我去阿尔贡昆大酒店与詹姆斯·米切纳共进晚餐。我的处女作《天空中的飞艇》刚出版时我们也曾见过面。令我惊讶的是,当时我的书得到了她的鼓舞人心的好评。她还承诺:"我要把你引荐给兰登书屋。"在她的葬礼上,一名犹太人的精神领袖说道:"让独自离开了人世,她死于孤独,孑然一身地走了。"她为我做得太多太多。

寿子还写道,她收到了十本《日本帝国衰亡史》的样书,印得非常漂亮,只是木户幸一侯爵和我的照片以及山本五十六大将与日本飞行员的照片印反了。我刚回来不久,就收到了此书出版前评论家写的第一篇书评,称我的书是对所有获得金星勋章的阵亡士兵的母亲的侮辱,这无疑是当头一棒。它让我想起了发表在《纽约时报》上的一篇对《不是耻辱》一书的可怕评论。我在想自己是否已经背离了力求客观的初衷。

但不久之后，我便收到如潮的好评，这让我备受鼓舞。沃尔特·克莱门斯在《纽约时报》上写道："尽管读起来比《最后一百天》要费力，但《日本帝国衰亡史》这本书更好。此书表达了对日本人的深切同情，但也小心翼翼地避免了轻易撕破美国人对东方人的伪善面孔……《日本帝国衰亡史》是一本鸿篇巨制。"

个人的褒扬也接踵而至。皮埃尔·塞林格写道："相比我读过的任何书，这部书更加明晰地阐释了第二次世界大战的太平洋战争。书中对我们如今面临的许多问题做出了准确的预测，尤其是东南亚地区的问题。"沃尔特·路德称之为"一本视野开阔的书"，他印象最深刻的是"约翰·托兰的人性光辉。无论他写的是战争的哪一方，他始终站在人民这一方。他不是站在元帅、将军和政客那一边，而是站在农民、下士和办事员这一边，他同情所有的人"。

我回到家后，和寿子于12月下旬去了芝加哥，为我们的书宣传了三天。我们发现最好的书店摆放了很多我们的书。第一天，我们花了大量的时间签名。其间还发生了两件非常棒的事情，一是采访一位老朋友——《芝加哥论坛报》的鲍勃·克罗米；另外就是库普西内特访谈，这一档访谈节目在当时的美国可能是对图书宣传最有影响力的访谈节目了，有四位嘉宾对不同的主题进行点评。几年前，我作为节目的一名嘉宾的时候，库普（库普西内特的简称）提到了《迪林杰时代》，还问我为什么要把迪林杰作为主人公。这个问题令我措手不及，我急急忙忙地给出了一个站不住脚的回答。

寿子建议我先不要参与任何讨论，直到《日本帝国衰亡史》成为话题中心。如果库普问我为什么要把日本人作为"主人公"，我就谈谈战争背后的世界局势。

我在访谈的前一天晚上做了些准备，重读了书中某些具体章节。其他嘉宾热烈讨论时我保持缄默，库普注意到我始终保持沉默，于是便提到了我的书。果然，他想知道为什么我如此倾向于发动战争的日本人。我按照寿子的建议回答道，日本发动战争是美国和日本共同犯下的错误所导致的。日本要对自己走上与美国的战争道路负起几乎全部责任。日本通过占领中国的东三省而入侵中国，对中国人民施暴，还一路大举向南进攻。这一侵略是由两方面原因导致的:其一,在第一次世界大战和大萧条之后,西方将日本作为经济上的竞争对手而尽力排斥日本;其二,日本人口爆炸,需要开拓新资源和新市场,以继续保持其头等强国的地位。

几分钟后,库普打断了我,但其他两位嘉宾——一位是《裸者与死者》(The Naked and the Dead)的作者诺曼·梅勒,另一位是曾在日本待过的好莱坞演员,请库普保持安静。于是,我又解释了天皇的独特地位,日本人自行其是的爆炸个性,等等,这些都促成了日本人的偏执的恐惧。库普再次打断了我,两位嘉宾让库普再休息一会儿。

库普让步了。我说了二十多分钟后,给出了结论——这是流氓的时代。若不是一战后欧洲社会危机和经济危机的爆发,法西斯主义这种巨大的颠覆性意识形态的兴起,日本和美国是永远不会触碰到战争边缘的。我说完之后,灯光组和摄像组那儿传来了雷鸣般的掌声,甚至连库普本人也在鼓掌。从那时起,我和库普便成了好朋友。

2月初,我们去了旧金山和洛杉矶。与我们同行的还有多美子和博子,她们要随寿子回东京,而我则要重返德国。我和寿子一直忙于采访和午宴,但在洛杉矶我们还是利用空闲时间与我的三个姨妈聚了聚。弗洛丝姨妈已经去世了。她觉得,寿子是我的完美伴侣。

重返德国:斯科尔兹内

飞机在汉堡着陆后,我直接去了我最喜欢的阿尔斯特旅馆。这家旅店小巧舒适,毗邻大海,我可以在海边散步。我是来见奥托·斯科尔兹内的,他身患顽疾,卧床不起。我从他的妻子伊尔泽那儿得知他在马德里病危。有位专治这种疾病的医生在汉堡郊区有一家医院,奥托暗自去了德国,想在那儿再尝试一下。我原以为见到他时他应该躺在床上,可他却一如既往地生气勃勃,还坚持邀请我们去他最喜欢的餐馆用饭。我回绝了,因为他是通缉犯,擅自外出的话必定会被押进监狱。有人警告过他,有些官员想重新审判他。他只是若无其事地笑我胆小。我们带着两个聪明的年轻人离开医院,前往餐厅。这两个年轻人自认为是他的助手。

我本希望这家餐厅会比较隐秘安静,但我们一走进去,里面就是一片喧器，紧接着一帮人簇拥在斯科尔兹内周围——他到了公共场所，就像在浴室的低音大鼓一样，根本藏不住。餐厅人员把菜单展开以索要他的签名。奥托则显得对万事万物毫无顾虑，一副至高无上的姿态。我最终把他拖到了就餐区。奥托之前告诉我这里的食物很美味，但现在我唯一想做的事就是赶紧逃离这里。我们向门口走去，又一拨人蜂拥而至，向奥托索要签名。奥托站在街道上欣喜若狂地张开双臂，大声喊道："汉堡！"我强行将他推入一辆出租车。

他晚上还想去另一处地方玩玩。我第二天下午与奥托·雷默将军还有一次重要的采访，雷默曾在针对希特勒的著名炸弹袭击中围捕密谋者。斯科尔兹内说他那时正巧也在柏林，他接管了司令部大楼，并逮捕了反叛者头目。我能看出这两个奥托对对方都没什么好感。但是当斯科尔兹内提出采访结束后他去我的旅馆和我们一起吃晚饭时，我还是勉强同意了。

整个吃饭过程中，斯科尔兹内和雷默都在暗中较劲，所以当晚餐结束，雷默和我在雨中驾车离开时，我终于长出了一口气。瓢泼大雨影响了我们的视线，而且雷默的车也开得很糟糕。雷默的家毗邻波罗的海，在去他家的这段长途中，他详细谈论了在柏林的行动，却未曾意识到我们在倾盆大雨中已死里逃生了三四十次。我当时不可能给他录音或是做笔记。我们到达他家后，我脑子里一片混乱。不过，他善意地提出他可以把所有的事情都重复一遍，以便让我录音。到黎明破晓之时，我们的采访终于大功告成。

我和他又共度了一天，因为我想听听他对希特勒的看法。雷默开车带我去了吕贝克市，贝纳多特伯爵曾在这里与希姆莱举行过最后一次会谈。接着，我乘火车去了汉堡，及时赶上了我对卡尔·邓尼茨上将的采访。斯科尔兹内知道我的日程安排，他坚持要求作为一名翻译与我同行。接下来这三个小时里发生的事情堪称精彩的喜剧小品。与我以前对斯科尔兹内和鲁德尔的联合采访不同，这次的采访有声有色，但珍贵有用的历史资料却寥寥无几。这二位语速极快，慷慨激昂地谈论着整个战争，而我则无奈地试图从一片混乱中听懂些什么。最终我还是放弃了，只是希望我能有一个相机以记录下这一瞬间，他们竟能在访谈中把二战演绎成一部马克斯兄弟的喜剧。毫无疑问，这是我经历过的最糟糕的采访，我没有听到一句能写入我书中的话。

爱娃·布劳恩

几天后,我搬进了位于施瓦宾格中心的新公寓,这里是慕尼黑的学生区。这套公寓也可以用作马克斯兄弟喜剧电影的场景。这是一幢四层大楼里唯一一套建好的公寓,我需要一只手电筒以便在晚上爬过建筑物的骨架。房产经纪人曾承诺在我搬进去之前会供电供热,但两者我都没看到。他也没告诉我,在我公寓的正下方有一家嘈杂的小旅馆,他们直到凌晨三点才关门。这里没有床,只有一张床垫、两条床单、一张桌子和两把椅子。他告诉我其他家具很快就会送到,事实上却迟迟没有送来。就这样,我在地板上睡了三个多月。

通过爱娃·布劳恩传记的作者内林·冈,我见到了爱娃最好的朋友赫塔·施奈德。我们约定在3月4日谈一整天。我打开公寓的门,正要出去时,看到外面正下着雨夹雪。此时的街道很危险,更令我沮丧的是,我发现自己停在外面的大众汽车上的雨刮器被冻住了。希特勒设计了这辆车,他坚持用空气作为发动机的冷却系统,而不是用水。因为这个巧妙设计,车子一下子就发动起来了。

我清理挡风玻璃时传来了几个德国人的尖叫,他们愤怒地抱怨,一个外国人把车停在他们家门口一整晚。只开了几百码我就必须停车,下来清理挡风玻璃。接下来的三个小时可能是我人生中最糟糕的时刻之一,我能生存下来简直是一个奇迹。我不得不每隔十分钟就停下来清除挡风玻璃上的冰,还要避免被疾驰而来的车撞倒。那些开车的人似乎认为打着闪光灯就能让我消失。

我终于到达了加尔米施-帕滕基兴市,跌跌撞撞地朝赫塔·施奈德家走去。我浑身湿透了,惨兮兮的,受到了施奈德一家人的热情欢迎:他们一边咯咯地笑着,一边递给我几条干毛巾和赫尔·施奈德的袜子与拖鞋。命运再次起了作用——如果我衣冠楚楚地出现在他们面前,他们就不会怜惜我,不会像家人一样对待我。赫塔·施奈德接电话时十分冷淡,但我们见面后她马上就给我看了她私人珍藏的爱娃的照片。她走出房间寻找信件时,她的丈夫向我讲述了他作为逃出来的战俘从莫斯科徒步走到德国的悲惨之旅。这是一个戏剧性的故事,我建议把它写进书里,但施奈德先生说,这可能会将许多苏联人和波兰人置于危险的境地,因为他们曾在他归国的长途旅程中帮他藏身,给他东西吃。那天之后,我在接下来的几个月里对赫塔做了三次更为重要的访谈。她谈到了爱娃在1935年患有重度的抑郁症,那时希特勒太忙了,常常忽略爱娃;谈到了爱娃的康复过程,那时元首像照顾妻子一样对待爱娃;还谈到了爱娃在希特勒的"家庭圈子"里是一个永恒不变的核心人物。令我印象最深的是赫塔揭示的真相——爱娃深深地爱着希特勒,她违抗了希特勒的命令,离开家,和希特勒待在一起,最后与希特勒一同被围困在柏林。"她告诉我,她知道自己的生命快走到尽头了,而她想在他身边结束余生。"

小多美子初见日本人

第二次德国旅行期间,我之所以能保持清醒的头脑,很大程度上是因为从东京不断寄来的信。寿子在信中写道,在我们结婚纪念日这天,她邀请了四个姨妈来家中吃饭,让她们看看我们的女儿。如今我们的女儿已经三岁了。"多美子的日语词汇量、双语表达以及她的聪明懂事都令她们十分欣慰。"她们提前一小时就到了,"一个姨妈为这个场合煮了包括红豆饭在内的各种美味佳肴。另一个姨妈用自家花园里的草做了一道招牌菜。她还带了豆袋给多美子,这是她前一天晚上用家人在喜庆场合穿过的旧和服制作的。还有一个姨妈穿着一身考究的和服,这和服已经有超过三十五年的历史了。她即将七十七岁了,所以是我们的贵宾。我们还为她庆祝了七十七岁生日。(这个周年纪念日在日本具有特殊的意义,因为数字七十七可以写成一个日本平假名,意为'快乐'。)"

3月,寿子又写信说,她的母亲刚刚上了全国性的电视台。在世田谷女子学院(即今昭和女子大学),八十一岁的她代表她们班做了告别演说。寿子的父母十分宠爱多美子。寿子的父亲在信中写道:"她的智力正在全速发展。"他不仅惊叹于多美子对日语的掌握程度,还惊讶于她接受了日本习俗。他换衣服时,她就给他递大衣;她用最礼貌的方式称呼他"爷爷";她穿小鞋子很慢的时候，会严肃地对自己说"快点"。

寿子花了大部分时间准备日文版《日本帝国衰亡史》的出版工作。出版商决定采用五卷的形式而非六卷。"在日本，数字五比数字六更好（更幸运）。"她在信中写道，"这一点很大程度上影响了这个决定。"英文版的书名《升起的太阳》(*The Rising Sun*)将与日文版的标题《日本帝国衰亡史》(*The Rise and Fall of the Japanese Empire*)一起印在封面上。

普利策奖

从 3 月到 4 月，我一直忍受着我斯巴达式的公寓，而它仍然是这栋大楼中唯一完工的房子。我离开的那一天，房产经纪人过来了，还给我二百马克的押金。"一切都井然有序。"我指着床垫、枕头、两把椅子以及我唯一放在桌子上的烹饪材料，告诉他。他感到很慌张，咕哝了一些令人费解的话，随后强行塞了两张钞票给我。我很愤怒，看都没看一眼就把这两张钞票塞进了口袋。我来回跑了三趟才把自己的行李放进我的大众车里。即将离开的时候，我掏出了那两张钞票。令我惊讶的是，原来是两张一千马克的大钞！毫无疑问，他在慌乱之中搞错了。但我没有把钱还给他，而是离开了慕尼黑，去了汉堡，因为我以此人良心发现说服了自己。

前方还有更美妙的惊喜呢。5 月 3 日，我回到普雷姆酒店，一整天的采访令我疲惫不堪。酒店的夜班工作人员递给我一封来自保罗·雷诺兹的电报：《日本帝国衰亡史》获得了 1971 年普利策非小说类作品奖。我完全惊呆了。现在这个时间点打给在世界另一端的寿子还太早，但在雷德班克的母亲应该醒了。我原本期待她听到这个消息会很兴奋，但她只是冷静地回了一句："哦，是的，有人告诉我了。"她没有问任何细节，只是向我反馈了一下邻居对此事的反应。

之后，我打电话到东京，全家人已经在庆祝了。一个记者带着这个消息跑到家中，寿子的小侄子冲到寿子面前："约翰姑爷拿到普利策奖啦！"而我告诉寿子的是："我们获得普利策奖啦！"

我刚挂断电话就接到了来自雷德班克的电话。我母亲非常开心，滔滔不绝地说个不停。当地报纸的编辑刚刚打电话告诉她这个好消息。她刚才还以为我要告诉她的是我一个月前获得美国海外记者俱乐部奖的消息。接下来的几天,我收到了来自巴黎、英国以及美国的电报,大量的信件被寄到了丹伯里。我们的参议员洛厄尔·韦克十分高兴。

"当我读到你获得普利策奖的消息时,"沃尔特·路德写道,"我的第一反应是:'约翰太棒啦!'接下来的反应是:'我希望兰登书屋收到了这个消息!'这表明我有些许古老的武士精神。"

我与西奥多·怀特素未谋面,但他在一封长信中表达了他最衷心的祝贺:"如果我可以相信你——我知道我可以——请允许我为这个故事再补充一点内容,因为我要说的东西可能会令你十分愉悦。非小说类作品评委会有三个评委——《芝加哥论坛报》(Chicago Tribune)的鲍勃·克罗米,《芝加哥太阳报》(Chicago Suns)的赫尔曼·柯格兰以及我本人。他们一下子给我弄来一百五十多本书,要我在秋季读完。请相信我,在两个月的时间里认真阅读这一百五十本书,绝对是一件非常刺激的事!

"我害怕与其他两位评委发生争执,因为我确信,在哪些书是1971年出版的最好的书这一问题上,我们很难统一看法。我们确定了一种唯一可行的方式来开展工作,那就是我们每个人单独罗列出排名一至五的书,之后再进入最沉闷的讨论环节。

"接下来发生的事就顺理成章了:每个人单子上列的排名第一的书毫无疑问都是托兰的《日本帝国衰亡史》。我认为当此前普利策奖的三位评委的意见达成一致时,他们从未感到如此沾沾自喜,也从未感到这般如释重负。我们单子上的其他候选人则迥然不同,似乎我们读的是不同年份不同国家出版的不同作品。

"拜读了你的书后,我认识到你有多么喜欢此类内幕,我认为你或许想要了解1971年普利策奖评选背后的故事。"

1971年初夏,在无休止的采访中筋疲力尽后,我回家休息放松了一段时间。我和寿子参加了威廉姆斯学院的第三十五次班级聚会。之后,我于6月去了拉克罗斯,在那参加了威斯康星州历史学会年会,并被学会授予了年度奖项。我的堂兄弟和堂姐妹们兴高采烈地带我去了托兰家族的老宅子——我祖父的房子。我的朋友和家人相聚一堂,共同庆祝我们的来访。

之后,我们陪伴着我的母亲在新罕布什尔州的斯夸姆湖共度了一段时光。

我接下来的工作是整理我一大纸箱的磁带。我之前备份了这些磁带。寿子同意我们把磁带里面的内容抄录下来,但其中混合着德语和英语,非常复杂。德语的发音和口音是我们俩无法解读的。我决定在第三次去德国时,找一些德语流利、能做抄录的专业人士。

阿道夫的少年岁月

整个夏天,我都在为去德国的最后一次长途旅行积蓄精力,我十分渴望重返慕尼黑。这一次我有了一个比上次好得多的住所——内林·冈借给我他在施瓦宾格郊区的一所公寓。我终于有了一张床、一些家具和厨房用品,附近还有一个可散步的大公园。街道旁有一家名叫叔本华的环境安静的餐馆。在那里,我可以享受到美味佳肴,还能安静地阅读。到达这里两天后,我和我的助手沃尔夫冈·格拉泽一同出发,去追寻希特勒的足迹,从他的出生地到对他的人生具有重要意义的维也纳。

布劳瑙是沿着因河分割了奥地利与德国的一个德国小镇①。在这个小镇的波默旅馆的顶楼,我们找到了两个认识幼年时期的希特勒的老太太。她们从未接受过采访。从她们口中,我得知了希特勒复杂的家庭。阿道夫年轻时体弱多病,他的父亲阿洛伊斯·希特勒是一名海关官员,他的母亲克拉拉一直照顾他到五岁。之后,海关总署将他的父亲重新分配到林茨市。克拉拉和阿道夫则留在帕绍。据知情者回忆,之后希特勒夫人又有了一个孩子,因此阿道夫就享受着无人管束的生活。

我们找到了希特勒后来住过的宅子,这座农舍位于林茨市西南方向大约三十英里处。不久之后,另一个孩子出生了。他的父亲退休了,常常酗酒,鞭打阿道夫和他同父异母的长兄小阿洛伊斯,令阿道夫痛苦不堪。小阿洛伊斯十四岁时离家出走。于是,阿道夫就成了他父亲发脾气时的主要受害者。

几个月后,他们家搬到了六英里外的兰巴赫镇。有人指给我看他们家

---

① 编者按:事实上,布劳瑙在1816年被巴伐利亚王国割让给奥地利后就一直属于奥地利。

在莱茵加特纳客栈三楼的公寓。附近有几个人依然还记得这个不幸的家庭。阿道夫在学校的学习成绩很好,他还参加了修道院的唱诗班学校。在去修道院的路上,他必须穿过一道石拱门,上面雕刻着这家修道院的徽章——一个"卍"字。

希特勒十分崇拜修道院院长伯恩哈德·格罗纳神父,据说当时希特勒希望自己将来能在天主教堂就任神职。我已经采访过恩斯特·汉夫施丹格尔(即"普茨")以及他的妻子海伦很多次了。1922年时,他们曾是希特勒的亲密好友,后来普茨成为元首的对外宣传机构的负责人。海伦告诉我,孩童时期的希特勒"最诚挚的愿望是成为一名牧师。他经常把女仆在厨房用的大围裙披在肩膀上作为法衣,接着爬到厨房的椅子上,发表一大段热情洋溢的布道辞"。

焦躁不安的老阿洛伊斯在两年后搬到了林茨郊外的一个小村庄——莱昂丁。他们在莱昂丁的小房子如今依然坐落在墓地的墙的隔壁。我在斯蒂夫勒旅馆碰到了三个人,他们还清晰地记得老希特勒。当年与老伙计们聚会时,老希特勒死于血胸,其中一人便在现场。从希特勒家的老宅里可以看到老希特勒的墓碑,我还拍摄了一张墓碑的照片。

直到老阿洛伊斯去世那天为止,他每天都要痛打并折磨阿道夫。希特勒曾经爱慕过的海伦·汉夫施丹格尔告诉我阿道夫曾试图离家出走。不知何故,老阿洛伊斯获悉了阿道夫的计划,把阿道夫锁在了楼上的房间里。深夜,阿道夫试图从有栅栏的窗子里爬出去。他发现有点困难,于是就脱下了衣服。正当他在栅栏间扭来扭去,试图挣脱时,他听到了父亲上楼的脚步声,于是赶紧缩了回来,拿了块桌布裹住自己赤裸的身体。这一次,老阿洛伊斯没有鞭打他,而是突然大笑起来,喊他的妻子来看看眼前这个"宽袍男孩"。嘲笑远比鞭打更伤人,希特勒告诉汉夫施丹格尔夫人,他花了"很长时间才克服了这段经历所造成的心理障碍"。

这时候,希特勒已经有资格去读预科学校,这类学校重视古典教育,为大学输送学生;或者去读实科学校,这种学校更重视技术和科学。阿洛伊斯为阿道夫选择了后者。最近的一所实科学校在林茨市,希特勒要步行三英里多的路。

我得到消息，还有几个潜在的被采访者居住在乌尔法尔——一个穿过多瑙河的林茨郊区。希特勒的母亲做了癌症手术后，他们一家人就搬到了这儿。我在布拉腾加斯街9号一座引人注目的石砌建筑的二楼找到了他们的故居。现在的居住者对希特勒的事一无所知，但她认为住在街上的房东是认识希特勒的。几分钟后，我和约瑟夫·凯普林格交流了起来。是的，他对希特勒很了解。他们在学校时曾是亲密的朋友，所以他才买下了这栋石砌建筑。他拿出了希特勒画的几幅画，我们交谈了整整一个下午。我离开的时候不禁想，为什么一直没有人采访过他呢？

"无论是学习时还是玩耍时，我们都很喜欢他，他这个人很有'胆量'。他展现出两种极端的性格，这并不常见：他是一个安静的狂热分子。"放学后，阿道夫就成了孩子王。"他学会了扔套索，我们在多瑙河边的草地上玩牛仔和印第安人的游戏。"希特勒还支配着大家的课间休息时间，向他的小群体讲述布尔战争，并把他画的勇敢的布尔人给大家看。他甚至还谈到了要去参军。战争激起了少年希特勒对德国民族主义的向往，这是大多数德国男孩都有的情感。"对我们而言，俾斯麦是民族英雄。"凯普林格回忆道，"'俾斯麦之歌'和很多类似的赞美诗以及歌颂俾斯麦精神的歌曲都是被禁止传唱的，就连拥有一幅俾斯麦的画像都是犯罪。虽然私底下老师们觉得我们这些男孩子是正确的，但他们不得不因为我们唱这些歌曲以及宣扬对德意志的忠诚而严厉惩罚我们。"

阿道夫远比其他男孩更重视德意志精神。"也许这是一种对他父亲的叛逆，因为他父亲是哈布斯堡王朝的坚定支持者。"凯普林格曾陪希特勒走过几段回家的路，这条路通向陡峭的卡布兹纳山。希特勒在山顶的一个小教堂前停下了脚步。"你不是德国人。"他直言不讳地对凯普林格说，"你是黑头发、黑眼睛。"而他自己则自豪地说，他是蓝眼睛、浅棕色头发（根据凯普林格当时的描述）。

我曾读到过，希特勒在林茨的时候，与亲戚们在靠近捷克斯洛伐克边境的希皮塔耳共度了几个夏天。这个镇子很小，我和格拉泽艰难地找到通往小山的那条小路。我们很快就到了克拉拉的姐夫安东·施密特的故居。在那儿，我们看到了阿道夫与他母亲共住的房间。我们了解到他和施密特的孩子们一起玩耍，还为他们做过一只色彩斑斓的龙形风筝。他经常来回踱步或者画画，如果孩子们干扰了他，他会很生气。

我们的下一站是维也纳，我想探究希特勒没有考上美术学院的原因。他一共三次遭到拒绝。在他第二次尝试的时候，由于他递交的画作评价太低，甚至连参加测试的资格都没有。第三次他带来了一大公文包的画稿，虽然负责面试的教授承认这些作品展现出了卓越的建筑的精密性，但希特勒还是被拒了。我读的材料上还谈到，最后身无分文、不愿工作的他做了三个月的流浪汉，睡在公园里和门廊里。下雨时，他就在著名的娱乐中心——普拉特公园的圆形大厅的拱门下躲雨。由于入冬早，他被迫住进廉价的旅馆或工人们的营房，他必须与其他无家可归的人共享这种肮脏的避难所。

所有这一切使我想起了大萧条时期和我作为一名流浪者的生涯。我知道，他最终在政府为赤贫者设立的收容所找到了住处。这个地方仍然存在，我获准去那儿调查一番，问些问题。当地的官员们告诉我，希特勒几乎没在这里待过，他们建议我去他待过的下一个避难所——曼纳海姆，沿着多瑙河方向大约半英里的行程。

这个地方在梅尔德曼大街 25—27 号，是一座大型建筑，可容纳五百人。一开始我被拒之门外，所有的记者一概不能入内。我们的好朋友奥托·祖恩德里希特现在在美国，他的一个朋友设法帮我们搞到了入内的许可，接下来的两天我都待在这里。我跟里面收容的几个老人谈了谈，他们说他们知道希特勒，并带我去看了他当年住的小房间。这个房间大约五英尺宽、七英尺高，只够容纳一张小桌子、一个衣架、一面镜子和一张狭小的简易床。房间里一片凌乱，有一个人说希特勒住在这里的时候房间很整洁。如今的这些居住者使我想起了纽约包厘街和美国其他贫民区的常客。希特勒曾经非常喜欢的淋浴器因无人使用，现在已经被拆除了。经理告诉我们，尽管当前的管理人员还在努力维持原先的水准，但是相比希特勒住这里时，卫生和整洁的标准已经下降了不少。

向我介绍情况的那两名衣冠不整的向导也同意这一说法。"你们真应该看看当时的情况。"其中一个人说道。希特勒住这里时，这里的阅读室和游戏室很干净，他们还有一个图书馆和一个"写作"室，"写作"室可容纳十几个人做自己的事。他们把我带到一个房间的角落,希特勒曾在这里勤奋地作画。他的同伴们因他的艺术气质而尊重他。他始终彬彬有礼,从不为了跟人相处而委曲求全。他总是乐于助人,乐于为同伴出谋划策。一旦谈到政治活动,他就会将画笔抛在一边,手舞足蹈地呼喊起来,任凭长发飞扬。此时,真正的阿道夫·希特勒开始表现他自己了。

汉斯·希特勒

1971年10月5日,寿子和多美子来到了慕尼黑。多美子对我的公寓以及附近的公园非常满意。我们每天都去公园散步。我曾对施奈德夫人承诺过,我会带寿子母女去拜访她,施奈德一家都对寿子非常感兴趣。

之后,我们去了维也纳,维也纳是寿子最喜欢的城市之一。我们看了一场交响乐演出。这场交响乐由一名日本年轻人小泽征尔指挥,我之前从未听说过此人。演出中途,音乐戛然而止,小泽严肃地宣布约翰教皇刚刚去世了,他们将演奏一点什么来缅怀他。现场的所有观众,不管是奥地利人还是外国人,都被小泽的举动深深地打动了。

11月中旬,女士们动身回美国去了,我又开始加班。为了完成我的研究,我去北方长途旅行了三次。回慕尼黑途中,我忠诚的大众车半路上突然抛锚了。我的车被拖到一个汽车修理站,我得知车子的发动机已经完全报废了。我把这辆车以一百马克变卖了,然后带着行李搭便车返回慕尼黑。之后,我飞去汉堡,想要采访希特勒的一个亲戚。传闻希特勒的部分家人还住在汉堡。斯科尔兹内的助手海因·鲁克说他在汉堡找到了希特勒的一个亲戚。在我的印象里,海因·鲁克是一个善于克服障碍的人。

那天早上,在我们去海因家的路上,下起了瓢泼大雨。我们按响门铃,海因奔到门口,热情地喊道:"希特勒万岁!"(Heil Hitler。行纳粹礼时的口号)我一点都不吃惊。然后,他引入了汉斯·希特勒——元首的从兄弟。汉斯带着一个公文包。在我的注视下,他从包里取出了一张张我从未见过的希特勒家人的照片,有希特勒的父亲把小阿洛伊斯抱在腿上的照片,有希特勒同母异父的姐姐安吉拉和她儿子利奥的照片,有安吉拉、小阿洛伊斯和祖母在一起的照片。他还有一张希特勒寄来的圣诞贺卡,以及其他一些家族资料，包括安吉拉写给小阿洛伊斯的，讲述啤酒馆暴动后她去监狱探望阿道夫的信件。这封信解开了一个谜团，即希特勒的家人并没有十分踊跃地支持他的政治活动。"他的精神和灵魂，"安吉拉写道，"回复到了一个很高的水准……实现目标、赢得胜利只是时间问题。愿上帝保佑这一天早点到来。"

汉斯·希特勒开诚布公地一直谈到中午。他承认尽管希特勒不同意，希特勒同母异父的姐姐安吉拉还是坚持公开露面。"她喜欢让自己成为焦点……希特勒无法容忍这一点。"母亲一方的另一个亲戚弗里茨·保利更令希特勒的家庭难堪。他不仅娶了一个犹太女性，还因具有一种特殊的幽默感，兴高采烈地到处宣扬这一点。他在明信片上印了希特勒家谱，并把他妻子的名字罗森塔尔作为最下面的一支。然后，他还把它们分发出去，说这是阿道夫·希特勒的犹太分支。

汉斯给我看资料和照片时向我透露，他和海因茨·希特勒（小阿洛伊斯的儿子）曾在苏联作战并被俘。"我逃回了德国。"他说。但海因茨死于囚禁之中。我知道这一切都是宝贵的资料，于是，我就问汉斯能否借用一段时间。"当然可以啦！"汉斯·希特勒可能还没来得及反对，海因就爽快地应下了。我把我想要的材料交给了我的翻译，让她拿去复印。翻译离开后，海因给了我们一些喝的。不到一小时，我的翻译便带着原件和复印件回来了。我长长地舒了一口气。

这是一次伟大的发现，它让我相信我在德国已收集了足够的材料，可以撰写一本有用的书。于是，我便回家了。途中我在伦敦驻足，采访了奥斯瓦尔德·莫斯利爵士及其妻子戴安娜·莫斯利夫人。戴安娜是著名的米特福德姐妹之一，战争期间曾和她的丈夫一起被关押在监狱。其间，她还得忍受她妹妹尤妮媞对希特勒的迷恋。尤妮媞被称为"希特勒的英国女朋友"，她是雷德斯伐尔勋爵的五个女儿之一，曾试图为希特勒殉情自杀，最终头颅里带着一颗子弹而存活了下来。这颗子弹无法被取出，折磨了她好多年，最后还是让她送了性命。

这次采访似乎让所有的事情都圆满了。我在肯尼迪机场下飞机时，下定决心"把这些事情都写出来，看看我究竟知道些什么"。

啤酒馆暴动

一回到丹伯里，我就开始研究我收集到的大量材料，并开始列出一个粗略的大纲。我发现了一些新细节，尤其是那些从恩斯特·汉夫施丹格尔、他的妻子海伦以及他们的儿子埃贡那里获得的资料。1923年是政局动荡的一年，这时候早期的魏玛共和国已经显示出它的根基并不稳固。阿道夫·希特勒当时住在慕尼黑，身边围绕着一群来自社会各个阶层的信徒。这个群体中所有的人都和他一样，有着强烈的民族主义情结和对马克思主义的畏惧。其中有一个美裔德国贵族——恩斯特·汉夫施丹格尔，他的母亲来自一个显赫的新英格兰家庭，他的父系家族是知名的艺术赞助者，在慕尼黑拥有一家艺术出版机构。恩斯特毕业于哈佛大学，是一个造诣很高的钢琴家。他个子高大，绰号却叫"普茨"（在德语中意为"小家伙"）。在钢琴前躬身弹奏的他就是富裕的巴伐利亚家庭在社交场合的标准写照。

在希特勒早期的政治斗争中，普茨和海伦·汉夫施丹格尔曾与希特勒交好。希特勒是他们家的常客。多年以来，普茨一直担任着希特勒的对外新闻发言人，直到纳粹官员认定其为危险分子，并企图将他置于死地。我非常想与普茨、海伦和埃贡交流交流，因为他们可以揭示很多有关希特勒政府内部运作的真相，并且他们对希特勒那几年的私人随从们也非常熟悉。

海伦曾要求我，在她去世之前大部分材料都要保密。如今，普茨和海伦已经去世了，海伦坦诚的回忆可以全部公之于世了。

1963年，我第一次采访了海伦，接受采访是她从来没做过的稀罕事。她不仅讲了很多，还把她未出版的回忆录借给了我们。

尽管一名占星师建议希特勒在1923年不要发动任何政治行动，希特勒还是坚持在这年11月于柏林领导了一场意在推翻政府的游行。纳粹党自1月以来已经吸引了约两万五千名新成员加入。11月10日中午，游行从距离慕尼黑市中心半英里处的啤酒馆开始。希特勒手下形形色色的起义者——他们有的穿着完整的军装，有的穿着破烂的一战军装——一到达慕尼黑歌剧院广场，就被警察拦住了。警察开火后，暴乱分子们发起了反击，但很快就被压制住了。希特勒的贴身保镖连忙把希特勒猛地按在地上,致使希特勒的左臂脱臼。

希特勒设法与几个同伴一起逃了出来,乘汽车到了汉夫施丹格尔的故乡乌芬镇。普茨仍然在慕尼黑那套狭窄的公寓里,但海伦和埃贡在乌芬镇。女仆告诉海伦,有人在门口轻轻敲门。"我下了楼。"海伦回忆道,"开门前,我先问是谁。我清晰地听出了希特勒的声音,这让我颇感意外。我赶紧开了门。他站在那儿,脸色苍白,没有戴帽子,脸上和衣服上都是泥,左臂奇怪地从斜着的肩膀上垂了下来。"

海伦告诉我们她是如何把希特勒带到屋里并照料他的。她帮助他熬过因脱臼引起发烧和疼痛的第一晚——用旅行毛毯紧紧裹住他,帮他缓解疼痛。这个通缉犯躲藏了好几天,纳粹党人计划把他从巴伐利亚州弄到奥地利。海伦告诉我,希特勒当时恐慌不已,非常抑郁。有一次,希特勒还拿出枪企图自杀,他不愿承受被捕的耻辱。

仅仅几天后,警察就来搜查附近的房子了。很明显,希特勒已无处可逃。海伦·汉夫施丹格尔更加焦虑了,她必须时刻看着她年幼的儿子,以防他告诉别人"阿道夫叔叔"到家里来了。全副武装的警察终于如意料之中地出现在她家的门口。

大功率汽车的隆隆声、军官下达指令的声音,还有警犬的咆哮声猛地袭来。"我们在屋内等待着,时间一分一秒地过去。我告诉希特勒,如果他们要求进入,我会随机应变。我下楼告诉女仆们,让她们静静地和埃贡一起待在厨房里,以免让孩子受到过度的惊吓。我走到一楼的一扇窗户边,透过百叶窗向外窥视。我看到一个手持刺刀的士兵站在门口,手里牵着一条警犬。你能想象我当时受到的惊吓吗?我突然静悄悄地探出头令这个士兵大吃一惊。他立马跳了起来,猛地攥住手中牵狗的皮带。狗愤怒地咆哮起来,给其他所有的警犬发出信号。一场真正的喧嚣爆发了。"

随后一阵敲门声响起。海伦打开门,看到了一个非常与众不同的年轻中尉,他由两名警官陪同着。中尉做了自我介绍,他的名字叫布劳恩。他深表歉意地说,他奉命要搜查这幢房子。"跟我来。"海伦说完,静静地领他们上楼。她注意到布劳恩和两名警官偷偷地朝身后张望。房子里安静得不可思议。她静静地打开了门,希特勒就站在那里。

"希特勒意外地如鬼魅般出现,令布劳恩等三人大吃一惊,他们都本能地后退了几步。我做手势示意他们进去。门关上后,希特勒恢复了镇定,开始了一次慷慨激昂的长篇演说,对政府和官员们提出了批评。他的声音越来越大,尤其是当布劳恩中尉以明显的道歉口吻说他必须以叛国罪逮捕希特勒时。"布劳恩的话引发了希特勒激烈的反抗,他大声否认这一指控。但他很快意识到自己必须屈服,于是他直截了当地要求布劳恩抓紧时间告诉他,他将被带去哪里。中尉说,他们将在最近的魏尔海姆镇过夜。

天气非常寒冷,但希特勒拒绝了海伦给他的任何一件普茨的西装。他没戴帽子就被带走了,身上只穿了件蓝色的浴袍,肩上披了一件他自己的外套。

埃贡听到这些人从楼梯上下来,便从女佣手中挣脱了出来。他跑进大厅,说:"你们这些坏人,要对我的道夫叔叔①做什么?"这几乎让希特勒失去镇定。他轻轻拍了拍男孩的脸颊,然后默默地和海伦以及女佣握了一下手,便快速转身,走向门口。汽车开向魏尔海姆镇之前,希特勒苍白如死人的脸映入了海伦的眼帘。"不到十分钟,一切安静了下来,过去几个小时发生的事宛如一场噩梦。"

海伦告诉我,她常常反思她曾经阻止希特勒试图自杀的行为:"我后来经常想,要是我当时知道希特勒在接下来的岁月里会干些什么,我也许可以改变历史。另一方面,我后来觉得,他试图自杀只是他众多戏剧性的表演之一罢了。"

1924年的平安夜

事实上,希特勒活得好好的。晚上九点到达魏尔海姆后,当地警察局对他宣读了正式的指控,随后他立马被带到慕尼黑以西约四十英里处的兰茨贝格监狱。希特勒最终于1924年12月下旬被释放。他很孤独,不知该何去何从。他知道自己需要花一些时间来重新获得"与现实的联系",于是他

---

① 编者注:原文即Dolf,应是埃贡对希特勒的昵称。

决定先安静地思考几周,然后再承担调和纳粹党党内矛盾的重任。

他需要暂时休息一下,于是在那个雪花纷飞的平安夜找到了汉夫施丹格尔在慕尼黑的新家,也就是我后来花了好几个小时采访普茨的地方。1924 年,汉夫施丹格尔一家人从原先狭窄的公寓搬到了这栋伊萨尔河对面的宽敞房子。这是一块舒适宜人的地方,而且他们还拥有像文学家托马斯·曼和国家货币委员会的新专员亚尔玛·沙赫特这样有名望的邻居。

我多次采访过汉夫施丹格尔夫妇。首次遇见普茨是 1963 年在慕尼黑郊外,他家在那里有一座豪华住宅,当时我正在为《最后一百天》做调研。这是一幢高大雄伟的建筑,开门迎接我的普茨也很高,仪表堂堂,非常友善。普茨用标准的英语跟我打招呼,然后陪同我进入了他家宽敞的客厅。这间客厅看起来就像一间仓库。

"这里,"他引以为傲地说,"是我多次接待元首的地方。"他没有表现出一丝懊悔或遗憾。他敏捷又笨拙地爬过了一堆堆书、一个个塞满东西的纸箱和一个个钢琴上的罩子,然后坐了下来。那一刻他好像要在纽约大都会艺术博物馆开始表演,而我就是希特勒。

这是我们的第一次长谈,之后的八年里,这样的长谈不计其数,而每一次我都能有截然不同的收获。我通常早晨九点到达,下午接近傍晚时分离开,有几次我一直到晚上十点才离开。有时候,我们就坐在楼梯连接处的平台上,跟认识戈林和希特勒的人一起吃午饭。尽管他不断地走来走去,弹奏钢琴,还在一片杂乱中翻找文件和照片,每次离开时,我都比普茨更加疲惫。

第一次见面后,我继续《最后一百天》的调研工作。大约过了一个月,普茨给我介绍了他的儿子埃贡。埃贡的气质似乎与他父亲完全相反。虽然埃贡也具有音乐天赋,但他安静沉稳。他平静地向我描述了与"道夫叔叔"相处时的细节:"道夫叔叔"常常会与他在地板上嬉戏玩闹。埃贡最终说服了他的母亲(她早就和普茨离婚了)海伦在我和寿子于 1971 年第二次来到德国的时候见见我们。我以为海伦会寡言少语,但她完整地回答了我所提出的所有问题。她的记性很好,记得很多细节。我觉得是在场的寿子让她敞开了心扉。她儿子向她保证,我写的关于她的一切都会拿给她审阅。我们离开时,她把她用英语写的未发表的回忆录交给了我,后来我将这本回忆录捐赠给了富兰克林·罗斯福图书馆，其中的内容我现在可以在这里讲一讲了。

汉夫施丹格尔家在慕尼黑的这栋房子的主要部分是一个宽敞的工作室，里面的家具包括一个美得不可方物的可追溯到马丁·路德时期的古董碗橱；一张带有螺旋腿的古董桌子，上面摆放了一个普茨的父亲1865年从中国广东带回来的精巧的中式小橱柜；一架施坦威大钢琴，上面摆放着真人大小的本杰明·富兰克林半身像。房间里竖立着一排排书架，上面摆放着大量的历史书籍、整整一个书架的音乐文献以及好几本英语幽默杂志《笨拙》(*Punch*)。墙上挂着两幅法朗士·麦绥莱勒的木版画，一幅卡迪米的蚀刻画，以及一幅画着三个孩子的油画。此外，房间里还有许多来自中国、意大利、美国、法国和英国的各色装饰品。对于希特勒而言，这间房间就是一片文化绿洲，因为这里就是艺术、文学和音乐，这里到处弥漫着海伦·汉夫施丹格尔的气息——她是一位漂亮、文雅、大方又富有幽默感的女性。

刚被释放的希特勒到达这座宅邸时，天色渐暗。当时，埃贡还差两个月就到四岁了。埃贡后来跟我说，他听到了前门的门铃声，之后便是他父亲在客厅里低沉有力的说话声，还有人不停跺脚以便抖落靴子上的积雪的声音。"最后传来一个洪亮的声音，给我留下了深刻的印象。我跑到希特勒跟前，大声喊道：'又见到你了，道夫叔叔！'"希特勒抱起埃贡，咧嘴笑了笑，说他已经长成一个英俊的大小伙啦。希特勒神情紧张地环顾了一下四周，然后恳求道："汉夫施丹格尔，为我弹奏一曲《爱之死》[瓦格纳的歌剧《特里斯坦与伊索尔德》(*Tristan und Isolde*)第三幕的终场音乐]吧。"

"于是，我坐了下来，"普茨回忆道，"用李斯特风格的修饰音，弹起了《特里斯坦与伊索尔德》里的旋律，音乐似乎起到了效果。"希特勒随之放松下来。

海伦抱着她刚出生的女儿赫塔走了进来，希特勒对着宝宝哼唱歌曲，为自己在啤酒馆暴动之后跑到他们家中避难，给海伦带来这么多麻烦而道歉。他扫了一眼书房："你是我最忠诚的朋友。"话说到一半，他突然扫视了一下身后。"对不起。"他对海伦解释道，"这就是监禁对一个人的影响，总有某个该死的狱卒站在你的身后,盯着你。"

"我们围着一张点着蜡烛的桌子坐了下来。"海伦接着回忆道,"正准备吃饭,希特勒指着普茨那张两边扶手最末端都雕刻着一只狮子头的大椅子说道:'啊！就是那张顽皮的椅子,我们曾经不得不惩处这把坏椅子！'他对埃贡笑了笑,看到这个小男孩不知道他在说什么,他就向埃贡解释,埃贡以前曾撞到椅子,弄伤了头,于是他如何如何地给了椅子几个巴掌。"

终于到了平安夜互赠礼物的时刻。汉夫施丹格尔夫妇找借口出去了,希特勒和埃贡则待在餐厅。两人一起走到窗边,静静地朝着窗外凝视了片刻。然后,厨师领着他们进了书房。"我们快走到书房时,"埃贡说道,"我看到我母亲的头在快速关上的门后消失了。接着,父亲开始在书房里用施坦威钢琴弹起了圣诞歌曲《平安夜》(*Stille Nacht, heilige Nacht*),然后厨师、女佣和我都唱了起来,希特勒则只在一旁听着。"

海伦一打开门,埃贡便冲进去看火树银花的圣诞树,圣诞树周围礼物堆积如山。"我之前想要的两件礼物都在里面——一把军刀和一个厨灶！"

希特勒内心的紧张情绪一扫而光。讲起第一次世界大战的情景时,他开始在房间里大步地来回走动,双手紧扣在身后,像一名士兵一样。过了一会儿,他突然开始长篇大论的政治演说,这顿时让普茨感到浑身不适。"让我感到恐怖的是,他把鲁道夫·赫斯和阿尔弗雷德·罗森堡捏造的所有胡话进一步提炼了一下,滔滔不绝地讲个没完。"这体现了希特勒的一个重大转变,他在朝着一种新的方向前进,这是一种不祥的进展。他的反犹太主义倾向似乎越来越明显了。

离开之前,希特勒设法与海伦在书房里单独待了一会儿。海伦坐在一张棕色大沙发上,希特勒突然跪了下来,把头放在海伦的膝盖上,说道:"要是有个人照顾我就好了！"

"不行,不能这样！"海伦问他为什么不结婚。

"我永远不会结婚,因为我早已把我的生命献给了我的祖国。"德国就是他的新娘。

"我觉得他表现得像个小男孩,而不是一个情人,也许他真是一个小男孩。"差不多在十七年前的同一天,希特勒亲爱的母亲在痛苦中去世了。"如果有人这时候走进他的生活,那就太可怕了。"海伦回忆道,"这件事是他的耻辱。他在冒险,他真的在冒险!这件事就这么结束了,我没有把它放在心上,就好像压根儿没发生过一样。"

家庭圈子

阿道夫·希特勒的日常生活

我刚开始调研时,碰到的最有意思的现象,即希特勒身边的两个核心集团:一个是由顶层幕僚和政府官员组成的,如戈培尔、戈林、赫斯以及他们的妻子;另一个更私密的群体则被称为家庭圈子,包括希特勒的情妇爱娃·布劳恩及其最好的朋友赫塔·施奈德,希特勒的两个最年轻的秘书戈尔达·克里斯坦和格特鲁德·荣格,希特勒的司机埃里希·肯普卡,希特勒的飞行员汉斯·鲍尔,希特勒的贴身男仆海因茨·林格和卡尔·克劳斯,还有一些年轻的副官(党卫军上校里查德·舒尔策、党卫军少校奥托·京舍、海军中尉卡尔-杰斯科·冯·普特卡默以及希特勒的空军副官尼古劳斯·冯·贝洛)。有些人同时属于这两个圈子,最典型的当属马丁·鲍曼,他曾经一度担任过赫斯的秘书。虽然大多数德国人都不知道鲍曼,但这个不知疲倦的鲍曼曾是希特勒的影子,他大部分时间都陪在元首左右,在袖口或笔记本上匆匆记下元首哪怕最微小的心血来潮的想法。正是他命令自己的秘书处的副官、元首的艺术顾问海因里希·海姆秘密记录希特勒的"席间闲谈"。

家庭圈子里的临时成员包括普茨·汉夫施丹格尔及其妻子海伦,希特勒的三名建筑师阿尔伯特·斯佩尔、赫尔曼·盖斯勒和保罗·特罗斯特的夫人格尔达·特罗斯特,希特勒最喜欢的两名战士斯科尔兹内和鲁德尔,以及比利时的纳粹领导人莱昂·德格勒尔——希特勒视其如子。

到1971年为止,我已采访了上述所有活到20世纪60年代和70年代的人,唯独没有采访过通常被称作特劳德的格特鲁德·特劳德·荣格女士。虽然我已经从希特勒的两名较年长的秘书以及戈尔达·克里斯坦那儿了解到希特勒的许多情况,我还是花了几个月的时间劝说希特勒最年轻的秘书来见我一面。我在慕尼黑找到了她,带她吃过几次饭,但直到我最终被邀请到她家里,见到了她的姐姐,才取得了些许进展。在解释了我只是在寻找事实,我采访时搜集到的所有材料都会送回给被采访者们审阅之后,她姐姐对她说了一句:"你为什么不把材料给他呢?"

我不明白她姐姐的意思,屏住了呼吸。特劳德离开了房间,拎了一个包裹回来——一份有关她和希特勒关系的未发表的手稿。

有了这些新信息,我觉得我可以充分地描绘这个家庭圈子了。1942年下半年,有九名年轻的女性被带到希特勒在东普鲁士的司令部,通过测试以挑选替代戈尔达·达拉诺娃斯基的人,特劳德就是其中之一。戈尔达·达拉诺娃斯基原本为伊丽莎白·雅顿(知名化妆品牌的创始人)工作,继而又成为希特勒手下,之后她又辞职与埃克哈特·克里斯坦将军结婚。戈尔达是一个活泼迷人的女孩,她为这个家庭圈子注入了新鲜的活力。很显然,希特勒非常挂念她。当特劳德这个天真的容易受人影响的二十二岁女孩发现自己能与希特勒独处时,她难掩内心的激动之情。希特勒劝她道:"你不必激动。"他跟特劳德说话就像在和一个孩子打交道一样,"我在口述时犯的错误远比你会出的错误多。"

她双手不停颤抖,以致很难敲击打字机的键盘。"即便如此,我也认为我已经做得很好了。如果我被选中,母亲会不高兴,因为她不喜欢希特勒。第一次世界大战后,父亲加入了巴伐利亚州的右翼军事组织,成为希特勒的一名追随者。"她的母亲感觉自己被丈夫抛弃了,于是带着女儿特劳德和特劳德的妹妹回娘家住。上午的面试结束之后,特劳德便得知她已被选中,被调到司令部,与其他两位秘书共事。"整整四个星期我都没有见到元首的影子,我不禁好奇这是否又是另外一个测试。"1943年1月30日,希特勒召见特劳德。她心想,是不是要自己去宣誓效忠呢?

"你想继续做这份工作吗?"希特勒问道。

"是的。"她不假思索地说道。

事后,她才知道希特勒当初选择她是因为其他候选人都是普鲁士人,而他更喜欢来自慕尼黑的女孩。此外,她父亲是一战老兵,同时还是纳粹党员,这一点也给他留下了深刻的印象。

吃午饭的时候,她被叫去做笔录。这是一个庆祝纳粹党掌权十周年的演讲。希特勒当时的一个男仆汉斯·荣格带她去了希特勒的办公室。元首的第一句话是"你确定你不冷吗,亲爱的?这里都结冰了"。

"很好。"她说完就马上后悔了。

希特勒一边口述一边来回踱步,根本不看笔记记得如何。她担心可能会漏掉什么,于是给他看了她记下的东西。他只是笑了笑,握了握她的手:"别担心,我敢肯定,这一切完全正确。"她离开的时候双脚都冻僵了。荣格后来向她解释,元首喜欢在温度很低的环境下工作。在这个陌生的新世界里,她很快便适应了。希特勒的贴身男仆海因茨·林格十分了解元首的脾气。特劳德从他那儿了解到,如何分辨元首的心情好与坏,只有当希特勒心情好的时候才可以向他汇报坏消息。

除了希特勒外,狼穴地堡还有唯一一个永久居民,他就是希特勒的私人助手尤利乌斯·绍布。"我惊讶于希特勒为何一直把他留在身边。绍布在一战中负伤,导致他只能一瘸一拐地跟在主人身后,侧着耳朵捕捉他敬爱的元首说的每一句话。他并不聪明,除了元首,其他人都不把他当一回事。"

特劳德几乎每天晚上都会去军营看电影。大部分人都去那儿看电影,除了希特勒。她就是在那儿结交了家庭圈子里的成员,比如勃兰特医生和特奥多尔·莫雷尔医生。特奥多尔·莫雷尔医生是皮肤科专家。1936年他治愈了希特勒的胃痉挛,当时其他所有的医生都束手无策。"莫雷尔医生体形肥胖,皮肤黝黑,透过厚厚的镜片很近地看人。当他偶尔用同一个针头给两个病人注射时,其他医生都惊得目瞪口呆。还有,他留着很脏的指甲。而我一见面就不喜欢的是马丁·鲍曼,看电影期间他经常突然粗鲁地放声大笑。"

1943年3月下旬,特劳德的工作日程发生了改变。当时希特勒决定将总参谋部所有人员都转移到自己的山间疗养地——上萨尔茨堡山的鹰巢。特劳德和两名中年秘书收拾了两台普通打字机、两台只有大写字母的打字机和一台有特大字体的打字机。希特勒不戴眼镜也能看得清用特大字体的打字机打出来的字。

一切都像钟表一样在精确地运行。元首的火车"亚美利加"号专列准时地按预定时间出发了。"与我在狼穴的住处相比,我的车厢更豪华。这里的自来水有冷有热,还有电话,地板上铺着豪华的地毯。"

第二天,她受邀与元首共进晚餐,她受宠若惊。"这就像是一个家庭聚会,而元首就像我们和蔼的父亲。"有一件事令她印象很深刻,那就是每次火车到站停下时,元首都会亲自确认他的狗布朗迪已经被领到了月台。特劳德在自己舒适的房间中看着其他火车在黑夜里飞驰而过,它们没有"亚美利加"号的舒适设备——没有供暖也没有食物。

快到慕尼黑的时候,特劳德与汉斯·荣格中尉的关系已经很融洽了。这名男仆告诉她,爱娃·布劳恩是贝格霍夫(希特勒的居所)的女主人。除了里宾特洛甫、戈林和戈培尔等人的妻子公开冷落她,所有的人都把她当女主人对待。办公室的工作人员都会到贝格霍夫做客,爱娃将会见家庭圈子里的其他成员。

"经历过狼穴地堡的严酷环境后,在贝格霍夫的生活变得更受人们欢迎,但尽管如此,我仍旧很失望。"大厅里尽是名画和精美的雕塑。这里到处都很美,让人振奋,同时也冷冰冰的,不近人情。"我感觉浑身不自在。我不像一个客人,反倒像贝格霍夫的员工。"

整个上午,贝格霍夫就像一座坟墓。接近中午时分,伴随着汽车的轰鸣声,官员们来到贝格霍夫参加例行简会。几分钟之后,原本为和平对话而建的大厅里就充斥着争论,此间的人们正在做出一些关乎生死的决定。例行简会结束后,在房间里耐心等待的客人们接到消息,最后一名官员离开了,午餐很快就好。"下午三点过后,爱娃带着她的两只狗出现了。希特勒先吻了爱娃的手,随后开始一个接一个地与自己的客人打招呼,爱娃则与其他的客人打招呼。"

接待完所有的宾客后,希特勒就开始逗爱娃的两条狗玩,他把这两条狗称为"心头的小刷子"。爱娃抗议道,布朗迪更像小牛犊而不像小狗。看到那个在例行简会上非常严肃、经常大发雷霆的人,突然变成了在自家乡间住宅中热情招待好友的随和温厚的主人,特劳德感到十分惊讶。这个转变不仅在意料之外,甚至还有点荒唐可笑。最后,林格走到勃兰特医生的妻子身边,告知她,元首将陪同她前往餐桌。一名传令兵通知其他宾客如何就座。

希特勒与勃兰特夫人走在前面,特劳德很快就知道鲍曼和爱娃总是第二对。她还了解到在婚外情方面,鲍曼比戈培尔更加臭名昭著,并且他让他的妻子接连生了九个孩子。他向自己的妻子解释,按照国家社会主义(即纳粹主义)的名义,这些婚外情都是合理合法的。而他的妻子则在最近写给他的一封信中建议他把新情人带回家中,这样一来"今年你的情人生一个孩子,明年我再生一个孩子,这样你就始终有一个行动方便的妻子了"。

午饭后,希特勒前往一座圆形的石头建筑,看起来类似筒仓,伪装在附近的树林里。这是希特勒的一块"避世之地"——一个茶馆,他在这儿品着茶,吃着苹果蛋糕,听着爱娃说长道短,直到他入睡。晚上七点,他花了两个小时开了一个非军事会议,然后领着宾客进了餐厅。

晚餐后,军方前来参加晚间会议,客人们则留在餐厅。希特勒不想让女人掺和到军事中来。近午夜时分,希特勒回到茶馆啜茶品茗,吃苹果蛋糕,同时给客人们讲一些往日的故事,逗大家乐一乐。就这样持续到凌晨四点,传来一份空袭报告。等元首确信所有敌机都已经离开了德国,这时,也只有到这时,他才去睡觉。

用餐时,最让特劳德感到不安的是希特勒的吃饭方式——他总是狼吞虎咽,仿佛永远不会有下一顿饭一样。而希特勒则因特劳德吃得太少而感到不安:"你太瘦了。看起来像小男孩一样的女孩子是不会博得男人的青睐的。"

莫雷尔医生每次喝了一杯酒就会打起瞌睡来,他肥胖的手臂交叉地放在自己的大肚子上,紧闭的双眼被他厚厚的镜片放大。希特勒觉得很有趣,一点儿都不觉得对方冒犯了自己,而特劳德则觉得这种场面十分可怕。有一次空军副官冯·贝洛上校轻轻地推了一下莫雷尔,莫雷尔猛地醒来,以为元首刚刚讲了一个笑话,于是咧嘴大笑了起来。

"你累吗?"希特勒问道。

"不,我的元首,我只是在做白日梦。"

一天晚上,当希特勒谈到他想象中的战后退休生活时,特劳德硬着头皮问道:"那这次战争什么时候能结束呢?"

"我们一胜利战争就会结束。"他回答道,但他友善的表情瞬间变得冰冷。他郑重宣示,德意志帝国一定会赢,因为德国人是为了理想而战,而敌人则是为了犹太资本主义而战。苏联是唯一危险的同盟国,因为苏联人与德国人一样狂热。但正义的一方一定会胜利!这一阵情感的突然爆发把特劳德吓了一大跳,因为希特勒很少和家庭圈子里的人谈论当今的世界局势或政治活动。

1943年耶稣受难日那天,朱尔斯·霍夫曼的女儿亨利埃特·冯·席拉赫来到了贝格霍夫,她刚在荷兰经历了一次可怕的遭遇。一天晚上,她看到数百名犹太妇女被粗暴地逼着走过一座桥梁。突然有个声音喊道:"雅利安人走在后面!"一个朋友告诉了她施加在犹太人身上的暴行。她答应这个朋友把这一切告知希特勒,在她看来希特勒还不知道发生了什么。

家庭圈子聚会当晚,亨利埃特告诉了希特勒她亲眼所见之事。起初,希特勒似乎困惑不解,什么也没说。屋子里的其他人都保持沉默,不敢看她。这时,坐着的希特勒慢慢朝她倾斜身子。看到了他那张拉长的脸,她大吃一惊。他的皮肤和眼睛似乎都失去了血色。亨利埃特心想:"一群魔鬼正在吞噬他。"希特勒慢慢站起身来,竭力控制自己的情绪,不过他还是突然喊道:"你太多愁善感了!关你什么事?犹太妇女跟你毫不相干!"对希特勒而言,亨利埃特对犹太人的同情是滥情的表现,是人性中糟粕的一面!

亨利埃特吓坏了,便跑上了宽阔的大理石阶梯,而希特勒那愤怒的声音还在后面追逐着她。一名副官追了上来。"你为什么要这么做?"他气喘吁吁地说道,"你已经惹毛他了!请你马上离开!"她在餐厅找到了自己的丈夫。然后他们开车通过了岗哨。按照她的说法,当时是凌晨五点。

这个家庭圈子里有两个人与希特勒关系最为密切,但性格却又截然不同:一个是阿尔伯特·斯佩尔,另一个是马丁·鲍曼。斯佩尔永远是一位受欢迎的客人,他是一位出色的专业人士,可以和元首坦诚交谈,因此,特劳德很喜欢他。斯佩尔和希特勒意见不合时,往往以希特勒让步而告终。只要斯佩尔厌恶且害怕的鲍曼不在场,在这个家庭圈子里,斯佩尔就觉得完全和在家里一样。很明显,鲍曼希望自己对希特勒来说是不可或缺的,这样他就可以控制所有和元首走得近的人。他曾用奥地利传来的毁谤性质的谣言,成功扭转了希特勒的态度，让希特勒讨厌维也纳当时的纳粹领导人巴尔杜尔·冯·席拉赫。

希特勒的司机埃里希·肯普卡告诉我们，他也曾是鲍曼的目标之一。"不过，鲍曼只好不动声色，因为元首视我如子。"肯普卡钦佩鲍曼对于希特勒的忠诚，却厌恶他残忍地对待挡他道的人。鲍曼今天也许会赠你礼物，但明天他就可能在背后捅你一刀。鲍曼是一个施虐狂。肯普卡对鲍曼的厌恶之情，连鲍曼自己的岳父沃尔瑟·布赫都深有同感。布赫是纳粹党全国领袖（Reichsleiter），他一旦获悉他女婿要来，就会立刻离开上萨尔茨。鲍曼一直拒绝和自己的弟弟阿尔伯特直接对话，尽管阿尔伯特已与有部分犹太血统的妻子和平离婚了。

这个家庭圈子已经注意到特劳德与年轻英俊的汉斯·荣格之间迅速升温的感情。希特勒尤其钟爱汉斯，但他对汉斯与特劳德的事毫不知情。他们最终让一名副官把此事转告希特勒，得知此事后希特勒对特劳德会心一笑。她觉得非常尴尬，甚至想赶紧消失，因为就在数月之前她还在家庭圈子里公开宣称自己对男人毫无兴趣。

一天晚上，大家聚集在火炉前聊天。希特勒长叹一声，说道："我在选手下雇员方面真不走运！先是克里斯坦和达拉结婚，我最好的秘书被人带走了。后来我好不容易找到了一个满意的替补，如今特劳德又要离开我了，还要带走我最好的扈从！"

汉斯终于获得赴苏联前线作战的批准，于是他和特劳德决定推迟订婚。但是在 5 月，希特勒召特劳德做口述笔录时，却建议她立马和汉斯结婚——在汉斯去前线之前。这让特劳德感到十分惊讶。

她没有争辩，因为在她看来元首不会记着这件事。事实上希特勒却不停地催促他们，直到 1943 年 6 月他们终于结婚了。她回到狼穴地堡后，她之前在东普鲁士司令部的那种兴奋感消失了，她开始认识到生活在一个完全由元首统治的世界里是多么危险。

"我最终意识到狼穴里其他所有人的看法和我相近，有些人的想法甚至和我一模一样。"与元首的亲密接触令她改变了自己先前的想法，她莫名地感到恐惧,于是她希冀以记日记的方式使自己保持客观的态度。

因为她常常和元首一起吃中饭,她变得不再腼腆羞涩,能和元首自如地交谈。希特勒不停地谈到爱娃·布劳恩的优秀品质,特劳德便问他为何从未结婚。他的回答是,他无法成为一个顾家的好男人,因为他没有时间陪伴自己的妻子和孩子。"再说了,我也不想要孩子。天才的孩子在世上会活得很辛苦。人们都期望这个孩子能成为和他父亲一样有名的人物,不能容忍他平凡。而且,这样的孩子通常会有一些精神缺陷。"特劳德此前从未见过希特勒狂妄自大的一面:"听到他一本正经地称自己为天才,我十分震惊。"

普茨·汉夫施丹格尔临阵脱逃

撰写阿道夫·希特勒的故事时,我获得海伦·汉夫施丹格尔的允许,可参阅她的私人回忆录,但只有少部分材料能拿来使用。现在,她去世了,她的儿子埃贡容许我完整地陈述这个故事,还允许我公开此前从未公开过的唯一一张全家福。

虽然汉夫施丹格尔一家从来不觉得他们自己是希特勒家庭圈子的一部分,但他们可能比家庭圈子里的任何成员更了解希特勒。希特勒不仅倾心于海伦,还非常喜欢她的儿子埃贡。1933年,希特勒当选总理后不久,他就邀请汉夫施丹格尔一家到自己在上萨尔茨山的避暑别墅豪斯·瓦亨费尔德做客。普茨太忙了,他就让海伦和埃贡去了。

埃贡和他的母亲是豪斯·瓦亨费尔德别墅仅有的两位客人,但附近的小旅馆和公寓里住着很多纳粹党人,这些人白天会聚集到豪斯·瓦亨费尔德别墅之中。戈林总是不离希特勒左右,埃贡注意到他和希特勒经常在花园里秘密商议着什么,主要是戈林在说。有一天,埃贡和海伦惊讶地听到戈林说:"我刚刚签署了二十份死刑执行令。""瞥见光荣的治国方略外表之下的残忍",母子二人顿时惊恐不已。

一天晚上,埃贡看清了刚刚被提拔为希特勒青年团负责人的巴尔杜尔·冯·席拉赫的真面目。席拉赫喝多了,走起路来就像"一碗果冻",或者说"酒气四溢"。"这就是我加入的希特勒青年团的负责人!我很奇怪,希特勒怎么会容得下这种人。"

尽管埃贡对席拉赫深感失望，却因希特勒的制胜之道而迅速对整个运动重拾信心。"有一天，我看到希特勒站在阳台上，俯瞰着萨尔茨堡，若有所思地咬着指甲周围的皮肤。从这里只能看到一些房子和一座看似城堡的建筑。"

起先，希特勒只是伫立在那儿，一言不发。后来，他发话了："孩子，你看，那就是奥地利。"

"希特勒先生，您是在奥地利出生的，是吗？"

"是的。"他平静地回答道，"我出生在因河畔的布劳瑙，一个非常美丽的乡村。"

"那为什么我们不开车过去看看呢，路并不远。"

希特勒笑了，但笑得并不开心："我们总有一天会去的。奥地利不是我们的领土实在是一个耻辱，但它总有一天会回到德意志帝国怀抱的。"

到1936年，马丁·鲍曼对元首的影响力增强了。鲍曼虽然名义上仍然是鲁道夫·赫斯的助手，他却已经因勤勉地操持大小事务而渐渐获得希特勒的青睐。这就意味着，一些心腹（如汉夫施丹格尔）的角色正在变得越来越次要。有一段时间，元首感到很烦闷，因为普茨称他为"希特勒先生"而不是"我的元首"，而且还平等地与希特勒对话。

汉夫施丹格尔知道自己的处境岌岌可危。当他和自己刚满十五岁的儿子埃贡在施坦恩贝格湖上划船时，他对儿子说道："形势不太妙，我们都曾相信这场运动，是不是？我现在仍然试着想要相信这场运动。"但是，他发现贪污腐败无处不在。"如今，希特勒先生听信的许多人都是卑鄙小人、罪犯和变态。"而且，现在德国已经和英国、美国打起来了，"德国以及全世界都面临着危险。这还不是全部。这个国家的内部满是污秽。我将这种局面主要归咎于那些牢牢盘踞在柏林及其他地方的办公桌后的无赖。上帝知道，我努力过了，我曾试图接近希特勒并给他忠告……但希特勒不想听我的话，他拒绝面对令人悲哀的现实。逃避也是一种方式，但愿这是正确的方式。目前看起来希特勒自己好像也腐化堕落了。说他不知道现在的局势是自欺欺人，他肯定知道。倘若他知道了，他就必须承担责任……我曾挖掘到一些当权者生活中的许多丑闻,如今我了解到,他们居然对这些事情毫不在乎。但是,他们害怕真相。另外……我的存在让他们厌烦,他们不会再容忍我继续存在……到目前为止,他们已经捏造事实,给我安上了贪污的罪名,以便整垮我……不过,他们失败了……但是,他们不会善罢甘休,更糟的状况马上就会出现。估计我不久之后便要为我的生命而战。几乎可以断定,他们迟早会找我算总账。我现在只是不确定这一天何时到来"。

埃贡听了,并不是很惊讶:"好吧,父亲,既然你知道他们想除掉你,为什么我们不趁现在还有时间逃走呢?"

汉夫施丹格尔笑了:"事情没那么简单,我帮助纳粹政党掌握了权力。"他已经数次把希特勒从生命危险和政治危机中解救了出来,他用自己的名誉为希特勒做担保,他不想放弃。"我们都有责任。我们的信念,即百分之九十五的既定目标,还是好的。我们仍然还有机会。"

汉夫施丹格尔说他自己被除掉的可能性很大,埃贡对这一点深信不疑。之后,普茨开始教埃贡怎样逃跑:"你知道,在他们的追捕下,我很难全身而退。所以,等时机到了,你也得好好规划一下逃跑方案。但愿我们两个人都有好运。"

埃贡隐秘的逃跑准备必须非常周密谨慎,一切都要精确安排。

一阵微风刮起,他们的小船"可能"号在涟漪之上荡漾起来。汉夫施丹格尔一边给儿子概述他的周密计划,一边留时间让儿子消化他所说的东西。"我对这个计划的简单易行的程度感到惊讶。"埃贡回忆道,"我们商定了几个暗号,到时候他会以此来告诉我如何行动。"以他们船只的名字"可能"开头的一句话是让埃贡收拾行李的信号,同时提醒埃贡"到当时选定的那些地方中的某一处去"。"可能"号回到皇家巴伐利亚游艇俱乐部时,埃贡已经把所有的事情都"牢记于心"了。

直到1937年2月11日,也就是普茨生日那天,希特勒才采取行动。当时,普茨接到命令,要他飞往西班牙,去保护德国记者在佛朗哥政府管理下的国家中的权益。飞机起飞后不久,飞行员就透露:一旦他们飞到巴塞罗那和马德里之间的区域,汉夫施丹格尔将不得不跳伞到红色阵线那边①。

"那不等于死刑吗?"普茨惊呼道。

飞行员说:"就在刚刚起飞之前,我接到了戈林签署的一道命令。"他深表同情,但他能做什么呢?他没有再说什么。很快,其中一个发动机开始噼啪作响。"出岔子了,"飞行员意味深长地看了坐在后面的普茨一眼,说道,"我们得在一个小型机场迫降。"

飞机一着陆,普茨便说自己要打电话到柏林请求指示。事实上,他的电话打给了自己的秘书。普茨告诉她,他接到的命令突然有了变化,他要回巴伐利亚与家人一起庆祝自己五十岁的生日。接着,他通知飞行员,元首命令他返回巴伐利亚的乌芬。事实上,当晚他乘坐了一列开往慕尼黑的夜班车,接着搭乘了一班开往苏黎世的早班车。后来,他给埃贡发了一条仅有一个词的电报:"可能号。"

埃贡收拾了几件衣服,带上一张有希特勒亲笔签名的希特勒照片,在上衣口袋里塞了一把自动手枪,然后搭上了去苏黎世的火车。他在列车上的厕所里藏了好几个小时。即将到午夜时,他与他父亲会合了。

普茨与埃贡在伦敦

两年之后,汉夫施丹格尔和埃贡一起待在伦敦。埃贡在圣保罗学校上学,普茨在四年前控告《每日快报》(*Daily Express*)诽谤并胜诉,于是就依靠赔偿款以及英国朋友们的资助生活。他得知希特勒敦促他的老朋友赫尔曼·埃塞尔出访英国,劝他回德国。"把我的承诺带给他,"元首说,"他可以十分安全地返回德国。"纳粹之前那样对待普茨只是"开玩笑,他无须逃跑"。

许多年以后,埃塞尔在普茨家吃午餐时向我透露,汉夫施丹格尔拒绝回到德国。尽管如此,卡尔·包登夏茨再次拜访了普茨,并向普茨担保他可以官复原职。"替我转告希特勒先生,"普茨说,"如果他给我寄一封个人名义的道歉信,并让我名副其实地担任他的外交事务顾问,我就会考虑回德国。"

---

① 编者注:即西班牙人民阵线控制的区域,西班牙人民阵线是反法西斯的统一战线组织。

他没有收到希特勒的信件,却收到了希特勒的影子鲍曼的一封信。鲍曼在信中承诺取消对普茨的任何惩罚,而且会对普茨在伦敦的开销进行补偿。普茨还是拒绝了。执着的卡尔·包登夏茨又来了,和他一同前来的还有汉夫施丹格尔的上一任秘书的丈夫,此人现在效力于戈培尔。他们还带来了一封宣传部长戈培尔的安抚信。普茨正要再次拒绝时,包登夏茨威胁道:"如果你不回去,我们会用别的方法让你闭嘴。"

普茨针锋相对地说,他已经写下了自己的回忆录,副本已经锁在欧洲三座不同的城市中:"如果我寿终正寝,这些副本就会被自动销毁。如果我不得善终,我的回忆录就将公之于世。"

"你这纯粹是讹诈。"包登夏茨愤怒地回答道。

"死人什么时候讹诈过活人?"

1939年9月1日,希特勒军队入侵了波兰,普茨于次日让埃贡经加拿大前往美国。当天晚上,他在伦敦西肯辛顿区的公寓的门铃突然响起。两名便衣侦探站在门口。"您是汉夫施丹格尔先生吗?"其中一人说道,"我们接到命令要以敌国侨民的身份逮捕您。您无须随身携带很多东西,就几天工夫,例行公事而已。"事实上,这次拘留却持续了很长一段时间。

英国议会于9月3日向德国宣战。不久之后,战争的消息就传到了埃贡搭乘的那条船上,这使他想起了他那身希特勒青年团的制服。"我为什么现在还要带着这身衣服呢?"他这样问自己,"魁北克海关的人也许并不知道这身衣服代表了什么。另外,我当时是回家,我要以正确的方式处理掉这身服装。"那晚,他将制服带到了甲板上,看了那套制服最后一眼:袖子上带有"卐"字袖章,肩膀上带有"希特勒青年团325大区第13分部"字样。

"希特勒青年团的制服沉入海水之中,我看着它被波涛吞噬。制服的帽子在我手中旋转之后,随着微风飘向了远方,在我的视野里渐渐变小,直至落在水面之上。"

普茨为美国效力

几年后,普茨得到了一次为希特勒强大的敌人美国效命的机会。1943

年春天,美国战略情报局局长"疯狂的比尔"威廉·多诺万将军向一个著名的情报分析师沃尔特·兰格博士提出了一个问题:"你怎么看待希特勒?"沃尔特·兰格博士曾为战略情报局设立过一个战地精神分析小队。

多年来,精神分析学界一直在探讨这个问题,大家给出了各种不同的答案。弗洛伊德在1939年于伦敦去世之前,给希特勒贴上了精神错乱的标签。亲自观察过元首的卡尔·古斯塔夫·荣格在文中提到希特勒就像一个机器人:"他仿佛是一个双面人。他可以像阑尾一样隐藏在人体之中,十分谨慎地不让自己被发现,以避免影响到其余器官。"还有许多其他答案,其中大部分来源于那些对于希特勒私生活知之甚少,甚至一无所知的人。

兰格对纳粹德国的了解来源于一手资料。兰格是弗洛伊德家的常客,他曾经和他人一同说服这位八十二岁高龄的精神分析师离开奥地利,因为希特勒对精神分析师和犹太人都恨之入骨。

兰格陪同弗洛伊德及其家人去了边境,在那里以美国公民的身份进行了干预,使驻扎在那儿的大部队未能拘留弗洛伊德及其家人。

兰格博士告诉我,他曾在美国和加拿大搜寻熟悉希特勒的人,最终结果证明普茨·汉夫施丹格尔是最好的信息来源。一年前,普茨在哈佛大学时的朋友富兰克林·罗斯福将普茨从加拿大的一个战俘营里救了出来。普茨说服了一位参观这个战俘营的记者赫斯特,让他带一封信给罗斯福总统,表示自己愿意在美国与希特勒作战时以军事、政治顾问的身份提供服务。罗斯福立即派遣他的顾问约翰·富兰克林·卡特前往加拿大。"总统接受了你的提议。"卡特对普茨说。几个月后,一名美国特工前来护送普茨前往美国。"汉夫施丹格尔博士,我不得不令您失望了,"特工说道,"因为我无法给予您完全的自由。可以说,我们是向英国人借用了您,因为英方坚持对您进行监禁。①"

普茨被带到卡特在华盛顿的家里。卡特对他说:"根据我方与英国政府达成的协议,我首先要把您介绍给由总统亲自任命的看守。"

这无异于给普茨浇了一盆冷水。然而当他被推进隔壁房间时,他看到

---

① 编著注:加拿大当时已成为英联邦成员国。

站在眼前的是自己的儿子——如今已是美军一名中士的埃贡·汉夫施丹格尔。时隔三年,他们第一次拥抱在一起。

普茨最终被带到了弗吉尼亚州布什山上一座豪华的住宅里。在那里,他写了些关于希特勒的材料,包括希特勒面临危机时可能做出的反应,希特勒的优点、弱点,以及希特勒的个人癖好等。虽然这些材料自然带着希特勒这个前任"宫廷弄臣"的偏见和臆测,但是,在这个世界上,没有几个人观察过希特勒这么长时间,与希特勒的关系曾经这么密切,更不用说在美国了。

"最终解决方案"

希特勒的个人责任

我在1971年初遇到的最困难的问题之一,就是如何弄清"犹太问题最终解决方案"的真相。许多德国高官坚信,要么屠杀犹太人之事是夸大其词,要么希特勒本人对此毫无责任。我和寿子到过奥斯维辛集中营以及其他集中营,我自己的研究也已经证实了"最终解决方案"的可怕程度,而且这的确是希特勒的点子。我已经在希特勒的第二本书里找到了充分的证据,足以证明"最终解决方案"出自希特勒。希特勒是拒绝公开发表这本书的,但它最终作为《希特勒的秘密书籍》于1961年出版了。《我的奋斗》取得了巨大的"成功",因为这本书是霍雷肖·阿尔杰的小说和政治手册的结合体;而没有标题的第二本书是希特勒的一个与《我的奋斗》大为不同的尝试,希特勒希望此书能表达自己的世界观和人生哲学,并将其个人信仰与政治使命统一起来。

"历史本身,"他在第二本书中写道,"是一个民族为生存而斗争的表现……就像生命本身就是一场对抗死亡的外部斗争一样。"人类的基本需求不只是自我保护,还有生存空间。他还讨论了一个民族"流血价值"的重要性,这一概念被他用来佐证自己对犹太人的仇恨。在《我的奋斗》一书中,他直接把犹太人称作世界的敌人。此外,他还主张向东方进军,为德国人民赢得生存空间。在这本未出版的书里,他首次说明了自己的两个最紧迫的信念——处理因犹太血统的污染所造成的危险,和德国迫切需要足够的生存空间,这两者不可避免地交织在了一起。如果德意志帝国无法获得必要的生存空间,它将会走向灭亡,因此,唯一的选择就是征服。如果没有消除犹太人的威胁,那么就不存在争取生存空间的斗争,也没有种族纯洁性,民族就会衰败。他现在有一个双重使命——向东夺取生存空间和彻底消灭犹太人。这两者相互依赖,不可分割。早些时候,他将这两个任务视为独立而平行的,现在他把二者视作一回事。他还认为,对于消灭犹太人,路德宗和其他反犹太主义者只是谈谈而已,唯有他阿道夫·希特勒有一个行动蓝图——一个真正的"最终解决方案"。

很明显,希特勒领导了一场大规模消灭犹太人的行动,也许这就是希特勒禁止出版那本后来成为《希特勒的秘密书籍》的书的原因。也许他担心,对许多德国人来说,他那些话中所隐含的残酷事实——大规模屠杀是难以接受的。这本书中的好几段都为他种族灭绝的动机提供了线索。书中有两段指控犹太人的毒害和腐败,这揭示了他对灭绝犹太人一事非常上心。书中的第一段提及马提亚·艾尔兹贝格,他是弗里德里希·艾伯特政府的代表,签署了1918年的停战协议。希特勒说他是"犹太雇主和一名女仆的私生子"。希特勒是不是想起了自己的父亲?从童年时期以来,希特勒就听到一个流言,说他的祖母曾在格拉茨的一个犹太家庭里当仆人,怀了那家少爷的孩子后回到家里。希特勒曾让他的律师汉斯·弗兰克暗中彻查此事。弗兰克打探了"所有可能的信息来源"后,提出了一个令希特勒万分震惊的报告。我从一个美国的精神病医生那里得知了这个情报,他曾在战后审问过弗兰克,说服弗兰克写出调查的全部经过。报告里面提到,希特勒的父亲阿洛伊斯·斯基克格鲁伯,可能是"一个名叫玛丽亚·斯基克格鲁伯的厨娘的私生子。玛丽亚曾在一个名叫弗兰肯伯格的犹太人家里工作,并在这期间生下了她的儿子。而犹太雇主弗兰肯伯格曾代表他那十九岁的儿子给斯基克格鲁伯支付过一笔从孩子出生到其十四岁的抚养费,这件事发生在19世纪30年代后期"。阿洛伊斯五岁时,其母亲嫁给了约翰·格奥尔格·希德勒。阿洛伊斯的母亲去世之后,格奥尔格的兄弟约翰·内波穆克·希德勒将阿洛伊斯抚养长大。1876年,阿洛伊斯就以希德勒(Hiedler)的名字正式将自己命名为阿洛伊斯·希特勒(Alois Hitler)。

希特勒写第二本书时,他的母亲死于癌症,所以,他在写这本书时,是不是想到了自己的母亲?"如果一个人患有癌症,且注定要死亡,因为手术的成功率极低而拒绝手术应该是一种愚蠢无知的行为吧?"正如他一直对自己的母亲痛苦地死于癌症一事耿耿于怀一样,他非常害怕自己的父亲可能有部分犹太血统,这种恐惧一直困扰着他。

我从德国历史学家恩斯特·道尔连那儿得知,希特勒写完这本秘密之书后,去看了一个身为纳粹党员的精神科医生,即慕尼黑的阿尔弗雷德·施文宁格,以缓解"对患癌的恐惧",这并非巧合。施文宁格医生没有留下自己的治疗记录,他未能缓解希特勒的恐惧,他将希特勒的恐惧仅仅诊断为幻觉。希特勒的这种恐惧,连同他对消灭所有犹太人的执念,将持续到他生命的最后一天。所以,他后来向普茨·汉夫施丹格尔吐露犹太人是"世界的癌症",也就不足为奇了。我下定决心,要揭示希特勒就是"最终解决方案"的设计师,而且我已找到了足以支持我的观点的目击者和文件。德国和其他地方的修正主义历史学家中,有人试图竭力淡化甚至全盘否定希特勒对此事的完全知情和责任,对于这样的做法我绝对不能听之任之。

1938年11月,反犹太人的"水晶之夜"过去一星期后,希特勒颁布了《帝国公民法》的第一项条例,补充了早期《纽伦堡法》关于种族问题的规定,将非雅利安人明确划分为几类。希特勒第一次明确定义了什么是犹太人:(外)祖父母至少有三个是犹太人;或(外)祖父母当中虽然只有两个是犹太人,但本人已与犹太人结婚或接受了犹太教。接下来是以前从未提及的类别:半犹太人,即混血儿——(外)祖父母中只有一个是犹太人,以及那些(外)祖父母当中有两个是犹太人,但本人未曾与犹太人结婚或未曾加入犹太教的人。这些半犹太人不再是镇压的对象。有了这样一个繁缛的条例,希特勒所憎恶的大量敌人就可能会规避"最终解决方案"。他一直害怕自己的(外)祖父母有一个是犹太人,难道实际上他这么做是为了救自己吗?

只有少数人知道,元首这么做其实是担心自己有部分犹太血统。这一新条例一经颁布,几乎所有人都不明就里:这是否意味着,如今他已经是德国的独裁者,他反犹太人的计划在政治上已经没有必要了呢？抑或是意味着,他已经放弃了消灭犹太人的口号以平息西方的愤怒谴责？也许还有这样的可能,他一如既往地致力于"最终解决方案",只是行动的时机还没成熟。

答案于1939年1月21日揭晓了。元首告诉捷克外交部长,他无法向一个没有消灭其犹太人的国家提供任何保障。"害虫必须铲除,犹太人是我们不共戴天的敌人。到今年年底,德国将不会再有一个犹太人。"犹太人将因1918年11月背叛德国而付出代价①。"清算的日子到了。"几天后,所有德国境内的外交使团和领事馆收到了德国对犹太人全面宣战的通告,"德国犹太政策的最终目标,是将所有居住在德国领土上的犹太人迁移出去"。"迁移"就是"谋杀"的委婉说法。希特勒做出了大胆的决定,呼吁世界上所有的反犹太主义者支持他消灭犹太人的神圣使命。希特勒确信,在其冠冕堂皇的措辞之下,其他大国都会赞同"最终解决方案",因为他们不必弄脏自己的双手。

1939年,在纳粹掌权六周年的纪念日上,希特勒在国会演讲中以更露骨的形式公开透露了自己的新政策。他以和平的名义亲自向全世界的犹太人宣战。他说,英国、法国和美国很快就会认识到,德国是想要和平的,且断言德国打算攻击邻国是犹太人的谎言。希特勒公然揭开了"最终解决方案"的面纱,他私下的想法和公开的说法开始公开并轨了。"在我的一生中,我常常扮演预言家,也常常因为这个身份而遭到嘲笑。"他大声说道,"我将再次成为一名预言家:如果欧洲各国国内外的犹太国际金融家成功地令各个国家再次陷入世界大战,那么其结果不是全世界的布尔什维克化,而是犹太人的胜利,除非我们消灭欧洲土地上的犹太种族！"

所有这些证据都清楚地表明,无论是"最终解决方案"的想法,还是决定将消灭犹太人这个想法付诸实施,希特勒都有不可推卸的责任。但我还是

---

① 编者注:指1918年11月发生的德国十一月革命,致使德意志帝国威廉二世政权被推翻,以及魏玛共和国成立。之后魏玛共和国和一战的战胜方协约国签订了《凡尔赛条约》,被德国民众视为耻辱。希特勒认为犹太人在其中起到了关键作用,背叛了德意志帝国。

必须指出，许多德国高官认为六百万犹太人受害者的数字言过其实，只是犹太人为了满足其宣传目的而捏造的。

通常，那些地位不太高的人不仅会向我提供大屠杀的细节，还会补充有关希特勒生活和工作的奇怪环境的细节。正是这些人告诉我，1942年1月23日，希特勒在午餐时宣布（当时很少出席这种场合的希姆莱也在场）："行动必须果断迅速。拔牙时，一下子猛地把牙拔掉，痛苦也就马上消失了。必须将犹太人从欧洲清除出去。正是犹太人妨碍了一切。当我想到这一点时，我意识到我是十分人道的。"毕竟，他只是要求犹太人离开。"但如果他们拒绝自愿离开，我看不出有其他解决方案，唯有灭绝。"希特勒从来没有向他的家庭圈子透露过自己内心的这些想法，也许是希姆莱的在场使他吐露心声。

希特勒"最终解决方案"的计划如期进行。到1942年春天，波兰境内已有六个屠杀中心。犹太人在四个集中营里被发动机排气管排放的瓦斯毒气毒死。奥斯维辛附近的两个装置则使用氰化氢"齐克隆B"。在苏联境内的德国占领区，滔天大罪也在持续，尽管德国东部占领区政府部长阿尔弗雷德·罗森堡反复呼吁应将这部分犹太人视为盟友，而非敌人。罗森堡敦促东部占领区与德国总部的联络人沃纳·克彭务必将以下信息传给希特勒：这些人确实是反对斯大林的。

克彭以及鲍曼手下的海因里希·海姆对我来说是无价的信息来源。这两人都暗中记录下了希特勒非正式的"席间闲谈"，克彭为罗森堡做记录，海姆为鲍曼做记录。我联系了那些已知的在战争期间与他们关系友好的人，请这些人帮我找到这两个人的行踪，最后我终于找到了他们。听说我在找他，海姆便主动联系了我，详谈了有关鲍曼和希特勒的细节。海姆不知道克彭就住在离他几个街区的地方，是我让他们又聚到了一起。

在赫斯乘飞机离开之前，克彭已经能够直接与元首打交道了，但之后一切事务都必须经由鲍曼之手，鲍曼在他们之间竖起了一堵石墙。克彭有个悲观的看法："决定命运发展的推手就埋藏在这里。在我看来，这断送了我们在东方的大好局面。"

摩根法官与希特勒大胆对抗

目睹屠杀犹太人这一暴行的最重要证人之一是康拉德·摩根,他是一名三十四岁的德国律师,为希姆莱效命。自学生时代起,摩根便受到法治观念的熏陶,后来他成为一名党卫军法官。几个受访者曾告诉我,他在制止暴行方面,比其他任何人做得都要多。在另一个党卫军法官的帮助下,我几经努力终于说服了摩根法官与我交谈。我首先必须承诺绝不能透露他目前居住的地方,以及他现在身为律师的化名,因为他不仅害怕纳粹分子的暗杀,还担心美国特工的暗杀。遵照他的指令,我绕道来到他所居住的城市。我本以为他会多疑,不愿交谈,但令我惊讶的是,他很坦率,也很热诚。"有人向我保证过,我可以信任你。"他说道。他还让我承诺当他在世时,我不能透露是如何得知他的故事的。在他去世之后,我才可以公开所有的细节,但仍然不得透露他家人的下落。他令我想起了我的一名从底层爬上来的律师朋友。他们俩都很沉稳,令人放心,说话很平静,很少使用形容词或副词。和他们俩在一起我感到非常放松。摩根很熟悉我的工作,他说正因为如此,他才愿意和我谈论自己的过去。他将往事娓娓道来,好像他是那段危险经历的旁观者,而不是参与者。

他允许我在他的办公室里给他录音,直到夜已深。他告诉我,作为一名法律专业的学生和一名党卫军助理法官,他曾坦率地反对非法行为,不管是谁犯法。"我的判决严格地立足于证据。"他苦笑道,"我经常激怒自己的顶头上司,于是被调到了前线的一个党卫军师里以示惩罚。"但他声名显赫,于是在1943年又被调到由海德里希负责的帝国保安部的金融犯罪办公室。

"这样的调动算是一种心照不宣的处理方式:我不能再办理政治案件。那年初夏,我接到了一个例行的调查任务,那便是澄清一个在布痕瓦尔德集中营里存在已久的腐败案件。"集中营的指挥官卡尔·科赫曾被怀疑将集中营里的劳动力出租给外面的雇主,他还在食品供应方面敲诈勒索。总而言之,他管理集中营是为了图谋私利。但摩根的初步调查没有得出什么令人信服的结论。"一排证人都坚持认为科赫是无辜的。"

摩根所遇到的正是普茨·汉夫施丹格尔曾警告过的纳粹统治集团中的

腐败。摩根拒绝采取妥协的立场，而是继续深入调查。1943年，布痕瓦尔德集中营的真实面目还未显露，但摩根迅速突破了这层伪装，并了解到"水晶之夜"后大批涌入布痕瓦尔德集中营的犹太人的身上都发生了什么，那时以不正当手段牟取暴利的现象正在以几何级数的速度增长。本来能作为证人的囚犯都已被谋杀了，于是摩根调查了科赫的银行记录，证据表明科赫贪污了十万马克，并从犹太囚犯那儿没收了贵重物品。面对这些证据，首席法官鼓励他往上追查，直到最终查到希姆莱本人身上。然而，令所有人惊讶的是，党卫军元首希姆莱竟然批准他继续追查下去。

摩根回到了布痕瓦尔德集中营，揭开了腐败的网络，然后通过审讯击溃了科赫。科赫招供了，被处以绞刑。但摩根没有止步于此，他沿着腐败的踪迹来到了波兰的奥斯维辛集中营以及附近其他的死亡集中营，他开始关注那些正在发生的大规模屠杀事件。这一次，上层阻止了摩根触及希姆莱，所以摩根决定在自己的职权范围内做一切能做的事来阻止此类犯罪行为。"我无法阻止国家元首下达的杀戮命令，但我可以制止这个命令之外的杀戮，制止违抗这个命令的杀戮，以及制止其他严重违反法律的杀戮。"他开始扩大调查范围，对尽可能多的主要官员采取了针对性措施，从而破坏到整个毁灭犹太人的制度。即使在一个由黑帮或是更糟糕的人所操控的极权主义国家里，他仍旧可以使用扭曲的纳粹刑法来对付他们。党卫军内部送他一个外号，叫"猎犬法官"。他审讯了八百个左右的腐败案和谋杀案，其中有二百个案件被定罪。到1945年春天，希姆莱命令摩根暂停所有的调查。他当时的目标之一是一个级别很低的名叫艾希曼的帝国保安部官员。

自从他开始在体制内利用体制抗衡体制的那一刻起，摩根就身处险境了，战争之后依然如此。他受到了盟国相当残酷的虐待，因为他拒绝宣誓，拒绝提供证据和证词。就他秉持的司法理念和准则而言，这些是不被容许的。一个美国黑人士兵非常同情他，在将他移交给苏联人之前把他给放了。除了在纽伦堡审判中他短暂地露过面，其他时候他一直在躲躲藏藏，不仅躲着纳粹，而且也躲着美国人，一直到我找到并采访了他。

我开车去慕尼黑的路上仍然神思恍惚。此人是站出来对抗希特勒和"最终解决方案"的少数中高层纳粹分子之一，而且他幸存了下来。我永远不会忘记这一天。我已得到了确凿的证据,证明的确存在一个"最终解决方案"。当我问摩根法官他对六百万犹太人死者这一数字怎么看时,他想了一下,说道:"大致正确。"

针对希特勒的爆炸案

1944年7月20日,部分高官试图在狼穴(即希特勒位于拉斯登堡的东部指挥所)里举行的会议上引爆炸弹以杀掉希特勒,结果以失败而告终。他们同时还试图夺取在柏林的政权。据雷默和斯科尔兹内的生动描述,他们俩在阻止政变中发挥了关键的作用。这场政变让希特勒心惊胆战,提前衰老,一耳失聪。当时站在希特勒身旁的阿道夫·豪辛格将军告诉我,他看见策划暗杀的施陶芬贝格在桌子下放了一只装有炸弹的公文包。我找不到比他更好的目击者了。他证实,这场暗杀之后希特勒发生了剧烈的变化。

炸弹暗杀之后,特劳德·荣格和戈尔达·克里斯坦听了希特勒对德国人民发表的演讲。演讲很简短,因为希特勒的唯一目的是让人民安心,让人民认同他是战无不胜的。希特勒说,他把这一切归结于命运。众人回到地堡后,莫雷尔医生再次为希特勒号脉,脉搏正常。特劳德可以看出,这令元首很自豪:"他需要再次相信他是无懈可击的。"

第二天上午,希特勒的右耳仍然听不到任何声音,两眼不停地冒金星。勃兰特医生建议他休息几天,但他坚持要拜访那些在炸弹爆炸时受伤的军官。有四名官员已经死亡或垂死,希特勒的首席副官——忠实的施蒙特,正处于危险境地。看到他躺在病床上如同死去,元首流泪了。"我很抱歉,无辜者也要跟着我受苦。"他对受伤的卡尔-杰斯科·冯·普特卡默说道。(和其他幸存者一样,普特卡默向我具体描述了爆炸及随后的一些细节。)"这些先生心里有我,而且只有我。"希特勒不知道逃脱了多少次暗杀!"我认为这是命运的指示,是上天要留下我来完成既定的任务,难道你不同意我的想法吗?"这最后一次暗杀,"只能使我更坚信:万能的上帝召唤了我,让我指挥德国人民——不是走向最后的失败,而是走向胜利!"

希特勒的司机肯普卡从柏林开了一晚上的车赶来,他看到希特勒还是一如既往地镇定自若后松了一口气。"事情本可能会更糟糕。"元首笑着说。

但是，希特勒已难以忍受耳朵的疼痛了，于是莫雷尔医生想到眼耳鼻喉科的专家卡尔·范·艾肯医生那儿寻求帮助，但却无法联系到他，而在范·艾肯医生诊所工作过的欧文·吉辛医生就在附近的一家战地医院。

吉辛是了解所有关于希特勒的右耳的医疗细节的关键性人物。他向我生动地描述了其他医生的情况，而且最终他妻子说服他给我看了一些从未给其他人看过的文件。情况往往如此，妻子或姐妹或家庭成员往往会说服他们的亲人相信我。根据希特勒以前的一位秘书的指点，我试了一下运气，在驾驶约一百五十公里后找到了吉辛。这是我的一个成功的调研例子。

希特勒的医疗问题

1971 年，我第二次来到德国时，终于在杜塞尔多夫附近的一个小镇找到了吉辛医生。在三次长时间的采访中，他讲述了自己与希特勒的会面，这些会面总是令人难忘。

他从未接受过这么长时间的采访。最后一天，他甚至让我看了他宝贵的日记，还借给我能证实他贡献的信件和文件。战争时期的吉辛医生，年轻而自信，且习惯于迅速而果断地做出决定。他看起来更像是一名前线指挥官，而不是医生。即便如此，他第一次见到元首时还是有一种奇怪不安的感觉。当时是希特勒的私人医生勃兰特找吉辛给希特勒治疗耳朵。"我必须在希特勒地堡的一个小房间里等待这个'非同寻常的神秘超人'的出现，在这期间这种不安感变得愈加强烈。"以前人们就是这样描绘元首的。吉辛本希望他们的第一次相遇是在一个大房间里，这样希特勒不得不朝他走几步，吉辛就有机会在自己被介绍给元首之前观察他。元首先是静静地凝视着他，接着对他的新医生表示信任，这驱散了吉辛的不安。不管怎样，希特勒已经无声地设法弥补了两者地位之间的鸿沟。检查结束后，吉辛向他保证，尽管耳膜严重破裂、内耳受损，但只要内耳没有被感染就并无大碍。

"我对希特勒的第一印象是，他并不是一个强势得令人望而生畏的人，他有着能将人催眠的迷人个性。就我的第一次观察而言，他似乎是一个上了年纪的疲惫不堪的人，小心翼翼地使用着自己不多的余力。我没有发现他的眼睛能穿透别人的灵魂，也没有发现媒体及他人口中的残暴本性。"

三天后,范·艾肯医生过来给希特勒检查身体,希特勒向他详细描述了自己的症状。那时,吉辛医生已经养成了做笔记的习惯,像海因里希·海姆一样悄悄地记下希特勒所说的每一句话。"我将笔记记在一本黄颜色的袖珍手册里,用的是由拉丁语和自己的速记符号组成的代码。"范·艾肯教授确认了吉辛的诊断后,叮嘱希特勒至少卧床休养一周以上。但是,希特勒很幽默地拒绝了:"你们串通一气,企图把我弄成一个病人!"当天晚些时候,他要求吉辛再次用烧灼法治疗他的左耳,因为它还在流血。"我不觉得痛。"希特勒说,接着又匆忙补充道,"疼痛是为了让一个人变得刚强。"

吉辛医生与元首相处时直率真诚、不阿谀奉承,所以很快就成为家庭圈子里受欢迎的成员。希特勒常把他带在身边,和他长时间地天南地北地闲聊,从素食主义到耳朵。经历过一次医疗检查后,希特勒对内耳的功能非常着迷,他甚至将耳镜塞入他那不幸的助手林格的耳朵里,像关注战场形势地图一样研究细节。令吉辛发笑的是,希特勒把所有的音叉拿在手里,开始用一整套仪器对"病人"林格做检查。用秒表记下林格的反应速度后,希特勒对吉辛说道:"医生,你知道吗,我年轻时就想成为一名医生。"他的声音近乎羞怯。"但是,我的另一项事业出现了,于是我认识到了我真正的使命。"之后,他让吉辛把科内希教授的耳科学教科书替他找出来。不久之后,林格告诉吉辛医生,那天晚上希特勒医生还检查了两名护理的耳朵。

到 8 月底,吉辛医生已经数次听希特勒说起,他自己只有两三年的寿命了。范·艾肯教授前来为希特勒看病期间,他在旁边无意中听到元首问教授多大年纪,教授回答:"七十了,我的元首,快到七十一岁了。"

"不错。"希特勒说,"我想我活不到那么大年纪。担心、悲伤和烦恼正在吞噬着我,我活不过两三年了。"希特勒制止了范·艾肯的反对,继续说道,"我亲爱的教授,我还能维持两三年时间,我不得不为我的人民活着并工作,这样其他人就能在这期间找到继承我的事业的途径。"

"这样的谈话使我深信,"吉辛回忆道,"元首肯定是一个高度精神错乱者,一个别人永远说服不了的人,即使将所有的事实都摆在他面前也说服不了他。希特勒的那种躯体性精神病,以及那种坚信自己比其他人都做得更好的执念,是源于一种严重的神经病变。"

吉辛非常担心希特勒的身体,于是他力劝希特勒做头部X光检查。希特勒拒绝了。"我很震惊。元首一直在家庭圈子里拿他的右手开玩笑。他的右手抖个不停,导致他再也无法自己刮胡子了。他还向我抱怨,身上一直疼,特别是肚子。"这些疼痛令吉辛最为担心。他劝希特勒停止服用莫雷尔医生给他开的大量药片。"服用百分之十可卡因溶液,"吉辛叮嘱道,"可以缓解窒性痛。"希特勒勤快地蜷缩了数小时,戴上药物吸入器后其疼痛终于得到了一些缓解。他又开始和吉辛亲切地交谈起来,从吸烟的危害谈到德国的未来。像往常一样,吉辛用自己的符号详细记下了他们之间的谈话。他还巧妙地对希特勒进行了隐秘的心理测试,并在日记里把这次测试描述为"相当原始的"。他得出结论,他的患者是一名"凯撒躁狂症精神病患者"。

9月初,范·艾肯教授又来探视。令他大吃一惊的是,莫雷尔医生仍然给希特勒开了注射剂和大量药片。范·艾肯与吉辛、勃兰特及哈瑟尔巴赫秘密会面,拒绝了他们让他直接向希特勒提出警告的建议。范·艾肯说,元首仍然完全信任莫雷尔。

一周之内,希特勒抱怨道,他因胃痉挛而彻夜难眠,头部左侧持续疼痛。9月12日,吉辛给他进行可卡因治疗时,他喃喃自语道:"我眼前发黑了!"他感到头晕目眩,不得不抓住一张桌子以防止摔倒。他的脉搏跳得很快,吉辛担心这可能是冠状动脉引起的,但九十秒后他的脉搏又恢复了正常。两天后,他又有了同样的痛感,莫雷尔给他注射了三次,暂时缓解了疼痛。但在9月16日,第三次疼痛又轻微发作。这次希特勒同意做吉辛催促了一个月的事:进行头部X光检查。

同一天,希特勒召集最高统帅部参谋长凯特尔、作战局局长约德尔和陆军总参谋长古德里安到会议室。约德尔在会议室对当前局势做了概述。东部迎来了喘息之机,因为苏联人的夏季攻势似乎已经到了尽头。"但在西部,我们在阿登高地迎来了真正的考验。"约德尔汇报道。第一次世界大战期间,比利时和卢森堡的丘陵地带曾是德国通往胜利的高速公路。1940年,这一带再次成为德国走向胜利的高速公路。

听到"阿登高地"一词,希特勒突然振作了起来。他举起手大喊道:

"停!"会场一片静默。希特勒说:"我做了一个重大的决定,我要进攻。就从这儿开始——从阿登高地开始。"

对胜利的期盼又浮上了希特勒的心头,开始复苏的精神使他履行了对吉辛医生的承诺。9月19日,他去拉斯登堡战地医院做了头部X光检查。第二天,吉辛和莫雷尔检查了结果,吉辛继续给希特勒做了些日常的检查。希特勒再次抱怨肚子疼,并坚持要服用六颗莫雷尔医生开的黑色药片。"我很担心。"吉辛回忆道,"我让林格给我看了一下药品包装,标签上写着'防毒药片',内含'百分之四马钱子提取物和百分之四颠茄提取物'。"吉辛震惊了,马钱子碱(又称番木鳖碱)和阿托品是两种毒药!这就可以解释希特勒心脏病发作、喉咙嘶哑以及皮肤异常发红等一系列症状了。即使是莫雷尔医生开的这种黑色药片也只能让希特勒的疼痛得到少许缓解。"痉挛非常严重,"希特勒对吉辛说,"有时我会痛得大声尖叫。"

希特勒的病情恶化了。9月25日,吉辛发现元首的皮肤在阳光下不再是红色,而是黄色。第二天早上,希特勒因剧痛而整夜未眠,无法下床,家庭圈子的人都吓坏了。他拒绝见任何人,也不吃任何东西,但他最终还是起床接受吉辛给他做日常检查。他不顾吉辛的反对,坚持要采取温和的可卡因治疗。"不,亲爱的兄弟,"他疲倦地说道,"我觉得这几天我身体虚弱是因为肠道功能不好以及痉挛。"在离开希特勒的房间之前,吉辛偷偷拿了一盒莫雷尔开的药片,他把上面的标签给哈瑟尔巴赫看了。看到该药品中含有马钱子碱和阿托品,哈瑟尔巴赫惊恐不已,他建议吉辛不要采取任何措施,等勃兰特医生回到狼穴再说。

莫雷尔必定是察觉到了蛛丝马迹,他禁止其他医生见元首。于是其他医生在绝望之中投向了本来最不可能投靠的人——私下里讨厌勃兰特医生的鲍曼。他们希望鲍曼能设法让希特勒相信,莫雷尔让希特勒长时间服用的这种防毒药片是十分危险的,而鲍曼却马上跑到希特勒那儿,控告那些医生密谋陷害莫雷尔以谋取私利。

两天后,吉辛被召去处理希特勒的剧烈头痛。希特勒看到他的时候,直言不讳地问道:"医生,你是怎么想到防毒药片这件事的?"听完吉辛的解释后,他皱着眉头说道:"你为什么不直接和我说?你不知道我很信任你吗?"

"他们不准我进入。"吉辛说。哈瑟尔巴赫医生和勃兰特医生也无法进来。

希特勒换了个话题,声称他曾经有过类似的症状,尽管没这么严重。"持续的担心和烦躁不安令我无法休息。我必须夜以继日地工作,心里一直以德国人民为念。"他微笑着,坐得更直了些,"我感觉好点了,我相信几天后我就能下床了。"

"我为他检查身体的时候,"吉辛说道,"他说:'医生,我刚刚想到一件事,服用马钱子碱也没有那么糟糕。我的施蒂里亚州(即奥地利的施泰尔马克州)的同胞们也吃马钱子碱,且吃完后感觉良好。他们在少年时期就养成了这种习惯,并且在一段时间内加大用量,这使他们能够承受很大的剂量。我得知他们服用的剂量,对于未曾习惯马钱子碱的人来说是致命的。'"

"施蒂里亚州的那些人吃的是砒霜,而不是马钱子碱。"吉辛纠正道,"他们被称作砒霜食客。"

希特勒没有生气:"我一直以为他们靠吃马钱子碱维持生命,但我认为你说得对。我很惊讶,你竟然对这些事这么清楚。要不是你告诉我,我还坚信他们吃的是马钱子碱。"

吉辛回答,这算不上是特别专业的知识,每个医生都应当有所了解。"嗯,我亲爱的医生,"希特勒友善地回应道,"你样样精通,我真的非常感谢你为我所做的一切。"

"这是我第一次给元首做一个完整的检查。检查完他身体的每个部分后,我知道所谓希特勒'只有一个睾丸'的说法纯属谎言。"

希特勒变得很爱说话。"你看,医生,除了精神亢进,我的神经系统非常健康,我希望一切很快好起来。"他不停地感谢吉辛为减轻他的痛苦所做的一切,"而现在,命运再次派你来侦查防毒药片之事,你让我免受进一步的伤害,我原本打算在恢复后继续服用这些药。"他好像控制不住自己的嘴,一直说个不停。"我亲爱的医生,这是天意让你做这次检查,并让你发现了其他医生没有注意到的问题。我无论如何也要非常感谢你所做的一切,我将永远忠于你,即使你曾经攻击过莫雷尔。我再次感谢你所做的一切。"他紧紧握住吉辛的手。"我现在能不能多来一点可卡因?"

吉辛给了希特勒很小的剂量。希特勒感觉很好,他说:"我很快就会好起来,能下床了。"他继续说着,然而他说的话模糊不清,脸色也变得苍白。"我的元首,您没事吧?"震惊的吉辛问道,希特勒此时失去了知觉。"我转头看向林格,林格正在应门。然后,我意识到,希特勒这个暴君如今任凭我摆布!'当时,'我在自己的日记里写道,'我不想让这样一个人活着,让其以纯粹主观的方式行使生杀予夺的权力。'我把一根棉签插入可卡因瓶中,然后匆忙地往元首鼻子里刷,我知道再刷一次可能会致命。"

　　这时林格发话了,这让吉辛吓了一跳:"治疗还需要多长时间?"

　　"快结束了。"他只好说道。

　　希特勒突然踢了一下腿,仿佛很痛的样子。"元首又肠痉挛了。"林格说道,"让他休息休息吧。"

　　吉辛极力掩饰自己的恐慌,尽快骑车回到了战地医院。"我杀了元首吗? 我打电话给哈瑟尔巴赫,告诉了他所发生的事情。我打算告诉大家我要回到自己在柏林的办公室,尽管柏林最近遭到了轰炸。"得知希特勒还活着,吉辛医生又回到了狼穴。他发现元首很友好,希特勒已经决定停止追究防毒药片一事了。"我仍然信任莫雷尔。"他说道,接着他又说他下午会去见勃兰特,亲自解决这件事。

　　这件事的解决方式是希特勒风格的,他同时解雇了哈瑟尔巴赫和勃兰特。吉辛收到指令,让他立刻去见鲍曼。"鲍曼看到我紧张的神色后表现出很开心的样子,我知道这一次我完了。众所周知,鲍曼喜欢戏弄他手下的受害者。'你无须把整件事看得太悲观,我们对你没有恶意。相反,元首让我把这封信交给你。'"

　　信中有许多感谢之辞,还附有一张一万马克的支票。吉辛把支票放在桌上。"如果你拒绝接受,"鲍曼说,"元首会觉得受到了侮辱。"

　　"我再一次向元首报告时,他伸出了手:'医生,你会理解的,防毒药片这件事必须一次性彻底解决。我知道你这么做只是基于你的理想和职业操守。'"希特勒所做的不仅仅是多次感谢吉辛,他甚至提拔了这个试图杀了自己的人。

　　吉辛医生是我无论走多远都要找到的信息提供者。当你采访这种有深度且专注的人时,你不会考虑已经过去了多长时间。他似乎很欣赏我所付出的努力,而且他还从未被采访过。我认为吉辛告诉了我这一切后他感到轻松了些,不仅是在第一次采访中,在之后的两次追加的长时间采访中也是如此。

为了完成绝大部分类似的采访,我前后去过德国三次。每一次去德国都让我疲惫不堪,非常想回到家中,回顾一下我所得到的资料,和寿子、多美子共度美好时光。她们陪我踏上了第三次去德国的旅途,她们的陪伴给了我很大的帮助。第三次到德国时,德国人在采访中更加坦诚,我认为在某种意义上这是因为,很少有德国人见过来自其前盟国日本的人。

创作过程

1971年12月,我刚回到丹伯里就收到了安·托马斯小姐的来信。托马斯小姐看过关于我的书的报道。希特勒统治时期,她一直生活在德国,当时她还是一个小姑娘。她主动提出要帮助我。虽然过去二十年里,许多读者都曾主动帮助我,但是从来没有人像她那样,提出要帮我把录音带里的内容整理成文字稿,这着实让我震惊。这是一项艰巨的任务,更何况她拒绝任何酬劳。她说这是她作为一个德国人的责任。

接下来的几个月,我把堆积如山的资料按照年份重新整理,直到次年9月我才开始用打字机写作。一开始确实比较困难,第一天我只打了四页半,但当第一周快结束时,我已打了三十多页。我每打好一章就立马寄给安·托马斯。当时她已经从佛罗里达搬到了纽约,找了一份法务秘书的工作。每次她都会给我回信,为我详细地指出稿子里前后不一致的地方。每过几个月,她就会来丹伯里忙几天。她寄给我的长信以及其中的评论都保存在我捐给罗斯福总统图书馆的文件中。(1975年,我们获知安·托马斯独自一人在其寓所逝世的消息。她为《希特勒传》这本书做了大量的工作,可惜她竟然没有看到这本书出版的那一天。)

在写作过程中,我还得到了布拉德利·史密斯的帮助。史密斯曾写过一部关于青年希特勒的书,这部书写得十分出彩。史密斯将德国史专家鲁道夫·比尼恩博士介绍给我。比尼恩博士当时正在撰写一本探讨元首精神病的书。我最后一次去美国国家档案馆时,遇到了约翰·泰勒。约翰曾帮助我(正如许多其他历史学家一样)找到一些新资料。约翰建议我到存有美国战略情报局文件的档案室里看一下,他估摸着那里可能会有一些宝藏。那间档案室堆满了大纸盒,于是我便在里面搜索了起来。一个小时后,我查到了美国海军情报机构的一份机密报告,题为"对希特勒的精神病学研究"。这份报告写于1943年,作者为卡尔·克朗诺医生,此人是维也纳神经科专家。显然,1918年帕瑟瓦尔克的军队医院给希特勒做首次体检时,这名医生就在这家医院工作。协约国一方使用了芥子气,希特勒因中毒而双目短暂失明,被送到这家医院。在报告中,卡尔·克朗诺记录了柏林大学神经科主任埃德蒙·福斯特博士的检查结果。当时医学界对芥子气了解甚少,但希特勒很快就复明了。这种情况很难解释,它证实了埃德蒙·福斯特医生的诊断:希特勒的失明系歇斯底里症候群①所致。

我把这份报告转交给了比尼恩博士。比尼恩博士后来搭乘飞机到了德国,找到福斯特博士的家,并发现了一些新线索。这些线索证明了为什么得知德国投降后,希特勒再一次失明。在《我的奋斗》一书中,希特勒谈到自己曾经历过一次"超自然视觉"。和圣女贞德一样,他声称自己听到了很多召唤他去拯救自己国家的声音。刹那间,"奇迹发生了"——笼罩在希特勒周围的那团乌云顿时消散,他重见光明了!正如自己承诺的那样,他庄严起誓:他要"成为一个政治家,全力以赴地完成上天赋予自己的使命"。

在自己的原始报告中,福斯特博士写道:希特勒的第二次失明缺乏医学根据,这再次证明了自己当初得出的结论,即希特勒确定无疑是"一个有歇斯底里症候群的精神病患者"。导致希特勒"超自然视觉"还有一种可能,即福斯特医生诱发了希特勒称自己听到神秘声音给他下达命令的幻觉。这种可能性在一部关于希特勒与福斯特的小说里得到了肯定。这部小说的作者是福斯特的好友恩斯特·韦斯。韦斯原本是一名医生,后来改行成了编剧

---

① 编者注:又称癔症、分离性障碍。

和小说家。《目击者》(The Eyewitness)这部小说中提到，1918年"A·H"①到帕瑟瓦尔克军队医院，声称自己中了毒气。小说的叙事者是一个精神病学家，他将这一病例诊断为歇斯底里失明症，并通过催眠使病人产生上述幻觉。

1973年年初，我接到了一则令人震惊的消息：我们委托华盛顿一个朋友帮我们进行投资的资金几乎全亏损了。迈克尔·厄兰格是我们的一个富人朋友，他纽约的律师彼得·瑞佩蒂得知消息后，问我打算怎么办。我说我们打算卖掉车子，并减少各项开支。此外，我还可以写点文章维持生计。"真是荒谬！"他说道，然后问我收到双日出版社的下一笔预付稿费前还需要多少生活费。我告诉了他数额，之后他给我寄了一张支票。几年后，我问他当初为什么要那么做，他答道："我喜欢你写的书。此外，你白手起家，最终闯出一条自己的路。我也是如此。"

1974年，我的初稿正要完成，保罗·雷诺兹安排我与本书的两位编辑肯·麦考密克以及卡罗琳·布莱克默一起参加一个午宴。保罗·雷诺兹希望我能接受卡罗琳和肯两位作为本书的责任编辑。卡罗琳·布莱克默做出版经纪人的时候保罗·雷诺兹就和她相识，保罗相信卡罗琳会对我有很大帮助。肯则和我一样都很熟悉军队生活，但她对军事术语却一窍不通。她坚持要我在书中用通俗易懂的语言说得清清楚楚，这样女性读者也可以读懂这本书。那晚，我在日记中写道："很好！没问题。"

1974年12月13日，我写道："Der Tag②！"我总算写完了这部工作量庞大的书稿。之后，我把这一大摞手稿寄给了双日出版社。1975年2月3日，我到纽约参加了该书的第一次编辑会议。我告诉妻子寿子，我要在纽约待三天。如果运气好的话，我们应该可以在这期间完成前三章的编辑工作。

会议室里，肯和卡罗琳坐在一英尺高的稿件后面。尽管此前肯在给我的信中写道："我被这本书深深地吸引了，读这本书真的有一种不一口气读完不能罢休的体验。"我还是忐忑不安。令我惊诧的是，我们二十分钟内就

---

① 编者注：即阿道夫·希特勒两个首字母的缩写。
② 编者注：这是德语。即英语的 The day，今天。

很快过完了第一章。他们并没有一页一页地过手稿,而是把写好的疑问与建议给我看。中午刚过不久,我们就过完了前九章。于是,我给寿子打了电话,告诉她我当天晚上就会到家。

之后,我们只开了五次编辑会。1975年5月9日,我们便完成了所有编辑工作。在这五次会议之间,我一直对初稿进行删节和校正。后来,在没有再开任何编辑会的情况下,我们在三个月内完成了第二稿。改第三稿时,卡罗琳问我,斯科尔兹内指挥手下把墨索里尼从山顶上救出来,然后斯科尔兹内和墨索里尼乘坐一架小飞机下了山,那斯科尔兹内手下的那些人后来怎么样了。我写信问奥托·斯科尔兹内,他回信说他手下的人后来都开车下了山。他还说,从来没人问过他这个问题。收到斯科尔兹内这封具有历史意义的回信时,我从报纸上获悉他在马德里去世的消息。或许,这封信是他生前最后写的东西了。

1975年10月7日,我完成了第三稿,顿时感觉如释重负。然而,奇怪的是,我一点也不觉得累。于是,第二天我就前往华盛顿,开始着手自己下一本书《无人区》(*No Man's Land*)的写作,我要写一部关于第一次世界大战最后时光的书。

从华盛顿回来后,我接到了埃贡·汉夫施丹格尔的电话。他说普茨正在一家医院里,生命垂危,普茨想与我和寿子通个电话。电话里,我们的一番话让普茨很开心。那天晚上,埃贡又给我们打来电话:"约翰!他又活过来了!"之后,我们又给普茨打了好几次电话。然而,一个月后,11月6日,他还是去世了。

此时,我已被选为国家档案馆咨询理事会理事。理事会大约有十名理事,只有我和约翰·艾森豪威尔不是知名教授。我认识约翰·艾森豪威尔已经有一段时间了。他曾去过雷德班克,查阅我写的《突出部之役》一书的文稿。当时,他正在写一本名叫《苦涩的森林》(*The Bitter Woods*)的书,题材与我的《突出部之役》相同。他在我们家待了没几天,便彻底征服了我的母亲。我母亲本是民主党的铁杆支持者。然而,他离开后,我母亲却说:"要是我以前就认识约翰·艾森豪威尔的话,大选时我就会投他爸爸的票了。"

那年 12 月，保罗打电话告诉我，我的《希特勒传》一书已经上了美国文学协会明年 8 月的推荐书单。每月读书会再一次把这本书列为 A 类书。然而，同往常一样，各个奖项的评委们还是无视了这本书。

《希特勒传》于 1976 年 9 月 17 日出版，绝大部分评论持赞扬观点。《新闻周刊》评论道："对于任何一个想要了解希特勒或欧洲战争的人来说，《希特勒传》已成为必读的首选书。书中绝大多数掌故都十分新颖或鲜为人知……这本书是由事实构成的奇迹。"

《纽约时报书评》称赞它是"一部精彩绝伦、扣人心弦的通俗历史著作。……在我们所读过的关于希特勒的所有书籍中，这本书一定是描写得最为生动的一部"。

从波士顿到洛杉矶，我到各大城市为这本书做宣传。10 月初，这本书已位于《纽约时报》畅销书排行榜第六名了。

我刚回到丹伯里，卡罗琳就打电话来了。他们拍卖了《希特勒传》的平装书版权，竞价者喊出的价钱远远高出我们的预期。她又让大家竞价了三次。颇具讽刺意味的是，那天下午，最后一名竞价者，竟是兰登书屋的一家分社巴兰坦出版社。不久后，我得知德国、英国、荷兰和日本都在购买这本书的国外版权。1976 年年底，《希特勒传》的销售量已超过 15 万册。我们家的经济状况也因此好转起来。

为了庆祝《希特勒传》的畅销，双日出版社在第五大道双日书店的套房里为我们举行了庆功午宴。坐在我旁边的是兰登书屋的总裁鲍勃·伯恩斯坦。"约翰，我们怎么就失去了你这个人才呢?"他问道。

"只是一两个百分点的事情而已。"我答道。显然，鲍勃没有明白我的意思。

二、从事实到小说
1977 — 1986

《无人区》

一位前线艺术家

1977年3月,我乘飞机前往伦敦,去完成《无人区》的素材搜集与研究工作。本书聚焦的是第一次世界大战中的士兵,而非将军。我想通过此书来展示我童年时代所认识的人们所经历过的苦难,他们几乎无一人生还。我觉得我们欠他们这样一本书。我还花了十一天时间为英国版的《希特勒传》做宣传。

我在英格兰北部和苏格兰宣传《希特勒传》,受到了公众的热烈欢迎,甚至还得到了学术界的欢迎。宣传之旅结束之后,我便开始采访新书中的主要人物。经朋友介绍,我挖掘到了保罗·马泽,他是著名的艺术家,也是温斯顿·丘吉尔首相的老师。丘吉尔称赞他"独一无二,故事很多"。保罗·马泽是一名法国人,曾经在英国一所公学求学,所以他决心和英国军人一道在英军中服役。马泽的父亲是一位富商,西班牙西方现代派画家毕加索、法国野兽派画家劳尔·杜飞以及其他几位知名艺术家都曾教过保罗·马泽绘画。他的母亲马泽夫人曾在巴黎的家中热情款待过这些艺术家。保罗·马泽家的朋友、英国的高夫将军答应,只要保罗·马泽从法国军方那里获得军人身份,他就会将马泽收入麾下,让他做一名参谋。当时,保罗·马泽已年近三十,身材高大,相貌英俊。几周后,保罗·马泽穿着一身光彩夺目的制服(他自己设计的),佩着一把巨大的剑回来了。他笑着对我说:"我给自己起了个让英国人听来很响亮的头衔——'军务参谋',在法语中的意思就是'军士长'。"我知道我又找到了一位了不起的人物。"我征得上级同意,到第五军中巡视,整天勾画战壕、炮位和战略地形图。"

1918年3月,德军开始发起了猛攻。五千门重炮同时连续向英国第三军和第五军轰炸。保罗·马泽被调至前线工作。混乱之中,保罗·马泽自愿骑着摩托车到第三军和第五军交汇处察看军情。接下来的几天里,他不停地转移。有消息说,这场战斗将决定这场战争的胜负。法军和英军准备分开行动,中间留了一道壕沟。而且,法军带走了英国第十八军团的全部重炮,并无视英方要求其归还重炮的指令。保罗·马泽告诉我,他被派去见一位法国将军,要回原属于英方的大炮。这是一次难忘的经历。他成功的部分原因在于:当一位法国军官不理睬他带去的英方司令官要求法方归还大炮的手令时,他威严地站了起来,"我是军务参谋……"口吻十分霸气,"英方大炮必须归还英方!"

保罗·马泽笑道:"那名法国军官其实只听懂了'参谋'这一法语称呼,他并不知道我的军衔不高,所以他立马就慌了。虽然我那身制服沾满了灰尘,但裁剪十分惹眼,让我看起来明显像一名高级军官。"当然,同样具有气势的,还有他那盛气凌人的举止。最终,他要回了大炮,英方的战线也守住了。

一次成功的骑兵冲锋

很难相信,几天后是英国骑兵制止了德军的进攻。我是从一个名叫弗兰克·里斯的步兵那儿,以及时任加拿大骑兵旅指挥官的杰克·西里准将的文件中知道这个故事的,这些文件存放在英国帝国战争博物馆里。当时,西里看到情形十分危急。如果不能阻止敌军攻势的话,从亚眠到巴黎的主要防线就会全线崩溃,法、英两军就不得不后撤。"我知道那是我一生中最重要的时刻。"西里回忆道,"我相信,如果当时我们不采取任何行动的话,我们将不得不继续后退,直至输掉这场战争。"

西里决定带领自己手下的士兵拿下一处关键的山岭,然后再从自己的防线上冲出去,率领骑兵攻击德军。其他骑兵部队,包括斯特拉斯科纳爵士骑兵中队,则紧随其后。

步兵弗兰克·里斯跟我讲,当时他在浅浅的战壕里。他永远也忘不了那一刻,"当我看到一支叮当作响的骑兵策马慢跑到我身后,排成一排时,我简直不敢相信自己的眼睛"。

这次骑兵冲锋行动的代价是相当惨重的:不到几分钟,由弗劳尔迪中尉率领的斯特拉斯科纳爵士骑兵中队的骑兵百分之七十倒在了敌人的步枪和机枪的扫射之下。敌人的防线被冲破了,他们逃离了战场。弗劳尔迪中尉的两条大腿都中了弹,胸口也中了两颗子弹,但他仍然躺在地上,大声呼喊:"战士们,冲啊!"他昏过去前说的最后一句话是:"我们赢了!"

到处都是弹片和机枪

通过帝国战争博物馆,我找到了二等兵霍华德·库珀。德军于3月发起强有力的攻势。一个月后,他和其他新兵一道从英国被派去防守比利时的巴塞运河防线。一年前,十九岁的他在利物浦附近一所学校被征入伍。在某种程度上,他是代替哥哥入伍的,因为征兵前几周,他哥哥在佩罗讷的激烈战斗中险些丧命。限于篇幅,本书无法详细描写库珀所讲述的敌我双方的恐惧、勇气和坚韧,但在《无人区》中我完整地记录下了他的讲述。

库珀还和我讲了他在另外两场战斗中的经历。于是,我们成了朋友。数年来,我们一直保持联系,我和妻子还曾登门拜访过他几次。他一直都没变,我仍能听到他平静而又有几分年轻的声音。他永远有一颗年轻的心。

库珀和那些像他一样的人,包括在战争最后阶段卷入其中的美国人,直到今天仍时常萦绕在我的心头。

说说删除的一百页

1977年和1978年这两年里,我一直忙于演讲、研究和写《无人区》的前两稿。第一稿中,我对在威斯康星州历史学会所发现的一批关于雷蒙德·罗宾斯的原始材料非常感兴趣。她是被派往俄国的美国红十字医疗队队长,是列宁的好友。我用了一百多页的篇幅来描写1918年年初时美俄之间的事情。然而,双日出版社的肯·麦考密克、卡罗琳·布莱克默,以及保罗·雷诺兹退休后我新的经纪人卡尔·勃兰特都认为尽管这些故事很精彩,但并不是书中所需要的部分。于是,我还是从这本书应该开始的地方写起,即从1918年3月德国发动的强势攻击写起。但是,我从来都不后悔自己在这些删除的篇幅上所花的时间,因为这些工作使我对俄国的十月革命有了深入的了解。

1979年7月10日,我完成了终稿,全稿约二十二万五千个词。这本书成了美国文学协会和军事书籍俱乐部的首选书,我也因此第五次问鼎美国海外记者俱乐部奖。虽然有些评论家严厉地批评我的观点(我认为,纵然美国于1917年介入第一次世界大战使得战争局势的天平发生了倾斜,但战争的胜利仍然主要归功于坚韧不拔的英国人),但大多数评论都是赞扬这本书的。大家称我为军事战略家,而他们称赞这本书"语言精准""引人入胜",以及"又是一枚重磅炸弹"等,只是这部书从来没登上《纽约时报》的畅销书排行榜。

我和往常一样做着宣传,只是放松了身心。我重新着手一年前就开始写的新书。这本书后来虽登上了畅销书排行榜,却几乎遭到了美国各大报刊以及美国历史学家的一致抨击。《华盛顿邮报》带头发起了这场攻击,他们甚至宣称,这本书宣告了我写作生涯的终结。这本书就是《丑闻》(Infamy)。

丑闻:"珍珠港事件"的前因后果

"最肮脏的陷害"

1979年,我润色《无人区》终稿时,海军上将肯普·托利给我打电话,他写过《"兰娜克"号的巡航》(The Cruise of the "Lanakai")。日军偷袭珍珠港之前,他是驻马尼拉的亚洲舰队司令部的海军上尉。罗斯福总统曾亲自指示他去执行一项秘密任务,即武装"兰娜克"号。这是一艘航行于菲律宾诸岛屿之间的双桅大帆船,托利受命给它装上一门机炮和一挺机枪,并配上为期两周的航行所需的物品,做好在二十四小时内出航的准备。托利知道此次联合行动共有三条小船,自己要开着"兰娜克"号去和小约翰·沃克·佩恩上尉指挥的"伊莎贝尔"号换班。佩恩上尉指挥的"伊莎贝尔"号正在前往中南半岛海岸的途中。

肯普·托利告诉我,正当他要出发时,日方的炸弹落到了珍珠港。于是,他坚信自己的使命就是挑起与日方的战争,而指挥第三条船的上尉也认为,他们是激怒敌方的诱饵。肯普·托利说,他看过其他情报,罗斯福其实早就知道日军航空母舰要偷袭珍珠港,并建议我就这一话题写一本书。

我谢过他的好意,表示我还是想继续写《无人区》。他后来还是给我寄来了那些材料。这让我很忧虑,因为我在《日本帝国衰亡史》一书中已经很明确地说过,罗斯福总统并不知道日本的特遣舰队逼近珍珠港。即便如此,珍珠港的许多方面还是让我起疑。在珍珠港事件的关键问题上,还存在太多的未解之谜。

1941年11月末或12月初,是否真的有一个日方暗示即将执行攻击计划的"天气预报"行动暗号?当年12月底,日本外务省指示本国驻外使节:如果日本与美国、英国或苏联的外交关系恶化,就会广播一条虚假的天气预报作为行动信号,而这些驻外使节就要销毁所有的密码文件。如果天气预报是"北风,多云",即表明日本与苏联关系破裂;如果是"西风,晴朗",就意味着与英国关系破裂;如果是"东风,有雨",则意味着与美国关系破裂。

战后,美国政府曾对珍珠港事件进行过九次调查,这是不是美国政府想要掩盖真相的精心策划,以把事件的主要责任归咎于当时驻扎在夏威夷的两名司令官——海军上将赫斯本德·金梅尔和海军中将沃尔特·肖特身上,而华盛顿的官员就能撇清责任呢?在宣誓要说实话的时候,我们的军事领袖和民选领袖有没有人在撒谎?有没有人劝服或胁迫那些好人做伪证?有没有以下这种可能,即罗斯福暗地里跟他那些高级官员和顾问蓄意制造了事端,从而使美国卷入与希特勒的战争?

这些问题深深困扰着我。我告诉寿子我必须找到答案。她劝我道,寻找答案可能会很麻烦。而我告诉她真相可能会大受欢迎。我打电话把这一想法告诉了我的经纪人和双日出版社。得到他们的许可后,我一写完《无人区》的终稿,便开始钻研珍珠港事件的未解谜团。

肯普·托利对此很高兴,我们很快就成了朋友。他把我介绍给了海军上将赫斯本德·金梅尔的两个儿子。曼宁·金梅尔上校是上将的三子,战争期间,他的潜水艇在菲律宾的一座小岛边上撞上了一枚水雷,沉入海底。金梅尔另外两个儿子奈德·金梅尔和汤姆·金梅尔,都曾是海军军官。他们答应我会把所有的材料都给我。我的大脑很快就远离了比利时和法国战场。赫斯本德·金梅尔和沃尔特·肖特都没有得到美方拦截到的"紫色代码",即东京与各个驻外使馆之间的秘密通信系统。1941年12月6日,华盛顿破译了一份日方电报的十四个部分中的十三个部分。电报内容清楚地表明:在美日双方长期的谈判中,美方对日本提出的最后条件的答复让日方极为不满。当晚罗斯福总统看完这十三个部分的内容,就转身对自己的首席顾问哈里·霍普金斯说道:"这意味着战争。"

但是,华盛顿方面并没有警告夏威夷的美国太平洋舰队。事实上,在夏威夷的海军上将赫斯本德·金梅尔始终没接收到"紫色代码"的破译内容。第二天上午,也就是12月7日,乔治·马歇尔将军来到赫斯本德·金梅尔的办公室。据他自己说,他直到下午一点才知道电报的破译内容。他打电话给哈罗德·斯塔克海军上将。上将提议用海军的快速传输设备把破译内容送过去。乔治·马歇尔却说:"贝蒂(哈罗德·斯塔克的绰号),不用了,谢谢!我想我能快速地将情报送过去。"他通过西部联盟电报公司把文件发了出去。我以前总觉得这非常可笑,但我不得不接受一种普遍的看法:乔治·马歇尔之所以这么做,是因为担心通话内容遭到窃听。在珍珠港被炸成了一片废墟,日本的战机飞走几个小时后,破译的内容才送到夏威夷。

赫斯本德·金梅尔的儿子们告诉我:当年12月7日,他们的父亲透过一扇开着的窗户看着外面日本战列舰的袭击。突然,一发0.5英寸口径的子弹击中了他放在白色制服左胸口袋的眼镜盒后落到了地板上。他把子弹捡了起来,放进了口袋,说道:"我真希望这颗子弹把我打死。"他的职业生涯结束了,因为他知道自己本应该阻止这里正在发生的事情。赫斯本德·金梅尔表情严肃地大步走进了里屋。几分钟后他出来时,一名警卫员发现他把四星肩章换成了两星,他自发地把自己从海军上将永远地降级成海军少将。

"天哪,上将,您不能这样!"一名年轻的副官说道。

"见鬼去吧!就这样,孩子。"

1942年2月,赫斯本德·金梅尔收到了一封哈罗德·斯塔克写的通知他退休的信函,但他并不认同斯塔克的说辞:"去过你自己想过的生活吧,希望勇气能够主宰你的新生活……与其等待一些必然会发生的事,没有任何理由能阻止你找一个安静的角落安顿下来。让时光老人来处理整个事件吧,我相信他会的,即使没有别的原因,他也会一如既往地这么做。"

赫斯本德·金梅尔回信说:"我已准备好随时承担自己的行动带来的后果。我不想让政府在战争期间左右为难。但是,我确实觉得,公众对我的惩罚已经差不多到极限了。我每天都收到全国各地那些无须承担责任的人的来信。他们攻击我,甚至威胁要杀死我……只要我还能忍受,我会一直保持缄默。"

顺便说一下,为写《不是耻辱》一书,我曾采访过海军上将哈罗德·斯塔克三次。他至今仍然愤愤不平:给赫斯本德·金梅尔写了那封信之后,他就被从华盛顿发配到英格兰,做一个没什么权力的官。

珍珠港事件大概是我们国家历史上一块最大的伤疤。总要有人承担起这一事件的责任。显而易见,海军赫斯本德·金梅尔上将和沃尔特·肖特将军这两名驻扎在夏威夷的高级指挥官便成了替罪羊。军方和国会为此举行的系列调查听证会不下九次。陆军部长亨利·史汀生甚至搞了一次针对他自己的调查,其结果送交后来的一次国会听证会。

珍珠港事件前几天和前几个月里究竟发生了些什么事情?美国军方有哪些人知情,他们是什么时候知道的?直到今天,这些悬而未决的问题仍然是人们不断争论的焦点。这些问题的核心就是美国在第二次世界大战中最大的秘密——首先是战前日本外交密电的破译;然后是战争开始之后,包括日本海军JN-25在内的其他日本军方密电的破译。只有极少数美国陆军和海军人员可以破译、处理、传递从太平洋或其他地方的拦截设备截获的内容。美国与英国共享各自设备拦截下来的德国、意大利和日本的破译后的密电。通过这种无价的情报，盟国常常能够提前很久获知轴心国最机密的战略和行动。能够获知这些情报的只有几个人，包括美国总统罗斯福、英国首相丘吉尔、美国五星上将乔治·马歇尔和英国与马歇尔地位相当的人物，此外，还有前线的司令官们，例如艾森豪威尔、麦克阿瑟和蒙哥马利。因此，能够获知机密情报的人员数量极其有限。情报一旦破译，必须立马送交到像丘吉尔和罗斯福这样的"客户们"的手中。随着战争的推进，这一点越来越容易。

为了保护这个极其重要的机密（其实在战争中期，《芝加哥论坛报》就险些揭露了这个秘密），马歇尔和其他知道这些密码破译的适用范围和重要性的人员不得不采取各项保护措施。所以，如果赫斯本德·金梅尔和沃尔特·肖特要求把这些破译的内容作为各个听证会材料，保护这些机密就会变得十分困难。

1941年12月7日这场戏开幕之后，一系列人员被卷入其中。《丑闻》不仅重现了戏里的那些事情，还提出了疑问，并且提供了如今许多军方和政界人士仍不愿意考虑的证据。我只能建议，若读者对整个故事感兴趣，可以去读一读《丑闻》，得出自己的结论。我不知道，也不可能知道，在这本书出版时那些高层有一些什么样的想法。有权有势之人并没有打算关注他们以前没有听过的证据（这些证据来自美国以及荷兰、英国等盟国的各级军方人员，上至将军，下至士兵）。我是通过深入调查才发掘出这些证据的。我的调查几乎能够解答一些长期悬而未决的问题，而且还暴露出了一些新的问题。

我试图再次追寻一系列"非意识形态"的历史，让事件的当事人发言。我不知道人们对官方版本的说法相信到何种程度，也不知道人们对试图质疑珍珠港事件的人会有何种恶意。

完成《丑闻》后不久，在母亲九十三岁生日当天我去高岭看望母亲。高岭是纽约市附近的基督教科学派之家。我从未见过母亲如此平静。最近，我女儿戴安娜带着她的丈夫和两个孩子来看母亲。母亲很高兴，因为她终于看到了两个曾孙。我给她讲了几则《丑闻》里的故事。听完之后，母亲说，她觉得这会是我写过的最好的书之一。两天后,在我采访一个在长崎原子弹爆炸中幸存的美国战俘时,寿子打来电话:母亲在熟睡中平静地走了。这是一次可怕的打击。我小的时候,父亲视我为失败者,是母亲一直保护我、鼓励我。我的成功归功于母亲和我的家人。

我受到的一次打击

收集完所有材料后,我相信罗斯福总统当时确实知道日本军舰将要轰炸珍珠港。只是我始终不明白,为什么陆军部和海军部从1941年夏天到11月下半月都没有让赫斯本德·金梅尔和沃尔特·肖特得知这些至关重要的情报。也许是因为马歇尔担心日本人发现美国已经破译了他们的"紫色代码",又或许是因为情报官们本能地想要保守秘密的执念,又或许是因为不同军种或不同部门之间的冲突。

尽管马歇尔和斯塔克都赞同与希特勒及墨索里尼开战,但他们都强烈反对与日本开战,因为陆军和海军都没有做好在两条战线上同时作战的准备。罗斯福起初同意他俩的意见,但是,当他在华盛顿得到失踪的日本第一航空舰队正向东开往夏威夷的消息时,他便面临着自己一生中最为重大的抉择。

就我的研究来看,事情很明朗。12月4日那天,包括陆军部长亨利·史汀生、海军部长弗兰克·诺克斯和乔治·马歇尔将军在内的顾问小组共有三种选择:一、他们可以向日本和全世界宣告日本第一航空舰队驶近夏威夷,这无疑将迫使日方舰队撤退。二、他们可以通知赫斯本德·金梅尔和沃尔特·肖特将军,日本第一航空舰队正从西北向夏威夷逼近,并命令他们派出所有可用的远程侦察机追踪敌方舰队,这时尚未抵达珍珠港的日本第一航空舰队也会撤退。三、就是除了知道情报的几个人外,让赫斯本德·金梅尔和沃尔特·肖特以及其他所有人都蒙在鼓里,这样日本人不知道他们的行踪已被美方发现,会继续朝攻击位置前进,这样就可以确保日本首先发动攻击。如果通知了赫斯本德·金梅尔和沃尔特·肖特两名将军,他们的反应就可能会使日本人察觉到他们的攻击计划已为美方知晓。

本来,这次事件的风险是可控的,但罗斯福,可能像丘吉尔一样,选择了赌一把。当时这种赌博的风险看起来并不大。1941年5月,罗斯福接到乔治·马歇尔的一份备忘录,上面说瓦胡岛是世界上最坚固的堡垒,他保证其能够摧毁任何试图接近珍珠港的敌方海军。罗斯福当过很长一段时间的海军,所以他相信美国海军的实力。他还一直收到报告,称日本战斗机飞行员水平低下,且日方的飞机仅属于二流水平。报告还说,绝大多数美国人对此都有同感,美国漫画家们把日本人画成个头矮小、青面獠牙、戴着眼镜的人,以示嘲讽。所以,报告认为太平洋舰队几乎不用付出任何代价就能够阻挡日本人的进攻,甚至还能轻而易举地消灭这些入侵者。毕竟,罗斯福收到的报告中只提到日军有两艘航母,而事实上却有六艘。如果罗斯福知道是六艘航母的话,他很可能就不会选择赌一把了。

当时如果美国选择反击并歼灭日本的这"两艘"航空母舰,那么日本军国主义者就会受到灾难性的重创;美国兴许可以借此一举消除日本在太平洋上对美国的威胁。如此一来,赫斯本德·金梅尔的两艘航空母舰就会离开珍珠港,而停泊在珍珠港里的美国军舰也就根本不会被日军击沉。空投炸弹并不会给美方造成太大威胁,而且,美方觉得珍珠港的水太浅,不适合进行鱼雷攻击。

我听说了一个传言,美国军方的某些好战分子秘密执行了第三种方案。乔治·马歇尔将军和哈罗德·斯塔克将军是不可能私下密谋此事的,因为他们直接听命于罗斯福总统,况且两名将军都是光明正大的军人。我曾问过相关的海军人员,海军上将西奥多·威尔金森有没有可能把追踪那两艘日本航空母舰的事告诉了荷兰海军的约翰·兰内夫特上校之后,没有向总统汇报此事?大家一致认为这不可能,因为西奥多·威尔金森也是一名光明磊落的军人,况且,他也不可能从这愚蠢的计划之中捞到什么好处。

我坚信罗斯福总统当时是知道日方军舰不断逼近珍珠港的,但他真的以为只有两艘航母罢了。自从在威廉姆斯学院见过罗斯福总统之后,我就一直很钦佩他。我觉得他是位了不起的领袖,是他带领我们从经济大萧条里走了出来。但是,我相信,世界上绝大部分政治领袖奉行以下格言:"只要目的正确,可以不择手段。"罗斯福总统也不例外。珍珠港事件的真相被掩盖了,而更大的悲剧则是将珍珠港事件的责任全部推到赫斯本德·金梅尔和沃尔特·肖特两名将军的身上,让他们成了整个事件的替罪羊。

1980年6月26日,我开始写《丑闻》。我写得很快,没过多久就把稿子寄给了出版社。

双日出版社的推广部把密封的校样寄给一些知名历史学家审阅,想看看里面的一些内容是否能够用在广告宣传上。只有约翰·艾森豪威尔回复了:"约翰·托兰勇敢地探索着真相……《丑闻》不仅具有可读性,而且充满悬念。《丑闻》很可能成为约翰·托兰迄今为止最具争议的一本书。"1982年初,样书出来了,新书宣传也热火朝天地开始了。1982年2月4日,一个日本电视台的摄制小组到丹伯里双日出版社来找我拍摄节目。一个月后,美国全国广播公司、哥伦比亚广播公司和加拿大广播公司都来给我拍摄片子。四天之后,加拿大的一个电视节目组也来了,公众对《丑闻》的评论也接踵而至。《华盛顿邮报》"星期天读书"专栏的编辑(我之前给她写过不少书评)打电话给我,她认为我该知道自己会碰到一些很糟糕的评论了。这是她首次被迫将书上交编辑部。《华盛顿邮报》的编辑们抨击《丑闻》,说里面充斥着明显的错误与荒谬的结论。他们对我在书中揭露的事实毫无兴趣,还特别尖刻地讽刺了其中一个关键信息提供者所讲述的故事。他们显然忘记了我的信息提供者原本是身居政府要职、揭露政府不当行为的知情人。

有些批评家甚至预言,《丑闻》意味着我的写作生涯走到了尽头。《纽约时报书评》是少数欣赏《丑闻》的媒体之一,它评论道:"托兰先生写了一部令人感到兴奋之作。他用戏剧性的方式再现了日军偷袭珍珠港事件。而他对后续调查的回顾,又引发了人们对调查结果的疑问。"其余一些正面的评论来自右翼媒体。《洛杉矶时报》称之为"一部着实令人震撼的作品,揭露了被政治家、权力追逐者以及种族主义者所歪曲的事实……其内容令人着迷"。虽然有些负面评论,但是来采访我的电视节目和广播节目络绎不绝。不到一个星期,我就接受了十四次采访,绝大部分节目只对我的那些新材料感兴趣。4月下旬,我开始了华盛顿的宣传之旅,我明显感到有人敌视自己。我抵达华盛顿的第二天,因为要出席国家档案馆的晚会,我没有时间吃中饭和晚饭。晚会时,大厅里座无虚席,我感觉大多数与会者都是冲着我来的。我讲了约莫一小时之后,现场进入了问答环节。此时,介绍我出场的人明智地离场了，留我一人独自面对满场的观众。

一个名叫科斯特洛的英国人大声地说我"撒谎"。几周前，他是我家里的不速之客，非要我和他一起"打垮"一名作者，因为那个人写了一本关于珍珠港的畅销书，而科斯特洛也写了同一主题的书。我告诉他，我从不攻击同行。寿子把我拉到一边，小声说道："把他从我们家中请出去。"我借给了科斯特洛一些他需要的素材后，便把他从家里请了出去。

科斯特洛和一些批评者对一些重要证人的叙述，或公然无视，或彻底蔑视。已退休的荷兰杰出海军军官约翰·兰内夫特便是这些重要证人之一。他曾是荷兰驻华盛顿的大使，我为《丑闻》做研究的时候，他住在休斯敦。1941年荷兰军方截获并成功破译了日方从东京发往泰国曼谷的日本使馆的"紫色代码"，这份情报被陆续送到了英国和美国的陆军、海军军官手中。他们从美国海军通信中心以海军密码的方式将情报送达位于华盛顿的美国陆军部。之后，他们又给华盛顿送出了两份警报。

我飞抵休斯敦，与约翰·兰内夫特会面，当时他儿子也在场。二战时期，他儿子在美国读书。兰内夫特上将坦言："我就是那个知道日方要袭击珍珠港的人。"我把这次采访用磁带录了下来。这次采访是整本书最重要的采访之一。但是，后来却有人指责我，说我的采访是在兰内夫特弥留之际进行的，当时兰内夫特独自一人在医院氧气帐中，而且处于幻觉之中。这次采访的磁带可以在我捐给罗斯福总统图书馆的文件和磁带中找到。录音里，兰内夫特声音洪亮，口齿清晰。

录音一开始兰内夫特就说，他和他儿子认为是时候揭示珍珠港事件的真相了。1941年12月2日，时任荷兰驻华盛顿美国大使馆海军专员的兰内夫特海军少校，到美国海军情报处向主任西奥多·威尔金森海军少将及其他情报部门官员询问战况。和往常一样，他们对兰内夫特少校极其坦诚，因为兰内夫特少校曾帮过美国海军一次大忙。有一次在加勒比海地区的一艘荷兰军舰上，军械署的主管布兰迪少校亲眼目睹了40毫米口径博福斯式高射炮的展示，他认为这种炮的性能远超其他防空火炮。因此，布兰迪少校便决定为美国海军采购这种武器。然而，要办成这件事并不简单。这种高射炮是由荷兰海军与两家私营企业联合研发的，这两家企业是哈兹默尔信号公司和瑞典博福斯公司。布兰迪意识到,要想得到瑞典方面的许可一定十分困难。于是,他就请求好友兰内夫特帮他弄到这种大炮的图纸。"在没有征得在伦敦流亡的上司的同意的情况下,"兰内夫特说道,"我设法从巴达维亚①购得一套图纸,并转交给了布兰迪。"几个小时之后,一名瑞典海军军官感到不安,他向兰内夫特提出抗议,称这种行为侵犯了专利权。"我跟他强调,这是在伦敦流亡的荷兰政府所做出的决定。他要投诉就向荷兰流亡政府投诉。"(战后,荷兰前国防部长德克斯告诉兰内夫特,幸亏他没去征求荷兰政府的同意。"我们肯定会被迫说不行。"德克斯说。美国政府最终还是分别付给了两家私营企业一笔钱。)

"1941年12月2日,有个美国海军情报官指着墙上的地图说道:'这里是日本特遣舰队正在东进的地方。'当时我十分震惊。"那个位置位于日本与夏威夷中间,"我什么也没说,只是好奇美军究竟是用什么方法追踪到这些失踪的日本航空母舰的?"

兰内夫特给在伦敦的荷兰海军司令部发了封电报,同时还亲自向亚历山大·劳登公使上报了这一消息。他在工作日记中写道:"我到美国海军情报处参加海军部会议。美方在地图上把两艘日本航空母舰的位置指给我看。美方让日本人东行。"

12月6日下午,兰内夫特少校又去了美国海军情报处,找到了西奥多·威尔金森少将及其几名助手。"他们告诉我,日军正朝马来半岛进发。我想了解一下那两艘东进的日本航空母舰的最新情况:'那些家伙如今到哪了?'"

一名军官用一根手指指着墙上的地图,他所指的位置距夏威夷首府火奴鲁鲁四百英里左右。"我问他们,这帮混蛋到底要干什么。一名军官含糊其词地说道,或许日军'最终会对美国有所企图'。对于我来说,这种回答毫无意义,但是我也就不再多问。没有一个人提到日军可能会偷袭珍珠港,但我在自己的工作日记上写道:'我没有再去考虑此事,因为我觉得,火奴鲁鲁的每个人一定也和这里的海军情报处的每个人一样,对此有百分之百的警

---

① 编者注:印度尼西亚首都雅加达的旧称。

惕。'回到大使馆后,我去了亚历山大·劳登公使的办公室,向他汇报我所听到的情况,之后又给在伦敦的上级发了封电报。"

那天晚饭后,劳登公使在华盛顿的官邸里召见了兰内夫特,陆军专员威杰曼上校也在场。"公使跟我们说他刚从白宫回来。罗斯福告诉公使,他已经给日本天皇发了电报。罗斯福称,如果日方不立即回复的话,战争很可能在星期一爆发。"

我问兰内夫特,荷兰政府是否就他把博福斯大炮图纸转交给美方一事而严厉责备他。他只是答道:"他们后来把我提拔为海军上将了。"1946年,美国海军上将切斯特·尼米兹亲自授予兰内夫特指挥官级功绩勋章,他在嘉奖令中这样写道:"……兰内夫特上校以高超的技巧和极大的主动性履行了自己的职责,给这场反对人类共同敌人的战争提供了非常宝贵的帮助……他对美国海军装备的发展做出了不可估量的贡献,为盟国海军舰队防御敌人的进攻和主动打击敌人提供了举足轻重的帮助。"

之后,兰内夫特谈到,海军上将塞缪尔·罗宾逊(罗宾逊发起了美国历史上最大规模的造船计划)是他的老朋友。有一次,他无意中向这位老友提及珍珠港事件,称自己得知珍珠港遭到日军偷袭而美方完全没有防备时感到非常惊讶。这怎么可能呢?12月6日,美国海军情报处的官员不是已经在地图上给他指出日本军舰离火奴鲁鲁只有四百英里左右了吗?"塞缪尔·罗宾逊愕然,他对此事毫不知情。他建议我去问海军上将斯塔克(美国海军作战部部长)这到底是怎么回事。那天傍晚,塞缪尔·罗宾逊给我打了一个很简短的电话,跟我说,我没必要去见斯塔克了。他刚刚给斯塔克打过电话,斯塔克拒绝就此事发表任何评论。"

我对兰内夫特上将说,我需要他的工作日记,以确认他常去美国海军情报处。他告诉我,很不幸,一场大火烧掉了他的绝大部分日记。他把日记的残存部分送到了荷兰国防部军史部门。一周后,我收到来自荷兰的包裹。庆幸的是,1941年12月的工作日记完好无缺,我有了证据。但日记上的记载和兰内夫特告诉我的有一处不同,兰内夫特曾告诉我日军的航空母舰是在夏威夷"北边"四百英里处,但他的日记上写的却是"西边"。我给兰内夫特打了电话。他说他确定是"北边",并让我不要改动,但我还是在《丑闻》里附上了这页日记的照片。

如今,科斯特洛在晚会现场冲着我大喊大叫,说我在兰内夫特的材料上撒谎。恰巧那晚国家档案馆大厅里十分嘈杂,我并没有听清他在说些什么。之后,几个美国海军军官让他安静了下来。那时,我已有些头昏眼花,但我又坚持了半小时。不料,科斯特洛又跳了出来,向我指责道,书中所附的兰内夫特工作日记的照片上显示的是航空母舰在"西边",而不是我所写的"北边",因此,他认为兰内夫特的整个陈述都是无效的。之后,其他人也多次重复了这一指责。问答又继续了十分钟左右,我突然感觉想吐,然后晕了过去。醒来的时候,我发现自己平躺在地上,周围都是女人。

我在美国海军里有位好友,他就是厄尔·W.加拉赫。他的飞行中队曾在中途岛战役中击沉过两艘日本军舰。晚会时他和他的夫人以及一名护士就坐在大厅前排。后来他告诉我,我说着说着就突然僵直地往右倒,右肩着地倒在地上。他带来的护士纵身跳到台上,给我做人工呼吸,随后又有个女人冲上台,把那名护士往一边拉。正当她俩在台上拉扯时,加拉赫看到寿子飘然来到台上,把那两名女子分开来。

我醒来时,惊讶地发现周围都是人。我的另一位好友吉尔·梅里尔(他是国家档案馆的宣传人员)开玩笑道:"约翰,我们可不需要这样的宣传方式,怎么啦?"

"我想我怀孕了。"

接着,我被放到担架上。正当我要被抬离国家档案馆时,科斯特洛突然冒了出来,伸着头问道:"这是不是因为我?"

"和你没有任何关系。"我答道。

我被送到最近的医院做检查。医生建议我留院观察,但我谢绝了。我不过是一整天没吃饭,再加上科斯特洛就珍珠港一事突然对我进行人身攻击,才会这样。本来那晚卡罗琳·布莱克默要和我们一起参加晚宴,她建议我把芝加哥宣传之旅推迟两天。我说这绝对不行。但大家还是说服我取消了次日晚去美国国家图书奖评奖现场当历史类图书奖项的评委。

我去芝加哥的时候,寿子原本是计划留在家中照顾多美子的,但现在她坚持要陪我一起。我起床和穿衣都需要寿子帮忙,还有人建议我应该回丹伯里。指派给我的爱尔兰司机做事非常勤快,考虑问题非常周全,我在芝加哥四处活动时根本不需要其他人帮忙。于是,我说服寿子返回家中,不用再继续陪我到得克萨斯州的达拉斯。就这样,我在全国各地的宣传之旅继续了下去。

最后,我抵达了旧金山。我在旧金山一直感觉很好。然而,有一天,我突然接到通知,原定于我次日要出席并发表讲话的"新闻俱乐部书籍与作者午餐会"被取消了,而且没有给我任何解释。我参加了几场临时安排的见面会,但大家对我非常冷淡,有些甚至怀有敌意。《西海岸》(West Coast)报纸登了一幅关于我的漫画。画中,我坐在一架日本飞机上,朝地面上罗斯福的坟墓丢下一本《丑闻》,标题并不是"Tora! Tora! Tora!"①,而是"Toland! Toland! Toland!"②

我又回到辛辛那提(还算友好)和克利夫兰(不是很友好)去做宣传。在匹兹堡举行的一系列电视采访和"与作者"午餐会上,和我一同做宣传的是一位天主教牧师——安德鲁·格里利神父。他写了几部关于教堂的小说,十分畅销。他看到了我正经历的事情。他跟我说,从他的第一部书面世开始,他就一直忍受着这样的敌意。他告诉自己那些尖酸的批评其实是一种高度评价,他就是这样熬过来的。我释然一笑,之后前往最后一站——波士顿。结束了在波士顿的活动后,寿子开车把我接回了家。第三天上午,日本最大的电视公司派来了一个节目摄制组。他们要拍一个两小时长的珍珠港事件专题片。他们上午九点就到了,拍到晚上九点才走。

最近几个月发生的事让我彻底晕头转向了。我本以为《丑闻》中的事实和有案可稽的揭示会让几乎所有读者产生兴趣,尤其是学界,至少他们会心平气和地听我讲解。《丑闻》出版前,耶鲁大学和普林斯顿大学亚洲学院的主管都表示十分期待我去他们学校做讲座。我也接受了他们的盛情邀请,并给他们奉上了一本由我亲笔签名的《丑闻》。但这两位教授后来都没有再与我联系。历史教授们对这部书的评论都很尖刻,几乎无一例外。

---

① 编者注:日本轰炸珍珠港成功之后发的报捷电报的音译,即"虎!虎!虎!"。
② 编者注:约翰·托兰的姓。

寿子的想法是："约翰，你太天真了！"但我知道自己永远不会改变。我只有一件事要做：着手写下一本书——这是一本小说版的《日本帝国衰亡史》，用虚构的角色表现历史上的人物。这部小说讲的是两个家庭的传奇故事——一个是美国家庭，一个是日本家庭。他们因友谊和婚姻走到一起，却在战争中备受政治观点冲突与个性冲突的折磨，这场战争既不是他们想要的，也不是他们制造的。对于他们而言，眼下的历史就如同地狱一般。

《战争之神》与《占领》

写了许多年历史书，我现在终于可以重回第一个爱好——用想象创造人物及其生活。我一直有一个当编剧的渴望，随着时光的推移，这个渴望已渐渐演变成通过小说来探索历史的欲望。多年以来，我写过上百篇短篇小说和好几部长篇小说，但至今尚未出版。我决定选取一段我熟谙的历史，让这段历史在虚构的小说中重新得到演绎。

一位牧师的英雄主义

1981年11月下旬，我大致完成了《战争之神》的框架。我所虚构的美国的麦克格林斯的家庭里有：一个鳏居的父亲，他是一名大学历史教授，也是罗斯福总统的顾问；大儿子威尔是一名战俘；小儿子马克是一名海军陆战队战士，参加了美军逐岛推进的一系列战役；小女儿玛吉是一名战地记者，她以我的朋友狄基·夏佩尔为原型；大女儿弗洛丝，嫁给了一名日本外交官户田多度志。多度志的家庭成员包括父亲昭明，钢铁厂行政主管，这个人物是以寿子的父亲为原型的；他的母亲江美，"一位现代女性"，其原型是寿子的母亲；此外，还有多度志的两个弟弟，以及一个以寿子为原型的十几岁的妹妹。

我将海军陆战队第六团第一营设置为年轻的马克所在部队。第一营的司令官威廉·K.琼斯中校（后来被擢升为中将）在他家跟我交谈了数小时，我们一起重新构思了威利·K.（他们都这么称呼他）和马克在小说中的种种故事场景。

我们总是把谈话内容用磁带录下来，直到我们双方都满意为止。琼斯将军推荐我和他以前的军士长小刘易斯·"米奇"·迈克罗尼一起合作。"米奇"曾是海军拳击冠军，在塔拉瓦岛、塞班岛和琉球岛的比赛中都获得过银牌。迈克罗尼对我的新书很有兴趣。他走访了七十多名原来在这个营的士兵，而我则采访了"米奇"许多次。采访结束时，我感觉自己对这个营的状况已经相当熟悉了。

如何描写马克在瓜达尔卡纳尔岛之战中的表现着实让我费了不少心思。死亡和野蛮令他作呕、抑郁，而"米奇"和其他信奉天主教的人则比较容易从中恢复过来，所以他决定皈依天主教。对于改信仰的程序，我一无所知，威利·K.建议我去请教营里的约瑟夫·加拉格尔主教和纽约市部队教区主管约翰·奥康纳。主教十分热情且乐于助人，不仅向我解释了如何转信天主教，还对如何表现人性的弱点，尤其是性欲冲动的问题，提出了一针见血的见解。后来，他当选了红衣主教，我们至今仍是好友。

除了以上两个神职人员，罗伯特·埃米特·谢里丹神父也在这一问题上给予我帮助。他详细叙述了自己在菲律宾的各种经历。日军入侵时，他已经离开了神职，辗转来到巴丹，在那里的一家医院工作。谢里丹神父还给我讲述了另一个玛利诺外方传教会牧师、他的好友威廉·卡明斯神父的英雄事迹。他给我看了玛利诺图书馆里关于威廉·卡明斯的记录和材料。威廉·卡明斯和另外一千六百一十九名战俘曾一起被关押在一艘开往台湾的日本运输船"榎浦丸"号上。这艘船的船舱宽七十英尺，长九十英尺。船的主舱一侧半层高处搭着一个隔层，里面是隔离的生病的战俘。这些病人的排泄物会滴落到下面船舱里的战俘身上。船上几乎没有什么食物，也没有什么饮水，是一艘名副其实的地狱之船。在那种最惨绝人寰的条件下，威廉·卡明斯神父无私地鼓励着大家，让大家怀有生的希望。

快抵达台湾时，船舱里的战俘们听到了飞机掠过的嗡嗡声。顿时，大家惊慌失措，四处逃散以躲避轰炸。一名年轻的上尉大声喊着，让他们不要跑动："你们在哪都一样！"这艘日本运输船遭到了美国飞机的狂轰滥炸，许多战俘最终被炸死在船舱里的停尸房。

远处又传来了飞机引擎的轰鸣声，美军又回来了。威廉·卡明斯神父用命令的语气让大家保持安静,战俘们停止了哭喊与呻吟。神父抬眼望向天空:"主啊,"他仿佛在直接和主对话,"我真不明白您做的这一切。您已经让我们经历了一场磨难,我们刚刚有了保住性命的希望。但是,如果您对我们继续不管不顾的话,我们就会在下一次空袭中丧命。主啊,请求您制止这一切,让那些飞行员去寻找别的目标吧!宽恕我们,不要再惩罚我们了!"

空中机群一飞而过,没有任何炸弹再次坠落到船上。船在台湾高雄靠岸时,离开菲律宾马尼拉时的一千六百一十九名战俘,只有不到九百人还活着。从中国台湾到日本的航行中,又有许多战俘在严寒中丧命。"让这些死人滚出去"的悲喊声,使一个幸存者想起了伦敦大瘟疫的凄惨故事。自私在人群中蔓延。后来有一个幸存者评论道,如果俘房生涯不能使人堕落,就能让人变得高尚。另一人则说:"两者兼而有之。"

幸存者们回忆起当时的情景时,都说人性最好的榜样就是随军牧师了。最具献身精神的是一名路德教牧师、一名新教牧师,以及不屈不挠的威廉·卡明斯神父。每晚九点,威廉·卡明斯神父都会振奋人心地喊道:"祈祷了,孩子们!"然后,幸存者们先念主祷文,再为逝者和生命垂危者做专门的祷告,之后神父会简短地说一些话语,鼓励并要求大家怀揣希望,坚定信念。"就再坚持一天!"每天神父都会这样激励大家,请大家宽恕自己的敌人。

然而,恶劣的环境让卡明斯神父的身体也渐渐虚弱了起来。显然,要是再没有更多的水喝,卡明斯神父撑不了多久了。晚上,大家给他喂了几汤勺水后,他便拒绝再喝了。"让孩子们喝吧。"说完神父便昏了过去。第二天醒来,他发现自己很难像往常一样活动自如。晚上祈祷时,他当场累倒了。几个人把他抬回休息处,神父告诉他们:"孩子们,我没事。"次日早晨,神父努力想要起床,但怎么也起不来。他嘴唇干裂、声音微弱。尽管如此,晚上他依旧坚持让人将他扶起来,用微弱的声音念了主祷文。

"你们都会活下来的。"神父对一个叫莫舍的人说道,"我们已经坚持这么久了。"有个人冒着生命危险从甲板上为卡明斯神父偷偷弄来了些雪。莫舍把这些雪化成了水,端给神父喝。

"我好冷。"卡明斯神父说道。

莫舍找来一张草席。在另一人的帮助下，莫舍先把席子围在自己的肩上，然后盖在神父的身上，希望用自己的体温让卡明斯神父的身子暖和起来。

"我感觉没事了。"卡明斯神父说道。一刻钟后，莫舍发现神父的手腕已没有了脉搏。"神父逝世了。"他向众人宣布。大家默默地用草席将神父裹了起来，次日早晨把神父的尸体放在了一堆死尸的上方。水手长用降入船舱的几根绳子在卡明斯神父的脚上绑了一个活结，然后用绳子半套住神父的脖子。"好了，把他弄走吧！"他喊道。

船舱里的战俘们看着卡明斯神父憔悴的尸体在寒冷的冬日里缓缓上升，到达船舱最上方时，有一束阳光照射到卡明斯神父身上。

我决定将小说中的战俘威尔·麦克格林斯安排在这条船上，并让他经历其中的磨难。我将威廉·卡明斯神父设定为整本书的一个主要人物。他是一个真实存在的人物，唯有小说能够让我细致地描绘他的崇高和勇气是如何感染他人，并鼓舞大家咬牙活下来的。有些事实只有在小说中才能够得到充分的展现。作家所创作的任何虚构人物都建立在现实之上，都能够在现实生活之中被发现。威廉·卡明斯神父是一个极好的主题，因为幸存下来的人仍然都记得他。

一位日本医生的帮助

到1982年1月初，我这部小说的创作已近尾声。但是，我必须到日本进一步调查真相，所以1月7日我们一家三口便从丹伯里来到了东京。恰好我在东京元麻布町的朋友当时去了美国，他们把舒适的公寓借给我们一家，因此我们很快安顿了下来。房子位于一座小山上，可以俯瞰一座著名的佛教寺庙。在箱根休整了一周之后，我便开始了采访工作。由于我之前在国家档案馆摔倒过，右肩还有些疼，所以早上在日式榻榻米中爬起来多少有些困难。一旦我在那小小的深深的日本浴缸里泡澡，我就能泡上一整天。我们把女儿多美子送到立川市的美国学校。和在纽约不同的是，在这里，多美子上学和放学回家都可以独自一人，路上没有什么危险。

到了12月初，我发现早起越发困难了。寿子和她的姐妹们都尽可能想办法帮我治疗。寿子的姐夫是著名的精神病学家,他给我安排了好几次检查,但都没查出什么问题,而我的右臂就是几乎动弹不得。

最后,她们又带我去看了一个医生。此人声称自己魔术般的手法可以治愈此类病症。他的诊所几乎整整占了一层楼,里面大约有五六十名病号,有些正半裸露着身子等待治疗。医生一听说我是《日本帝国衰亡史》的作者,便不顾其他排在我前面病人的抱怨,把我直接排在最前面。我在一张桌子后坐定,他不停地向我们介绍他治愈过的一些著名人物,其中有一个是中东一个国家的君主。他还拿出几张照片来证明自己所言非虚。之后,他开始检查我的左右手:我左手力量不大,而右手几乎没有力量。他提醒我可能会很疼,随后猛戳我的右臂。那种疼痛感果然难以言表。后来,寿子告诉我,当时我的脸都青了。我的手臂突然就不疼了。医生再次检测我右手的握力,发现已恢复正常。自到日本以来,我第一次一觉睡到天亮,躺下和起床都没有任何困难。次日早晨,我去接受了第二次治疗。左臂接受治疗时一点也不感觉疼,治疗结束后,左手的力量也恢复了。

1983年1月21日,我只身一人飞回美国丹伯里,这样多美子就可以在日本把这一学期上完。不顾我的反对,寿子非要我带一台笨重的电动设备回国,因为她觉得这个设备可以让我保持良好的体形。我本以为航空公司不会让我带这样的设备登机,但寿子恰好和这家航空公司的一个高管认识,于是这玩意就上了飞机。不过,他们告诫我,抵达纽约肯尼迪国际机场后,美国海关可能会找我麻烦。下了飞机后,日本航空公司的一名工作人员用小车把这庞大的东西推到美国海关检查人员跟前。检查员看到我,目瞪口呆地望着我,问道:"您是作家约翰·托兰吗?"我说我一直是,于是他喊来一个搬运工,帮我搬运这台机器和我的行李。等候在机场外面的是我的女儿玛西娅和我的孙女。她听说我需要帮忙,因此开车来接我,并把我送回了丹伯里。

玛西娅和她的女儿海蒂在丹伯里住了四天后便走了,于是我继续完善这部小说。6月,寿子和多美子回来的时候,她们发现我的旧式便携打字机打字不太方便,就说服我买了一台电动打字机。用了两天之后,我发现这台电动打字机发出的嗡嗡声简直要人命,音乐也盖不住这种声音。于是,在多美子的建议下,我买了一台电脑。我始终不会正确使用它,老打错字,所以用了不到一个星期,我就不喜欢这台机器了。我又用回了那台破旧的皇家手动打字机。11月初,我终于完成了《战争之神》的终稿。

1985年《战争之神》面世后,小说家里昂·尤里斯对这部小说给予了高度评价,《纽约时报》也予以好评。其他大多数评论有褒有贬,有些甚至怀有敌意。《战争之神》在日本很受欢迎,而富兰克林总统图书馆则把《战争之神》列入了其"馆藏签名社科类初版书"之中。

一位中国教授

在日本巡回宣传《战争之神》的时候,我一心想着《战争之神》的续集。续集里会涉及美军对日本的占领。这部续集小说依旧围绕《战争之神》里的两个家庭展开,时间跨度为1945年10月到1949年4月。在这段时期里,战胜国对日本战犯进行了漫长而又艰巨的审判,而麦克阿瑟将军则是当时幕后的美方将军。小说中的麦克格林斯教授,以及他的龙凤胎儿女玛吉和马克,都忙于占领日本的各项事务。麦克格林斯教授的儿子威尔本是战俘,现已成为民事律师,回到东京后,加入了对日军罪行的指控工作。在小说里,我想从美日双方的角度描绘被征服了的日本民族在战争的废墟上努力重建家园的艰苦岁月,同时也想向读者展现一个即将进入现代化的日本的情况。

1985年年初,菲律宾当时正在举行庆祝二战胜利四十周年活动,美国新闻署邀请我到中国和菲律宾做学术讲座。我当即接受了邀请。在给富兰克林总统图书馆的《战争之神》初版纪念本的特别声明中,我阐明了自己为什么写了三部美国对日战争方面的小说:"我之所以选择以太平洋战争为创作素材,是因为我坚信:亚洲将成为21世纪的主角,而世界的和平将依赖于亚洲和西方更密切的关系。"

多年来,我一直很想去中国看看,也想去菲律宾看望阿基诺一家。阿基诺一家遭遇了一次巨大的不幸:1983年,反对党领袖小贝尼尼奥·阿基诺遭到暗杀而身亡。此前,我曾和一些人致信菲律宾总统费迪南德·马科斯,请他批准遭到囚禁的小贝尼尼奥·阿基诺前往波士顿接受妥善的治疗。马科斯总统批准了。小贝尼尼奥·阿基诺康复之后,他同父异母的哥哥托尼·阿基诺劝他别再回马尼拉,否则会落入陷阱,但他最终还是回到了马尼拉。

1985年1月25日,我坐飞机到东京,接上寿子后一起飞往中国北京。28日到30日这三天,我在北京和上海的高校里一连做了十二场讲座。大家都认识我,这让我感到很意外。《日本帝国衰亡史》和我的另外几本书在中国已经有了盗版,而《希特勒传》也出版在即。我欣喜地发现自己的预言正在中国成为现实。显然,中国的对外贸易,尤其是对美贸易,已经将这个国度推向市场经济之路。

在北京结束第一天的讲座之后,我们回到宾馆大堂。这时,一名中国人精神焕发地走到我们面前。他叫华庆昭,是一名历史学教授。华庆昭称,他去欧洲时我的一位友人曾告诉他我要到中国来。"我带你们去感受一下真正的北京。"华庆昭一边带着我们走出宾馆一边说道。没过多久,我们在一家满是中国人的餐馆里吃饭,听华教授畅谈自己的梦想。他想写一部关于"中国人眼中"的哈里·杜鲁门的历史著作。华庆昭还给我们讲述了中国正在发生的巨大变化,并称很少美国人见过真正的中国。比如说,有多少美国人知道北京有地铁?于是,他带着我们去坐地铁,之后又带我们挤公交车,而车上已经人满为患。一名年轻人站了起来,给我让座。我想让寿子去坐,但这名年轻人坚持要让我坐。"我们尊敬长者。"华庆昭解释道。

第二天,华庆昭又领着我们把故宫里里外外看了一遍,他认为我们什么都想知道。回到宾馆时,我们已是筋疲力尽,此时却得知我们要参加一个特意为我们准备的晚宴。我请华教授一同出席。华教授坐在我右边,而坐在我左边的是一个负责中美富布赖特项目的美国驻华大使馆人员。"你们二位彼此应当认识一下。"我说道。然后,我向大使馆的人解释,华教授想写一部关于杜鲁门的著作,需要一笔赞助。后来,华教授获得了大使馆的资助。之后两年里我和华教授在丹伯里、华盛顿和杜鲁门图书馆交换过有关杜鲁门和朝鲜战争的资料。

菲律宾的一次死里逃生

在菲律宾过去四个月的政治抗议之中,六家宾馆被烧毁,所以2月4

日,我独自一人前往马尼拉。我原以为可以在讲座现场和菲律宾人民一起怀念通过美菲共同努力而取得的历史性的二战胜利时刻,却不料在第一场讲座的问答环节,就有反对者坚持认为二战中菲律宾真正的敌人不是日本人,而是美国人,这让我大为吃惊。我发现,这些反对者都是左翼激进派。虽然这些人只是极少数,但我在菲律宾诸岛出席的各项活动都受到了他们的影响。他们指控道,当年麦克阿瑟军队奇袭菲律宾首都马尼拉只是为了解救美军和盟国的俘虏,而疯狂的嗜血成性的日本海军却因此在马尼拉屠杀了大约十万名菲律宾无辜民众,所以麦克阿瑟将军对这场惨绝人寰的大屠杀负有不可推卸的责任。

此行来菲律宾,我还要为《战争之神》的续集做研究,所以我要设法采访费迪南德·马科斯总统。马科斯曾是一名优秀的游击队领袖,因表现英勇而多次获得勋章。美国大使馆人员告诉我,据媒体报道,马科斯总统病重,因此他不会接见任何人。然而,出乎我意料的是,我抵达后的第二天,一名年轻军官来找我,说马科斯总统乐于与我见面。到达总统府马拉卡南宫之后,我发现马科斯总统精神状态很好。当时还有五六名官员在场,我提出要录下访谈内容,马科斯总统并没有反对。见面前有人跟我说,马科斯总统能给十分钟时间就是大幸了,但实际上我的采访持续了一个多小时。记者们已经数月未见到马科斯总统,因此他们都口口声声地跟我说,马科斯总统已奄奄一息。在我的采访过程中,马科斯总统思路清晰,迅速而又详细地回答了我提出的各种问题。

和马科斯总统握手时,我发现有个四星将军在总统身后冲我笑。"约翰,你不记得我了吗?"他问。

此人原来是拉莫斯少校。1960年我在菲律宾诸岛的宣传之旅就是由他安排的,如今他已经是菲律宾军方领导人了。拉莫斯私下和我见了一面。在没录音的情况下,拉莫斯跟我描述了菲律宾的时局,还向我透露他将支持我好久未见的、小贝尼尼奥·阿基诺的夫人科拉松·阿基诺当总统。

正当我急匆匆地准备离开总统官邸,应约到一家宾馆以演讲嘉宾身份出席一次会议时,一名年轻军官告诉我,菲律宾第一夫人伊梅尔达·马科斯想见我。马科斯夫人彬彬有礼,她希望我和寿子能在不久后到她的家乡宿务市与她见面。我看出了她隐藏在魅力之后的心机:她是一个狡猾的女人,想利用我帮她制造有利的公众舆论。如此一耽搁,我赶到宾馆时,会议已经开始了。我在发言时,听到台下听众都在小声地议论。显然,我刚见过马科斯总统的消息已经传开了。大家问我,马科斯总统是不是真的快不行了。我说,在我看来,马科斯总统很健康,他谈吐清晰,思维敏捷。

第二天,我与托尼·阿基诺一起吃饭。次日上午,我们一起驱车北上,到他们家族在吕宋岛中部打拉市的老宅。到了老房子里,我们百感交集:当年我就是在这里第一次见到年轻的地方长官小贝尼尼奥·阿基诺和他美丽的夫人(1986年,阿基诺夫人成了菲律宾总统)。故地重游之后,我们又驱车去了托尼·阿基诺在林荫之中的舒适寓所。他战时游击队的三十九名队友在这儿等着和我们重聚。一根杆子与一棵树之间挂着宽十英尺、高三英尺的一面旗子,上面写着:

欢迎约翰·托兰
打拉游击分队

我们畅谈旧日时光,谈了整整一个下午。他们问了我许多问题,但没有一个问题谈及麦克阿瑟作为一名解放者的缺点。

一周之后,我把文件和贵重物品放入马尼拉丽晶酒店的保险箱里,便动身前往南部四岛。第一站是宿务。很久以前,我曾在这里采访过奥斯米纳总统。跟在马尼拉一样,我做演讲时遭到了反美分子、反麦克阿瑟分子的指责与干扰。我在班乃岛演讲时情况依旧如此。最后一站是伊洛伊洛市。面对台下的菲律宾中部大学的学生们,我不仅谈了谈菲律宾人民为二战胜利所做出的重大贡献,也谈了谈我根据对各个关键事件中的人物的个人采访而提出的"活的历史"理论。此外,我还详述了我之前阐述的主题,即"21世纪将是亚洲的世纪"。我对东方进行的多年研究使我确信:中央王国——中国将成为世界地缘政治中心,而日本以及其他东亚地区拥有职业道德优秀的人才,以及手工业方面的专家,这将使世界的领导地位由西方转移到东方。根据最近一次到中国的访问,我演讲结束时总结道:我更加坚信自己的信念，因为我在此行中发现中国各阶层都愿意并渴望与欧美加强联系。

台下的学生们为我的演讲热烈鼓掌。我希望这种热情在问答环节也能够居于主导地位。不料，左翼激进分子们又在台下发起了对美国和麦克阿瑟的攻击。

我一怒之下说道："我懒得听这些胡言乱语！"我告诫学生们，正是这些少数不和谐的声音用政治观扭曲了历史事实，他们应该问问自己的祖辈和父辈关于菲律宾解放的真相。

我说，多年来美国的历史学家们一直如实地记录着麦克阿瑟将军真正的伟大成就，同时也会老老实实地记录下他的过错和自大。这就是美国人的方式。

第二天早上，也就是2月14日，一个朋友把我叫醒。我们入住的宾馆起火了！二楼和九楼同时着火。我订的房间在六楼。纵火的是一个自称"天使"的组织，他们以此"抗议美日对马科斯政权的支持"。所有灯和火险警报器都被他们事先破坏了。当时死亡人数已达三十人，而且还有人困在里面。我为不幸的遇难者们感到痛心，同时也庆幸自己能够死里逃生。

我打了好几次才打通寿子的电话。我告诉她，我人在内格罗斯岛，大火可能烧掉了我存放在宾馆的文件、贵重物品以及护照。不久，美国驻马尼拉大使馆也给寿子打了电话：有报道说我失踪了，恐怕已经不幸去世了。寿子告诉大使馆的人，说她刚接到我的电话，我人在伊洛伊洛省，安然无恙，并且感谢他们对我的关心。

我回到马尼拉时，宾馆仍冒着浓烟。我问在场的工作人员，我的保险箱有没有被烧坏，他们说还不清楚。接着，我被带到另一家宾馆。他们给我安排了一个大套房。几天之后，我终于获得回到之前宾馆的许可，大火烧剩下的东西都浸泡在水里。幸运的是，我的文件都完好无损。

2月17日我们回到丹伯里后，我应美国合众国际社《新闻特写》栏目的要求，写了一篇长文，叙述我在菲律宾的种种经历。"我仍然坚信，"我在文章的结尾写道，"21世纪将是亚洲的世纪。在这个世纪里，世界上的人们和各个国家将会最终认识到彼此之间的不同，人们将生活在持久而公正的和平之中。如果事实并非如此的话，我恐怕人类就不会有22世纪了。"

至 3 月中旬,《战争之神》的销量都很好。1985 年 4 月,我们又踏上了这部书的宣传之旅。5 月初回来之后,我开始写续集《占领》。一直到 12 月,我进展得都很顺利,以至我甚至都已经开始考虑写第三部小说,其内容将与朝鲜战争有关。我写《占领》一书的时候,"米奇"·迈克罗尼一直给我提供帮助。他给我来信,说朝鲜战争时期的美国海军官兵计划在圣地亚哥举办一场聚会。这消息对我来说太有价值了。12 月初,我赶到圣地亚哥,待了三天,目瞪口呆地听官兵们讲述各种经历。他们所讲述的故事真实而精彩,无半点斧凿痕迹,因而深深地打动了我。回家途中,我猛然觉得,我的这部书不应该是小说,而应是一部历史著作。"米奇"·迈克罗尼参加了这场已被遗忘的战争。他同意做我的专职助手,在密西西比河以西地区的全美陆军、海军官兵的聚会上帮我采访朝鲜战争的老兵。

我女儿多美子在乔特中学①表现优秀,但她选择的路跟别人不一样。我曾劝她不要学俄语,因为俄语太难学了,但她却很快对与苏联相关的一切产生了极大兴趣,还和一个学生团体一道去苏联待了十二天,回来后满怀热情。我知道,就像自己的父亲一样,多美子已经被这个陌生的国度深深地吸引住了。

伪造的希特勒日记

1985 年 5 月,我在《生活》杂志封面上看到了希特勒日记的简介,非常震惊。没过几分钟,我就看出这不过又是东德的一个赝品罢了。其中希特勒对重要事件所做的评论非常荒谬,如对其好友赫斯飞往英国的评论,而其在爱情生活中的对话也过于直白,十分荒唐。不一会儿,我的电话响了。我告诉打电话来的报社和电视台,这部日记和之前的那些一样,明显是拙劣的伪造品,即使已经有人花了一百多万美元将它买下也改变不了这一事实。希特勒不可能在"7·20"谋杀事件发生之后不久便写下那些日记的,因为阿尔伯特·斯佩尔十分明确地告诉我,当时他曾想送一本《我的奋斗》给一个

---

① 编者注:全称乔特罗斯玛丽霍尔中学。

朋友,想请希特勒为这本书签名,但希特勒拒绝了,因为那时希特勒的右手还处于局部瘫痪状态。

有人告诫我最好保持沉默,因为美国有些大牌历史学家已经证实了这部日记的真实性。之后,我接到了布拉德·史密斯教授打来的电话,他是这方面的专家。当时史密斯教授正在伦敦为一本情报方面的书做调研。史密斯教授告诉我,德国史专家特里沃-罗珀刚刚在《伦敦时报》上发表文章称,那本希特勒的日记的确是真的。我有些难过,因为我很敬佩他。我告诉布拉德·史密斯教授,我以自己的名誉打赌,那本日记一定是伪造的。

后来,一个叫"前沿"的电视节目组打电话过来,说晚上将有一个时长六十分钟的专题节目,想邀请华盛顿和纽约两地的专家一起讨论希特勒的日记。他们想邀请我到纽约去做嘉宾,我毫不犹豫地答应了。节目组还邀请了其他两位嘉宾:一个来自《生活》杂志,一个为笔迹专家。候场时,我告诉《生活》杂志的人,他们的杂志社应为此感到羞耻,因为他们的杂志居然把荒谬的东西刊登在自己的封面上。

直播过程中,轮到我发表意见时,我直截了当地说,这份日记不光光是赝品,而且是拙劣的赝品。比如,上面希特勒的签名就明显是伪造的。我有阿道夫·希特勒亲笔签名的真迹,其中"f"这个字母中间那一横是向下的,但这本伪造的日记的签名,那一横却是往上的。之后,我又列举出伪造的希特勒日记中的其他一些明显的大错。最后,我总结道,不管谁花了这么大的价钱买了这份赝品,只需要拿里面的一张纸到德国科布伦茨的德国联邦档案馆验证一下其生产年代便真相大白了。

笔迹专家也对我的观点表示赞同,此时一直是我的死对头的大卫·欧文从德国打电话到节目现场,说道:"我同意约翰·托兰的说法。"但是,第二天,他又翻悔了,说日记的确是真的,这着实让我大跌眼镜。不久之后,日记的纸张年代检验结果终于出来了,那种纸生产于希特勒死去很久之后。我当时一定是笑得前仰后合了。

明白自己并非小说家

1985年6月多美子从乔特中学毕业,并带回了射箭与射击方面的大学推荐信。她被密歇根大学、哥伦比亚大学和康奈尔大学同时录取,最终她选择了康奈尔,因为康奈尔大学的俄语系最棒。我委婉地建议她申请威廉姆斯学院,但她回答:"这所学校太小了!"威廉姆斯学院确实很小,但这恰恰是我喜欢威廉姆斯学院的原因。

7月中旬,我们应邀参加"德尔塔皇后"号沿密西西比河而下的苏联"和平巡游"庆典。按照日程安排,我们在威斯康星州西部城市拉克罗斯小住,我要在庆典上做几次演讲。我们到达之后,主办方却要求我不要去欢迎苏联人。我很是失望,因为我本希望多美子能有机会跟苏联人直接交流。显然,我们的主办方刚刚发现,我的所有作品在苏联都是禁售的,苏联人给我贴上了资本主义谎言家的标签。

苏联人上岸时,我们被送到当地的图书馆,因为我要在那里做一个演讲。我的中国朋友华庆昭一直在杜鲁门图书馆为自己要写的书做研究,此时他突然出现在现场。因为不想让苏联人知道自己是中国人,所以他假装成我的一个日本亲戚。我刚开始演讲,苏联代表团便涌了进来。根据安排,我得一直板着脸,因此时间十分难熬。

1986年我一完成《占领》的终稿,便立马开始写朝鲜战争的那段历史。我的经纪人卡尔·勃兰特对《占领》非常满意。1987年2月,勃兰特帮我从双日出版社争取到了一大笔预付稿费。1987年《占领》出版后,公众的评论依然是有褒有贬,《密尔沃基日报》(*Milwaukee Journal*)的书评便是一个典型例子,该报刊登了一篇题为"托兰的小说作品前进了一小步"的评论。文章的作者表示自己很喜欢"小说最后几章中充满戏剧性而又出人意料的结局",遗憾的是,这些优点都被"托兰对日本二战审判历史的过于冗长的描写所掩盖。这清楚地表明:托兰过于依赖大量描述性文字以推动情节的发展,而小说中的人物却无话可说或无事可做"。

我认为这位评论者有些说到点子上了。迈克·辛克梅尔在《好评如潮》(*Rave Reviews*)中也写道:"这好像是托兰撰写的第一部关于战后精彩历史的作品。其中的描写细致入微,引人入胜,特别是对日本首相东条英机的描绘。不过,也有人说:'约翰,如果你在这部作品中没有创造这么多人物的话,这部作品就会成为一部真正的小说了。'遗憾的是,一部小说并不能只有人物。把现实生活中的人直接搬过来扮演小说中的历史人物,这样做过于生硬,既有损小说的形式,也让这部作品难以成为一部正宗的历史著作。"

　　我知道迈克·辛克梅尔说得没错。我并非一名小说家,感谢上帝让我回到了适合自己的岗位。真相的重负总是束缚着我的想象力。记录历史的原则与我的创造力总是互相冲突,其实它们本来就是如此。然而,无论如何,我终究完成了我大半生一直想做的事。

三、殊死之战

1987—

沃尔顿·沃克将军

我觉得自己有义务去探索朝鲜发生的这场"被遗忘的战争"。这场战争是美国在亚洲的一个转折点。这场战争间接导致今天韩国经济的腾飞,以及一个闭关锁国的和美国敌对的朝鲜。①

为了构建好这部作品的框架,1987年1月到5月我都在美国采访相关人员、搜集整理档案材料。研究任务十分繁重,"米奇"·迈克罗尼——《战争之神》中一名关键人物的现实原型,成了我的助手,给予了我非常宝贵的帮助。光在美国,我们就采访了二百余人,其中包括马修·李奇微将军——他是我最喜欢的司令官之一,美国海军陆战队第五团第三营营长罗伯特·塔普雷特中校,此外,还有罗伯特·塔普雷特中校征召的八名士兵、两名军官,以及十余名美国海军辅助人员。在朝鲜半岛,"米奇"事先给我做好了安排。我在朝鲜半岛的第一次采访是1987年9月。当时我采访了韩国的第一个陆军上将白善烨,他陪同我到汉城附近的"保龄球道"。当年他就是在这里成功地阻止了朝鲜方面的进攻。通过白善烨将军,我又首次深度采访

---

① 编者注:本书的内容仅代表作者个人的观点。在尊重原著、符合国家出版规范的前提下,我们对原文进行了一些删改。

了战争初期大韩民国陆军参谋长丁一权将军。此外，白善烨将军还为我介绍了许多经历过战争洗礼的平民百姓。其中一个便是菲利普·克罗斯比神父，他是朝鲜版"死亡行军"的一名幸存者。

在中国台湾，我们又采访了五十多名参加朝鲜战争的中国人民志愿军士兵。在中国大陆，我不仅见到了一些选择在战后回到祖国的中国人民志愿军战士，还成了第一个获批到中国人民解放军军事科学院档案室阅读有关朝鲜战争的档案材料的西方人。

在汉城被抓的新闻记者

1987 年初，我在美国找到了六名当年的战地记者。这些战地记者生动地向我描述了朝鲜战争爆发初期朝鲜突然袭击韩国那段令人痛苦的时光。当时，大韩民国军队装备非常落后，防线正逐渐崩溃。李承晚及其政府放弃了首都汉城。朝鲜则以苏联制造的坦克为先头部队，其势头似乎不可阻挡。

1950 年 6 月 27 日傍晚六时许，一架飞机飞抵汉城城西数英里之外的金浦机场，机上载着四名记者：《芝加哥每日新闻》的凯斯·比奇、《纽约时报》的伯顿·克雷恩、《时代周刊》的弗兰克·吉布尼以及《纽约先驱论坛报》的玛格丽特·希金斯。这些记者看到下方的美国人正拼命地挥舞床单和枕套，这些信号表明金浦机场仍在韩军掌控之中。飞机着陆之后，他们坐车穿过了汉江大桥。汉城表面上看起来很平静，于是他们径直来到（美国驻）韩国军事顾问团司令部。"我提议晚上就待在那里。"凯斯·比奇回忆道。当晚深夜有人喊朝鲜军队已经开进汉城了。四人匆忙穿好衣服，收拾好各自的打字机和行李。这时，一位美军少校告诉他们，敌人的坦克要到汉江大桥了。"如果我是你们的话，"少校提议道，"我也会赶去那边。要是抓紧的话，你们还有时间捕捉一些新闻素材。"

在冷战后卫星和电视直播覆盖到世界每一块事发地的今天，我们很难想象当年这些勇敢的记者，是如何在战争现场报道着汉城的绝望防守，以及之后汉城的沦陷的。这些记者身处战争的枪林弹雨之中，有的甚至受了伤。他们和韩国的士兵、百姓一样，无法逃脱战火对生命的威胁，深陷战争的旋涡之中。我在书中描绘他们的故事时，很好奇他们是如何多次死里逃生的，也很敬佩他们坚持对外报道战况的可贵精神。作为记者,他们要竭尽所能,在战争现场无论利用何种通信设备,都要将最新战况报道出去。

朝鲜半岛战争初期,在联合国的最大限度的支持下,美国以"世界警察"的角色参战,而这次行动注定造成美国官兵的伤亡人数多于后来的越南战争。遭到围攻的是美韩联军司令官沃尔顿·沃克将军和列兵弗兰克·迈尔斯。

我从沃克将军昔日手下那里得知其人其事。我们这位司令官不屈不挠,富有感召力。一些参战的将士曾在战后严厉地批评过沃克将军,而我碰到沃克将军的专机飞行员麦克·林奇上尉等人之后,听到了与之前的叙述完全不一样的故事。林奇回忆道,有好几次沃克将军让他把飞机飞得很低,这样将军可以直接从飞机上大声发出命令,鼓励在地面上作战的将士。在一系列残酷战斗中,沃克将军指挥手下阻击,撤退,再战。1950年9月,沃克将军终于守住了自己的防线。此时,其上级"联合国军"最高司令官道格拉斯·麦克阿瑟将军,在仁川发动了一次两栖登陆行动,后来有人称之为天才的军事行动。不过,林奇却告诉我,在麦克阿瑟选定仁川为登陆点与实际登陆的这段时间内,形势发生了巨大的变化。沃克将军反对选择仁川为登陆点。当时截获的无线电情报表明,朝鲜共产党领袖金日成打算不惜一切代价,在"联合国军"站稳脚跟之前攻克釜山。如果这样的话,朝鲜部队的主力就会部署在大田至大邱一线以南。换言之,如果按麦克阿瑟的计划登陆仁川,朝鲜的主力恰好处于仁川与朝鲜半岛顶端之间。当时,朝鲜的大量战术部队和后勤部队从北面和南面都可以绕过汉城,但他们若要影响战局则必须经过大田。因此,大田才是整个战局的关键,而不是汉城。大田的防守力量远远弱于仁川,因此麦克阿瑟的登陆部队可以在登陆次日抵达大田。登陆部队若要抵达汉城,则至少需要一周甚至更长的时间,更何况届时汉城必定守备森严。

再者,只要麦克阿瑟的登陆部队进入大田,试图把沃克将军的军队赶入大海的朝鲜部队主力将会被困住,便于美军利用空军和炮兵将其歼灭,付出的代价就相对较少。一旦歼灭了朝鲜部队,美韩联军朝分隔朝鲜半岛南北双方的三八线挺进就不会遇到多少阻力。到那时,韩军可接替美军,守在前线，美军则可以派往后方，以应对朝鲜军队后续攻势，而政治问题则由联合国解决。

然而，麦克阿瑟将军坚持选择仁川。于是，大规模的美国海军登陆便按计划实施了，景象颇为壮观。仁川登陆只遭到朝方的零星阻击。尽管种种迹象表明，朝鲜军队并未因美军成功登陆仁川而一溃千里（事实上，中国的毛泽东和周恩来早已准确推断出美军会在仁川登陆），但人们都交口称赞麦克阿瑟为军事天才。美军在登陆仁川过程中，只有二十名海军陆战队队员阵亡，一百七十九名受伤。不过，从仁川到汉城的情形就完全是另一码事了。美军耗时十二天，才扯下飘扬在汉城国会大厦旁的朝鲜旗帜，美军的伤亡十分惨重。而且，正如沃克将军所预测的一样，朝鲜军队退到了北方，以便在联合新盟友后卷土重来。

就当时无人欣赏沃克将军的卓越成就一事，我和麦克·林奇交谈了数小时，我可以感受到他的沮丧。他伤感地说："当时我既恨沃克将军的所有上司，也恨他的所有手下。我心想，这就是我们浴血奋战所得来的结果，在和平时期弄来一大帮行政人员来指挥部队，这样他们日后就能得到提拔了。"

只可惜，沃克将军并不能为自己辩护。在韩国部队的协助下，他率领第八军击溃了汉城附近的朝鲜军队。沃克率军冲过三八线、攻克平壤之后，麦克阿瑟将军命令他率军向鸭绿江挺进。沃克将军担心这会迫使中国军队跨过鸭绿江，保卫自己的边境。事实证明，他的判断一点也没错。1950年11月下旬，中国人民志愿军跨过鸭绿江，开始形成了对沃克将军的军队和美国海军陆战队进行歼灭的态势。美国海军陆战队接到麦克阿瑟将军的命令，一路北上，在鸭绿江与沃克将军的军队会合。

从长津湖撤离之后，美国海军陆战队所历经的磨难实在难以用言语描述。沃克将军设法暂时阻止了中国人民志愿军的攻势，并将其麾下的第八军撤到三八线以南，在汉城北约三十英里处构筑了防线。1950年12月23日早晨，沃克将军的吉普车在一段结冰的路面上发生了意外。正如他的恩师乔治·巴顿将军一样，沃克将军也丧生于一场车祸。当时，沃克将军是在去前线给他的儿子山姆颁发第二枚银星勋章的途中。

马修·李奇微将军接过了沃克将军的指挥权。正是通过李奇微将军，我才结识了沃克将军专机的飞行员麦克·林奇。沃克将军死后，麦克·林奇又成了李奇微将军专机的飞行员。李奇微将军跟我说："我相信林奇比任何人都更了解这场朝鲜战争。"凭借他们的描述，我在书中重现了他们当年在飞行中所遇到的一些惊心动魄的经历，以及他们所完成的一些几乎不可能成功的降落。尤其值得一提的是，有一次降落在一条河堤上，这条河堤和飞机的起落架差不多宽，而且全长就三百英尺。他们好不容易降落之后，就遭到轻武器和迫击炮的袭击。李奇微将军坚信，自己应该和当年在诺曼底时一样，和手下的将士们待在一起，第一时间亲眼见证最新的战况。那天，奇迹果然发生了：林奇竟然把飞机头掉转了过来，这样他们就可以重新起飞了。当时，迫击炮炮火越来越猛烈，而林奇居然从中找到了空隙，成功将飞机掉头。

1950年7月底，列兵弗兰克·迈尔斯用实际行动向沃克将军证明了自己是一名可以信赖的部下。沃克将军的部队曾在河东郡（朝鲜半岛顶端附近一个重要的公路交会点）遭到伏击，损失惨重。虽然当时双方人数悬殊，朝方占据十五比一的绝对优势，但沃克将军及其遭到严重减员的残部还是设法成功突出重围，撤到韩军的防线之后。迈尔斯正是我苦苦寻觅的那段历史的目击者。正如李奇微将军让我结识了林奇之后，我才得以了解到一个与众不同的沃克将军一样，人与人之间的关系网引领我找到了迈尔斯。

河东郡之战正酣时，麦克阿瑟将军从日本飞抵朝鲜半岛，宣称美军不会从朝鲜半岛撤军。沃克将军也决心不再后撤。休整了两天后，迈尔斯得知朝鲜军队即将攻破美军防线。一名上尉觉得迈尔斯有勇有谋，便把一百二十五名士兵交由他指挥。

朝鲜军队炮火的持续猛烈进攻，迫使他们缓缓后撤。最终他们得到了一些空军和炮兵的支援，开始猛攻朝鲜军队。迈尔斯休息了一天，并在野战医院接受了针对脚踝疼痛的治疗。朝鲜军队又接二连三地发起进攻。周围的海军陆战队队员继续撤退到前线唯一尚存的阵地。迈尔斯一瘸一拐地拖着几乎动弹不得的腿，想方设法到达相对安全的地方，之后他又被送到了另一个野战医院。迈尔斯的脚踝肿得十分厉害。然而,他刚一躺下,就有人冲进来,大喊:"敌人正在包围这个地方!"迈尔斯立马一跃而起,抓起一杆步枪,瘸着腿冲上了大街。"我一下子看到了五六名朝鲜士兵,不由得大吃一惊,失去平衡,摔倒在地。"其中一名朝鲜士兵挥舞着刺刀斜着朝他刺去,幸好只擦到了他的大腿。迈尔斯坐着向朝鲜士兵开枪,迫使他们找掩护。之后,迈尔斯步履蹒跚地跑到火车站,伤兵们正在上火车。迈尔斯刚挤上车,就看见朝鲜士兵朝自己冲了过来。迈尔斯和伤员们便从火车车窗朝着外面的朝鲜士兵开火。"我算了算,火车开动前,光我一个人就至少击中了七个敌人。"

迈尔斯记得的另一件事是后来火车又遇到一次伏击,他继续朝着窗外射击。途中他昏了过去,醒来时人已躺在担架上了。一名护士想把他手里的枪拿开,他却低声咕哝着要回部队。随后,他听到一声奇怪的巨响,猛地坐了起来。他发现自己在一间干净的白色房间里,身边是新洗的床单,外面阳光明媚。这时,他看到一个身着一袭白裙的漂亮姑娘。"我爸妈在哪?"迈尔斯问道,"我这是在哪?天堂吗?"一旦迈尔斯意识到自己依然活着,他便一心想知道,临时受命指挥了这么一次之后,自己到底算不算军官。显然,他依然只是一名大兵,没有人为他撰写报道,为他的勇敢美言几句。

一场胜负未决的战斗

罗伯特·塔普雷特中校,南达科他州人,三十二岁,长得又高又瘦。他是美国海军陆战队第五团第三营营长。塔普雷特的战争经历和刚强的性格,使他能够代表朝鲜战争中美国海军陆战队战士的形象。塔普雷特营里的军医对我说:"他就是一幅活的征兵海报。他铁石心肠,说话时一板一眼,不带一丝感情。"不过,这只是塔普雷特的一面,我打算去探索他的其他特质。

1950年9月3日,塔普雷特中校参加了争夺洛东江山脉东侧的五峰里岭的战斗。沃克将军最终在此守住了自己的防线,阻止了朝鲜军队占领釜山。当天下午,沃克率领部队越过山岭上美国海军陆战队的一处露营区,地上尸横遍野,不少士兵都是在睡梦中饮弹身亡的。塔普雷特中校及其手下战士开始挖战壕。次日黎明前时分,团长默里上校让塔普雷特联系陆军部队,因为这些部队应该已经抵达他们的右方。不久后,塔普雷特中校发电报告知默里:"除了朝鲜人,那里已经没有任何人了。"在接下来的数日混战之中,朝鲜官兵伤亡惨重,但他们还是不断向前推进。参与了这场战斗的官兵们都说这是一次典型的拉锯战,各部队之间的协调非常困难。最常见的问题就是,朝鲜的天气使得空军无法提供支援。美国海军陆战队的坦克和朝鲜的苏制T-34型坦克直接交锋,抢占扼洛东江之路的咽喉五峰里岭。在双方拼命争夺这一目标的最险要关头,朝鲜部队离美军的一支部队非常近,美国海军陆战队的战士们几乎一刻不停地朝他们扔手榴弹。

最终,他们被赶到的陆军部队所解救。之后,塔普雷特及其海军陆战队又在仁川登陆战中发挥了关键作用。他们还在麦克阿瑟的"天才军事行动"带来的后果中幸存了下来,即海军陆战队员们口中惨痛的"冰血长津湖"大撤退。

随着我对这场战争的深入了解,以及和参与这场战争的战士们的交谈,我对麦克阿瑟将军的看法发生了实质性的转变。我不仅开始质疑他的"天才军事行动",而且开始质疑他的地缘政治观,至少他对朝鲜和中国的尊重程度存疑。

冰封长津湖与血战长津湖

1950年9月下旬,麦克阿瑟将军重新将韩国总统李承晚扶上台之后,接到美国总参谋部的指令:下一个军事目标是摧毁朝鲜的武装部队,但在任何情况下,他的部队都不得进入中国东北或苏联边境。麦克阿瑟回复道:沃克的第八军的目标是突破三八线,占领朝鲜首都平壤,而他的参谋长爱德华·阿尔蒙德少将将与美国第十军在朝鲜东海岸联合发动一次两栖登陆行动,然后向朝鲜半岛西部推进,协助沃克攻克平壤。

然而,麦克阿瑟将军的目标远远不只是平壤,他想拿下整个朝鲜。当时,麦克阿瑟将军的威望正处于巅峰,因此,他坚信自己占有绝对优势。阿尔蒙德参谋长接到指令,派所属海军陆战队沿着离平壤东北一百五十英里远的长津湖西进,接着转战西北,与沃克将军的军队会师。然后,他们一起冲到鸭绿江,结束战争。然而,本应与阿尔蒙德参谋长的海军陆战队会合的沃克所部的主力当时正在撤退。一支中国人民志愿军已经在夜色中秘密地跨过鸭绿江。所以,本来就反对深入敌后的沃克将军在阿尔蒙德参谋长率领的军队到来之前就被击退了。

对于这场败仗,阿尔蒙德将军完全不知情。1950 年 11 月 27 日,他按原计划出发,打算与沃克会师,但他随即撞上了中国人民志愿军的大部队。中国人民志愿军的增援部队陆续赶来,美国海军陆战队被迫后撤。此时,塔普雷特中校的营被派去攻占通往后方的道路两边的制高点。塔普雷特中校刚开始攻占这两个制高点,便接到默里传来的命令,要他们向海军陆战队指挥部报告。计划有变,他们的任务不再是占领制高点,而是担任开路先锋,突出重围。这就意味着,他得扫清通往后方的障碍,并保障大军能撤到安全地带。

那天晚上,塔普雷特中校所辖的艾特姆连拿下了 1520 号山冈上的第一个目标——一个大山嘴。"我准备发动突击,穿越这座高原,直抵我前面的另一个山嘴。"塔普雷特中校将他的作战计划电告艾特姆连连长施里尔上尉。半夜时分,施里尔上尉从山上呼叫塔普雷特:"我们在山上遭遇了敌人的交叉火力网,这将是一场灾难。"

"好的,我知道了。"塔普雷特说道,"撤回你们原先的位置,构筑工事,做好夜间防御工作。"这时,团部又传来另一道命令:"重新发动通向后方的进攻!""今晚我不打算再发动任何进攻,"塔普雷特中校说道,"因为我对这儿的地形一点也不了解。"然而团部再次命令他发动进攻。他只好不情愿地呼叫施里尔:"两位联军指挥官都给我施加了压力。你能再次发动进攻吗?"

"那我试试吧。"施里尔说道。但是,他们很快又陷入了交叉火力中。地面冻得结结实实,掩体根本挖不了多深,几乎没有什么能阻挡敌人迫击炮、手榴弹和轻武器的狂轰滥炸。艾特姆连里参加过二战的老兵们都说当时的情况比硫黄岛更加惨烈。艾特姆连伤亡惨重,施里尔只得呼叫塔普雷特中校:"塔普,我们正被敌人猛烈攻击。我们的前方和左右两侧都是敌人。"

整个夜晚,施里尔一直在向塔普雷特报告战争的惨烈情况,塔普雷特意识到了形势的严峻。塔普雷特指挥部队,一次又一次地试图接近艾特姆连,向其提供支援,但都失败了。数小时后,塔普雷特在急救站里看到了施里尔,他咽喉中了弹,只能勉强说出这几个字:"不可能了。大家都阵亡了。"最后整个艾特姆连只有大约二十名士兵活了下来。

"我呼叫了默里:'上帝啊!艾特姆连已经被敌人吃掉了!我们这里简直一团糟!'"此时,和塔普雷特一道在路上的只有指挥部人员和后勤人员,营里的其他人都陷入了苦战。

"我们要重新发起进攻。"默里说,并承诺会派人增援。

然而,只来了一辆坦克。"我钻出急救站的帐篷,默里上校正朝我走来。他问我有什么新情况。'我在电话里都已经告诉过您了。'"

"好吧,"默里说道,"我们要继续进攻。"

"那我需要援兵。"塔普雷特答道,"我现在只剩下两个连了。豪连只剩下大约六十人,乔治连剩下大约八十人,而艾特姆连已经拼光了。"他得在路上投入兵力,前方有不少路障,路障后都有中国人民志愿军的火力把守。"我已经着手布置了,局面非常棘手,我要派人去前面探一下路。"

默里说他会派一辆坦克过来:"我们将把海军陆战队第七团剩余士兵、炮兵以及工程兵整合成一个连。"

塔普雷特叹了一口气。情况多半是不会变好了,至少接下来的一天一夜还会如此。第二天,也就是12月2日,虽然伤亡惨重,塔普雷特依然带领手下向通往安全地带的山口推进。每前进一步,他们都不得不拼命。中午时分,沿着1520号山冈前进的乔治连攻下了既定目标,但被称作"诅咒"的合成连(第七团的残部),他们本是负责扫清路障的,却在一座被炸毁的桥梁附近受阻。于是,塔普雷特呼叫海盗战斗机①给予火力支援,海盗战斗机有效地清除了峡谷之中的中国人民志愿军。塔普雷特命令豪连穿过路南边弯道中的高地,但豪连的官兵在试图越过一条溪流的时候,很快被中国人民志愿军火力压制得动弹不得。

塔普雷特和无线电通信员斯威迪·斯文森沿着路往前走,无线电吉普

---

① 编者注:即 F4U 战斗机,代号"海盗"。

车跟在后面。突然,机枪从右方嗒嗒嗒横扫了过来。"我意识到子弹来自豪连上面的高地。我听到了一声奇怪的喘息声,但我继续往前走。这时,更多的子弹飞了过来,我趴在了地上。"

塔普雷特转过头看向身后,没有看到无线电通信员,他发现斯威迪倒在路旁的雪地里。"你究竟怎么啦?"塔普雷特问道。此时,对他来说,斯文森是不可或缺的,他需要斯文森在危急时刻随时待命。

"我情况不妙。"斯文森含糊地说道。一梭子弹打穿了他背上的无线电设备,进入了他的肺部。塔普雷特找了找通信车的驾驶员,发现驾驶员就在他身后,也在流血。"我喊来了担架和医护人员。"当工兵在前方炸毁的桥旁成功地搭好便道时,天已经黑下来了。塔普雷特派他唯一一辆坦克在队伍前面开道。几分钟后,他便得知,坦克滑到路边了。"让汽车排派点人手来,"塔普雷特对电话那头说道,"让这该死的东西动起来。"

坦克终于就位了,部队继续向前推进。但是,乔治连却遇到了麻烦,他们的连长受了重伤,全连士气低落,甚至影响了全营,战士们战斗的意愿正在消失。塔普雷特和一名新通信员重新上路后,发现坦克停在离壕沟不远处,几个海军陆战队士兵懒散地坐在坦克附近。"合成连的连长在哪?"塔普雷特问。

"坦克里。"

右边山上又有机枪开始朝下扫射,一颗颗子弹飞溅到雪地里。塔普雷特连忙趴在地上,紧贴着地面慢慢爬到坦克另一边,拿起坦克后的对讲机,冲坦克里的合成连连长大吼。

"我出不来了。"合成连连长说完便没声了。

"如果你不出来,我就把你送上军事法庭!"塔普雷特吼道。

对方没有回答。

"行啊,你个婊子养的东西!你就躲在里面不出来吧!"

塔普雷特回头时,从山上射来的一颗子弹擦到了他的钢盔,头盔立刻飞了出去。他听见有人在喊:"塔普雷特!塔普雷特!"他转头一看,雪地里冒出了一个人。

"我是艾迪中尉!"他喊道,"我带来了默里上校的命令。"

"你可以告诉他,让他等一下亲自把命令下达给我。"抵达德洞山口之后,艾迪向塔普雷特解释,原本是打算让塔普雷特把进攻的任务转交给海军陆战队第七团第一营,但第七团的指挥官利曾伯格上校要塔普雷特立即继续发动进攻。"德洞山上的雷·戴维斯及其部下正朝你部方向进攻,他们就要把中国军队赶到你们的枪口下了。"

"告诉利曾伯格上校,他就是在放屁!我们正在追击我们前面的大量中国官兵,但压根儿没人撞到我们的枪口下。如果他不信的话,他和默里上校可以亲自来看看。"

并没有人来。塔普雷特重组了自己的指挥部人员和后勤人员,然后把乔治连拉到了山下的左边。当他再次接到自己的团长派人下达的命令时,塔普雷特告诉那名传信员:"你回去转告雷蒙德·默里,就我个人而言,我想不断进攻,直到直捣长津湖南岸东南角的小镇下碣隅里。"攻克下碣隅里是他们的既定目标。"我不想停下来。一旦停下来,我手下的双脚就会被冻僵。我想我们已经突破所有封锁线了。我们可以不放一枪地走到下碣隅里。"

次日(即12月3日)黎明时分,地面上又覆盖了六英尺厚的雪。塔普雷特的最后一项任务就是突破中国人民志愿军的封锁线,中国人民志愿军要堵住美国海军陆战队前往下碣隅里的通道。乔治连用一辆坦克在前面开路,工兵紧随其后。两天前乔治连出发时总共有四十八个人,现在只剩十七个人了。塔普雷特走在他们的前面。在高地上苦战一夜的豪连则努力地跟上了大部队。

这一仗打得非常艰难,塔普雷特再次请求默里上校,批准他带领所部从德洞山口继续前进,不要让其他部队接手。他的请求没有得到批准。塔普雷特则留在后面,把零零散散落在后面的海军陆战队官兵聚拢在一起,然后穿过山口。

三个星期后,即1950年圣诞节,此时在朝鲜半岛尾端附近海军陆战队露营区的原来筋疲力尽的美国海军陆战队官兵正渐渐恢复元气。然而,塔普雷特根本闲不下来。他和自己营里的其他军官已经决定派人去东京弄点白酒回来，让官兵们一起举杯同庆，活跃一下节日气氛。有个叫哈普的军官自愿前往东京，并带回了好几箱白酒。得知哈普去了趟东京，带回了白酒后，默里第二天上午打电话给塔普雷特，称哈普没有请假就擅自离队。

"不，他并非擅自离队，"塔普雷特纠正道，"我知道他去东京这件事。"

"应该有人为此接受军法处置。"

"雷蒙德，随便你想干什么。但是，要不是有我这个营，你今天就到不了这个地方，这里的其他人也是如此。我所做的事，我营里所有官兵都赞同。我觉得派哈普去东京买点酒并没有什么错，没有任何人从中捞钱获利，也没有人私自把大部分酒给喝了。这些酒是作为圣诞节礼物供全营官兵分享的，也是对全营官兵在长津湖之战的犒劳。"

于是，再也没有人提起这件事。根据罗伯特·塔普雷特原来的一些下属（他们后来都被擢升为将军）所述，塔普雷特是最出色的海军陆战队军官之一，但他一辈子都没当上将军。

死亡行军

我知道，还有一些非战斗人员被卷入这场战争之中，在我的韩国调研之行中，我和"米奇"·迈克罗尼一直在寻找这样的人。这些人中最令人难忘的是一个名叫菲利普·克罗斯比的澳大利亚神父。他是在三八线附近被俘的。克罗斯比与其他八十六名不同国籍的平民一道被关押在鸭绿江附近。这些人包括一个名叫赫伯特·洛德的英国人，他是救世军的副长官；三名英国驻汉城公使馆的工作人员；十二名鞑靼商人及其家属；六名开城卫理公会的信男信女；其余大多为罗马天主教神父和修女，这些人由帕特里克·伯恩主教带领。1950年10月下旬，他们被押送着冒雨行军了三天。"你们要严格遵守军纪。"一名朝鲜少校告诫他们，"我们要行军到中江郡。"这就意味着大家要徒步走一百多英里（相当于一百六十多公里）。

为了了解在严寒的1950年11月发生的这段不可思议的旅途中的故事，我又于1987年和1988年分别采访了十余名美国海军陆战队队员和平民。他们向东行军的时候，克罗斯比神父看到一大群被俘的美军在排队等候，准备加入这次行军。这些被俘的平民便落在这些战俘的后面。他们接到命令,第一天必须行军十六英里。这种让大家疲于奔命的急行军让每个人都感到吃力,尤其是那些面容憔悴的年轻士兵。由于筋疲力尽,他们老是掉队,之后总会被催促或推搡着前行。

贝阿特丽克斯修女已经七十六岁高龄,她和其同伴欧仁妮修女在朝鲜关爱孤儿、穷人长达五十年之久,而她也不幸死于行军途中,其尸体滚下了陡峭的山坡。尽管这次行军超过了所有人忍耐力的极限,大家仍然不忘竭力相互帮助:救世军副长官洛德一路上用一根绳子拽着芳德拉特夫人(一名俄罗斯寡妇);几名年轻的牧师则一路搀扶着八十二岁高龄的维勒莫特牧师。负责押送战俘的朝鲜少校被俘虏们称为"老虎",他喜怒无常,有时也会让俘虏们搭乘过路的汽车。

后来下雪了。所有的牧师都尝试着给这些弱不禁风、摇摇欲坠的人提供力所能及的心灵慰藉。

这次行军以1950年11月8日到达目的地中江郡而宣告结束。战俘们在极度严寒的雪天中,越过崇山峻岭,完成了一次一百多英里的长途跋涉,沿途留下了接近一百名死者。如今,这次长途跋涉有了一个新的名字:"死亡行军"。

我一直与克罗斯比神父保持联系,他现在仍然一个人待在自己的教区,这个教区靠近朝鲜的边界。我的脑海里依然能够看到他和他的同伴在疲于奔命的急行军中的身影——他们正如我想象的那样相互扶持。要是我当时在场的话,我也会做同样的事。

旅程结尾

奇怪的出版日期

1989年11月30日,我完成了《殊死之战》(*In Mortal Combat*)的初稿。12月中旬,我把修改后的后半部分手稿送交双日出版社。此时,双日出版社已归一家德国公司所有,这家德国公司名叫贝塔斯曼集团。我以前合作过的伙伴大多已经不在这里工作了。卡罗琳·布莱克默也走了,她凭着自己的能力发展得很好。留下来的人中,我唯一熟悉的面孔只有肯·麦考密克。大名鼎鼎的新主编赫尔曼·戈洛布只和我简单聊了几句。回家后,我在日记本上写道:"奇怪。奇怪。"1990年1月26日,卡尔·勃兰特通知我,双日出版社不打算出版我的书了,其原因是,我这本书的内容跟其他描写朝鲜战争历史的作品内容不一致。五天后,我们收到了莫罗出版社和哈珀出版社的出版意向,我们最终选择了前者。我的新编辑哈维·金斯伯格给我打了个电话。他很热情,只要求我把字数压缩到二十二万五千字。我说没问题,因为我每次都会在最后一稿时压缩自己的字数。一个月后,我去见了哈维·金斯伯格。回来之后,我在日记里吐露自己的心声:"很好!完全没问题!"

卡罗琳·布莱克默帮我把书编辑了一下,卡尔·勃兰特也和以前一样,给我提出了一些很棒的建议。

《华盛顿邮报》评论《丑闻》一书时曾预言《丑闻》标志着我写作生涯的终结,但这一次,它对我的书则褒贬参半:"他对战场上的战术的长篇大论,对于除了铁杆军事迷以外的读者而言,着实是一种耐心的考验。但是,至少在描写道格拉斯·麦克阿瑟将军的仁川两栖登陆的《一赔五千的赌注》那一章中,托兰充分表现了一场漫长而又血腥的战争中的紧张、恐怖和混乱场面……"

有些评论家居高临下地称这本书只不过是"通俗历史",而其他人,例如罗伯特·艾利根特则在《国家评论》(*National Review*)上表达了自己的复杂感受:"《殊死之战》采用简短的电影剪辑方式,通过笔墨让数以百计的战争参与者发声,从而重现一个宏大的历史事件。这种手法虽常常遭人嘲讽,但这部作品却证明了这种手法是可以获得成功的。"但是,他认为我在书中反复批评了麦克阿瑟将军,并对此十分恼火:"麦克阿瑟将军不仅因为政治和情报上的失误遭到攻击,而且他所取得的战略性胜利竟也遭到攻击。但是,无论如何,这部作品取得了显著的成就。"我最喜欢之前我在双日出版社的编辑赫曼所写的评论:

在我们出版社的自助餐厅里,乌鸦肉不是最受人欢迎的一款菜。

该死！它都算不上洁净。但是，谁管这些？我就是要咬上一大口，说：祝贺你的大作受到《纽约时报书评》的热捧。为了做好这部作品，你、卡尔以及卡罗琳把屁股都磨出茧子了吧！我向你们的敬业精神致敬！

正如哈罗德·罗斯曾经说过的，该死的，愿上帝保佑你！

祝好，赫曼。

回顾

有一次，我在《当代作家传略》(*Contemporary Authors*)第六卷中偶然看到一条对我写作生涯的评论，标题叫作《杂闻》，概括了评论家们对我作品的评价。条目开头第一段对我描写历史的方式进行了说明："对于自己写的每一本书，托兰都会采访历史事件中的当事人，有时甚至要采访数百人，以便从这些最清楚事实真相的当事人那里了解到事件的方方面面。他尽可能客观地把这些采访联系起来。'我认为我的责任是，'他说，'把一切都告诉你，让你自己得出结论。我尽量不在书中掺入我的主观看法。'"

我从未因别人的否定和批评而感到绝望，尽管我深知批评曾使英国作家《巴塞特郡纪事》(*The Chronicles of Barsetshire*)的作者安东尼·特罗洛普一生痛苦不堪，甚至让他最终结束了自己的写作生涯；而对《无名的裘德》(*Jude the Obscure*)怀有敌意的批评也迫使托马斯·哈代放弃了小说的写作，转而从事诗歌创作。

我在《丑闻》中尽情揭露真相，天真地以为华盛顿和学术界的朋友们会热烈欢迎我作品中披露的真相，却没料到在雪片般飞来的信件中，好朋友们都指责我犯下了滔天大错，这险些让我精神崩溃。《丑闻》曾让我身心俱疲，但如今我为此感到很高兴，我竟然虎口拔牙（也不管这只老虎是谁）。我在自己的所有书里，都尽力告诉大家我所认为的真相，不管这种真相可能会激怒谁。我记得圣哲罗姆有句名言："如果冒犯源于真相大白，那就冒犯吧，真相大白总胜过真相不明。"我希望把这句话刻在我的墓碑上，作为我的墓志铭。

曾有人要求我写越南战争的历史,但我拒绝了。于我而言,那不是一场战争,而是一个悲剧的堆砌,对所有的当事人都一样。我没有这么大的肚量,承受不了。所以,我便转而去写这部自传,我一直以为这部书将是我的封笔之作。

我以第三人称开始写《成长的烦恼》的前八章,尽量跟自己的亲身经历保持一定的距离。然而,关于美国与日本的那场战争的最后岁月,我又获得了一些新材料,总有些什么东西一直在促使我再写一部"活的历史"。不过,我已经不再年轻,无法进行深入透彻的研究。因此,我只能以挖掘到的新材料为支撑,研究起了希特勒的私人生活。完成初稿之后,我在跟双日出版社的协商中遇到了一些困难,因为双日出版社即将推出我的《希特勒传》新的豪华平装本。

于是,我又重新捡起自传,改为第一人称视角。直到完成这本书,我才意识到:我自己始终没有解释,为何我花了三十五年描写战争?为何我会欣然接受美国军方的建议,写突出部之役?同样,为何我会如此致力于从各个层面、各个参战方的视角讲述这些战争的故事?

我如此热衷于战争故事,是否是因为自己曾经错过了战争?二战时,我曾经历过生命中最危急的时刻:有一天,一架B-24轰炸机在纽约上空飞行,呼啸着越过我们的办公室上方,轰然撞入高耸入云的帝国大厦。我想,我之所以一开始会沉迷于此,大概是源于我因未能上前线作战而感到羞耻。

我现在认为,我写战争的主要原因在于我讨厌战争。在我的书里,我们的敌人不是与我们打仗的对手,而是战争本身。过了这许多年,我终于认识到,我打小就憎恨战争。我就读于杰弗逊小学时,听一位第一次世界大战的大英雄讲,他所在的连队曾被德军包围,但他们克服了重重困难坚持了下来。他并没有跟我们讲他的英雄事迹,而是跟我们讲那些在战争中死去的人,讲那些倒在他的脚下、嘴里却呼唤着母亲和家人的人。令我们十分尴尬的是,他伤心地哭了起来,后来他被人带走了。大家都很失望,有些人甚至认为他是个软蛋。数日之后,我们得知他自杀了。(详见《无人区》中有关他的部分。)

当时,我如饥似渴地阅读《翅膀》(Wings)以及空战中永无止境的勇敢者的故事，但从未流过一滴眼泪。我的确坚持阅读了《翅膀》一段时间，并遇见了一位空军王牌飞行员，当时我心情无比激动。但是，在我看了《西线无战事》（*All Quiet on the Western Front*）这部小说之后，与同时代的许多人一样，我看到了战争的恐惧。

就这样，《男孩同盟》（*The Boy Allies*）系列小说和《翅膀》中的英雄们都已被我抛至脑后。这就是现实生活。虽然我不属于任何党派，但我永远渴望和平。成为一名共产党员之后，我选择加入了美国和平动员会。我在白宫前抗议，要求和平。然而，和许多美国和平动员会的同志一样，珍珠港事件后我也报名参军。后来，我反对朝鲜战争，并且公开谴责越南战争以及海湾战争。

我当初立即就做出了写突出部之役的决定。如今，我相信这一主题之所以吸引我，主要原因是我对永久的世界和平的渴望。我认为，这也就是为什么我在书中将战争视作敌人，而非战争的参与者。也许，这也就是为什么在书中我既是一名美国人、一名盟军的成员，也可以轻而易举地站在德国人或日本人的视角审视战争。我在故事中展示了双方官兵的英勇和怯懦。我希望我已遵照了编剧波特·艾默生·布朗的忠告，让我笔下的人物做他们要做的事，说他们要说的话。

我想呈现的是战争的疯狂，并将之留给更年轻的历史学者去评判。

我花了很多年才成就了现在的我，我的学习速度很慢。不过，我写的每一部作品，包括戏剧、短篇小说以及小说，都是我曾经就读过的大学，正如寿子跟我讲的那样："这些作品都是通往成功的阶梯。"在威廉姆斯学院，我从未修过一门历史课，因此我只能将自己所写的这种历史称作"活的历史"。很快，我便获得了一个个奖项，并且最终凭借《日本帝国衰亡史》获得了普利策奖。

一名十二岁的童子军给囚禁于倾盆大雨的帐篷之中的其他童子军讲述了一个没完没了的故事，如今他已经踏上自己的旅程。波特·艾默生·布朗曾提醒我，我在卖出一本书之前，至少得先写出一百万字。当时，他肯定看到了我内心的热情和决心。这些东西比天赋更为重要。无论发生什么情况，我希望自己通往成功的漫长旅程能激励其他年轻的作者持之以恒。